LAS CENIZAS Y EL REY MALDITO

CARISSA BROADBENT

Planeta

LAS CENIZAS Y EL REY MALDITO

CARISSA
BROADBENT

Traducción de Pilar de la Peña Minguell

Planeta

Obra editada en colaboración con Editorial Planeta – España

Título original: *The Ashes and the Star-Cursed King*

Bajo el sello editorial PLANETA M.R.
Avenida Presidente Masarik núm. 111,
Piso 2, Polanco V Sección, Miguel Hidalgo
C.P. 11560, Ciudad de México
www.planetadelibros.com.mx

Primera edición impresa en España: mayo de 2025
ISBN: 978-84-08-30361-9

Primera edición impresa en México: agosto de 2025
ISBN: 978-607-39-3091-8

Impreso en los talleres de Litográfica Ingramex, S.A. de C.V.
Centeno núm. 162-1, colonia Granjas Esmeralda, Ciudad de México
Impreso en México – *Printed in Mexico*

LAS CENIZAS
Y EL REY MALDITO

Salinae
Territorio Rishan
Río Lituro
Casa de la Noche

RAES

Casa de
la Sangre

Mar de los Huesos

Lahor

Naciones humanas

Mar de Marfil

Casa de
las Sombras

Garfio
de Nyaxia

NOTA: Esta novela contiene material que podría resultar difícil a algunos lectores, como violencia manifiesta, maltrato infantil, referencias a agresiones sexuales y violación, y esclavitud. Además, en ella hay contenido sexual explícito.

Todos los términos del universo de la novela los encontrarás en el glosario de la página 675.

PRÓLOGO

El rey supo, en ese preciso instante, que su mayor amor sería también su perdición, y que lo uno y lo otro llegarían en la insólita forma de una joven humana.

Llevaba un tiempo negándose a aceptar aquella realidad, más quizá del que le gustaría reconocer ante sí mismo. Curiosamente, la lucidez lo asaltó en un momento de caos absoluto: entre los alaridos del público, en la arena ensangrentada del coliseo, en medio del frenesí de cuerpos, sudor y vísceras, mientras la joven lograba a duras penas contener la brutal embestida de su agresora.

El rey no pensaba mucho entonces, solo reaccionaba: procuraba distraer a la Nacida de la Sangre, interponerse entre las dos, siempre en vano.

La participante Nacida de la Sangre no tenía más que un objetivo: la humana.

Un ataque, y otro, y otro, y la joven ya estaba tirada en el suelo, con la Nacida de la Sangre cerniéndose sobre ella, y el rey no pudo más que notarse el corazón en la boca al ver que se alzaba la espada.

Y entonces el rey levantó la vista a las gradas y localizó de inmediato al príncipe de los Nacidos de la Sangre, allí plantado, con los brazos cruzados, un puro en los labios y una sonrisita.

Supo perfectamente lo que decía aquella sonrisa: «Sé lo que quieres. Sabes lo que quiero».

Fue entonces, justo entonces, cuando cayó en cuenta.

«Me has destrozado», le había dicho a la joven la noche anterior.

Iba a destrozarlo.

Y valía la pena.

Porque el rey ni se lo pensó ni titubeó al mirar al príncipe a los ojos, y el otro asintió.

Un pequeño movimiento y vendió su reino.

Un pequeño movimiento y supo exactamente lo que debía hacer.

Los segundos siguientes fueron una nebulosa. La sonrisita del príncipe transformada en sonrisa de satisfacción. La seña a su participante Nacida de la Sangre. La vacilación de la participante, calculada al milímetro, y la espada de la humana atravesándole el pecho.

Y luego no quedaban más que él y ella, y un premio que solo uno de los dos podría vivir para reclamar.

Únicamente quedaba una opción, claro. Él no la cuestionó. Acababa de sellar un trato para salvarle la vida a ella, un trato que destruiría su reino y del que solo tenía una forma de escapar.

Trescientos años eran una vida muy larga, más tiempo, se decía a menudo, del que merecía cualquier criatura.

Se miraron a los ojos unos instantes, largos y silenciosos, sin moverse. Él le leía el pensamiento fácilmente. Resultaba enternecedor que alguien tan irritable fuera tan transparente. En aquellos momentos, los conflictos de ella, su dolor, asomaban por las grietas de la coraza.

No sería ella quien diera el primer paso, y él lo sabía.

Así que lo dio él.

La conocía ya muy bien. Sabía de sobra cómo empujarla a desatar todo aquel poder implacable, letal y devastadoramente hermoso. Él era buen actor. Interpretó bien su papel, a pesar de que, en el fondo, se encogía con cada herida que su espada le abría a ella en la carne.

Muchos años después, los historiadores murmurarían: «¿Por qué? ¿Por qué hizo eso?».

Si se lo hubieran preguntado esa noche, él habría contestado: «¿Tanto cuesta entenderlo?».

Los ojos de ella fueron lo último que vio antes de morir.

Eran unos ojos hermosos, fuera de lo común, de un color plata luminoso, como la luna, aunque a menudo oscurecidos por nubarrones. Encontraba hermosas muchas cosas de la humana, pero, de todas ellas, eran sus ojos lo que consideraba más impactante. Nunca se lo había dicho. En el instante en que ella le acercó la espada al pecho, rodeados ambos por el Fuego de la Noche, se preguntó si tendría que haberlo hecho.

Aquellos ojos siempre revelaban más de lo que ella creía. Él vio en ellos el momento justo en que ella lo descubrió, en que se dio cuenta de que la había engañado.

Le dieron ganas de reír. Porque claro que ella se había percatado. Ella y aquellos ojos lo habían calado desde el principio.

Pero ya era demasiado tarde. La agarró de la muñeca al notar que se resistía.

Sus últimas palabras no fueron: «Tienes unos ojos preciosos».

Sus últimas palabras fueron: «Ponle fin».

Ella negaba con la cabeza, y el fuego gélido de su semblante se diluía en consternación.

Pero él sabía que estaba haciendo lo correcto, y aquellos ojos se lo confirmaban, porque eran fuertes, resueltos, únicos, ni de humana ni de vampiro, fieros y sensatos.

Mejores que los de él. Más dignos de lo que estaba por venir.

«¡Ponle fin!», le dijo, y la jaló de la muñeca.

Y no apartó la vista de aquellos ojos mientras moría, a manos de la única persona que merecía matarlo.

Quizá el rey siempre supo que su mayor amor sería su perdición. Quizá lo supo en el momento en que la conoció.

Lo sabría también la segunda vez que muriera.

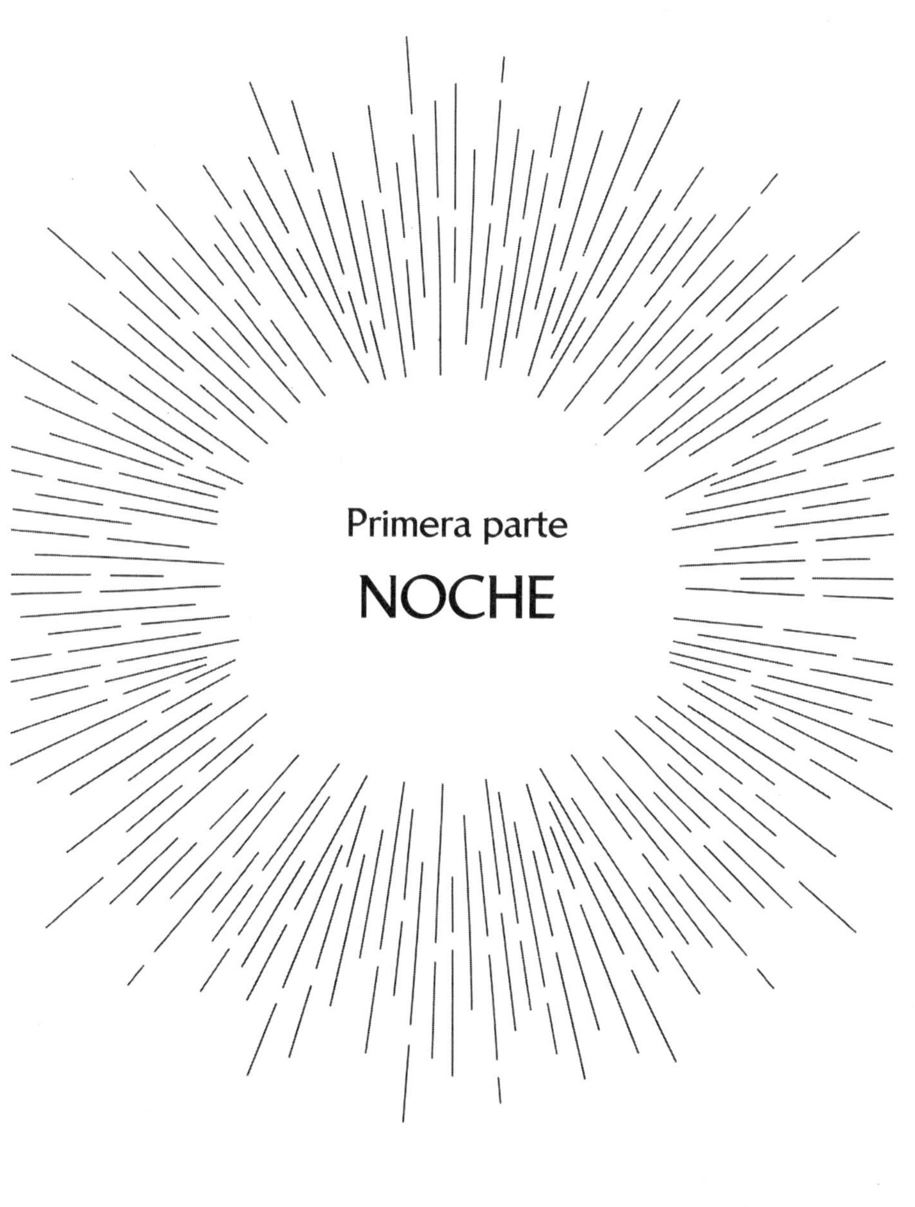

Primera parte

NOCHE

1

ORAYA

Mi padre habitaba los momentos brumosos de cada día en que yo aún no había llegado a abrir los ojos, atrapada entre la vigilia y el sueño.

Yo atesoraba esos momentos, cuando mis pesadillas ya se habían desvanecido, pero aún no las había reemplazado la cruda sombra de la realidad. Me volteaba de lado entre sábanas de seda e inhalaba hondo aquel aroma familiar: a rosas, incienso, piedra y polvo. Estaba en la cama en la que había dormido todos los días durante quince años, en el cuarto que siempre había sido mío, en el castillo en el que me había criado, y mi padre, Vincent, el rey de los Nacidos de la Noche, seguía con vida.

Y entonces abría los ojos y la cruel e implacable lucidez de la consciencia se apoderaba de mí, y mi padre moría una vez más.

Esos segundos entre el sueño y la vigilia eran lo mejor del día.

El instante en que recuperaba la memoria era lo peor.

Aun así, valía la pena. Dormía siempre que podía, solo por aferrarme a esos valiosos segundos. Pero no se puede detener el tiempo. No se puede detener la muerte.

Procuré no percatarme de que esos segundos eran cada vez menos.

Esa mañana abrí los ojos y mi padre seguía muerto.

PUM, PUM, PUM.

Quien estuviera aporreando la puerta lo hacía con la impaciencia de alguien que lleva esperando más rato del que querría. «Quien estuviera aporreando la puerta». Yo sabía de sobra quién era. Ni me moví.

No podía, de hecho, porque la pena me había paralizado todos los músculos. Apreté la mandíbula, fuerte, ¡más fuerte!, hasta que me dolió, hasta que deseé que se me partieran los dientes. Me agarré con ganas a las sábanas, cerrando bien los puños. Olí el humo: el Fuego de la Noche, mi magia, prendiendo en ellas.

Me habían arrebatado algo valioso: aquellos momentos brumosos donde todo seguía siendo como antes.

Había despertado con la imagen del cuerpo diezmado de Vincent aún grabada a fuego en mi mente, tan muerto y mutilado en el sueño como en la vigilia.

—¡Despierta, princesa! —La voz era tan potente que, aun con la puerta cerrada, resonaba por todo el cuarto—. Conozco bien esos sentidos felinos tuyos. ¿Crees que no sé que estás despierta? Preferiría que me dejaras entrar, pero lo haré por la fuerza si es necesario.

Cómo odiaba esa voz.

¡Cómo odiaba esa voz!

Necesitaba diez segundos más antes de poder mirarlo. Cinco más...

PUM.

PU...

Me destapé de golpe, me levanté de la cama, crucé el cuarto con un par de zancadas y abrí furiosa la puerta.

—Vuelve a tocar —susurré— una... maldita... vez... más.

Mi marido me sonrió, bajó el puño con el que, en efecto, estaba a punto de tocar otra maldita vez.

—¡Esa es mi chica!

Cómo odiaba esa cara.

Cómo odiaba esas palabras.

Y lo que más me fastidiaba de todo era que, cuando las decía ahora, le notaba la preocupación subyacente, veía cómo se le helaba la sonrisita al observarme, de pies a cabeza, un examen rápido pero exhaustivo. Sus ojos se detuvieron en mis manos, cerradas en puños a los costados, y caí en cuenta de que llevaba en una un trozo de seda carbonizada.

Me dieron ganas de usarlo como amenaza, recordarle que aquella seda podía ser él si no se andaba con cuidado, pero la preocupación que asomaba a su rostro y todo lo que aquello me provocaba por dentro me apagaron el fuego de las entrañas.

Me gustaba la rabia. Era tangible, fuerte, y me hacía sentir poderosa.

Solo que no me sentía precisamente poderosa cuando me veía obligada a reconocer que Raihn, el hombre que me había mentido y encarcelado, que había derrocado mi reino y asesinado a mi padre, en el fondo se preocupaba por mí.

Ni siquiera podía mirarlo a la cara sin vérsela salpicada de la sangre de mi padre, sin ver cómo me había mirado una vez, como si fuera lo más valioso del mundo, la noche en que nos habíamos acostado.

Demasiadas emociones. Las pisoteé con violencia, aunque me doliera como si tragara cuchillas. Era más fácil no sentir nada.

—¿Qué? —pregunté, y la pregunta me salió desinflada; no fue el azote verbal que pretendía.

Habría preferido no notar en su semblante la leve decepción, preocupación, incluso.

—He venido a decirte que te prepares —contestó—. Tenemos invitados.

¿Invitados?

Se me revolvió el estómago de pensarlo, de verme delante de desconocidos, sintiéndome escudriñada como un animal enjaulado mientras hacía un esfuerzo por mantener la compostura.

«Tú sabes controlar tus emociones, culebrilla —me susurró Vincent al oído—. Te lo enseñé yo».

Me estremecí.

Raihn ladeó la cabeza y frunció el ceño.

—¿Qué?

Maldición, cómo me fastidiaba. Siempre me descubría.

—Nada.

Sabía que Raihn no me creía. Él sabía que yo lo sabía. Odiaba que él supiera que yo lo sabía.

Pisoteé aquello también hasta que el sentimiento se quedó en un zumbido sordo de fondo, recubierto de otra capa de hielo. Requería un esfuerzo constante, aquel autocontrol, y agradecía poder concentrarme en eso.

Raihn me miró expectante, pero no hizo comentarios.

—¿Qué? —dijo—. ¿No hay preguntas?

Negué con la cabeza.

—¿Ni insultos? ¿Ni negativa? ¿Ni discusión?

«¿Quieres que te lo discuta?», estuve a punto de replicar, pero entonces habría tenido que verle ese atisbo de preocupación en la cara y reconocer que, en el fondo, sí quería que se lo discutiera, y después habría tenido que experimentar, además, ese sentimiento complicado.

Así que volví a negar con la cabeza.

Se aclaró la garganta.

—Muy bien. Pues, toma, esto es para ti —dijo, y me ofreció una bolsa de seda que llevaba consigo desde el principio. No pregunté—. Es un vestido —añadió.

—De acuerdo.

—Para la reunión.

Reunión. Eso sonaba importante.

«A ti te da igual», me recordé.

Esperó a que preguntara, pero no lo hice.

—No tengo otro, así que, si no te gusta, no te molestes en protestar.

Se le veían claramente las intenciones. Casi estaba picándome con un palo para ver si yo reaccionaba.

Al abrir la bolsa, vi que dentro había un montón de seda negra.

Se me encogió el corazón. Seda, no cuero. Después de todo lo ocurrido, la idea de pasearme por el castillo vestida de algo que no fuera una armadura...

No obstante, dije:

—Está bien.

Solo quería que se fuera.

Pero Raihn ya no abandonaba nunca una conversación sin una mirada larga y detenida, como si tuviera mucho que decir y todo ello amenazara con brotarle antes de que saliera del cuarto. Todas las malditas veces.

—¿Qué? —pregunté impaciente.

¡Madre Oscura! Tenía la sensación de que se me iban a terminar abriendo las suturas.

—Vístete —respondió por fin, para alivio mío—. Vuelvo dentro de una hora.

Cuando se fue, cerré la puerta y, con un suspiro entrecortado, me recosté en ella. Mantenerme entera aquellos últimos minutos había sido una agonía. No sabía cómo lo iba a hacer delante de un puñado de secuaces de Raihn. Más tiempo. Un montón de horas.

No iba a poder.

«Podrás —me susurró Vincent al oído—. Demuéstrales lo fuerte que eres».

Cerré los ojos con fuerza. Quería aferrarme a aquella voz.

Pero se esfumó, como hacía siempre, y mi padre volvió a estar muerto.

Me puse ese estúpido vestido.

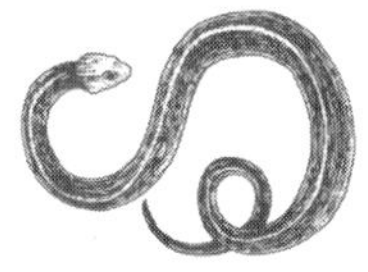

Raihn estaba nervioso.

Ojalá no lo hubiera visto tan claro, pero, al parecer, nadie más lo vio. ¿Por qué iban a verlo? Su actuación fue impecable. Encarnó el papel de rey conquistador con la misma facilidad con que había encarnado el de humano en la taberna, y el de participante sanguinario, y el de amante, y el de mi secuestrador.

El caso es que yo lo vi. Aquel músculo tenso en la mandíbula. La mirada fijísima y los ojos algo vidriosos. La forma en que se tocaba sin parar el puño de la manga, como si estuviera incómodo con el disfraz que llevaba.

Cuando volvió a mi cuarto, me le quedé mirando sin darme cuenta, muy a mi pesar.

Vestía un saco negro exquisito, rígido, con un encaje azul, y una banda a juego sobre el hombro, que contrastaba con los botones plateados y el sutil brocado metálico. Se parecía muchísimo a otro atuendo que le había visto en una ocasión: el que se había puesto para el baile de la Medialuna, el que le había organizado el Palacio de la Luna. Aun entonces, se había dejado el pelo alborotado, la barba sin afeitar, como si todo aquello lo hubiera hecho con desgana. Ahora iba bien afeitado. Llevaba el pelo recogido y atado para dejar al descubierto la Marca del Heredero, en la nuca, asomando por encima del cuello del saco. Tenía las alas desplegadas, con los bordes y las puntas de un rojo intenso. Y...

Y...

Se me hizo un nudo tan grande en la garganta que no podía tragar, no podía respirar.

Verle la corona puesta a Raihn fue como si me clavaran una estaca entre las costillas. Las puntas plateadas anidaban entre las ondulaciones del pelo rojo oscuro casi negro de Raihn y el contraste me chocaba, porque yo solo había visto aquel metal sobre el pelo rubio y lacio de mi padre.

La última vez que la había tenido cerca, aquella corona estaba empapada en sangre, enterrada en la arena del coliseo, mientras mi padre moría en mis brazos.

¿Había tenido que hurgar alguien entre los restos de Vincent para recuperarla? ¿Algún pobre criado había tenido que limpiar su sangre, su piel y su pelo de aquellas intrincadas volutas plateadas?

Raihn me miró de arriba abajo.

—Te ves muy guapa —dijo.

La última vez que me había dicho esa palabra, en el baile, me había notado un escalofrío por la espalda; cinco letras muy prometedoras.

De pronto me sonaba a mentira.

El vestido no estaba mal. Normalito. Me favorecía. Era de una seda exquisita, ligera, que se me adhería al cuerpo; me lo debían de haber hecho a medida, para que se me ajustara, aunque no tenía ni idea de cómo sabían mis medidas. Los brazos quedaban al descubierto, pero tenía un cuello alto con botonadura asimétrica que me recorría el costado.

Agradecí para mis adentros que me tapara la Marca del Heredero.

Últimamente procuraba no mirarme en el espejo cuando me cambiaba, en parte porque estaba hecha un asco, pero también porque me fastidiaba, odiaba, verme esa marca. La marca de Vincent. Cada mentira grabada en rojo en mi piel. Cada duda que ya jamás resolvería.

Lo de taparme la marca era, por supuesto, intencionado. Si me iban a exhibir delante de personalidades rishan, debía parecer lo menos amenazadora posible.

Genial.

Raihn me miró raro unos segundos.

—No te lo has abrochado —dijo, señalándose el cuello, y caí en cuenta de que se refería al vestido; además del cierre de delante, llevaba botones por la espalda, y solo había conseguido abrocharme la mitad inferior—. ¿Quieres que...?

—No —espeté enseguida, pero, en el brevísimo silencio que siguió a mis palabras, entendí que no me quedaba otra—. Bueno —dije al cabo de un momento.

Me di la vuelta y le mostré la espalda desnuda a mi mayor enemigo. Me dije con ironía que Vincent se habría avergonzado de verme hacer algo así.

Pero, ¡Madre Oscura!, habría preferido un puñal a las manos de Raihn, sentir el filo a la caricia, demasiado suave, de sus dedos en mi piel.

¿Y en qué clase de hija me convertía que, a pesar de todo, en el fondo, anhelara aquel roce afectuoso?

Tomé aire y no lo solté hasta que me abrochó el último botón. Esperé a que apartara las manos, pero no lo hizo, como si fuera a decirme algo más.

—Se nos hace tarde.

La voz de Cairis me sobresaltó. Raihn se apartó. El otro, recostado en el marco de la puerta, con los ojos algo entornados, sonreía. Cairis siempre sonreía, pero también me observaba siempre muy atentamente. Me quería muerta. Por mí, bien. A veces también yo lo deseaba.

—De acuerdo —contestó Raihn, que se aclaró la garganta y se tocó el puño de la manga.

Nervioso. Nerviosísimo.

A una versión anterior de mí, la que se hallaba enterrada bajo el montón de capas de hielo que yo misma había puesto entre mis sentimientos y mi piel, le habría intrigado.

Raihn se volteó para mirarme, con la boca torcida en una sonrisita, ahogando sus sentimientos igual que lo hacía yo.

—Anda, princesa. Vamos a montar el numerito.

El salón del trono se había limpiado desde la última vez que había estado allí: habían reemplazado las obras de arte y la decoración, y habían retirado del suelo las piezas rotas de reliquias

hiaj. Las cortinas estaban abiertas y dejaban a la vista el perfil plateado de Sivrinaj. La ciudad parecía más serena que hacía unas semanas, pero, de vez en cuando, alguna chispita de luz estallaba a lo lejos en la oscuridad de la noche. Los hombres de Raihn tenían bajo control casi toda la ciudad interior, pero, por la ventana de mi alcoba, yo veía enfrentamientos en las afueras. Los hiaj no iban a rendirse sin luchar, ni siquiera frente a la Casa de la Sangre.

Noté algo por debajo de todo aquel hielo: ¿orgullo, quizá?, ¿preocupación? No estaba segura. Era difícil saberlo.

El trono de mi padre, el de Raihn, se encontraba en el centro del estrado. Cairis y Ketura ocuparon su lugar a su espalda, pegados a la pared, vestidos con sus mejores galas. Los guardias siempre sumisos. Supuse que a mí también me correspondía subir y ocupar el sillón solitario plantado allí, pero Raihn le echó un vistazo, ladeó la cabeza y luego lo arrastró para colocarlo junto al trono.

Cairis lo miró como si hubiera perdido el juicio.

—¿Estás seguro? —le dijo, lo bastante bajo como para que yo supiera que no debía oírlo.

—Segurísimo —contestó Raihn, y entonces se volteó hacia mí y me señaló la silla mientras él ocupaba su trono, sin dar ocasión a Cairis de discutírselo. Aun así, los labios fruncidos de su asesor hablaban por sí solos, igual que la sempiterna mirada asesina de Ketura.

Si pretendía conmoverme con aquel despliegue de... generosidad, amabilidad o lo que carajos fuera, no lo consiguió. Me senté sin mirar a Raihn.

Una sirvienta asomó por la puerta de doble hoja y, tras inclinar la cabeza, se dirigió a Raihn.

—Ya están aquí, alteza.

Raihn miró a Cairis.

—¿Dónde demonios se ha metido?

Justo entonces, el aire trajo el olor a tabaco. Septimus cruzó el salón y subió al estrado con dos zancadas largas y elegantes. Lo seguían dos de sus guardias favoritas Nacidas de la Sangre, Desdemona e Ilia, dos mujeres altas y espigadas, tan parecidas que yo habría asegurado que eran hermanas. Nunca las había oído hablar.

—Mis disculpas —dijo despreocupado.

—Apaga eso —protestó Raihn.

Septimus rio.

—Confío en que tengas intención de ser más cortés con tus propios nobles.

Pero obedeció y se apagó el puro en la palma de la mano. El hedor a carne quemada reemplazó al del humo. Cairis arrugó la nariz.

—Estupendo —dijo con sequedad.

—El rey de los Nacidos de la Noche me ha pedido que lo apague. Sería descortés no hacerlo.

Cairis puso los ojos en blanco y cara de estar haciendo un gran esfuerzo por morderse la lengua.

Raihn, por su parte, se limitó a mirar fijamente la puerta de doble hoja cerrada, como si viera a través de ella lo que había al otro lado. Su semblante no revelaba nada, salvo quizá cierta arrogancia.

A mí no me engañaba.

—¿Y Vale? —le preguntó a Cairis en voz baja.

—Tendría que estar aquí. Quizá se retrasó el barco.

—Ajá.

Aquel sonido bien podría haber sido una maldición.

Sí, Raihn estaba nerviosísimo.

Pero su voz sonó serena y despreocupada cuando dijo:

—Entonces, supongo que estamos listos, ¿no? Abran la puerta. Que pasen.

2

RAIHN

La última vez que estuve en ese salón con esas personas, yo era un esclavo.

En ocasiones me preguntaba si me recordarían. Por entonces, no era nada para ellos, claro. Otro cuerpo sin rostro, más herramienta o animal de compañía que criatura inteligente.

Aquellas personas sabían quién era yo ahora, claro, sabían de mi pasado, pero no pude evitar preguntarme, mientras iban entrando en el amplio e imponente salón del trono, si de verdad me recordaban. Desde luego, no se acordaban de aquellas pequeñas crueldades mundanas, que para ellos no eran más que otra parte de otra noche. Yo, en cambio, sí me acordaba. De cada humillación, de cada vulneración, de cada golpe, de cada angustia ocasional.

Lo recordaba todo.

Y, de pronto, allí estaba, plantado delante de la nobleza rishan, con la maldita corona en la cabeza.

¡Cómo habían cambiado las cosas!

Aunque no tanto como yo querría, porque, por dentro, aun después de tanto tiempo, seguían aterrándome todos ellos.

Oculté la verdad con una interpretación estudiadísima, una maldita imitación impecable de mi antiguo amo. De pie en el estrado, con las manos a la espalda, las alas desplegadas, la corona perfecta, la mirada fría y cruel. Eso último no era difícil. A fin de cuentas, el odio era auténtico.

Se había convocado a los nobles de todos los rincones del territorio rishan. Eran poder añejo. Casi todos habían ocupado algún cargo de responsabilidad cuando Neculai era rey. Iban tan bien vestidos como recordaba, enfundados en prendas de seda tan intrincadas que era obvio que algún pobre esclavo se había pasado semanas afanándose con cada puntada del bordado. Sus rostros revelaban la misma altivez, la misma crueldad que, por fin lo sabía, era común a toda la nobleza vampírica.

Eso no había cambiado.

Pero a la vez era muy distinto. Habían pasado doscientos años y, aunque esos doscientos años no hubieran dejado huella en su cuerpo, habían sido años difíciles que sin duda les habían marcado el alma. Aquel era el puñado de rishan poderosos que habían sobrevivido a un golpe de Estado violento y a dos siglos de mandato hiaj. Habían sido señores de las ruinas que Vincent les había permitido conservar.

Y de pronto estaban allí, delante de un rey al que ya detestaban, dispuestos a luchar con uñas y dientes por su montón de huesos.

Lo peor del privilegio. Lo peor de la opresión.

Levanté la cabeza, con una sonrisita en los labios.

—¡Qué caras más sombrías! —comenté—. ¿No deberían estar más contentos de hallarse aquí, teniendo en cuenta las circunstancias de los dos últimos siglos?

Me proponía que mi voz sonara como la de él, como una amenaza perpetua, que era lo único que entendía aquella gente. Aun así, me resultó chocante oírla salir de mi boca.

Aflojé el control de mi magia y dejé que unas volutas de noche se desplegaran alrededor de mis alas, resaltando de ese modo, lo sabía bien, las plumas rojizas. Recordándoles quién era yo y por qué estaba allí.

—Nyaxia por fin ha considerado oportuno devolvernos el mando —dije mientras recorría el estrado con pasos lentos, perezosos—. Y, con el poder que me ha otorgado, llevaré la Casa de la Noche a una era más fuerte que nunca. He arrebatado este reino a los hiaj, al hombre que asesinó a nuestro rey, ultrajó a nuestra reina, diezmó nuestro pueblo y nos usurpó la corona durante doscientos años.

Era perfectamente consciente de que Oraya me clavaba los ojos en la espalda mientras enumeraba las fechorías de Vincent. De hecho, en todo momento de aquel acto la tuve presente, porque sabía que ella veía más allá.

Pero yo no podía parecer distraído. En cambio, torcí el labio asqueado.

—Yo haré que la Casa de la Noche vuelva a ser temible. La devolveré a su estado original.

Cada primera persona de mi discurso estaba cuidadosamente elegida, para recordarles mi papel con cada frase.

Había visto a Neculai pronunciar un discurso similar en numerosas ocasiones, y a los presentes, bebérselo a lengüetazos, como gatitos ante un cuenco de leche.

Pero, por muy buena que fuera mi interpretación, yo no era Neculai. Se me quedaron mirando, y aquel silencio incómodo no estaba trufado de respeto, sino de escepticismo e incluso algo de asco.

A pesar de la marca, la corona, las alas..., no veían más que a un esclavo convertido.

Al demonio con ellos.

Paseé por el estrado, mirándolos desde arriba. Me detuve en seco al ver una cara familiar: la de un hombre de pelo castaño ceniciento, canoso en las sienes, y ojos oscuros y despiertos. Lo reconocí enseguida, más rápido de lo que habría querido, porque el recuerdo me llegó como una cuchillada violenta e inoportuna. Aquel rostro y cientos de noches de sufrimiento.

Se parecía a Neculai, en ciertos aspectos. Los mismos rasgos afilados y la misma crueldad en ellos. Tenía sentido. A fin de cuentas, eran primos.

Había sido malo, pero no el peor. Ese premio le correspondía a su hermano, Simon, que, como pude comprobar explorando rápido el salón, no estaba allí ese día.

Me detuve delante de él, con la cabeza ladeada, la sonrisita en los labios. No pude remediarlo.

—Martas —dije complacido—, qué sorpresa verte por aquí. Habría jurado que mi invitación iba dirigida a tu hermano.

—No ha podido hacer el viaje —contestó Martas indolente, con auténtico desdén, y el repaso que me hizo con la mirada, la forma en que se contrajeron de asco sus labios, no dejó lugar a dudas.

El salón guardaba un silencio absoluto. Palabras aparentemente inocuas. Pero todos los presentes sabían el insulto que constituían.

Simon era uno de los nobles rishan más poderosos que quedaban vivos; qué demonios, el más poderoso. Pero no era más que un noble. Cuando un rey te convoca, vienes y punto, maldición.

—Ah, ¿sí? —dije—. ¡Qué lástima! ¿Qué era eso tan importante?

Martas, esa víbora, me miró a los ojos y contestó:

—Es un hombre muy ocupado.

Un placer oscuro y sanguinario caló en mi estudiada compostura.

—Supongo que tendrás que jurar lealtad en su nombre, entonces. —Levanté la cabeza y lo miré con altivez, sonriendo lo suficiente como para que se me vieran los colmillos—. Inclínate.

Sabía perfectamente lo que estaba a punto de ocurrir.

Simon y Martas habían creído que tenían despejado el camino al trono. Eran los únicos parientes vivos del rey; seguramente habían pensado que Simon se descubriría la Marca del Heredero en la piel en cuanto muriera Neculai, al ser su descendiente más antiguo.

Pero, por desgracia para ellos, y también para mí, Nyaxia no era tan predecible.

Seguro que los muy imbéciles se habían pasado los últimos doscientos años dando por sentado que nadie tenía la marca. Debía de haber sido una sorpresa desagradable que, unas semanas atrás, yo hubiera dado a conocer la mía y los hubiera convocado a Sivrinaj para que se arrodillaran ante el esclavo convertido al que habían maltratado durante setenta años.

No tenían intención de hacerlo, y yo lo sabía.

Martas ni se inmutó.

—No puedo —dijo.

Lo lógico habría sido que el salón entero hiciera un aspaviento, que se oyera una oleada de murmullos. No. La multitud guardó silencio. A nadie le sorprendió.

—Mi hermano solo jura lealtad al rey legítimo de la Casa de la Noche, y yo solo me inclino ante ese hombre —prosiguió Martas—. Tú no eres rey. —Volvió a asomar el desdén a sus labios—. He visto cómo te has deshonrado. No puedo inclinarme ante alguien que ha hecho semejantes cosas. Ni ante alguien que se sube a un estrado junto a un príncipe Nacido de la Sangre.

¡Deshonrado! Valiente forma de decirlo. Resultaba casi demasiado elegante que convirtiera aquello en un código moral inexistente, como si yo hubiera elegido algo de lo que me había pasado hacía tantos años o él no hubiera sido uno de los que me subyugaron.

Asentí despacio, observándolo. Le sonreí, y aquella fue una sonrisa auténtica. No habría podido reprimirla aunque hubiera querido.

La sed de sangre me recorría el cuerpo entero con cada latido, apoderándose de mí.

Y entonces Martas dijo atropelladamente, señalando al estrado:

—Dices que nos has librado de los hiaj, pero yo veo a la

bastarda de Vincent sentada justo al lado de tu trono. —Miró por encima de mi hombro y sus ojos se posaron, yo lo sabía, en Oraya. Reconocí aquella mirada: odio, hambre, deseo, repulsión, todo revuelto—. Si te la quieres coger, estupendo —espetó con desprecio—, pero mírala, intacta, sin un rasguño. No necesitas más que la boca y la vagina, ¿para qué te molestas en conservar el resto?

Mi sonrisa se esfumó.

Ya no me divertía jugar con él.

Tenía aquella reunión perfectamente calculada, planeada, pero, de pronto, me movía solo por impulsos.

—Agradezco tu sinceridad —le dije con calma—. Y la de Simon.

Bajé la tarima de dos zancadas y, con suavidad, le puse una mano a cada lado de la cara. De verdad era idéntico al maldito Martas de hacía siglos.

A lo mejor la gente no cambiaba.

Yo me sentía distinto desde que Nyaxia había devuelto el poder al heredero de los rishan. Había notado que algo cambiaba en mi interior en cuanto murió Neculai, pero había contenido aquel poder, lo había sometido y convertido en algo más manejable y tal vez menos llamativo. Sin embargo, desde aquella noche mi magia había resurgido con una fuerza incontrolable, como si el obsequio de Nyaxia me hubiera abierto una nueva veta de esa fuerza.

Lo cierto es que era un alivio poder usarla de nuevo sin cortapisas.

La liberé.

Asteris era a la vez agotador y estimulante. Era como si la fuerza bruta de las estrellas me reventara la piel, brotara de mi interior.

Se la reventó a Martas también.

El salón se volvió blanco, luego negro, y después recuperó bruscamente su desagradable nitidez.

Algo caliente me salpicó entero. Un golpe sordo surcó el silencio cuando un cuerpo aplastado y roto, envuelto en un montón de seda, cayó al suelo.

La luz se atenuó y, al hacerlo, reveló un océano de rostros mudos, perplejos. Sostuve la cabeza de Martas, en cuyo rostro se había dibujado una confusión satisfactoria. Era la primera vez que mostraba esa expresión.

Algunos de los que estaban en primera fila retrocedieron varios pasos para evitar el charco de sangre negra que se extendía por el mármol. No hubo gritos ni histeria. Los vampiros, incluso los nobles, estaban ya acostumbrados al derramamiento de sangre. No parecían horrorizados, no, sino sorprendidos.

Quizá no fuera muy prudente asesinar al hermano de mi noble más poderoso.

En aquel momento me daba igual. No sentía otra cosa que satisfacción. No estaba hecho para aquellas estupideces: los pavoneos, las fiestas, la política... Pero ¿eso? ¿Matar? Eso lo hacía bien. Y sentaba de maravilla matar a alguien que se lo merecía.

Me volteé para mirar a mi espalda, no sé bien por qué. Lo hice sin pensar.

La cara de Oraya me dejó pasmado.

Satisfacción. Satisfacción sanguinaria.

La primera vez en semanas que le veía algo de lucha en la mirada. ¡Por la Diosa, me habría echado a llorar, demonios! «Esa es mi chica», me dije. Y la forma en que me miró a los ojos, fijamente, me atravesó el disfraz y la interpretación. Casi la oí decirlo también: «Ese es mi chico».

Me volteé hacia la multitud y subí al estrado sin darles la espalda.

—Soy el rey de los Nacidos de la Noche —dije, con voz grave y letal—. ¿Creen que voy a suplicar su respeto? No lo necesito. Me basta con su miedo. ¡Inclínense!

Y dejé que la cabeza de Martas cayera al suelo con un sonido húmedo y nauseabundo y que rodara por las escaleras hasta su antiguo cuerpo. Muy oportunamente, cayó en una posición que, en efecto, parecía una reverencia.

Los nobles se quedaron mirando. El mundo contuvo el aliento.

Yo mismo contuve el aliento, pero hice todo lo posible por disimularlo.

Me la estaba jugando, y mucho. Los vampiros respetaban la brutalidad, pero solo de las personas adecuadas. Yo no era una de esas personas. Quizá nunca lo sería.

Si uno o dos se negaban a inclinarse, podía manejarlo, pero, con Marca del Heredero o sin ella, necesitaba la lealtad de mis nobles, sobre todo si quería librarme del control de los Nacidos de la Sangre. Como se negaran todos...

Se abrió de golpe la puerta, cuyas hojas, al chocar contra las paredes, rasgaron el silencio como el acero la carne.

Vale apareció en el umbral.

Jamás pensé que fuera a aliviarme ver a aquel hombre, pero, por los senos de Ix, tuve que reprimir un suspiro.

Estudió la escena: yo, la multitud, los asesores, el cuerpo sangrante de Martas, e inmediatamente se hizo una composición de lugar.

Entró con determinación en el salón, tan rápido que su melena oscura y ondulada voló al viento. La multitud le abrió paso. Una mujer que lo seguía se quedó al fondo, explorando el salón del trono con los ojos curiosos y muy abiertos, y el pelo castaño rizado amontonado en lo alto de la cabeza.

—Mi rey —dijo Vale, aproximándose al estrado—. Pido disculpas por mi retraso. —Se arrodilló enseguida, con naturalidad, delante de mí, justo en medio de la multitud, en pleno charco de sangre de Martas—. Alteza... —Su voz resonó por todo el salón. Sabía bien lo que hacía, cómo hacerse ver todo lo posible—. Mi espada, mi sangre, mi vida son tuyas. Te juro mi lealtad y mi servicio. Es para mí el mayor de los honores servirte como ministro de Guerra.

Detecté un eco extraño del pasado en aquellas palabras. La última vez que había oído a Vale pronunciarlas, iban dirigidas a Neculai. Por dentro, me estremecí cuando me las dirigió a mí. Por fuera, las acepté como si no cupiera esperar otra cosa.

Alcé la vista a los demás y aguardé.

Vale era un noble, era respetado. Acababa de inclinar una balanza en precario equilibrio.

Despacio al principio y luego en avalancha, los otros nobles se inclinaron.

Aquello era justo lo que quería, lo que necesitaba, y aun así, verlo me produjo una incomodidad visceral. De pronto fui muy consciente de la corona que llevaba en la cabeza, que siglos de reyes habían llevado antes que yo, reyes condenados a mandatos de crueldad y paranoia. Reyes a los que yo había asesinado, directa o indirectamente, igual que ellos lo habían hecho con sus predecesores.

No me pude contener. Volví a girarme un momento, una décima de segundo, lo justo para que nadie lo notara. Oraya clavó sus ojos en mí, como si estuviera viendo aquella esquirla de oscura franqueza al desnudo. Desvié enseguida la mirada, pero la suya se quedó conmigo de todas formas.

3
ORAYA

La cara de Raihn se me quedó grabada más tiempo del que habría querido. ¿Por qué me había mirado así, con aquella sinceridad?

Me fastidiaba saber que estaba siendo sincero.

Me sacaron del salón del trono poco después de eso, y Raihn se largó sin volver a mirar siquiera a sus nobles, con una indiferencia que yo sabía estudiada. Los guardias de Ketura me flanqueaban y, aunque Raihn iba varios pasos por delante, yo le veía los puños apretados con fuerza a los lados. Ni siquiera me dirigió una palabra cuando Cairis, Ketura y el noble, ¿su nuevo ministro de Guerra?, lo rodearon y el grupo desapareció por un pasillo lateral mientras los guardias me acompañaban a la escalera que conducía a mis aposentos.

Septimus se me acercó cuando ya había subido varios escalones. Lo olí antes de oírlo. Era sigiloso, pero aquel maldito puro lo delataba.

—Pues ha sido interesante, ¿verdad? —Miró de reojo a los guardias, que se habían agarrotado visiblemente en su presencia—. Uy, perdónenme la descortesía. ¿Interrumpo algo?

Los guardias no dijeron nada, como de costumbre. Septimus sonrió, satisfecho con aquel silencio.

—Sabía que el pasado de tu marido era objeto de... llamémoslo «controversia» entre los nobles rishan —continuó—, pero debo decir que lo sucedido ha superado mis expectativas. Supongo que tendré que convocar a más tropas de la Casa de la Sangre. —Tiró con un golpecito del dedo la ceniza a la escalera de mármol y la aplastó con el pie—. Parece que los rishan no van a ser de gran ayuda, si eso es lo que tienen que ofrecer.

Empezamos a subir otro tramo de escaleras.

Yo no tenía nada que decir. Las palabras de Septimus me traspasaban como ruido de fondo.

—Te has vuelto mucho más callada —dijo al fin.

—No hablo por el mero hecho de oírme.

—¡Qué lástima! Siempre has tenido cosas muy interesantes que decir.

Estaba jugando conmigo, y lo odiaba por eso. Si hubiera tenido energías, a lo mejor le habría concedido su deseo y le habría replicado. Pero, como no las tenía, no dije nada.

Llegamos a la planta superior. Cuando estábamos a punto de doblar la esquina, y la puerta de mi alcoba se veía ya al fondo, alguien nos abordó aprisa por la espalda. Desdemona, una de los guardias de Septimus, llegó a nuestra altura con unas pocas zancadas.

—Perdona, alteza. Tenemos un problema.

Septimus y Desdemona se rezagaron; yo seguí andando. No obstante, agucé el oído.

—Es por el ataque de Misrada —decía Desdemona en voz baja—. Necesitamos retirar tropas de la armería si queremos tener suficientes dentro de dos semanas...

Mi puerta se abrió de golpe y me distrajo. El refugio, la prisión de mi alcoba, que tan bien conocía, se extendió ante mí.

—Pues háganlo —contestó Septimus, impaciente—. Me da igual que...

Entré en mi alcoba.

La puerta se cerró y volvió a enclaustrarme dentro. Me

desabroché el vestido y me dejé caer de inmediato en la cama, aguardando el sonido típico de la puerta: cuatro chasquidos, cuatro cerrojos.

Clic.

Clic.

Esperé. Pasaron unos segundos. Oí pasos que se alejaban.

Fruncí el ceño. Me picó la curiosidad por primera vez en semanas.

Me incorporé.

¿Serían imaginaciones mías? Últimamente estaba algo aturdida. Quizá se me hubieran escapado los otros dos.

Me acerqué a la puerta y miré por la ranura. Dos sombras interrumpían el rayo de luz del pasillo. Los dos cerrojos superiores, unas simples barras deslizantes, estaban puestos. Pero los dos de abajo no.

De-mo-nios.

En mi primer día allí había conseguido abrir tres de los cerrojos. Había sido el de abajo, el grande, el de seguridad, el que se me había resistido. Pero de pronto...

Me aparté de la puerta y la estudié como habría estudiado a un rival en el cuadrilátero. Brotó en mi pecho el destello de una sensación que me era ajena, por falta de práctica: esperanza.

Podía abrir aquellos cerrojos. ¡Podía salir!

Todavía era de noche, aunque estaba a punto de amanecer. Debía esperar a que saliera el sol y los vampiros se hubieran retirado casi todos a sus respectivos aposentos. Entonces hice una mueca, pensando en la alcoba contigua a la mía y en el hombre que la ocupaba, que podía volver en cualquier instante. El oído de un vampiro era impecable. Si intentaba salir mientras él estuviera allí, se enteraría.

Pero... también yo había prestado atención a los movimientos de Raihn. Él pasaba muy poco tiempo en su cuarto. A menudo no volvía hasta mucho después del amanecer.

Me la tenía que jugar, esperar a que amaneciera, a que casi

todos los vampiros se hubieran acostado, pero no tanto como para que lo hubiera hecho Raihn.

Y luego, ¿qué?

«Conoces este castillo mejor que nadie, culebrilla», me susurró Vincent al oído, y me estremecí, como siempre que oía su voz.

Aunque tenía razón: no solo había vivido en aquel castillo toda la vida, sino que, además, había aprendido a deambular por él sin ser vista, ni siquiera por el último rey de los Nacidos de la Noche.

Solo debía esperar el momento oportuno.

4

RAIHN

—Vaya espectáculo —masculló Cairis.

—Tampoco estuvo tan mal, creo yo.

Entramos todos y Ketura cerró la puerta. La sala estaba a la vez demasiado vacía y tan revuelta que no se podía pensar en ella. Antes era una biblioteca, una sala dedicada a exponer piezas hermosísimas, antiquísimas o carísimas, y normalmente las tres cosas. Ketura había dado orden de que se vaciara el castillo entero, para que no quedaran información ni trampas, y algún pobre criado no había terminado de retirar los libros de los estantes cuando ella decidió que aquella estancia en particular era la única base de operaciones aceptable.

Por eso estaba hecha un desastre: los estantes de un lado, vacíos; libros amontonados en un rincón... En la mesa larga del centro de la sala había notas, mapas, libros y unas copas de cristal de la noche anterior, con coágulos rojos en el fondo.

Vincent había ocupado el poder doscientos años. Había mucha porquería de la que deshacerse.

En el fondo, yo lo agradecía.

La noche final del Kejari yo había volado hasta allí con un nudo de miedo en el estómago. Tenía distracciones de sobra: el cuerpo inconsciente de Oraya en los brazos, la sangre de Vincent en las manos, la Marca del Heredero abrasándome la espalda y un maldito reino entero sobre los hombros. Y, aun así, me detuve a las puertas de este castillo, perseguido por el recuerdo del pasado.

A lo mejor eso me convertía en un cobarde.

Pero doscientos años eran mucho tiempo. Aquel lugar tenía un aspecto muy distinto bajo el dominio de Vincent. Bastaba para disfrazar los peores recuerdos, de noche en noche. No obstante, había zonas del castillo que no era capaz de visitar.

Arrastré una silla, me dejé caer en ella y apoyé los talones en la esquina de la mesa. La silla crujió un poco bajo mi peso. Eché la cabeza hacia atrás y miré al techo: teselas plateadas con un relieve de alas hiaj. Puaj.

—¿Qué habrías hecho si Vale no llega a aparecer en ese momento? —preguntó Cairis—. ¿Asesinarlos a todos?

—No suena mal —contesté—. Es lo que habría hecho el gran Neculai Vasarus.

—Tú no eres él.

Su tono me hizo levantar la cabeza de golpe.

Lo había dicho como si fuera algo malo.

La idea me asqueó. No sé por qué, recordé de pronto la noche de la boda y la promesa que le había hecho a Oraya cuando prácticamente le supliqué que colaborara conmigo: «Haremos pedazos los mundos que nos han subyugado a los dos y crearemos algo nuevo a partir de sus cenizas». Y lo dije muy en serio.

Pero Oraya me miró con cara de odio y de repulsión, y que me azoten si podía reprochárselo. Y de pronto allí estaba yo, quitándome la sangre de debajo de las uñas, decidiendo la mejor forma de convertirme en una réplica del hombre que me había destruido.

Ella siempre veía más allá de todas esas estupideces.

Llamaron a la puerta e interrumpieron, por suerte, aquella conversación. Ketura abrió y entró Vale, que se detuvo e inclinó la cabeza ante mí mientras cerraba de nuevo.

—Alteza...

A veces son las cosas pequeñas las que hacen que te percates de la realidad de una situación. La exagerada declaración de lealtad de Vale no lo había conseguido, pero aquello, aquella media reverencia espontánea, la misma que solía hacerle a Neculai, me hizo sentir como dos siglos atrás, con mi antiguo amo a la espalda.

Ketura había querido que Vale fuera mi ministro de Guerra. A ella se le daba bien la ejecución, pero necesitábamos a alguien que supiera de estrategia. Y Cairis había insistido en que fuera alguien de sangre noble, alguien a quien respetaran los que no me iban a respetar a mí. «Para legitimarte», había dicho.

¡Legitimarme! Contaba con la bendición de una diosa y con un espantoso tatuaje mágico del que no podía deshacerme, pero era Vale quien me iba a dar «legitimidad».

Me costaba olvidar. No, Vale jamás había tomado parte en la depravación del mismo modo que los otros. A lo mejor pensaba que los amantes que consentían eran más entusiastas. Igual ya derramaba sangre de sobra por trabajo como para querer hacerlo por diversión.

Eso no lo convertía en un santo, ni significaba que no siguiera viéndome como un esclavo.

—Lamento mucho mi retraso de hoy —dijo—. Tormentas en alta mar.

—No se puede controlar el viento. Y seguro que tu esposa necesitaba tiempo para recuperarse.

Parpadeó extrañado.

—De la conversión —aclaré. Y sonreí—. Enhorabuena, por cierto.

La mirada de Vale se endureció y los ojos le brillaron como los de un perro guardián apenas amarrado. ¿Pensaba que la estaba amenazando? Era lo que Neculai habría hecho. Pero no. Era solo que no me agradaba que Vale hubiera convertido a una humana y la hubiera llevado a rastras allí. No me gustaba ni un poco.

—Salió todo lo bien que podía salir —contestó—. Está descansando, algo mareada del viaje. Quería darle tiempo para que se instalara.

Se le ablandó el gesto, y eso... eso fue inesperado . Se parecía muchísimo, curiosamente, a un afecto genuino. Aunque tampoco estaba seguro de si eso me hacía sentir mejor: Neculai había amado a su esposa, Nessanyn, y eso no la había librado de nada.

—Bueno, me alegro de que hayas llegado. —Hice un gesto hacia la mesa y los mapas esparcidos por ella—. Hay mucho trabajo pendiente, como puedes ver.

El consenso, después de horas de debate, era que teníamos el agua hasta el cuello.

A Vale le parecía que yo había sido un estúpido al aceptar el trato de Septimus, que había sido una soberana estupidez hacerlo sin negociar sus condiciones, y una estupidez de dimensiones monumentales mantener viva a Oraya.

Desestimé aquellas críticas con toda la naturalidad de la que fui capaz. No podía justificar por qué había tomado esas decisiones sin revelar más de lo que me interesaba sobre mis verdaderas razones, razones que no albergaban en absoluto la crueldad maliciosa que esperaban de mí.

No obstante, nuestra situación era aciaga. Los hiaj no iban a retirarse. Tenían tomadas varias ciudades clave. Los doscientos años de poder les habían otorgado fuerza. Vincent no había descansado, ni aun en la cúspide de su poder. Había seguido cimentando su fortaleza y mermando a los rishan hasta dejarnos prácticamente sin nada.

Eso significaba que nuestra fuerza bruta residía casi por

completo en los Nacidos de la Sangre. Y sí: los muy bastardos eran eficientes en lo suyo. Tenían cuerpo y estaban dispuestos a lanzarlos contra cualquier cosa. Con la ayuda de los Nacidos de la Sangre, habíamos conseguido conquistar muchas de las mayores fortalezas de los hiaj. Pero eso también quería decir que, si Septimus decidía retirarse, estábamos arruinados. Los ejércitos rishan no estaban preparados para aguantar solos frente a los hiaj.

Vale no disimuló lo mucho que le frustraba la situación. Un par de siglos alejado de las cortesías sociales lo habían vuelto aún más brusco que antes, y ya es mucho decir. Aun con todo, debía reconocer que era bueno en lo suyo. Puso fin a la reunión con una lista de recomendaciones para reforzar nuestra posición y, cuando nos dispersamos, salía ya por la puerta siguiendo a Ketura con un montón de preguntas sobre nuestros ejércitos.

Cairis, en cambio, se quedó después de que Vale y Ketura se fueran. Eso me fastidiaba, el remoloneo. Ya lo hacía en su día, cuando pretendía susurrarle algo al oído a alguien y que pareciera idea de la otra persona.

Suspiré.

—No te andes con rodeos. Suéltalo ya.

—De acuerdo. Voy a ser directo. La cosa no ha ido nada bien. Ya sabíamos que los nobles te odiaban. Ahora...

—Nada iba a impedir que me odiaran. De hecho, igual deberíamos verlo como una prueba. Para saber qué nobles se iban a inclinar de buena gana.

—Si ha sido una prueba, no la ha superado nadie —replicó Cairis con sequedad.

—Pues eso. Ejecutémoslos a todos.

Se quedó mirándome fijamente, como intentando decidir si bromeaba.

No era el caso. Enarqué las cejas a modo de mudo: «¿Y bien...?».

—¿Tienes con quién reemplazarlos? —preguntó.

—Podría encontrar a alguien.

Se inclinó por encima de la mesa y entrelazó los dedos de ambas manos.

—¿A quién? Dime.

Odiaba que Cairis tuviera razón, por lo arrogante que se ponía después.

—Solo digo que te andes con cuidado —continuó, bajando la voz por si lo oían—. Ya dependemos demasiado de los Nacidos de la Sangre.

Vaya eufemismo. Septimus prácticamente me tenía doblado sobre su mesa.

—Lo último que necesitamos —prosiguió— es destrozar la lealtad del escaso ejército con el que contamos. Las apariencias lo son todo. Y eso me recuerda... —Carraspeó—. Lo de ella.

Me puse en pie, con las manos en los bolsillos, y paseé nervioso por la estancia.

—¿Qué pasa con ella?

Se hizo un silencio que decía «Ya sabes lo que pasa».

Cairis parecía estar escogiendo sus palabras con un esmero inusual en él.

—Que es un peligro para ti.

—No puede volverse en mi contra.

—Ganó el Kejari, Raihn.

Me llevé la mano al pecho, al punto exacto por el que me había entrado el puñal. No había cicatriz ni marca. No podía haberla: por deseo expreso de Oraya, lo ocurrido se había deshecho. Pero a veces me parecía notármela. En ese instante, me latía sin piedad.

Lo disimulé todo al girarme hacia él con una sonrisa satisfecha.

—No me negarás que se ve genial tener a la hija de Vincent atada a mi lado.

Siempre me salían bien las imitaciones. Di a mi voz un poquito de la crueldad de Neculai, como había hecho aquel día en el cuadrilátero, cuando justifiqué haber dejado con vida a Oraya con una letanía de atrocidades.

Cairis ni se inmutó; no lo convencí.

—Después de lo que él le hizo a Nessanyn —añadí—, ¿no crees que merecemos esa satisfacción?

Se estremeció al oírme mencionar a Nessanyn, como sabía que haría, igual que me pasaba a mí a veces cuando los viejos recuerdos me sorprendían desprevenido.

—Puede ser —reconoció al cabo de un buen rato—. Pero a ella eso ahora mismo no le sirve de nada.

Tragué saliva, me volteé hacia la pared de libros y fingí que admiraba los adornos de los estantes.

No me gustaba pensar en Nessanyn, pero estaba haciéndolo mucho últimamente. Estaba por todas partes en aquel castillo. Todo estaba por todas partes.

No pude ayudar a Nessanyn cuando estaba viva, y tampoco cuando estaba muerta. Y allí estaba yo, sirviéndome de su recuerdo para manipular a quienes me rodeaban. La habían utilizado toda su vida, y ahora la utilizaban también muerta.

Cairis quería que yo fuera idéntico a Neculai. No tenía ni idea de lo cerca que estaba de cumplir ese deseo.

Me saqué las manos de los bolsillos. Aún me quedaba sangre de Martas debajo de las uñas.

—¿No los odias? —pregunté.

Pretendía que la pregunta sonara más cadenciosa, más indiferente de lo que había sonado. Porque Cairis también había estado siempre ahí, había sido otra de las mascotas de Neculai. Y, aun así, de pronto podía sentarse allí y abogar por una alianza con quienes nos habían convertido en blanco de una degradación inimaginable. Me sorprendía de verdad.

—Pues claro que los odio —contestó—. Pero los necesitamos. Por ahora. ¿Quién gana si los matas a todos y Septimus se queda con la Casa de la Noche? Nosotros no. Ella también solía decir eso, ¿te acuerdas?

Al girarme, le vi en el rostro una sonrisa tierna, distante, algo inusual en él.

—«No olvides quién gana».

Lo dijo con cariño, pero yo apreté sin querer los dientes.

Sí, me acordaba. Ni siquiera recuerdo la de veces que llegué al límite, a punto de devolver el golpe. Y, siempre que eso ocurría, Nessanyn me lo impedía. «No los dejes ganar —me suplicaba, con aquellos enormes ojos pardos, tan intensos, empañados—. ¿Quién gana si te mata?»

—No lo olvido —contesté.

Cairis meneó la cabeza, y una sonrisa triste asomó a sus labios.

—Estábamos todos un poco enamorados de ella, ¿verdad?

Sí, estábamos todos un poco enamorados de Nessanyn. Era yo quien se acostaba con ella, pero todos la amábamos. ¿Cómo no hacerlo si era la única bondad que conocíamos, si era la única que nos trataba como a personas y no como a cuerpos?

—Así que piensa en eso —continuó—. Es lo que hago yo. Cuando me lo noto, me digo: «¿Quién gana?».

Lo dijo como si fuera un gran proverbio, un saber enriquecedor.

—Ajá —respondí, en absoluto convencido.

Lo cierto era que no dormía mucho últimamente.

El castillo tenía un ala entera pensada para ser la residencia del rey. La había visitado casi una semana después de obtener el poder, tras posponerlo todo lo posible. La decoración era distinta, pero, en lo básico, era igual que el resto.

Había recorrido todas las estancias en silencio.

Me detuve delante de una puerta que tenía un hundimiento

en la madera oscura. Recordé que la había hecho Ketura con la cabeza hacía siglos, y que entonces apenas se distinguía bajo la sangre. Aún notaba al tacto las marcas de donde había clavado los dientes.

También me detuve en el estudio de Vincent. Lo habían desmantelado; había ropa suya tirada por todas partes. Decoraban la parte superior pequeños adornos probablemente más valiosos que muchas fincas. Pero, entre aquellos tesoros, había papelitos amarillentos escritos con una letra que enseguida supe que era de Oraya, aunque con el trazo torpe de una niña. Eran todo restos de sus estudios, o eso parecía. Apuntes sobre posiciones de combate.

Se me tensaron las comisuras de los labios. Cómo no: aun de niña, Oraya se había tomado sus estudios muy en serio. Enternecedor. Profundamente enternecedor.

Y entonces, con idéntica rapidez, se me esfumó la sonrisa. Porque por lo visto yo no era el único que pensaba eso, si Vincent había conservado tantos años aquellos papeles maltrechos.

No, no me quedé en el ala del rey.

Mis aposentos estaban justo al lado de los de Oraya. Ambos contaban con múltiples estancias, pero nuestras alcobas compartían una pared. Era una mala costumbre, pero, siempre que volvía a mi cuarto, me quedaba un rato junto a aquella pared. Esa noche no fue una excepción.

Cuando Oraya lloraba, su llanto era convulso, horrendo. Silencio al principio, y luego la inspiración entrecortada de un sollozo que hacía pedazos ese silencio, como si se estuviera asfixiando a propósito y su cuerpo se rebelara en busca de aire. Sonaba como una herida que se desgarrara.

La primera vez que lo oí, me inventé una excusa para pasar a su alcoba; le aporreé la puerta y me saqué de la manga una historia cuando me abrió. Ni siquiera me acordaba de lo que le había soltado.

«Anda, peléate conmigo, así te distraes».

Pero Oraya me había parecido vacía, como si le resultara físicamente doloroso estar en mi presencia en aquel momento, como si suplicara clemencia.

Esta vez apoyé la mano en la pared que compartíamos y agucé el oído, muy a mi pesar.

Silencio.

Y luego lo de siempre.

Tragué saliva con dificultad. Apreté los puños contra el papel pintado de brocado.

Una pared, lo bastante fina como para que pudiera oír a través de ella, pero que bien podía haber sido de hierro.

«Ni se te ocurra dejar de luchar, princesa, porque me partirías el corazón», le había dicho antes de la prueba final. Y me había creído el mejor por haberle infundido esas ganas de luchar en aquella última batalla.

Y ya no luchaba.

Ni yo iba ya a su alcoba. Me aseguraría de que le llevaran esa infusión para el dolor de cabeza a la noche siguiente. Procuraría que tuviera lo que necesitaba. Pero lo que necesitaba en aquel instante, desde luego, no era yo.

Me metí a la cama, pero no me dormí. Las palabras de Nessanyn me rondaban la cabeza, esa vez con una negatividad indudablemente mía.

«¿Quién gana?»

Nessanyn ni de broma, claro.

Y Oraya tampoco.

5

ORAYA

Esperé a que el sol estuviera alto sobre Sivrinaj para actuar. Me había pasado la noche rezando por que nadie viniera a verme y volviera a poner aquellos valiosos cerrojos al marcharse. Tuve suerte.

Tras pasar por su habitación, Raihn había salido de noche y no había regresado aún. De eso era perfectamente consciente, tanto porque mi huida dependía de su ausencia como porque sabía que podía aparecer en cualquier momento.

Había convertido un arete de aro de plata que había encontrado en la cómoda en una especie de gancho. El cerrojo de arriba, que era de resbalón, se abrió con facilidad, pero el segundo..., el segundo me dio problemas. Tenía muy poco margen de maniobra entre cerrojos y el metal era muy rígido. En varias ocasiones, estuve a punto de partir por la mitad la ganzúa improvisada.

—Maldición —susurré furiosa.

«Tú tienes mucho más poder que esa porquería de gancho», me susurró Vincent al oído.

Miré el trocito de plata roto y después las yemas de los dedos con que lo sujetaba.

Todas las puertas, ventanas y cerraduras de aquel palacio estaban reforzadas contra la magia, claro está, pero, aunque no lo estuvieran, esas últimas semanas yo notaba mi magia muy lejos. Recurrir a ella me exigía ahondar mucho, justo en todas aquellas heridas aún recientes que no quería ni pensar en reabrir, porque me preocupaba morir desangrada antes de que me diera tiempo a volver a cerrarlas.

Pero... a lo mejor el Fuego de la Noche podía derretir aquella barrita metálica que retenía la puerta.

Me daba miedo hasta probar, aunque, si tenía una oportunidad de ser libre, no estaba dispuesta a renunciar a ella porque me aterrara intentarlo.

Mi primer intento de magia fue en vano.

Apreté los dientes. Ahondé más. Me topé con cosas que llevaba semanas queriendo enterrar.

«Yo te eduqué mejor», me susurró Vincent.

Pensé en su voz, en su rostro, enmarcado en la arena del coliseo, ensangrentado y en carne viva y...

El estallido de Fuego de la Noche fue excesivo, demasiado brillante. Me envolvió la mano. Me aferré a la oleada de dolor, de rabia, de tristeza.

«Controla, culebrilla —me espetó Vincent—. ¡Controla!»

«No me puedo concentrar si me estás sermoneando», pensé, y luego me tragué la vergüenza que me produjo su súbito enmudecimiento.

Inspiré hondo una vez, dos, hasta que me bajaron las pulsaciones. La llama disminuyó un poco.

«Controla».

Reduje el Fuego de la Noche a una esferita y después sumergí en ella el gancho de plata roto. El Fuego de la Noche rondó el extremo como la llama de un cerillo.

Ni de broma iba a funcionar, me dije, y metí el gancho metálico por la ranura de entre la puerta y el marco, pegando metal contra metal. Vertí mi magia en aquella conexión con aquella llamita... ¡y empujé!

La puerta se abrió de golpe. Salí rodando por el suelo de

baldosas y me detuve cuando estaba a punto de estamparme contra la pared de enfrente. Miré al suelo. En la baldosa había un ganchito de metal medio derretido, medio carbonizado. Me lo guardé en el bolsillo y, al girarme, vi la puerta de mi alcoba.

Abierta de par en par. El pasillo estaba desierto.

Yo estaba fuera. De momento.

¡Que la Diosa me asistiera!

Aprisa, con sigilo, cerré la puerta de mis aposentos, frotando las manchas de quemadura lo mejor que pude. El segundo cerrojo estaba roto, pero con suerte nadie que pasara por allí repararía en ello.

Estábamos en guerra. Había visto de primera mano cómo era eso en aquel castillo. Aunque fuera de día, la mayoría de los pasillos estarían ocupados o muy vigilados. La armería, desde luego. Y las salidas, por supuesto.

Pero podía esquivarlo.

Asomó a mis labios una sonrisita de satisfacción. El movimiento me incomodaba, como si mis músculos hubieran perdido la práctica.

Menos mal que conocía el castillo mejor que nadie.

Vincent había sido muy cauto. Había remodelado el castillo para añadir pasadizos, túneles y pasillos laberínticos que no conducían a ninguna parte, de sobra consciente de la posibilidad de que algún día aquella fortaleza se volviera en su contra.

De niña, me había enseñado algunos de esos pasillos, me había hecho memorizar los caminos hasta su ala. Aun siendo una niña, jamás me endulzó la razón por la que era tan importante que lo supiera. «Este mundo es peligroso, culebrilla —me decía—. Te voy a enseñar a luchar, pero también a huir».

Nunca me mostró todos los pasadizos, claro, porque tampoco quería darme demasiada libertad, pero yo exploré por mi cuenta los otros, en secreto.

No obstante, ese día seguí el camino que mi padre me había indicado. Era una auténtica estupidez ir corriendo directo al exterior. Sí, era de día y eso jugaba a mi favor, pero habría guardias vigilando por todas partes. Necesitaba saber dónde me estaba metiendo. Necesitaba un arma...

Me flojearon las piernas al recordar lo que había hecho la última vez que había blandido una espada, el último corazón que había atravesado.

Me quité de la cabeza el rostro de Raihn muerto, escapé por nada del recuerdo del de Vincent y seguí por el pasillo.

Oía voces lejanas, próximas a la escalera. Uno de los accesos a la red de pasadizos de Vincent estaba cerca. Nadie lo había descubierto aún, por lo visto. Estaba bien escondido, con los bordes tapados por tapices colocados estratégicamente. A veces aquellos pasadizos estaban cerrados con llave, pero ese día tuve suerte. La puerta se abrió sin problema.

Los túneles eran estrechos, iluminados por antorchas perennes de Fuego de la Noche. Se habían construido alrededor del perímetro ya existente del castillo, por lo que eran enrevesados y resultaba complicado recorrerlos. Muchas de las puertas interiores estaban cerradas con llave, así que no me quedó otra que seguir adelante y bajar varios tramos de escaleras. Sin duda, casi todas las demás salidas de allí conducían a pasadizos ocultos en el interior de diversas alcobas, y lo último que quería era terminar en los aposentos de algún general rishan. En su lugar, descendí varios tramos de escaleras de caracol angostas, y seguí hasta llegar a la planta baja, e incluso más allá.

Cuando era pequeña, rara vez me habían dejado llegar hasta allí, pero todavía recordaba exactamente dónde estaba. Vincent valoraba mucho su intimidad y tenía muy poca. Así que, casi al principio de su reinado, había pedido que excavaran un nuevo sótano bajo la torre más oriental del castillo, un ala subterránea exclusiva para él.

Tenía dos puntos de acceso. Uno de ellos subía directo a la planta baja, y por ahí podía escapar, pero lo mejor de todo era que Vincent solía guardar armas y víveres en sus estancias, con lo que también podría armarme antes de salir.

El acceso a aquella ala estaba cerrado: una puerta de roble de doble hoja, manchada de negro, que parecía fundirse con las sombras, salvo por los pomos de plata. Contuve la respiración y la abrí muy despacio, con mucho sigilo. No tenía la certeza de que Raihn no hubiera descubierto aquel sitio. El ala de Vincent era privada, pero no secreta.

Pero mi suerte, por lo visto, iba a durarme un poco más. No había un alma.

Delante tenía un pasillo desierto. Aquel, al contrario que los caminos oscuros y mal conservados por los que había llegado hasta allí, parecía pertenecer al castillo. Suelos de baldosas añil. Puertas negras. Pomos plateados. Obras de arte hiaj con marcos dorados en las paredes. Tenía ocho puertas delante, cuatro a cada lado, y una escalera que subía, protegida por un barandal plateado.

Llevaba tanto sin pasar por allí que no recordaba lo que había en cada una de aquellas estancias. Probé con las dos primeras puertas y las encontré cerradas con llave. La tercera. La cuarta. ¡Maldición! A lo mejor estaban todas cerradas y había desperdiciado mi valiosa libertad bajando allí para...

La quinta puerta se abrió.

Me quedé helada. Dejé de respirar. Dejé de moverme.

Permanecí en el umbral de la puerta abierta, con la mano aún en el pomo.

Por la Diosa.

El estudio de Vincent.

Olía a él. Por un instante, tuve la sensación angustiosa de que mi padre no había muerto, de que estaba en aquella habitación, con un libro entre las manos y el ceño fruncido de concentración.

El pasado me arrolló de pronto como un acero astillado, igual de punzante e igual de doloroso.

La estancia era pequeña, más que los otros estudios de Vincent. En el centro había un escritorio de madera, y dos sillones de terciopelo en el rincón más próximo a la chimenea. Las paredes estaban forradas de estantes que exhibían los lomos negros, granates, plateados y azules de centenares de libros antiguos pero muy bien conservados. El escritorio estaba atestado de cosas: ejemplares abiertos, documentos, notas y lo que parecía un montón de cristales rotos en el centro.

Cuando conseguí volver a moverme, me acerqué.

Estaba mucho más desordenado de lo que era habitual en Vincent. Claro que, al final, él ya...

Evité pensar en cómo había estado él en aquellos últimos meses.

Posé la vista en una copa de vino que había entre las notas, con una costra roja en el fondo. Mirándola de cerca, descubrí unas manchitas cerca del pie: huellas. Iba a levantarla, pero me detuve a tiempo; no quería mancillar aquellos restos de él.

Ni siquiera la pérdida de Ilana me había preparado para aquello. El maldito nivel de obsesión al que te lleva el dolor. Había tenido que hacer un esfuerzo colosal para no pensar en él, un esfuerzo que me había agotado por completo.

Pero ahora que estaba allí, rodeada de él, no quería irme nunca. Quería acurrucarme en su silla, cubrirme con el saco que había dejado colgado de uno de los sillones, envolver en seda su copa de vino y conservar sus huellas para siempre.

Curioseé entre los papeles de la mesa. Había estado trabajando mucho. Inventarios. Mapas. Informes sobre el asalto al Palacio de la Luna. Hurgué en la pila de cartas y me detuve, con la mano temblorosa, en un trozo de pergamino.

«Parte —decía el encabezado—. Salinae».

Estaba escrito en un lenguaje desenfadado y directo. Una simple exposición de recursos y resultados.

«La ciudad de Salinae y los distritos colindantes han sido exterminados».

Con una sola frase, me vi plantada de nuevo en medio de los restos mortales de Salinae. El polvo. La bruma tóxica. Aquel maldito hedor. La forma en que le había temblado la voz a Raihn al sostener aquel letrero: «Esto es Salinae».

Y de pronto, en el escritorio de mi padre, me encontraba aquel informe breve, de una página, que exponía con crudeza que había destrozado mi tierra natal, que había asesinado a cualquier familiar que me quedara.

Que me había mentido al respecto.

«No pensabas decírmelo», le había espetado yo.

«Tú no eres como ellos», me había replicado él, furioso.

El pergamino me tembló en las manos. Lo solté enseguida y lo enterré de nuevo en el montón.

Al hacerlo, vi un suave destello plateado. Aparté un libro abierto. Enterrado debajo, había un puñal minúsculo y muy tosco.

Se me hizo un nudo en la garganta.

Lo había hecho yo misma poco después de que Vincent me adoptara. Aquella fue la primera vez que me sentí lo bastante cómoda como para pedirle que me encargara alguna tarea y lo bastante segura como para llevarla a cabo. Me gustaba tallar piedra, ya ni siquiera recordaba por qué. Pero sí me acordaba de haber hecho aquel puñal chiquitín, y de lo nerviosa que estaba al regalárselo. Había contenido la respiración mientras él lo examinaba con estoicismo.

«Bien», me dijo al cabo de un buen rato; se lo guardó en el bolsillo, y ya. La primera de innumerables ocasiones en que me había sorprendido a mí misma buscando la aprobación de Vincent y preguntándome si la había conseguido.

Y, de pronto, allí estaba ese cuchillo, junto con la sentencia de muerte de miles de personas.

Dos versiones de él que no había sido capaz de conciliar cuando estaba vivo y me resultaban aún más difíciles de entender tras su muerte. Vincent el rey, capaz de matar a toda mi familia por conservar el poder, de masacrar a una raza entera, de mentirme durante casi veinte años sobre mis ancestros para proteger su corona. Y Vincent el padre, que guardaba aquella manualidad que yo le había hecho, ahí mismo, con todas sus posesiones más preciadas, y que, con su último aliento, me había dicho que me quería.

Qué bien me vendría encontrar una carta guardada en uno de sus cajones, una que dijera: «Mi culebrilla, si recibes esto es que ya no estoy. No sería justo por mi parte dejarte sin respuestas...».

Pero Vincent no era de esos hombres que anotan sus secretos. A lo mejor yo había querido convencerme de que había ido allí por víveres, pero, en el fondo, buscaba respuestas.

Qué ilusa, maldición.

Porque era al contrario: aquel estudio resultaba tan incomprensible como mi padre. No encontré nada allí más que cosas suyas, tan disparatadas en su ausencia como en su vida.

Me ardían los ojos. Me dolía el pecho. Me brotó de dentro un sollozo con tal violencia que tuve que taparme la boca para contenerlo.

Yo antes nunca lloraba, y de pronto parecía que, cuanto más intentaba reprimirme, más desgarrador era el llanto.

Lo ahogué con un gruñido horrible que agradecí que nadie pudiera oír.

«No hay tiempo para eso, Oraya —me dije—. No has venido a eso, demonios».

Posé los ojos en el centro del escritorio, en el montón de cristales rotos. Era algo peculiar. Era vidrio espejado, con los trozos colocados unos encima de otros, como si alguien hubiera querido disponerlos en una pila perfectamente alineada. Me recordaba a la luna llena, de un plata luminoso y refulgente con ondulaciones que titilaban bajo la luz fría. Unas volutas elegantes adornaban su borde liso y se dirigían al centro, hasta que las interrumpía el borde partido. Forcé la vista y distinguí un suave resplandor; negro rojizo. ¿Sangre?...

¿Por qué tendría aquella porquería rota allí, en medio de su trabajo?

Toqué el borde del pedazo superior...

Hice un aspaviento.

El borde estaba afilado como una cuchilla. Me cortó la yema del dedo y me dejó un hilo rojo que corría hacia un lado, pero apenas noté el corte y el dolor.

Porque los pedazos de cristal empezaron a moverse.

En milésimas de segundo, la torre de cristales se desmontó y los pedazos empezaron a encajar unos con otros hasta formar un cuenco espejado poco profundo, que recogió en su centro las gotas de sangre de mi dedo.

Y, pese a lo asombroso que me pareció aquello, lo que me dejó temblando fue la sensación súbita, abrumadora y desconcertante de que Vincent, ¡Vincent!, había estado en aquel cuarto, justo donde yo estaba, derramando su sangre en ese mismo cuenco. Me inundó la garganta una angustia intensa e inesperada, toda hecha pedazos, en pensamientos fragmentados de ciudades, generales, Sivrinaj, Salinae, centenares de alas emplumadas clavadas bajo las estacas por los muros de la ciudad. Rabia, posesividad y determinación, y, por debajo de todo eso, un miedo poderoso.

Retiré bruscamente la mano, espantada. Sentí náuseas, mareo.

—¿Vincent? —Al principio creí que lo había imaginado—. ¿Vincent? ¿Alteza? Yo... ¿cómo...?

La voz sonaba débil y distorsionada, como si viniera de algún sitio muy muy lejano, y en medio de fuertes vientos. Pero, aun así, la reconocí.

—¡¿Jesmine?! —susurré.

Volví a asomarme al cuenco. Mi sangre se amontonaba

allí, extendiéndose más de lo que debería haberlo hecho una cantidad tan pequeña de líquido, cubriendo el fondo plateado. Forcé la vista y me acerqué más. El reflejo titilante de la Llama de la Noche me impedía verlo con claridad, pero ¿se movía algo...?

—¡¿Oraya?!

La voz, confundida, era sin duda la de Jesmine. Apenas la oía.

Yo estaba ya doblada sobre el escritorio, con los antebrazos apoyados en él, atraída en múltiples direcciones por la leve presencia de Jesmine, a una enorme distancia, por la presencia de Vincent en el pasado.

Aquello era una herramienta de comunicación de algún tipo. Un conjuro, un...

Voces.

No la de Jesmine. No, esas venían del pasillo.

Una era la de Raihn.

¡Maldita sea!

Aparté la mano del dispositivo y el cuenco espejado volvió a hacerse pedazos, que formaron de nuevo una pila ordenada. Hice una mueca al oír el sonido metálico que produjo el choque del cristal contra la madera.

Los recogí y me los guardé en el bolsillo, sin apartar la vista de la puerta.

Las dos voces se oyeron más cerca. La otra, caí en cuenta unos segundos después, era la de Cairis.

—... tardar más en encontrarlo —iba diciendo.

Pasos. Por la otra escalera. Mi ruta de escape.

—¿La guardia lo ha revisado todo ya? —preguntó Raihn.

—Aún no.

—Él hizo muchos cambios en el edificio.

Le noté algo raro en la voz al decirlo, algo que era obvio para mí, pero que a Cairis le pasó inadvertido.

—Empezarán con estas estancias en cuanto terminen con los estudios de arriba —contestó Cairis.

—¿Algo útil?

—Nada nuevo. Ya sabemos a quién hay que matar. Lo difícil es llegar hasta ellos. Pero deshacernos de Misrada nos ayudará. Septimus parece seguro de que lo conseguiremos.

—Bueno, mientras Septimus esté seguro... —replicó Raihn con abundante sarcasmo—. Al menos así nos quitamos a unos cuantos de en medio.

Los pasos se acercaron más. Me acobardé, viendo titilar las sombras en el haz de luz de debajo de la puerta. Dejé de respirar. Me pegué a la pared, procurando distanciarme de ellos todo lo posible. Pero siguieron avanzando.

—Vincent mantenía en secreto este pasillo —dijo Cairis—. Igual guardaba aquí abajo las porquerías de valor. ¿Qué?

Se me cortó de inmediato el suspiro de alivio.

Los pasos de uno de los dos, los de Raihn, se detuvieron.

—¿Qué pasa? —insistió Cairis.

—Nada. Solo tengo curiosidad. —Raihn era buen actor. Vendía bien sus mentiras—. Adelántate tú —le dijo a Cairis—. Yo prefiero echar un vistazo por aquí primero.

De-mo-nios. ¡Demoniooos!

—¿Quieres que llame a alguien para que te ayude?

—La verdad, me muero de ganas de tener un poco de intimidad, de oírme pensar por una vez.

Cairis rio y yo miré desesperada por todo el estudio. No podía esconderme más que debajo del escritorio. Una opción espantosa. Claro que era mejor que nada.

Mientras me ocultaba, vi un último destello de toda la labor de mi padre: los documentos y diagramas que demostraban exactamente lo mucho que amaba su reino, y cuánto sudor y sangre había vertido para construir y proteger su imperio.

Su imperio. ¡Mi imperio!

Y allí estaba yo, encogida de miedo debajo de una maldita mesa.

Una oleada angustiosa de vergüenza me engulló mientras me deslizaba bajo la madera.

Justo cuando unos pasos se perdieron a lo lejos y otros se acercaron más.

Justo cuando la puerta se abría de golpe y una voz familiar me decía:

—¿En serio pensabas que no te iba a oler, princesa?

6

ORAYA

Mal-di-ción.

Busqué alrededor algo, lo que fuera, que me sirviera como arma. Pero, claro, eso habría sido demasiado fácil.

—¿Vas a salir de ahí abajo o quieres que te saque yo? —me preguntó Raihn.

Apreté tan fuerte la mandíbula que me tembló.

De repente me sentí exactamente igual que en el Palacio de la Luna, cuando me provocó en el invernadero. Entonces estaba acorralada, y ahora también.

Me levanté y me volteé para mirarlo, con los puños apretados a los lados. Ojalá no hubiera detectado el atisbo de decepción que mi concesión había hecho brotar en sus ojos.

Recostándose en el marco de la puerta, me escudriñó, y aquella breve revelación desapareció bajo una sonrisa de complacencia con la que retomó su papel.

No dije nada.

—Sé que te encanta meterte en lugares donde no deberías estar —prosiguió—. ¿Tendría que sentirme afortunado por que no lleves encima los puñales en esta ocasión? —Se tocó la pierna, recordando la primera vez que nos vimos, cuando me agarró para salvarme la vida y yo se lo agradecí hundiéndole el puñal en el muslo.

¿Qué pensaba que hacía allí? ¿Jugar conmigo como si no hubiera cambiado nada entre nosotros, como si aún fuéramos dos participantes en el Kejari, dos aliados reticentes?

Le hablé con dureza y determinación.

—¿Donde no debería estar? Esta es mi casa.

Nunca me había salido muy bien fingirme fría y serena cuando los sentimientos me asaltaban por debajo de la piel. Vincent me lo recordaba a menudo.

Raihn me lo notó.

Se esfumó su sonrisita.

—Lo sé —contestó, sin indicio de provocación esa vez.

—No, no lo sabes —repliqué—. No lo entiendes, porque me tienes prisionera aquí.

—No eres mi prisionera. Eres...

«Eres mi reina», decía él siempre.

Estupideces. Ya no aguantaba más.

—Para —le espeté—. Tú... tú solo PARA. Para de mentirme. Para de empeñarte en no ver las cosas como son. Me encierras bajo llave todas las noches. Duermes en los aposentos contiguos para poder custodiarme...

Raihn se movió bruscamente, dio un par de zancadas hacia mí.

—Procuro mantenerte con vida, Oraya —dijo en voz baja—. Y es increíblemente complicado, ¿de acuerdo? Sé que nada de esto es ideal, pero lo estoy intentando.

Me dieron ganas de decirle: «¿Y qué? Pues deja que ocurra, si tanto te cuesta impedirlo. Deja que me maten».

«Tú estás por encima de eso, culebrilla», me susurró Vincent al oído.

—¡Qué benevolente de tu parte! —le solté—. ¡Qué desinteresado!

Raihn me miró a los ojos.

—¿Crees que esto es lo que quiero? —espetó—. ¿Que me gusta oírte llorar todas las noches?

Me quedé pálida.

Al verme la cara, apretó los labios. Casi lo oí reprenderse para sus adentros por haberlo dicho.

Sabía que existía la posibilidad de que me oyera, que Raihn siempre había visto todo lo que yo no quería que viera, pero, maldición, que lo reconociera así... era como incumplir una especie de acuerdo tácito. Se me encendieron las mejillas.

Retrocedí un paso, de pronto desesperada por poner distancia entre los dos, y Raihn la igualó avanzando. Me miraba fijamente, sin pestañear, tan ineludible como si me hubiera agarrado e inmovilizado contra la pared.

—Te hice un ofrecimiento —murmuró—. La noche en que...

Vaciló. Supe lo que me iba a decir: «La noche en que nos casamos».

Ninguno de los dos lo tenía presente, que nos habíamos casado.

—Esa noche te hice un ofrecimiento. Y sigue en pie. Siempre seguirá en pie.

Otro paso atrás. Otro paso adelante.

—Odio este lugar —exhaló las palabras, entrecortadas, como si se las hubiera arrancado de lo más hondo del pecho—. Odio a esta gente. Odio este castillo. Odio esta maldita corona. Pero no te odio a ti, Oraya. Ni siquiera un poquito. —Ablandó el gesto, y me dieron muchas ganas de desviar la vista, pero no lo hice—. Te he fallado, lo sé. Probablemente aún lo esté haciendo... —Meneó la cabeza de forma leve, como si quisiera dejar de hablar—. Pero tú y yo somos iguales. No habría querido que nadie más me ayudara a construir una versión mejor de este reino. Y, la verdad, tampoco... tampoco sé si voy a poder hacerlo sin ti.

Por fin me permití apartar la mirada del rostro de Raihn, la dejé vagar por el escritorio que nos separaba, repleto de notas y planos de Vincent. Él se había inclinado de pronto sobre la mesa, con las manos plantadas en los documentos, todos ellos pruebas del reinado de mi padre y de lo mucho que había amado su reino.

El reino de mi padre. ¡Mi reino!

El suave latido de mi Marca del Heredero, en el cuello y el pecho, me ardió más fuerte entonces; me escoció como un ácido.

«Al menos así nos quitamos a unos cuantos de en medio», me había dicho, como si nada, a propósito de las personas que ahora confiaban en mí.

—Tú no quieres la ayuda de una hiaj —le espeté—. Estás demasiado ocupado aniquilando a los míos.

—¿A los tuyos? —repitió enseguida con desdén, como si no pudiera contenerse—. ¿Cuándo demonios se convirtieron en «los tuyos»? Nunca te han tratado como si fueras uno de ellos. A la gente como tú la tratan como maldito ganado. Les faltan al respeto, les...

—¡Asesinaste a mi padre! —le solté sin más.

La acusación, la cruda verdad, llevaba semanas presionándome bajo la piel. Cada vez que miraba a Raihn, aquellas palabras me reventaban los oídos. Aquellos reproches: «Asesinaste a mi padre, me mentiste, me utilizaste.

»ASESINASTE.

»A.

»MI.

»PADRE».

Las palabras ahogaron todo lo que él me decía.

Lo silenciaron de inmediato y se quedaron suspendidas entre los dos, palpables y afiladas como cuchillas.

—Asesinaste. A. Mi. Padre.

Ni siquiera me di cuenta de que estaba diciéndolo en voz alta esa vez; se me coló entre los dientes apretados.

Con cada sílaba lo reviví: la magia de Raihn en su máxima expresión acorralando a Vincent contra la pared; el cuerpo de mi padre cayendo, convertido en poco más que un saco de carne rota.

Un humo platino me brotó de los puños apretados. Subía y bajaba los hombros con dificultad. Me dolía el pecho. Por la Diosa, me dolía muchísimo el pecho. Me había dejado llevar demasiado y me estaba costando recuperar las riendas.

Durante un instante mudo, terrible e interminable, creí que me iba a desmoronar. Raihn por fin rodeó el escritorio y se me acercó despacio, mirándome tan fijamente que lo notaba hasta con los ojos bien cerrados.

Como si estuviera esperando. Como si estuviera preparado.

—Lo siento mucho, Oraya —susurró—. Siento... siento muchísimo que las cosas fueran así. Lo siento de verdad.

Lo peor de todo era que ni siquiera dudaba de que lo dijera en serio.

«Lo siento». Recordé la primera vez que Raihn se había disculpado conmigo, sin más, igual que si se tratara de una simple verdad. Oírselo decir así había significado tanto para mí que había reorganizado un poco todo mi mundo. Sentí que me hacía un regalo que llevaba muchísimo tiempo esperando: que alguien validara mis sentimientos de ese modo, que me hiciera esa concesión aun a expensas de su propio orgullo.

Ansiaba oír a mi padre decirme algo así.

Y al final me lo había dicho con su último aliento: «Te quiero. Lo siento».

¿Y había servido de algo? ¿Significaba algo? ¿De qué demonios servían unas palabras?

Abrí los ojos y miré a Raihn. Su expresión era tan tremendamente franca, tan cruda, que me sobresaltó. Vi que me abría una puerta, que me instaba a cruzarla, listo para tomarme de la mano y guiarme.

—Pero volverías a hacerlo —dije.

Cerré de un portazo.

Se estremeció.

—Estoy intentando salvar muchísimas vidas —se excusó. Impotente, como si no supiera qué más decirme.

A ver, ¿qué otra cosa me iba a decir salvo la verdad?

Odié entenderlo, en algún rincón oscuro de mi ser. Raihn había hecho un trato y había muerto intentando no cumplirlo. Miles de personas dependían de él. Llevaba sus obligaciones tatuadas en la piel.

Pero hacía mucho que yo me negaba a reconocer que también llevaba mis propias obligaciones tatuadas a fuego en la piel. Y había oído a Raihn hablar de aniquilar a quienes ahora dependían de mí. Por mucho que hablara del nuevo reino, eran solo palabras, porque yo lo había visto actuar para ganarse el favor de las mismas personas que lo habían maltratado.

Maldito hipócrita.

¿Quería que habláramos de decisiones difíciles?

Raihn se acercó un paso más.

—Oraya, escucha...

Yo me aparté bruscamente.

—Quiero volver a mi alcoba. —Imposible no detectar la decepción en sus ojos—. Llévame o deja que me vaya sola —espeté.

Por suerte, Raihn sabía cuándo no había discusión posible conmigo. Sin decir ni una palabra más, abrió la puerta y me siguió en silencio, un paso por detrás de mí, hasta mi cuarto.

7

ORAYA

No sabía cuándo había decidido lo que iba a hacer, solo que, al llegar a mi alcoba, ya no cabía duda. Esperé hasta mucho después de que los pasos de Raihn se perdieran por el pasillo. No quería correr ningún riesgo, y menos después de que Raihn me hubiera dejado vergonzosamente claro lo bien que oía lo que sucedía en mis aposentos.

Y entonces, por fin, me llevé la mano al bolsillo, saqué aquel montoncito de cristales y los coloqué en mi cama. Parecían tan poca cosa allí como en el escritorio de Vincent: unos trocitos de espejo ahora manchados de mi sangre.

Seguía sin entender qué eran ni cómo funcionaban, pero repetí lo que había hecho en el estudio y pasé la yema del pulgar, aún sangrante, por el borde liso.

Las piezas se apilaron de inmediato. Las toqué de nuevo y se reorganizaron en forma de cuenco espejado y poco profundo.

Ahora que podía examinarlo más detenidamente, observé que las piezas, una vez encajadas, seguían temblando un poco: en algunas partes no parecían cuadrar del todo. Volví a pasar el pulgar por el borde y vi como mi sangre corría serpentina por las espirales decorativas y se amontonaba en el fondo del recipiente.

Esa vez estaba preparada para la oleada de... de Vincent que venía a continuación, pero no por eso me dolió menos, ni me costó menos dejarme inundar por ella. No oía su voz ni le veía la cara, pero notaba su presencia sin el menor asomo de duda, como si en cualquier momento fuera a darme la vuelta y a encontrármelo plantado a mi espalda. Era una certidumbre más profunda, más visceral, que la que ninguno de mis sentidos pudiera proporcionarme.

La sangre del centro borbotó y se expandió, vibrando en los bordes al tiempo que los pedazos de cristal que temblaban. La imagen de la sangre parecía un reflejo de otro lugar, distante y difuso. Quizá se habría visto mejor en un charco de sangre negra. O a lo mejor era tan débil porque aquel artilugio, fuera lo que fuera, no estaba pensado para funcionar conmigo. A fin de cuentas, yo solo tenía la mitad de vampiro.

Forzando la vista, examiné la imagen a medio formar. Podía intuir vagamente el rostro de una persona, como asomada al espejo desde el lado opuesto.

—¿Jesmine? —susurré.

—¿Alteza?

Era la voz de Jesmine, desde luego, como me había parecido antes, solo que muy lejana y confusa. Me acerqué más y agucé el oído.

—Eres tú... —dijo—. Pensaba... de la... ¿dónde est...?

—Más despacio —interrumpí—. No puedo oírte.

«Como te digo siempre, culebrilla —me susurró Vincent—, debes aprender a ser más paciente. Aguarda y siente».

Inspiré hondo.

Por la Diosa, notaba su voz tan cerca que casi sentía su aliento en la oreja. Una súbita oleada de tristeza me asaltó antes de que me diera tiempo a protegerme de ella.

La imagen de Jesmine se consolidó; su voz sonó de pronto más fuerte, aunque seguía costándome oírla.

—... lo puedes usar —me estaba diciendo.

Ya distinguía bien su gesto; de confusión, de intriga. Parecía que tenía una mejilla manchada de porquería, o de sangre; llevaba el pelo recogido en un chongo encrespado, y un brazo vendado. Todo lo contrario de la seductora impecable a quien yo estaba acostumbrada a ver deambulando por las fiestas de Vincent.

—¿Usar qué? —pregunté.

—Su espejo. Que lo puedes usar.

«Su espejo».

No me hacía falta saber con exactitud qué era aquel cacharro para entender que se trataba de magia antigua y poderosa, aunque solo fuera por la forma en que parecía tan inextricablemente vinculado al alma de mi padre. Y si aquello era suyo y funcionaba con su sangre...

—No hay tiempo —mascullé, sobre todo para mí.

No, no disponía de tiempo para indagar, con todo lo que quedaba por hacer.

Jesmine asintió muy seria, y su semblante pasó de ser el de una súbdita intrigada a una general.

—¿Estás a salvo, alteza?

«A salvo». Vaya expresión. Pero contesté:

—Sí. ¿Y tú?

—Estamos en...

—No quiero saberlo.

Estaba casi convencida de que, si habíamos llegado hasta allí, era porque nadie nos estaba escuchando, pero no tenía la certeza.

Jesmine me entendió, se lo vi en la cara.

—Sí, alteza. ¿Cuánto... cuánto sabes del punto en que se encuentra la guerra?

Me aclaré la garganta. Me avergonzaba reconocer lo poco que sabía. Y con aquella nueva conexión intensa y dolorosa con Vincent que sentía en mi pecho, me daba más vergüenza aún.

Se me había otorgado una increíble responsabilidad y lo que

sintiera yo al respecto daba igual, porque, por ahora, la había desperdiciado.

La imagen de Jesmine titiló y me acerqué más el cuenco, como queriendo atraerla por la fuerza.

—Quiero tu valoración, no la de los rishan —le dije, una forma muy oportuna de disimular mi ignorancia.

—Hemos perdido... muchos de los bastiones que nos quedaban. Seguimos luchando por defender los restantes, alteza. Luchamos con todas nuestras fuerzas. Pero... —Arrugó la nariz un instante, en un gesto de odio—. Los Nacidos de la Sangre son muchos y muy taimados. A los rishan los podemos controlar, pero los Nacidos de la Sangre son... un desafío.

Eso coincidía con lo que yo había estado viendo en el castillo. Raihn podía ponerse todo lo filosófico que quisiera con sus sueños, pero la cruda realidad era que había invitado a los lobos a su reino y había dejado que asesinaran a los suyos mientras se escondían detrás de su corona. Dependía en gran medida de sus fuerzas.

En cierta ocasión, Raihn me había dicho que los sueños valían más bien poco, que lo que contaba eran los actos. Pues sus actos no contaban lo suficiente, y míos tampoco había habido muchos que se dijera.

El rostro de Jesmine volvió a borronearse y sus siguientes palabras sonaron fragmentadas:

—¿Tú... órdenes?

En un intento desesperado por salvar mi conexión con ella, pasé el pulgar por el canto del cuenco y dejé que fluyera más sangre a su interior, pero solo sirvió para que se formaran ondas en la imagen y mi dolor de cabeza latente se intensificara.

El sonido de unos pasos a lo lejos me paralizó. Me giré ligeramente para mirar la puerta de mis aposentos: seguía cerrada. Los pasos no se acercaron, sino que resonaron en la otra punta del pasillo.

Me giré hacia el espejo.

—No dispongo de mucho tiempo —susurré.

—¿Tienes órdenes? —me apremió.

Órdenes. Como si yo tuviera alguna autoridad para decirle a Jesmine lo que debía hacer.

—Van a atacarlos en Misrada dentro de dos semanas —contesté, rápido y en voz baja—. Será una gran operación. Están al límite de sus recursos... incluso los Nacidos de la Sangre. Van a dejar sin vigilancia la armería de Sivrinaj para disponer de tropas suficientes en Misrada.

Jesmine frunció el ceño, pensativa.

—No sé si podríamos defendernos de un ejército así.

—Yo tampoco lo sé, pero a lo mejor no hace falta.

Titubeé un momento, a punto de tomar una decisión de la que sabía que no había vuelta atrás: la de luchar.

Podía sentir la presencia de Vincent en forma de mano apoyada en el hombro.

«Este es tu reino —me susurró—. Yo te enseñé a luchar por una existencia digna. Te di dientes. Úsalos».

—Evacuen Misrada —le dije—. Vayan por la armería mientras esté desprotegida. Saquéenla o tómenla o destrúyanla; lo que les resulte más fácil con lo que tengan. ¿Disponen de recursos?

Aun en aquel reflejo brumoso, pude ver claramente la mirada acerada de Jesmine.

—Nos va a costar, pero tenemos lo suficiente para intentarlo.

No me permití flaquear, ni que flojeara mi mando, cuando dije:

—Pues háganlo. Se acabó lo de salir corriendo, lo de defenderse. No hay tiempo para medias tintas.

Había llegado el momento de pelear de una maldita vez.

Segunda parte

LUNA NUEVA

INTERLUDIO

Nada hay más peligroso que un trato, ni mayores horrores que los que se eligen, ni peor destino que el que se suplica.

El hombre aún no lo entiende.

Poco entiende el hombre, de hecho, aunque tampoco lo sepa todavía. Venía de una vida pequeña en una pequeña ciudad, y se pasó casi todo el tiempo intentando huir de ella. De entre sus limitadas opciones, eligió la que le daba mayor libertad. Le encanta la libertad, sentir que la brisa marina le agita el pelo. Le encanta cómo lo hace esta noche, mientras su barco surca las aguas traicioneras próximas a Obitraes. A ese trocito de tierra curvo lo llaman «el Gancho de Nyaxia», porque a veces engancha a los marinos humanos incautos como el anzuelo atrapa a los peces indefensos. La noche está oscura; el mar, bravo; el cielo, de tormenta.

Los marineros no tienen ninguna posibilidad.

La mayoría muere en el acto cuando la embarcación, demasiado pequeña para un viaje tan peligroso, se estampa contra las rocas implacables de la mano de Nyaxia, que los llama. Se ahogan en las aguas salobres del océano; sus cuerpos se rompen con las rocas o quedan ensartados en los restos de sus propios barcos.

Pero este hombre, a pesar de ser un individuo corriente, sabe algo por encima de todo: sabe luchar.

Tiene treinta y dos años y no está dispuesto a morir, y, aun maltratado sin piedad por la violenta colisión del navío, nada hacia la orilla y, batiendo los brazos con fuerza contra las olas, llega a la playa.

Cuando, apenas consciente, se obliga a levantar la cabeza para ver lo que tiene delante —el perfil de una urbe como nunca ha visto otra en su vida, todo curvas de marfil y luz fría como la de la luna—, piensa que jamás ha presenciado nada tan hermoso.

El hombre está tan cerca de la muerte esa noche...

A los dioses les gusta atribuirse el mérito del destino. ¿Es el destino lo que lo ha salvado?, ¿o ha sido la mano caprichosa de la fortuna, que ha sabido lanzar bien los dados? Si ha sido obra de los dioses, deben de estar carcajeándose esa noche.

Se arrastra tan lejos como puede, palmo a palmo, hasta que la arena bajo sus manos se torna roca, y la roca, suelo. Nota que la muerte lo persigue, la siente bullir en cada una de sus sangrientas inhalaciones. El hombre se creyó en su día valiente, pero ningún mortal es valiente cuando encara una muerte prematura.

La muerte se lo habría llevado si el destino, o la suerte, no lo hubiera salvado... o condenado.

El rey se le presenta en el momento preciso.

Este rey tenía la costumbre de reunir almas, y la del joven es justo de las que le gustan. Se sitúa junto al hombre semiinconsciente y evalúa su rostro, maltratado pero bien formado. Luego se arrodilla a su lado y le hace una pregunta que el hombre se pasará el resto de su interminable vida recordando: «¿Quieres vivir?».

«¡Qué pregunta más tonta!», se dice el hombre.

Claro que quiere vivir. Es joven. Tiene una familia que lo aguarda en casa. Le quedan décadas por delante.

Ningún mortal es valiente cuando encara una muerte prematura.

La respuesta del hombre es una súplica:

—Sí. Por favor. Sí, ayúdeme.

Más adelante se odiará por eso, por suplicar de forma tan patética su propia perdición.

El rey sonríe y acerca la boca al cuello del moribundo.

8

RAIHN

Odiaba a Septimus desde nuestro primer encuentro.

Sabía perfectamente quién era y, aunque no hubiera estado al tanto de su reputación, su aspecto, que berreaba «aristocracia de los Nacidos de la Sangre indigna de confianza», lo habría delatado.

Cuando se arrimó a mí durante el Kejari, no quise tener nada que ver con él. Pero era como un virus o un olor desagradable: el muy maldito no se iba nunca.

Al principio, su presencia era más o menos fortuita. Se quedaba demasiado rato donde diera la casualidad de que estuviéramos Mische y yo, en los días inmediatamente anteriores al torneo. Primero pensé que hacía lo que la mayoría de los nobles Nacidos de la Sangre durante el Kejari: aprovecharse de que a ellos se les permitía interactuar con las otras casas y ver dónde podían ejercer su influencia.

Más o menos fácil de despachar.

Pero luego, como la tercera o la cuarta vez que me acorraló, empecé a recelar. Y, cuando me llevó a un aparte para decirme «Sé quién eres», yo ya había decidido que no me caía bien.

Aquello bastó para asustarme. Peiné el círculo de mis más allegados intentando averiguar a quién conocía Septimus, y aún no lo he conseguido. No sabía cómo lo había descubierto. Pero entonces fue cuando empezó la presión.

«No vas a poder con esto tú solo. Los rishan no son lo bastante fuertes. Aunque ganes».

«Necesitarás ayuda».

«Déjame echarte una mano. Ayudémonos mutuamente».

Lo mandé al demonio. Jamás me planteé siquiera aceptar el trato. Hacía mucho mucho tiempo que había aprendido lo peligroso que era que alguien te ofreciera todo lo que siempre habías querido.

Pero entonces reparó en Oraya.

Y aún recordaba el momento exacto en que supe que él había entendido que podía usarla en mi contra: aquel día, en el baile de la Medialuna, en que la llamó Nessanyn.

Le negué mi ayuda desde aquel instante hasta el final. Hasta el momento en que la vida de Oraya estuvo en sus manos... y claudiqué.

Cuando has vivido ciertas cosas, sabes ver si alguien está desesperado. Septimus, yo lo sabía, estaba desesperado, de una forma peligrosa, de una forma que él sabía disimular muy bien. Habría hecho lo que fuera por conseguir lo que quería, y a mí me aterraba no tener claro qué era eso exactamente.

La desesperación no era buena consejera.

Aquella idea presidía mi pensamiento mientras estaba sentado en mi estudio con Vale y con él, escuchando cómo Septimus nos decía, como si nada, que al final no iba a poder mandar tropas de los Nacidos de la Sangre a Misrada.

A Vale no le hizo ninguna gracia, y ni se molestó en ocultarlo.

—Eso es inaceptable —le dijo.

A la cara de imbécil de Septimus asomó una sonrisita insolente.

—Entiendo que te sientas así —dijo—, pero la naturaleza del asunto es la que es. Por desgracia, no puedo estirar el tiempo ni el espacio. Desdemona lo ha confirmado en múltiples ocasiones. No tengo margen para llevar las tropas hasta allí. Habrá que dar ese paso más adelante.

—A ver si lo entiendo, entonces —terció Vale, inclinándose sobre el escritorio—. ¿Ahora vamos a tener que reprogramar una operación que lleva semanas planificada por culpa de la escasa previsión de tus generales de cuarta? ¿Con un solo día de antelación?

A Septimus se le quebró la sonrisita. Yo ya había observado que no tenía problema en aceptar cualquier insulto que le dirigieras a él, pero no toleraba muy bien que se faltara al respeto a quienes tenía bajo su mando.

Soltó una fumarada por las fosas nasales.

—Mis «generales de cuarta» son los que se están encargando de llevar a cabo esta pequeña rebelión tuya. A lo mejor, si tus propias tropas estuvieran dispuestas a luchar por ti, todo se habría gestionado más rápido.

Vale parecía a punto de soltarle un puñetazo. Muy a mi pesar, le lancé una mirada de advertencia. Vale me sostuvo esa mirada un instante, la combatió, porque, aun después de las últimas semanas, todavía no estaba dispuesto a aceptarme como superior, y luego, meneando la cabeza, volvió a sentarse en su silla.

—Esto es lo que no echaba de menos de este trabajo —dijo en voz baja, como si no pudiera contenerse—: tratar con incompetentes.

Septimus rio. Después se dirigió a mí.

—Estás muy callado, alteza.

Y así era. Había estado observando a Septimus, meditando aquel cambio de planes suyo de última hora tan sospechosamente oportuno. Había algo más que no nos estaba contando, de eso no me cabía duda, aunque no supiera ni qué ni por qué.

Yo había estado tan ocupado pensando que había descuidado mi papel... Quería que Septimus siguiera tomándome por el rey convertido, el tonto, que continuara creyendo que era alguien de quien podía aprovecharse.

Le contesté con una sonrisa que más bien era una forma de mostrarle los colmillos.

—¿Qué quieres que diga?

Septimus se encogió de hombros, como diciendo «Tú sabrás».

—¿Quieres que te maldiga por tu pésima planificación y tu falta de atención?

Se encogió de hombros otra vez.

—Si quieres...

—¿Para qué gastar saliva? Bastante he gastado ya dejándote participar en la planificación de esta ofensiva. A lo mejor no me apetece seguir perdiendo el tiempo contigo. —Ladeó la cabeza y me miró demasiado pensativo para mi gusto. Me erguí un poco—. No sé qué más hay que hablar. Si ya has terminado, tengo trabajo de verdad —le dije, despidiéndolo con un manotazo al aire.

Asomó a sus labios una sonrisa fría y breve.

—Terminado del todo.

De pronto me resultaba incomprensible que la primera vez que mis ojos se toparon con el perfil urbano de Sivrinaj me hubiera parecido lo más hermoso que había visto en mi vida, que no podía significar más que la salvación.

Vaya broma.

Aquella vista de entonces se parecía mucho a la de ahora, desde la azotea de la armería, a las afueras de la ciudad. Cuando llegué a la orilla también era de noche, y la luz de la luna lo inundaba todo. Suponía que le había encontrado cierto atractivo arquitectónico: todas aquellas cúpulas, torres y agujas, el mármol, el marfil y la plata. Una de esas cosas que solo puedes admirar hasta que ves por ti mismo la sangre que se ha derramado para construirla y la podredumbre que la infesta por debajo.

—No deberías estar aquí fuera, alteza —me dijo Vale, por cuarta vez en los últimos quince minutos. Las palabras eran las mismas, pero su tono iba cambiando, acumulando frustración.

—Ya te he oído la primera vez.

Soltó un gruñido de desaprobación muda.

Me di la vuelta y exploré el resto del paisaje. La armería se encontraba justo donde los límites de la ciudad daban paso al desierto: suaves dunas al norte y, al sur, pendientes pedregosas hasta el mar. Esa noche el cielo estaba encapotado y había niebla, algo que no me gustaba. Apenas se veía el mar, menos el cielo.

Me asomé al barandal y contemplé las calles de la ciudad, a mis pies. Al oeste estaban los distritos humanos, bloques indefinidos de color canela y gris. Más allá, los suburbios de los territorios vampíricos de la ciudad. En algunas calles aún quedaban restos de barricadas, construcciones toscas de madera y piedra, remanentes de los intentos de los hiaj, en los días posteriores al golpe de Estado, de recuperar como fuera algunas zonas de la ciudad. Intentos fallidos. Pero habían dado la cara.

Y yo tenía presente que aún lo hacían.

Aquella era una noche tranquila. Pero esas cosas siempre pasaban en noches tranquilas.

El asalto al Palacio de la Luna se había producido en una noche tranquila.

El reino de Neculai había caído en una noche tranquila.

Y aquella noche era especialmente tranquila, teniendo en cuenta que Septimus había retirado a sus tropas de Nacidos de la Sangre y había dejado a los rishan allí para que custodiaran la armería, dispersos y desorganizados debido al cambio de órdenes de última hora.

Esa noche no debía ocurrir nada, gracias a la decisión de Septimus.

Pero yo no pensaba más que en él, en su condenada sonrisita de complacencia y su cambio de planes como si nada.

La gente, sobre todo los nobles Nacidos de la Noche y Nacidos de las Sombras, desestimaba alegremente a los Nacidos de la Sangre por considerarlos bestias descerebradas. Eran unos bastardos sanguinarios, sí, pero más listos de lo que se pensaba. De no haberse visto limitados por la maldición, que había reducido sus filas y recortado su esperanza de vida, no me cabía duda de que habrían podido tomar Obitraes. Qué demonios, el mundo entero, incluso.

Era propio de la arrogancia de la clase alta subestimarlos, y yo no podía permitirme ese lujo.

—Quiero más guardias aquí —le dije a Vale.

Un general de menor categoría me habría contestado que estaba siendo cauto de más, pero Vale, por suerte, no me cuestionó.

—¿Qué sospechas? —me preguntó en voz baja.

—Pues...

«No sé».

Me ganaba el maldito orgullo, sí, pero no tenía intención de pronunciar aquellas palabras en voz alta, y menos aún a Vale.

Aunque era la verdad. No tenía una teoría concreta. No pensaba que Septimus fuera a volverse abiertamente en nuestra contra, al menos de momento. También él formaba parte de aquella alianza; no le iba a resultar tan fácil escapar de ella.

Pero a veces es algo que se nota en el aire.

Olisqueé y sonreí con sorna a Vale.

—¿No la hueles?

—¿Qué?

—La sangre. —Me apoyé en el muro de piedra, con las manos en los bolsillos—. Me quedo aquí esta noche.

—Pero...

—Trae a todos los que puedas de los otros puestos de la ciudad y sitúalos aquí.

Se hizo un silencio. Veía claro que le daban ganas de llamarme imbécil por quedarme allí personalmente, aunque sospechara que algo iba a pasar, o justo por eso. Pero se limitó a decir:

—Como desees, alteza.

Y, sin mayor discusión, desplegó las alas plateadas y se lanzó al cielo con un zumbido. Alcé la cabeza y lo seguí con la vista hasta que desapareció en medio de la neblina.

Me instalé en el borde de piedra del muro y desenvainé la espada. Ya hacía un tiempo que no la usaba, pero seguía reconfortándome la forma ya familiar en que se me tensaban los músculos para blandirla. Me apoyé la hoja en el regazo y contemplé el acero oscuro, el humillo rojo que se desprendía de él. La conocía muy bien, como uno conoce a un viejo amigo.

Casi me apetecía que algo se torciera esa noche, tener algo que matar. Lo extrañaba. Era sencillo, fácil, directo. Todo lo contrario de lo que habían sido las últimas semanas.

Al menos, antes era así.

El recuerdo del rostro de Vincent en sus últimos momentos me pasó rápidamente por la cabeza, sin quererlo. Aquello no había sido nada sencillo. Me deshice de ese recuerdo, me recosté y observé los nubarrones que surcaban despacio el cielo, esperando algo, aunque no supiera el qué.

Que vinieran.

Los esperaba impaciente.

9

ORAYA

Supe que algo iba mal antes de que se produjera la explosión.

No era inusual que yo mirara con anhelo por la ventana de mi alcoba; que toda mi vida estuviera encerrada bajo llave en aquel cuarto tenía ese efecto. Pero aquellas dos últimas semanas había estado haciendo algo más que mirar. Había estado aguardando.

Aguardando un éxodo masivo de soldados rishan y Nacidos de la Sangre.

Aguardando un movimiento que nunca llegó.

Los Nacidos de la Sangre se habían ido días atrás y, aunque no era precisamente un movimiento de la escala que yo esperaba a juzgar por lo que les había oído hablar, fue bastante para mantenerme esperanzada. Pensaba que los rishan los seguirían esa noche.

Pero pasaban las horas y los rishan no se movían. Mientras miraba y esperaba, se me hizo un nudo de inquietud en el estómago, mayor con cada minuto que transcurría. Intenté volver a usar el espejo, esa vez para advertir a Jesmine, pero no encontré nada, salvo nubarrones en mi charquito de sangre. Por lo visto, ya se había puesto en movimiento. El ataque ya estaba en marcha.

No tardé en ponerme a pasear de un extremo a otro del

ventanal, con la vista clavada en la armería, a lo lejos, y la cabeza a mil.

Jesmine era una general fuerte y competente, me decía a mí misma. No se habría movido sin haber verificado que tenía probabilidades de éxito. Además, aquella noche era ideal: las nubes ocultaban el vuelo de los hiaj por el cielo. Muchos de los Nacidos de la Sangre se habían marchado, algo era algo. Aunque no era la tropa mínima que yo esperaba. Salvo que se me hubiera escapado algo.

Pero Vincent me susurró al oído: «No es propio de ti no querer ver las cosas, culebrilla».

No. Tenía razón. Me detuve junto a la ventana, con las yemas de los dedos pegadas al cristal. Algo había cambiado. Saltaba a la vista que los Nacidos de la Sangre que habían salido no eran suficientes para tomar una ciudad como Misrada.

Además...

La explosión se llevó de golpe todos mis pensamientos.

Fue ruidosa, tan potente que la noté en los dedos que apoyaba en el cristal, aunque hubiera tenido lugar en la otra punta de la ciudad. En la armería se produjo un estallido de humo refulgente, que ascendió formando una columna blanca y azul.

Pasmada, vi el fogonazo, que luego fue apagándose. No había visto nada parecido desde... desde el ataque al Palacio de la Luna, hacía meses.

Jesmine, qué genio. Cerrada, pero un genio. Había utilizado a los magos para recrear la destrucción del Palacio de la Luna, generando así una distracción violenta. Ni pestañeé al atisbar las figuras distantes que se lanzaban en picada entre las nubes y el humo, innumerables hiaj sumergiéndose en las ruinas.

La imagen me heló hasta los huesos.

Tenía que bajar allí.

Tenía que bajar allí ¡ya!

La explosión había desencadenado una actividad frenética en los pasillos al otro lado de mi puerta. Corrí a apoyarme en ella y oí el ajetreo de pasos lejanos a la carrera, y gritos. Entonces aporreé el roble, tan fuerte que empezó a dolerme el puño.

Quien estuviera al otro lado tardó mucho en abrir, como si no tuviera claro que fuera buena idea.

Un joven rishan de pelo rubio ondulado y cara de perplejidad general que pareció lamentar su decisión de inmediato.

Parpadeé extrañada.

—Tú no eres Ketura.

Cuando tenía guardia, solía ser ella.

—No, soy Killan —contestó.

Si Ketura no estaba allí era porque ya se la habían llevado a otra parte. Tal vez ya estuviera en la armería.

Mierda.

—Déjame pasar —dije, moviéndome ya, pero Killan me impedía el paso torpemente. Estiré el cuello y vi a varios soldados más, con armadura, corriendo por los pasillos—. Soy tu reina —espeté furiosa—. Déjame salir.

A ver si aquella basura de Raihn de «No eres mi prisionera, eres mi reina» significaba algo de verdad.

—No puedo hacer eso, alteza —contestó Killan—. Me han ordenado que te custodie. Hay peligro ahí fuera.

«Me han ordenado que te custodie», decía el chiquillo, como si yo no estuviera viendo cómo ensanchaba las fosas nasales cada vez que me acercaba. No estaba equipado para custodiar nada. Ni siquiera sabía resistirse al olor de la sangre humana.

Si aquello era lo único que quedaba en el castillo, la situación era verdaderamente desesperada.

Di un paso atrás, dos.

Killan soltó un sonoro suspiro de alivio.

«Recuerda quién eres, culebrilla», me susurró Vincent.

¿Qué diablos estaba haciendo, pidiéndole permiso para salir a aquel niño, dejándolo pensar que podía «custodiarme»?

Yo había ganado el maldito Kejari de la Diosa. Había vencido en batalla a guerreros vampíricos el doble de grandes que yo y que tenían diez veces mi edad. Era la hija de Vincent, de los Nacidos de la Noche, el más grande de los reyes que habían gobernado la Casa de la Noche; era su legítima heredera y estaba por encima de todo aquello.

¡Madre Oscura, cuánto había echado de menos la rabia! Me aferré a ella como quien recibe en sus brazos a un antiguo amante.

El Fuego de la Noche me rugió en las yemas de los dedos y me trepó furioso por los antebrazos.

No me costó lidiar con Killan. Era seguro que el pobre infeliz jamás había atacado a otro ser vivo con aquella espada y, desde luego, no se esperaba que yo me adelantara. El roce del Fuego de la Noche lo hizo jadear de dolor; se le abrieron heridas sin sangre en los brazos, en el sitio por donde lo agarré para estamparlo contra la pared. Quiso defenderse, débilmente, pero le arrebaté la espada de un golpe y la tiré con gran estrépito metálico al suelo de mármol.

¡Qué bien sentaba volver a pelear! Tanto que estaba deseando que empujara más fuerte. Quería un mayor desafío.

Quería hacer un poco de daño.

Pero Killan no ofreció mucha resistencia. No, se limitó a jadear, con el corazón acelerado (¡por la Diosa!, ¿cómo podía oírle el pulso tan claramente?), mientras yo le presionaba la garganta con el antebrazo y el Fuego de la Noche le mordisqueaba la piel.

Con el pie izquierdo, me acerqué su espada; me agaché para levantarla y él intentó zafarse de mí. En vano. En cuestión de segundos lo tenía de nuevo contra la pared, en esta ocasión con su propia espada apuntándole al pecho.

Parecía tan asustado...

Antes eso me producía satisfacción: verlos asustados. Eran apenas unos segundos en los que mi rival sentía la clase de impotencia que yo había sentido toda la vida.

Por un instante, volví a experimentarla.

«Si te gusta que una sola persona te mire así, culebrilla, imagínate que te mire así un reino entero», me susurró Vincent.

Me recorrió la columna un escalofrío. Un poder como ese podía hacerte perder el control. Y eso era lo que yo quería, siempre que me hiciera sentir cualquier cosa menos débil.

Pero la incómoda verdad era que Killan no era uno de mis objetivos de los suburbios humanos. Killan no era más que un niño al que le habían asignado un cometido para el que no estaba listo.

«Mátalo —insistió Vincent—. Les va a decir a los demás que te has ido».

Voces por el pasillo. Pasos a lo lejos. Maldición. No tenía tiempo.

Levanté el brazo con el que blandía la espada.

—Por favor... —me suplicó Killan—. Yo...

ZAS.

Le estampé la cabeza contra la pared.

Su cuerpo se quedó flácido. Era más grande que yo, y físicamente más fuerte, pero no se lo esperaba. Costaba noquear a un vampiro. No estaría inconsciente mucho rato. Lo llevé a rastras a mi alcoba y lo encerré allí, con los cuatro clics.

Los pasos se acercaban. Parecía que el castillo hubiera revivido de angustia. A lo lejos resonaban los gritos, órdenes crudas.

Solo disponía de unos minutos. A lo mucho.

Agarré la espada de Killan y su capa militar con capucha, y salí corriendo.

En aquel momento, habría dado lo que fuera por tener alas. Aunque tuviera aguante para cruzarme a la carrera Sivrinaj, una idea absurda, me habría llevado demasiado tiempo llegar a la armería a pie.

Necesitaba un caballo.

Los trayectos a caballo no eran muy comunes en la Casa de la Noche, porque las alas solían resultar mucho más eficaces. Por norma solo los usaban los humanos... o la guardia de los Nacidos de la Noche. Por lo que no me quedaba otra que colarme en los establos.

La capa de Killan era un disfraz de mierda cuando cualquiera me podía oler la sangre humana, pero era peor que nada. Solo gracias al caos absoluto del castillo conseguí llegar a la planta baja sin que me vieran. Inundaban los pasillos figuras de uniforme, desde miembros de la guardia de los Nacidos de la Noche hasta soldados de infantería corrientes, poco más que criados.

Me resultó bastante fácil pasar inadvertida entre ellos y llegar a los establos. Había una serie de caballos aparejados y dispuestos en línea, y agarré al primero que vi, una yegua pequeña de color café. Consideré brevemente la posibilidad de intentar mezclarme con los demás, pero no disponía de tiempo. En cuanto alguien me atisbase la cara o se acercara lo bastante como para olerme, sabrían quién era. Peor aún, al subirme al caballo e inclinarme hacia delante para acomodarme la capa, me vi de reojo el tórax y maldije.

La marca.

Llevaba una camisola, no mis pieles de siempre, y eso me dejaba el escote al descubierto. La capa me tapaba parte de la tinta roja, pero no toda.

Genial. Ya podía ir rápido.

La yegua estaba incómoda, como si notara que la separaba de su manada con malas intenciones. Los caballos de Obitraes solían ser criaturas particularmente caprichosas. Esta se agitaba angustiada mientras la instaba a salir por la puerta de los establos, agachando la cabeza para esconderme bajo la capucha. El calor de la noche, árido y denso, me sobresaltó. Tardé unos segundos en caer en cuenta de que tal vez se debía a que llevaba semanas sin salir del castillo.

Me resonaron de pronto en la cabeza las palabras que Raihn me había dicho en uno de nuestros primeros encuentros: «La princesita humana de Vincent, custodiada en un palacio de cristal donde todos podían verla, pero nadie tocarla».

¡Qué maldito hipócrita!

—¡Eh, tú, chico! ¿Dónde se supone que tienes que estar?

La voz ronca me asustó. Puse a la yegua al trote por las calles de la ciudad, tapándome aún más con la capucha.

—¡Chico! —oí que me volvían a gritar, pero llevé a la yegua a medio galope y dejé atrás las voces.

Los distritos humanos. Conocía aquellas calles mejor que ningún vampiro. Podía ir atajando y llegar al otro extremo de la ciudad más rápido por caminos que no estuvieran plagados de soldados y puntos de control.

Hinqué los talones en el costado de la yegua y el medio galope se convirtió en galope mientras enfilábamos un callejón oscuro y tranquilo. Pero justo al doblar la esquina la bestia se asustó de pronto, brincó y casi me tira al adoquinado. Conseguí enderezarme por nada y, acariciándole el cuello, le susurré unas palabras para calmarla.

Estaba tan oscuro que, al principio, mi endeble vista humana no distinguió la figura que tenía delante. Pero entonces...

Se acercó con las manos en alto. Un rayo de luz de luna le iluminó un mechón de pelo, color plata, y la curva de una sonrisa desenfadada.

—No pretendía asustarte —dijo—. Mi paseo nocturno se ha vuelto un poco caótico.

Septimus.

Demonios.

Incliné la cabeza para ocultarla aún más bajo la sombra de la capucha. Pero ¿me iba a servir de algo con la vista de un vampiro, con su olfato?

—Mis disculpas —dijo—. Tendrás cosas importantes que hacer, ¿no? Pero me parece que es por allá —añadió, señalando con la cabeza a la izquierda—. Hay montones de barricadas por este camino.

Asentí con la cabeza, esforzándome aún por esconder el rostro.

Septimus se metió una mano en el bolsillo y pasó por mi lado dándole una palmadita en el lomo a mi yegua.

—¡Buena suerte por ahí! Parece que la cosa se ha puesto fea.

Cuando se fue, solté un suspiro, porque no habría querido poner en duda mi suerte ni aunque tuviera tiempo de hacerlo. Puede que me hubiera dejado marchar. O igual me había reconocido. Aunque así fuera, no podía detenerme a pensar demasiado en lo que aquello significaba.

Tenía una misión y una vía despejada por delante. Volví a poner a medio galope a la yegua.

Y seguí el camino de la izquierda.

El asalto era casi una réplica exacta del asalto al Palacio de la Luna. Debía admirar el compromiso de Jesmine con la terquedad. Que ella supiera, Raihn era el responsable del asalto al Palacio de la Luna. Para ella, aquello sería justicia. Y por la Diosa que era condenadamente buena en lo suyo. Resultaba asombroso lo que había conseguido ejecutar. Me sentí como si me adentrara al galope en el mismísimo inframundo.

El humo del Fuego de la Noche tenía un olor muy particular, uno que parecía que te achicharraba las fosas nasales de dentro afuera. El hedor era insoportable cuando crucé el segundo puente, que llevaba de vuelta de los distritos humanos a los territorios vampíricos de Sivrinaj. Estaba ya a las afueras de la ciudad y, tan pronto como doblé la esquina hacia la primera carretera ancha que conducía a la base, maldije en voz baja.

La escena que tenía ante mí era una absoluta carnicería. El blanco abrasador del Fuego de la Noche me irritaba los ojos. Consumía casi toda la armería.

Por lo visto, Jesmine había decidido, probablemente con acierto, que recuperar y conservar la base era imposible tan cerca del núcleo de Sivrinaj, así que tendrían que conformarse con destruirla.

Pero habían encontrado bastante resistencia. Me vi rodeada de soldados rishan, magos que rechazaban las llamas, guerreros que se lanzaban a la matanza. En la azotea se enzarzaban los guerreros, apenas visibles en medio del Fuego de la Noche. Hice retroceder con brusquedad a la yegua cuando el cuerpo ensangrentado y destrozado de un hiaj aterrizó frente a sus patas con un PLOF húmedo y nauseabundo.

Me lo quedé mirando. Me devolvió la mirada, en un pestañeo. Llevaba la cara cubierta de sangre, deforme de una manera que solo podía significar que le habían roto todos los huesos. Le vi en los ojos, apenas un segundo, que me había reconocido, y abrió la boca, pero no emitió sonido alguno.

Por un terrible instante, creí estar contemplando el cuerpo de mi padre, destrozado como aquel, queriendo hablarme en vano en sus últimos momentos.

Un alarido a lo lejos me hizo levantar bruscamente la cabeza, uno de esos que me erizaban los vellos de la nuca. Reconocí aquel sonido de inmediato. Era el mismo que había hendido el aire durante el asalto al Palacio de la Luna.

Demonios. Jesmine tenía un hechicero.

Mi yegua, que también había oído el alarido, no tenía interés alguno en acercarse. Se alzó con violencia sobre las patas de atrás, brincó y tuve que bajarme de su lomo antes de que volviera hacia atrás y partiera disparada hacia las calles oscuras de la ciudad.

Solté un aluvión de gruñidos mientras rodaba por el adoquinado. Maldije y me incorporé, palpando a mi alrededor hasta que localicé la espada de Killan de nuevo. Era un arma tosca y ordinaria. No me gustaba pelear con espadas convencionales, porque eran grandes e incómodas, y no se movían tan rápido como yo, pero algo puntiagudo era algo puntiagudo.

Me puse en pie como pude y clavé la vista en la armería en llamas. Habían reventado la puerta. Una cuarta parte del edificio había desaparecido sin más.

Jesmine estaría dentro. ¡Mis soldados estarían dentro!

Me vi corriendo hacia las llamas antes de pensar siquiera en lo que hacía.

10

RAIHN

Lo sabía, maldición.

Si no hubiera habido tantísima muerte a mi alrededor, a lo mejor me habría regodeado un poquito más, pero ya me costaba hasta sentirme orgulloso.

Había tenido suerte de salir ileso de la explosión. Muchos guerreros rishan no lo habían conseguido. Por lo visto, alguien había logrado traspasar los muros de la armería y plantar sellos, porque la explosión se había producido antes de que llegaran los hiaj o los demonios. Yo iba por los pasillos cuando había sucedido, y el Fuego de la Noche apenas había tardado un segundo en rasgar el aire.

«¿Hueles eso? Sangre».

Desde luego que la olía. El olfato fue el primer sentido que recuperé en cuanto volví en mí tras la explosión. Luego me levanté y me adentré, con paso tambaleante, en el infierno.

Fuego de la Noche por todas partes, siluetas de soldados hiaj y rishan por igual, corriendo entre las llamas. Demonios Nacidos de la Noche, unas bestias lampiñas, cruzaban a cuatro patas las llamas a velocidades imposibles. Resonó un aullido lejano cuando le hincaron los dientes a algún soldado desafortunado, en otro pasillo. Eran idénticos a los que habían metido en el Palacio de la Luna hacía meses.

Intencionadamente, estaba convencido. Todo ello. El Fuego de la Noche. Los demonios. Una réplica perfecta, descarada y deliberada de aquella noche. El «púdrete» de Jesmine por el asalto que yo me había negado a confesar.

¿Era muy espantoso que me sintiera algo aliviado?

No era el mejor rey, ni siquiera un general especialmente bueno, como Vale, con sus dotes para la estrategia y la política.

Pero era un guerrero de primera. Se me daba de maravilla matar. Mientras me abría paso en medio de aquella carnicería, encontré reconfortante volver a ceder a esa sensación que conocía tan bien.

Desde la muerte de Neculai, había notado que su poder, el del heredero de los rishan, me latía en las entrañas. Desde mi conversión, siempre me había sentido más o menos fuerte, pero cuando él murió... Si no me hubiera bastado con la Marca del Heredero para saber lo que era, podría haberlo notado como una nueva fuente de poder que me iba brotando de dentro.

Durante un par de siglos, había hecho todo lo posible por ignorarlo. No quería aceptar lo que era. Llevaba ya la huella de Neculai por todo mi ser. Él me había convertido en todo lo que era. Me negaba a que mi poder fuera suyo también.

Pero, desde el obsequio de Nyaxia, desde que la Diosa me había devuelto todo el poder del linaje de los rishan, ya no había forma de ignorarlo. Lo había sentido desde aquella primera noche, después de llevar a Oraya inconsciente de vuelta al castillo y regresar para ayudar a recuperar la ciudad. Lo había sentido cuando le había arrancado de cuajo la cabeza a Martas. Y lo sentía entonces, con cada tajo de mi acero imbuido de Asteris; el poder me rezumaba por todos los poros con una magnitud tal que no podría haberlo ocultado aunque quisiera.

Me fastidiaba lo mucho que me gustaba.

Doblé una esquina y partí en dos a otro demonio. Facilísimo, pero, cada vez que mataba a uno, surgían más del humo. Oía voces y pasos arriba: guerreros hiaj que habían descendido del cielo encapotado aprovechando la escasa visibilidad. Más cerca, la voz de Vale resonaba por los pasillos, ordenando a nuestros soldados que los retuvieran antes de que lograran llegar a la planta baja.

Resultaba casi divertido que tantísimas estrellas se hubieran alineado para que aquella noche fuera un punto muerto perfecto.

Si hubiéramos retirado a nuestras tropas como estaba previsto en un principio, los hiaj se habrían apoderado del control sin problema. Si los nobles rishan hubieran enviado refuerzos como debían, habríamos superado en número a nuestros asaltantes. Si los Nacidos de la Sangre hubieran seguido apostados allí, habríamos aplastado a los hiaj antes de que su asalto hubiera comenzado siquiera.

Pero, tal como estaban las cosas, íbamos a la par. Nuestros soldados estaban más sanos, pero los hiaj eran más hábiles, contaban con la ventaja del factor sorpresa y tenían a los demonios de su parte. Cuando bajaba, pasé junto a varios cadáveres, rivales tan igualados en sus respectivas batallas que se habían matado entre sí sin que ninguno quedara vencedor.

Alcancé la planta baja. Debía llegar al fondo, acercarme a la puerta.

Doblé una esquina y me detuve en seco.

La reconocí de inmediato, a pesar del humo. El Fuego de la Noche parecía someterse a ella, ajustándose a su cuerpo como si fuera consciente de cada curva y cada ángulo. Unos mechones de largo pelo negro se agitaban a su espalda. Luchaba a espada, una porquería de espada con la que obviamente no estaba cómoda, y lo supe enseguida porque la conocía y sabía cómo se movía y cómo luchaba; la conocía tan bien que apenas tardé una décima de segundo en saber cuándo había perdido el equilibrio.

Estaba enfrentándose a un demonio rebelde, que soltó un aullido agudo cuando ella lo ensartó en su acero e hizo salir de su cuerpo un chorro pútrido de sangre negra. Con un rugido estrangulado, ella se quitó de encima el cuerpo sin vida de la bestia. Luego se dio la vuelta y levantó la cabeza.

Aquellos ojos. Plateados como el acero. E igual de afilados. Igual de letales. Como cada vez, me noté aquel pequeño pulso en el pecho, la necesidad imperiosa de rascarme una cicatriz que no existía.

Su semblante se tornó duro y frío, y, por una milésima de segundo, me alivió verle aquella cara. Pelea.

«¡Esa es mi chica!»

Aquel instante de alivio ahogó todos los demás pensamientos razonables, los que debería haber estado teniendo y que me asaltaron en avalancha poco después.

Se ha escapado.

Ha venido aquí.

Sabía que tenía que venir aquí.

Intentaba huir o...

O era responsable de aquello.

Retrocedió de un salto nada más verme y dio unas cuantas zancadas atrás. La Llama de la Noche que la envolvía se hinchaba y danzaba, adhiriéndose a su figura. Me pregunté si ella sabría que eso pasaba. ¿Lo hacía a sabiendas o solo era una parte nueva de ella, como lo era mi magia?

—Déjame pasar —dijo. Una orden, no un ruego.

Sonreí un poco.

—O, si no, ¿qué? ¿Me vas a apuñalar otra vez? ¿Por... tercera vez?

La Llama de la Noche se agitó de nuevo, enroscándose en su cuerpo.

Tendría que haberme fastidiado que Oraya hubiera conseguido un brote de poder propio con su ascensión a heredera, pero que me azoten si no me encantaba verlo. Igual que me encantaba verle aquella fortaleza en la mirada mientras se acercaba apretando los dientes.

—No estoy bromeando, Raihn. Déjame ir.

—No puedo, Oraya.

—¿Por qué?

Me lo dijo muy seria, con el ceño fruncido y todo. Dio otro pasito adelante, sin dejar de mirarme. Su «¿Por qué?» era como un arma arrojadiza, empapada ya en sangre.

Me afectó más de lo que tendría que haberlo hecho.

Comprendía una pregunta mayor, yo lo sabía, los dos lo sabíamos, que aquel simple interrogante. Mayor que las dos personas que ocupábamos aquel pasillo. Era un «¿Por qué me has traicionado?», dicho en el mismo tono devastador que cuando, en el ala de Vincent, me había soltado aquel crudo «Asesinaste a mi padre».

Casi le veía la acusación en los ojos. No, más que eso, la observación. Porque, como siempre, me tenía atrapado.

¿Por qué?

«Porque, si te dejo marchar, cometo traición contra mi propio trono».

«Porque, si te dejo marchar, no me quedará otra que luchar contra ti ahí fuera».

«Porque, si te dejo marchar, te conviertes en mi enemiga de verdad».

«Y no te puedo matar, princesa. Lo he intentado, pero no puedo».

Demasiadas palabras. Demasiada sinceridad.

Me conformé con:

—Ya sabes por qué, Oraya. Aún no he terminado contigo.

Una pizca de verdad mezclada con provocación: «Anda, lucha conmigo».

Quería que luchara. Extrañaba esa faceta suya. Llevaba semanas suplicándoselo.

Levanté la espada. Ella hizo lo mismo. El Fuego de la Noche danzaba con cada una de sus respiraciones, intensificándose con el odio de su rostro.

Entonces alzó la mirada, con los ojos muy abiertos.

Volteé hacia atrás, justo a tiempo para ver una figura femenina ágil con las alas sin plumas extendidas corriendo hacia mí, espada en ristre.

Jesmine. No se te olvida la cara de quien se ha pasado horas torturándote.

Esquivé por nada su ataque; se lo devolví; chocaron nuestras armas. Me había hecho sangrar: su espada me había abierto el hombro izquierdo, que había tardado demasiado en apartar. Un error tonto.

Se movía como una bailarina, bien entrenada, elegante, desprovista de emociones. Se veía centrada, serena, como la superficie de un estanque en invierno, bajo los signos de la batalla: suciedad, sangre, quemaduras.

Miró de reojo a Oraya y yo cometí el error de hacer lo mismo, una distracción estúpida en un momento crítico. El siguiente tajo de Jesmine iba a muerte.

—¡Para! —se oyó la voz de Oraya en medio del estrépito metálico y del caos—. ¡Déjalo!

Jesmine torció el gesto, confundida.

Oraya se acercó, con una sonrisa desdeñosa en los labios.

—Es mío, Jesmine. Déjalo. Ve por los otros.

Yo jamás le haría daño a Oraya, pero no sentía el mismo afecto por Jesmine. Al verla titubear, desconcertada por la orden de su reina, aproveché la ocasión.

Apenas podía regular la nueva intensidad de mi poder: ni siquiera tuve que invocar Asteris y ya lo tenía danzando por el filo de mi acero. Jesmine era buena, lo bastante para agacharse aun estando distraída, lo bastante para redirigir por nada el tajo de mi espada con la suya, solo que la intensidad del movimiento la hizo salir disparada a la otra punta del pasillo, y su cuerpo se estrelló contra los escombros.

Acababa de caer cuando Oraya vino por mí.

Supe que venía porque percibí el Fuego de la Noche, ese zumbido característico del aire, una milésima de segundo antes de que corriera hacia mí.

Podría haberla matado. Podría haberme girado lo justo para soltarle una ráfaga de Asteris lo bastante fuerte como para separarle la carne de los huesos. En cambio, tuve que emplear aquel valiosísimo instante extra para asegurarme de controlarlo, conteniéndome antes de bloquear su acometida.

Eso nos puso en igualdad de condiciones y Oraya lo aprovechó.

Llevaba semanas sin luchar, pero, si esa pausa la afectaba, lo disimulaba bien. En todo caso, la energía acumulada parecía alimentar cada uno de sus ataques.

Aun con todo, en su mayoría, era lo de siempre.

Ejecutamos nuestros pasos como si se tratara de un baile bien ensayado, y la intensidad de cada movimiento resultó ser el doble, el triple de la de hacía meses. Nuestra magia, su Fuego de la Noche y mi Asteris, nos envolvía como nubes densas, luz y oscuridad, calor y frío. Cada ataque que frenaba me reverberaba en el cuerpo entero, de la fuerza que Oraya, pese a ser menuda, le imprimía. Además, era rápida; me obligaba a esforzarme por seguirla.

Lo hacía tan bien que, la verdad, no podía evitar admirarla.

Y, aun así, no nos estábamos haciendo sangrar. El Fuego de la Noche acumulado en su espada me dejaba huella, sí, pero ninguno de sus embates era violento, y solo me estaba haciendo cortes superficiales cuando conseguía rebasar mis bloqueos.

Salvo que era rápida. Demasiado. Más rápida con cada asalto, como si se estuviera dejando llevar, perdiendo el control.

El Fuego de la Noche se hizo cada vez más intenso.

Tres tajos, el último tan rápido que no pude esquivarlo y el dolor me serpenteó por el pecho, trazándome una línea del hombro a la cadera.

Si pensaba que no había notado que se encogía al ver la sangre, como si aquello la hubiera sacado de su ensimismamiento, se equivocaba.

Aproveché su vacilación y contraataqué antes de que pudiera moverse, invirtiendo nuestras posiciones. Ella estaba pegada a la pared, reteniendo a duras penas mi espada con la suya, y mi cuerpo la inmovilizaba contra la piedra.

El Fuego de la Noche refulgía de tal modo que solo le veía la cara. Oraya en estado puro. Letal e impresionante. Hasta su odio era en verdad hermoso.

Nos quedamos así, como trabados, jadeando los dos. Igual que en el Kejari. Como si lucháramos contra un espejo.

—Te estás conteniendo —me dijo.

Una punzada en el pecho, el dolor fantasma de una herida que no existía.

Sonreí.

—Y tú —repliqué yo, completando el guion. Me arrimé a ella, lo bastante para rozarle la oreja con los labios, y por un momento la tentación de arañarle con los dientes el lóbulo de la oreja, de anclarle la boca al cuello, se me hizo abrumadora. Su aroma, más intenso que nunca, no me dejaba concentrarme—. Estás deseando matarme —le susurré—. ¿Qué diablos esperas?

No me moví, pero me noté la presión fría de su espada en el pecho, el escozor donde la punta amenazaba con romper la piel. Me aparté lo justo para mirarla; nuestras frentes se tocaban. Sus ojos, grandes y redondos como la luna, se clavaban en los míos.

Unas veces creía conocer a Oraya mejor que a nadie; otras me parecía el más desconcertante de los misterios. En aquel momento, era ambas cosas: el dolor que ocultaba era patente y, sin embargo, el temblor de la mano con la que empuñaba la espada planteaba un interrogante al que yo no sabía responder.

Un reguero de sangre me cayó por el centro del abdomen.

El aliento de Oraya, agitado y rápido, se mezcló con el mío.

—¿Y bien...? —jadeé—. ¿Me vas a matar, princesa?

Quería saberlo de verdad. Quizá aquella fuera por fin la noche.

Oraya no contestó. Apretó los dientes, enseñó los colmillos. Las llamas nos envolvieron como el abrazo de un amante.

Otra gota de sangre por mi pecho.

Pero ella no se movió.

No quería hacerlo.

¡No quería hacerlo!

Aquella verdad me azotó con súbita certeza. Una confirmación de algo que, sinceramente, me confundía.

Porque Oraya tenía motivos de sobra para matarme.

Por un instante brevísimo, su rabia dio paso a otra cosa, algo que le hizo apartar el rostro para que yo no lo viera, pero le agarré la barbilla y la obligué a mirarme.

Abrí la boca para hablar...

...y entonces la sangre me salpicó el rostro, al tiempo que Oraya se sacudía de pronto, con una flecha alojada en el cuerpo.

11

ORAYA

Fui estúpida. Me distraje. No vi venir la flecha hasta que ya era demasiado tarde.

Me noté la sangre antes que el dolor, una humedad densa y caliente que se me extendía por el costado, por debajo del brazo que había levantado para empuñar la espada.

La espada cayó al suelo con un ruido estridente.

El mundo se difuminó y el calor blanco del Fuego de la Noche remitió.

De pronto me movía, no contra la pared, sino hacia un lado de esta, deslizándome hacia el suelo sin quererlo.

Raihn me agarró y se colocó delante de mí. Su figura, inmensa y recortada por las llamas, se alzaba imponente.

—¿Qué demonios crees que estás haciendo? —bramó.

Miré al fondo del pasillo, pugnando por distinguir algo a pesar del humo y de la vista nublada. Un joven soldado Nacido de la Sangre se acobardó bajo la mirada asesina de Raihn, espantado al verme y caer en cuenta de quién era.

—Ella... ella te estaba atacando... —tartamudeó.

Raihn le soltó una retahíla de improperios, que mi cerebro hecho papilla apenas digirió. A través del fuego, pude distinguir más siluetas que abarrotaban el pasillo, ¿más Nacidos de la Sangre? Refuerzos. Mal-di-ción.

Me presioné la herida con la mano. Sangraba profusamente. Aunque fuera medio vampiro, la sangre siempre era mi punto débil. Siempre parecía dispuesta a brotar de mí a la primera provocación.

Giré la cabeza y distinguí una figura en medio del humo, agazapada en un rincón. Jesmine. La reconocí aun siendo poco más que un contorno borroso. Me observaba sin parpadear y se acercaba con sigilo mientras Raihn reprendía a su soldado.

Dio medio paso hacia delante, pero yo negué con la cabeza.

Titubeó; entrecerró los ojos, inquisitiva. Pero yo negué de nuevo, más rotundamente esa vez, a modo de orden muda: «Vete. Ya».

A lo mejor podíamos acabar con los rishan, pero, si los Nacidos de la Sangre estaban allí, Jesmine y los suyos —los míos— acabarían diezmados.

Se acercó de nuevo, y el humo se diluyó lo suficiente para que advirtiera la protesta en su mirada, un «Y tú, ¿qué?» tácito.

Quise indicarle con la mano que se fuera, pero el movimiento fue excesivo. Se me nubló la vista, se me oscureció.

No recordaba haber perdido el conocimiento, pero de pronto estaba tendida en el suelo, mirando la cara a Raihn, inclinado sobre mí. Me decía algo que yo no acababa de descifrar. Dio igual, porque volví a desmayarme antes de que salieran más palabras de sus labios.

No quería quc sus ojos me siguieran hasta la inconsciencia.

Pero lo hicieron de todas formas.

12

ORAYA

Por primera vez en semanas, no soñé con Vincent. En su lugar, soñé con Raihn, y con la cara que tenía al morir y la sensación de atravesarle despacio el pecho con la espada.

Lo soñé una y otra y otra vez.

Al abrir los ojos, me encontré con un techo de cristal cerúleo que conocía bien. El rostro sin vida de Raihn se diluyó y dio paso a un montón de estrellas pintadas de plata.

Quise moverme, pero mi cuerpo no reaccionaba y me recompensó con una punzada de dolor en el costado.

—Aún no.

Me dolía el pecho. Me dolía oír la voz de Raihn. Tardé un minuto en reunir el valor para girar la cabeza; casi esperaba verlo como en mis pesadillas: muerto, con mi acero clavado en el pecho.

Pero no. Raihn estaba bien vivo, sentado junto a mi cama, inclinado sobre mí. Caí en cuenta de que la punzada del costado se debía a que me estaba vendando la herida y...

¡Por la Diosa!

Me revolví incómoda al ver que estaba desnuda de cintura para arriba, salvo por la venda que me cubría el pecho.

Raihn rio.

—Estabas de lo más seductora.

Ojalá se me hubiera ocurrido una réplica ingeniosa, pero tenía el cerebro como si los pensamientos avanzaran por un lodazal.

—Te han medicado —dijo—. Espera un minuto.

Por la Diosa, lo que me dolía la cabeza...

Recordaba el ataque, que había salido disparada hacia la armería, que había apuntado a Raihn al pecho con mi espada, por segunda vez.

«Quieres hacerlo, pues hazlo».

Y no lo hice. No pude. Aun pudiendo atravesarle el corazón con facilidad.

Podría haber puesto fin a todo aquello, haber recuperado el trono de mi padre, haber vengado su muerte.

Tragué saliva, o lo intenté. Como si lo hubiera notado, Raihn terminó de sujetarme el vendaje al costado y me pasó un vaso.

—Agua —dijo. Me quedé mirándola y él resopló—. ¿Qué? ¿Piensas que voy a aprovechar para envenenarte?

¿Sinceramente? Sí. Me había escapado. Había luchado contra él. Solo podía suponer que desconocía mi participación en lo ocurrido, porque, de lo contrario, estaría encadenada en una mazmorra en aquel preciso instante.

Raihn rio bajito, un sonido tan extrañamente agradable que noté que me corría por la columna.

—Esa cara —dijo, negando con la cabeza—. Tú bebe, ¿sí?

Tenía muchísima sed, así que bebí.

—Es increíble lo certera que puede llegar a ser la flecha de un soldado de infantería —mascculló.

También él estaba vendado. Puso cara de dolor al levantarse, y al menos de eso me enorgullecí un poco. Lo habían curado, y bien, pero los vestigios de las quemaduras del Fuego de la Noche permanecían en sus mejillas, y del tejido que le envolvía el torso brotaban manchas de sangre oscura, del tajo que le había dado yo.

Tragué saliva y por fin me pareció que podía hablar.

—¿No tienes nada más interesante que hacer que jugar a los médicos?

—Como de costumbre, tienes una extraña forma de dar las gracias.

—Es que me...

«Sorprende».

Enarcó una ceja.

—¿Y si te digo que todos los médicos te tienen miedo? La reina del Fuego de la Noche que ha intentado aniquilar al ejército rishan.

—Te contestaría que hacen bien temiéndome.

Qué estupidez por mi parte, la de seguirle el juego con aquella versión falsa de lo que habíamos sido en el Kejari.

Me iba a reventar la cabeza. Me incorporé, soltando un resoplido furioso por el dolor que me recorrió el costado. Raihn tenía razón: aquel soldado tenía una excelente puntería.

—El disparo iba potenciado con magia de sangre —dijo, como si me hubiera leído el pensamiento.

Maldito Nacido de la Sangre.

La última parte de lo ocurrido, la llegada de los refuerzos de los Nacidos de la Sangre, me cayó encima como un manto de pánico gélido. Las tropas de Jesmine y las de los rishan iban parejas, una lucha igualada que podríamos haber ganado. Pero los Nacidos de la Sangre habían inclinado la balanza. Eran eficientes y brutales.

Plantado junto a la ventana de mi alcoba, Raihn contempló el paisaje urbano nocturno de Sivrinaj. Me pregunté si estaría mirando los cadáveres de los hiaj, sin duda ya empalados a lo largo de las murallas de la ciudad.

No dijo nada, así que yo tampoco. No le iba a dar el gusto de preguntar.

Después de un buen rato, se giró hacia mí y se quedó observándome, con las manos en los bolsillos. Parecía cansado, privado de su regia exquisitez. Tenía exactamente el mismo aspecto que cuando compartimos aposentos en el Palacio de la Luna. El de siempre. La versión de él que yo había creído conocer.

Su semblante era serio, agotado.

—Como sé que me lo quieres preguntar, voy a contártelo: no hemos capturado a ningún hiaj. Hemos retirado varias docenas de cadáveres, tantos rishan como hiaj, y espero que eso te complazca. Así como espero que te complazca saber que la armería ha quedado destruida. Hemos perdido bastantes armas valiosas que tardaremos prácticamente todo el año en reponer.

Procuré no reaccionar.

No me complacía: había sacrificado en la operación unos efectivos que no tenía. Algo era algo, claro, pero se acercaba más a un empate que a la victoria que ansiaba.

Y allí seguía yo, cautiva.

Cautiva..., pero, de manera sorprendente, viva.

Me miré extrañada. Estudié las vendas que me envolvían y luego los frascos de medicinas de la mesita.

—Te habría venido bien dejarme morir —dije.

Raihn se cruzó de brazos y enarcó una ceja.

—Y a ti te habría venido bien matarme en la armería —contestó sin más—. ¿Por qué no lo has hecho? Lo tenías fácil.

«Buena pregunta, culebrilla —me susurró Vincent—. ¿Por qué? Tenías la ocasión perfecta».

Lo cierto era que no sabía qué me había frenado, o por lo menos eso me decía a mí misma, porque me costaba menos que reconocer las incómodas alternativas.

No contesté.

A Raihn le cambió el gesto, se puso serio. Echó una ojeada

por la ventana, absorto en sus pensamientos. Su expresión era rara, como si quisiera decirme algo y no pudiera, como si un pensamiento más oscuro se le hubiera pasado por la cabeza.

—Hay cosas de las que tenemos que hablar —dijo.

No me gustó cómo sonaba aquello.

—¿Qué cosas?

—Luego. —Me miró un momento más y a continuación apartó la vista y se dirigió a la puerta—. Descansa. Vendré por ti dentro de un rato.

—¿Vendrás por mí? —repetí—. ¿Y adónde vas a llevarme?

Él se limitó a responder:

—Ya te he dicho que tenemos que hablar de cosas importantes.

Y se marchó sin volver a mirarme.

Como había prometido, Raihn vino por mí unas horas más tarde. Me dolía todo y me iba a estallar la cabeza, pero conseguí levantarme y vestirme. Me puse mis pieles, pese a que el tejido tieso al contacto con la herida aún reciente me hacía encogerme de dolor.

Cuando aquel castillo era de Vincent, me ponía las pieles todos los días. No podía olvidar que estaba rodeada de depredadores, aun en mi propia casa. Sin embargo, en los últimos tiempos había sido algo laxa, perezosa. Las bestias que me rodeaban eran más sanguinarias que nunca, pero me había dejado consumir tan tontamente por la tristeza que había ido por ahí vestida de seda y algodón, casi ofreciéndome en bandeja.

Eso se había acabado.

Cuando Raihn vino por mí, me miró de arriba abajo con la ceja enarcada.

—Mmm... —dijo.

—¿Qué?

—Nada, que pareces preparada para la batalla.

Le lancé una mirada asesina mientras enfilábamos el pasillo.

—¿Adónde vamos? —pregunté.

—A algún sitio privado donde poder hablar.

—¿Mi alcoba no es lo bastante privada?

No fui capaz de descifrar del todo la extraña mirada que me dedicó.

—No voy a llevar a Septimus a tu alcoba.

Me espantó su respuesta. Casi dejo de caminar.

—Vamos a ver a Septimus.

—Por desgracia.

Lo miré de reojo. Tenía la vista clavada al frente, el semblante tenso.

La inquietud me revolvía el estómago. Algo no iba bien. Raihn no me iba a ejecutar. Si esa fuera su intención, ya lo habría hecho. No habría malgastado tiempo y medicinas en curarme. La tortura, en cambio..., la tortura no estaba descartada. A lo mejor no lo hacía él mismo, pero Ketura sí, o cualquier otro de sus generales, si estaban al tanto de mi implicación en el asalto a la armería. Era lo que habría hecho cualquier rey, lo que habría tenido que hacer, al toparse con un traidor en su propia casa.

Instintivamente me llevé las manos a las caderas. No iba armada, claro.

Raihn no dijo ni una palabra más mientras me guiaba por el pasillo, bajaba conmigo unas escaleras y accedía a la siguiente ala, donde abrió una puerta al fondo del corredor.

Era un espacio pequeño, quizá un estudio o una salita en otro tiempo. Costaba saberlo, porque, como la mayoría de las estancias del castillo, la habían vaciado, despojando los estantes de sus libros sin reemplazarlos por otros. En el centro había una mesa redonda solitaria.

Septimus, que ya estaba allí, ni se molestó en levantarse cuando entramos. Vale se hallaba cerca, de pie, con los brazos cruzados, mirándome como mira el halcón a su presa. Cairis, en cambio, se puso en pie en cuanto abrimos la puerta.

Me sonrió y me ofreció una de las sillas vacías enfrente de Septimus.

—Siéntate.

Obedecí y Septimus me sonrió sin ganas.

Vale se sentó al lado de Cairis, pero Raihn se quedó de pie, a mi espalda y a solo unos centímetros de mi silla, para que notara su presencia sin verlo, algo que me incomodaba muchísimo.

Todos me miraban fijamente. Estaba acostumbrada a eso, pero no de ese modo, como si fuera objeto de curiosidad.

Septimus puso algo en el centro de la mesa: un montoncito de cristales, apilados unos encima de otros, con sellos plateados grabados en la superficie.

¡Demonios!

El artilugio que había encontrado en el estudio de Vincent.

—Seguro que esto te suena —terció Septimus.

Hice un gran esfuerzo por no reaccionar.

No hablé, apreté los dientes ante la súbita certeza de que me iban a torturar. Por eso Raihn me había mantenido con vida.

A mi espalda, su voz me arrancó un escalofrío.

—Dudo mucho que haga falta hacer preguntas estúpidas cuya respuesta ya conocemos, ¿no? —dijo con voz grave y ronca, y hasta algo siniestra—. A Oraya no le gustan los jueguitos.

Septimus se encogió ligeramente de hombros.

—Muy bien. No es una pregunta, entonces, alteza. Reconoces este artilugio. Lo reconoces porque lo has usado.

«No se lo pongas fácil», me dijo Vincent.

Controlé con esmero los nervios, los latidos de mi corazón. Estaba encerrada en un cuarto con monstruos. «El miedo es un conjunto de reacciones físicas».

Casi notaba a Raihn respirándome encima. Ojalá se hubiera puesto en otro lugar.

—Ni siquiera sabes lo que es, ¿verdad? —me soltó Septimus—. Este espejo, mi reina, se creó específicamente para el rey Vincent, tu padre.

Me pregunté si algún día dejaría de dolerme oír aquellas palabras, oír siquiera el nombre de Vincent.

—Es un comunicador, y muy útil, porque puede usarse para hablar con determinados individuos, al margen de en qué parte de Obitraes estén, quizá incluso del mundo, aunque desconozcas su paradero. Una forma excepcional de mantener un contacto discreto en tiempos de guerra. Muy poderoso. Inusual. Algún pobre hechicero debió de pasarse mucho tiempo trabajando en esto. —Entrecerró aquellos ojos plateados con toques ambarinos, siempre acompañados de su encantadora sonrisita—. Seguramente Vincent dio su sangre para que se hiciera esta cosa.

—¿Y...? —pregunté con frialdad.

—Y tú has podido usarlo —contestó Septimus.

—No sé a qué te refieres.

Su risa se tornó más grave, más fría.

—No te molestes en fingir.

Y la forma en que lo dijo, el tonito insidioso, me hizo pensar en los dos cerrojos abiertos de mi alcoba. En el estudio de Vincent, la única puerta abierta de toda el ala. Y en el artilugio, allí puesto, tan fácil de encontrar.

¿Vincent habría dejado un objeto tan valioso encima del escritorio? ¿Incluso en plena guerra? ¿Precisamente en plena guerra?

«Vigila tu expresión», me susurró Vincent, pero ya era tarde. Por la chispa de satisfacción de los ojos de Septimus, supe que me había visto caer en cuenta.

—Todas las apuestas que he hecho por ti han resultado ganadoras, encanto —dijo—. Todas todas.

Raihn salió de pronto de detrás de mí y, tras rodear la mesa, se situó enfrente, con las manos cruzadas a la espalda, el gesto duro a pesar de la sonrisa, en una expresión extrañamente privada de gozo.

—Tienes suerte, princesa —dijo—. Resulta que no solo eres una traidora, sino que, además, nos eres útil.

Me habían manipulado. ¿Acaso formaba parte Raihn de todo aquello? ¿Había utilizado mi tristeza y mi cautividad en mi contra? Pues claro. Después de todo lo ocurrido, lo raro era que me sorprendiera. Ni siquiera debería haberme dolido.

—La mayoría de los hijos no pueden usar los instrumentos de sangre de sus padres, y viceversa. —Septimus pasó el dedo por el canto de uno de los cristales, manchándolo de sangre negra. Al contrario que en mi caso, el artilugio no reaccionó en absoluto. Lo observé apretando la mandíbula, demasiado fascinada. Me dieron ganas de apartarle la mano para limpiar de su sangre sucia de Nacido de la Sangre aquel objeto de mi padre—. Que hayas podido usar esto para informar a tu general... es algo poco habitual e impresionante —prosiguió—. A lo mejor es por tu Marca del Heredero. ¿Quién entiende de verdad la magia de los dioses?

Sin saber por qué, me incomodó mucho oír aquello, pensar en todas las conexiones que aún tenía con Vincent, esas cuya existencia él me había negado toda la vida. Por un lado, me apetecía aferrarme a lo que me quedara de él, lucirlo con orgullo; por otro, lo odiaba por ello.

Me aislé de aquellos pensamientos.

—Y el plan es, ¿qué?, ¿abrirme en canal y verter mi sangre por todas las pertenencias de Vincent? Como si no llevara la vida entera perseguida por vampiros que ansiaban mi sangre... Muy original.

Septimus rio como el que ríe ante una gracia de un niño.

—No todas sus pertenencias, solo algunas.

—Tu padre guardaba muchos secretos —dijo Raihn en voz baja, de una forma que significaba mucho más que las palabras solas.

La respuesta mordaz no cruzó mis labios, porque ni siquiera yo podía negar la triste verdad de aquello. Demasiados secretos.

Entonces Septimus dijo algo que no me esperaba en absoluto.

—Supongo que conoces la historia de Alarus y Nyaxia...

Que yo... ¿qué?

—Pues claro —contesté—. ¿Acaso hay alguien en todo Obitraes que no la conozca?

¿A qué diablos venía eso?

—No me gusta dar nada por sentado —respondió Septimus, levantando un hombro—. Entonces, sabrás que Alarus es el único dios importante jamás asesinado.

—Al grano, Septimus —protestó Raihn, pero me miraba a mí mientras reprendía al otro.

Septimus levantó las manos con desenfado, como diciendo «De acuerdo, de acuerdo».

—Somos vampiros. Conocemos la muerte mejor que nadie. Y sabemos que todo el que muere deja algo aquí: huesos, sangre, magia, ¡vástagos! —Dijo aquello último con una media sonrisa cómplice—. Y eso también se aplica a los dioses. Igual que lo que nosotros dejamos aquí contiene parte de nuestro poder, lo que dejan los dioses también.

Muy a mi pesar, empezaba a picarme la curiosidad, porque lo que me estaba contando era... rarísimo.

—¿Me hablas de localizar el... cadáver de Alarus?

—Creo que Alarus es mucho más que un cadáver a estas alturas. Creo que sus restos, sean lo que sean, se han esparcido por Obitraes.

—¿Qué te hace pensar eso?

Sonrió.

—He encontrado algunos. En la Casa de la Sangre. —Me dejó muda. Abrí la boca, pero no salió nada—. Dientes —añadió, respondiendo a la pregunta que yo estaba demasiado conmocionada para hacer—. Unos cuantos.

¡¿Dientes?!

—¿Y qué demonios se puede hacer con los dientes del dios de la muerte? —le solté.

—Igual no gran cosa, pero podríamos hacer mucho con su sangre.

—Su sangre...

¡Qué absurdo!

—Sí —respondió Septimus sin más—. Sospecho que queda algo de ella en la Casa de la Noche, y que nos podría resultar de lo más útil encontrarla. Y sospecho que tu queridísimo padre lo sabía también. —Se inclinó sobre la mesa, con aquellos dedos largos entrelazados y la sonrisita convirtiéndose despacio en una sonrisa—. Creo que lo sabía, que se apropió ella y la escondió. Y ahora tú nos la tienes que encontrar.

Me quedé mirándolo un buen rato. La idea era tan disparatada que no sabía ni qué decirle: que Vincent, siempre práctico, siempre lógico, hubiera buscado alguna vez la maldita sangre de un dios...

—¿En serio quieres que te conteste? —pregunté.

—El rey de los Nacidos de la Noche tuvo en su día la reputación de ser aficionado a los videntes. —Septimus hizo especial hincapié en la última palabra, algo que no me pasó inadvertido.

La magia de Nyaxia tenía poco de videncia, aunque se decía que había hechiceros Nacidos de las Sombras que podían hacer algo parecido. Así que, cuando a los vampiros les interesaba una magia ajena a las capacidades de Nyaxia, debían colaborar con humanos que seguían a otros dioses, normalmente a Acaeja, la diosa de lo desconocido y la única del Panteón Blanco que mantenía una relación más o menos civilizada con Nyaxia.

A lo largo de los años, algunos reyes de Obitraes habían tenido videntes de cabecera, ya fueran de Acaeja o de otro dios. Un rey podía hacer muchas cosas útiles con una magia así, pero yo no imaginaba que Vincent fuera uno de esos gobernantes, un vampiro tan sediento de poder que estuviera dispuesto a venderse a un hacedor de magia gris. No era especialmente religioso, pero tampoco había nadie más fiel a Nyaxia y al poder que ella le otorgaba.

—Sigo sin entender lo que me están pidiendo...

—No te estamos pidiendo nada —contestó Septimus, correctísimo, algo que me enfureció aún más—. Si Vincent encontró la sangre de ese dios, seguramente la pondría bien custodiada para asegurarse de que solo él podía usarla. Lo que significa que te necesitamos.

Todo aquello era demasiado descabellado. No sabía por qué se molestaban en proponérmelo.

Crucé los brazos y me puse muy digna.

—Me niego.

—Piénsalo bien, Oraya —me dijo Raihn con una frialdad y una serenidad impropias de él. Se acercó y apoyó las manos en la mesa. Me costaba apartar los ojos de los suyos, de un rojo teja—. Has traicionado al rey de la Casa de la Noche —prosiguió—. Le dijiste a la general hiaj que asaltara la armería esa noche. Has actuado contra tu propio reino. Eso no es ninguna nimiedad.

«Actuado contra mi propio reino». Aquellas palabras y la arrogancia con que me las dijo me hicieron enojar.

Me levanté despacio y, apoyando las manos en la mesa como él, lo miré fijamente a los ojos.

—¿Es traición —espeté, esbozando una sonrisa— actuar contra un usurpador? ¿O no soy sino una heredera que defiende su corona?

Raihn torció la boca un poquito.

—Buena pregunta, princesa —respondió—. Pues depende de quién gane.

«¡Ese es mi chico!», me dije.

Aquello iba en serio.

Entonces la sonrisita se esfumó y volvió la máscara de rabia, la máscara del rey de los Nacidos de la Noche.

—No te confundas; tienes suerte de seguir viva —me dijo—.

Y solo te mantenemos así por tu sangre. Así que piensa muy bien lo de rechazar esta propuesta.

—No me hace falta. ¿Quieren que me abra las venas para ustedes y les regale la sangre de mi padre para que puedan ir a buscar un arma con la que aniquilar a mi pueblo?

La idea me asqueaba, me producía náuseas.

—No tienes elección —terció Raihn, y esta vez casi me río en su cara.

Porque, después del desliz de hacía un momento, yo ya sabía que aquello era teatro y no me daba miedo lo que Raihn fingiera ser.

—No, no lo voy a hacer —contesté—. Si me quieren matar y robarme la sangre así, adelante.

Se hizo el silencio durante unos segundos interminables, mientras nos mirábamos los dos con desdén.

Por fin, Septimus soltó una risita.

—Han sido unas semanas de emociones fuertes —dijo—. Dale unas semanas para que lo piense, alteza. Obligarla es mucho menos divertido.

13

ORAYA

Raihn llamó a mi puerta unas horas antes del alba. Supe enseguida que era él. Después de aquella conversación con Septimus, me había pasado el resto de la noche esperando a que apareciera. Aquella disputa no había terminado. No tardaría en presentarse ante mi puerta, me dije, para intentar convencerme de que lo hiciera.

Estaba preparada.

No me levanté, claro, cuando llamó. Por muy prisionera que fuera, no me apetecía ir voluntariamente por mi castigo.

Clic, clic, clic, clic. Los cuatro cerrojos. Se abrió de golpe la puerta y vi a Raihn allí plantado, vestido con una capa oscura, y con un montón de tela colgada de un brazo.

Lo aventó a la cama: una capa a juego.

—Póntela —me dijo.

No lo hice.

—¿Por qué?

—Porque te lo digo yo.

—Pues qué razón tan absurda.

—¡Por los senos de Ix, princesa! Ponte la maldita capa.

Entrecerré los ojos, confundida e intentando disimularlo. Hacía unas horas, poco menos que había amenazado con torturarme.

—No sé por qué voy a ir adonde tú me digas ni a hacer lo que me pidas —contesté con sequedad—. Ya me has dejado claro que me vas a obligar a hacer lo que quieras y punto.

Suspiró.

—No podemos hablar de eso aquí. Ponte la capa y vámonos —dijo antes de levantarse la capucha y salir de mi alcoba.

Yo me quedé allí sentada unos segundos, blasfemando en voz baja. La Madre maldijera la curiosidad humana.

Me puse la capa y seguí a Raihn. Había ido a la alcoba contigua, la suya. Sostuvo la puerta para que entrara y luego cerró.

Nunca había estado en sus aposentos. Estaban vacíos cuando yo vivía allí de niña; Vincent no dejaba que nadie, salvo él, se acercara tanto a mí, por la fragilidad de mi piel humana y el atractivo de mi sangre. En aquella ala solo había aposentos para dos personas, con lo que, al dejar esos desocupados, me quedaba aislada, a salvo.

Por dentro eran idénticos a los míos: una alcoba con su gabinete y un baño. Miré de reojo la puerta abierta del dormitorio de Raihn, mucho más desordenado de lo que había esperado, con las sábanas y las mantas hechas un montón encima de la cama, y procuré no pensar en que compartíamos pared.

Raihn se acercó a grandes zancadas al otro extremo del gabinete, donde había un par de ventanales. Soltó el seguro de uno y dejó que se abriera de golpe. Una ráfaga de aire seco del desierto le alborotó el pelo por la cara cuando se subió al alfeizar y, girándose hacia mí, me ofreció la mano. Desplegó las alas con una nubecilla de humo.

Ni me inmuté.

—¡Vamos! —me dijo.

—Ni de broma.

—Los dos sabemos que vas a terminar accediendo, así que vamos a evitarnos el tira y afloja. No tenemos mucho tiempo.

—¿Me lo pides o me lo ordenas?

Raihn apretó los labios.

—¿En serio te puedo ordenar que hagas algo? Si prefieres volver a tu cuarto y quedarte allí sola, allá tú. Decide.

Se subió un poco más la capucha, y la sombra de la mitad superior de la cara le resaltó la sonrisa, la mandíbula robusta, la luz que se alojaba en las líneas de la cicatriz de su mejilla izquierda.

¡La Madre lo maldijera! Ojalá no tuviera razón, pero la tenía.

Me acerqué con cautela. Alargó la mano para agarrarme; luego lo pensó mejor.

—¿Puedo? —preguntó, con la voz algo ronca.

Asentí con la cabeza, esforzándome por parecer indiferente.

No era la primera vez que Raihn volaba conmigo, pero sí la primera desde... que terminó el Kejari. La idea de estar tan cerca de él, de dejar que me abrazara...

«El miedo es un conjunto de reacciones físicas», me dije, desesperada por calmar mi pulso antes de que él lo notara.

Aunque aquella fuera una clase de miedo muy distinta del subidón de adrenalina que producía el peligro físico. Costaba más aplacarlo.

Subí al alféizar y él me levantó, pasándome un brazo por la espalda y otro por debajo de los muslos. Yo enrosqué los míos en su cuello, de una forma que me resultó más natural de lo que debería.

Olía igual, a desierto y a aire del cielo. También el calor de su cuerpo era el mismo: firme y estable.

Durante un momento, breve y terrible, nos quedamos así, quietos. Se le tensaron los músculos, como si batallara con el instinto de acercarme más, de convertir aquello en un abrazo de verdad. El movimiento era muy sutil, pero lo percibí igual, porque era angustiosamente consciente de su proximidad.

Mi intento de calmar mi pulso había sido en vano, y seguro que Raihn lo oía. Le miré el cuello, justo en el hueco de la mandíbula, donde tensaba los músculos mientras tragaba saliva y giraba un poco la cabeza para voltearse hacia mí.

No quería centrarme en sus ojos porque eso nos habría acercado demasiado la cara.

Me dibujó con el pulgar aquel círculo en la parte superior de la espalda.

—Estás a salvo —susurró—. ¿De acuerdo?

Parecía algo triste.

Y entonces nos lanzamos al cielo de la noche.

Para sorpresa mía, fuimos a los distritos humanos. Nos mantuvimos ocultos durante el vuelo y aterrizamos en el jardín trasero de un edificio abandonado. En cuanto me dejó en el suelo, me aparté un par de pasos de él, impaciente por poner distancia entre los dos.

Con el viento, se nos había caído la capucha. Raihn se la subió de nuevo como si nada y empezó a caminar por las calles principales.

—Por aquí...

—¿Dónde estamos?

No reconocía aquella parte de Sivrinaj. Había estado en todos sus distritos, pero aquel estaba en las afueras, cerca de sus fronteras, lejos hasta para nuestros entrenamientos nocturnos.

—Quiero enseñarte una cosa —me dijo, y giró un poco la cabeza para mirarme de frente, con el rostro medio oculto por la capucha—. Ah, y te he traído esto, por si quieres divertirte un rato mientras andas por aquí.

Me ofreció dos armas enfundadas, dos espadas.

La sorpresa me paralizó un instante, y luego casi tuve que correr para alcanzarlo. Le arrebaté las armas de las manos, no fuera a arrepentirse.

Las desenvainé. Observé la forma en que la luz se reflejaba

en el decorado del acero negro, acero de los Nacidos de la Noche, del bueno.

No eran unas espadas cualesquiera. ¡Eran las mías!

Pensé que me sentaría bien blandirlas de nuevo, como si me reuniera con unas viejas amigas. En cambio, tuve que enfrentarme al recuerdo súbito y visceral de lo que había hecho con aquellas mismas armas la última vez que las había empuñado.

—¿Para qué me las das?

—He supuesto que ibas a necesitarlas. No tienen veneno, eso sí. No he tenido tiempo de encontrarlo, pero igual es preferible así.

Raihn caminaba rápido. No me dio tiempo de admirarlas; avancé dando tumbos mientras me sujetaba las fundas al cinto e intentaba no perderlo de vista.

Pieles, armas, distritos humanos. Todo aquello me resultaba espeluznantemente familiar y, aun así, tan distinto...

Salimos a una calle menos desolada donde los pequeños edificios de adobe se amontonaban unos junto a otros como dientes torcidos.

—No te quites la capucha —me susurró, aunque no hubiera nadie por allí, y cruzó la calle hasta un edificio desvencijado de cuatro pisos que parecían algo desalineadas, como una pila inestable de ladrillos.

Una sola lámpara se mecía con la brisa junto a la puerta, y la insinuación de luz se colaba entre las ventanas tapadas con cortinas. Raihn abrió la puerta sin tocar, y yo lo seguí.

Pasamos a un vestíbulo pequeño y mal alumbrado, con un solo escritorio y una escalera estrecha. Un humano corpulento de mediana edad dormitaba en el escritorio, y un vaso vacío de alcohol que olía muchísimo dibujaba círculos ambarinos en los papeles esparcidos por la superficie.

Raihn lo ignoró y yo hice lo mismo, y subí la escalera detrás de él. En el piso superior, se llevó la mano al bolsillo y sacó una llave. Por lo visto, la cerradura ya no funcionaba muy bien, así que tuvo que intentarlo tres veces, entre gruñidos, para conseguir que la puerta por fin se abriera.

Me sonrió con picardía por debajo de la capucha.

—Tú primero, princesa.

Entré con precaución.

Era un departamento, muy distinto de los aposentos que acabábamos de dejar en el castillo: todo el lugar era más pequeño que la alcoba sola de allí; los únicos muebles eran una camita individual, una cómoda y una mesa minúscula frente a la que sospechaba que Raihn ni siquiera cabía. Aun así, saltaba a la vista que no estaba abandonado: había libros y documentos, en un cajón abierto de la cómoda se veía tela arrugada, y la lámpara que estaba junto a la jofaina continuaba encendida. La cama estaba algo deshecha, como si alguien hubiera dormido en ella hacía poco y la hubiera hecho deprisa y corriendo.

Paseé por la estancia despacio, extrañada.

—¿Quién vive aquí?

Raihn cerró la puerta y puso el seguro.

—Yo.

Me detuve en seco a media zancada. Enarqué las cejas.

Él rio un poco.

—Me sigue complaciendo sorprenderte. Genial. Igual «vivir aquí» es algo exagerado. —Se quitó la capa, la aventó a la cama y se dejó caer de espaldas en ella con un gruñido de satisfacción—. Es... un sitio privado al que venir.

Pensé en todos aquellos días que no oía a Raihn volver a sus aposentos.

—¿Duermes aquí?

—A veces. —Hizo una pausa y añadió—: Es que a veces no puedo... A veces prefiero alejarme de ese sitio.

Lo vi desinflarse encima de la cama. Enseguida pareció más a gusto allí, como si lo que quedaba de aquella máscara que llevaba entre los muros del castillo se le hubiera caído por fin.

No quería ver aquella versión de Raihn, una que me recordaba demasiado al hombre del que...

Me aclaré la garganta, me metí las manos en los bolsillos y deambulé por allí.

—No lo sabe nadie —me dijo.

—Nadie salvo yo —lo corregí.

—Nadie salvo tú —repitió, y le noté la sonrisa en la voz.

—Una estupidez por tu parte.

—A lo mejor.

—Teniendo en cuenta que soy una traidora y todo eso...

—Mmm... —Crujió la cama cuando Raihn se incorporó. Al girarme, lo vi mirándome de una forma que me sobresaltó, terriblemente serio—. Tenemos que hablar —dijo— y debemos hacerlo en algún sitio donde no nos oiga nadie.

—Pensaba que ya habías dicho todo lo que tenías que decir. O al menos lo había dicho Septimus.

Mis palabras eran afiladas; la acusación, clara.

—Delante de ellos, digo lo que tengo que decir.

—Me manipulaste —espeté—. Has estado jugando conmigo desde el principio.

Raihn endureció el gesto.

—Has cometido un acto de guerra, Oraya.

Solté una carcajada ahogada.

—¿Yo? ¡YO he cometido un acto de guerra!

Aquello era un error. Ni siquiera debería estar allí. Ahora iba armada. Podía...

Hizo una mueca y levantó las manos.

—No... no sigamos por ahí. No he venido a esto.

—¿A qué, entonces?

Se levantó, se acercó a la cómoda y sacó algo del cajón de en medio: algo alargado, envuelto en una tela. Dejó el objeto en la mesa que yo tenía al lado y lo desenvolvió.

Se me subió el corazón a la boca.

Arrebatacorazones. La espada de Vincent.

Era un arma increíble; él la había tenido durante siglos y jamás había confirmado ni refutado las leyendas que la rodeaban. Que la habían forjado los dioses. Que estaba maldita. Que estaba bendecida. Que se había arrancado un trocito de corazón para que se la hicieran. Me había hablado de todas ellas cuando yo era una niña, a veces..., siempre con una cara muy seria, aunque con un atisbo de diversión en los ojos.

Sin pensar en las leyendas, la realidad ya era bastante impresionante. El arma era increíblemente poderosa y potenciaba la ya de por sí considerable fortaleza mágica de Vincent. Era suya y solo suya, y nadie más podía blandirla. Yo solía decirle en broma que la espada era su verdadero gran amor y, durante casi toda mi vida, así lo creí.

Entonces me vino de pronto a la cabeza la imagen del rostro ensangrentado de Vincent haciendo un esfuerzo por mirarme en su último aliento.

«Te quise desde el primer momento».

Aquello me encogió muchísimo el pecho.

Raihn se apartó, se recostó en la pared, como para dejarme a solas con ella.

—La puedes tomar —me dijo, con una ternura inusual—. Pero ten cuidado. Duele como mil demonios si agarras la empuñadura mucho rato.

Desenvainé la espada y la dejé sobre el escritorio. Era ligera, una espada ropera delgada y elegante. La hoja era de un rojo intenso, con espirales y sellos grabados en toda su longitud, a juego con los de las mías. La empuñadura estaba hecha de Acero de la Noche, que formaba alrededor del guardamanos delicadas volutas que se asemejaban a los huesos de las alas hiaj.

La contemplé un buen rato, sin atreverme a decir nada. Una oleada lenta de dolor y rabia fue brotando en mi interior.

Raihn había estado guardando aquella espada. La posesión más preciada de mi padre de pronto era propiedad del hombre que lo había asesinado.

—¿Por qué me enseñas esto?

No pensaría que era una especie de ofrenda de paz sentimental, ¿no?

—¿Podrías blandirla?

Parpadeé sorprendida y me giré hacia Raihn. Dudé, durante unos segundos, de si lo había oído bien.

—No —contesté—. El único capaz de blandirla era él.

—Pero el espejo tampoco podía usarlo nadie salvo él, y tú lo usaste.

—Eso es distinto. Esto es...

... suyo.

Vincent me había advertido muchas veces que no tocara siquiera aquella arma, por las razones obvias por las que alguien advertiría a una niña algo así, al principio, pero después porque me dejó clarísimo que sería peligroso para mí empuñarla siquiera. La espada solo podía blandirla él, y algo que podía resultar doloroso para un vampiro bien podría ser letal para mí.

—¿Por qué? —pregunté sin rodeos—. ¿Es otra de esas cosas que quieres que haga para Septimus?

La sombra de rabia que le cruzó el semblante fue fugaz pero poderosa.

—No.

—Entonces, ¿para qué me das un arma como esta y me pides que la use?

Tras haber actuado en su contra, tras haber dejado tan claro el papel que pretendía desempeñar, que me entregara esa arma —qué diablos, incluso que me hiciera saber que aún existía— era una soberana estupidez.

—Porque tienes razón —contestó sin más.

Me había dicho a mí misma montones de veces que jamás volvería a dejarme sorprender por Raihn. Y, en cambio, allí estaba.

—Porque las cosas que dijiste en el estudio de Vincent la otra noche... son ciertas —añadió—. Lo que he permitido que los Nacidos de la Sangre le hagan a este reino no tiene excusa. Los dos estamos en las garras de Septimus. Me he dejado enredar con una alianza que no quiero, con un trato del que no puedo salir, y mira cómo estamos ahora, maldición.

Se fue acercando poco a poco, y yo no me aparté. Agaché la cabeza, incómoda, cuando habló de haberse visto abocado a aquella alianza, pero aún recordaba su cara... en el momento en que Angelika había estado a punto de matarme y él había alzado la vista a las gradas y había asentido.

Otra paradoja que me costaba digerir. Raihn había asesinado a mi padre, me había arrebatado el reino y me había hecho prisionera, pero lo había hecho todo por salvarme la vida.

—Sé que tengo razón —dije—. ¿Y...?

Sonrió divertido, unos segundos.

—Y quiero que me ayudes a hacer algo al respecto.

—Si me vas a soltar otro sermón sobre...

—No. Esto se trata de sangre, Oraya —terció sin pestañear ni apartar sus ojos de los míos—. Se trata de sacar a los Nacidos de la Sangre de nuestro maldito reino.

—A tus aliados, los mismos en los que te apoyas para conservar el trono.

—«Aliados» —espetó con sorna, y la forma en que lo dijo, en voz baja, me hizo caer en cuenta de repente.

Septimus me había manipulado para poner a prueba su teoría, a sabiendas de que jamás colaboraría con él. Y, hasta entonces, yo había dado por supuesto que Raihn estaba con él en eso, que incluso hasta lo había instigado.

De pronto tuve la certeza de que me había equivocado.

—Tú no lo sabías —dije—. Tú tampoco sabías nada de esto. Lo del espejo, lo del asalto a la armería, lo de la sangre del dios...

Su cara me confirmó la teoría mucho antes de que se decidiera a hablar.

Porque había tropas rishan en la armería, pero no de los Nacidos de la Sangre. Si Raihn hubiera estado implicado, habría habido más soldados rishan en la base esa noche, pero a ellos los tomó tan por sorpresa como a nosotros. Terminó perdiendo tantos efectivos como yo.

Solo Septimus había salido indemne de aquello, con los rishan y los hiaj debilitados, y su teoría, confirmada.

—Es una víbora —masculló Raihn—. No me contó nada hasta después. Le enseñé lo que quería ver. Me hice el rudo. Grité groserías muy fuertes de guerrero. Y luego le seguí el juego, después de haberme resistido lo suficiente como para hacerlo creíble.

Raihn y sus numeritos.

—He hecho un trato del que no puedo librarme —prosiguió—. Le he hecho esa concesión a Septimus. Pero..., aunque encontráramos lo que quiere, quizá él ni siquiera sea capaz de usarlo. Además, hay otras cosas en la Casa de la Noche igual de poderosas. Pero, para emplearlas, voy a necesitar tu ayuda.

Resoplé y levanté las manos.

—Tranquila, princesa, déjame terminar —dijo, antes de que yo pudiera abrir la boca—. Ayúdame a encontrar la sangre de ese dios, a completar la absurda cruzada de Septimus. Pero luego quiero que me ayudes a traicionarlo y a echar a esos bastardos Nacidos de la Sangre de este reino de una vez por todas. Después de eso, eres libre de hacer lo que tú quieras.

Resoplé de nuevo.

—Lo que yo...

—Lo. Que. Tú. Quieras.

No pretendía mostrarme sorprendida, pero —maldiga la Madre la expresividad de mi cara— se me debió de notar, porque Raihn rio un poco.

—Nunca me has creído, pero no era mi intención mantenerte cautiva. Te pido que me ayudes, no te estoy obligando a hacerlo. Y, después de eso, te doy mi palabra de que estamos en paz.

—¿Y qué valor tiene tu palabra?

—No mucho. Ha conocido tiempos mejores. Anda un poco maltrecha. Pero, por desgracia, es lo único que puedo ofrecerte.

Contemplé la espada de mi padre. Había muerto con ella empapada en su sangre a escasos centímetros de él en la arena del coliseo.

La Casa de la Noche era el reino de mi padre. ¡Era mi reino!

Raihn me había mentido tantas veces... Y sin embargo...

Me sorprendí considerando su propuesta.

—¿No sospechará Septimus? —pregunté—. Tiene ojos en todas partes.

—Ningún vampiro tiene ojos aquí —contestó, señalando aquella estancia oscura y polvorienta, claramente humana—. Pero tienes razón. Habrá que ser prudentes, asegurarnos de que ve solo lo que espera ver. Yo seré el rey tonto, y tú, la esposa prisionera que lo odia.

—Eso será fácil —dije—. Porque te odio.

Me había dicho para mis adentros aquellas palabras montones de veces, «Lo odio, lo odio, lo odio», y aun así, cuando escaparon de mis labios, me supieron rancias, amargas, por todo lo que tenían de verdad y de mentira. Porque no debían ser otra cosa que ciertas cuando estaba delante del hombre que había asesinado a mi padre.

Raihn se quedó pasmado una décima de segundo, como recuperándose del golpe. Y luego sonrió, tranquilo y relajado.

—Ah, ya lo sé —espetó—. Mejor así, porque eres una pésima actriz. Pero —añadió en voz baja, muy serio, ofreciéndome la mano— eres una aliada de primera.

«Aliada».

Hacía una eternidad me había ofrecido una alianza. También entonces supe que era un error aceptarla.

Pero en ese momento no tenía alternativa, como tampoco la había tenido entonces. Una humana en un mundo de vampiros. Una heredera sin colmillos. Una hija sin forma de vengar a su padre.

Raihn me estaba ofreciendo poder, más del que había soñado jamás.

Y el poder facilitaba tremendamente la venganza.

Acepté la mano que me ofrecía. Estaba caliente y era tosca, y mucho más grande que la mía. Plegó los dedos alrededor de los míos, solo un poquito. Hasta el tacto de su piel me parecía distinto de pronto, como si toda la magia que latía bajo nuestra epidermis brotara de golpe y nos repeliera, reconociendo a su enemigo natural.

Raihn era más fuerte que nunca, pero yo también, y con el poder del que hablaba él, un poder que me pertenecía por nacimiento, sería imparable.

Me estaba ofreciendo todo lo que necesitaba para destruirlo.

—Trato hecho —dije.

14

RAIHN

«Porque te odio».

Sabía que Oraya me odiaba. ¿Quién podía reprochárselo? No sabía por qué me fastidiaba tantísimo oírlo, tanto que había empañado mi victoria.

¡Mi victoria!

Había conseguido que accediera a algo prácticamente sin dejarle elección. Y yo tampoco era idiota: sabía que era muy probable que se pasara el tiempo aguardando la ocasión de matarme, que seguramente eso era lo que se decía para sus adentros mientras me estrechaba la mano y aceptaba el trato.

Nos la jugábamos los dos.

Pero, en la armería, me había llegado a apuntar al pecho con la espada y no me la había clavado.

Algo era algo.

Y lo cierto era que, dejando a un lado mis complicados sentimientos por Oraya, la necesitaba. Sin ella no iba a poder librarme de las garras de Septimus. A lo mejor, una minúscula y patética parte de mí también agradecía eso, tener una excusa para que volviera a ser mi aliada, aunque fuera a regañadientes.

Oraya no dijo nada cuando regresamos volando a mis aposentos. Me daba hasta vergüenza lo mucho que llevarla en brazos me recordaba lo que había sido nuestra relación antes de que yo lo arruinara. Notaba lo aterrada que estaba ella todo el rato: el pulso, la respiración, la piel caliente...

Toda la complicidad que habíamos forjado, hecha trizas.

En cuanto la dejé junto a mi ventana, se apartó de mí. Me pregunté si sabría que siempre seguía el mismo patrón: tres zancadas rápidas atrás, como si estuviera impaciente por poner tanta distancia como le fuera posible entre nosotros.

Yo me quedé en la cornisa, disfrutando un poco más de la brisa que me acariciaba el dorso de las alas. Dejé que Oraya se fuera hasta el fondo de la alcoba antes de entrar. No me quería cerca, y yo lo respetaba.

—Habrá que empezar cuanto antes —le dije—. Mañana, probablemente. Tan pronto como les haga saber que has accedido.

—¿A quiénes?

—A Vale, a Cairis, a Ketura. A Septimus y a sus compinches. —Costaba no darse cuenta de cómo se agarrotaba al oírme pronunciar aquellos nombres—. No te van a molestar —dije—. Yo me encargo de tu entrenamiento.

Frunció el ceño.

—¿Entrenamiento?

—¿Qué?, ¿acaso pensabas que ibas a apropiarte del poder legendario de un dios y derrocar a la más maligna de las casas vampíricas sin volver a tener condición?

Frunció el ceño otra vez.

—Mi condición es excelente. Aunque no sé si tú puedes decir lo mismo: aquella pelea me pareció demasiado fácil.

¡Por los senos de Ix, era realmente difícil no reírse con aquella cara!

Levanté las manos en señal de rendición.

—Bueno, lo reconozco: tú también me mantienes alerta. Nunca he estado mejor que cuando estaba contigo.

Le puse demasiado fervor a aquella frase, y yo mismo me asqueé al pronunciarla.

Oraya también lo notó y se agarrotó incómoda.

—Una cosa más —dijo.

—¿Qué?

—Vas a dejar de encerrarme en mi cuarto.

Enarqué las cejas.

—Ah, ¿sí?

—Sí.

—Y eso, ¿por qué?

—Porque se supone que volvemos a ser aliados y los aliados no se encierran unos a otros todas las noches.

—Tengo aliados a los que no me importaría encerrar —observé.

—Lo puedes plantear como una concesión que has tenido que hacer para conseguir que accediera a esto. Es razonable. Y cierto.

Enarqué las cejas de nuevo.

—¿En serio?

—En serio.

Dejar a Oraya desprotegida era mala idea por muchas razones. Las obvias, claro: porque era la heredera de los hiaj, había actuado en mi contra hacía menos de una semana y tenía motivos de sobra para andar por ahí recabando información y encontrando formas de pasársela a quienes pretendían acabar con mi gente. Pero ninguna de esas razones me preocupaba tanto como las otras: no proteger mi corona de Oraya, sino proteger a Oraya de mi corona.

—Este castillo no es un lugar seguro, princesa —le dije—. Ni siquiera para mí. ¡Mucho menos para mí! Y en tu caso es el doble. ¿Seguro que quieres eso?

—No dejas de decirme que soy reina, no prisionera... Demuéstralo. Nadie encierra a una reina en sus aposentos.

Neculai había encerrado a Nessanyn.

Aquel pensamiento me vino de pronto a la cabeza, sin quererlo. Me deshice de él y decidí que era una petición justa. Además, con Oraya todo era un riesgo. Siempre había sido así.

—De acuerdo —contesté, medio encogiéndome de hombros—. Hecho. Se acabaron los encierros.

Relajó un poco los hombros, de alivio. Me gustó verlo.

—Pues me voy a la cama —dijo.

—Muy bien. Te vendrá bien descansar antes de que empecemos.

Se acercó a la puerta y la abrió, y, antes de que me diera tiempo de contenerme, se me escapó la palabra:

—Oraya...

Se giró hacia mí. Aun desde la otra punta de la estancia, me atravesó con su mirada de acero. Sentí una punzada en el pecho.

Ni siquiera sabía lo que le iba a decir.

¿«Gracias»?

¿«No te vas a arrepentir»?

Lo primero era condescendiente; lo segundo, una promesa que no podía hacer. Ya le había mentido lo suficiente; no quería volver a hacerlo.

Al final me conformé con:

—Iba en serio desde el principio. El ofrecimiento que te hice.

«No querría gobernar este reino con nadie más que contigo».

Le vi en la cara que sabía perfectamente de lo que le hablaba.

—Lo sé —contestó al cabo de un rato, y se marchó.

Después de que Oraya se fuera, pasé unos minutos junto a la ventana, viendo salir el sol sobre Sivrinaj, y el cielo gris tornarse morado y luego rosa. La habitual quemazón de la piel me empezó despacio al principio, como de costumbre, y ya casi era de día cuando, a regañadientes, me aparté.

Me habían dejado un recado mientras estaba fuera. Tomé el pergamino y lo leí. Me quedé un buen rato mirándolo. Luego maldije, me lo metí furioso en el bolsillo y abrí la puerta de golpe.

Bajé hasta el ala de invitados, con la vista siempre al frente hasta llegar a la única puerta cerrada con llave. La aporreé, sin molestarme en ser cortés, y seguí incluso al ver que no me abrían.

—¡Por los dioses, ten un poco de paciencia! —dijo desde el interior una voz despreocupada y alegre, acompañada de unos pasos raudos.

Se abrió la puerta de par en par.

Tan pronto como lo hizo, espeté con rudeza:

—No tendrías que estar...

Pero, antes de que me diera tiempo de terminar la frase, Mische desplegó una sonrisa que vi medio segundo antes de que se me echara encima.

¡Y de verdad sentaba bien ver una cara amiga!

Se me colgó del cuello y me abrazó como si pensara que no iba a verme nunca más. Y le devolví el abrazo, claro, porque ¿qué era yo?, ¿un monstruo?

Le había crecido el pelo y lo llevaba ya casi por los hombros. Sus rizos castaño claro olían a sudor y a desierto, por el viaje.

—No tendrías que estar aquí —dije por fin—. Te dije que no vinieras.

Quise, en vano, parecer furioso.

—Ay, vete al diablo —me contestó Mische con cariño, como quien dice «Yo también te he extrañado, tonto».

15

RAIHN

—Estaba aburrida de andar deambulando sola por ahí. ¿O qué iba a hacer?

—Evitarte problemas. Mantenerte alejada de la capital en plena guerra civil. Buscar un lugar seguro y tranquilo donde refugiarte.

Mische arrugó la nariz.

—¿«Un lugar seguro y tranquilo»?

Lo dijo como si la idea fuera absurda, y para ser sinceros, cualquiera que la conociera lo sabría. Mische era lo opuesto de «seguro y tranquilo». Era tan impulsiva y temeraria que a veces me asustaba de verdad.

En cuanto me liberó por fin de aquel abrazo asfixiante, me llevó a rastras al gabinete. Vestía una camisa blanca polvorienta y pantalones, aún sucios del viaje, pero si estaba cansada lo disimulaba bien. Tras acurrucarse en un sillón y subir sus rodillas al pecho, me exigió, con los ojos muy abiertos, que le contara todo. Se había enterado de lo importante, me dijo, pero quería oírlo de mis labios.

No había una sola persona en el mundo con la que estuviera más cómodo que con Mische. Me había visto en mis peores momentos. Y, aun así, contarle todo lo que había ocurrido en la última prueba del Kejari y después... me costó. Era la primera vez que hacía un balance de todo lo sucedido. Clavé los ojos en un punto concreto de la alfombra mientras le contaba, lo más resumidamente posible, lo que había pasado.

Cuando terminé, la ilusión de Mische se había convertido en una tristeza tan cruda y desgarradora que, al volver a mirarla, tuve que contener una carcajada.

Parecía a punto de echarse a llorar.

—¡Por los senos de Ix, Mish, tampoco es para tanto!

Pero ella bajó los pies al suelo, cruzó la estancia y me dio otro abrazo largo, no el apretón de cachorrito emocionado propio de un reencuentro, sino el abrazo sereno de una buena amiga con la que puedes contar.

Me zafé de ella.

—Estoy bien. Además, apestas.

—A mí no me engañas —mascullό, y luego se sentó en el suelo, con las piernas cruzadas y la barbilla apoyada en las manos.

—En serio, Mische... —dije mientras me tocaba las manos, nervioso. No estaba seguro de si la sangre que llevaba incrustada debajo de la uña era de otro o mía, de tanto rascarme, pero no conseguía dejar de hacerlo—. Las cosas están complicadas por aquí. Deberías volver al campo.

Era lo fácil para mí, decirle que se fuera, empujarla a marcharse de Sivrinaj, aunque en el fondo me maldijera por decirlo siquiera, incluso sabiendo, claro, que no me iba a hacer ni caso.

La había extrañado. No, eso se quedaba corto. Era mi única familia, pese a que no estábamos emparentados. En esos momentos, había dos personas vivas que, a mi juicio, para bien o para mal, me conocían de verdad: Oraya y Mische. Cuando Oraya me miraba, todo eran acusaciones: «Sé quién eres en realidad». Pero, cuando me miraba Mische, todo era afecto. Y lo extrañaba, aunque también me incomodaba. Siempre me costaba más desempeñar el papel que debía desempeñar si Mische andaba por allí, con lo bien que me conocía.

—El campo es de verdad aburrido. Además, ¿de verdad pensabas que te iba a dejar aquí solo? —Frunció el ceño—. ¿O a ella?

A ella. A Oraya.

A pesar de todo, me emocionaba un poco el cariño que Mische le había tomado a Oraya. Como si hubiera sabido desde el principio lo importante que sería. Siempre me había preguntado si Mische tendría algo de magia mental. Solo una pizca. Esas cosas no formaban parte de los dominios de Atroxus, pero su empatía resultaba un tanto insólita.

Tenía la sensación de necesitarla, y eso no me gustaba nada. Pero a lo mejor Oraya la necesitaba aún más que yo en esos momentos.

—Mmm... —dije, por no verbalizar mis pensamientos.

—¿Las cosas van mal?

Recordé el llanto entrecortado de Oraya en pleno día, cuando pensaba que nadie la oía, la nada absoluta que había presidido su semblante durante semanas.

Recordé su voz: «Porque te odio».

—Sí, las cosas van mal —contesté.

La concesión iba impregnada de remordimiento.

Hacía tiempo que había dejado de verme como alguien moralmente decente. Había asesinado a cientos de personas con mis propias manos a lo largo de los años, a miles de manera indirecta, como consecuencia de mis actos en el último Kejari, o en el anterior. Había hecho lo necesario para sobrevivir y procuraba no fustigarme por ello.

Pero siempre lamentaría eso: haber destrozado a Oraya. Ese era un pecado que nunca podría expiar.

Se hizo un silencio largo. Luego Mische dijo en voz baja:

—Yo... me alegro muchísimo de que no hayas muerto, Raihn. —Reí un poco, pero ella me soltó—: ¡No es broma! Es en serio. ¿En qué estabas pensando?

Yo no tenía tan claro que me alegrara seguir con vida. Cuando Oraya me mató, había tenido la certeza de que estaba haciendo lo correcto: darle a ella el poder que necesitaba para aprovechar su potencial, darle a la Casa de la Noche la oportunidad de empezar de cero, sin malditas alianzas con los Nacidos de la Sangre, sin complicaciones del pasado. En aquel momento me había parecido una buena razón para morir. A fin de cuentas, morir no era lo difícil. Fue al resucitar cuando comenzó el caos.

—Lo cierto es que tampoco lo pensé mucho —me limité a decir, con desenfado, aunque fuera una mentira flagrante.

Frunció el ceño otra vez.

—Con lo que te esforzaste por conseguir esto...

Tuve que apretar la mandíbula para no soltarle la verdad.

¿Esto? No.

Me apunté al Kejari porque se apuntó Mische. Porque me obligó. Porque, mientras viajábamos juntos, me encontró en una noche especialmente mala y se lo conté todo, la verdad de quién era, de la cicatriz que tengo en la espalda, y todas aquellas cosas que jamás le había dicho en voz alta a nadie.

El rostro de Mische no disimulaba ninguna emoción y, esa noche, vi la tristeza que sentía por mí, y luego la confusión, y después lo que de verdad me dolió: la ilusión.

«Eres... —me dijo jadeando, con los ojos brillantes— eres ¡el heredero de los rishan! ¿Y no haces nada al respecto? ¿Tienes idea de lo que podrías conseguir?»

Aquello me había matado, demonios. ¡La esperanza!

Esa noche tuvimos una discusión, una de las peores, aun después de años de compañerismo constante. A la noche siguiente, Mische desapareció. Cuando volvió, casi al alba, yo estaba fuera de mí, y ella me enseñó la mano, la cicatriz de su ofrenda de sangre.

«Nos apuntamos al Kejari», me dijo satisfecha, como si acabara de decidir que íbamos a aprender a pintar o a dar un paseo por la ciudad.

No me había enojado tanto en años. Hice todo lo posible por encontrar un modo de sacarla de aquello, pero al final terminé acompañándola, como ella sabía que haría.

Después de mi arrebato inicial esa primera noche, nunca le dije lo que pensaba de todo aquello. Me guardé esa angustia en el pecho, hecha un nudo, bien enterrada.

Era difícil enojarse con Mische.

Pero deshacerme de la preocupación me costaba aún más.

Apuntarse al Kejari no era ninguna tontería. A menudo recordaba, sin quererlo, la decisión que Mische había tomado y cómo había salvado el pellejo por pura suerte.

Solo una persona podía ganar el torneo. ¿Qué plan tenía Mische si las cosas hubieran sucedido de otro modo?

No me gustaba pensar en eso.

Aparté la vista de los ojos acusadores de Mische y la posé en la mano que se apoyaba en la rodilla y en las quemaduras apenas visibles bajo el tejido de la manga.

Si vio mi gesto, hizo caso omiso y, en su lugar, ladeó la cabeza y me dedicó una sonrisa luminosa y tranquilizadora.

—No pongas esa cara de pena —me dijo—. Ya se arreglará, ya verás. Ahora todo te cuesta, pero lo bueno es que estás aquí.

—Mmm... —Ojalá la verdad fuera tan fácil como los tópicos optimistas de Mische. La miré de reojo—. Y tú, ¿qué tal?

—¿Yo? —Se puso seria un minuto y al cabo se encogió de hombros con desenfado—. Ya me conoces: siempre estoy bien.

La conocía, sí, lo bastante como para saber cuándo mentía y cuándo no debía presionarla.

Alargué la mano y le alboroté el pelo, y ella arrugó la nariz y se apartó bruscamente.

—Ya está demasiado largo —dijo—. Me lo tengo que cortar.

—A mí me gusta. El cambio te sienta bien.

Frunció el ceño, pero luego me vio la cara y el gesto se derritió en una sonrisa.

—Te he descubierto —espetó—. Te alegras de que esté aquí.

—Nunca —contesté.

Sí, me había descubierto. Me declaraba culpable.

16

ORAYA

Raihn fue fiel a su palabra. Después de aquello, dejó de encerrarme en mi cuarto. Tampoco me iba a entusiasmar con la benevolencia de aquella concesión; seguro que aún tenía guardias vigilándome. Aun así, me gustaba mi libertad. A la noche siguiente deambulé por los pasillos del castillo yo sola. Los guardias y los soldados me miraban raro, pero nadie me molestaba, y eso me incomodaba de una forma que no alcanzaba a descifrar.

A lo mejor era porque el castillo ya parecía distinto. Seguía hecho un desastre. Claro que tampoco podía evitar compararlo con la ruina que había visto al recorrer aquellos pasillos durante el Kejari, cuando había detectado por primera vez la podredumbre estancada que subyacía a mi hogar.

Nadie podía decir que aquel lugar estaba estancado ya.

Me detuve junto al barandal que daba al salón de banquetes. Era una de las estancias que no habían tocado mucho. Las mesas seguían dispuestas del mismo modo. Los muebles no habían cambiado.

Por un segundo, vi el océano de brutalidad que Vincent me había mostrado durante nuestra última discusión, clavándome los dedos en el brazo mientras me empujaba contra aquel mismo barandal y me obligaba a contemplar a los humanos de abajo, tirados sobre aquellas mesas como ganado exprimido.

Me estremecí y di media vuelta.

Entrenamiento, eso era lo que necesitaba.

Raihn tenía razón: me faltaba práctica. Lo había notado cuando luchamos en la armería, y los dolores que tenía al día siguiente se habían encargado de recordármelo.

Di la vuelta y me detuve, mirando fijamente el pasillo que tenía delante.

De pronto caí en cuenta de por qué se me hacía tan raro recorrer aquellos pasillos. Porque nunca me habían dejado hacerlo. Puede que Vincent no me hubiera puesto cerrojos en la puerta, pero sus órdenes eran más que suficiente para impedirme salir, y él me dejaba sus expectativas bien claras. Sí, me escapaba, pero en pleno día, moviéndome con el sigilo de una pequeña sombra, encogiéndome de miedo cada vez que oía pasos.

Nunca había podido moverme con libertad por el castillo. Nunca.

Fue... un extraño descubrimiento.

—¡Qué maravilla verte pulular por ahí!

Procuré disimular el susto que me había dado, pero fue en vano. Al girarme, vi a Septimus inclinando la cabeza a modo de disculpa.

—Perdona, no pretendía asustarte.

Pues parecía por completo que sí, con lo sigilosamente que se movía.

—Me alegro de que hayas entrado en razón —dijo—. He oído que vas a ayudarnos con nuestra misioncita.

—Lo dices como si tuviera alternativa.

Levantó un poco un hombro.

—En cualquier caso, mejor así. Obligarte habría sido difícil para todos, sospecho que sobre todo para tu marido.

Detestaba que la gente se refiriera a él de ese modo. Por primera vez en mi vida agradecí ser tan expresiva y arrugar la nariz sin poder impedirlo.

A fin de cuentas, tenía que interpretar un papel: «Yo seré el rey tonto, y tú, la esposa prisionera que lo odia».

Septimus rio.

—No me gustaría malinterpretar eso —dijo.

Se llevó la mano al bolsillo y sacó la cajita de madera. La abrió y lo pensó un momento, con la mano suspendida sobre la hilera perfecta de cilindros oscuros. Puso una cara rara, de una quietud rígida, como si una oleada de hielo le hubiera congelado las facciones.

Arrugué la frente, le seguí la mirada a la mano suspendida sobre la cajita, detenida en pleno movimiento, como si los músculos se le hubieran paralizado sin quererlo. El dedo anular se le sacudía con una brusquedad que le agitaba la mano entera.

Durante varios segundos interminables, los dos contemplamos aquella mano.

Luego se cambió de mano la cajita, sacó enseguida un puro y lo sostuvo con los dientes mientras volvía a guardarse la cajita.

Fue como si aquel instante jamás hubiera existido. Me guiñó un ojo y me dedicó una sonrisa natural, encantadora y del todo despreocupada.

—Disfruta del entreno —dijo—. Te dejo para que hagas tus cosas. Nos esperan unos meses muy ajetreados.

Y se alejó con parsimonia sin decir más.

Genial. No estaba en forma.

Haber recuperado mis espadas me hacía sentir bien, pero retomar esa rutina solo había servido para hacer más patente lo mucho que había cambiado todo. Había pasado de una vida de no parar en todo el día, todos los días, a estar tirada en la cama mirando el techo. Era increíble lo que podía deteriorarse el físico en cuestión de un mes.

Un mes. Más que eso. No había caído en cuenta del tiempo que había pasado hasta que noté, físicamente, los cambios que había experimentado mi cuerpo en ese periodo.

Con cada jadeo, cada ejercicio, cada ataque al tejido tieso del estafermo, lo notaba un poco más.

Un mes.

Mi padre llevaba muerto más de un ciclo lunar completo.

Procuré deshacerme de aquel pensamiento, que me dolieran más los músculos para que me doliera menos el corazón. No lo conseguí. El recuerdo me perseguía.

Un mes.

Y yo acababa de hacer un pacto con el hombre que lo había asesinado.

Y de pronto había dejado que se me metiera dentro un pensamiento inocuo y, antes de que pudiera ponerle freno, estaba convirtiéndose en algo monstruoso.

Un mes.

¿Cuántas veces había estado en aquel cuadrilátero de entrenamiento con Vincent? Muchísimas. Casi podía oírlo bramarme órdenes: «Más rápido. Más fuerte. No seas torpe. No te estás esforzando, culebrilla. Con eso no bastará cuando importe».

Me presionaba tantísimo que a veces terminaba nuestras sesiones derrumbándome sobre un charco de mi propio vómito.

«Te presionaba porque quería que estuvieras a salvo», me susurró Vincent al oído.

Me presionaba para que aprendiera a protegerme.

«En este mundo, todo es un peligro para ti», me recordó.

Porque era humana.

Pero no lo era.

Era mentira, todo ello.

Ataqué al muñeco más rápido, más fuerte, de forma torpe. Me ardían los pulmones. Me dolía el pecho. Brotó del filo de la espada el Fuego de la Noche, que me salpicó de motas blancas.

Pero ¡no lo era!

¿Cuántas veces habría entrenado mi magia con Vincent en aquel cuadrilátero? ¿Cuántas me había dicho que mi poder probablemente no llegara a desarrollarse?

¿Me había mentido también?

«¿Lo sabías?», le pregunté entonces, mientras daba otro tajo al muñeco, tan fuerte que se le salió el relleno.

La voz de Vincent guardó silencio.

«¿Por qué no me lo dijiste? ¿Por qué me mentiste, Vincent? ¿Por qué?»

Silencio, por supuesto.

Me envolvió una súbita llamarada de Fuego de la Noche. Con un rugido entrecortado, le clavé el arma al muñeco, que salió disparado, dando tumbos por el suelo. El tajo fue tan torpe, tan violento, que sin quererlo la espada salió volando con él y el metal golpeó el suelo con un ruido ensordecedor.

Apenas me enteré, con el sonido de mis propios jadeos.

Y entonces oí una voz conocida a mi espalda.

—No era consciente de la suerte que tengo de seguir vivo hasta que he visto eso.

Raihn.

Cerré los ojos con fuerza y me limpié enseguida las lágrimas. ¡Demonios!

—Ya... —espeté, y sonó de lo más flojo.

—Solo que te falta el resuello...

¡Al diablo con él!

—Necesito entrenar, nada más.

—¿Entrenamos juntos?

—No.

Se acercó de todos modos.

Seguía sin querer mirarlo, avergonzada por lo que le había permitido ver: a mí llorando y dando puñetazos al aire como una niña. Genial.

Pero su silencio fue demasiado largo, demasiado significativo.

Por fin me giré hacia él.

—¿Qué? —le solté furiosa.

Abrió la boca y luego lo pensó mejor.

—Nada. ¿Seguro que no quieres que entrenemos juntos? Es mejor que atizarle a un muñeco. Al final vas a tener que entrenar conmigo de todas formas... —Se llevó la mano a la espada y enarcó una ceja. Entonces caí en cuenta de lo raro que era que la llevara siempre consigo, aun cuando paseaba por su propio castillo. A lo mejor se sentía tan incómodo en aquel sitio como yo—. Solo me ofrezco porque veo que esta vez no hay ventanas por las que me puedas lanzar —añadió con una media sonrisa cómplice.

No sabía por qué vacilaba. Necesitaba refrescar en mi memoria la forma de luchar de Raihn, asegurarme de que podría acabar con él cuando tuviera que hacerlo. Y, aun así, me incomodaba. Me deshice de la sensación y le espeté:

—Muy bien. Si quieres que entrenemos, entrenamos.

Y ataqué sin darle tiempo de reaccionar.

Pero estaba preparado. Me paró el tajo y contraatacó sin problema.

Todo aquello era fácil, y eso era lo que lo hacía tan difícil.

Al luchar contra Raihn en la armería, me había fastidiado muchísimo recordar lo bien que nos conocíamos, la soltura con la que combatíamos juntos. Al empuñar de nuevo mis espadas en vez de aquel armatoste, los fantasmas de nuestra última batalla en el Kejari nos rodearon. Los dolores se esfumaron. Nos precipitamos los dos por el cuadrilátero de entrenamiento como perdidos en un baile.

Me fastidiaba y me encantaba. Era algo sólido a lo que aferrarme, algo que podía hacer sin pensar y que, a la vez, me producía un dolor físico que podía controlar. Y, sin embargo, todos los ataques de Raihn me recordaban la familiaridad que en otro momento habíamos tenido y el uso que él le había dado después.

Un mes.

Solté un gruñido animal de esfuerzo cuando los choques de metal contra metal se hicieron más rápidos, más rápidos, más rápidos. Lo vi torcer la boca, un poquitín, y oí lo que no me dijo en voz alta: «¡Esa es mi chica!».

El Fuego de la Noche brotó a mi alrededor y en esa ocasión no se adhirió solo a mis espadas y a mis manos, sino que me abrazó el cuerpo entero.

Raihn retrocedió bruscamente, levantando el brazo para protegerse la cara, y aquello bastó para sacarme del trance.

De pronto volví a ser consciente de mi cuerpo, de mis jadeos, del ardor de pulmones, del tremendo dolor muscular. Con idéntica rapidez, el Fuego de la Noche se extinguió.

Caí al suelo dando tumbos cuando Raihn alzó su espada en señal de rendición.

También él estaba jadeando. Se limpió el sudor de la frente con el dorso de la mano.

—Eso ha sido impresionante —dijo—. Parece que lo haces con mucha más facilidad que antes.

«Gracias» no me parecía la respuesta adecuada, así que inspeccioné mi espada y la abrillanté con la manga.

—¿Lo has hecho a propósito? —insistió. La típica pregunta que, en el fondo, era una afirmación, y me fastidiaba—. Cuando a mí me salió la Marca del Heredero —continuó—, todo se... reajustó sin más. No soy capaz de describir lo distinto que me sentía después. Y cuando Nyaxia... —Se estremeció y luego se encogió de hombros—. Lo cambia todo, pues. Ya no tenía ni idea de lo que era capaz de hacer mi propio cuerpo.

Sus palabras me incomodaban por lo certeras, pero tampoco

me preguntó si a mí me pasaba igual, quizá porque ya sabía la respuesta.

—Tú eres medio vampiro, Oraya —dijo en voz baja—. No solo eso: medio vampiro y heredera. ¿No te has preguntado lo que podría significar?

Al levantar la vista, me topé con la de Raihn, firme e inquisitiva, y con eso tuve que deducir el resto. Que yo ya no sabía nada de mí misma, de mi magia, de mi esperanza de vida, de mi sangre, de los límites de mi propia carne.

Significaba que mi vida entera había sido una mentira.

No dije nada, y Raihn, ¡menos mal!, no insistió. En cambio, me ofreció la mano. No la acepté y me levanté sola.

Soltó un resoplido socarrón y negó con la cabeza mientras daba media vuelta.

—No cambias, Oraya. Anda, vámonos.

—No he terminado.

—Parece que estás a punto de desplomarte. Ya vendrás a destrozarte otro rato —me dijo, girándose para mirarme—. Igual va siendo hora de que hagas una escapada a los distritos humanos... Parece que necesitas matar.

—Uy, vaya si necesito matar —mascullé, pero, por mucho que quisiera discutir con él, estaba agotada, así que lo seguí—. ¿Qué prisa tienes? —pregunté cuando enfilamos el pasillo.

—Te he encontrado guardaespaldas.

—¿Guardaespaldas?

Argh. ¿Cuando por fin era libre por primera vez en mi vida?

Rio.

—Hasta yo tengo guardaespaldas, princesa. ¿Pensabas que te iba a dejar deambular sola por este nido de bestias?

—Hablas como él —protesté, y procuré no fijarme en que se le borraba la sonrisa al oírlo.

Fuimos derecho a nuestros aposentos. Abrió la puerta de los suyos y me hizo una seña.

—Te presento a tu guardaespaldas...

Aún no había terminado de decirlo cuando Mische pasó aprisa por su lado, con una sonrisa tan luminosa en el rostro que habría bastado para alumbrar los rincones más oscuros del castillo.

¡Lo más sorprendente fue que me encontré con que se la estaba devolviendo!

Raihn le puso la mano en el hombro con suavidad, como si quisiera evitar que se arrojara sobre mí, pero, en el último momento, ella misma evitó abrazarme y, en cambio, me saludó entusiasmada con la mano, por raro que fuera.

—¡Te he extrañado! —me soltó.

¿La verdad?

Yo también la había extrañado a ella.

Fue un verdadero alivio saber que Raihn básicamente exageraba cuando me había dicho que Mische iba a ser mi «guardaespaldas». No iba a seguirme a todas partes, pero, si yo aceptaba, se instalaría en la otra alcoba de mis aposentos y me acompañaría en las escapadas.

—No necesito que me vigilen —protesté.

Al oírlo, a Mische se le formó una arruguita de preocupación en la frente.

—Si prefieres que me vaya a otra alcoba... —dijo.

Miré de reojo a Raihn.

—No creo que dependa de mí.

—Depende de ti —respondió sin más—. Si le pides que se busque otra recámara, lo hará.

Argh. Eso me parecía... una crueldad.

—¿Y por qué no se queda contigo? —pregunté.

—Porque ronco.

Mische suspiró.

—Es cierto: ronca muchísimo.

Sabía que era cierto porque yo misma había oído aquellos ronquidos todos los días durante meses.

—Además, si no es Mische, te tendré que buscar otro guardia —terció Raihn—. Uno de los de Ketura, si lo prefieres. —Le lancé una mirada asesina y él se encogió de hombros levemente y añadió—: Un acto de guerra y todo eso.

Mische me miró como un cachorrito abandonado suplicando que lo dejara entrar.

Suspiré y me pellizqué el puente de la nariz.

—Bueeeno —mascullé, y Mische sonrió y empezó a meter su ropa en los cajones.

17

ORAYA

—Lahor. —Raihn volvió a señalar el mapa—. Lahor.

Estudié la ciudad que señalaba con el dedo, un dibujito hecho con plumilla, de una piedra rota. Tenía grabado un sello solitario y diminuto: una garra que sostenía una rosa.

Las dos últimas semanas habían pasado volando, sin nada reseñable: durmiendo, entrenando, aguardando la siguiente jugada.

Y la siguiente jugada, por lo visto, era Lahor. Una noche, después de entrenar, Raihn me había llevado a sus aposentos y me había hecho sentarme con él a su escritorio, forrado de mapas y documentos. Sacó un atlas enorme de la Casa de la Noche y me señaló una ciudad en la parte más oriental de la costa.

Que era la que estaba mirando en ese instante.

—Muy bien —le dije en tono de «¿Por qué diablos me enseñas esto?».

—¿Te resulta familiar?

—Pues claro.

De niña había memorizado aquel mapa, cuando aquellos trazos de tinta eran lo único que tenía del mundo exterior. Lahor siempre me había interesado porque su blasón era igual que el que llevaba Vincent en algunas prendas.

El recuerdo de Vincent llegó con la punzada de dolor habitual, y luego, poco después, caí en cuenta.

—Supongo que me lo preguntas porque es la tierra natal de Vincent —dije—, pero no hablaba mucho de ella.

Yo rara vez le preguntaba a Vincent por su pasado. Aprendí enseguida que no le gustaban esas conversaciones y yo no tenía por costumbre hablar de cosas que a Vincent no le gustaban.

«Hace mucho tiempo que viví allí —me dijo en su día—. Ya no es mi estandarte. Toda la Casa de la Noche es mía». Y yo lo acepté. A fin de cuentas, me había llevado años ver a Vincent como una persona que había existido más allá de los muros de su castillo, como un ser vivo falible y con historia. Qué demonios, a lo mejor hasta el mismísimo final no lo había visto así.

—Si Vincent hubiera tenido que esconder algo y dejarlo en un sitio donde nadie pudiera encontrarlo —dijo Raihn—, ¿tú crees que habría ido allí?

Tardé un buen rato en contestar, con el pecho encogido.

Al principio iba a decir que no, que Vincent no había querido siquiera aceptar su pasado anterior a su reino, pero, claro, que no quisiera aceptar algo no lo hacía menos cierto. La mentira sobre mi propia sangre era prueba más que suficiente de eso.

—No lo sé —contesté al final.

Sabía poquísimo de mi padre.

—Septimus quiere que vayamos allí —dijo Raihn—. Cree que Vincent escondió algo en esa ciudad, algo que tiene que ver con la sangre de ese dios.

—¿Y qué lo hace pensar eso?

Una carcajada siniestra.

—Ojalá supiera de dónde saca ese hombre la mitad de las cosas que sabe.

Yo era de la misma opinión. Sobre todo desde que tenía secretos propios que proteger.

—He de reconocer —continuó— que me parece el escondite perfecto. Ahí, en los límites orientales de la Casa de la Noche. Allí no va nadie. Es del todo inaccesible. Está infestado de cerberos y demonios. Además, Vincent guardó algunos objetos extraños de esa zona en sus aposentos, algo impropio de él. El lugar, por lo que me han contado, no es más que un amasijo de ruinas. Está hecho un desastre desde que Vincent se fue de allí hace doscientos años.

Fruncí el ceño pensativa.

—Me parece que su sobrina vive allí. O su sobrina segunda, o tercera...

¿Evelaena? Algo así.

—Ah... Otra razón por la que esto va a ser complicado. Dudo mucho que se alegre de vernos.

¿De vernos?

—¡¿Vamos a ir?!

—¿Qué pensabas que íbamos a hacer?, ¿mandar a un par de criados que busquen por nosotros? —Al verme mirarlo con desdén, Raihn rio—. ¡Dios mío, vaya que te has acostumbrado pronto a la vida regia, alteza!

—Vete al diablo —mascullé.

Pero entonces digerí la verdad de sus palabras. «Complicado». Eso era cierto. Ni un solo hiaj recibiría al rey de los rishan en su casa. Aunque yo lo acompañara. A lo mejor, sobre todo si yo lo acompañaba, porque aquella era la única pariente viva de Vincent y probablemente había pensado que iba a ser la heredera si Vincent moría.

—Esa misma cara puse yo cuando lo pensé —me dijo Raihn.

—Dime que nos vamos a llevar un ejército.

—Claro, con todos esos guerreros fieles que me sobran —contestó sorprendido—. Y tú, ¿qué? ¿Tienes pensado pedir a unos cuantos soldados hiaj fieles y cooperativos que nos escolten? ¿O están todos demasiado ocupados intentando terminar con los míos?

No hizo falta que le respondiera; me lo vio en la cara.

—Pues eso —dijo.

—¿No sería más inteligente que tú te quedaras aquí? Un rey no debería dejar desprotegido su castillo.

—Tampoco debería dejar desprotegida a su reina, y menos a una tan propensa a meterse en problemas como tú. —Me sonrió socarrón—. Además, si piensas que voy a perder la ocasión de salir de este maldito lugar y mancharme las manos es que no me conoces en absoluto.

Sabía que iba a decir eso.

Tercera parte

LUNA CRECIENTE

INTERLUDIO

La conversión es peor destino que la muerte. Es muerte, en cierto sentido; la muerte de una versión de ti mismo que nunca vuelves a ver. Los que nacen vampiros no lo entienden, ni quieren entenderlo. Para ellos, la agitación de los convertidos es un signo de debilidad. A fin de cuentas, una serpiente no le llora a su piel cuando la muda.

Lo que nunca entenderán es todo lo que se lleva consigo esa piel.

El hombre se aferra a su humanidad hasta el último segundo de su transformación. Hay que arrancársela, puntada a puntada. La conversión es un proceso terrible. Casi lo mata. La enfermedad le roba semanas, meses, presa de un fuerte delirio. Soñando con su casa. Soñando con sus errores. Soñando con la familia a la que aún no sabe que no volverá a ver.

Al salir de esa bruma, apenas recuerda lo que pasó después del naufragio.

El rey está a su lado, sentado en el borde de su cama, observándolo con ese interés despegado que uno concede a una nueva mascota.

Le ofrece una copa, y el hombre bebe con frenesí y se vierte el líquido por la barbilla. Nunca ha probado nada tan maravilloso, tan dulce, tan sabroso, tan...

El rey le quita la copa.

—Con eso basta de momento —le dice con un fuerte acento, dándole una palmadita en el hombro, y le quita la copa.

El hombre se limpia la cara con el dorso de la mano y se mira, extrañado y confundido, las manchas rojas que le han quedado.

Aún no entiende lo que le ha pasado.

Aparta la mano y la confusión. Su familia, piensa. ¿Cuánto lleva ahí? No tiene noción del tiempo. Lo del barco le parece que fue hace una eternidad.

—Gracias —suelta—. Gracias por tu hospitalidad, pero me tengo que ir.

El rey sonríe y no dice nada.

A lo mejor no lo ha entendido, se dice el hombre. Está lejos de casa. ¿A qué país habrá ido a parar? Lo supo en su momento, pero ya...

Da igual. El hombre no habla más idioma que la lengua plebeya con la que se ha criado.

—Tengo que irme —dice otra vez, hablando despacio, vocalizando bien cada palabra, señalando la ventana, la ventana que da al mar.

El rey sigue sin contestar. Ensancha un poco la sonrisa y deja al descubierto la punta de sus afilados colmillos.

Esos colmillos... Al verlos recuerda la noche en la que estuvo a punto de morir...

«¿Quieres vivir?»

Le entra el pánico. Procura ignorarlo.

—Por favor —dice.

Pero el rey le acaricia la nuca.

—Ya no tienes casa —le contesta con cierta compasión, con las palabras algo deformadas por su fuerte acento—. Solo existes aquí.

Años después, el hombre apenas recordará esa conversación, pero esas tres palabras no se le olvidarán, aun cuando los pormenores de todo lo demás se hayan ido para siempre: «Solo existes aquí».

Se convertirá en la verdad. El rey le ha dado al hombre una vida nueva, pero el truco está en que esa vida le pertenece solo a él.

Ese es el momento en el que el hombre comprende lo mucho que acaba de cambiar su existencia.

Menea la cabeza e intenta levantarse, pero el rey lo obliga a acostarse de nuevo, sin dificultad. El hombre está demasiado cansado y mareado para pelear, aunque se defiende con las últimas energías que le restan...

Pero, cuando el rey le ofrece su muñeca, el aroma lo aturde.

—No va a estar tan mal —le dice el rey al tiempo que le acerca la cabeza a su piel.

18

RAIHN

Prácticamente me escabullí del castillo.

Semanas fuera de aquel lugar. Semanas lejos de aquellas paredes de piedra y de aquella gente, y de ese olor rancio a incienso que me recordaba demasiado lo de hacía doscientos años. Era como juntar todos los regalos que me habían hecho en uno solo. Mejor que cualquier cumpleaños.

Cairis se quedaba en el castillo para gestionar los asuntos de la Corona, y Vale, para continuar dirigiendo las batallas libradas por toda la Casa de la Noche. Pareció algo aliviado al contar con una excusa para no irse.

Ketura y algunos de sus soldados de confianza venían con nosotros. Intenté disuadir a Mische, pero, por supuesto, fue inútil. No había dicho ni dos frases cuando me interrumpió:

—¿Te dejo acabar y luego te digo que no te estoy haciendo ni caso? Soy «guardaespaldas», ¿recuerdas?

Claro que igual era mejor así. Mejor que estuviera por ahí con nosotros a que estuviera sola en aquel castillo.

Como cabía esperar, Septimus se empeñó en venir también, acompañado de su comandante y de un pequeño batallón de guardias Nacidos de la Sangre.

Lahor era una de las ciudades más remotas de la Casa de la Noche, situada justo en la punta de la costa oriental y rodeada de agua por tres lados. Verdaderamente en medio de la nada. Solo el viaje ya llevaba casi dos semanas. Avanzamos rápido y en silencio, aprovechando que éramos pocos, pasando los días en posadas modestas donde nadie hacía preguntas o en campamentos improvisados por el camino. Los que teníamos alas volábamos, y los Nacidos de la Sangre nos seguían a caballo. Yo llevaba en brazos a Oraya, algo tan embarazoso como la última vez. Me resultaba imposible concentrarme en algo con su pulso rápido resonándome en los oídos, ese aroma metálico y dulzón suyo en las fosas nasales, y su cuerpo agarrotado e incómodo pegado al mío, todo ello recordatorio perturbador de lo que habíamos sido el uno para el otro y de lo lejos que estábamos ya de eso.

Viajamos por ondulantes arenas desérticas, suaves montículos dorados bañados de luz de luna. Aún recordaba vivamente cuando, al llegar a esas tierras, después de superar lo peor de mi conversión, me había acercado dando tumbos a la ventana de mi cuarto en el castillo de Neculai y, pegado al cristal, había contemplado atónito aquellas dunas lejanas.

«No es justo que este lugar sea tan bonito, maldición», pensé.

Nunca me habían parecido hermosos los típicos encantos vampíricos: su aspecto físico, su oro y su plata, sus vestimentas... Pero, por más que me empeñaba en odiar aquellas dunas, no podía.

Sobrevolamos durante días los desiertos, arena, arena y más arena, interrumpida de vez en cuando por ciudades y pueblos, y algún que otro lago o río rodeado de vegetación dispersa. Pero, al aproximarnos a Lahor, esas suaves ondulaciones doradas empezaban a verse destrozadas por repentinos pedazos de piedra rota. Primero un par de ellos y luego más y más a medida que pasaban las horas, hasta que el suelo que teníamos a nuestros pies adquirió el aspecto de un pergamino arrugado visto de lejos, todo perfiles angulosos y bordes puntiagudos, atravesado por un solo camino. Abajo no se veía movimiento de otros viajeros, únicamente manadas errantes de cerberos y demonios a lo lejos.

Lahor era esa clase de lugar que el resto del mundo ha dejado atrás. Nadie tenía motivos para ir allí. Salvo nosotros.

Cuando aterrizamos, Oraya puso una cara de repugnancia tan brutal que lamenté no poder capturar el gesto y guardarlo para la siguiente vez que no supiera describir lo mucho que odiaba algo.

—¿Impresionada con la tierra natal de tus ancestros, princesa? —pregunté.

Ella arrugó aún más la nariz.

—¿Qué es ese olor?

—Viprus, un alga que crece aquí, en los acantilados próximos al agua —contesté—. Se propaga rápidamente y luego se pudre en cuanto entra en contacto con el aire, así que cuando baja la marea...

—Puaj —espetó Mische, haciendo el mismo ruido que un gato al escupir una bola de pelo—. ¡Qué asco!

—Y eso que no la han visto. Son como tripas. Y, cuando marchita, parece...

—Sí, ya entendí.

—¿Tú ya habías estado aquí? —dijo Oraya.

—Yo he estado en todas partes —respondí con una sonrisita.

—¡Qué suerte, tener un trotamundos como guía!, ¿no? —terció Septimus.

Iba fumando, claro. Su caballo, un animal grande y blanco con los ojos irritados, bufó y meneó la cabeza, como si lo asqueara aquel hedor tanto como a nosotros.

Septimus alzó la vista a las puertas que teníamos delante.

—Parece una ciudad hermosa.

Sus palabras chorreaban sarcasmo. Un sarcasmo merecido.

Quizá en su día, hacía mucho tiempo, Lahor hubiera sido un

lugar hermoso. Echándole mucha imaginación, se podía vislumbrar lo que alguna vez había habido allí. Obitraes era un continente muy antiguo, mucho más que el patrocinio de Nyaxia y que el vampirismo. Lahor, no tanto, pero lo parecía. Ya era poco más que unas ruinas.

La muralla que teníamos delante era formidable, tal vez la única parte bien conservada de aquella ciudad. De ónix negro, se extendía hacia arriba por encima de nosotros y también a ambos lados. El horizonte urbano que había al otro lado, sin embargo, era... lo que los huesos al cuerpo. Lo que en su día fueron edificios ya no eran más que agujas dentadas de piedra hecha pedazos, una mera insinuación de arquitectura, torres resquebrajadas que descansaban en montones de piedra desiguales. Las únicas luces de aquel perfil estaban lejos, llamas descontroladas a lo largo de los picos dentados de algunas de las agujas rotas más altas.

Las imponentes puertas de ónix que teníamos delante seguían firmemente cerradas.

—¡Qué pintoresco! —exclamó Septimus.

—«Pintoresco» —repitió Ketura, que miraba de reojo el camino que dejábamos a nuestra espalda, y las manadas de cerberos que ladraban y aullaban no muy lejos de nosotros.

Era inusual que tal cantidad de bestias de aquellas se acercara tanto a una ciudad. Otra prueba de que Evelaena no estaba haciendo gran cosa por el mantenimiento de su tierra natal.

—Y ahora, ¿qué? —dijo Oraya, volteándose hacia la puerta—. ¿Tocamos?

—Es tu prima, princesa. Tú dirás.

Evelaena sabía que íbamos: Oraya y yo le habíamos escrito una carta antes de partir, anunciándole nuestra visita, la de un grupo de notables vampiros nobles de la Casa de la Noche. Cairis la había colmado de cantidades nauseantes de elogios. Nos habíamos asegurado de que la recibiera, pero no habíamos obtenido respuesta.

No me sorprendía. Ni siquiera mis propios nobles eran especialmente dados a responder a mis cartas.

—¿Creen que puedan tumbar esta muralla? —pregunté señalando con la cabeza a los acompañantes de Septimus.

—Es broma, ¿no? —masculló Ketura—. Qué estupidez.

Lo decía medio en broma.

Oraya se había acercado despacio a la puerta y la estudiaba desde abajo. Su cara me inquietó. Me aproximé a ella.

—¿Qué? —le pregunté en voz baja.

—Tengo... una sensación rara.

Levantó la mano, como si fuera a apoyarla en la puerta...

Y entonces resonó un rechinido ensordecedor y la piedra se abrió de par en par. El sonido era horrendo, mezcla de rechinido y chasquido, como si la puerta protestara por tener que moverse después de décadas o incluso siglos.

Aquellas cortinas de oscuridad pétrea se separaron y Lahor se extendió ante nosotros. Era aún peor de lo que parecía su contorno: la calle que teníamos delante era apenas un puñado de piedras rotas, con todos los edificios medio abiertos y desmoronándose, todas las ventanas hechas trizas.

Plantado ante nosotros había un chiquillo de no más de dieciséis años, a lo mucho. Llevaba un saco largo de color morado que no le quedaba bien, en su día exquisito, pero ya varios siglos anticuado. Unas ondas de pelo rubio claro le enmarcaban un rostro delicado y unos ojos grandes e inexpresivos de color azul hielo. Aquellos ojos parecían atravesarnos, más que mirarnos. Y entonces, justo cuando por fin cesaba el rechinido, despertaron de pronto y nos estudiaron con una agudeza desgarradora para retornar después a su vacuidad casi vacuna.

Nos hizo una gran reverencia.

—Altezas, mi señora Evelaena les da la bienvenida a Lahor. Síganme. Deben de estar deseosos de descansar después de tan largo viaje.

19

RAIHN

El castillo era el único edificio de aquel lugar que parecía estar, casi entero. Era el más alto de la ciudad, que era como decir que era el montón de escombros que se alzaba por encima de todos los demás montones de escombros. Por dentro era frío y húmedo, porque la brisa marina se colaba por las ventanas rotas con la fuerza suficiente para agitar las gruesas cortinas de terciopelo, que apestaban a moho.

No nos cruzamos con un alma mientras nos llevaban por los pasillos hasta un amplio salón de techos altos y grandes ventanales que daban al mar revuelto de más allá de los acantilados. Algunos de los cristales estaban tintados de rojo, algo que quizá en su día fuera una decisión decorativa, pero que en esos momentos les daba un aire siniestro y desolado, porque buena parte del vidrio estaba roto.

No obstante, aun con aquel triste lienzo, la vista era sobrecogedora. Había pocos lugares en la Casa de la Noche desde los que pudiera verse el mar así, rodeándote por todas partes. Rugió por la estancia una ráfaga de viento, tan salobre que me lloraron los ojos y con un hedor a viprus lo bastante intenso como para darme arcadas. Delante de los ventanales había un estrado con un trono de terciopelo medio podrido; le quedaba solo un reposabrazos y el respaldo estaba resquebrajado.

Y en aquel trono estaba Evelaena.

No era más que una pariente lejana de Vincent, y mucho más joven que él. Durante su sangrienta noche de ascensión al poder, Vincent había asesinado a casi todos los miembros de su familia próxima, trazando cuidadosamente el mapa del camino a su herencia. Aun así, aquella mujer se le parecía. Tenía los ojos claros, no del color plata luna que Oraya compartía con su padre, sino aquellos de frío azul océano típicos en casi todos sus familiares. Era de pómulos prominentes y rasgos duros, como vítreos. La melena rubia le caía por los hombros, tan larga que se le amontonaba en el regazo en ondas encrespadas.

Se puso en pie. Mientras bajaba los escalones del estrado, le arrastró por el suelo el vestido blanco, sucio de abajo y manchado de sangre. Al igual que el saco del chiquillo, estaba pasado de moda, como si lo hubiera comprado hacía ciento cincuenta años. A lo mejor entonces era bonito.

Me miró a mí, luego miró a Septimus y después posó los ojos en Oraya, los dejó allí y asomó a sus labios una sonrisa lenta.

Casi noté cómo se agarrotaba Oraya. Qué demonios, también yo lo hice. Resistí la tentación de plantarme delante de ella cuando Evelaena se le acercó.

—Prima —murmuró—, qué alegría conocerte al fin.

Oraya, siempre tan transparente, parpadeó extrañada al oír la voz de Evelaena. Una voz jovencísima, como de quinceañera.

Evelaena le puso las manos en los hombros a Oraya, y vi cómo tensaba todos los músculos del cuerpo para no apartarse.

—Evelaena —dijo, y nada más.

Era evidente que no sabía qué más decir. Mi esposa no era una gran actriz, pero, como actor, yo valía por los dos.

Le pasé la mano por los hombros, desplazando con disimulo las de su prima.

—Gracias por tu hospitalidad, honorable Evelaena. Debo reconocer que no teníamos claro lo que nos íbamos a encontrar. No llegamos a recibir tu respuesta a nuestra carta.

Evelaena sonrió, pero un olor embriagador que yo conocía bien, una pizca nada más, me distrajo. Al principio pensé que me lo estaba imaginando, pero entonces le pasé el pulgar por el hombro a Oraya, justo donde su prima le había puesto la mano...

Caliente. Húmedo.

Sangre.

Mi falsa sonrisa se esfumó. Miré enseguida a Evelaena, que cruzó las manos flacas en el regazo, dejándose unas manchitas de sangre de un rojo vivo en el vestido.

Me inundó la misma sensación que me había asaltado justo antes de arrancarle de cuajo la cabeza a Martas.

Evelaena se limitó a mantener su sonrisa soñadora.

—No estaba segura de que les interesara venir tan al este. ¡Vaya viaje! Seguro que están muertos de hambre. Vengan. He pedido que preparen un banquete. —Se le iluminaron los ojos—. ¡Más que un banquete! ¡Un baile! Uno de los mayores que Lahor ha visto en las últimas décadas. ¡Vengan, vengan!

Aquello no lucía bien.

En efecto, no lucía bien.

Cuando nos llevaron al salón de baile, contuve una carcajada, porque, sinceramente, no era para menos.

La estancia había sido imponente en su día, y conservaba un eco lejano de aquel esplendor de antaño, solo que cubierto por una fina capa de polvo. A un lado del salón había unas mesas largas sobre suelos de mosaico y, al fondo, ventanales con vistas al mar; al otro lado había una pista de baile, un fuego que crepitaba en la chimenea y una orquesta delante, reforzada de forma mágica, y una música espectral resonaba en el techo. Sí, aquello contaba con toda la parafernalia de un baile: el entretenimiento, las mesas con comida y vino, las galas...

Solo que del montón de «invitados» que se voltearon para mirarnos con muda curiosidad, ni uno solo parecía tener más de quince años. Casi todos eran mucho más jóvenes, entre diez y doce, e iban vestidos con ropa que les quedaba tan mal que arrastraban los largos de las faldas y los pantalones por el suelo polvoriento. La mayoría eran rubios, con los ojos claros.

No podían ser todos hijos suyos y, si eran todos de su familia, ¿dónde estaban los otros progenitores?

Evelaena hizo caso omiso del súbito silencio incómodo.

—¡Vamos, siéntense! —dijo, extendiendo los brazos.

Sin mediar palabra, los niños se dirigieron a las mesas y tomaron asiento.

Yo había sido testigo de muchas cosas perturbadoras en mi vida, pero la obediencia silenciosa y simultánea con la que montones de niños hicieron aquello se encontraba sin duda entre las más inquietantes.

Al parecer, los sitios de la cabecera de la mesa, los más próximos a Evelaena, eran los nuestros. Nos los señaló y nosotros, invitados de lo más respetuoso, nos sentamos.

—Seguro que están famélicos —dijo.

Me miró a mí y se le heló la sonrisa.

Odio. Inconfundible. A esas alturas ya no me costaba identificarlo. Tampoco me sorprendía. A fin de cuentas, yo había matado a Vincent. Por eso, en nuestra carta, el nombre de Oraya iba primero.

Miré de reojo a Oraya y las marquitas rojas ya coaguladas del hombro.

Tampoco a ella le iba mejor.

No podíamos confiar en aquella mujer. Teníamos que conseguir lo que necesitábamos y salir de inmediato...

El olor me hizo levantar la cabeza de golpe.

Sangre. Sangre humana. Mucha. Aún fresca. Lo cierto era

que tanto viaje me había abierto el apetito y que, aun después de tanto tiempo, cuando la olía por primera vez, tardaba un minuto en recomponerme. A Ketura se le iluminaron los ojos. Los Nacidos de la Sangre se voltearon.

Evelaena se irguió también y ensanchó la sonrisa.

—¡Por fin! —murmuró, y se hizo a un lado para que sus criados infantiles subieran a la mesa a una mujer desnuda.

20

ORAYA

La mujer aún estaba viva. Le habían rebanado el cuello, pero no lo suficiente como para que se desangrara rápido. Sus ojos, grandes y oscuros, danzaban como locos por la estancia. Y se posaron en mí.

Una arcada repentina e intensa hizo que me subiera el vómito a la garganta. Me asaltaron imágenes de otro banquete, otra mesa, otro humano desangrándose en un tablón de madera... que me había enseñado mi propio padre.

Miré de reojo a Raihn. Se quedó pasmado un instante, con el gesto congelado, como atrapado entre máscaras; después, ese gesto fue ablandándose y derivó en una sonrisa rapaz.

—¡Qué festín!

Di un trago a mi copa de vino porque necesitaba desesperadamente hacer algo con las manos, y me atraganté. Lo que me corría por la lengua era denso y salado, con un toque metálico.

Sangre.

Se me revolvió el estómago.

Aun así... aun así, mi cuerpo no la rechazó. La aceptó. Una parte primitiva y siniestra de mi ser se regocijó mientras me obligaba a hacerla pasar por la garganta.

¡Por la Diosa!, ¿qué me pasaba? Tragué saliva para no vomitar.

La mujer que tenía delante no dejaba de mirarme, desenfocando y volviendo a enfocar. Como si supiera que yo no era uno de ellos.

Habían dispuesto sobre las mesas a algunos humanos más. Casi todos estaban aletargados, vivos pero inertes. Algunos aún forcejeaban un poco y los amarraron a la mesa para evitar que se movieran; un panorama nauseabundo, siendo niños los encargados de atarlos.

Mische bebió unos sorbitos de sangre de su copa de vino y no supo disimular la repugnancia fascinada que aquello le producía. Si a los Nacidos de la Sangre les sorprendía, no se les notó; aceptaron con elegancia muñecas y cuellos humanos, observando al resto de los presentes con discreto interés. Septimus sonrió complacido y alzó la copa a modo de brindis mudo antes de acercarla a la muñeca lacia de la mujer.

En las otras mesas, los niños trepaban sobre los cadáveres como moscas voraces, y solo se les oía beber con frenesí mientras las ofrendas humanas contenían gemidos de dolor.

Raihn me lanzó una mirada tan fugaz que pensé que la había imaginado. Después me sonrió.

—¡Qué banquete, Evelaena! —dijo, al tiempo que ponía las manos a ambos lados de la cabeza de la mujer y le giraba la cara hacia sí.

Ella abrió mucho los ojos, espantada, y un gemido de miedo escapó de sus labios, más bien un gorgoteo, en realidad. Aquella mujer estaba muerta, yo lo sabía. Nada podía salvarla ya. Se había ahogado lentamente en su propia sangre, consciente mientras los demás la drenaban.

Observé a Raihn, con un nudo de asco en el estómago. Nunca lo había visto beber de una presa viva, y menos aún humana. No debería haberme sorprendido en absoluto. Tampoco era la primera vez que me engañaba. Después de todo, era un vampiro.

Sin embargo, suspiré aliviada para mis adentros cuando vi

que le cambiaba la cara al mirarla a los ojos. Me pregunté si solo lo habría visto yo: aquel brevísimo paso de la voracidad sanguinaria a la compasión muda, destinada solo a ella.

Le volteó la cabeza de nuevo, acercó la boca y le hincó los colmillos en el cuello. Mordió fuerte, lo bastante como para que yo oyera los colmillos desgarrar el músculo. Me salpicaron a la cara unas gotitas de sangre, que me limpié de inmediato. Bebió durante varios segundos interminables; la nuez le subía y le bajaba con cada trago. Luego levantó la cabeza de nuevo, con las comisuras de los labios de un escarlata que le chorreaba también por los pliegues de la sonrisa.

—Perfecto —dijo—. Tienes un gusto exquisito, Evelaena.

Pero Evelaena estudió ceñuda a la mujer, cuyos ojos entornados, ausentes, miraban al otro lado de la estancia, y cuyo pecho desnudo ya no se esforzaba por respirar.

—La has matado —espetó, decepcionada.

Una muerte rápida e indolora. Un acto de clemencia.

Raihn rio, limpiándose la sangre de la boca con el dorso de la mano.

—Me he dejado llevar un poco, pero sigue bastante caliente. Aguantará al menos un par de horas más.

Evelaena parecía contrariada. Entonces asomó a sus labios una sonrisa.

—Tienes razón. No hay por qué desperdiciarla. Además, hay muchas más donde estaba esta.

A Raihn se le acartonó la sonrisa; se le tensó tanto que parecía que fuera a agrietarse.

Era algo habitual allí, por lo visto. Claro que ¿no era algo habitual en todas partes? Yo me había escondido de eso muchísimo tiempo.

La Oraya de antes no habría sabido disimular la repugnancia que le causaba. Se le habría notado todo en la cara y habría desencadenado una discusión espantosa, y nos habrían echado a patadas de aquella ciudad sin que tuviéramos ocasión de empezar a buscar aquello por lo que habíamos ido. Claro que la Oraya de antes tampoco estaría allí.

Así que decidí interpretar mi papel también. Levanté la copa y le dediqué a Evelaena mi mejor sonrisa, la más sanguinaria.

—Nada es demasiado para una reunión familiar —dije—. Bebe, prima. Estás aún muy sobria para lo tarde que es.

Se deshizo la tensión. Evelaena rio con el deleite infantil de una niña a la que acabaran de regalar una muñeca. Chocó su copa con la mía, tan fuerte que el vino de sangre nos salpicó las manos.

—Cierto, prima —dijo, y apuró la copa.

—Haces mejor esto de lo que pensaba —me susurró Raihn al oído varias horas después.

Se me arrimó y, al notarme su aliento en la oreja, un escalofrío me recorrió la piel y me hizo apartarme una zancada de él.

—No ha sido difícil —contesté.

—Aun así... Para mí es un triunfo que lo hayas intentado siquiera. Te ha tenido que costar dar un paso así. Me atrevería a decir que estás progresando, princesa —dijo, dándome con el codo en el brazo.

—Tu aprobación significa mucho para mí —le solté, impasible, y la carcajada de Raihn me pareció de auténtico deleite.

Me había pasado la noche intentando emborrachar a Evelaena todo lo posible, y lo había conseguido de todas todas. Raihn y yo estábamos en un rincón del salón de baile, viéndola dar vueltas con uno de sus niños aristócratas, riendo histérica mientras el rostro del niño mantenía su quietud de porcelana. Los humanos, la mayoría secos ya, yacían tirados por las mesas y contra las paredes, aunque algunos de los niños aún trepaban por ellos para lamerles el cuello o los muslos. Los Nacidos de la Sangre no se separaban unos de otros; observaban con cautela el panorama y bebían sangre con parsimonia.

—Mañana le va a doler todo —dijo Raihn.

—De eso se trata.

No había nadie más propenso a desvelar secretos que un borracho. Ni nadie más fácil de manipular que un vampiro que necesitaba dos días para recuperarse de un atracón de sangre, de alcohol o, mejor aún, de ambos.

—Cuando era niña, me encantaban las noches de después de las fiestas —dije—. Estaban todos dormidos y podía hacer lo que quisiera durante unas horas. Si está lo bastante borracha, nos dirá lo que queramos saber y luego estará desaparecida uno o dos días.

—Perfecto.

Perfecto siempre y cuando Evelaena fuera la única por la que tuviéramos que preocuparnos. Yo aún no lo tenía claro. Aunque Lahor fuera una ciudad en ruinas, debía de estar habitada por alguna otra persona, aparte de ella.

—¿Has visto a alguien más? —le pregunté en voz baja.

—¿Aparte de los cincuenta y tantos niños de pelo dorado de este salón, quieres decir? No.

Nos quedamos callados los dos, contemplando a aquellos niños. Reptaban por encima de los cadáveres y agarraban las copas, ignorando el bailoteo enloquecido de Evelaena hasta que ella los arrastró a la pista de baile, empeñada en que se unieran al baile.

Aun siendo vampiros, su mirada era demasiado... fija, vacía. Y todos eran rubios de ojos claros.

—Son convertidos —dijo Raihn en voz baja.

Lo miré un segundo.

—¿Qué?

—Que son convertidos. Los niños. Son todos convertidos.

Los observé, mientras lamían los charcos de sangre como gatos callejeros que se bebieran el agua de los desagües, y me horrorizó aún más. En el fondo, lo sospechaba, pero ahora que la sospecha se había convertido en certeza, el espanto que me produjo se me subió despacio a la garganta. Cuanto más lo pensaba, más atroz me parecía.

Los vampiros de nacimiento envejecían con normalidad, pero los niños convertidos se quedaban así eternamente, congelados en una juventud perpetua, tanto mental como física. Un destino terrible.

—¿Cómo lo has...? —empecé.

—¿Has intentado hablar con alguno de ellos? Muchos ni siquiera hablan la lengua de Obitraes. Me he topado con uno que solo sabía glaen.

Me dio otra arcada.

—¿Se los ha traído de las naciones humanas?

—No sé cómo han llegado hasta aquí. Igual tiene traficantes. A lo mejor proceden de naufragios. O los saca de sus distritos humanos. Qué demonios, hay montones. Seguramente es un poco de todo.

Observé cómo Evelaena daba vueltas por el salón, feliz, colgada de uno de sus niños criados, que parecía mirar a mil kilómetros de ella.

Todos con el mismo aspecto. Todos tan pequeños... Pequeños para siempre ya.

Se me revolvió el estómago. Raihn y yo nos miramos un momento; sabía que los dos nos estábamos haciendo las mismas preguntas para nuestros adentros y que a los dos nos repugnaban todas las posibles respuestas.

—Tu prima es despreciable por donde la veas —me dijo entre dientes.

Me sacudí incómoda.

—No sé a qué hemos venido, pero vamos por ello y larguémonos de aquí.

Iba a acercarme a la fiesta, pero Raihn me agarró del brazo.

—¿Adónde vas?

Forcejeé con él.

—A sacarle información antes de que pierda el conocimiento.

Quise soltarme, pero me jaló más fuerte.

—¿Sola?

¿Qué pregunta tan estúpida era esa? Esperaba que mi cara le arrancara la típica carcajada con su comentario provocador, pero se quedó muy serio.

—¿Y esto? —Me pasó los dedos por la curva del hombro. Se me erizó la piel y la caricia me produjo un escalofrío. Luego sentí una punzada de dolor cuando me tocó las marcas en forma de medialuna, aún sangrantes, que Evelaena me había hecho.

Lo hizo con tal suavidad que la réplica se me enredó en la lengua y tardé más de la cuenta en decir:

—No es nada.

—¿Cómo que no es nada?

—Nada que no pueda manejar. Estoy acostumbrada a que me odien.

—No. Estás acostumbrada a que te ignoren. Que te odien es infinitamente más peligroso.

Jalé mi brazo y en esta ocasión me soltó.

—Gané el Kejari, Raihn. Puedo con ella.

Raihn me dedicó una sonrisa de medio lado.

—En teoría, lo gané yo —respondió, y no se movió, pero tampoco dejó de observarme.

Evelaena ya estaba tremendamente borracha. Cuando me acerqué a ella, le soltó las manos al niño que la acompañaba y me pidió las mías. No me veía capaz de agarrarla, pero dejé que me asiera por los hombros.

—Prima, cuánto me alegro de que por fin hayas venido a verme —dijo, arrastrando las palabras—. Aquí estoy muy sola.

Tan sola no estaba, después de haber convertido a un ejército de niños para que le hicieran compañía.

Se acercó un poco más, tambaleándose, y vi que se le abrían las fosas de la nariz. Llevaba toda la noche atiborrándose, era imposible que tuviera hambre, pero la sangre humana era la sangre humana.

Me aparté de su alcance, la tomé del brazo y se lo agarré con fuerza para que no pudiera acercarse más.

—Enséñame las cosas de mi padre —le pedí—. Siempre he querido ver dónde creció.

Me pregunté si aquellas palabras habrían sonado tan asquerosamente aduladoras y poco convincentes como a mí me lo habían parecido al decirlas. Si era así, Evelaena estaba demasiado borracha para notarlo.

—¡Claro! ¡Ay, claro, claro! ¡Ven, ven! —soltó, y enfiló el pasillo dando tumbos tomada a mi brazo.

No volví la vista atrás, pero noté que los ojos de Raihn me seguían.

21

ORAYA

—Ya no queda gran cosa —me dijo Evelaena con voz ebria mientras me llevaba por pasillos oscuros y medio derruidos.

Apenas había luces y a mi vista humana se le hacía difícil evitar las baldosas irregulares y las grietas del suelo; como, además, Evelaena, borrachísima, se me había pegado, necesitaba concentrarme mucho solo para asegurarme de que ponía un pie detrás del otro.

—Pero lo he conservado —prosiguió mientras me hacía doblar la esquina—. Lo he conservado todo. He pensado que igual... que igual vuelve algún día. ¡Aquí!

Se le iluminó el rostro y se zafó bruscamente de mí. En la oscuridad, tropecé con una losa de piedra levantada y tuve que buscar el equilibrio agarrándome a la pared. Evelaena abrió de golpe la puerta. Una luz dorada le bañó el semblante.

—¡Aquí! —repitió—. Aquí está todo.

Entré con ella en el cuarto. Aquel, al contrario que los pasillos por los que habíamos llegado, estaba iluminado por un resplandor dorado constante: las paredes estaban forradas de farolitos, encendidos como si aguardaran el inminente regreso de su ocupante. La estancia era pequeña, pero estaba inmaculada, el único espacio de todo el castillo que parecía seguir, de verdad, entero. Una cama perfectamente hecha con mantas de terciopelo morado. Un escritorio con dos plumas doradas, un libro cerrado encuadernado en piel, un par de lentes con estructura dorada. Un armario, con una puerta abierta, y dos sacos preciosos, solitarios, colgados dentro. En la mesita de centro, una cucharita y un platito. Un zapato, colocado de forma expresa en un rincón del cuarto.

Me quedé allí plantada mirándolo fijamente mientras Evelaena extendía los brazos y daba vueltas.

—¿Y es todo?

Agradecí que estuviera demasiado borracha como para detectar la emoción compleja de mi voz.

—Esto es lo que queda, sí —contestó—. No dejó mucho aquí hace tantísimos años. Buena parte de sus cosas se perdió cuando... —Se desvaneció su sonrisa jovial y se le ensombreció el semblante—. Cuando ocurrió todo. —Se giró hacia mí de pronto, con aquellos enormes ojos azules empañados y brillantes a la luz de los farolitos—. Por error, seguramente, destruyó muchas cosas cuando se fue. Por eso he guardado todas estas. Algunas tardé años en rescatarlas de entre los escombros. Me las quedé. Las limpié. Las dejé aquí hasta que volviera.

Levantó el zapato y acarició con el dedo las agujetas.

Yo me detuve delante del escritorio y de la extraña colección de objetos que había encima de él. Uno de ellos era un dibujito a plumilla de Lahor, o lo que yo pensaba que era Lahor, solo que estaba hecho desde un ángulo que no conseguía identificar: la ciudad se veía desde lo alto y desde el este.

—¿Hay aquí alguien más que lo conociera entonces? —pregunté.

—¿Aquí? ¿Que viva aquí? ¿En esta casa?

La pregunta pareció confundirla.

—Sí, o..., bueno, quien sea. Algún... otro miembro de nuestra familia —opté por decir, pensando que era una buena salida.

En los registros no aparecía nadie más, pero, qué diablos, Lahor estaba aisladísima. ¡Era imposible saberlo!

Me miró como pasmada, y luego soltó una carcajada histérica.

—Pues claro que no. No hay nadie más aquí. Los mató a todos.

No sabía por qué no me esperaba aquella respuesta. Me quedé quieta, sin tener claro cómo reaccionar.

Ella guardó silencio y se giró hacia mí.

—Aquí todo cambió aquel día —dijo—. El día que se fue.

Evelaena era mucho más joven que Vincent, pero yo no había hecho el cálculo exacto; daba por supuesto que había nacido después del ascenso de mi padre. Desde luego, era una suposición precipitada, y caí en cuenta cuando la miré a los ojos.

—Tú estabas ahí.

Pretendía preguntar, pero afirmé sin querer.

Asintió y esbozó una sonrisa lenta.

—Estaba —susurró, conspiradora, como si nos estuviéramos contando relatos de fantasmas—. Lo hizo antes de marcharse al Kejari. Lo dispuso todo. Aun entonces, todo el mundo sabía que ganaría. Especialmente él. Así que tuvo que dejarlo todo preparado de antemano. Deshacerse de los que le estorbaban. —Acarició la pared como quien le acaricia el brazo a un viejo amigo—. Hace mucho tiempo, Lahor era una ciudad hermosa. Los reyes vivían aquí. Es un sitio seguro. Entre estas paredes se refugiaron los reyes durante el mandato de nuestros enemigos. Quizá vuelvan a hacerlo, algún día. —Volvió a mirarme, divertida—. Todos los reyecitos estaban aquí, y uno de ellos asesinó a los demás.

Reyecitos.

Vincent siempre había hablado con muchísimo desdén de su propio ascenso al poder y de las cosas que había hecho para facilitarlo, pero ninguna de ellas era simple, ninguna era pequeña.

—Yo me escondí aquí —dijo Evelaena.

—¿Aquí?

—Aquí —confirmó, señalando la cama—. Debajo. Era muy

pequeña, pero lo recuerdo —añadió, dándose unos golpecitos con el dedo en la sien—. Primero fue por los mayores y luego por los niños. Su padre, mi padre, sus hermanas... Seguramente pensó que era preferible deshacerse de ellos cuando aún tenía energías, porque le iba a costar. Creo que mi padre se resistió bastante.

Hablaba de todo aquello con aire soñador, serena, igual que si especulara sobre la historia en lugar de sobre la muerte de su familia.

—Luego vino aquí. Acabó con Georgia, Marlena, Amith...

—¿Niñas? —pregunté en voz baja.

—Uy, sí, éramos un montón. Y luego no quedó nadie.

—¿Por qué te perdonó la vida? —pregunté—. ¿Porque, al no ser primogénita, no eras una amenaza para él?

Evelaena rio como si yo acabara de decir algo enternecedor y estúpido.

—La primogenitura le daba igual. Mi tío era muy exhaustivo.

Entonces, sin darme tiempo a pensar en qué estaba pasando, se agarró los tirantes del vestido y se los bajó. El tejido ligero se le amontonó en la cintura y le dejó al descubierto el torso y los pechos, igual que la cicatriz en forma de estrella que tenía entre ambos.

—No me perdonó la vida —contestó—. Me sacó a rastras de ahí debajo y me atravesó el pecho con su espada. Me dejó aquí tirada, junto a los cadáveres de mi hermano y mis hermanas. Pensé que mis compañeros de juegos y yo nos iríamos al otro mundo juntos. —Sonrió serena—. Pero la Madre estaba conmigo esa noche. La Madre quiso que sobreviviera.

Por la Diosa...

—¿Cuántos años tenías? —pregunté.

—Cinco veranos, quizá.

Se me hizo un nudo en la garganta.

Sabía de lo que era capaz Vincent. No debería haberme sorprendido, ni asqueado, que asesinara a niños cuando había masacrado al resto de su familia. Y, sin embargo, saber que aquella era la verdadera razón de su desenfadada ausencia de respuestas, de su aceptación indiferente... «Nunca te he ocultado que el poder es un asunto muy muy sangriento, culebrilla», me susurró al oído.

No, pero me había llevado demasiado tiempo analizar lo que significaba aquello.

—Lamento que te ocurriera eso —le dije en voz baja.

La extraña solemnidad de Evelaena se disolvió de pronto y volvió a ella la euforia alcohólica. Asomó una sonrisa a sus labios manchados de sangre.

—Yo no. Todo sucedió como la Madre quería. Y tampoco fue tan horrible, teniendo en cuenta lo que ganamos a cambio.

Claro que era horrible, tanto que tuve que morderme la lengua para no decirlo.

—Sé que él también lo sabía —continuó—, que yo había sobrevivido por algo: para cuidar de Lahor. Alguien tenía que hacerlo, y él estaba muy ocupado. Jamás respondió a mis cartas. —Me miró de nuevo, con una curiosidad que me había pasado la vida aprendiendo a detectar—. Qué raro que nadie supiera que tú eras de su sangre. —Dio un paso adelante, y yo, uno atrás—. Qué impropio de él —masculló—, perdonarle la vida a una hija, el vínculo más próximo a su linaje, cuando muchos habían sido sentenciados a muerte por delitos menores. —Pestañeó. Dio otro paso adelante; la tenía ya tan cerca que notaba el calor de su piel desnuda, delicada como la de todos los vampiros—. Medio humana, ¿no? —susurró—. Te lo huelo —dijo, acariciándome la mejilla, la mandíbula, el cuello...

Me llevé la mano a la espada.

—Aléjate, Evelaena.

Me rozó la nariz con la suya y levantó la vista mientras curvaba aquellos labios gruesos.

—Somos familia.

Si me veía obligada a matarla en ese momento, tendría que

clavarle el acero justo en el centro del pecho, encima de la cicatriz que mi padre le había dejado cuando era solo una niña. ¡Qué justicia poética más repugnante!

No quería asesinar a Evelaena, o al menos no todavía. No estábamos ni cerca de conseguir lo que habíamos ido a buscar allí, y no tenía ni idea del caos que podía desatar el asesinato de la señora de la casa.

—Aléjate —repetí con firmeza.

Ni se inmutó.

—Ah, están aquí.

Nunca pensé que fuera a alegrarme de volver a oír esa voz y, en cambio, así era.

Raihn estaba recostado en el marco de la puerta, contemplando la escena con una cara que me dejaba claro que aquello iba a tener consecuencias cuando estuviéramos solos.

Evelaena se giró hacia Raihn y se le acercó. No se molestó en taparse. De hecho, por cómo lo miraba, con aquel gesto de voracidad insaciable, seguramente lo hizo a propósito.

Aquello me molestó más de lo que me correspondía.

Él le dio un repaso, impasible, y volvió a mirarme.

—Está a punto de amanecer —dijo—. Perdóname que te robe a mi esposa, honorable Evelaena.

Ella lo ignoró y le puso la mano en el pecho. La vi presionar los dedos y me costó mirar para otro lado.

—Dime, usurpador —murmuró ella—: ¿cómo fue sentir el último aliento de mi tío? Me lo pregunto a menudo. —Le pasó los dedos danzarines por el puente de la nariz, por el hueco de la mejilla—. ¿Lo notaste frío en la cara?, ¿o caliente?

Con delicadeza, con cortesía, Raihn agarró a Evelaena por las muñecas, la apartó y le plantó una copa de vino en la mano.

—No disfruté en absoluto con aquella muerte —respondió. Y al terminar la frase, dicha con muchísima solemnidad y mucha más verdad de la que yo esperaba, me miró por encima del hombro de ella y me tendió la mano—. Vamos a la cama.

Evelaena se hizo a un lado, sin dejar de observarlo con una expresión vaga e indescifrable en el rostro. Yo le tomé la mano a Raihn.

Y entonces Evelaena se echó a reír a carcajadas y me hizo dar un respingo.

Rio y rio y rio. Rio y, echando la cabeza hacia atrás, apuró la copa de vino y siguió riendo mientras enfilaba el pasillo tambaleándose, sin molestarse en subirse otra vez el vestido.

Cuando su voz empezó a extinguirse, Raihn me lanzó una mirada muda, espantada, de «¿Tú oyes eso?». Luego se arrimó y me susurró:

—Casi me arrepiento de haber interrumpido, aunque solo sea por haber podido ver lo que pasaba después. No tenía claro si iba a seducirte o a devorarte.

La verdad es que yo tampoco.

—Lo tenía controlado —dije.

Me apretó la mano y solo entonces me di cuenta de que en algún momento me había puesto a temblar. Con la otra mano, presionó la mía para detener el temblor, y después me soltó.

—Deseo salir de aquí —masculló.

22

ORAYA

La hor, de momento, no había sido de gran utilidad.

Evelaena nos había preparado aposentos contiguos. Eran departamentos en su tiempo espléndidos que ahora estaban polvorientos e infestados de ratas, con ventanas rotas que dejaban que la lluvia nocturna salpicara el suelo de baldosas. Cuando Mische levantó las mantas y salieron corriendo de su cama varias cucarachas, se limitó a mirarlas con cara de asco absoluto, volvió a cubrir la cama y dijo como si nada:

—Este puede ser el cuarto de Septimus.

Aquello le hizo muchísima gracia a Ketura. Creo que era la primera vez que la veía reírse.

Tampoco es que estuviéramos durmiendo mucho, la verdad. El castillo se había sumido en un silencio espeluznante, aun para los vampiros y su extraordinario oído. Fue entonces cuando actuamos. Registramos las bibliotecas, los estudios, las estancias vacías. Los compañeros de Septimus se movían de maravilla por los pasillos sin ser vistos para traernos cualquier cosa que pudiera parecer remotamente útil. Nuestros aposentos no tardaron en llenarse de un surtido de objetos de una disparidad cómica: libros, joyas, armas, pinturas, esculturas... Todo estaba estropeadísimo y apestaba a moho o a herrumbre. Y todo me lo presentaban a mí con una ceja enarcada y cara de «¿Y bien...?».

Después de recibir un montón de cosas como aquellas, sostuve con dos dedos el atlas medio podrido. Unos cuantos bichos se escabulleron de entre las páginas, fastidiados por que les usurparan su hogar por primera vez en siglos, por lo visto.

Estaba claro que era aquello. La solución a todos nuestros problemas, la clave de un poder desconocido históricamente.

Le lancé a Septimus una mirada impasible que debió de transmitirle todo lo que no le decía con palabras.

—Ya que hemos venido hasta aquí... —Soltó una bocanada de humo de su puro por la nariz—. Ten un poco de paciencia, encanto.

—Evelaena me ha dicho que Vincent nunca volvió aquí.

—Evelaena no parece muy confiable, sin afán de ofender a nuestra anfitriona.

—No —terció Raihn—, pero tampoco la veo capaz de olvidar que el pariente que la tiene obsesionada hubiera vuelto en algún momento.

—Salvo que nos lo esté ocultando a propósito. Él guardaba muchos recuerdos de este lugar. ¿Por qué iba a hacer algo así, si no?

—¿Por nostalgia? —dijo Mische, pero ni siquiera ella parecía convencida.

Vincent no le tenía ningún cariño a aquel sitio. Yo ya lo sospechaba antes, pero cada vez lo tenía más claro. No era de los que se ponían nostálgicos con el pasado, y menos aún con cosas a las que tenía poco aprecio. Lahor, desde luego, entraba en esa categoría.

Si había mantenido alguna conexión con aquel lugar, tenía que haber un motivo.

Suspiré.

—¿Qué se supone que debo hacer? —mascullé—. ¿Tocar todo lo que hay en este castillo y ver si...?, ¿qué, exactamente?

Septimus se encogió de hombros.

—Tú sabrás.

—¿Y si no lo sé?

—Pues habremos venido aquí para nada y habrá que probar otra cosa.

Más tiempo para buscar. Más tiempo para que los Nacidos de la Sangre hincaran las garras a aquel reino. Y más tiempo para que Raihn consolidara su dominio.

Solté otro suspiro de exasperación y seguí examinando los objetos.

Horas y horas y horas de mierdas inútiles.

Al final nos dimos por vencidos. La mayor parte del castillo estaba en unas condiciones terribles. Hasta los objetos que parecía que en su día habían sido valiosos no eran ya más que basura. Dudaba que fuera capaz de «saber» por arte de magia cuándo me topaba con una pertenencia de Vincent, pero, aun así, veía clarísimo que aquellas cosas no tenían ningún valor para él.

Por fin, cuando terminamos de registrar todas las estancias desocupadas del castillo, nos concedimos un descanso.

En mis aposentos solo había una alcoba: Raihn, para alivio mío, ocupó el sofá sin rechistar y dejó que Mische se acostara a mi lado. A los pocos minutos de meterse en la cama, empezó a roncar y a desparramarse en todas las direcciones.

Yo me hice un ovillo y me quedé mirando por la ventana el pedacito de Lahor, bañada por la noche, que se entreveía por una ranura de las cortinas. Aún faltaba por lo menos una hora para el alba. El sueño me llamaba, pero no me apetecía saber qué se escondía en sus profundidades.

Cuando no aguantaba ya más tirada en la cama, me levanté, agarré mis espadas y salí al salón a ver...

—¿Adónde vas? —pregunté.

Raihn se detuvo en pleno movimiento, con la mano en el alféizar, y se giró hacia mí. Estaba medio envuelto en las cortinas vaporosas, asomado a la noche.

Me miró de arriba abajo, extrañado.

—¿Te has acostado con la armadura puesta?

Eché un vistazo a mi aspecto, algo avergonzada.

—¿Adónde vas? —repetí, en lugar de contestar.

—Seguramente al mismo sitio que tú. ¿También estás inquieta?

No quería reconocerlo en voz alta.

Volteé hacia la puerta abierta de la alcoba, donde dormía Mische. Raihn me leyó el pensamiento y dijo:

—Ah, por ella no te preocupes. No hay nada que la despierte. —Entonces me ofreció la mano—. Anda, vamos a meternos en algún problema.

No me moví. Bueno, tenía razón, iba a escaparme a la ciudad. Otra cosa muy distinta era que fuera a reconocérselo.

Suspiró.

—Te conozco, Oraya. No me digas que no sientes curiosidad.

Escudriñé por encima de su hombro, a través de la ventana abierta, el perfil desolado y espeluznante de la ciudad, al otro lado.

Sonrió.

—Ya lo imaginaba. Anda, vámonos.

Aquello era una temeridad. Pero de todos modos le di la mano.

Lahor ya me había parecido abandonada cuando llegamos, y la rareza del castillo, donde en apariencia solo moraban Evelaena y su ejército de niños convertidos, no había hecho más que reforzar esa sensación. Pero la ciudad, aunque en ruinas, no estaba desierta. Vivía gente allí, congregada en los pocos edificios habitables.

O a lo mejor decir «vivía» era excederse.

Raihn y yo deambulamos por calles y caminos irregulares y agrietados, entre montañas de escombros. Los que estaban dentro nos miraban con ojos cautos y hambrientos, y los murmullos se desvanecían a nuestro paso.

—¿Crees que nos han reconocido? —le susurré a Raihn.

—No —dijo él—. Dudo mucho que esta gente sepa el aspecto que tienen un par de nobles de un lugar que está a cientos de kilómetros de distancia. No saben quiénes somos, pero, desde luego, saben que somos forasteros.

Eso no era difícil deducirlo. Los que vivían allí eran sombras de vampiros o humanos, unos y otros igual de famélicos. Los ojos que se clavaban en nosotros se asemejaban más a los de animales muertos de hambre que a los de seres sintientes. A diferencia de la mayoría de las poblaciones de Obitraes, la ciudad no estaba dividida en territorio de vampiros y territorio de humanos; todos se refugiaban en cualquier lugar medio habitable que encontraran.

La vida en cualquier parte de la Casa de la Noche era siempre peligrosa y sangrienta, pero ¿allí? La desesperación indómita supuraba como una herida infectada. Raihn y yo pasamos junto a varios vampiros que se cernían unos sobre otros, abiertos en canal y sangrando en plena calle.

Un cuerpo de vampiro. Sangre que ni siquiera podría mantenerlos vivos por sí sola y únicamente iba a proporcionarles el placer temporal del alivio. Pero qué importaba eso cuando apretaba el hambre.

Costaba no estremecerse al verlos voltear la cabeza con brusquedad a nuestro paso y seguirnos con la mirada.

Raihn se me arrimó un poco más; me puso la mano en la espalda. Tomamos la decisión, consensuada en silencio, de apartarnos de las zonas pobladas y deambular, en su lugar, en dirección a las dunas.

Terminamos a la orilla de un lago. Era una escena hermosa y espeluznante: una masa de agua formada en un cráter de ruinas, restos de una destrucción pasada que de pronto albergaban un agua cristalina. Pedazos de losas de mármol asomaban por la superficie, fantasmales a la luz de la luna. Más allá se alzaban imponentes sobre nosotros varias de las torres más altas de Lahor, agujas de piedra hechas pedazos.

Se me erizó la piel.

—Debió de estar bien —murmuró Raihn—. Hace tiempo.

Sí. Era tan bonito como triste.

Raihn volteó la cabeza.

—Mira... —dijo, dándome un codazo y alzando la vista a nuestra izquierda.

En el margen del lago, una mujer llenaba un cántaro, arrodillada. Una humana, lo noté enseguida. Su temeridad me desconcertaba. No acababa de entender cómo se le ocurría salir por la noche, aunque estuviera a punto de rayar el alba, en un sitio como aquel. Claro que, cuando vivías en peligro constante, te hacías inmune a él, eso lo sabía yo de sobra.

No vio al vampiro hiaj que la sobrevolaba, aterrizaba en una de las ruinas cercanas y descendía despacio, sin quitarle ojo.

Pero nosotros sí.

Me agarroté.

—¿Te encargas tú? —me susurró Raihn al oído—. Tengo la sensación de que hace un tiempo que estás deseando matar.

Me froté las manos.

Y tenía razón, aunque me fastidiara reconocerlo. Ansiaba matar como un adicto al opio ansiaba su dosis. Y, pese a todo, en el fondo tenía miedo, miedo de atravesar otro pecho con mi acero cuando el último que había atravesado era el de Raihn, miedo de oír a mi padre susurrarme al oído, miedo de lo que fuera que quizá no sentiría de nuevo.

El vampiro se acercó con sigilo.

—Si no vas tú, voy yo —me dijo Raihn.

Pero, antes de que terminara la frase, yo ya había tomado mi decisión.

Me metí entre las ruinas para rodear a mi objetivo y situarme a su espalda. Me faltaba práctica. El terreno me era desconocido. No estaba siendo tan silenciosa como solía en mis cacerías nocturnas en Sivrinaj. El vampiro se dio la vuelta para enfrentarme antes de que llegara hasta él.

Genial. Me apetecía una buena pelea.

Quiso darme un zarpazo, pero mi espada fue más rápida. Estuve a punto de amputarle el brazo cuando me atacó. La sangre me salpicó la cara, metálica y dulce cuando me pasé la lengua por ella.

El vampiro resopló furioso y se abalanzó sobre mí. Me hice a un lado y dejé que se estampara contra un muro. No estaba acostumbrado a luchar, no de verdad. Aun comparado con los cazadores más torpes de Sivrinaj, era lento y estaba desconcentrado, muerto de hambre, sin entrenamiento. Prácticamente era un animal.

«Las alas primero», me recordó Vincent, y le asesté dos tajos en cada una. Alas hiaj, facilísimas de rajar.

Me hizo un corte en la mejilla con las garras. Ni me inmuté. Le di una patada en la pierna para desestabilizarlo, y otra en el hombro derecho para inutilizarle el brazo dominante. Y por fin conseguí inmovilizarlo.

Él ignoraba mi nombre y mi título. Solo olía mi sangre humana, la que, en su cabeza, me convertía en poco más que comida.

Y de pronto le vi el miedo en los ojos.

Lo experimenté unos segundos: poder, control.

«Tienes que empujar fuerte para atravesar el esternón», me susurró Vincent.

Pero ya no necesitaba los consejos de mi padre. Mi ataque fue rápido y certero: le perforé el hueso y le atravesé el corazón.

Demasiado tarde, me asaltó el recuerdo... de cómo había notado que aquella misma espada le perforaba el pecho a Raihn. Aquella mirada de rojo teja instándome a continuar: «Ponle fin, princesa».

Abrí los ojos de golpe y me obligué a reemplazar el rostro de Raihn por aquel, por el de aquella persona que lo merecía. Sin complicaciones. Fácil.

Extraje la espada de un jalón. El vampiro empezó a escurrirse por la piedra.

Pero no pude contenerme y lo ensarté otra vez. Y otra. ¡Y otra!

Y, por fin, cuando el pecho del vampiro estaba ya hecho papilla, dejé que el cadáver se desplomara en el suelo.

Lo contemplé desde arriba, agitada. El pecho era un revoltijo de carne. No sé por qué, me vino a la cabeza la cicatriz de Evelaena y el aspecto que debía de tener tirada en el suelo de su alcoba, con el pecho inundado de sangre también.

—La mujer se ha marchado.

La voz de Raihn me sobresaltó. Había subido volando y se había encaramado a las ruinas. Señaló el lago. La humana volvía por el sendero, con el cántaro en equilibrio contra la cadera, ajena, al parecer, a lo cerca que había estado de la muerte.

Miré un instante el cadáver. Otra bestia voraz educada para ver a los humanos como algo para usar y tirar. Otro animal que no era más que un instrumento de quienes estaban por encima de él. Y así siempre.

La futilidad de todo aquello me mareó de repente.

—Me da la impresión de que antes lo disfrutabas más —dijo Raihn.

—Había que hacerlo —contesté, envainando la espada—. Y lo hemos hecho.

—Lo has hecho tú. Yo estaba de espectador. —Lo observé un segundo, y me sonrió—. Y he disfrutado del espectáculo.

Di media vuelta sin decir nada. Con el rabillo del ojo, advertí su cara de decepción.

Empecé a caminar hacia el sendero por el que habíamos llegado, pero Raihn se rezagó. Echó la cabeza hacia atrás y escudriñó algo a lo lejos. Luego señaló.

—Vamos a subir allí.

Le seguí la mirada hasta las agujas de las torres en ruinas que se alzaban sobre nosotros.

—¿Por qué? —pregunté.

—Porque míralo bien: tiene que haber unas vistas de primera.

Alcé la cabeza. Seguramente tenía razón, la verdad. De todas formas, no me dio ocasión de rebatírselo y volvió a ofrecerme la mano.

En el fondo, iba a discutírselo, pero me ganó la curiosidad.

Así que le di la mano y dejé que me cargara de nuevo en brazos.

Lamenté enseguida mi decisión. Volar con él siempre me resultaba embarazoso. Tenía que hacer un gran esfuerzo para no notar cómo se plegaban mis brazos a su alrededor, lo fuerte que me estrechaba, el hecho de que, muy en el fondo, mi yo más primitivo disfrutara con el calor de su piel. Y tenía que esforzarme sobre todo por ignorar la caricia reconfortante de su pulgar en la parte baja de mi espalda, y lo mucho que me costaba no pensar que ese Raihn era el mismo al que había dejado entrar a mi cama, a mi cuerpo y puede que incluso a mi corazón.

Nos miramos a los ojos un instante, y la luz de la luna brilló fría sobre el cálido rojo teja de sus iris; luego miré a otro lado.

Con varias sacudidas poderosas de sus alas, nos lanzamos al aire. La inquietud que me producía nuestra proximidad se esfumó cuando, al alzar la vista, advertí que se acercaban las estrellas, como si nos envolvieran en un abrazo. Era como una droga, esa sensación. Hacía que me resultara muy fácil olvidarme de todo lo complicado que había dejado en tierra.

Raihn aceleró a medida que subíamos y llegamos a lo alto de la torre tan rápido que no tenía ni idea de cómo íbamos a aterrizar.

Un segundo después caí en cuenta de que no pensaba hacerlo.

Pasó volando junto a la torre, más alto que el más elevado de sus picos rocosos, y que el siguiente, y que el otro. El aire era húmedo y frío, y la humedad se me adhería a la piel. La luna, abultada, creciente, redonda cubierta de nubes, parecía tan cercana que casi podía acariciarla.

—Mira abajo —dijo, y noté su aliento caliente en el oído.

Miré.

Ante nosotros se extendía el mar, una inmensidad infinita de cristal ondulante. Más allá, el paisaje de Lahor, trágico y hermoso en su deterioro, la cruda realidad por la que habíamos estado deambulando, invisible desde allí arriba. Incluso el castillo de Evelaena se veía diminuto desde allí, como un montón de ladrillos de juguete. Después de Lahor, los desiertos de la Casa de la Noche se desplegaban interminables, un puñado de luces que refulgían a lo lejos, consumidas por la densa niebla.

Me escocían los ojos, quizá por el viento, quizá no.

—¡Qué paz!

No pretendía decirlo en voz alta.

—Sí —murmuró Raihn.

Se quedó allí suspendido, abrazándome fuerte. Hacía frío ahí arriba, pero yo no lo notaba. Quizá debería haberme dado miedo que sus brazos fueran lo único que me evitaba la muerte. No me lo daba.

—A veces —dijo—, cuando estoy ahí abajo, parece que no hay paz en este sitio, pero...

«Pero luego está esto».

Tragué saliva. Asentí. Porque ni siquiera era capaz de negar que sabía perfectamente a qué se refería.

Al final, descendió. Bajamos en picada y aterrizamos con elegancia en lo alto de la torre de piedra. Medio muro se había derrumbado, con lo que la estancia superior había quedado reducida a poco más que una cornisa redonda de piedra adherida a un semicírculo de ladrillo medio derruido. Ese lugar debía de ser más antiguo de lo que parecía desde el suelo. Hasta las supuestas ventanas habían sido presa de la naturaleza con el paso de los años.

Raihn me dejó en el suelo y luego se giró para disfrutar de las vistas, una amplia panorámica de tierra y mar, con Lahor a un lado y el océano al otro.

—No es lo mismo que desde ahí arriba, pero tampoco está mal —dijo.

—No es lo mismo; no —confirmé.

Se volteó hacia mí. Desde allí, la luz de la luna le recortaba la silueta y le trazaba a lo largo de la cara una línea plateada que desvelaba una expresión peculiar.

—¿Qué? —pregunté.

—Nada.

No dejaba de mirarme. A mí no me parecía «nada».

Entonces dijo:

—Es solo que tendría que haber supuesto que eras medio vampiro. Desde la primera vez que volamos juntos.

—¿Por qué?

—Porque nunca te he visto más feliz que cuando estás ahí arriba. Tendría que haberme resultado evidente que estabas hecha para eso.

Lo dijo de un modo que me extrañó. Lo miré intrigada.

—Pues no estoy hecha para eso —repliqué.

—Disiento, princesa.

Resoplé y, para mayor énfasis, me señalé la espalda, claramente desprovista de alas.

—No sé, yo diría que me faltan algunos elementos esenciales.

Pero a Raihn no pareció convencerlo.

—Las alas se conjuran —contestó sin más—. Tú eres medio Nacida de la Noche. Seguramente podrías tenerlas.

Parpadeé. Tardé un momento en digerir sus palabras.

—¡Qué...!

«Disparate».

Pero...

Era cierto que la primera vez que Raihn me había llevado a

volar me había parecido encontrar en el cielo una pieza de mi ser que me faltaba, como si estar allí fuera igual de natural para mí que respirar.

«Se equivoca», me dije, poniendo freno a aquel atisbo de esperanza.

Se acercó.

—Ni siquiera te has parado a pensar en todas las cosas que podrías hacer, Oraya.

Solté un bufido.

—¡Qué disparate!

Dio un paso más, risueño.

Tuve que echar la cabeza hacia atrás para mirarlo. Esbozó una sonrisa mientras se acercaba. Su aliento me calentó la boca.

—¿Quieres averiguarlo?

El tiempo se ralentizó, se detuvo. Se me aceleró el corazón. Tendría que haberme apartado, haberlo apartado, pero no lo hice.

Me rozó la nariz con la suya. Por un instante, se apoderó de mí la necesidad abrumadora, traidora, de cerrar la distancia que nos separaba. En el abdomen, un deseo primitivo, irracional. Desesperado.

Me miró los labios y luego los ojos.

—¿Te acuerdas —me susurró— de aquella vez que me lanzaste por la ventana?

Fruncí el ceño, confundida.

—¿Q...?

Entonces me dio un empujón fuerte, rotundo, y empecé a caer.

23

ORAYA

Iba a morir.

¡Iba a morir, iba a morir, iba a morir!

Esa realidad única, esa certeza, me daba vueltas en la cabeza con cada latido mientras el mundo pasaba a toda velocidad a mi alrededor, poco más que borrones de color, oscuridad y vacío. Agitaba en vano las extremidades.

Un segundo, dos. Caída libre. Bien podría haber sido una vida entera.

La voz de Raihn se alzó en medio del vendaval.

—¡Tú puedes, Oraya! —Lo decía tan convencido que me entraron ganas de reír—. ¡Mira al cielo!

Me obligué a abrir los ojos, a levantar la vista al terciopelo estrellado que tenía encima. Estaba estremecedoramente quieto. Tan cerca que casi podía alargar la mano y tocarlo.

Caí en cuenta de que, en el aire, aun cayendo en picada, llevaba un ritmo, una especie de pulso que podía alinear con mi ser. Estiré los brazos y las piernas, inspiré hondo, dejé que la intensa ráfaga de aire celeste me llenara los pulmones, aunque su vehemencia me abrasara el pecho.

Me permití formar parte de ello.

Y entonces pareció que el tiempo se dilataba y se ralentizaba. La dirección del aire cambió. El estómago se me descolgó, se me asentó.

A mi espalda, Raihn soltó un «¡Hurra!» mudo, un sonido que apenas percibí con el fragor del viento en los oídos y el estrépito de mi propio corazón, que se aceleró y se hizo más fuerte al tiempo que alzaba el rostro hacia las estrellas.

Miré abajo.

El mundo ya no se precipitaba hacia mí a toda velocidad, sino que se extendía a mis pies; las ruinas y las dunas no eran más que formas abstractas a la luz de la luna.

—¡Madre Oscura! —susurré con voz temblorosa.

Quizá ya estaba muerta y alucinaba. No quería moverme, por si se hacía todo pedazos.

Raihn descendió hasta quedar a mi lado, y me atreví a mirarlo de reojo. Sonreía, feliz como un niño. Aquella sonrisa me encogió el estómago.

—Alucinante, ¿verdad?

Y fue su reacción lo que me hizo digerirlo de verdad.

No era capaz de hacer otra cosa que sonreír también y asentir. Sí, era alucinante.

¡Estaba volando, demonios!

Aquella certeza me asaltó de pronto, inamovible y desconcertante, y acto seguido estaba pensando en las alas tanto que habría jurado que tenía visiones, y en el aire que movían, y en aquellos músculos que me eran ajenos y no tenía ni idea de cómo controlar...

Raihn puso cara de espanto. Se abalanzó hacia mí con la mano extendida.

—¡Oraya, cuidado con...!

Todo se volvió negro.

Vincent olía a incienso, un aroma que era limpio y antiguo al principio, elegante, como los pétalos de rosa preservados. Me recordaba a cosas carísimas que no se debían tocar, pero también me daba sensación de seguridad. Mi padre, a su modo particular, era ambas cosas: distante y reconfortante.

Él, que rara vez me tocaba, me agarró por los hombros en aquel instante y me levantó, sujetándome fuerte mientras yo me sacudía el aturdimiento de los sentidos.

—¡Por la Diosa!, ¿en qué estabas pensando? —Me dolía la cabeza. Me froté los ojos y, al volver a abrirlos, vi a Vincent mirándome directamente con los suyos, plata, gélidos. Me zarandeó fuerte—. No vuelvas a hacer eso. ¡Nunca! ¿Cuántas veces te lo he dicho?

Él siempre era sereno y reservado, pero yo sabía interpretar a mi padre, descifrar aquellos momentos inusuales en que el temor por mí se metía en su estoicismo constante y me llegaba al alma. Yo solo tenía once años. Vincent era el principio y el fin de lo que yo conocía. Cuando él temía, yo me aterraba.

Miré el balcón de encima.

—Es que quería trepar...

—¡No vuelvas a hacerlo nunca! —me dijo, sujetándome de la muñeca y levantándome la mano, como para darle énfasis. Sus dedos largos se enroscaban fácilmente alrededor de mi brazo—. ¿Sabes lo frágiles que son tus huesos? ¿Lo rápido que se desgarra tu piel? A este mundo no le costaría nada hacerte desaparecer para siempre. No le des motivos.

Yo apretaba la mandíbula; me ardían los ojos. La veracidad de las palabras de mi padre se me asentó en el vientre, cargada de vergüenza.

Tenía razón, claro.

Había visto a Vincent saltar desde aquel mismo balcón y salir volando en plena noche. Lo había visto caer de mayores alturas y aterrizar de pie sin un solo rasguño.

Pero Vincent era vampiro y yo era humana. Él era fuerte y yo era débil.

—Lo entiendo —contesté.

No era buena para disimular mis emociones. Se le ablandó el gesto. Me soltó el brazo y me acarició la cara.

—Eres demasiado valiosa para que te lleve para siempre un peligro tan mundano, culebrilla —me dijo con ternura—. Ojalá fuera distinto.

Asentí con la cabeza. Aun siendo una niña, sabía bien que un orgullo herido era preferible a un cuerpo herido: mejor avergonzada y viva que sobrada de confianza y muerta.

—Ve a prepararte para la cama, anda —me propuso, poniéndose en pie para dirigirse a su sillón, justo al otro lado de la puerta de doble hoja—. Si no recuerdo mal, vamos por el capítulo cincuenta y dos del libro de historia. Leemos dos más y te vas a dormir.

—Sí, Vincent —respondí, agradecida de que me ofreciera la oportunidad de impresionarlo con mis estudios después de mi vergonzoso desliz. Me levanté y di unos pasos en dirección a la biblioteca.

Entonces...

Me noté un hormigueo en la nuca. Una extraña consciencia de realidades que no cuadraban.

La súbita constancia de que la biblioteca no estaba en ese piso.

De que yo estudiaba historia a los catorce años, no a los diez.

De que Vincent estaba...

Se me encogió el pecho. Se me marchitó la respiración en los pulmones.

—No hace falta mirar, culebrilla. —Oí la voz de Vincent a mi espalda.

Tan tierna...

Tan triste...

Pero la verdad era la verdad. Tenía que mirar.

Me volteé despacio. Vincent estaba en su sillón, con un libro en el regazo, y la luz del fuego le danzaba por aquellas facciones que me eran tan familiares y por aquellos labios en los que se dibujaba una sonrisa pesarosa.

Conocía muy bien aquel rostro.

Me aferré con desesperación a cada ángulo de aquella imagen, como para evitar que se me escapara.

—Estás muerto —le dije.

Mi voz era ya la de mi yo adulto, no la de mi yo de hacía trece años.

—Sí, me temo que sí —contestó.

Se me agitó la respiración. La emoción me abrasaba el pecho y engullía todo lo que encontraba a su paso.

El dolor que me inspiraba.

El amor que me inspiraba.

El odio que me inspiraba.

La rabia.

La confusión.

Todo aquello me inundó de golpe, demasiados sentimientos encontrados, demasiadas palabras que no podía articular con una lengua que tenía pegada al paladar, atrapada por una mandíbula que apretaba tan fuerte que me dolía.

Se puso en pie, sin dejar de mirarme.

—No pasa nada, culebrilla —me susurró—. Pregunta. Pregúntame lo que quieras saber.

Abrí la boca.

—Despierta, Oraya. Despierta.

Miedo. Había miedo en aquella voz. Identifiqué el miedo antes que las palabras.

Ese miedo intenso, de ese que es la otra cara de un afecto profundo.

Me iba a reventar la cabeza. Me dolía el cuerpo entero.

Abrí los ojos. Raihn estaba inclinado sobre mí, enmarcado por el cielo estrellado. Soltó un sonoro suspiro de alivio.

—Te veo muy preocupado, para haber sido tú quien me ha lanzado desde lo alto de un edificio —le dije.

El suspiro se convirtió en carcajada.

—No te iba a dejar caer —contestó con una sonrisa de medio lado—. Pero sabía que tú tampoco te ibas a dejar caer.

—¿Cuánto he estado...?

—Solo un par de minutos. Te has llevado un buen golpe, de todas formas.

Eso parecía. Estaba lo bastante mareada como para aceptar la mano de Raihn cuando me la ofreció para que me levantara. Me sentía... rara, como si tuviera el cuerpo entero descompensado. Vislumbré algo con el rabillo del ojo, me giré y solté un gruñido a la vez que él se apartaba bruscamente, esquivándome.

—¡Cuidado con esas cosas!

Estiré el cuello para mirarme la espalda, para mirármelas.

Las alas.

Solo me las veía de reojo y, aunque notaba su presencia en la espalda, hice un esfuerzo por aislar los músculos y moverlas.

Pero, aun viéndolas tan poco, me quedé pasmada, muda.

Eran las alas de Vincent. Sin plumas, claro, como las de todos los hiaj. La piel era más oscura que la noche, tan negra que la luz se agazapaba y moría en ellas. Las uñas eran de un blanco plateado, como gotas de luz de luna. Y...

Y tenía los resaltes en rojo. Marcas del heredero de los hiaj.

De un rojo sangre, intenso, que recorría el ala en delicadas pinceladas y se acumulaba en los bordes y en el contorno.

Quise moverlas y lo conseguí, a trompicones, de un modo que seguro resultaba ridículo.

Alas.

Mis alas.

Giré en círculo e intenté vérmelas mejor, observar, con los ojos entornados, la forma en que la luz de la luna caía por ellas, como si en algún momento fuera a detectar un fallo que delatara la alucinación.

No. Eran de verdad.

Estaba empezando a marearme.

—Tranquila —me dijo Raihn en voz baja—. Te va a llevar un minuto adaptarte.

Me hablaba con muchísima ternura, con una serenidad cómplice. También él, pensé entonces, debía de haber sido adulto cuando conjuró sus alas por primera vez.

Mis alas.

¡Mis alas!

Parecía una broma disparatada. Un maldito milagro. ¿Cuántas veces había soñado con tenerlas? ¿Cuántas veces había alzado la vista al cielo y deseado poder alcanzar las estrellas como hacían los vampiros?

Me dolían las mejillas de tanto sonreír. Reí un poco, sin querer.

Y de pronto...

De pronto...

Se me encogió el corazón, asaltada por una súbita sensación de algo más complicado, algo que me engulló la alegría de un trago.

Inspiré de nuevo y, en lugar de una carcajada, esa vez solté un sollozo estrangulado que me bulló de dentro sin que pudiera pararlo. Al inhalar, me recorrió como un cuchillo de sierra, feo y jadeante, incendiado por la absoluta y abrumadora intensidad de mi rabia.

Estaba en el suelo de nuevo.

Apenas oí a Raihn pronunciar mi nombre en un suspiro. Apenas noté sus manos en mis hombros cuando se plantó de inmediato a mi lado y se acuclilló.

—¿Qué pasa, Oraya? ¿Qué pasa?

Me lo dijo con una preocupación tan cruda y vulnerable, en una voz tan grave y reconfortante, que fue como si me retorciera un puñal en el vientre.

Quise tragarme el siguiente sollozo y solo lo logré a medias.

—¿Cómo lo sabías?

Evité levantar la cabeza, mirar a Raihn o dejarlo mirarme. Las palabras me salieron tan distorsionadas que no sabía ni cómo me había entendido.

—¿Qué? —preguntó con ternura.

—¿Cómo sabías que podía hacer eso?

—Lo sabía..., así nada más. Eres medio vampiro, y de las poderosas. Estás hecha para volar. Además, no dejo de comprobar de lo que eres capaz. Me parecía...

«Obvio».

No le hizo falta terminar la frase. Lo entendí igual.

Raihn, que hacía menos de un año que me conocía, había visto potencial en mí. Y había sido él, mi enemigo, alguien con motivos de sobra para enjaularme, quien me había abierto la puerta a ese poder.

La verdad que me negaba a reconocer me miraba de pronto a la cara, imposible de ignorar por muy fuerte que cerrara los ojos.

En la oscuridad, vi a Vincent la noche del baile de la Medialuna, cuando habíamos bailado juntos. Se había mostrado inusualmente tierno y muy cariñoso.

Yo le pregunté por qué nunca me llevaba a volar.

Y recordé de pronto, con la misma claridad que si volviera a tenerlo delante, lo que me había dicho: «Lo último que quería era que pensaras que tú también podías y te dedicaras a lanzarte de los balcones».

—Él lo sabía —espeté.

Lo sabía. Siempre lo había sabido.

No lo había hecho por protegerme. No quería que saltara porque no quería que descubriera que podía sostenerme en el aire.

Aquella noche había estado así de cariñoso porque sabía que iba a ordenar la masacre de Salinae. Era consciente de que iba a aniquilar cualquier esperanza que yo tuviera de encontrar a la familia que pudiera quedarme.

Lo sabía, y sabía que estaba a punto de mentirme y que, por ello, me iba a perder.

Lo sabía todo.

—¡Él lo sabía! —Las palabras me desgarraron la garganta, estremecidas por las lágrimas y los sollozos entrecortados—. Lo sabía y no..., nunca me lo dijo, nunca... ¿POR QUÉ?

—Esa pregunta ya no la puede contestar nadie —murmuró Raihn.

Presa de un ataque de ira, levanté de pronto la cabeza, con rabia de sobra para ahogar la vergüenza. Debía de parecer un animal salvaje, con el rostro colorado y lleno de lágrimas, y la boca desfigurada como la de una fiera a punto de atacar.

—¡No me compadezcas, demonios! —le espeté yo irritada—. Una sola cosa sincera, Raihn Ashraj. Quiero que alguien me lo diga.

Estaba harta de numeritos y de mentiras, cansada de dar rodeos. Ansiaba la franqueza como una flor ansía la luz del sol. Hasta ansiaba que el dolor que me iba a causar me atravesara hasta el fondo el corazón.

A Raihn le cambió el gesto.

Pese a todos sus defectos, no se compadeció de mí ni me ocultó la verdad.

—Creo que Vincent te tenía mucho miedo, Oraya.

—¿Miedo? —Solté una carcajada—. Él era... era el rey de los Nacidos de la Noche, y yo solo soy...

—Tú no «solo» eres nada. Eras su heredera, la persona más peligrosa del mundo para él. Y creo que te tenía pánico por eso.

Me parecía increíble. ¡Absurdo!

—¡Mira esto!

Me puse en pie de un brinco y señalé con vehemencia la

vista de Lahor que teníamos ante nosotros: aquella ciudad destrozada, patética, muerta, mera sombra de lo que había sido.

Igual que yo.

Raihn había retrocedido medio paso, y yo caí en cuenta, de forma semiconsciente, de que el Fuego de la Noche me envolvía las manos, me trepaba por los brazos. Reparé en ello vagamente, como si me encontrara fuera de mi propio cuerpo.

—¡Mira lo que le hizo a esta ciudad! —bramé—. Asesinó a montones de personas el día de su partida. Mató a niños a los que había criado en parte, niños que no representaban una verdadera amenaza para él, solo porque era así de «meticuloso».

«Es fundamental ser cauto y meticuloso, culebrilla».

¿Cuántas veces me habría dicho eso?

Hablaba tan rápido que casi no podía ni respirar; la rabia imprimía crudeza a mis palabras.

—Entonces, si era tan peligrosa para él, ¿por qué me perdonó la vida? ¿Por qué no me mató el día que me encontró? En vez de... en vez de llevarme a su casa y pasarse todos esos años mintiéndome. ¡¿Por qué no me mató en vez de enjaularme, en vez de romperme...?!

De pronto tenía a Raihn justo delante, tan cerca que debía de estar quemándose con el Fuego de la Noche. Si le dolía, lo disimuló bien. Me agarró fuerte por los hombros.

—No estás rota —me dijo, y nunca lo había notado tan furioso, aunque no me levantara la voz en absoluto—. ¡No estás rota, Oraya! ¿Me entiendes?

No, no lo entendía. Porque sí estaba rota. Igual que Lahor. Estaba tan rota como aquella ciudad, con sus ruinas y sus fantasmas. Tan rota como Evelaena y su cicatriz de doscientos años y su retorcida obsesión con el hombre que se la había hecho. ¿Cómo demonios iba yo a juzgarla por eso, si a mí me pasaba lo mismo?

Vincent me había destrozado la vida. Me había salvado. Me había querido. Me había ahogado. Me había manipulado.

Me había convertido en todo lo que era, en todo lo que podía ser.

Hasta lo mejor de mi poder, la parte que nunca quiso que descubriera, procedía de él.

Y allí estaba yo, llorando desconsoladamente por todo el daño que me había hecho. Y, por mucho que me dolieran las heridas, no quería que cicatrizaran nunca, porque eran suyas.

Y lo extrañaba demasiado para odiarlo como deseaba hacerlo.

Y lo odiaba sobre todo por eso.

De pronto me sobrevino el agotamiento. Las llamas se me apagaron. Raihn aún me sujetaba por los hombros. Lo tenía tan cerca que nuestros rostros estaban a apenas unos centímetros de distancia. Me habría resultado facilísimo inclinarme hacia delante y dejarme caer sobre su pecho. Si aquella hubiera sido la versión de él que había conocido en el Kejari, a lo mejor lo habría hecho. Le habría dejado prestarme su apoyo un rato.

Pero no lo era.

—Mírame, Oraya.

No quería. No debía. Vería demasiado. Él vería demasiado. Tenía que apartarme.

En cambio, levanté la cabeza, y los ojos de Raihn, rojos como la sangre seca, me clavaron a la pared.

—Pasé setenta años cautivo de lo peor del poder vampírico —dijo—. Y muchísimo tiempo intentando hacerlos entrar en razón. Pero no. Los rishan, los hiaj, los Nacidos de la Noche, los Nacidos de las Sombras, los Nacidos de la Sangre... Malditos dioses. Da igual. Neculai Vasarus era... —Tragó saliva de manera visible—. «Malvado» es poco. Y, durante mucho tiempo, pensé que no amaba nada. Me equivocaba. Amaba a su esposa. La quería, y le fastidiaba quererla. La quería tanto que la estranguló. —Los ojos de Raihn se habían ido muy lejos, a alguna parte del pasado a la que yo sabía, por la expresión de su rostro, que no quería enfrentarse directamente—. No hay nada a lo que tengan más miedo que al amor —murmuró—. Les han enseñado toda la vida que cualquier conexión auténtica no es más que un peligro para ellos.

—¡Qué absurdo!

—¿Por qué?

Porque yo seguía atrapada en aquello, en esa idea de que Vincent me tenía miedo, esa idea que iba contra todo lo que yo sabía.

Esbozó una sonrisa pícara.

—El amor aterroriza —susurró—. Eso es así, seas quien seas.

Me dejó pasmada.

La forma en que lo dijo, su proximidad, la fijeza de su mirada me sacaron del trance.

¿Qué estaba haciendo?

¿Por qué estaba revelándole todo eso? Raihn me había secuestrado. Me había mentido. Me había utilizado.

Raihn había asesinado a mi padre.

¿Y se atrevía a sermonearme sobre la santidad del amor?

Tenía razón: el amor aterrorizaba. Ser tan vulnerable ante otra persona... Y yo...

Detuve aquel pensamiento.

No. Lo que yo había sentido por Raihn no era amor.

Pero sí me había hecho vulnerable, más de lo que debería haberme permitido.

Y así es como estaba pagándolo.

¡Así es como lo había pagado mi padre!

La rabia y el dolor remitieron y, en su lugar, quedó el fuego denso de la vergüenza.

Me aparté de las caricias de Raihn y procuré no reparar en el destello de decepción de su semblante.

—Me gustaría estar sola —dije con aspereza, con rotundidad.

Silencio. Luego respondió:

—Este lugar es peligroso.

—Me las arreglaré.

Hizo una pausa, nada convencido, yo lo sabía.

Me negaba a mirarlo, pero sabía que, si lo hacía, le iba a ver aquella cara, ¡aquella maldita cara!, como de querer decir algo demasiado serio, demasiado real.

—Vete —le pedí.

Y sonó más a ruego de lo que pretendía, pero tal vez por eso me hizo caso.

—Muy bien —contestó en voz baja, y oí perderse en la noche el zumbido de sus alas.

24

ORAYA

Estuve un buen rato sentada en lo alto de aquellas ruinas, procurando, en vano, no sentir nada.

El cielo fue calentándose; el trazo dorado del alba reemplazaba a la fría luz de la luna y ponía de manifiesto las verdades más feas de aquella ciudad.

Mi padre se había empeñado en olvidar aquella ciudad, pero aquella ciudad nunca lo había olvidado a él. Jamás se había recuperado de la crueldad despreocupada de su partida.

Me fastidiaba que me resultara tan familiar.

Era todo como el cuarto que Evelaena había conservado a modo de retorcido santuario dedicado a él. Solo un puñado de objetos abandonados a los que ella daba una importancia que no tenían. Un zapato. Un cepillo de pelo. Unos garabatos de tinta...

Parpadeé sorprendida.

¡Unos garabatos de tinta!

Me asaltó la súbita consciencia de que había visto aquello en algún lugar...

Me levanté, retrocedí unos pasos y vi cómo el paisaje se transformaba al cambiar de perspectiva. El mar un poco a la derecha, la torre solapándose ligeramente con él...

No. No del todo. Pero casi.

Cerré los ojos y me lo imaginé: el dibujo a plumilla del escritorio de Vincent, conservado a la perfección durante años.

Entonces abrí los ojos y me asomé por el borde. Había otra torre un poco más al sur de aquella, que hasta parecía más antigua. Según mis cálculos, sin embargo, el punto de vista encajaba. Si no me equivocaba, el boceto de Lahor de Vincent podía haberse hecho desde aquellas ruinas.

Vacilé un momento y aproveché para ejercitar los músculos. Me dolían una barbaridad y todos mis movimientos me parecían torpes con las alas adheridas. No me arrepentía de haberle dicho a Raihn que se fuera, precisamente, no, me dije a mí misma, no me arrepentía en absoluto, pero no habría estado de más que me hubiera instruido un poco sobre el uso de las alas antes de irse.

«No te iba a dejar caer, pero sabía que tú tampoco te ibas a dejar caer».

Aquellas palabras me vinieron de pronto a la cabeza.

¡Madre Oscura!, esperaba que Raihn estuviera en lo cierto.

Puse el ojo en mi objetivo y salté.

Lo que fuera que hice para ir de una torre a la otra fue más una «caída controlada» que un «vuelo».

Pero lo conseguí.

Por nada.

Solté un feo resoplido al clavarme un montón de ladrillos antiquísimos en el costado. Una punzada de dolor me recorrió el ala izquierda cuando me la arañé con una esquirla de roca suelta; era increíble lo desconcertante que resultaba que los límites de tu propio cuerpo de repente fueran el doble de anchos en ambas direcciones. El impacto me desplazó y me hizo rodar por el suelo de ladrillo con una colección de gruñidos entrecortados.

Me puse en cuatro, recuperándome. Estaba más agitada de lo que quería reconocer. Las alas eran sensibles, por lo visto, porque el corte me dolía horrores. Estiré el cuello para intentar verme la herida, pero sirvió de poco.

Levanté la cabeza y, de golpe, la lesión dejó de importarme.

—¡Mal-di-ción! —Suspiré.

Delante de mí había unas alas extendidas por toda la pared.

Alas hiaj, de color gris con matices morados. Eran de tamaño natural, o mayores, pegadas a los restos de la muralla de piedra semiderruida. Unos brotes que al principio me parecieron venas hinchadas se extendían a lo largo, adhiriéndose a la formación de los huesos y llegando a los fragmentos de piel, tintada de rojo, en cuyo centro creaban un nudo pulsátil de intenso carmesí.

Un corazón. Era casi idéntico a un corazón.

Pero, al acercarme a regañadientes, vi que aquellos brotes no eran venas ni mucho menos, sino una especie de... hongos, quizá, con aspecto de algo asquerosamente vivo. El corazón del centro de las alas, en cambio, parecía muy real. ¿Era tejido, petrificado como las alas?, ¿o era otra cosa?

No recordaba haberme levantado ni haber cruzado la estancia, pero, cuando quise darme cuenta, estaba plantada allí delante.

Las venas y el corazón latían con pequeños movimientos rítmicos, que se iban acelerando. Al cabo de un momento, me di cuenta de que replicaban mi respiración. Se me erizaron los vellos de la nuca. Nunca me había sentido tan repelida y, a la vez, tan atraída por algo. Era repugnante y la cosa más hermosa que había visto en mi vida.

Por un lado, pensaba: «Tengo que alejarme todo lo posible de lo que sea esto».

Por otro, me decía: «Septimus tenía razón. ¡Lo sé, sin más!».

Un hecho sencillo y sin complicaciones. Aquello era lo que andábamos buscando, no cabía la menor duda.

Y lo había encontrado yo sola.

Alargué la mano sin haber ordenado siquiera a mi cuerpo que se moviera.

Acaricié con los dedos la protuberancia en forma de corazón. Estaba tan fría que casi di un respingo, pero, antes de que me diera tiempo a reaccionar, varias venas se deslizaron por la superficie, me asieron y...

Solté un siseo de dolor. Unas gotas de sangre, de un rojo humano intenso, mancharon los hongos mientras aquellos cordeles volvieron a enroscarse, serpentinos, alrededor del corazón. Me pareció por un segundo que las alas se movían, se estiraban, como músculos que se tensaban.

Entonces las fibras se apartaron y reptaron por las paredes de las ruinas, y aquello que se parecía tantísimo a un corazón se abrió.

El calor inundó el aire. El resplandor rojo invadió las sombras. Me lo quedé mirando, perpleja, haciendo un esfuerzo por adaptar la vista.

El corazón se había transformado y, de pronto, imitaba a unas manos en cuenco. En el centro había un objeto con forma de medialuna de un color plata brillante, bruñido, un blanco que hacía daño a los ojos frente al rojo que se desvanecía a su alrededor. Era más o menos del tamaño de la palma de mi mano, con ambos extremos afilados como espadas, tanto que, al principio, pensé que estaba ideado para ser un arma, hasta que reparé en la delicada cadena de plata sujeta a uno de los extremos.

Un dije.

En cuanto la luz se extinguió, se convirtió en algo corriente, aunque muy hermoso.

Me acerqué para agarrarlo...

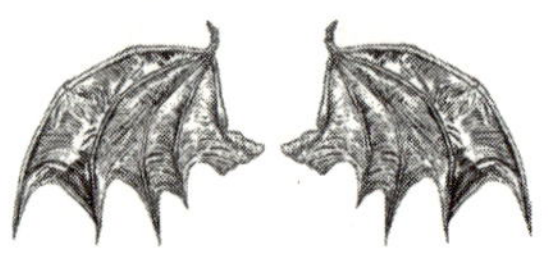

Me noto la sangre de mi padre caliente y resbaladiza en las manos. Las alas aún mantienen su temperatura. Debo seguir limpiándome la sangre de la camisa. Parezco lo que soy: un monstruo, como los que reptan por las ruinas de Lahor todas las noches.

No me arrepiento de nada.

No es eso lo que los historiadores escribirán sobre mí algún día.

Nadie recordará los nombres ni los rostros de los niños a los que he matado esta noche. Un tradición de poder de los Nacidos de la Noche: matar niños. Mi padre mató a mi hermano pequeño unos minutos después de que inhalara su primer aliento. Yo tenía dieciséis años cuando lo vi tirar aquel diminuto fardo ensangrentado por el barandal, para que fuera pasto de los demonios que rondaban por abajo. Siempre me había dejado claro que su heredero debía ser yo, pero nunca me había amenazado con ello.

Me he escondido muy bien todos estos años. He reprimido hasta la última pizca de mi poder. He soportado abusos. Lo he hecho todo con una sonrisa de complacencia para que no advirtiera nunca el odio que había debajo.

No me servía de nada odiar a mi padre, debía aprender de él.

Así que aprendí.

Fue un verdadero placer verle en la cara que había caído en cuenta de su error, que me había subestimado toda la vida.

Siempre que veo los rostros de los niños, de mis sobrinos y mis primos, los cambio por el de mi padre. Cuando reparó en su arrogancia, en que le había salido el tiro por la culata.

Conseguí que todos los años pasados en este cuchitril valieran la pena.

Solo pienso en mi padre mientras le clavo las alas a la pared, mascullando conjuros en voz baja.

Solo pienso en mi padre.

Pienso en el Kejari.

Pienso en coronarme.

No me arrepiento de nada.

No me arrepiento de nada.

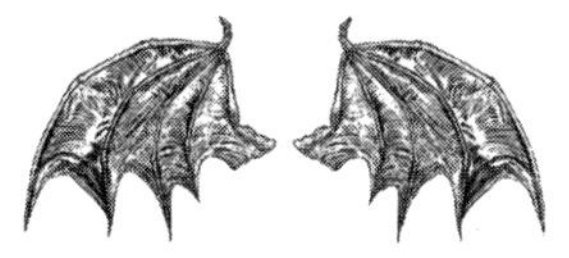

Me costaba respirar. Tenía el estómago revuelto. No veía ni sentía nada.

Me dolía la mano. ¡Por la Diosa, era un dolor demasiado intenso! Fue ese dolor lo que me regresó al mundo, y me aferré a él. Hice un esfuerzo por abrir los ojos. Veía destellos, como si hubiera estado mirando directamente al sol, aunque aquella torre seguía en penumbra, iluminada solo por el cálido germen del amanecer que se colaba por las rendijas de la piedra.

Bajé la cabeza y me vi la mano, cubierta de sangre. Al darle la vuelta, descubrí que había estado apretando tan fuerte el dije que los bordes afilados me habían hecho en la palma una réplica perfecta de la medialuna.

¿Qué diablos acababa de...?

—¿Sabes el tiempo que llevo queriendo acceder a eso? —dijo una vocecilla infantil a mi espalda.

Me recorrió un escalofrío.

Me obligué a levantarme y me mareé tanto que choqué, dando tumbos, contra la pared. Me enderecé y, al voltear, descubrí a Evelaena allí plantada, recortada contra la luz del sol, con uno de los niños, un chiquillo de gesto estoico, a su lado.

De-mo-nios.

Ya había amanecido. ¿Cómo podían estar allí?

El sol empezaba a quemarle a Evelaena las mejillas, oscurecidas por una sombra morada, a pesar de que llevaba una capa recia y se tapaba la cara con la capucha. Sus alas eran de un rosa claro, y en ellas las quemaduras eran peores, porque no había podido tapárselas mientras volaba.

No obstante, si le molestaba, lo disimulaba bien. Ni pestañeaba. Tenía aquellos ojos azules muy abiertos en la penumbra, y una sonrisa tensa e inquebrantable.

Me miraba como si fuera a devorarme, como si quisiera arrancarme de cuajo la cara y ponérsela encima de la suya.

—Lo descubrí hace unos diez años, ¿sabes? —soltó—. No estaba ahí hace doscientos. Supe enseguida que era suyo. Debió de venir sin avisarme, debió de... —Parpadeó, como si hubiera perdido el hilo a media frase—. Pero nunca he sido capaz de abrirlo.

No dije nada.

Mi sangre goteó al suelo de piedra.

El niño clavó los ojos en ella; salivó. A Evelaena se le ensancharon las fosas nasales.

Me guardé el dije en el bolsillo y me llevé la mano a la espada. Procuré que no se notara, pero seguía apoyada en la pared. Me dolía la cabeza por el esfuerzo de obligarme a enfocar la vista. Fragmentos de... de lo que fuera que había experimentado al tocar el dije se me colaron por la visión periférica sin mi permiso, una versión granulosa y difusa del mundo.

—Y las alas —añadió, aún sin pestañear—. ¡Qué interesante!

Mi sangre goteó de nuevo al suelo.

El niño se abalanzó sobre mí.

Era rápido. Apenas tuve tiempo de reaccionar antes de que se me echara encima y me hincara los dientes en el brazo. Solté una maldición, me lancé hacia la pared y lo estampé contra la piedra.

«Muévete, culebrilla —me susurró Vincent con premura—. Muévete, que ella viene por ti».

Lo sabía. Venía por mí y yo no podía moverme bien.

La oí antes de verla. Me giré todo lo rápido que pude, tanto que casi vuelvo a caerme al suelo, y me defendí con ambas espadas. Le di un tajo, en el brazo.

Retrocedió, con la cara desencajada de dolor. Ella blandía una espada ropera, similar a la que había empuñado Vincent en su día. No era coincidencia, seguro.

Apenas había rechazado su ataque cuando se abalanzó sobre mí otra vez.

Tenía la sensación de que mi cuerpo iba como medio paso por detrás de mi cabeza. Las alas, que no tenía ni idea de cómo replegar, me alteraban considerablemente el equilibrio. Evelaena no era una gran guerrera, y menos aún comparada con mis rivales del Kejari, pero aun así era fuerte y rápida, y su estilo se parecía de manera espeluznante al de Vincent. Eficiente, precisa, elegante..., pero a punto de sucumbir a la sed de sangre, más torpe con cada gota de la mía que caía.

Me superaba en estatura, pero a eso sí estaba acostumbrada. Detuve su acero desde arriba con una de mis espadas y aproveché el hueco para clavarle la segunda en el costado.

Gruñó como una mala bestia y contraatacó con un tajo tan devastadoramente potente que terminé chocando de espaldas contra la pared.

Dolor. La vista nublada durante un instante. Cuando volví a concentrarme, me encontré con la cara de Evelaena justo delante de la mía; teníamos las narices pegadas. Me temblaba muchísimo el brazo mientras detenía su espada.

Había estado en esa mismísima posición innumerables veces. Podía aprovechar su impulso para lanzarla contra la pared. Atravesarle el corazón con la espada. Siempre me complacía mucho, porque era cuando pensaban que ya me tenían.

Pero me iba a costar un esfuerzo sobrehumano hacerlo. No sabía si iba a poder. Si lo intentaba y no lo lograba, estaría a su merced.

No me quedaba alternativa.

Me lancé.

Soltando un alarido entrecortado, la empujé con todas mis fuerzas e invertí la posición. No se lo esperaba y la sorpresa jugó a mi favor. Bien. Me alegraba de que alguien siguiera subestimándome.

No vacilé. Eché hacia atrás la espada, lista para clavársela en el pecho...

Un dolor angustioso me recorrió entera.

Al principio no lo localizaba, solo sabía que jamás había sentido nada igual, como de fuego y acero a la vez.

Retrocedí tambaleándome y me giré bruscamente para deshacerme de mi atacante.

El niño salió rodando por el suelo.

Quise darme la vuelta y tropecé. El cuerpo no me acompañaba. Bajé la vista y vi que el niño me había apuñalado el ala ya herida, que de pronto arrastraba por el suelo y ralentizaba mis movimientos.

Mal-di-ción.

Evelaena.

Se abalanzaba sobre mí. Levanté el arma para defenderme...

Demasiado tarde.

Se me echó encima antes de que pudiera reaccionar.

Unos dedos finos y flacos me engancharon la cara, y las uñas se me clavaron en las mejillas.

—¡Qué invitada más grosera! —masculló.

Me sonrió y después me estampó la cabeza contra el suelo.

25

RAIHN

Oraya no había regresado a nuestros aposentos.

La había estado vigilando allí arriba durante casi una hora, sentada en aquella torre, mirando al horizonte. Iba a darle espacio siempre que lo necesitara. Se lo debía, ¿no? Pero eso no significaba que fuera a dejarla desprotegida. Me había quedado allí hasta que empezó a escocerme la piel expuesta al sol y me dolieron los ojos, pero, al final, no me había quedado otra que volver a la alcoba.

Cuando me marché, Oraya seguía en lo alto de aquella torre.

Me asomé entre las cortinas por enésima vez esa mañana, con una mueca de dolor cuando el sol impactó en las quemaduras aún recientes.

Incluso en vistazos furtivos de tres segundos, Lahor conseguía parecer aún más patética de día. Del todo grotesca. Al menos de noche tenía cierto aire de romanticismo añejo, cuando la luz de la luna insinuaba los contornos de lo que podía haber sido tiempo antes.

Pero el día privaba a Lahor de su escaso encanto. No era más que cadáveres y escombros. Humanos famélicos deambulando con sigilo entre las ruinas e intentando robar a vampiros también famélicos. Demonios muertos de hambre que se servían del sol para dar caza a sus presas, arrojando a otras bestias como ellos a la luz letal para que se asaran vivas.

Y Oraya seguía allí fuera.

—¿Qué haces? —me preguntó Mische, medio dormida.

Me giré hacia ella y, al correr la cortina, vi que se frotaba los ojos y parpadeaba, lagañosa. El pelo se le alborotaba aún más ahora que se lo había dejado largo. De un lado lo llevaba cómicamente tieso y apelmazado.

—Bueno, ya sabes... —contesté, procurando eludir la pregunta con desenfado.

—Ya hace rato que ha amanecido.

—Ajá...

Mische miró alrededor, intentando despejarse. De pronto cayó en cuenta.

—¿Dónde está Oraya?

No contesté. Volví a asomarme por las cortinas. Adolorido, las cerré enseguida.

A Mische no le hizo falta más. Se despertó de golpe.

—¿Se ha ido?

—Fuimos... a dar un paseo.

—¿Fuimos?

Le lancé una mirada asesina.

—¿Qué insinúas?

—Solo que me sorprende que haya querido ir contigo a alguna parte.

—La...

«La acorralé».

Abandoné ese pensamiento.

—Da igual —mascullé—. Estuve con ella un rato, pero luego quería estar sola, así que se lo concedí.

—¿Y aún no ha vuelto? —preguntó Mische incrédula.

Unos segundos de silencio. La posibilidad flotaba en el aire, evidente, aunque ninguno de los dos quisiéramos verbalizarla de inmediato.

—No pensarás que... —susurró Mische.

«Ha huido. Te ha traicionado».

Oraya lo habría tenido fácil. Una ciudad desconocida. El amparo de la luz diurna. Ningún guardia que pudiera impedírselo. Unas alas recién estrenadas con las que largarse.

Tragué saliva y me masajeé el esternón.

Esa noche la había visto sonreír, sonreír de verdad, por primera vez en más de un mes. Y, ¡por la Diosa!, me había afectado. Había sido como presenciar un fenómeno natural poco habitual.

Y, cuando la había visto volar, resplandeciente de alegría, solo me había venido una cosa a la cabeza: «No sabía que ver alejarse algo volando pudiera ser tan hermoso».

Me asomé por las cortinas e imaginé a Oraya esfumándose para siempre por aquel cielo azul blanqueado por el sol. La imaginé encontrando una vida nueva y maravillosa en algún otro lugar, muy lejos de allí.

—¿Crees que se ha... ido? —preguntó Mische al fin, como si le hubiera llevado todo ese tiempo expresarlo con palabras.

Pensé en Oraya hecha un ovillo, con las rodillas pegadas al pecho, en aquellas ruinas, y aquellas lágrimas que brotaban como agua profunda de una grieta en la tierra.

Agarré fuerte las cortinas ante la idea.

¿Habría huido Oraya?

Ojalá lo hubiera hecho, maldición.

Pero el nudo que tenía en el estómago me decía: «Algo no está bien».

—No —contesté—. No, no lo creo. —Cerré las cortinas y me giré hacia Mische—. ¡Vamos!

26

ORAYA

Me obligué a abrir los ojos.

El dolor me azotaba el cuerpo, pero no lograba localizar su procedencia, solo sabía que era abrumador.

Estaba oscuro. Me esforcé por distinguir formas entre las sombras. La única luz procedía de dos lámparas de Fuego de la Noche situadas encima de una chimenea apagada. Olía a moho y a polvo, y a civilizaciones más que muertas. No había ventanas, solo piedra. Unos cuantos muebles rotos medio podridos. Una corriente de aire fuerte y fría que no sabía de dónde venía.

Evelaena estaba plantada delante de mí, blandiendo Arrebatacorazones.

—Me preguntaba qué habría sido de esto —dijo.

¡MIERDA! Había estado hurgando entre mis cosas. Me maldije por haber traído todo; en su momento, me había parecido más seguro llevarlo conmigo que dejarlo desprotegido en Sivrinaj, pero, por lo visto, no lo era.

Quise moverme y me dio una punzada de dolor tan intensa que me dejó sin aliento. Torcí el cuello e inspiré con dificultad.

Tenía las manos atadas por delante, pero no era aquello lo que me tenía inmovilizada, no, sino los clavos con los que me habían atravesado las alas, extendidas por la pared de ladrillo.

Mi sangre, de un intenso carmesí, corría por el negro coriáceo en pinceladas que recordaban a mis marcas rojas de heredera.

Un pánico gélido e implacable se apoderó de mí. Quise replegarlas, pero ¿cómo se hacía eso? Raihn no me lo había explicado. Desear que se plegaran, aunque fuera desesperadamente, no servía más que para desbocarme el corazón.

Inspiré hondo y procuré calmarme mientras seguía adaptando la vista a la oscuridad. Varios de los niños de Evelaena estaban esparcidos por la estancia, pegados a las paredes o agazapados en el mobiliario roto. Di un respingo cuando detecté movimiento con el rabillo del ojo y, al girar la cabeza, descubrí que una de los más jóvenes gateaba cerca de mis pies, lamiendo las gotas de sangre que me caían de las alas.

—¡Quítate, maldición! —espeté, pateando a la niña como si fuera un gato callejero, y ella me soltó un siseo furioso antes de salir corriendo.

—¡No les hables así a mis niños!

Evelaena se movió rápido, con la suave elegancia de Vincent. Aún llevaba el vestido ensangrentado de nuestra pelea. La tenía ya lo bastante cerca como para verle las quemaduras de la mano. Cuando agarraba la espada, lo hacía envolviendo la empuñadura en una tela, manchada ya de negro, de su sangre. Tampoco ella podía blandirla. La estudió con el labio torcido.

—Me preguntaba adónde habría ido a parar. Si el usurpador se la habría llevado o habría logrado destruirla. Y resulta que se la dio a su esposa.

Cuando se inclinó hacia mí, algo brilló en la oscuridad: el dije, que llevaba al cuello. Tenía el vestido bastante abierto y el tejido jaspeado de la cicatriz formaba un halo grotesco alrededor de la medialuna del dije.

—¿Tú la puedes blandir, prima? —me preguntó, con la cabeza ladeada y mirada de depredadora.

—Solo podía blandirla él, ya lo sabes.

Evelaena soltó una carcajada aguda, histérica. Se acercó aún más, de un salto, y me agarró del cuello con la mano libre; luego la deslizó por la piel desnuda de la parte superior de mi pecho, por donde me había abierto las pieles que vestía para dejar al descubierto la Marca del Heredero.

—Tenía que ver si esto era de verdad —me dijo—. He intentado quitártelo a la fuerza mientras estabas inconsciente.

Ojalá fuera tan fácil, demonios.

—Quítame las manos de encima —le susurré furiosa, pero ella me apretó el pecho más fuerte, arañándome con las uñas la piel delicada de las alas.

—Pensaba que sería yo —dijo—. Era el pariente vivo más próximo de Vincent. Me he pasado la vida preparándome para ser reina algún día. ¿Crees que es fácil? ¿Aprender a gobernarlo todo tú sola? —Se llevó el arma a la espalda y señaló furiosa a sus niños soldados—. ¡Necesitaba súbditos a los que mandar! ¿Tú sabes lo complicadísimo que ha sido devolver a la vida este lugar? ¡Y estaba completamente sola! ¡SOLA!

Se le quebró la voz. Me llegó olor a quemado. Una luz fría y tenue iluminó el pecho de Evelaena y pude ver que el dije la estaba abrasando a ella también, que le quemaba la piel. Cada vez que, al mecerse, la rozaba, le arrancaba una mueca de dolor.

—Pero resulta que estabas tú. ¡Tú!, a la que había perdonado la vida. ¡Tú, que... que apestas a humana! —dijo, ensanchando la nariz.

Se acercó aún más, ya casi estábamos pegadas.

Se me agarrotaron todos los músculos.

Demasiado cerca. Demasiado cerca, maldición.

—¡Quítame las manos de encima! —bramé enfurecida.

Fuego de la Noche. Había Fuego de la Noche en aquella estancia. Solo tenía que alcanzarlo, convocarlo. Aunque el mío se negara a venir a mí. Lo había hecho otras veces. Solo...

—¿Por qué te mereces tú esto? ¿Tú, una humana?

Y, cuando me quise dar cuenta, tenía su boca en el cuello.

Dolor, cuando me hincó los dientes en la piel.

Mareos y náuseas, cuando su veneno me llegó a las venas.

Jadeando, forcejeé con ella y quise darle un rodillazo, pero no lo conseguí. Me retenía con una fuerza increíble. Con cada sorbo de mi sangre que bebía se me nublaba más la visión.

Era la boca de Evelaena en mi piel.

La del Ministaer.

La de mi antiguo amante.

Me entró el pánico, atenuado artificialmente por el veneno. Estaba atrapada. Indefensa. De nada me servía la Marca del Heredero. Ni las alas.

Evelaena me soltó y, echando la cabeza hacia atrás, se limpió la sangre de las comisuras de los labios.

—¡Sabes a humana! —espetó furiosa—. Luces como humana. Hueles a humana.

Se me descolgó la cabeza. Me empeñé en permanecer consciente en medio de la bruma del veneno.

En pensar. Tenía que pensar.

—¡Y tuviste que ser tú! —exclamó con una carcajada, cruda y ronca.

Se irguió y el dije le cayó de golpe en el pecho, y de nuevo dio un respingo.

Entonces se quedó muy quieta, con los ojos empañados en lágrimas.

—Siempre pensé que él me había perdonado la vida por algo —dijo, poco más que susurrando—. Siempre pensé que era su plan, que me había elegido a mí, pero...

Agarró el dije, apretando muchísimo el puño, hasta que le brotó sangre entre los dedos.

De pronto lo entendí.

No se estremecía por el dolor de las quemaduras. Había experimentado lo mismo que yo al tocar aquella cosa. Fragmentos de Vincent. Pedazos lejanos de su memoria.

El recuerdo que él tenía de la noche que había estado a punto de matarla, a una niña de cinco años, y no lo había hecho. No porque no tuviera intención de hacerlo, ni porque pretendiera perdonarle la vida, sino porque esa noche había matado ya a tantísimos niños que estaba siendo un poco torpe, y ella no le importaba lo suficiente como para arriesgarse a volver para rematarla.

Y, por un instante extraño, la entendí tan bien que me dolió en el alma. Estaba obsesionada con Vincent. Lo quería porque él era su única conexión frágil con el poder y lo odiaba por lo mal que se la había hecho pasar. Había sobrevivido durante siglos inventándose cuentos de hadas en torno a él, a Lahor, a esa corona que algún día llevaría.

Y de pronto se había dado cuenta de que no era nada para él.

De que no había plan. Ni secreto. Ni destino.

Solo un hombre sanguinario y descuidado, y motivos que no tenían sentido.

Me vi reflejada en Evelaena como si me mirara en un espejo. Las dos creadas y destruidas por el mismo hombre. Ella había ansiado un destino y había tenido una suerte inútil. Yo había cifrado mi vida en la suerte y solo había conseguido secretos.

Yo tenía poder. Ella no tenía nada.

Pero ella al menos podía vengarse.

«Tú no eres como ellos».

Las palabras de Vincent me resonaron en la cabeza. Lo odiaba por habérmelas dicho y, sin embargo, en aquel momento me aferré a ellas con una desagradable certeza.

Tenía razón. No lo era.

Era una de los vampiros más poderosos de la Casa de la Noche, de todo Obitraes. Tenía ese poder, aunque no supiera acceder a él. Lo llevaba dentro.

No iba a ser aquella zorra quien me matara.

Aquella certeza hizo que cuajara una idea, una arriesgada.

—Tú sigues siendo de su sangre —le susurré—, aunque él no te lo reconociera. —Soltó un bufido, pero yo continué—: No quiero que haya resentimientos entre nosotras, prima. Mereces más. Y..., si quieres, te regalo la espada.

Vaciló. Uno de los niños, una niña, se puso en pie, por curiosidad, y me atravesó con sus ojos claros, como si hubiera visto lo que pretendía.

—Te lo debe, ¿no te parece? —dije—. Por lo que te hizo...

Evelaena me miró, luego miró la espada que tenía en las manos. Y de nuevo me miró a mí.

Le brillaron los ojos con voracidad. Era una criatura enloquecida por el hambre: de sangre, de poder, de amor, de validación. El único motivo por el que yo continuaba viva era el atracón que se había dado la noche anterior, pero el atisbo de sed de sangre que aún se le veía en el rostro se debía a un apetito mucho más hondo, uno que la había perseguido, sospechaba yo, durante dos siglos.

Ni siquiera sabía lo que quería hacer conmigo, si quererme, odiarme, devorarme, cogerme o matarme. Qué diablos, igual todo junto.

Aquello fue como una revelación.

Me había pasado la vida obsesionada con todas las cosas que me diferenciaban de los vampiros, muy convencida de que mi confusión y mi frustración provenían de mi frágil naturaleza humana.

Pero Raihn tenía razón: los vampiros estaban igual de malditos.

Ni siquiera hizo falta que fuera buena actriz. Evelaena estaba desesperada por creerme.

—Ahora no la puedes blandir porque es mía —le dije—. Pertenece al heredero hiaj —añadí, señalándome con la barbilla el tatuaje que me latía en el pecho—. Pero te la podría ceder.

—No voy a ser tan tonta para dejarte tomar esa espada.

—No hace falta —le dije—. Basta con que me dejes tocarla, y es todo, será tuya.

Se quedó muy quieta, con aquella quietud antinatural de los vampiros. Le vi en los ojos que estaba maquinando.

Me iba a matar de todas formas, claro. Era eso lo que estaba pensando. Quería todo: la compañía, la Marca del Heredero, la espada, la corona, mi sangre... No estaba dispuesta a renunciar a ninguna de esas cosas después de siglos de sacrificio constante.

—De acuerdo —dijo.

Me acercó la espada, ofreciéndomela, sin dejar de asirla fuerte con el trapo.

—Necesito las manos —le contesté.

Apretó los labios. Aun así, le hizo una seña con la cabeza a la niña, la que me estaba mirando con recelo, que se me acercó con un pequeño puñal. Con el tajo brusco que dio a las ataduras, me cortó la muñeca también.

Al menos ya no estaba maniatada. Algo era algo. No suficiente, pero algo.

Le sonreí sin ganas y, con cuidado, retiré el trapo que envolvía el acero. El resplandor rojo, que parecía mucho más intenso de lo normal, me calentó la cara y se reflejó en los ojos de Evelaena, muy abiertos y atentos.

Contemplé el arma. La espada de mi padre, que se suponía que llevaba un trozo de su corazón. Tenerla tan cerca otra vez me hacía sentir como si Vincent estuviera de pie a mi espalda, eternamente fuera de mi vista.

«Si estás ahí —me dije—, más vale que me ayudes. Me lo debes».

«¿Qué formas son esas de hablarle a tu padre?», replicó Vincent, y casi resoplé en voz alta.

Inspiré hondo y extendí las manos sobre la hoja, a cuatro o cinco centímetros de la superficie. Cerré los ojos y procuré fingir solemnidad.

Estaba representando una maldita escena falsa.

«Aprovecha este momento —me ordenó Vincent al oído—. Aunque estés haciendo un numerito, podría ser tu única ocasión de prepararte».

En eso tenía razón. Aproveché el momento para conectar con las fuerzas que me rodeaban, sentir mi entorno.

Sentir el Fuego de la Noche.

Probablemente estaba demasiado débil para generarlo yo misma entonces, o al menos demasiado incoherente para tener la certeza de que podía, pero... notaba cómo latía en aquellas lamparitas, una energía que me era familiar, aunque la percibiese débil y lejana.

Podía arreglármelas con eso.

Solo necesitaba unos segundos de distracción.

Abrí los ojos y miré a Evelaena a los suyos.

—Hecho —le dije—. Prueba.

No me creía.

—¿Segura que ha funcionado?

—Esta magia es muy potente. Ha sabido que eres de la familia.

Le dije lo que deseaba creer. La llama de deseo de sus ojos me demostró que se lo había tragado.

La niña, que seguía observándome con recelo, le jaló a Evelaena la falda, a modo de protesta silenciosa.

La otra la ignoró y terminó de destapar la espada.

—Tómala por la empuñadura —le indiqué—. Está preparada para aceptarte.

Me iba a descubrir de todas todas. Lo raro hubiera sido que no.

Pero la esperanza es una droga extraña y potente, y Evelaena estaba a su merced. Asió la empuñadura y blandió la espada.

Por un instante, no ocurrió nada. El silencio era absoluto. Se dibujó en sus labios una sonrisa lenta de felicidad.

—Es... —empezó a decir.

Y entonces soltó un alarido de dolor.

El resplandor constante de la hoja titiló en forma de chisporroteos erráticos. Inundó la estancia el hedor a carne quemada. Y el sonido que profería Evelaena pasó del gemido al grito, pero se negaba a soltar la espada, o quizá la espada se negara a soltarla a ella. Varios niños corrieron a su lado y la jalaron aterrados. Los demás se pegaron a las paredes, observándola pasmados.

«¡Muévete! —bramó Vincent—. ¡YA!»

Una oportunidad. Una ocasión.

«¡El miedo es la maldita clave, Oraya!», me había gritado Raihn durante la prueba de la Medialuna.

Y estaba en lo cierto. La clave estaba en toda la fealdad, toda la debilidad que yo me negaba a contemplar. Todo lo que la espada había despertado en mí. Todo lo que me había hecho daño.

Me hurgué dentro.

En el fondo del corazón, del pasado, del recuerdo.

La rabia, el dolor, la confusión, la traición..., lo saqué todo. Me abrí en canal.

Debajo de todo aquello había un poder absoluto.

La intensidad del Fuego de la Noche me abrasó la vista. Los alaridos de Evelaena eran tan fuertes, tan constantes, que se convirtieron en un bullicio lejano, ahogado por el estrépito de mi propio latido en los oídos. Me costaba distinguirla con el fuego, pero iba dando tumbos, incapaz de controlarse, aún aferrada a la espada.

Me incliné hacia delante, ignorando el dolor de los clavos que me retenían las alas, y la agarré.

Estaba medio inerte. Se volteó hacia mí, atónita, y en una décima de segundo vi exactamente cómo debía de haber sido con cinco años, la noche que Vincent le había atravesado el pecho con la espada.

Por un instante, me miró como si yo fuera a salvarla.

No lo hice. Le arrebaté la espada de las manos.

En cuanto las mías se cerraron alrededor de la empuñadura, me asaltó el dolor. Pensaba que nunca iba a sentir un dolor mayor que del que me habían hecho en las alas. Me equivocaba. Aquel iba más allá de la carne, de los nervios.

Dejé de estar allí unos segundos. Me encontraba en un montón de lugares a la vez.

En una torre en ruinas de Lahor.

En Sivrinaj, en un coliseo repleto de espectadores enfervorizados, arrodillándose ante una diosa.

En el castillo de los Nacidos de la Noche, sentado a mi escritorio.

En mi calabozo privado del castillo, entrenando con mi hija, que ya podía mejorar si quería sobrevivir en este mundo.

En la arena, en brazos de mi hija, acechada por la muerte.

¡Basta!

Pero las imágenes no paraban de llegar, más que imágenes, sensaciones. Perdí el vínculo con el mundo que me rodeaba. Aquella marea me engulló.

¡BASTA, BASTA, BASTA, BASTA...!

«¡Concéntrate, Oraya!»

No era la voz de Vincent esa vez, sino la mía.

«Tienes una oportunidad. Ahora. ¡Aprovéchala!»

Conseguí, a duras penas, aferrarme a la consciencia. Me dolía sostener la espada, pero me negaba a soltarla.

Me corté las ataduras que me sujetaban las piernas y avancé dando tumbos. Me inundó el dolor cuando el peso de mi cuerpo entero me jaló las alas.

El Fuego de la Noche se había apoderado de la estancia. Varios niños trepaban por los escombros de los laterales de las paredes para mantenerse alejados de las llamas. Evelaena se había puesto en cuatro y gateaba hacia mí, con una espada en las manos abrasadas.

No había tiempo de pensar en cómo deshacerme de las alas.

Jalé mi cuerpo impulsándome en la pared, y grité cuando se desgarró aquella carne tan delicada y me liberó.

Me abalancé sobre Evelaena y la inmovilicé en el suelo. La espada que llevaba salió disparada.

—Prima... —me dijo.

No la dejé hablar.

Le clavé la espada de Vincent en el pecho, atravesándole la

cicatriz que él le había dejado hacía doscientos años, directa al corazón.

Se quedó flácida bajo mi cuerpo, y vi en sus ojos el dolor de la traición, y luego la nada.

Me costaba respirar. El Fuego de la Noche se adhería a los rincones de la estancia.

Intenté levantarme..., pero alguien me hirió por la espalda y caí al suelo. La niña, la misma que me había estado mirando fijamente, se inclinó sobre mí, con la cara salpicada de sangre.

Levantó el puñal con ambas manos, dispuesta a clavármelo.

Quise defenderme, quise...

Una explosión sacudió la estancia. Se me nubló la vista, se oscureció.

Pasaron unos segundos, o minutos, u horas.

Abrí los ojos como pude.

Tenía a Raihn encima, con el ceño fruncido de preocupación.

Estaba alucinando, sin duda, o soñando otra vez. Alguien me liberó las manos y solté un grito ahogado.

—Tranquila —me susurró Raihn, acercándose más.

Odiaba aquellos sueños en los que Raihn me miraba como antes, como cuando luchábamos juntos en el Kejari. Como si me estuviera desnudando su corazón.

Cuando me miraba así, me costaba creer todo lo que me había hecho.

—Estás a salvo —me susurró mientras me tomaba en brazos, y me desvanecí.

27

ORAYA

Abrí los ojos después de un descanso, por fortuna, sin sueños. Me iba a estallar la cabeza y me dolía el cuerpo aún más.

Una sábana áspera me arañaba la mejilla. Estaba en una alcoba pequeña y sencilla. Un escritorio, una silla, una mesa torcida. A mi espalda trajinaba alguien. Oía crepitar un fuego y borbotar algo, y olía de maravilla.

Quise ponerme de lado y me asaltó una punzada de dolor tan intensa que solté un «mal-di-ción» estrangulado que sonó más bien a «mldciónnn».

Los pasos rodearon la estancia y se me acercaron.

—¡Mira qué contenta y animada se ha despertado ella! —me dijo Raihn.

Intenté decir «¡Vete al diablo!», pero solo me salió una tos.

—Uy, se te ha entendido todo.

Se sentó en el borde de la cama, tan desvencijada que el peso considerable de su cuerpo la venció hacia un lado.

—¿Dónde estamos? —pregunté como pude.

—En una de las casas que tiene la Corona en el este. Ha... conocido tiempos mejores, pero es segura y tranquila, y está más cerca de Sivrinaj.

—¿Cuánto tiempo llevamos aquí?

—Algo menos de una semana. —Iba a replicar, pero Raihn

levantó las manos—. Te hemos tenido sedada un tiempo y, a la larga, ha sido lo mejor, créeme.

No me hacía mucha gracia pensar que los hombres de Raihn hubieran estado acarreando mi cuerpo inconsciente durante una semana.

—Tranquila —me dijo, como si me leyera el pensamiento—. No había nadie más.

Eso me alivió, aunque procuré no analizarlo detenidamente.

—¿Dónde están los otros?

—Mische está aquí. Los Nacidos de la Sangre, en Lahor, con Ketura y sus guardias, poniendo orden.

Lahor... Me vino todo a la cabeza con un detalle abrumador: el fuego, Evelaena, la espada...

—He matado a Evelaena —solté, sin pretender decirlo en alto—. Ella...

—Te tenía atada en un sótano. Sí, lo sé.

El sótano.

La torre. La espada. El... pánico. Me llevé la mano al pecho, espantada.

—Encontré algo en la torre. Encontré...

—¿Esto...?

Alargó la mano hasta la mesita y agarró un objeto envuelto con cuidado, del tamaño aproximado de una mano, plano y circular. Levantó el paño que lo envolvía y dejó al descubierto el dije en forma de medialuna. La última vez que lo había visto se hallaba cubierto de sangre de Evelaena, pero de pronto estaba inmaculado.

—Ibas reptando a agarrarlo cuando te encontré, aun medio muerta. —Enseguida lo tapó de nuevo y lo dejó otra vez en la mesita, frotándose la mano con cara de dolor—. En cuanto lo toqué, supe lo que era.

—Yo no tengo claro lo que es, solo que es...

—Especial.

—¡Suyo! Era de él. Más aún, era... Tiene que ver con lo que fuera que Vincent pretendía ocultar.

Aquella certidumbre me sobrevino acompañada de una satisfacción inesperadamente poderosa. Entendía tan poco de mi padre que hallar una sola pieza del rompecabezas me parecía una inmensa victoria, aunque solo condujera a más interrogantes.

—Es probable —contestó Raihn—. Y mejor que Septimus no sepa nada. Me alegro de que lo tengamos nosotros, y no él.

Tuve la sensación de que no le preocupaba en absoluto. Entrecerré los ojos.

—Me sorprende que siga aquí y que no hayas salido volando a Sivrinaj con él. Esto era lo que buscabas, ¿no?

—Te estabas muriendo, maldición —espetó—. Tenía cosas más importantes de las que preocuparme que los jueguitos de tu padre. —Cerró la boca de golpe, como si se le hubiera escapado algo que no pretendía decir—. Se me va a quemar eso —masculló, y se levantó a remover el contenido de la olla que tenía en el fuego.

«Cosas más importantes».

Volvió con un plato repleto de humeante carne con verduras.

—Toma, come.

—No tengo hambre —le dije, aunque se me hiciera la boca agua.

—Está riquísimo. Te va a encantar, confía en mí.

Qué arrogante.

Pero me rugía el estómago y tenía que reconocer que olía de maravilla.

Tomé un bocado y casi me desmayo.

¡La Madre que lo trajo!

Tomé otro bocado, y otro.

—¿Verdad que tenía razón? —me dijo Raihn con irritante autocomplacencia.

—Mmm... —contesté masticando.

—Lo interpretaré como un «Está de muerte, Raihn. Gracias por esta comida hecha con amor, y por salvarme la vida».

Una broma. Era una broma.

Aun así, dejé de comer, aparté el plato, ya medio vacío, y miré muy seria a Raihn.

Debía de pensar que yo había huido. Habría sido una suposición razonable.

—Viniste a buscarme —dije.

Se esfumó su sonrisa.

—¿Tanto te sorprende?

—Pensaba que te habrías imaginado que me había...

—Uy, claro que me lo imaginé.

—Pero viniste a buscarme de todos modos. ¿Por qué?

Soltó una mezcla de suspiro y bufido.

—¿Qué? —dije.

—Pues que... nada. Date la vuelta, que te vea las alas.

Las alas.

Me puse pálida solo de pensarlo. ¡Por la Diosa! Estaba tan desorientada, y el dolor era tan constante, que no había llegado a digerir la terrible realidad de lo que les había ocurrido a mis alas.

¡Me las habían clavado a la pared! Con un montón de clavos.

Se instaló a mi espalda.

—Hazme un espacio.

Obedecí, estremecida de dolor al deslizarme por la cama, con las piernas dobladas debajo del cuerpo. Raihn inspiró entre dientes y a mí se me revolvió el estómago.

Mis alas nuevas, lo único bueno de aquellos últimos meses horribles, hechas jirones.

—¿Cómo están? —pregunté con un hilo de voz, preparándome para la respuesta.

—Me alegro de que mataras a esa zorra depravada. Si hubiera estado viva cuando llegué...

No era necesario que terminara la frase.

Se me hizo un nudo en la garganta.

—¿Tan mal están?

—Te clavó a la maldita pared.

—No sabía replegarlas. No pude...

—Cuesta hacerlo, más que desplegarlas, y es prácticamente imposible si tienen heridas, hasta para los que nacieron con ellas. Tendría que haberte enseñado a hacerlo antes de irme. Fue una estupidez por mi parte.

Lo dijo con ternura y eso me estremeció.

—No te compadezcas de mí. Dime la verdad. —Me tembló un poco la voz, por más que intenté evitarlo—. Han quedado inservibles, ¿no?

Silencio.

Un silencio horrible.

Se ladeó la cama. Raihn se volteó hacia mí y me giró la cabeza para que lo mirara a la cara.

—¿Eso es lo que piensas?, ¿que nunca más vas a volar?

Debí de decírselo todo con la cara.

Lo lógico habría sido que su gesto se ablandara, pero fue al revés, se endureció, como si lo hubiera ofendido.

—Estás hecha para el cielo, Oraya. No dejes que nadie te arrebate eso nunca. Claro que vas a volver a volar. —Me soltó y siguió examinándome la espalda. En voz baja, añadió—: Como si yo lo fuera a permitir...

Solté un suspiro trémulo de alivio.

—Entonces, ¿se me curarán?

—Tardarán un poco, pero, sí, se curarán. Ya tienen muchísimo mejor aspecto que antes.

«Sí, se curarán». En mi vida había oído tres palabras más bonitas. Raihn me lo dijo como si fuera a encargarse de hacerlas realidad en caso necesario.

Lo oí trajinar a mi espalda y abrir algo..., ¿un frasco, tal vez? Quise girarme, pero no lo logré del todo.

—¿Qué es eso?

—La medicina. Te toca ya.

No pude girarme lo suficiente para ver lo que sostenía Raihn, al menos sin provocarme más dolor del que me interesaba, pero capté de reojo un leve resplandor en la mesita. Era material del bueno, lo que fuera que había conseguido.

Se hizo un silencio largo e incómodo.

—¿Te importa que...? —preguntó. Que me tocara. Me iba a tener que tocar—. Si quieres, se lo pido a Mische —añadió—. Ahorita no está, pero...

—No, no pasa nada —respondí con sequedad—. De todas formas, ya lo has estado haciendo.

—Te va a doler, seguramente.

—Tranquil... —Me agarroté. Se me nubló la vista—. ¡Mal-di-ción! —le solté.

—He pensado que era preferible no avisarte.

Uy, me sonaba esa frase. Medio sonreí, medio puse cara de dolor cuando pasó a otro corte.

—Lo que pasa es, que te estás vengando —dije—. Ahora lo entiendo todo.

—Me descubriste. Pero tú me hiciste una buena herida en la espalda. Te voy a devolver el favor, te lo prometo.

Se me hizo un nudo en la garganta al pensar, por primera vez en meses, en aquella noche, la noche en que Jesmine había torturado a Raihn durante horas después del asalto al Palacio de la Luna. Aquel recuerdo se me hacía de pronto muy... distinto, más complejo.

—Debió de ser dura para ti aquella noche —dije.

—¿La sutura o la tortura?

—El interrogatorio. No flaqueaste.

Los métodos de Jesmine eran rigurosos y se ajustaban perfectamente a su propósito, que era sacar información a los participantes en el torneo poco dispuestos a revelarla.

—No mentí —dijo—. Yo no era responsable del asalto al Palacio de la Luna. —Me giré apenas y le lancé una miradita. Soltó una risa—. Supongo que me he ganado esa cara. Pero había llegado demasiado lejos para dejarme vencer por una mujer con un puñal. —Luego, después de una pausa, añadió—: Bueno, por aquella mujer del puñal. Porque también conocí a una que era otro cantar.

Me mordí el labio cuando me aplicó muy oportunamente un poco más de ungüento, pero el dolor me vino bien para distraerme.

—¿Y ha valido la pena? —pregunté—. Ser el rey de los Nacidos de la Noche, digo.

Detuvo la mano. Después continuó.

—¿Sabes que no eres muy buena paciente, aquí intentando incomodar a quien te cura? —Me encogí de hombros y lamenté enseguida la sacudida que me dieron las alas—. Genial. Pues voy a ponértelo interesante, sé que te viene bien distraerte. ¿Que si ha valido la pena? He salvado al pueblo rishan de dos siglos de subyugación. He recuperado lo que me pertenecía por derecho. Me he vengado del hombre que asesinó a miles de los míos. Y hasta he podido ponerme la corona delante de los mismos bastardos que en su día me trataron como a un esclavo. —Todo lo que esperaba que dijera. Todo ello, cosas que yo sabía que eran verdad—. Eso sería lo que le diría a cualquiera que me preguntara —añadió—. Pero no me lo está preguntando cualquiera, sino tú, y tú mereces saber la verdad, si quieres.

Pasó a otra herida. Apenas lo noté.

Iba a lamentar dejarlo continuar. Sabía que, dijera lo que dijera, me iba a doler, que iba a ser complicado.

Y, aun así, le contesté:

—Una sola cosa sincera.

—No sé si ha valido la pena. —Me lo soltó deprisa, en voz baja, de una bocanada, como si llevara demasiado tiempo reteniendo aquellas palabras—. La noche en que Neculai perdió el trono, me dieron ganas de quemarlo todo. Yo no quería... esto. Tengo la sensación de que está todo maldito. Esta corona. A lo mejor la única forma de sobrevivir como gobernante de este lugar es volverte idéntico a los que te precedieron. Y eso... eso me aterra. Antes me quito la vida, y confío en que, si yo no soy capaz, lo hagas tú por mí.

Se había sincerado más de lo que esperaba. Tuve que obligarme a sonar desenfadada cuando le contesté:

—Eso ya lo hice, ¿no te acuerdas?

Rio sin ganas.

—Ya te dije que tendrías que haberme dejado muerto.

—¿Y eso habría servido de algo?

Otra pregunta que enseguida supe que no tendría que haberle hecho. Otra herida, otra punzada de dolor.

—¿Morir en lugar de matarte? —dijo en voz baja—. Sí, eso realmente habría servido de algo. Incluso yo tendría que haber trazado la línea en algún punto. Y esa línea eres tú, Oraya.

¡Por la Diosa, claro era masoquista, demonios! ¿Para qué le hacía preguntas con cuyas respuestas no iba a saber qué hacer?

Carraspeó, como para limpiarse la garganta de la incómoda franqueza de aquellas confesiones.

—Tengo que reajustarte las alas. ¿Puedes levantarlas un poco?

Lo intenté, con cara de dolor. Lo que pretendía que fuera un leve estiramiento se convirtió en una fuerte sacudida, y la cama rechinó cuando Raihn se echó hacia atrás.

—Cuidado, princesa, que me sacas un ojo.

—No me obedecen —le solté.

—Te estás adaptando a tener un par de nuevas extremidades gigantes adheridas a la espalda. Cuando a mí me salieron las mías, no sabía ni caminar con ellas. No dejaba de volcar hacia los lados porque el peso me descompensaba. —No pude evitarlo: la imagen me hizo reír—. Sí, tú ríete —protestó—. A ver cómo caminas dentro de unos días. Mira..., ¿te parece bien que te ayude? —Vacilé, y luego asentí—. Al principio cuesta aislar los músculos correctos, pero... —Con cuidado, con muchísimo cuidado, me pasó las manos por debajo de las alas, por donde se me insertaban en la espalda—. Estás rígida. Aunque relajes los músculos, no se te van a caer. Sé que parece que sí, pero no. —Deslizó las manos hacia arriba, apretando un poquito por el camino, instando a las alas a desplegarse. Mi instinto me pedía moverlas, pero Raihn me dijo—: Ni se te ocurra, no quiero que me vuelvas a dar en un ojo. Tú relájate. —Otra caricia en el nudo muscular. Me estremecí cuando me pasó el pulgar por la piel. Se detuvo de inmediato—. ¿Te he hecho daño?

No respondí enseguida.

—No.

No. Era justo lo contrario. De lo más embarazoso.

—¿Quieres que me detenga?

«Di que sí».

Pero hacía un mes que no me sentía a salvo, mucho menos que no me reconfortaba tanto una caricia.

Me sorprendí respondiendo:

—No.

Continuó, recorriendo despacio el músculo. Aun por encima del tejido fino de la camisa, noté el calor de sus manos, la aspereza de sus callos.

—No te tenses —me dijo con voz suave—. Déjame sujetar el peso. Confía en mí —insistió, como si pudiera oír la lucha interna que estaba librando. Y despacio, despacio, con la ayuda del apoyo de sus manos bajo las alas, los músculos se relajaron—. Eso es. No era tan difícil.

No hice comentarios, más que nada porque no tenía palabras para expresar lo bien que sentaba que otra persona soportara parte de esa carga. No me había dado cuenta de lo mucho que pesaban hasta que ese peso había disminuido.

De pronto me sentí agotada.

Raihn subió aún más las manos, hasta donde la extremidad daba paso a la piel más tierna y delicada del ala.

Me agarroté. Retiró enseguida las manos.

—¿Te ha dolido?

Agradecí muchísimo que no me viera la cara. Sentía que me ardía.

—No, no, no pasa nada.

Vaciló un instante y luego me puso de nuevo las manos en las alas, con mucho cuidado.

—Ábrelas —me dijo.

No tuve ni que pedirle a mi cuerpo que obedeciera. Se desplegaron bajo aquella caricia casi inexistente, como los pétalos de una flor.

—Maravilloso —murmuró Raihn, mientras paseaba las yemas de los dedos por el dorso suave y sensible.

Esa vez el placer fue innegable. Ya no estaba oculto bajo la superficie ni podía ignorarse. Fue intenso, un escalofrío que me recorrió la columna, me subió por la cara interna de los muslos, hasta lo más hondo de mi ser. Igual que me pasaba en otro tiempo cuando me acercaba la boca al cuello o al lóbulo de la oreja.

Como la encarnación misma del deseo, resonándome por todo el cuerpo.

Me tembló el aliento.

El contacto físico se había convertido para mí en algo siempre violento, siempre doloroso.

Aquel no. Aquello era...

Maldición, era peligrosamente bueno.

Por la súbita inmovilidad de Raihn, supe que se había percatado de lo que yo sentía.

—¿Bien? —preguntó, con la voz pastosa.

Me pedía permiso. Porque, como yo, sabía de sobra que aquello era mucho más traicionero que el dolor. El dolor era sencillo; el placer, complicado.

Si le pedía que parara, lo haría sin dudarlo. Y, de haber sido una persona más fuerte, ya se lo habría pedido.

Pero no era una persona más fuerte. Era débil.

—Sí —contesté—. No pares.

Soltó un ruidito que me pareció involuntario, casi un gemido. Sus dedos continuaron aquella danza, arrastrando las uñas con suavidad por el dorso de mi piel, con mi cuerpo perfectamente consciente de cada caricia, como si Raihn supiera a ciencia cierta dónde tenía todas las terminaciones nerviosas y cómo acariciarlas.

Me faltaba el aire, noté que me acaloraba.

Tocó un punto especialmente sensible y proferí un sonido ahogado, involuntario: un gemido.

Rio en voz baja.

—Ahí, ¿eh?

¡Por la Diosa, sí, ahí!

Se detuvo en aquel punto, trazando círculos alrededor. El placer me inundó el cuerpo entero; todos mis nervios reaccionaron a aquellas pequeñas caricias, pidiendo más. Suplicándolo. Apreté los dientes, para reprimir los suspiros. ¡Qué empeño más inútil! Si seguro que me oía los latidos sin el menor esfuerzo, que me olía la excitación.

Cuando me arrastró las uñas por la piel, el gimoteo que se me escapó entre los dientes fue demasiado repentino para controlarlo.

Raihn emitió un sonido similar, entre el gruñido y el quejido, y de pronto me dejé caer sobre él y los músculos duros de su torso entraron en contacto con mi espalda.

—Sueño con ese sonido —me dijo, con la boca demasiado cerca de mi cuello. Me notaba en la carne la vibración de su voz, justo en la cicatriz que me había dejado—. ¿Lo sabes?

Paseó de nuevo los dedos por mis alas y esa vez ni siquiera me molesté en disimular el gemido.

Me dolían los pechos, irritados por el tejido de la camisa. Quería que me desnudara, que se desnudara. Quería notar su piel, su aliento. ¡Por la Diosa, cómo lo anhelaba! Lo anhelaba tantísimo en aquel instante que ni siquiera era capaz de odiarme por desearlo de aquella manera.

Y, sin embargo, no me quería que la cosa fuera más allá de aquel contacto, aquella boca cerca de mi cuello y aquel cuerpo suyo pegado al mío.

—Cuando entré en esa sala, pensé que estabas muerta —me

susurró—. Pensé que te había perdido, Oraya. Pensé que te había perdido.

Su voz sonaba crudísima, como una herida abierta, expuesta y sangrante. Me llegó a partes inesperadas, me afectó más que el contacto de sus manos en las alas.

Era mi enemigo. Podía matarme si se le presentaba la ocasión.

¡Era mi enemigo!

—Habría sido un alivio para ti —dije—. Un montón de problemas resueltos.

Se puso rígido. De pronto sentí su mano en la cara, echándomela hacia atrás para que lo mirara a los ojos, furiosos.

—Deja de decir esas cosas.

—¿Por qué? —susurré, a sabiendas de que estaba provocándolo, de que, una vez más, le estaba haciendo una pregunta cuya respuesta no quería saber.

Bajó la frente. Estábamos tan cerca que casi sentía en mi rostro su aliento, entrecortado y acelerado.

—Porque estoy muy cansado, Oraya. —Me rozó con la boca la punta de la nariz. Casi un beso, pero no del todo—. Estoy muy cansado de fingir, de fingir que no pienso en ti todas las noches, de fingir que alguna vez he querido algo de... —Tragó saliva y cerró los ojos, como si necesitara un momento para recuperarse. Buscó de nuevo con los dedos aquel punto de mis alas, pasó por él los dedos angustiosamente despacio y yo solté un suspiro trémulo que lo hizo acercarse un poco más, como si quisiera capturar ese sonido con los labios—. Estoy cansado, princesa —gruñó—. Exhausto.

Sonó a ruego, como si me suplicara una respuesta, una solución. Y me fastidió darme cuenta, porque yo me sentía igual.

Era agotador estar tan triste todo el tiempo. Tan enfadada. Siempre resistiéndome. Cansaba tanto como cargar con las alas a la espalda.

Por un lado, me daban ganas de ceder, permitirme sentir algo más que vacío, tristeza o rabia. Dejarlo que me acariciara, me saboreara, me llenara. Cogérmelo hasta no sentir otra cosa que placer.

Me había funcionado antes. Durante un tiempo.

Pero las cosas habían cambiado mucho desde entonces.

Porque, cuando cerraba los ojos, ya no veía imágenes agradables del cuerpo desnudo de Raihn, ni de sus besos ni de su afecto. Seguía viendo su figura ensangrentada en el suelo. Seguía viéndolo matar a mi padre.

Seguía viendo mi espada clavada en su pecho.

Me aparté, lo justo para poner algo de distancia entre los dos, y vi que el semblante de Raihn revelaba un serio entendimiento, réplica de mi propio descubrimiento, de la súbita consciencia de la realidad.

La bruma de placer y confort empezaba a desvanecerse. Ya la extrañaba.

—Fui un egoísta —mascullό—. El día que estuvimos juntos estaba dispuesto a dejar que me utilizaras para escapar. Lo hice sabiendo que, si te enterabas de la verdadera razón por la que estaba allí, me ibas a odiar. Y eso... eso estuvo mal. Pensé que moriría en aquel cuadrilátero, que todo acabaría y jamás lo sabrías. Pero...

Fue increíble lo rápido que ocurrió, como sumergir una llama en agua helada.

El repentino ataque de ira lo cubrió todo de hielo.

—¿Y qué demonios se supone que era eso? —le dije—. Lo de que murieras por mí..., ¿un gesto de clemencia?

Le cambió la cara y me miró extrañado.

—Yo...

—Sueño que te clavo la espada en el pecho todas las malditas noches, Raihn.

«Demasiado. No le reveles eso».

Pero ya era tarde. Las palabras habían brotado de mi boca, abrasadoras.

—¡Me obligaste a matarte! —bramé—. Me hiciste hacer lo que no podías hacer tú. Por segunda vez en mi vida, me...

Me mordí la lengua tan fuerte que me hice sangrar. Aparté la mirada, pero me dio tiempo de verle la cara a Raihn, mientras se tocaba el pecho, justo donde lo había atravesado con la espada.

Me inundó la vergüenza.

Había estado a punto de...

¡Madre Oscura!, ¿en qué mierda de hija me convertía eso?, ¿en qué clase de reina?

—Oraya... —empezó Raihn, y yo me estremecí, preparándome para sus palabras.

Pero entonces tocaron la puerta.

Él no se movió. Me noté sus ojos clavados en la espalda.

Tocaron otra vez, más fuerte.

—¿Raihn...? —se oyó la voz de Mische desde el pasillo—. ¿Estás ahí dentro?

Silencio.

Entonces se levantó por fin. Yo no alcé la vista, aunque oí que se abría la puerta y el saludo jovial de Mische.

—¡Vaya, si estás despierta!

No me atrevía a mirarla. No quería que también ella me lo notara.

—¿Qué pasa? —preguntó Raihn en voz baja.

Se hizo otro silencio mientras Mische, claramente, organizaba sus ideas.

—Tengo un recado de Vale —dijo—. Hay... un problema en Sivrinaj —añadió, imitando su tono de voz.

Raihn soltó un suspiro que era una maldición muda.

—Lo sé, ¿de acuerdo? —respondió ella.

—Esos malditos bastardos.

28

RAIHN

—Esos malditos bastardos —mascullé.

—Ajá —coincidió Mische.

Releí la carta, arrugando con los dedos las palabras de Vale plasmadas en el pergamino.

Por lo visto, la paz provisional conseguida tras mi numerito de la reunión con los nobles no había durado mucho. Se rumoreaba que había disturbios cerca de Sivrinaj, y algunos de los nobles menores de la ciudad no solo se negaban a enviar a sus tropas, sino que estaban minando de manera activa las iniciativas de Vale.

Yo tenía mis defectos, pero la ingenuidad no era uno de ellos. Sabía que tarde o temprano, probablemente temprano, aquello iba a suceder.

Vale no decía directamente que pensara que Simon Vasarus era el responsable, pero yo tenía mis sospechas. Después de lidiar con la supuesta heredera desdeñada que la había tomado contra Oraya, íbamos a tener que lidiar también con el que estaba en mi contra.

—¿Y...? —Con un monosílabo, ya me estaba temiendo el siguiente comentario de Mische—. ¿Qué era eso? —preguntó como si nada.

—¿Qué? —dije yo, aun sabiendo bien a qué se refería.

—Lo que me he encontrado al entrar...

Me dolía la cabeza. No quería pensar qué había sido, sobre todo porque ni yo lo sabía. No quería pensar en los gemidos de Oraya, ni en su piel, ni en aquel breve instante de vulnerabilidad. Ni en su mirada dolida.

—Nada —refunfuñé.

—Pues a mí no me ha parecido nada.

—Ha sido un error.

Todo ello.

«Me hiciste hacer lo que no podías hacer tú», me había dicho, con lágrimas en los ojos, y una expresión tan cruda y tan franca... Seguro que no tenía ni idea de lo transparente que era, de todo ese dolor que le brotaba a la superficie.

Me sentía imbécil, un completo imbécil.

Hasta ese momento, no me había dado cuenta de mi error. Allí estaba yo, pensando que había hecho un sacrificio noble y extraordinario, que la había salvado, o había intentado salvarla, aunque el plan me hubiera salido... algo distinto de lo que esperaba.

Y no. No había hecho más que provocarle más pesadillas.

—Me marcho mañana —dije—. En cuanto se ponga el sol.

No levanté la vista de la carta. Pretendía enviar a Mische una señal de «no quiero hablarlo», pero, como de costumbre, ella la ignoró. Aún notaba su mirada desaprobadora.

—Raihn...

—No tengo nada que decir, Mish.

—Tonterías. —E insistió—: Ton-te-rí-as.

—Se te dan bien las palabras. ¿No te lo han dicho nunca?

—Mírame. —Me arrebató la carta de las manos y se plantó delante de mí. Tenía los ojos tan grandes que, cuando se enojaba de verdad, a veces casi veía fuego reflejado en ellos—. ¿Qué plan tienes, entonces? ¿Cuál es el siguiente paso?

—Ay, yo qué sé. —Señalé la carta—. Ir a decapitar a todos mis enemigos y ver si me queda reino cuando termine, supongo.

—Para empezar, no vas a poder hacer nada decente con todo ese poder hasta que dejes de detestarlo.

Solté un aspaviento que casi pareció una carcajada. Tuve que hacer un gran esfuerzo para no abrir la maldita boca, porque no iba a salir nada bueno de ella.

¡Hasta que dejara de detestarlo!

Quería a Mische, la adoraba, pero no me gustaba nada que fuera siquiera capaz de decir algo así sin inmutarse. Claro que lo detestaba. Me había visto obligado a ocupar ese puesto, ¡y en parte había sido por ella!

—Y segundo —continuó, suavizando el gesto y la voz—: no puedes huir de ella. Te necesita. —Bufé de nuevo al oírlo. Esa vez el bufido fue más de tristeza que de rabia—. Necesita a alguien, Raihn. Está... está muy sola.

Eso... eso era cierto. Oraya necesitaba a alguien.

Suspiré.

—Sí, pero...

«Pero esa persona no debería ser yo».

Me parecía absurdo verbalizar aquello. No conseguí hacerlo, al menos con esas palabras, aunque estuviera más claro que nunca.

—No la abandones —me dijo Mische—. Ella no es Nessanyn. No va a terminar igual. Ella es más fuerte que eso.

Le lancé una mirada de advertencia. Curioso que, incluso después de cientos de años, la sola mención de Nessanyn fuera como un dedo en el gatillo de una ballesta, que hacía que me atravesara el pecho una saeta de arrepentimiento.

—No, Oraya no es como Nessanyn.

—Y tú tampoco eres Neculai.

—Ni de broma —mascullé, aunque soné menos convincente de lo que habría querido.

No era como él. Entonces, ¿por qué tenía la sensación de ir siguiendo sus pasos en los últimos meses?

—Déjala entrar, Raihn —dijo Mische en voz baja.

Me froté las sienes.

—Ni siquiera sé de qué me hablas...

—Tonterías. Claro que lo sabes.

Estuve a punto de replicarle: «Demonios, ¿no es un poco hipócrita viniendo de alguien como tú, que se encierra en sí misma cada vez que intentan pedirle algo de verdad?».

Pero habría sido una respuesta infantil. Nada de aquello tenía que ver con Mische. Puede que ni siquiera con Oraya.

—Todos la han abandonado —murmuró Mische con ojos tristes—. Todos.

—Yo no la voy a abandonar —le dije, con mayor dureza de lo que pretendía—. Hice unos votos. Y los voy a cumplir.

«Te entrego mi cuerpo, mi sangre, mi alma, mi corazón».

Hasta me había sorprendido aquella noche que aquellas palabras salieran de mi boca con tantísimo peso.

Habría sido mucho más fácil para mí que aquel hubiera sido el juego al que quería que los demás pensaran que jugábamos, pero, en el fondo, sabía la verdad. Podía engañarlos a todos, pero no me salía bien engañarme a mí mismo, ni queriendo.

Me volví de espaldas y estudié por la ventana las dunas ondulantes, con los brazos sobre el pecho. Las vistas eran hermosas, pero, en cuestión de segundos, las eclipsó la imagen del rostro apenado de Oraya. Su cara la noche del Kejari. Su cara el día de nuestra boda. Su cara cuando se había echado a llorar en lo alto de aquella torre de Lahor. Su cara en aquel instante, al borde de las lágrimas.

Yo había arruinado todo.

Oraya me había fascinado desde el primer momento, cuando la había visto dispuesta a abalanzarse sobre una manada de vampiros ebrios para salvar a su amiga, la que vendía su sangre. Al principio me había dicho a mí mismo que era solo curiosidad, un interés totalmente práctico en la hija humana de Vincent.

Ese pretexto no me había durado mucho. No, nunca me había salido bien el autoengaño. Ni siquiera me había molestado en intentar convencerme de que la única razón por la que tenía a Oraya cerca era lo que ella podría ofrecerme.

—Pensé que podía... —dije por fin, sin dejar de mirar las dunas, y se me quebró un poco la voz—. Pensé que podía..., no sé...

«Salvarla».

No, no era esa la palabra. Oraya no necesitaba que la salvaran. Solo necesitaba un alma que recorriera con ella el oscuro camino hacia su propio potencial, alguien que la protegiera hasta que fuera lo bastante fuerte para salvarse sola.

Me conformé con decir:

—Pensé que podía ayudarla, protegerla.

—Y puedes. Lo estás haciendo.

—Yo no lo tengo tan claro. —Me di la vuelta. Mische se había sentado en el sillón, con las rodillas pegadas a la barbilla y los ojos muy abiertos, embobada. Nadie escuchaba como ella—. Le he hecho daño —añadí con un hilo de voz—. Lo he arruinado, Mish.

Mische desfrunció un poco el ceño.

—Pues sí —dijo en voz baja—. ¿Y cómo lo vas a arreglar?

Creía que sabía cómo responder a esa pregunta. Le había devuelto todo lo que le habían arrebatado. Le había otorgado el poder del que Vincent había procurado mantenerla alejada durante toda su vida. La había protegido. La había defendido. La había armado.

Me parecía lo correcto. Y el mundo no se merecía a Oraya, pero ¡en qué maravilla podía llegar a convertirse!

Yo quería verlo. ¿De qué demonios servía algo de aquello si no podía hacerlo, si no lograba enmendar ese error?

Pero, de pronto, la duda se me colaba por los rincones oscuros de aquellos pensamientos.

Tal vez no fuera yo quien tenía que hacer ninguna de esas cosas.

Miré de nuevo por la ventana.

—Voy a volver yo solo a Sivrinaj —dije—. Oraya no debería viajar tan rápido aún. Enviaré a Ketura con unos hombres para que las escolten a las dos más adelante.

Mische se levantó de un brinco.

—¿Qué? No vas a volver allí solo, Raihn.

—Trabaja con ella en su magia. De todas formas, lo haces mejor que yo. Y, cuando llegue Ketura, que le enseñe ella a plegar las alas.

—Raihn...

—No puedo esperar, Mische —espeté. Luego solté un suspiro y dije con más suavidad—: Hazme ese favor, anda. Cuídala. Tú misma lo has dicho: necesita a alguien.

El rostro de Mische se ablandó, si bien yo seguía viéndole el conflicto en el semblante, la veía debatirse entre ceder e insistir.

—Bueno —contestó al fin, aunque no parecía muy convencida.

Me fui al día siguiente, en cuanto cayó la noche. Me despedí de Mische, que me manifestó verbal y enfáticamente su desacuerdo con mi decisión de irme tan pronto. Interrumpí la discusión de raíz.

Cuando toqué a la puerta de Oraya, no obtuve respuesta.

Estaba allí dentro, claro. No tenía otro sitio adonde ir. Además, la olía. Siempre olía la sangre de Oraya, sentía sus latidos. Y la oía moverse, un murmullo de mantas en la cama.

Toqué otra vez.

A la tercera, decidí, lo permitiría.

Volví a tocar y...

—¿QUÉ?

Siempre tan amable. No pude evitar que se me dibujara una sonrisa en los labios. ¡Esa es mi chica!

Abrí la puerta y me asomé. Estaba sentada en la cama con un libro, las piernas cruzadas, las alas algo desplegadas a la espalda.

La evalué de manera meticulosa en lo que dura un parpadeo: ojos, piel, alas, heridas...

Las heridas tenían mejor aspecto que la noche anterior. Las alas también parecían algo más relajadas. Casi me habían dolido a mí, al notar lo agarrotados que tenía los músculos. La tensión, estaba convencido, le venía de mucho antes. Oraya se empeñaba siempre en vestir la armadura completa. Sabía que llevaba veinte años aguantando aquellas protecciones.

La miraba fijamente. Oraya parecía descontenta.

—¿Qué? —me gritó otra vez.

Le sonreí.

—Eres un encanto, princesa. —Se me quedó mirando—. Me voy —dije.

Parpadeó dos veces, demasiado rápido. Le cambió la expresión, de gruñona a... Fruncí el ceño.

—Mira esa cara —añadí—. Si no te conociera bien, hasta diría que estás preocupada.

—¿Por qué? —preguntó, muy tensa—. ¿Adónde vas?

—Regreso a Sivrinaj.

—¿Por qué?

Le sonreí sin ganas y casi fue como enseñarle los dientes.

—Porque los nobles rishan son unos bastardos.

Casi podía oír a Cairis reprendiéndome por darle siquiera aquella información, información que podía usar en mi contra.

Su expresión volvió a cambiar. Desaprobación. Maldita sea, igual hasta odio. Quiso disimular, pero no lo consiguió, claro.

—Ah.

—Mische se queda aquí contigo, y también algunos guardias. De momento, déjalas desplegadas. —Le señalé las alas con la barbilla—. Ketura llegará dentro de unos días. Ella te puede enseñar a plegarlas. No es difícil cuando le encuentras el modo.

—Me miró sin más, con el ceño fruncido, sin pronunciar palabra—. Contén un poco tu entusiasmo por mi partida —le dije como si nada.

Eché un vistazo a la mesa, donde había un cuenco vacío. No pude evitar sentir cierta satisfacción. Oraya siguió sin dirigirme la palabra. No estaba acostumbrado a que se mantuviera tan callada.

—Bueno, pues eso —dije—. Cuídate. Nos vemos dentro de unas semanas.

Me disponía a cerrar la puerta cuando me dijo:

—Raihn...

Me detuve en seco. Me asomé de nuevo. Se había inclinado un poco hacia delante y apretaba fuerte los labios, como protestando por lo que fuera que los azotaba por dentro.

—Gracias —dijo—. Por curarme las alas.

Agarré con fuerza el marco de la puerta.

Como si tuviera que darme las gracias por eso. Era simple decencia.

—Ya te he dicho que estás hecha para el cielo —contesté—. Habría sido una injusticia privarte de eso.

Una levísima sonrisa asomó a su boca, un rayo de sol entre las nubes.

Luego su mirada se volvió distante y aquel rayo se esfumó. Me pregunté si estaría pensando en Vincent.

Se deshizo enseguida de aquella expresión.

—Viaja con cuidado —me dijo sin entusiasmo, y retomó la lectura.

—Gracias —respondí con una leve sonrisa.

Me fui hacia medianoche, armado hasta los dientes y acompañado de dos de los guardias de Ketura. No era suficiente, me habría dicho Vale, pero prefería dejarles el resto a Oraya y a Mische. Eran dos fuerzas que no convenía subestimar, desde luego, pero Oraya estaba herida, y Mische... En fin, a Mische cada vez le veía más quemaduras en los brazos.

Eché una última ojeada atrás antes de salir volando. Mis ojos se posaron de inmediato en el segundo piso de la casita, donde un par de ojos color plata luna me pararon el corazón, como lo hacían todas las malditas veces.

Oraya estaba apoyada en el marco de la ventana, con los brazos cruzados. Nos miramos a los ojos y levantó una mano a modo de supuesta despedida.

Me pareció una especie de pequeña victoria.

Le dije adiós con la mano y me fui.

Cuarta parte

MEDIALUNA

INTERLUDIO

El tiempo no vale nada para un vampiro.

El esclavo lo aprende enseguida. Como humano, había notado el paso de cada segundo, las oportunidades perdidas que se escabullían igual que si se las llevara la corriente constante de un río. Los humanos lamentan el paso del tiempo porque es la única moneda que importa de verdad en una vida tan breve.

Hay muchas cosas que el esclavo detesta de su nueva vida, pero, de entre todo aquello que lloraba de su humanidad casi extinta, la pérdida de la referencia temporal era lo más devastador. Vivir sin que nada te importe no es vivir.

Los años se diluyen como la pintura fresca ahogada por la lluvia, que empapa un lienzo perpetuamente en blanco. Los vampiros de la corte del rey se deleitan en esa atemporalidad. Tantos siglos de vida han mermado su interés por los placeres corrientes y han vuelto sus gustos extremos y crueles. Algunas veces, los humanos son el objeto de esa crueldad; otras, la vida humana resulta demasiado breve y frágil. Por eso los vampiros convertidos son la mejor alternativa: duraderos, más longevos, pero igual de desechables que los humanos que eran antes.

El esclavo no tiene nada de especial. No es el único convertido de la colección del rey. Ni siquiera es uno de sus favoritos. La disponibilidad de tiempo y el aburrimiento han llevado al rey a procurarse todo un selecto abanico de entretenimiento, compuesto de hombres y mujeres de todas las complexiones, aspectos y orígenes.

El esclavo se esfuerza, se esfuerza mucho, por aferrarse a su humanidad, pero se le va escapando día a día de todas formas. No tarda en olvidar cuándo lo convirtieron. Cuando piensa en su vida anterior, es como si estuviera recordando a un antiguo amigo: un recuerdo afectuoso pero lejano.

Contempla el amanecer todos los días, hasta que los rayos del sol le abrasan la piel.

Los días se convierten en semanas, y estas en años, y estos en décadas.

Más adelante, intentará en vano describir con palabras el alcance de su degradación durante ese tiempo. Para los que lo rodeaban, no era más que un montón de piel y músculo, un objeto, un animal de compañía, no una persona. Cuando eso te lo dicen durante años, al final te lo crees. Resulta más fácil sobrevivir si te lo crees.

Solo hay una persona que lo trata de otra forma.

La esposa del rey es una mujer callada de enormes ojos oscuros. Rara vez se expresa y rara vez se aparta de su marido. Al principio, el esclavo da por supuesto que es como los demás, pero luego empieza a verla como una víctima más de la crueldad de su esposo, cómplice muda de sus golpes, sus abusos de poder, sus órdenes.

Y así sigue mucho tiempo.

Después, un buen día, se descubre a solas con ella. A él acaban de darle una paliza tremenda, castigo por una supuesta desobediencia. Cuando los demás abandonan la estancia, él se queda rezagado, vendándose las heridas con el aire rutinario de algo que ya ha hecho miles de veces y hará otras mil más.

Ella también se queda. No dice nada. Le quita las vendas y le cubre las heridas a las que él no llega.

En un principio, él se aparta, pero ella insiste con delicadeza y, finalmente, él cede. Después se levanta y se marcha sin mediar palabra.

Él ya había olvidado cómo era. Un contacto amable. Duele más de lo que cabría pensar. Se nota las manos de ella encima el resto de la noche. Lo aterra, porque sabe que ya no va a poder olvidar esa sensación.

Así empieza.

Se van acercando, a lo largo de los meses, de los años, consolándose el uno al otro de la crueldad del rey. Pasa mucho tiempo hasta que se hablan, pero las palabras importan menos que la ternura. Habían cruzado la línea aquella primera noche, con aquel contacto amable.

Después de eso, todo parece inevitable.

En un mundo en tinieblas, los ojos tienden a buscar la luz. Ella se convierte en lo más luminoso del suyo.

Cuando sus encuentros mudos dan paso a animadas conversaciones, ya hace tiempo que se han precipitado al abismo. La primera vez que él besa esa boca aún manchada de sangre de las agresiones de su esposo, ya caen en picada a tierra. Cuando por fin hacen el amor, buscan con tal desesperación la compañía que les da igual estrellarse.

29
ORAYA

Pasaba el tiempo sumida en una placidez mundana.

Seguía encontrando absurdo que aquella casa pareciera tan vacía sin Raihn. Mische hablaba por los codos, y estaba particularmente parlanchina ahora que sabía que yo era su única compañía, al menos la única que se relacionaba con ella, porque los guardias de Ketura eran puro estoicismo. Aun así, no lograba quitarme de encima esa sensación de que faltaba una pieza del rompecabezas, de que había un silencio entre respiraciones que ansiaba llenar.

Caímos en una rutina fácil: curas, entrenamiento, descanso y otra vez.

Mische era buena profesora, solo que entrenar con ella me traía demasiados recuerdos de los días que habíamos pasado mejorando juntas nuestra magia durante el Kejari. Y Mische únicamente había sido una mitad de mi instrucción; la otra había sido Vincent, cuyo estilo de entrenamiento era justo lo contrario: órdenes estrictas y control, para contrarrestar cada vez que Mische me insistía en la importancia de abrir el corazón y el alma. Volver a lo uno sin lo otro magnificaba la ausencia de él, una herida que, a diferencia de las de mis alas, parecía que jamás iba a cicatrizar.

En los descansos estudiábamos el dije. Mische no solo era

una maga de talento, sino que tenía amplios conocimientos de hechicería e historia de la magia. Aun así, ni siquiera entre las dos conseguíamos descifrar qué era aquello ni para qué servía. Yo era la única que podía tocarlo, aunque no me resultara muy agradable, porque me hacía sentir demasiado cercana la presencia de Vincent, incluso más que su espada. Lo único que Mische logró deducir fue que era una pieza de algo mayor, quizá una llave, una brújula o algún artilugio pensado para potenciar otra cosa. Su teoría era que no se trataba de algo con poderes propios, sino ideado para desatar otros. Claro que todo aquello no eran más que suposiciones, ancladas de forma frustrante tanto en la suerte como en la realidad.

Por la noche y al alba, Mische me curaba las heridas, que continuaban mejorando muchísimo día a día. Ninguno de los tratamientos era tan doloroso como el primero, ni, por suerte, tan... placentero.

Un día, mientras observaba las heridas que quedaban, comentó:

—¡Esto se ve mucho mejor! Este remedio bien vale lo que sea que Raihn haya tenido que hacer para conseguirlo.

—¿Lo que sea que haya tenido que hacer? —repetí.

—No era fácil de encontrar, pero él lo tenía claro. —Una pausa, y luego añadió, más tímidamente—: Estaba tan preocupado... Pensábamos que...

«Pensé que te había perdido», me había dicho Raihn, y sus palabras me erizaron la piel.

De pronto empezó a incomodarme mucho aquel tema de conversación.

—Tiene que proteger su botín —mascullé, y aquel comentario me supo amargo, aunque sabía que no era cierto.

Mische suspiró y pasó a curarme la última herida del ala izquierda.

—Raihn tiene muchos defectos, Oraya, pero sabe amar —murmuró.

No supe qué contestarle.

Tampoco vi claro qué podía significar que no se me ocurriera nada de nada.

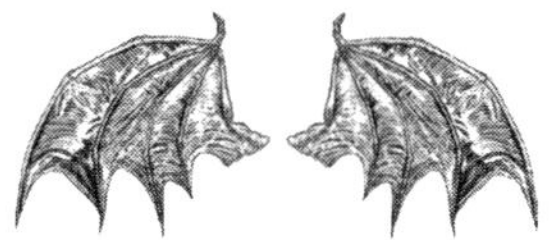

—¡La estás bloqueando! —me dijo Mische por enésima vez ese día, y yo apreté los dientes y procuré ignorarla.

Desde que me había salido la Marca del Heredero, mi magia se había vuelto sin duda más poderosa. La notaba borbotando sin cesar bajo la piel, solo que venía acompañada de más inestabilidad de la que me veía capaz de controlar, porque cada vez que la usaba debía adentrarme en algo tremendamente doloroso.

En aquel momento, la presión aumentaba, cada vez más afilada, como una hoja que me abriera despacio la piel.

—Sigue así —me decía Mische, y su voz me sonaba lejana, en medio de aquellas pulsaciones que me atronaban los oídos—. ¡No la dejes escapar!

Una gota de sudor me rodó por la nariz. A pesar de las órdenes de Mische, seguía oyendo a Vincent hablarme al oído: «Concentración. Control. Determinación».

Últimamente su voz me estaba resultando una visita inoportuna.

El Fuego de la Noche chisporroteaba y rugía, amenazando con descontrolarse por completo o apagarse del todo, mientras yo me debatía entre encerrarme en mí misma y sucumbir a unas emociones a las que no lograba hacer frente.

«¿Adónde quieres que vaya? —me susurró Vincent—. Yo soy parte de ti. Además, ¿no era eso lo que siempre habías querido?»

Hubo un tiempo en que lo que más deseaba era ser Vincent. Incluso ahora lo deseaba en parte, aun sabiendo que me había mentido, sabiendo lo que le había hecho a mi familia, sabiendo la brutalidad con que había tratado a personas como yo durante siglos.

Me avergonzaba.

«¿Te avergüenza? —dijo Vincent—. Todo lo que eres me lo debes a mí. ¿Y ahora me dices que te avergüenzas de mí?»

Aquello era un recuerdo, una de las últimas cosas que me había dicho.

El Fuego de la Noche brotó de mí en llamaradas, descontrolado. Mische dio un paso atrás. Hice un esfuerzo por dominarlo, por hacer frente a la batalla que libraban en mi cabeza la vergüenza y la culpa. Pero, cuando hacía uso de la magia, lo tenía todo mucho más a flor de piel. A fin de cuentas, era la magia de Vincent, su sangre, lo que me daba aquel poder, y su Marca del Heredero lo que lo intensificaba. No podía hacer uso de ella sin tener la sensación de que él me respiraba en la nuca.

—¡Sigue así! —me instó Mische, aunque apenas la oía.

Me ardían los ojos con el blanco cegador del Fuego de la Noche. Bajo aquella luz, vi el rostro ensangrentado de Vincent en sus últimos instantes, siempre tan real, por mucho que me empeñara en olvidarlo.

Aquella voz me susurró sus últimas palabras: «Demasiados errores al final. Pero tú nunca».

No podía más. ¡Por la Diosa, ya no aguantaba más!

¡BASTA!

Me desprendí de aquellos recuerdos desagradables.

El Fuego de la Noche se fue extinguiendo.

De pronto me vi arrodillada en la tierra húmeda. Respiraba con dificultad, con jadeos profundos y roncos.

—¡Por los dioses! —exclamó Mische, y, arrodillándose delante de mí, me puso las manos en los hombros, y yo me dejé caer sobre ella sin pretenderlo, agradeciendo en silencio aquella fuerza estabilizadora—. Estás bien —murmuró—. No pasa nada.

No supe por qué me hablaba así, tan apenada, hasta que algo

húmedo me cayó en la mano abierta. Lo miré extrañada, confundida, y sucedió otra vez.

Lágrimas.

Mal-di-ción.

Me encendí de rabia.

—Estoy perfectamente. Así que... Vamos a intentar otra vez.

Me levanté y le di la espalda, tambaleándome un poco. Me costaba reponerme cuando ya había empezado a desmoronarme, como si toda aquella presión se estuviera acumulando bajo la superficie. Así era como había terminado llorando delante de Raihn. Y ahora de Mische. Genial.

—Estoy perfectamente —repetí.

—No tienes por qué estar perfectamente —me dijo ella.

Y lo soltó con toda naturalidad, como si fuera la verdad, no algo que poner en duda o con lo que disentir. Sabía que ella lo creía así y, en aquel instante, la quise muchísimo por eso.

Aunque a mí me costara creerlo.

Un reino confiaba en mí, una corona me aguardaba, y también un pueblo que necesitaba que me convirtiera en algo mejor que aquello, ¡enseguida!

¿Y qué había hecho yo? ¿Tomar parte en un único asalto fallido? ¿Encontrar un dije divino que no sabía usar?

—Oraya... —Mische me tocó el hombro. No me volteé; no quería que me viera la cara. A lo mejor ella lo sabía, pero no hizo nada por obligarme, solo me ofreció aquel contacto, tan leve que podía deshacerme de él si quería—. La magia es... algo vivo —murmuró—. Supongo que tiene sentido que provenga de los dioses, porque es tan caprichosa y temperamental como ellos. La tuya se alimenta de tus emociones. Te obliga a ahondar en cosas que... ahora te duelen, pero, algún día, lo más doloroso será fuente de fortaleza.

Le miré la mano que tenía apoyada en mi hombro y el trozo de muñeca visible por debajo de la manga. Las cicatrices le cubrían casi toda la piel expuesta. ¿Siempre habían sido tan horribles?, ¿o acaso había estado probando su magia, en vano y sin tregua, desde que su dios la había abandonado? A lo mejor me vio en el perfil la pregunta que no le hice, porque retiró la mano y se bajó la manga, y por fin me volteé hacia ella.

—No creas que no entiendo cómo se siente uno cuando... cuando pierde algo —me dijo.

En mi primer encuentro con Mische, me habría resultado fácil descartarla por considerarla la típica guapa sin chiste, pero a menudo intuía bajo la superficie algo mucho más duro. En aquel instante, aquella sombra se paseó por su semblante, un destello de acero bien afilado oculto en el jardín de flores.

—¿Puedo hacerte una pregunta? —le dije.

Vaciló un segundo, y luego asintió.

—¿Cómo fue convertirte?

Se le oscureció el rostro.

—Fue duro —contestó—. Habría muerto si no me llega a encontrar Raihn.

—Te salvó.

La sombra se retiró lo justo para que asomara una sonrisa triste.

—Ajá. Me salvó. La verdad es que no me acuerdo. Estaba malísima en pleno desierto y, de pronto, me... —Torció el gesto y se interrumpió—. De pronto me desperté en una posada horrible con un desconocido enorme con muy mal aspecto. Aquello, debo decirlo, fue de lo más desconcertante.

Podía imaginármelo.

—Tú eras sacerdotisa, ¿no? —dije con prudencia.

Se esfumó su sonrisa. Se jaló la manga otra vez y estuvo un buen rato sin decir nada.

—Perdona —continué—. No pretendía...

—No, no, no pasa nada —contestó, negando con la cabeza, como si saliera de un trance—. Sí, era sacerdotisa, de Atroxus. Es que... es que a veces me cuesta hablar de eso —me dijo con otra sonrisa desganada—. ¡Qué hipócrita!, ¿no?

—No —respondí—. En absoluto.

—La magia es... Sé que hay quien piensa que no es más que otra disciplina, pero yo considero que se aloja muy cerca del corazón, que nos exprime el alma. Yo la mía siempre la he llevado muy dentro y... —Calló de golpe, con los ojos empañados.

—Tranquila —le dije enseguida—. No debería haberte preguntado.

Era muy doloroso ver a Mische al borde de las lágrimas.

Pero rio y se limpió la cara con el dorso de la mano.

—A esto me refería, Oraya —dijo—: todos tenemos lo nuestro. Yo no elegí la conversión, y aquello me destrozó. La de Raihn sí fue decisión suya, y puede que lo destrozara aún más. Igual los otros no enseñan sus heridas, no revelan las cosas que añoran, pero eso no significa que no estén ahí, que no lo sientan. Y tu padre... —Se puso muy seria, muy intensa. Me tomó la mano y me la apretó fuerte—. Tu padre, Oraya, también sentía todas esas cosas. Estaba tan destrozado como todos nosotros, y tan decidido a que no se le notara que te desollaba con sus afiladas aristas y luego te reprochaba que tuvieras piel en lugar de acero.

Se me hizo un nudo en la garganta. El dolor y la rabia me brotaron de dentro sin que pudiera controlarlos.

—No hables así de él —le dije, pero lo hice sin ganas y suplicando.

Mische me miró con tristeza.

—Raihn y tú se empeñan en ser como ellos —me soltó—. Y no lo entiendo. Tú eres mejor que él. No lo olvides, Oraya. Asúmelo. —Se equivocaba, pero, antes de que me diera tiempo a decírselo, se me echó encima y me abrazó fuerte un instante—. Mañana volvemos a intentar —dijo antes de soltarme y, a grandes zancadas, regresar al interior de la casa sin mediar palabra.

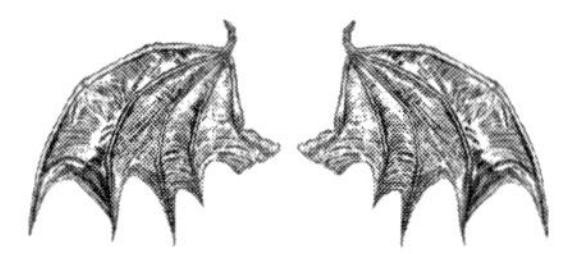

Pasaron los días. Seguimos con nuestra rutina. Ketura llegó de Lahor, hastiada y agotada por la batalla. Nos contó que, tras la muerte de Evelaena, la ciudad se había sumido en un caos considerable, y les había llevado un tiempo poner orden.

—Ya era un caos considerable antes —señaló Mische, y tenía toda la razón. Me estremeció pensar en cuánto podía haber empeorado.

Ketura se sumó a mi rutina diaria de entrenamiento, para enseñarme a desplegar y plegar las alas, que ya se habían recuperado lo suficiente. Al menos su instrucción se parecía más a lo que yo conocía, en contraste con el estilo jovial de Mische; bramaba las órdenes con tal aspereza que entendí la comandante tan brutal que debía de haber sido para sus soldados. Aun así, resultaba eficaz: una semana más tarde, ya era capaz de sacar y esconder las alas de forma medio fiable y a voluntad.

Sin embargo, aunque todo estaba tranquilo, con el paso de los días, los signos de la inquietud de Mische empezaron a hacerse cada vez más patentes. La sorprendía a menudo mirando por la ventana, con el ceño algo fruncido, frotándose las cicatrices de las muñecas.

Mentiría si dijera que yo no lo notaba también. Todo estaba demasiado silencioso, como si estuviéramos atrapadas en una urna de cristal, congeladas en una tranquilidad artificial, mientras la oscuridad invadía el horizonte.

Un día, cuando Mische estaba terminando de curarme las alas, ya muy recuperadas, le dije:

—Creo que ha llegado el momento de volver a Sivrinaj.

No contestó enseguida.

—Raihn nos dijo que esperáramos a que mandara a alguien a buscarnos.

Resoplé.

—¿Y tú has tenido noticias suyas?

Era una pregunta intencionadamente tonta. Sabía que no; se lo notaba en aquella angustia silenciosa suya. Me dije a mí misma que lo sabía por eso, y no porque hubiera estado aguardando carta de él con igual impaciencia.

Mische parecía indecisa.

—Tú te quieres ir —le dije—. Pues nos vamos. ¿Qué pasa?, ¿que como ahora Raihn es rey nos va a decir lo que tenemos que hacer? ¡Al diablo con él! Yo soy la reina. Lo que yo diga también cuenta.

Lo solté con absoluta convicción, aunque ambas sabíamos que no era tan fácil.

Aun así, al oírlo, sonrió.

—Me gusta esa actitud.

Sabía que iba a estar de acuerdo. Después de todo, aquella era la chica que se había largado para apuntarse al Kejari con el fin de obligar a Raihn a hacer lo mismo. Pero quizá fuera testimonio de su amistad con Raihn, y del respeto que le tenía, que tuviera que pensarlo un poco más.

No obstante, le ganó la impaciencia.

—De acuerdo —dijo por fin, como sabía que lo haría—. Tienes razón: no podemos quedarnos esperando aquí eternamente.

30

ORAYA

Raihn no se alegró mucho de vernos.

Obviamente, no nos esperaba, a pesar de que Ketura le había escrito antes de que partiéramos. El viaje fue largo, sobre todo porque lo hicimos a caballo para que yo no forzara las alas volando todo el trayecto, algo que, muy a mi pesar, agradecí. Llegamos a Sivrinaj casi una semana después, cansadas y sucias, y nos llevaron al estudio de Raihn para que lo esperáramos allí.

Cuando abrió la puerta, seguido de Vale, Cairis y Septimus, se detuvo en el umbral un momento, como si nuestra presencia lo hubiera tomado por sorpresa.

Nos le quedamos mirando, igual de sorprendidas, porque iba cubierto de sangre. No era suya, eso estaba claro. Tenía salpicaduras de negro rojizo en la cara y las manos, la sangre esparcida por las yemas de los dedos y adherida al pelo suelto. Vestía las ropas exquisitas que solía llevar en el castillo, aunque iba desaliñado, con las mangas hechas bola, porque se las había subido hasta el codo.

No era difícil deducir en qué había estado metido. Tenía rebeldes con los que lidiar. Había que interrogarlos... y castigarlos, y Raihn, yo lo sabía, no era de los que dejaban que otros le hicieran el trabajo sucio.

Estaba más que acostumbrada ya a las distintas máscaras que

se había ido poniendo en los últimos meses: la del seductor, la del rey, la del tirano sanguinario... Ahora, al verlo así, cubierto de sangre, con el pelo alborotado y ese brillo en los ojos de quien acaba de matar, me recorrió por dentro una sensación de absoluta familiaridad, como si estuviéramos de nuevo en el Kejari.

Me pregunté si él estaría pensando lo mismo, porque la sonrisa lenta y lobuna que se dibujó en sus labios me recordó a la que solía dedicarme en aquellas pruebas, aunque esta vez tardara demasiado en llegarle a los ojos.

—Ustedes dos no tenían que volver aún —dijo—. Les pido una sola cosa, que no hagan nada, ¿y ni así me hacen caso?

Mische arrugó la nariz.

—Estás hecho un asco.

—De haber sabido que venían, me habría dado un baño.

—Lo dudo mucho —contestó ella, repasándolo de arriba abajo—. Ha sido un día largo, ¿eh?

Aflojó la sonrisa.

—Una semana larga. Un mes largo.

Luego me miró a mí. Durante una décima de segundo, quedó igual de expuesto, dejando entrever montañas de emociones, pero no tardó en volver a ponerse la máscara, en retomar su papel.

—Deduzco que te encuentras mejor...

—Bastante.

Me miró de reojo las alas. Se mantuvo impasible, pero detecté en él una pizca de preocupación, la sentí como había sentido sus manos en las alas.

No era el único que me observaba fijamente.

Vale, Cairis y Septimus parecían hipnotizados también por aquellas alas, y no se molestaron en disimularlo. Tampoco disimularon su curiosidad recelosa, como si les costara digerir algo a lo que no hallaban sentido.

Las alas eran un símbolo de mi poder. Vincent solo exhibía las suyas cuando necesitaba recordar al mundo que era el rey de la

Casa de la Noche. Y las mías eran una réplica casi perfecta de las suyas: aquel negro intenso, aquel potente rojo del heredero.

Les había puesto fácil que ignoraran mi Marca del Heredero, escondiéndola debajo de prendas de cuello alto, pero, en aquellos momentos, no había forma de ignorar mis alas.

Septimus sonrió y dio una calada a su puro.

—Las luces mejor estando consciente —dijo.

No me hizo gracia pensar que Septimus me hubiera visto inconsciente. Tampoco le hizo mucha gracia a Raihn, porque se me acercó un paso y se interpuso entre los dos.

Mische nos miró de reojo en silencio, percibiendo lo incómodo de la situación, y esbozó otra de sus sonrisas joviales.

—Estamos muertas de hambre —dijo—. ¿Comemos algo?

Tras las palabras de Mische, tardé unos segundos en percatarme de que un vampiro había dicho «hambre» en mi presencia y ni uno solo de los presentes me había mirado siquiera.

A lo mejor me estaba convirtiendo en vampiro, después de todo.

Raihn se limpió la sangre de la cara con el dorso de la mano, o lo intentó, sin éxito alguno. Luego se miró la mano salpicada de sangre y, con la frente, también llena de sangre, fruncida, dijo:

—A mí también me ha dado apetito.

—Si me disculpan —terció Septimus, pasando tan campante por nuestro lado—, me salto la cena. Mucho caos, me temo. —Se detuvo al llegar a la puerta y se volteó hacia mí—. Me alegro de verte mejor, Oraya. Estábamos todos muy preocupados.

A veces daba la impresión de que no pisaba el suelo. Se fue sin más, sin dejar siquiera un eco a su espalda.

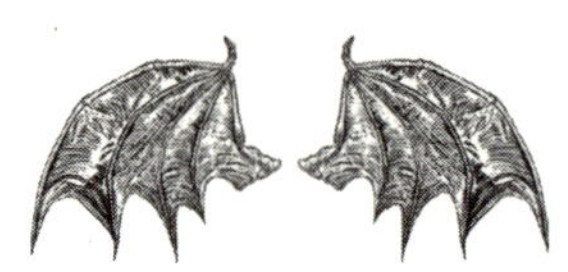

Raihn ni se molestó en asearse antes de sentarse a la mesa con todos. Yo estuve a punto de apartarme, porque seguía sin gustarme ver cómo se alimentaban los vampiros, fuera de la sangre que fuera, pero, cuando caí en cuenta de que Vale, Cairis y Ketura estarían allí, la ventaja logística me pareció demasiado interesante para ignorarla. Había pasado tanto tiempo sumida en mi dolor y mi rabia que no había hecho nada verdaderamente útil, y sentarme a cenar con Raihn y sus principales asesores lo era.

Me indicaron, claro está, que tomara asiento al lado de Raihn, aunque él apenas me miró cuando lo hice. Se esforzaba por ignorarme, y era tan obvio que resultaba embarazoso. Además, aquel empeño tenía el desagradable efecto de hacerme más consciente aún de su presencia.

A los otros les sirvieron platos de carne muy poco cocida, sanguinolenta, y enormes copas de sangre, por supuesto, que Mische engulló de inmediato, y al diablo el protocolo regio. Raihn desapareció unos minutos mientras los criados ponían la mesa, y luego volvió.

Lo miré de reojo.

—Creía que ibas a asearte.

Aún llevaba la cara llena de manchitas de sangre de vampiro.

Me guiñó el ojo.

—No te hagas la ofendida por un poco de sangre.

Pero yo ya había entendido el mensaje. Raihn estaba dejándose ver como el carnicero, uno que mataba y luego ni se molestaba en limpiarse de la cara la sangre de su víctima. O sea, que no confiaba ni en sus propios asesores. Interesante.

A los pocos minutos, me pusieron delante mi plato. Me daba algo de miedo hurgar en la misma carne casi cruda que les habían servido a los demás, pero tampoco estaba dispuesta a resaltar lo distinta que era de ellos rechazándola.

Sin embargo, después del primer bocado...

Que el maldito sol se me llevara. Debía de tener más hambre

de lo que pensaba, pero aquello estaba de muerte. Solté sin querer un ruidito, de sorpresa, de placer o de ambos.

Noté que Raihn me observaba. Lo miré de reojo. Tenía cara de satisfacción.

—¿Qué?

—Nada —contestó con desenfado, y siguió comiendo.

Entonces caí en cuenta.

Ay, por favor. O sea que era buen cocinero. ¿Y qué?

No le di el gusto de reconocer en voz alta lo bueno que estaba aquello.

Pero tampoco dejé de comer.

—Entonces... —dijo Raihn, recostándose en la silla y bebiendo un trago largo de sangre—. Cairis, había algo de lo que me querías hablar...

Cairis miró a todos los presentes, luego de forma expresa a mí, y después a Raihn.

—¿Aquí?

—Aquí. Creo que a Vale podría interesarle tu idea.

Vale parecía atemorizado de antemano por lo que fuera a oír. A su mujer, en cambio, le picaba la curiosidad. Era una persona abiertamente curiosa, y yo se lo agradecía. A lo mejor porque se trataba de un rasgo de lo más humano. Me pregunté cuánto entendería ella de aquella conversación: era forastera y, por lo visto, aún no hablaba muy bien la lengua de Obitraes.

—Si te empeñas... —contestó Cairis, y se volteó hacia Vale—. Necesitamos un acontecimiento.

Vale se quedó mirándolo pasmado.

—Un acontecimiento...

—Algo grande, de mucha categoría, que nos sirva de excusa para invitar a todos los nobles de Sivrinaj y hacer alarde del considerable y temible poder del rey, y todo eso.

A Vale no parecía convencerle la idea, y Cairis se inclinó sobre la mesa.

—Las guerras no se libran solo en el campo de batalla, Vale.

—Por desgracia, no, pero miedo me da saber qué me toca a mí de todo esto.

—El acontecimiento será la celebración de tus nupcias.

Vale soltó un resoplido entre dientes y un «no» rotundo e inmediato.

—Anda, Vale. —Raihn enarcó una ceja—. ¿No quieres que el mejor organizador de festejos de Obitraes prepare tu boda?

Pese al tono jocoso de Raihn, me dio la impresión de que Vale y Lilith no tenían ni voz ni voto en aquel asunto.

—Nosotros ya estamos casados —replicó Vale, lanzándole a Cairis una mirada asesina.

—¿Y qué? No es más que una celebración. Además, ¿su boda se puede considerar válida sin toda la... faramalla? —Cairis agitó las manos en el aire, como escenificando la «faramalla» de marras.

Vale parecía enojado.

Lilith miraba alrededor, con el ceño fruncido de genuina confusión, como si estuviera haciendo un esfuerzo mucho mayor que su esposo por entender aquello.

—¿Por qué nosotros? —preguntó con mucho acento.

—Excelente pregunta —respondió Cairis, que dio un trago a su vino y dejó con vehemencia la copa en la mesa—. Porque Vale, a diferencia del resto de nosotros, es un auténtico noble rishan Nacido de la Noche. Su nombre despierta respeto entre los rishan más... aprensivos, digamos, en cuanto al mandato del rey. —Sonrió—. Además, una boda siempre es una celebración bonita y sin connotaciones políticas, ¿no?

Había visto terminar suficientes bodas de vampiros como para saber que aquello no era cierto en absoluto.

—No —contestó Vale, y siguió comiendo.

—Esta vez no te doy elección, Vale —le dijo Raihn, con un desenfado tan calculado que me quedó clarísimo que no había desenfado alguno en aquella conversación.

Vale soltó el tenedor y se quedó quieto, mirando fijamente a Raihn.

—Lilith es extranjera y convertida —dijo entre dientes—. Este no es el enlace político de alta alcurnia por el que, por lo visto, lo has tomado.

—Por desgracia, es lo mejor que tenemos —terció Cairis.

Los ojos de Vale, de un dorado ambarino, se posaron en mí.

—Ah, ¿sí? Podríamos celebrar las nupcias del mismísimo rey.

El desenfado calculadísimo de Raihn se le cayó de encima como si se hubiera quitado una capa. Se irguió de pronto.

—De ninguna manera —dijo.

¡Y, demonios, Madre Oscura, menos mal! Antes me quitaba la vida que convertirme en el centro de semejante espectáculo.

En cualquier caso, todos los presentes sabían que era una idea terrible. Yo tampoco era una gran estratega, pero hasta yo sabía que presentar mi matrimonio con Raihn como algo que no fuera inamovible y definitivo iba a ser un error. El hecho de que yo aún respirara ya sembraba dudas sobre la habilidad de Raihn para el mando.

Además, se suponía que yo era más una esclava que una esposa. No un logro que celebrar, sino una enemiga a la que humillar.

Hasta Vale lo sabía. Se estremeció un poco, como si se preparara mentalmente para la reacción.

—Y sabes perfectamente por qué —le espetó Raihn con dureza, sin dejar cabida a la discusión—. Esto no es un debate. Lo vas a hacer y punto.

Vale hizo uso de su autocontrol, se le notó en la cara, pero al final le ganó el temperamento.

—Ya sabes cómo son esos. Me niego a poner a Lilith a sus pies.

Raihn soltó una carcajada estridente, tan cruel y maliciosa que me produjo un escalofrío.

—¿«Esos»? —repitió con desdén. De pronto estaba en pie, con las manos plantadas en la mesa y los ojos más brillantes que unas llamas—. Tú eres uno de «esos», Vale. Te he visto ser uno de «esos» durante casi un maldito siglo. Y entonces no te preocupaba cómo eran. Pero, ahora que tienes una esposa convertida, la cosa cambia, ¿no? Ahora que afecta a los tuyos, tu postura es otra. ¡No me vengas con estupideces!

Se acabaron los fingimientos. Aquello era de verdad. Más de verdad, sospeché, de lo que Raihn pretendía.

Vale parecía agarrotado. El ambiente era tenso y estábamos todos en la cuerda floja. Yo estaba medio convencida de que Vale se iba a abalanzar sobre Raihn por encima de la mesa. En un gesto instintivo, me llevé las manos a las espadas, algo absurdo, porque ¿qué iba a hacer yo?, ¿saltar en defensa de Raihn?

Pero entonces Lilith se levantó de un brinco e hizo pedazos aquel intenso suspenso.

—¡Basta! —dijo—. ¡Esta discusión es ridícula!

No me lo esperaba. Enarqué las cejas sin quererlo. Mische soltó una carcajada que no parecía voluntaria.

Lilith paseó los ojos por todos los presentes, terminó posándolos en Raihn y preguntó:

—¿La Casa de la Noche necesita esto?

Cuando Raihn miró a Lilith, se esfumó la rabia de su semblante.

—Sí —contestó, de inmediato más sereno—. De lo contrario, no lo haría, te lo aseguro.

Tampoco aquello era fingido. Solo la verdad. Tendría que haberme sorprendido que un rey vampiro se dirigiera a una forastera, antes humana, con más respeto que a uno de sus generales, noble por añadidura, pero no me extrañó en absoluto.

Lilith lo pensó y asintió despacio.

—No tengo miedo —dijo.

Vale la tomó de la mano, como para obligarla a sentarse.

—Lilith... —protestó.

Pero, aun sin hablar bien el idioma, Lilith fue rotunda cuando le dijo a Raihn, sosteniéndole la mirada:

—Si es lo que necesita la Casa de la Noche, lo haremos. Es todo.

31

RAIHN

Me caía bien Lilith. Al menos los tenía bien puestos. Y había que tenerlos para levantarse y enfrentar a un puñado de vampiros en un idioma que apenas conocía.

Después de la cena, fueron marchándose todos a sus respectivas alcobas. Vale se quedó pegado a Lilith, tomándole la mano. Los observé un momento.

Yo había hecho mis conjeturas cuando Cairis me contó que Vale volvía de Dhera con su flamante nueva esposa convertida. No era la primera vez que lo veía. No, casi ningún vampiro se casaba con una protegida suya, pero, a mis ojos, eso no cambiaba gran cosa. Le das a alguien la inmortalidad y luego le quitas lo que quieras. Una eternidad de servidumbre, sexo y devoción.

Conocía de sobra esa historia, sobre todo cuando la escribían tipos como Vale. Por mucho que pareciera que a lo mejor, ¡a lo mejor!, la quería de verdad, algo que, sinceramente, no me esperaba.

Fui detrás de ellos por el pasillo, donde Vale le iba susurrando a Lilith en dherano.

—Perdonen que los interrumpa...

La miradita que me lanzó Vale podría haber eviscerado a los guerreros desobedientes en el campo de batalla.

—Claro —dijo.

—Ketura quería hablar contigo.

—¿Es urgente?

Sonreí.

—Es preferible no hacerla esperar. Sabes que muerde.

Además de las excusas, era cierto.

Vale miró a Lilith y le dije:

—Tengo unos minutos. Me da tiempo de acompañar a Lilith a su alcoba.

Aun así, no se movió.

Me parecía lógico que Vale se mostrara protector con su esposa, hacía bien, pero su cara de recelo iba más allá de la típica actitud posesiva del recién casado. Una desconfianza propia, quizá, de alguien que había vivido tanto tiempo en la corte de Neculai, aunque hubiera sido en circunstancias muy distintas a las mías. Neculai se apropiaba todo, con permiso o sin él.

Cualquiera podría haber encontrado mínimamente satisfactorio que un noble lo mirara con semejante suspicacia. A mí, en cambio, me inquietaba mucho.

—No le va a pasar nada —le dije en un tono algo jocoso, pero también tranquilizador—. Te lo prometo.

A regañadientes, tras una cabezada afirmativa de Lilith, Vale se fue.

Señalé el pasillo, y Lilith y yo lo enfilamos en silencio.

Desde luego, era una mujer inusual. Reprimí una sonrisa socarrona cuando vi que se pasaba el primer tramo entero del pasillo mirándome con descaro, no lanzándome la típica miradita furtiva de curiosidad, sino una mirada fija que no hacía nada por disimular.

—Vas a chocar contra una pared si no miras por dónde vas —le dije en su idioma.

Justo entonces estuvo a punto de chocarse contra una pared.

Sonrió.

—Hablas dherano.

—Lo tengo algo oxidado —contesté.

¡Por la Diosa!, llevaba siglos sin hablar mi lengua natal y hasta me resultaba incómodo pronunciarla, quizá porque me sentía un hombre muy distinto cuando la hablaba.

Frunció el ceño, muy pensativa.

—Porque eres un convertido. Vale me lo ha dicho.

Estuve a nada de soltar la carcajada. Cairis se había quejado de la franqueza de aquella mujer, pero yo la encontraba extrañamente refrescante. Jamás me había dicho nadie de forma tan directa una grosería semejante.

Al verme la cara, frunció de nuevo el ceño.

—He tenido poco tacto —dijo, aunque me dio la impresión de que solo lo suponía, como si no supiera bien cómo interpretar la expresión de mi rostro.

—No, es cierto. Nací en Pachnai, que era una nación muy humana por entonces. ¿Y tú eres de...?

—Adcova.

—No me suena.

—No le suena a nadie.

—¿Te gusta lo que has visto de Obitraes hasta ahora?

—No se parece... no se parece a ningún otro sitio de los que conozco. Es una tierra hermosa, oscura, fascinante... —Miró a lo lejos, al frente, como más allá de la pared del fondo del pasillo—. Supongo que podría pasarme una vida entera aquí y no llegar a ver todo lo que tiene que ofrecer. La historia de este sitio y... —Se interrumpió—. Perdona, estoy divagando.

—No hay nada que perdonar.

Era agradable ver a alguien tan entusiasmado con algo. Que hubiera quien pudiera encontrar tanta belleza y tanto potencial en Obitraes era algo completamente nuevo para mí. Nuevo de una forma romántica.

—¿Te costó mucho abandonar tu tierra?

—No —contestó—. Nunca me sentí a gusto allí.

—¿Y la otra transición?

Se detuvo de nuevo. Esa vez no reanudó la marcha, sino que me miró con fijeza.

—Perdóname lo que estoy a punto de decirte —me soltó—, pero ¿por qué hablas conmigo?

No pude contener la carcajada.

—Vaya que eres directa, sí.

Se metió un mechón de pelo ondulado por detrás de la oreja.

—Crecí sabiendo que viviría poco. Ser directa me sale más rentable.

—Yo lo agradezco. Resulta que la inmortalidad casi asegurada vuelve a la gente demasiado propensa al circunloquio. —Seguimos caminando y continué—: Aprovechando que estamos siendo francos, te diré que me sorprendió enterarme que Vale, un vampiro noble, había convertido a una humana y que la traía como esposa. Esperaba una mujercita muy hermosa, muy recatada y muy dócil.

—Yo no soy ninguna de esas cosas —dijo. Era objetivamente guapa, aunque no de mi gusto, pero, no, desde luego, no era dócil ni recatada—. No me salen bien los juegos, alteza —añadió—. Me gustaría saber qué te inquieta. ¿Te preocupa que vaya a dejarte en mal lugar en esa... esa celebración?

No se me había ocurrido, pero... tal vez alguien debería asegurarse de que no hablara con nadie importante que pudiera ofenderse con facilidad.

No tenía claro cómo verbalizar la siguiente pregunta, cuánto quería revelarle a aquella mujer a la que apenas conocía. El mero hecho de estar manteniendo una conversación con ella ya revelaba más de lo que me sentía cómodo demostrando.

—Descubrirás —dije por fin— que la mayoría de los vampiros no tiene muy buena opinión de los convertidos.

—Ya me he dado cuenta.

—Pocas conversiones responden a razones encomiables. El que me convirtió a mí no era una excepción. Así que, como te gusta ser franca, lo voy a ser yo también: si no quieres estar aquí, Lilith, no tienes por qué. Si esto ha sido en contra de tu voluntad...

—No —espetó enseguida, y luego rio como si yo acabara de soltar un disparate—. No, no es eso. Vale me convirtió para salvarme la vida.

No me pareció del todo convincente. «Eso dicen todos», me dieron ganas de responderle.

«¿Quieres vivir?», me había preguntado a mí Neculai, y también yo le había contestado que sí. Le había suplicado que me perdonara la vida, como un maldito imbécil.

—A veces la cosa empieza así —le dije—, pero...

—Estoy aquí porque quiero —me soltó con rotundidad—. Vale me trata con respeto y afecto.

Los había estado observando atentamente y no había visto nada que contradijera aquello, pero, aun así, no me lo acababa de creer. Vale había sido testigo de abusos terribles a esclavos convertidos en la corte de Neculai, y le habían parecido de lo más normal.

—Estupendo —contesté—. Me alegra oírlo. Solo quiero que sepas que, si algo cambia, nunca vas a estar atrapada. Aquí no. En mi corte no.

Asomó a sus labios una sonrisa fugaz.

—Te lo agradezco. Es más preocupación de la que esperaba del rey. —Se detuvo delante de una puerta de doble hoja—. Estos son mis aposentos. —Inclinó la cabeza—. Gracias por acompañarme.

Barrí el aire con la mano para indicar que la reverencia era innecesaria.

—De nada.

Ya me marchaba cuando Lilith me llamó:

—Alteza...

Me giré.

—Desconfías de Vale —dijo.

En eso tenía toda la razón, pero yo no lo iba a reconocer en voz alta.

—Vale es mi general de mayor rango y le otorgo la confianza que corresponde a su puesto.

No la convencí.

—O sea, que te cae mal. ¿Por qué?

Por los senos de Ix, ¡qué mujer!

Esbocé una sonrisita.

—Seguro que Vale también tiene sus reservas conmigo. —Lilith no dijo nada, y con eso me bastó—. Terminarás aprendiendo que vivir tanto tiempo es algo muy raro —añadí—. Las cosas pueden cambiar mucho en un par de siglos, pero tú vas cargando toda esa mierda de todas formas, siglos de mierda.

Sonrió un poco.

—No es tan distinto para los humanos.

Me encogí de hombros.

—Tal vez no.

Di media vuelta de nuevo, porque no me apetecía seguir compartiendo con ella más verdades incómodas.

—Buenas noches, Lilith. Gracias por satisfacer mi curiosidad.

32

ORAYA

El castillo me parecía distinto. No tenía claro si estaba así cuando nos fuimos o si había cambiado mientras estábamos fuera. Podría haber sido cualquiera de las dos cosas. Antes de irnos, yo me encontraba inmersa en una bruma tal de dolor y rabia que apenas procesaba mi entorno.

De pronto, al deambular por los pasillos de la fortaleza, desiertos al anochecer, me pregunté si siempre habían estado tan... vacíos, tan distintos de cuando mi padre gobernaba aquel lugar, desprovistos de todas las obras de arte hiaj. Esperaba que las reemplazaran enseguida por pinturas, trofeos y objetos rishan, muestras idénticas de ostentación de poder, solo que con otro tipo de alas.

Pero Raihn no había hecho eso. Había dejado las paredes desnudas. El castillo entero estaba desguarnecido, como atrapado entre una inhalación y una exhalación.

Quizá fue eso lo que me llevó a los distritos humanos esa noche. En mi hogar ya nada me resultaba familiar, así que a lo mejor buscaba algo así en aquellas calles en ruinas; a fin de cuentas, me habían forjado casi tanto como el castillo.

O tal vez solo necesitaba ir a matar a alguien que se lo mereciera. Esa respuesta también me gustaba.

Pero, al llegar allí, también los distritos humanos habían cambiado: estaban en silencio.

Hacía meses que no salía por esa zona, desde que Raihn y yo la habíamos frecuentado durante el Kejari. En el pasado, cada vez que abandonaba mis obligaciones más de un par de semanas, volvía a encontrarme esos vecindarios atestados de vampiros. Esperaba un campo de exterminio listo para la cosecha. En cambio, para perplejidad mía, no vi ninguno. Ni un solo vampiro de cacería. Nada.

Al cabo de unas horas, suspiré y me recosté en una pared. A regañadientes, envainé las espadas.

¿En serio me decepcionaba no encontrar a nadie a quien asesinar esa noche? ¡Qué egoísta por mi parte! Tendría que estar contenta.

Y estaba contenta.

Y confundida. Y algo recelosa.

Una agradable ráfaga de viento me refrescó el sudor de la piel. También lanzó por los aires un letrero de madera que, dando tumbos, chocó contra un edificio de ladrillo. Lo miré: rezaba «SA DR'S», pero quizá en otro tiempo fuera «SANDRA'S».

Una taberna que me era familiar.

Me pasé la lengua seca por el paladar. De pronto el sabor de una cerveza espantosa, fría y espumosa, me pareció extrañamente apetecible.

Me erguí, me estiré y decidí que podía permitirme aquella excepción.

¿En qué diablos estaba pensando?

Me dejé las pieles abotonadas hasta arriba, más allá de lo necesario para ocultar mi Marca del Heredero, y me acomodé bien la capucha. No llevaba las alas desplegadas. No tenía los colmillos afilados. Y lo más importante de todo: no era vampiro.

Y, aun así, me sentía fuera de lugar. Cada vez que alguien echaba un vistazo hacia donde yo estaba, me daban ganas de salir corriendo.

La taberna estaba repleta de gente, incluso más que cuando iba por allí con Raihn. Olía a sudor, a cerveza y a velas encendidas. Todas las voces se fundían en un solo rumor de risas, bromas, coqueteos y apuestas desafortunadas a las cartas.

La primera vez que había ido allí me había sorprendido lo relajados que estaban los habitantes del distrito. Me había parecido un disparate que un humano de Obitraes viviera de otro modo que no fuera en constante miedo.

Ese día los vi aún más despreocupados, y en esa ocasión no me extrañó: yo misma me había pasado horas deambulando por las calles en busca de peligros de los que protegerlos y no había encontrado ninguno.

A lo mejor eso era motivo de celebración.

No obstante, su comportamiento se me hacía extraño. Si, muy en el fondo, había ido allí en busca de familiaridad, no la había encontrado. Yo tenía algo de sangre humana, pero no me parecía en nada a aquellas personas, aunque alguna vez lo deseara en secreto.

—Eh, hermosa, ¿vienes sola? —me dijo un joven de pelo cobrizo, acercándose a mí, y le lancé una mirada asesina que lo hizo torcer el gesto y dar media vuelta de inmediato.

Cuando se fue, caí en cuenta de que me había llevado las manos a las espadas.

¡En serio, maldición! ¿Qué hacía yo allí?

«No encajas nada aquí, culebrilla, entre los ratones», me susurró Vincent al oído.

Aun en mi pensamiento, lo decía con tal desprecio, con tal desdén... Lo noté enseguida porque, en vida, lo había oído hablar en ese tono en innumerables ocasiones.

Sentí escalofríos. Apreté los puños a los lados.

«El miedo es un conjunto de reacciones físicas».

Me obligué a respirar más despacio, a relajarme.

Si Raihn podía hacerlo, yo también, por supuesto.

Conseguí llegar a la barra blandiendo una mezcla de pisotones oportunos, codazos y la habilidad de ser lo bastante menuda como para meterme entre aquellos cuerpos fornidos de hombres barbones y sudorosos.

Puaj. Los humanos sudaban mucho más que los vampiros.

Ya en la barra, cuando el tabernero, un anciano enjuto de ojos hundidos y cansados, se volteó hacia mí, me quedé inmóvil.

Pasaron unos segundos. El tabernero parecía cada vez más enojado con todo el mundo.

—¿Y bien...? —me agobió—. Tenemos prisa, niña.

—Cerveza —solté por fin.

El tabernero se me quedó mirando.

—Una..., ¿una cerveza? —probé.

—Dos cervezas —corrigió una voz grave y risueña a mi espalda.

Una sensación de confort me envolvió cuando un cuerpo grande se apoyó en la barra a mi lado. Lo reconocí mucho antes de verlo.

¿Cómo diablos me había encontrado?

—¿Presumes de haber ganado el Kejari, pero no sabes pedir una cerveza? —me susurró Raihn al oído.

Me sonrojé como un tomate.

—Tampoco es una habilidad muy útil —protesté.

—Ah, ¿no? Pues a mí me ha servido mucho.

Regresó el tabernero con dos jarras de líquido parduzco y espumoso, y Raihn le pasó un par de monedas, que acompañó de media inclinación a modo de agradecimiento. Había transcurrido el tiempo suficiente desde la última vez que había visto aquella versión de él como para que volviera a chocarme. Vestía una capa oscura y una camisa blanca algo amarillenta, con unos cuantos botones desabrochados de forma perturbadora, y llevaba el pelo suelto. Su lenguaje corporal imitaba el de los que nos rodeaban: desenfadado, tosco, rudo.

Indudablemente humano.

Aun así, observé que en esa ocasión se dejaba la capucha puesta. A lo mejor ya no confiaba tanto como antes en su disfraz.

Agarró las dos jarras y me señaló una mesita medio apartada del otro lado de la sala, no muy lejos del lugar en el que nos habíamos sentado la primera vez que habíamos ido allí. El local estaba tan atestado que casi tuvo que abrirse paso a golpes, claro que consiguió hacerlo, por supuesto, con una agresividad un poco menos descarada que la que había empleado yo.

Por lo visto, servía ser grande.

—¿Qué haces aquí? —le pregunté en cuanto nos sentamos.

Frunció el ceño.

—¿Pensabas beber sola? Qué deprimente.

—¿Me estabas siguiendo?

—Tranquila, víbora. —Dejó las jarras en la mesa y levantó las manos en señal de rendición—. He venido por lo mismo que tú: el atractivo irresistible de esta orina que venden por cerveza. Me alegra saber que le has agarrado el gusto.

Sonrió, y yo no.

—O sea, que es una casualidad divina que te hayas plantado aquí...

—Qué sarcasmo tan sutil, princesa, tan elegante y refinado. Como un buen vino. O esta cerveza. —Le dio un trago, hizo una mueca y soltó un resoplido de gusto—. ¿Qué pasa?, ¿piensas que te estoy espiando?

—Justo eso es lo que pienso.

—Y, si lo hago, ¿qué? ¿Crees que Mische es tan patética como guardaespaldas que te puedes escapar a los distritos humanos sin que se entere nadie?

Me daba vergüenza reconocer que ni siquiera se me había pasado por la cabeza que Mische me hubiera visto.

—Entonces me seguías —dije.

—No, sabía que te las podías arreglar sola. Esto, que hayamos terminado los dos aquí al mismo tiempo..., esto sí es casualidad. Vengo mucho a este lugar. Lo extrañé mientras estábamos fuera.

Debía reconocer que eso lo creía. Raihn era allí alguien que no existía en el castillo de los Nacidos de la Noche. Quizá, solo quizá, igual que también yo era en un lugar alguien que no podía ser en el otro.

Di un sorbo a mi cerveza y el sabor amargo me hizo torcer el gesto.

—Puaj.

—No ha mejorado con el tiempo, ¿eh?

—No.

Aun así, bebí otro sorbo. No alcanzaba a comprender cómo algo podía saber tan bien y tan mal al mismo tiempo.

—Bueno... —dijo tras beber otro trago—. Hacía bastante que no salías de ronda nocturna. ¿Cómo estuvo?

Sabía reconocer una pregunta capciosa cuando me la hacían. Me bastó con ver la forma en que Raihn me miraba con el rabillo del ojo mientras bebía.

Entrecerré los ojos.

Enarcó las cejas.

Me apoyé en la mesa.

Se apoyó en el asiento, con las manos en la nuca.

—Si no te conociera tan bien —me dijo—, aseguraría que estás poniendo cara de acusarme de algo.

—¿Qué ha pasado ahí fuera?

—¿A qué te refieres?

¡Por Dios! Se estaba divirtiendo conmigo.

—Ya sabes a qué me refiero —contesté—. A que está...

—Tranquilo —propuso—. En paz.

—No hay nadie a quien matar.

Rio, se acercó hasta dejar la cara a solo unos centímetros de la mía y me susurró:

—Pareces decepcionada, mi reina homicida.

Le miré la boca mientras lo decía, aquella sonrisa que se dibujaba en sus labios, algo más suave y más provocadoramente cariñosa que sus sonrisitas de rigor.

Sabía la sensación que producía esa sonrisa contra mis labios, qué sabor tenía.

Aquel pensamiento me asaltó de pronto, visceral e incómodo. Y más incómodo aún me resultó el anhelo que lo acompañaba, una súbita punzada, como cuando pasas el arco por la cuerda doliente de un violín.

Me recosté en el asiento y puse algo más de distancia entre los dos.

—No —dije—. Eso es bueno. Solo que...

—La zona tendría que estar atestada de delincuentes a estas alturas porque tú, la heroica salvadora de los distritos humanos, has estado algo entretenida con otras cosas.

Me encendí, porque sabía que estaba provocándome, pero asentí de todas formas.

—Sí.

Dio un sorbo de lo más desenfadado a la cerveza.

—¿No se te ha ocurrido pensar que, a lo mejor, los distritos humanos ya tienen otro protector?

—¿Tú? —respondí, sin molestarme en disimular mi incredulidad—. ¿Qué?, ¿ahora me vas a decir que te escapas aquí todas las noches para hacer justicia por tu cuenta con estos pobres desgraciados?

Por un lado, me parecía absurdo: a fin de cuentas, Raihn era el rey de los Nacidos de la Noche, y no es que le sobrara el tiempo para pasearse a escondidas por los distritos humanos todas las noches. Claro que ¿resultaba más creíble que esa persona fuera yo?

Dejó la jarra en la mesa.

—Estás perdiendo perspectiva, princesa —me dijo en voz baja, como si no quisiera que lo oyeran—. Me hablas de hacer justicia por mi cuenta, pero eso ya no es necesario. Es lo que tiene gobernar un reino: que puedes cambiar las cosas.

La pequeña curvatura de sus labios seguía ahí, a modo de escudo permanente, pero sus ojos revelaban seriedad. Vulnerabilidad, incluso.

Entonces empecé a caer en cuenta.

—Has...

—He dado las órdenes necesarias y he tomado las medidas oportunas para que los distritos humanos sean seguros de ahora en adelante, sí.

—¿Cómo? Siempre estuvo prohibido ir de cacería por los distritos humanos, pero...

—Pero ocurría de todas formas —terminó él—. ¿Por qué? —No contesté—. Porque a nadie le importaba, en realidad —me dijo con una mirada cómplice y triste—. Porque nadie aplicaba esas leyes. Nadie vigilaba los perímetros después del anochecer. Nadie castigaba a los que desobedecían. Bueno, nadie salvo tú.

Se me hizo un nudo de amargura en el estómago. Pensé en aquellos distritos que solía recorrer, noche tras noche, atrapando siempre al menos a un culpable. Recordé lo que mi padre me había enseñado apenas unos días antes de morir: todos aquellos humanos bañados en sangre, inmovilizados sobre la mesa, que no eran más que comida.

—Te refieres a Vincent —dije—. Le daba igual que los distritos humanos fueran presa de los vampiros.

Aun entonces, casi esperaba oír su voz, una explicación, una defensa, una réplica..., pero nada, ni siquiera la versión imaginaria de mi padre podía justificar su decisión.

Porque eso era exactamente: una decisión.

Raihn era un rey impopular que apenas llevaba en el poder unos meses, todos ellos tumultuosos, y ya había conseguido que los distritos humanos fueran mucho más seguros que antes.

A Vincent nunca le importó. A pesar de que tenía una hija humana, le daba igual.

—No solo Vincent —dijo Raihn—. Todos ellos. Neculai no era mejor.

Tragué saliva.

—Siempre me decía que no se podía hacer nada —contesté.

No se podía hacer nada con muchas cosas. Mi familia del territorio rishan. Los que vivían en los distritos humanos, incluso en los de Sivrinaj. Hasta mi impotencia requirió para resolverse un deseo de Nyaxia.

Asomó a sus labios una sonrisa socarrona.

—Distorsionan muy bien la realidad, ¿verdad?, convertirla justo en lo que ellos dicen que es.

Apreté muy fuerte la jarra. Se me escaparon las palabras sin que pudiera detenerlas.

—Me siento... como una estúpida por completo... Nunca me había cuestionado nada de eso.

No quería verle la cara de pena a Raihn, así que clavé los ojos en la mesa mientras él hablaba.

—Yo tampoco me lo cuestioné nunca. Durante bastante más de veinte años. Pero es lo que tiene que tu mundo entero dependa de una sola persona: que puede hacer con él lo que quiera y tú te quedas atrapado entre esas paredes, sean reales o no.

¿Cómo podía hablar tan tranquilamente de aquello? Yo ansiaba esa calma.

—Y luego va y se muere —espeté—. Y se libra de las consecuencias.

Me sorprendió el odio con que lo dije. Tendría que haberme dado vergüenza pensar algo así, que la muerte sangrienta de Vincent había sido la escapatoria fácil, la mejor manera de no tener que dar explicaciones. Pero no me dio vergüenza alguna, y eso me aterró.

Lo miré con cautela a la cara. En sus ojos, cálidos y rojos a la escasa luz de la lámpara, no había rastro de la tristeza que esperaba. Al contrario, los vi fieros e inquebrantables.

—No —dijo—. Usamos el poder que heredamos de ellos para convertir este reino en algo que odien. ¿De qué sirve todo esto si no hay nada por lo que luchar de verdad?

Una parte mezquina y mordaz de mi ser siempre se había preguntado si las afirmaciones grandilocuentes de Raihn no serían solo otra de sus mentiras.

En ese momento, supe que decía la verdad. Lo supe porque la determinación y el rencor de su mirada eran idénticos a los que había visto en mí misma.

Tuve esa súbita certeza; fue una verdad que de pronto hizo clic y me reveló un retrato incómodo. Lo fácil había sido siempre odiar a Raihn, decirme que era mi enemigo, mi captor, mi conquistador. Pero Vincent se había pasado la vida contándome mentiras oportunas. Tal vez yo ya no tenía estómago para aguantar ninguna más. A lo mejor, lo difícil era asumir que Raihn se parecía más a mí de lo que se había parecido nunca nadie, por muy heredero de los rishan que fuera.

Se acercó un poco más. Sus ojos se posaron en los míos, y luego en la frente, la nariz, los labios...

Murmuró:

—Tenemos que hablar de...

PUM: su frente chocó con la mía y vi las estrellas.

—¡¡DE-MO-NIOS!! —susurré furiosa, echando la cabeza hacia atrás y masajeándomela.

Raihn hizo lo mismo y, al girarse hacia su espalda, furibundo, vio al mismo joven que me había abordado antes, con las manos en alto, como disculpándose.

—¡Perdón, perdón! —Al reparar en lo corpulento que era Raihn, se agobió y decidió darle una palmada en el hombro—. Ha sido sin querer. Esto está repleto. No pretendía interrumpir...

Entonces le cambió el gesto. La sonrisa lisonjera se esfumó y abrió mucho los ojos, hasta convertirlos en dos círculos perfectos y casi cómicos.

Retrocedió dando tumbos y estuvo a punto de tropezar con dos de sus compañeros.

—Alteza... —dijo con un hilo de voz.

Se me cayó el alma a los pies.

Maldiciónnn.

Raihn se descompuso al ver que el joven se hincaba de rodillas con las manos en alto.

—Mis disculpas, mi rey. Mis disculpas. Lo siento. Lo siento muchísimo.

Raihn agachó la cabeza, con una mueca, como si así fuera a conseguir que el joven no hubiera visto lo que acababa de ver. Pero ya era tarde para eso.

Y entonces todos se voltearon para mirarlo.

La gente tardó unos segundos en darse cuenta, pero, en cuanto eso ocurrió, se propagó el silencio por la multitud como si hubiera caído sobre ella el manto de la noche. Acto seguido, todos los ojos se posaron en Raihn, todos muy abiertos, todos aterrados.

Y Raihn me miró a mí unos segundos, completamente deshecho. Fue algo fugaz, que cubrió de inmediato una máscara de indiferencia.

Se levantó y alzó las manos.

—Aquí no ha pasado nada —dijo—. Nadie pretendía armar revuelo.

Estudió a la concurrencia, en silencio absoluto; la mitad de la taberna estaba de rodillas, y la otra mitad parecía demasiado aterrada para inclinarse siquiera.

—Deberíamos irnos —me susurró, y me tomó de la mano.

No me resistí cuando me llevó hasta la puerta; la multitud nos abrió el paso como si todos estuvieran impacientes por salir corriendo.

33

ORAYA

Raihn tardó mucho en hablar cuando volvimos a las calles de la ciudad. Caminaba rápido y yo le seguía el ritmo, sin saber muy bien adónde íbamos. Se acomodó la capucha, con la vista al frente, sin apenas mirarme.

Tampoco hacía falta.

Sentí una punzada de compasión por él. Le quedaban pocas partes de su identidad humana, y yo sabía lo mucho que valoraba esos pedacitos que había podido salvar. Por más que se empeñara en fingir que era solo por aquella cerveza asquerosa, a mí no me engañaba.

No debía preocuparme. Era consciente de que no debía preocuparme. Sin embargo, me limité a caminar a su lado.

—Lo siento —masculló por fin, cuando ya habíamos recorrido varias cuadras.

—No pasa nada.

En realidad, sí pasaba.

—Supongo que no voy a poder volver en un tiempo —dijo—, pero al menos... —Se detuvo en seco y caí en cuenta de que habíamos llegado a la misma pensión a la que me había llevado antes. Me dedicó una sonrisita pícara, apenas visible bajo la sombra de la capucha—. Al menos aún nos quedan otros refugios.

El hombre de recepción estaba, una vez más, dormido, y me pareció que Raihn suspiraba de alivio al verlo. Subimos a su departamento. El sitio tenía el mismo aspecto que la última vez que habíamos estado allí, aunque algo más revuelto: más papeles esparcidos por el escritorio, una copa de vino usada al lado de la jofaina, las sábanas algo arrugadas...

Contemplé aquellas sábanas más tiempo del que pretendía.

Raihn se sentó en la orilla de la cama y se dejó caer de espaldas, desparramándose como si lo hubiera vencido el agotamiento. Luego me miró y sonrió.

—¿Qué? —me dijo—. ¿No vienes?

Una provocación, claro. Y, aun así, me lo imaginé perfectamente: la sensación de su cuerpo bajo el mío, su olor, su sabor...

El ruidito que había hecho al venirse.

Cómo me había abrazado cuando me había venido yo.

Lo odiaba por haberme tocado como lo había hecho en la casita. Había revivido todos aquellos pensamientos inoportunos.

—¿Alguna vez subes compañía? —pregunté.

«Pero ¿qué demonios...?»

¿Para qué le preguntaba eso?

Tomé nota mental de no volver a beber jamás.

Ensanchó la sonrisa y me miró extrañado.

—¿Qué?

—Olvídalo.

—¿Me estás preguntando si me cojo a otras mujeres en esta cama?

—¡Que lo olvides! —gruñí, y me di la vuelta.

Pero me agarró de la mano, entrelazando los dedos con los míos, con delicadeza, sin jalar, solo sujetándome ahí.

—Estoy casado —contestó—. Por si no te acordabas.

Muy a mi pesar, casi sonreí.

—Un matrimonio difícil. Nadie te echaría en cara que buscaras un placer fácil.

«Pero ¿qué haces, Oraya?»

Resopló.

—Un placer fácil, como si eso existiera.

Apretó un poco la mano, acercando más nuestras palmas, y me atrapó los dedos entre los suyos; el roce de su piel áspera me produjo escalofríos en otras partes del cuerpo. No dejaba de mirarme.

—Me gusta que no venga todo con facilidad —masculló—. Además, ella me ha arruinado para todas las demás. Por mi maldita culpa, claro. Lo sabía desde el principio.

Se le había caído la capucha y el pelo rojo oscuro se le esparcía por la colcha. La camisa, medio desabrochada, dejaba ver un triángulo de su pecho bien definido y un atisbo de vello oscuro. Los músculos del cuello se le tensaron al tragar saliva, perfectamente sincronizados con mi exhalación algo entrecortada, como si percibiera mi deseo y aquella fuera su reacción.

Él se sentía solo. Yo me sentía sola. Los dos añorábamos el mundo que habíamos creído conocer.

Por lo menos esa vez no me negaba a reconocer que me veía tentada. A lo mejor por eso estaba dispuesta a acercar los dedos a las llamas.

—Un placer difícil, entonces —dije.

—Solo es bueno si duele —contestó.

Me acerqué un paso a la cama, hasta que mis piernas chocaron con el colchón, con la rodilla de Raihn entre ellas, rozándome casi el vértice de los muslos.

«Estoy agotada hasta el cansancio. Harta de fingir».

Incluso en ese momento estaba fingiendo, fingiendo que no sentía lo que sentía: el hambre.

Se incorporó despacio y, al moverse, deslizó la pierna hacia delante. Podría haberme apartado, pero no lo hice. En su lugar, me instalé en ella, subiéndome un poco a su regazo; la presión de su pierna y el roce de su ropa áspera con la mía me produjeron chispitas de placer por toda la columna.

Levanté nuestras manos entrelazadas, las ladeé para que el

pulgar me quedara de frente y, casi sin darme cuenta de lo que hacía, acerqué la boca.

Su piel estaba salada y limpia. Hasta las manos le olían a aquel aroma tan suyo, a desierto y a calor. Paseé la lengua por la yema áspera del pulgar y lo hice exhalar despacio. Le sostuve la mirada, sin pestañear, y él no cedió, aceptó el desafío. Ni siquiera respiraba.

Me dejé llevar y, sin saber muy bien por qué, le di un mordisco en el dedo.

Soltó un siseo de sorpresa, pero los ojos no le brillaban de dolor ni de rabia.

Descansé un poco más el cuerpo en su rodilla, ladeando las caderas.

Un líquido caliente, salado y con cierto sabor metálico me corrió por la lengua.

La sangre de Raihn era... era... ¡Por la Diosa, era exquisita! Incluso apenas unas gotitas me resultaron embriagadoras, dulces y saladas y sabrosas, seductoras como vino con azúcar.

Me tambaleé; aquel subidón me había hecho perder el control. Casi sin darme cuenta, volví a apretar la lengua contra su piel y succioné.

Raihn me puso la otra mano en el hombro, luego en el cuello, después en la cara, y me acarició la mejilla con el pulgar. Cerré los ojos, como si mi cuerpo entero quisiera concentrarse por completo en aquel placer. Pero sabía que él me observaba.

Soltó una carcajada grave y ronca. Noté la vibración en todo mi ser, en las entrañas, en la columna... Aquel sonido me devolvió de golpe a la realidad, sacándome de la bruma de su sangre.

Me zafé de él y retrocedí bruscamente. A lo mejor yo era medio vampiro, pero no tenía los colmillos muy afilados: la herida que le había hecho, tan solo una fea línea dentada perlada de negro rojizo, era mucho menos vistosa que las dos cicatrices pequeñas y delicadas que él me había dejado en el cuello.

Me afloró el bochorno también, y se me coaguló como su sangre.

¿Qué diablos acababa de hacer?

Si Raihn se había sorprendido u ofendido, lo disimuló bien.

—Tienes un poco de...

Con el pulgar, me limpió el labio, presionando la curvatura suave. Dejó de sonreír y se quedó muy pensativo, con el dedo ahí.

—Eres una caja de sorpresas —masculló.

¡Madre Oscura, no iba a volver a beber alcohol en mi vida!

Le solté la mano de golpe, y él me agarró enseguida por la espalda para evitar que me cayera, porque seguía en equilibrio inestable sobre su rodilla, en la que descansaba todo el peso de mi cuerpo.

—Tranquila, no te vayas a ver sobrepasada.

—No sé por qué... No... no pretendía...

Frunció el ceño, divertido.

—No tiene nada de malo ser curioso.

—No sé por qué he hecho eso.

Además me ardía la cara, para mayor vergüenza.

Se encogió de hombros.

—A veces no sirve de nada cuestionar nuestros instintos más primitivos. Eres medio vampiro, Oraya, y aún estás descubriendo en qué medida te afecta.

Hacía meses que lo sabía y seguía chocándome oírlo decir en voz alta. Tampoco ayudaba que a Raihn le pareciera tan divertido todo aquello.

—Entonces... bien, deduzco —dijo.

No me veía capaz de decir en voz alta que «bien» se quedaba corto.

Ya había probado la sangre de Raihn antes, cuando habíamos cogido, y de nuevo durante la boda. Aun entonces, me había sorprendido su atractivo. Y luego con la sangre de la fiesta de Evelaena...

—Ya... —Me aclaré la garganta—. Ya había probado la sangre sin querer. En el baile de Evelaena. Y me pareció...

Aquella seguramente era humana, extraída de alguien que no había podido opinar al respecto, por alguien que había pagado con su vida.

Debí de ponerme muy seria, porque Raihn también lo hizo.

—Te gustó.

—No pensaba que...

—Los medio vampiros son peculiares. Cada uno tiene rasgos distintos. Es lógico que la sangre te sepa bien. —Volvió a acariciarme la mejilla con el pulgar; un gesto muy natural, como si lo hiciera sin pensar—. No tiene por qué significar nada. Es una reacción de tu cuerpo. No implica que estés de acuerdo ni que tengas que beberla.

—Tú sabías... diferente.

Asomó a sus labios una sonrisa triste, fugaz.

—Mmm... Eso puede ocurrir.

No sabía ni cómo preguntárselo, ni si encontraría las palabras adecuadas, ni si quería siquiera que me lo confirmara.

«Sabías... diferente —me había dicho Raihn—. Pensé que era por lo que sentía por ti».

—No tiene por qué significar nada —me dijo, como si atara cabos—. Es cosa de tu cuerpo.

Y mi cuerpo tenía que reaccionar precisamente a Raihn, maldición, para complicar las cosas aún más.

Me quitó la mano de la espalda y se examinó el pulgar, aún ensangrentado.

—Pero, si lo que quieres es experimentar, podríamos hacerlo de formas mejores —dijo.

Levantó un poco la cabeza, como para enseñarme la garganta. Resoplé.

—¿Me estás ofreciendo el cuello? ¡Qué estupidez!

—Puede ser, pero tienes unos labios fantásticos, y una lengua aún mejor.

¡Por la Diosa! Eso era una provocación descarada.

—Vete al diablo —mascullé.

—¡Esa es mi chica! —espetó riendo.

Solté un suspiro y procuré deshacerme de la sensación permanente del sabor de Raihn y de su abrumadora proximidad. Tenía la impresión de que su aroma me cubría, como se adhiere la condensación al cristal.

Me levanté, agradecida de poner algo de distancia entre los dos.

—¿No decías que teníamos que hablar de no sé qué? —pregunté—. ¿A qué hemos venido aquí?

Torció el gesto.

—Uf, quieres hablar de trabajo...

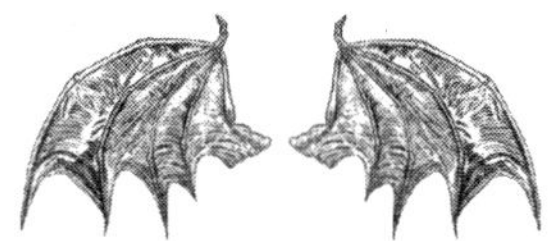

Mientras Raihn hablaba, me senté en la mesa de comedor del otro extremo del cuartito. Él se apoyó con desenfado en la orilla de la cama, quién sabe cómo aguantaba su peso, al parecer completamente inmune a nuestra reciente interacción, algo que yo no sabía si considerar admirable o fastidioso.

—A ver... —dijo—. La boda.

—¿Me vas a explicar de qué se trata todo eso en realidad?

Me dedicó una sonrisa de medio lado.

—Intriga mucho, ¿no?

Me encogí de hombros.

—Llámalo intuición.

—Como bien sabes, tenemos problemas, con los Nacidos de la Sangre. A pesar de mis órdenes, no han dado tregua a su brutalidad. Algunas zonas han quedado absolutamente devastadas por sus actos.

—Las zonas hiaj.

—Todas forman parte de mi reino. —Ladeó la cabeza—. O sea, que estás al tanto de las cosas.

Volví a encogerme de hombros. También era mi reino. Me tocaba prestar atención.

—Y tampoco hemos avanzado mucho en la búsqueda de esa... sangre de dios —añadí.

Pensé en el dije, perfectamente envuelto y escondido en mi alcoba cerrada con llave. Aun siendo tan misterioso, en el fondo no nos había proporcionado ningún dato, por muchos libros que leyéramos o conjuros que Mische le hiciera. Por desgracia, no teníamos ninguna pista de lo que era.

Raihn hizo una mueca.

—Eso parece... Para colmo, tuve que volver corriendo a Sivrinaj por la rebelión de un puñado de nobles rishan, como ya sabes.

Procuró en vano disimular su fastidio, más que fastidio. Lo observé con el ceño fruncido.

—Te odian de verdad.

—Pues claro —contestó con un bufido—. Muchos de ellos eran amigos de Neculai y me vieron...

¿Sabía que siempre se interrumpía cuando hablaba de aquellos días? Apartó la vista y la clavó en el suelo.

—No iban a aceptarme nunca como rey —siguió—. De momento, solo han sido algunos de los nobles de menor rango, pero el que me preocupa en serio ha estado muy callado. Simon Vasarus.

Me sonaba el nombre.

—Mataste a su hermano, en aquella primera reunión.

—Eso mismo.

Evitó mi mirada. La cara que estaba poniendo me resultaba muy familiar. No hizo falta que me dijera directamente quién era aquel hombre para él. Lo entendí.

—Viene a la boda —añadió, y aquel tono me desveló también todo lo que debía saber. No solo odiaba a aquel hombre, sino que, además, le tenía miedo.

—¿Por qué?

—Porque su ejército es mayor que el mío y tengo que estar

en buenos términos con él hasta que encuentre una solución mejor —contestó, torciendo la boca, visiblemente asqueado.

Una solución mejor. Yo. Claro.

—La sangre del dios —tercié.

Suspiró hondo y se acercó al escritorio. Apoyó las manos en la madera y se inclinó sobre ella un buen rato, absorto en sus pensamientos.

—He invitado a la Casa de las Sombras a esta fiesta —dijo.

Enarqué las cejas. Había visto a los nobles de la Casa de las Sombras unas cuantas veces. Era raro que los invitaran a un acto de los Nacidos de la Noche, pero tampoco inaudito. Hacía poco que Raihn era rey y parecía lógico que quisiera favorecer ese tipo de lazos diplomáticos, y que a los Nacidos de las Sombras les ganara la curiosidad.

—El rey de los Nacidos de las Sombras odia a la Casa de la Sangre tanto como nosotros —dijo—. No quiere que los Nacidos de la Sangre se apropien de la Casa de la Noche y se acerquen a sus fronteras. Aunque los Nacidos de las Sombras sean los más discretos, también son guerreros temibles. Además, su magia mental... —Hizo un gesto como de «¿Qué más se puede pedir?»—. Son poderosos. Me he puesto en contacto personalmente con su rey. Nos envía a uno de sus hijos. Si consigo mover los hilos adecuados, presentar la imagen oportuna, lograré ganarme su fidelidad.

Era complicado. Las alianzas auténticas entre casas eran poco habituales. Los vampiros eran criaturas independientes e interesadas. Claro que, si algo podía motivar una alianza entre la Casa de las Sombras y la de la Noche, sería una agresión de la Casa de la Sangre.

—Eso va a ser una maniobra política delicada —dije.

Raihn rio con sorna.

—Lo sé de sobra. Pero Cairis tiene razón: la boda es una ocasión de presentar una imagen, y sé bien el poder que tiene algo así. —Eso era cierto, y yo lo sabía—. Necesito ayuda externa. Dar la imagen de una alianza fuerte. Los rishan... —Negó con la cabeza, apretó la mandíbula—. A los antiguos nobles no los convencerá otra cosa que una gran exhibición de fuerza. Tengo que demostrarles que soy tan poderoso como lo era Neculai.

—¿Qué piensa Cairis de ese plan?

—Sabe que he invitado a la Casa de las Sombras, pero no sabe por qué. No lo sabe nadie.

Parpadeé sorprendida, por la revelación y por el hecho de que estuviera dispuesto a compartirlo conmigo.

—¿Por qué no?

No respondió enseguida.

—Los rebeldes rishan sabían más de lo que debían —dijo por fin—. Cosas pequeñas, nada importante. Casualidad. Pero confío en mi intuición.

Caí en cuenta y comenté con el ceño fruncido:

—Crees que tienes un traidor. —Me miró de una forma que interpreté como confirmación—. ¿Sabes quién? —pregunté.

Tampoco esa vez contestó, pero yo ya le estaba dando vueltas. El círculo de asesores de Raihn era muy pequeño. En Cairis y Ketura confiaba por completo, porque había dejado a Mische a su cuidado cuando más vulnerable era, una muestra máxima de confianza. Y Mische, por supuesto, jamás traicionaría a Raihn. Solo quedaba...

—Vale —dije—. Piensas que es Vale.

Vale era de la nobleza. Había conocido a Raihn hacía doscientos años, cuando no era más que un esclavo de Neculai. Lo había visto en sus peores momentos. En la sociedad de los vampiros, era difícil salir de eso.

Raihn no dijo nada, pero, también esa vez, le vi en la cara la confirmación que no expresaba en voz alta.

—¿Qué hace falta para convencer a la Casa de las Sombras de que se alíe contigo? —pregunté—. No van a querer otorgarte un poder de ese calibre, al menos no el suficiente como para que te enfrentes a la Casa de la Sangre y a tus propios traidores.

—No escatimarán, y menos aún si se trata de poner en su sitio a los Nacidos de la Sangre. Además, si consigo ganarme el respeto de las otras casas, con eso bastará para que mis detractores cierren la boca. —Frunció el ceño—. Y para conseguir el respeto de los hiaj, quizá, con tu ayuda.

Resoplé.

—Ni lo sueñes.

—No habría llegado hasta aquí sin soñar.

Me estaba mirando de una forma que reconocí enseguida, como tomándome la medida. Me recordó el Kejari, y la cara que puso cuando me pidió que fuera su aliada.

Entorné los ojos, inquisitiva, y él soltó una carcajada.

—¿Y esa cara? ¿Qué he hecho ahora?

—Cuando me miras así, te temo.

—Ay. —Se llevó la mano al pecho—. En realidad, te va a alegrar mucho lo que estoy a punto de decirte.

—Lo dudo.

—Considerémoslo un desafío. —Se quedó a unos pasos de mí, esbozando una sonrisa—. La cosa es la siguiente, princesa: en cuanto tenga el apoyo de la Casa de las Sombras, los retorcidos planes secundarios de Septimus darán un poco igual, es decir, ya no te necesitaré. —Lo observé sorprendida. No estaba segura de estar oyendo lo que creía oír—. Hacemos lo de la boda —dijo—, me ayudas a dar una imagen de poderoso conquistador rishan, consigo el respaldo de la Casa de las Sombras y, cuando lo consiga, eres libre.

Libre.

La palabra se me quedó atorada en la cabeza, como la resina en el engranaje de una máquina.

Lo miré fijamente.

Nunca había sobrepasado las fronteras de la Casa de la

Noche. Maldición, hasta hacía menos de un año, ni siquiera había cruzado las de Sivrinaj, al menos que yo recordara. Había vivido siempre recluida: en mi cuarto, en mi frágil cuerpo humano, en las normas y las expectativas de Vincent, en... en lo que fuera que teníamos Raihn y yo.

Había oído hablar de aquello, de animales que pasaban tanto tiempo en cautividad que no sabían qué hacer ante una puerta abierta.

—Los hiaj son tan súbditos míos como los rishan y los humanos —dijo Raihn en voz baja—. Los trataré bien. Confío en haberte demostrado ya que será así. —Aunque me fastidiara reconocerlo, sí, me lo había demostrado—. Este lugar te ha arrebatado todo, Oraya. Incluso cosas que no debería haberte exigido, cuando eras demasiado pequeña para darlas. Eres joven, hermosa, poderosa... Podrías hacer lo que quisieras. Construirte la vida de tus sueños. —Me obligué a levantar la vista de la mesa y mirarlo a los ojos—. Mereces ser feliz.

Feliz.

La idea me parecía irrisoria. Ni siquiera sabía lo que significaba.

—¿Y si me dejas marchar, doy media vuelta y te declaro la guerra?

Rio.

—Podría ocurrir.

Claro que podría. Sería la única línea de acción que esperarían de mí mis seguidores.

—Dejarme marchar es una estupidez.

—Hay quienes piensan que perdonarte la vida fue una estupidez. Tal vez es que soy estúpido.

Me quedé mirándolo, con el ceño fruncido y la mandíbula apretada, analizando su expresión amable como si fuera a encontrarle sentido al despojarla de todas sus capas.

—No lo entiendo —dije por fin.

Fue lo único que se me ocurrió y, por mucha vergüenza que me diera, era cierto.

—Piénsalo, a ver adónde te lleva esa imaginación maligna que tienes. —Se inclinó hacia delante y me pareció verle, aunque quizá me lo imaginé, cierta tristeza en los ojos, oculta bajo los pliegues de una sonrisa risueña—. Libertad, Oraya. Deberías haberla tenido toda la vida, pero más vale tarde que nunca.

34

ORAYA

Libertad.

Las palabras de Raihn me resonaron en la cabeza mucho después de nuestra reunión y durante muchos días. Presidían todos y cada uno de mis pensamientos mientras seguía mi rutina cotidiana: entrenar, pasear nerviosa, comer, leer... Apenas lo vi en las semanas siguientes, probablemente porque, como todos los demás, estaba ocupado organizando aquella boda absurda. El castillo de los Nacidos de la Noche era un hervidero de actividad, un auténtico caos: montones de criados de un lado para el otro se deshacían de los restos del gobierno anterior y los reemplazaban por espléndidos símbolos del poder rishan, más propios del poderoso y sanguinario monarca de uno de los imperios más poderosos y sanguinarios del mundo.

La víspera de la boda deambulé yo sola por los pasillos desiertos del castillo. El silencio era sepulcral, después del bullicio casi constante de las dos últimas semanas. Al alba, el trabajo ya estaba hecho, y todo el mundo, recogido en sus aposentos.

Disfrutaba de la quietud de aquellas horas.

Me metí en distintas bibliotecas, salones, salas de reuniones, estudios..., en sitios donde nunca se me había permitido entrar cuando aquel lugar era mi hogar de verdad. Estaban todos vacíos, hasta que, al doblar la esquina, entré en una de las bibliotecas, apenas iluminada por los levísimos rayos de sol que se colaban entre las cortinas de terciopelo, y me detuve en seco.

Retrocedí enseguida, pero una voz suave me dijo:

—No hace falta que te vayas.

—Perdona, no quiero molestar —me excusé.

El olor a puro se acumulaba en una estancia tan pequeña. A Vincent le habría horrorizado que aquel humo manchara las páginas de esos libros.

Septimus me dedicó una sonrisa agradable. El fuego, que estaba encendido, le recortaba la silueta y hacía que su pelo platino pareciera completamente dorado.

—En absoluto —me dijo, y me señaló el otro sillón—. Hace tiempo que no tenemos ocasión de ponernos al día. Siéntate conmigo.

No me moví, y él rio.

—No muerdo, encanto. Te lo prometo.

No era precisamente el mordisco de Septimus lo que me daba miedo. De hecho, aquellos días en los que los colmillos eran mi mayor preocupación resultaban ya casi anecdóticos.

Iba algo desaliñado, con la camisa desabrochada lo justo para enseñar una pizca de oscuro vello pectoral. Sus ojos parecían más dorados de lo normal, con más trazos ámbar sobre plata, aunque quizá fuera por el reflejo del fuego y la oscuridad que los enmarcaba.

—Te noto cansado —dije.

—¿Le gustas a Raihn por lo bien que te salen los elogios? —contestó, señalando de nuevo el sillón—. Siéntate y saborea la calma, antes de que este lugar se convierta en un desfile infernal de nobles vanidosos.

Me fastidiaba coincidir con Septimus, pero... puaj.

No obstante, crucé la estancia más por curiosidad que por otra cosa. Y, de acuerdo, a lo mejor fue una pequeña añoranza de los placeres mortales lo que me llevó a aceptar el puro que me ofreció. Rechacé el cerillo, eso sí, y lo encendí con una chispita propia de Fuego de la Noche.

Enarcó un poco las cejas.

—Impresionante.

—¿Me has visto luchar en el Kejari y lo que te impresiona es que encienda un puro?

—A veces las cosas pequeñas cuestan más que las grandes.

Se guardó los cerillos en el bolsillo. Observé sus manos mientras lo hacía. Vi cómo le temblaban el meñique y el anular de la mano izquierda. De forma constante, esa vez.

Maldiciones de los Nacidos de la Sangre. ¿Era aquello un indicio de la suya? Los síntomas variaban, pero algunos se presentaban casi siempre: los ojos rojos, las venas de color escarlata negruzco bajo una piel cada vez más fina... La pérdida de la cordura, claro, ya muy al final. Todo el mundo sabía que los Nacidos de la Sangre se convertían en poco más que animales, como demonios atrapados en un estado perpetuo de frenética sed de sangre, incapaces de raciocinio ni de emoción. Pero hasta eso solía comentarse en susurros. Los Nacidos de la Sangre eran sobreprotectores y herméticos. Ocultaban bien sus debilidades.

—Me alegra verte deambular sola por ahí —dijo—, que hayas salido de la jaula por una vez.

—No estoy enjaulada.

—Ahora no, pero lo estabas. Una lástima. Raihn es el único de por aquí que reconoce tu valía. Vincent, desde luego, nunca lo hizo.

Curiosamente, aunque buena parte de mi discurso mental reciente consistía en revolverme de rabia por la conducta de Vincent, bastaba que cualquier otra persona hiciera el menor comentario contra él para que me costara no saltar en su defensa.

—¿Puedo hacerte una pregunta directa? —dije, y a Septimus pareció deleitarle la idea.

—Me encantan las preguntas directas.

—¿Qué haces aquí? ¿Por qué estás ayudando a Raihn?

Exhaló el humo por la nariz.

—Ya te dije cuál es mi objetivo.

—La sangre de ese dios —respondí algo socarrona.

—¡Ay, cuánto veneno! Sí, encanto, la sangre de ese dios.

—Para poder hacer, ¿qué?, ¿presumir de poder ante las demás casas? ¿Te vas a arriesgar a fastidiar a los dioses por eso?

Mi comentario lo hizo reír, y su risa sonó como una serpiente deslizándose por la maleza.

—Dime, Oraya, ¿cómo fue crecer mortal en un mundo de inmortales? —Al ver que no contestaba, dio otra calada al puro—. Déjame adivinar: tu padre procuraba que supieras en todo momento lo débil que eras, lo bien que olía tu sangre, lo frágil que era tu piel. Seguramente te has pasado tu corta vida acobardada, ¿verdad?

—Cuidado... —susurré furiosa.

—¿Te ofendes? —Se inclinó hacia delante, y la luz del fuego produjo destellos ambarinos en sus ojos—. No te ofendas. Yo respeto el miedo. Solo los imbéciles no lo hacen.

Resoplé, di una calada al puro y disfruté de la quemazón que me producía en las fosas nasales.

—¿No me crees? —preguntó extrañado.

—Me parece que no te crees ni tú.

Rio y miró el fuego.

—Quiero contarte un cuento.

—Un cuento...

—Uno muy divertido, te lo prometo, repleto de placeres de lo más oscuros.

Me ganó la curiosidad, muy a mi pesar. Septimus me miró inquisitivo e interpretó como aprobación tácita mi silencio.

—Érase una vez un reino de ruinas y cenizas —empezó—. El reino había sido hermoso en su día, muchísimo tiempo antes, pero luego, hace unos dos mil años, los habitantes de aquel espléndido reino hicieron enojar a sus dioses y... Bueno, ese no es el cuento triste que te voy a contar esta noche. —Se esfumó la sonrisa de sus labios. Con el resplandor del fuego reflejándose en las facciones angulosas de su rostro, más huesudo quizá que hacía unos meses, parecía una estatua—. No —continuó—, te voy a contar el cuento del príncipe de la Casa de la Sangre.

Vaya, me iba a hablar de sí mismo, mira qué sorpresa.

—El reino de la Casa de la Sangre llevaba ya dos milenios sufriendo; su pueblo estaba destinado a muertes prematuras que les otorgaban escasa dignidad —prosiguió—. Los Nacidos de la Sangre son gente orgullosa. No permiten que los extraños sean testigos de su lado más desagradable, pero te adelantaré que la muerte de un Nacido de la Sangre presa de la maldición es desagradable. Mientras que los otros dos reinos de vampiros prosperaban, levantaban imperios gracias a la inmortalidad que sus dioses les habían concedido, este reino avanzaba a trompicones, atrapado en un ciclo de vida infinita y muerte eterna. Sobrevivía, pero nada más.

Di otra calada a mi puro. El de Septimus se consumía entre sus dedos.

—Pero —siguió—, hace un tiempo, el rey se enamoró. Su amante era joven y optimista, y, pese a los males de su reino, creía que las cosas podían cambiar. El rey... no era un romántico. No es tarea fácil, entiéndelo, gobernar entre los escombros de una nación. Él era un hombre poderoso, solo que el poder no le servía para evitar que muriera su pueblo, ni que marchitara su reino, ni que otros vampiros le escupieran a la cara. —Se le instaló en los labios una sonrisa torcida, desganada—. En cambio, el amor, esa droga potente, pese a que no bastaba para convencerlo, para convertirlo en un optimista como su joven amada, lo llevó a pensar en una palabra peligrosa: *quizá*.

»Así que el rey se casó con su amada y, poco después, ella ya estaba encinta. Fue entonces cuando, como es tradición entre las familias reales, los monarcas acudieron a una vidente.

Me incliné un poco hacia delante, intrigada. Había oído decir que en la Casa de la Sangre recurrían a menudo a los videntes, aunque después hicieran caso omiso de sus pronósticos.

—Lo que ocurre es que las visiones de los videntes, como sabrás, a veces son poco... claras. Si bien es tradición que las embarazadas de alta cuna de la Casa de la Sangre acudan a un vidente, los resultados de esas sesiones suelen ser vagos y aduladores, predicciones de grandes aptitudes, lealtad, inteligencia..., ese tipo de cosas. Y eso era, tal vez, lo que esperaban los monarcas cuando visitaron a la vidente aquella noche. En cambio, lo que se llevaron fue una profecía.

Resoplé, no pude evitarlo. Septimus rio y levantó la mano para pedir paciencia.

—Ya sé que no tienen buena fama, pero aquella era de fiar: aunque sus predicciones eran algo vagas, siempre se cumplían. Al completar el ritual, se agitó. Les dijo que su hijo salvaría la Casa de la Sangre o acabaría con ella. Al rey le preocupó aquella noticia, pero la reina estaba muy contenta. Ni siquiera oyó el mal augurio, solo la esperanza de futuro. Su hijo estaba destinado a salvar el reino.

Lo miré sin entusiasmo.

—Vaya, me has hecho sentarme aquí para decirme que eres el elegido, el futuro salvador de los Nacidos de la Sangre.

Esbozó una sonrisa.

—No sabes disfrutar de los giros de una buena trama, encanto. —Se aclaró la garganta y prosiguió—: Pasaron los meses y pronto la Casa de la Sangre tuvo su nuevo principito. Los reyes adoraban a su hijo. Lo agasajaban con todo lo que un niño podría desear.

Me moví incómoda en la silla. Era casi inaudito que unos vampiros trataran a sus hijos con un cariño tan patente. Yo había visto a los Nacidos de la Sangre desmembrar literalmente a sus adversarios en la batalla. La idea de que sus gobernantes fueran tan cariñosos se me hacía ajena.

—Pasaron los años y al niño lo educaron para que fuera leal, fuerte, inteligente, perspicaz. Lo instruyeron en las artes de la magia, de la guerra, de la batalla, de los modales cortesanos. Era lo mejorcito de entre nosotros.

Septimus no apartó la vista del fuego. Me costaba interpretar la expresión de su rostro: doliente, furioso, afectivo..., todo a la vez.

Entonces caí en cuenta: no hablaba de sí mismo.

—Pasaron las décadas y el príncipe Nacido de la Sangre no tardó en estar preparado para ocupar su puesto como héroe, elegido por los dioses, de la Casa de la Sangre. Así que reunió a su mejor general y a sus mejores hombres, y dio comienzo a su misión: la de ir en busca de Nyaxia, demostrarle la lealtad de su pueblo y recuperar el amor de ella por la Casa de la Sangre.

»En efecto, terminó encontrando la tierra de los dioses, y sus hombres y él superaron varias pruebas destinadas a granjearse el afecto de Nyaxia, solo que les costó muchas vidas. Y entonces escaló las montañas más traicioneras de los dioses para reunirse por última vez con su diosa y suplicar su perdón por los pecados de sus tatatatarabuelos, jurarle lealtad y librar a la Casa de la Sangre de su maldición.

El semblante de Septimus se había vuelto más frío, más cruel, y su sonrisa parecía tallada en hielo. Se acercó un poco más y, con las siguientes palabras, me echó a la cara los restos de su última bocanada de humo.

—¿Y sabes, encanto, lo que hizo entonces esa zorra asquerosa? —No esperó mi respuesta. Ni respiró. Ni parpadeó—. Se rio de él —dijo—. Y luego lo mató. —Aquellas palabras cayeron como la hoja de una guillotina—. Dejó con vida a su general, aunque mancillado para siempre, y lo mandó de vuelta a la Casa de la Sangre con la cabeza del príncipe. —Septimus miró de nuevo el fuego—. Solo he oído llorar una vez a mi madre —masculló—. Solo una.

Entonces lo entendí.

—Era tu hermano —dije.

—Uno de ellos. Mis padres eran inusualmente fértiles para ser una pareja de vampiros. Tenía siete hermanos: seis hombres y una mujer.

«Tenía».

Rio sin ganas.

—La chica sigue viva. Claro que eso tampoco consuela mucho a mis padres. Puede que sigan por la Casa de la Sangre en este momento, intentando concebir otro heredero varón, confiando aún en que aquella profecía suya se cumpla de algún modo. —Se llevó el puro a los labios—. ¿Sabes en qué me convierte eso, encanto? En su último recurso. Así que ya ves... —Una sonrisa socarrona y una exhalación larga y lenta de humo—. Entiendo cómo se siente uno cuando no tiene tiempo. Tú y yo no disponemos de siglos, como ellos, para nuestros jueguitos. Y creo que eso nos hace mejores, más implacables, más dispuestos a lo que sea. —Se acercó aún más, tanto que sentí la necesidad de recostarme en el asiento para aumentar la distancia de aquellos ojos voraces—. Y yo estoy dispuesto a lo que sea.

No me gustaba cómo me miraba. Había aprendido desde muy joven a distinguir cuándo un vampiro me miraba con deseo, aunque aquel no deseara ni mi sangre ni mi cuerpo. Lo suyo, en cambio, parecía todavía más peligroso.

—Me tengo que ir —respondí—. Descansar un poco antes de...

Me dispuse a levantarme, pero Septimus me agarró del brazo.

—Yo siempre he apostado por ti, Oraya —dijo—. Y, si tengo que elegir, seguiré haciéndolo. Solo pido lealtad.

Hice un esfuerzo consciente por mantenerme impasible, por no revelar nada.

Septimus estaba eligiendo cuidadosamente sus palabras, pero yo sabía lo que me ofrecía, sabía a qué se refería. Y, para bien o para mal, sabía que, si aceptaba su ofrecimiento, me entregaría la corona de la Casa de la Noche. Sí, sería un regalo envenenado: la corona con más ataduras que las de Raihn.

Mi padre habría aceptado aquel trato, no me cabía la menor duda, aunque hacía unos meses yo lo hubiera negado. Yo misma había analizado el pacto que me había ofrecido Raihn y había declarado, con desdén y altanería, que Vincent jamás se habría rebajado a semejante cosa. Por más que mi padre hubiera demostrado ser capaz de tomar medidas extremas. Por más que Raihn se hubiera visto acorralado, obligado a tomar aquella decisión para salvarme.

Entonces no podía pensar en eso: era más fácil ignorar las verdades incómodas. Ahora, en cambio, solo me quedaban verdades de esas.

Vincent habría aceptado el trato. Se habría servido de los Nacidos de la Sangre para hacer que Raihn mordiera el polvo. Habría vendido lo que tuviera que vender para conseguir el poder y ya habría lidiado con las consecuencias después. A fin de cuentas, tampoco habría sido la primera vez.

Hacía unos meses, yo no había deseado nada tanto como ser Vincent, gobernar su reino, ser digna de su sangre, recuperar su corona.

Miré la mano de Septimus, y los dedos finos con los que sujetaba el puro. Tenía el meñique tapado, casi escondido, pero de todos modos detecté los temblores. En ambas manos ya.

—No soy tan estúpida como para hacer un trato con un hombre desesperado —dije—. Además, tienes razón: estoy harta de vivir enjaulada y sé ver unos barrotes cuando los tengo delante. —Me puse en pie y apagué el puro en el cenicero, sosteniendo en todo momento la mirada de oro y plata de Septimus—. Gracias por esto —añadí—. Nos vemos en la boda.

35

ORAYA

El vestido era indecente.

Lo había elegido Cairis, seguro. Hasta el último detalle del diseño era absolutamente deliberado: los colores patrios de la Casa de la Noche, azul y morado en capas de exquisita seda ondulante; el escote asimétrico, que recordaba el estilo de los sacos masculinos rishan, a juego, sin duda, con la de Raihn; el ribete plateado y los detalles metálicos, las cadenas por los hombros y colgándome por la espalda; la cola larga; el corte ceñido que revelaba demasiado...

Y, por supuesto, la capa corta, de un tejido oscuro y tupido, sobre los hombros y abotonada hasta el cuello, pensada, era obvio, para ocultar mi Marca del Heredero.

Cairis me mandó a media docena de mujeres jóvenes para que me ayudaran a vestirme y se ocuparan, por lo visto, de todas las partes de mi cuerpo: el pelo, la piel, los ojos, los labios... Al principio protesté, prácticamente le solté un ladrido a la pobre chica que se acercó a mí con un cepillo, pero eran persistentes, y terminé dándome cuenta de que no valía la pena resistirse. Dejé que me rodearan como un enjambre, y, cuando terminaron, se fueron casi de repente y me dejaron tambaleándome frente al espejo.

Tendría que haber odiado la versión de mí misma que vi.

Pero no fue del todo así.

Sin la capa, el vestido era aún más revelador que el que había llevado al baile de la Medialuna y que entonces me había escandalizado. Toqueteé la capa, acariciando el intrincado bordado de plata. Precioso, por supuesto. Y la Oraya de no hacía mucho la habría agradecido: algo grueso con lo que cubrirse los brazos, el pecho y el cuello, una capa más con la que protegerse el corazón de aquel mundo brutal.

Desabroché los botones uno a uno y dejé que el tejido me resbalara de los hombros.

La Marca del Heredero me latía y brillaba suavemente en medio de la estancia apenas iluminada. A lo mejor mis ojos humanos, mucho más sensibles a la diferencia entre luz y oscuridad, eran más conscientes de eso que los de los vampiros. Encajaba a la perfección con el vestido: la tela enmarcaba las alas rojas que me abarcaban toda la clavícula, y el pronunciado escote revelaba la columna de humo que brotaba entre mis pechos.

Iba a ser más seguro que me pusiera la capa.

Que me tapara el cuello. Que me tapara la marca. Que me encogiera y pasara inadvertida. Mi suspicacia innata me decía que el gabinete de Raihn quería que me tapara para hacerlo más poderoso a él, pero yo sabía que la verdad era más compleja, que la marca solo constituía un peligro importante para mí, una diana pintada sobre mi corazón en un salón repleto de estacas.

Y a lo mejor, en parte, me alegraba de esconderla. Me avergonzaba de lo que significaba la marca, aun extrañando tanto todavía al hombre que la había lucido antes que yo. Aunque aquel hombre me la hubiera ocultado a mí toda la vida.

Hacía mucho que no me miraba de verdad en el espejo. Mi cuerpo empezaba a parecer sano otra vez: los músculos de los hombros y los brazos se veían más definidos, y por la abertura alta de la falda del vestido se adivinaba un muslo potente y elegante. Me giré y me miré la espalda. Sin la protección de la capa, el vestido la dejaba por completo al descubierto. El resplandor del fuego jugaba con la topografía de mi piel, tersa por los músculos desarrollados recientemente, más fuertes de lo que habían estado incluso en mi momento de plenitud física, y mancillada por las cicatrices de toda una vida de lucha.

Volvía a ser tan fuerte como antes. Más aún. Mi cuerpo lo demostraba.

Me observé de frente otra vez y me hice un repaso de arriba abajo. El rostro, serio y estoico. Los ojos grandes color plata. Las cejas gruesas y oscuras. Las mejillas que empezaban a rellenarse. Una boca demasiado fina y grave.

Me parecía a él.

La semejanza me sobrevino de golpe, de pronto innegable. El color de pelo era distinto, claro, negro como la noche el mío y rubio el de Vincent, pero nuestra piel poseía la misma palidez gélida, y teníamos la misma frente plana y los mismos ojos plateados.

Se había pasado toda la vida mintiendo sobre algo que yo llevaba escrito de forma visible en la cara.

Claro que nuestra relación entera había sido así. Me había educado para que viera los barrotes de mi jaula y los llamara árboles.

Y entonces, por fin, bajé la vista más allá de la mandíbula, hasta la columna completamente desnuda de mi cuello y las dos cicatrices que tenía allí, la que yo me había buscado y la que no.

Me dirigí a la puerta y dejé la capa tirada en el suelo.

36

RAIHN

Lo reconocía: Cairis era un hacha organizando fiestas. En una corte plagada de impopularidad, indecisión y luchas de poder, y castigada por dos guerras civiles activas, se las había arreglado para organizar un banquete nupcial digno de las más espléndidas dinastías de los Nacidos de la Noche. Había transformado el castillo en la encarnación del máximo liderazgo rishan. Nadie habría imaginado que, hacía tan solo dos semanas, aquel mismo castillo, atrapado de mala manera por un golpe de Estado, se había visto despojado por completo de su anterior grandeza.

No, ahora tenía el aspecto de hacía doscientos años, solo que más nuevo, hasta los mismísimos arreglos florales. A cualquier otro podría haberle sorprendido que Cairis recordara todo aquel detalle, pero yo lo entendía. A fin de cuentas, había estado a su lado. Cuando buscas con desesperación algo que te distraiga de las peores noches, hay tiempo de sobra para estudiar los detalles.

Solo que ya no podía permitirme distracciones, aunque lo deseara. Neculai Vasarus no se habría distraído; habría estado saboreando toda aquella mierda. Yo no era él; aun así, me ajusté el papel igual que me había ajustado el saco demasiado apretado con el que me había vestido Cairis: incómodo, pero con la confianza suficiente como para hacer que pareciera una segunda piel.

La posición de todos y cada uno de mis músculos era intencionada: la espalda recta; la cabeza bien alta; la copa de vino manchada de sangre sujeta con naturalidad; la mirada acerada con que exploraba el salón de baile...

El banquete había comenzado. Los nobles habían empezado a llegar. De momento, todo iba como debía. Yo esperaba que en cualquier momento alguien me regalara alguna falta de respeto. No ocurrió.

Claro que Simon Vasarus aún no había llegado.

Tampoco Oraya, aunque Cairis me había asegurado, con una irritación evidente, que estaba de camino. Nada era fácil con aquella mujer. Resultaba un tanto reconfortante.

Me apoyé en la pared y di un sorbo a mi copa. Sangre humana, claro. Cairis se había empeñado en que tenía que ser humana para un acto como aquel. Solo que era de proveedores bien retribuidos, e iba mezclada con sangre de vampiro y de ciervo. Más proveedores se sumarían al banquete después para ofrecer a los invitados exquisiteces frescas. Les había triplicado la paga a escondidas y le había pedido a Ketura que los tuviera vigilados. Sabía que lo iba a hacer. Ketura era quisquillosa, pero, a diferencia de la mayoría de los miembros de mi corte, no consideraba mi opinión sobre los humanos una excentricidad, tan irritante como enternecedora, que hubiera que controlar.

Yo habría preferido que no hubiera ninguno allí, pero los cambios, tuve que recordarme, se hacían poco a poco. Con aquel banquete debía convencer a un montón de bastardos terribles e importantes de que yo era uno de ellos.

Y, de momento, parecía que estaba consiguiéndolo.

La sangre era dulce y fluida, con un toque amargo por el alcohol añadido. Por cuestiones biológicas, la sangre humana siempre me iba a saber bien, y no había postura moral que pudiera cambiar eso. Me parecía una injusticia atroz que la sangre humana, aun extraída en contra de la voluntad de alguien, siempre me supiera bien, mientras que un filete perfectamente sazonado ahora me sabía a ceniza a menos que me lo comiera crudo y sanguinolento.

No obstante, desde el Kejari, ni siquiera la sangre humana tenía el mismo atractivo para mí. Había perdido matices: estaba demasiado salada o demasiado empalagosa.

¡Desde el Kejari!

No, desde cierta cueva y cierta mujer, y un montón de sabores, sonidos y sensaciones que probablemente me pasaría el resto de mi maldita vida persiguiendo.

Agité la sangre en la copa y me observé el pulgar; la heridita dentada de la yema casi había cicatrizado.

No quería reconocer las demasiadas veces que me había mirado aquella marca en los últimos días. Las demasiadas veces que había pensado en la sensación exacta del contacto de la lengua de Oraya con mi piel y, demonios, su cara de placer absoluto... Aquello era algo que no iba a olvidar en la vida.

Era patético a lo que me aferraba con ella. A la presión tierna y voraz de su lengua. Al intenso cosquilleo del placer. A su gemido cuando le había tocado las alas, a la forma en que había abierto las piernas, arqueado la espalda... A su olor, maldición, de excitación, como si...

¡Por los senos de Ix! ¿Qué me pasaba?

Me deshice de aquellos pensamientos con otro trago largo. Ojalá aquello llevara más alcohol. Ansiaba una cerveza. Cerveza humana.

Llegó otro grupo de nobles, que se inclinó ante mí. Los miré impasible, los saludé con cortesía y los despedí, aceptando su sometimiento, como debía, como un rey que no esperaba menos.

Cruzaron con elegancia el salón de baile para presentar sus respetos a la pareja homenajeada. Vale aceptó las felicitaciones igual que yo, con Lilith, algo incómoda, a su lado. Cairis le había indicado, con cierta grosería, que no hablara si podía evitarlo, y ella cumplía sus órdenes en medida de lo posible. No obstante, cada vez que un invitado se apartaba de ellos, le susurraba emocionada al oído a Vale, sin duda acribillándolo a preguntas. Pero a Vale no parecía importarle. Yo lo conocía desde hacía setenta años y jamás lo había visto sonreír tanto.

Los observé, con el ceño fruncido y la frente arrugada.

—Estás mirando fijamente.

La voz de Mische casi me hizo dar un respingo.

La miré de reojo, y luego giré hacia ella de inmediato.

Ella sonrió y giró varias veces sobre sí misma.

—¿Qué opinas? Cairis me ha dejado elegirlo.

Parecía un rayo de sol. Le envolvía el cuerpo entero un vestido dorado metalizado, con más capas y más vuelo en la falda de lo que solía dictar el estilo clásico de la Casa de la Noche. No había bordados ni detalles en el tejido, pero lo que le faltaba en decoración lo suplía con aquel color tan intenso, que el bronce de su piel resaltaba aún más. Era una prenda sin mangas y escotada, pero Mische se había puesto unos guantes largos negros que le cubrían casi todo el brazo, y no pude evitar detenerme en ellos, porque sabía por qué los llevaba. Hasta el rostro le brillaba, por las sombras doradas de los párpados y las mejillas, que le complementaba las pecas.

Seguro que esperaba alguna burlita, pero a lo mejor, en el fondo, era un sentimental, porque no fui capaz de hacer ninguna. Hacía tiempo que no veía brillar a Mische, y fue agradable.

—Te ves maravillosa, Mish —le dije con franqueza.

Sonrió feliz y le brillaron las mejillas.

—Sí, ¿verdad?

Reí.

—Qué modesta.

Se encogió de hombros.

—¿Por qué iba a ser modesta?

¡Pues también era verdad, qué demonios!

Me miró de arriba abajo.

—Yo a ti te veo..., emm..., ¡regio!

Su tono, como cabía esperar, no indicaba elogio.

—De eso se trata.

—Me parece bien. O sea, te veo muy pulcro, muy... limpio.

Era perfectamente consciente de que todos me observaban. Me resultaba demasiado fácil ser yo mismo con Mische. Podía hablar con desenfado, pero debía mantener el porte: era el rey de los Nacidos de la Noche. Sin embargo, al oír aquello tuve que apretar fuerte la mandíbula para no soltar una carcajada.

—Limpio —le solté.

Mische levantó las manos en un gesto de «Bueno, ¿qué diablos quieres que diga?».

—¡Es que es verdad!

—Gracias, Mische. Ahora que tengo a todos estos nobles lamiéndome el culo, me viene bien que me bajes un poco los humos.

—De nada —dijo, dándome una palmadita en el hombro.

Luego me siguió la mirada, hasta Vale y Lilith, que cuchicheaban y reían como si no hubiera nadie más en aquel salón.

Una sonrisa tierna se dibujó en los labios de Mische.

—¡Qué tiernos son! —dijo.

—Mmm... Tiernísimos.

Tal vez. Aún no lo tenía del todo claro.

—¿Y ese gruñido? —me preguntó extrañada.

—Nada.

Ella lo sabía, por supuesto. Los contemplamos un rato.

—Yo creo que es auténtico —sentenció Mische por fin—. Que la quiere de verdad. —Le lancé una ojeada. Ella me lanzó otra—. ¿Qué pasa? ¿Piensas que, porque hizo cosas malas hace doscientos años, ya no es capaz de querer a alguien?

¿De querer a una mujer convertida? ¿A una humana? Lo dudaba, maldición. Aunque las pruebas que tenía delante fueran, debía reconocerlo, tan convincentes como desconcertantes.

—Puede ser —dije.

—Yo tengo que creer en el amor, Raihn, el mundo ya es bastante triste.

Posé los ojos en el único cuadro que quedaba del reinado de Vincent, al otro lado del salón de baile: el del rishan que se precipitaba al vacío y extendía la mano a algo que nunca iba a poder asir.

Hice un ruido evasivo, carraspeé y me erguí.

—No necesito que seas mi niñera. —Señalé las mesas del banquete—. Ve a comer. Te conozco lo bastante bien para saber que llevas devorando mentalmente ese festín desde que has entrado en el salón.

Mische rio como una boba.

—Tal vez un poco.

Se acercó a darme un beso en la mejilla y yo me aparté enseguida, sosteniendo de nuevo la copa de vino para disimular.

Porque Simon Vasarus acababa de entrar a la fiesta y, de pronto, era inmensamente consciente de toda apariencia.

Aun así, a pesar de aquella distracción, el gesto dolido de Mische me retorció las tripas.

—Debo tener cuidado —mascullé, mirando ex profeso al recién llegado.

Al ver de quién se trataba, Mische se puso muy seria.

—¿Es él? —preguntó con frialdad, indignada.

No contesté. Adopté con cuidado una postura, una que me recordó, muy vagamente, a Neculai. No me permití mirarlo de forma directa, pero noté que él me miraba a mí. Sentí que se me acercaba, percibí su proximidad como si me acosaran.

Me fastidiaba que me hiciera sentir así.

—Vete —le dije a Mische, con mayor rotundidad de la pretendida, pero de pronto lo último que quería en el mundo era que Simon se fijara en ella.

Ella se escabulló a la mesa del banquete con toda naturalidad, mientras Simon y su esposa, Leona, me abordaban. Me pareció que se hacía el silencio en el salón; todo el mundo sabía lo que estaba presenciando. Con el rabillo del ojo, vi que Cairis se situaba con disimulo a mi espalda. La mirada de Vale me atravesaba también como una lanza.

—Alteza...

Aquella voz y aquella palabra me hicieron retroceder doscientos años. Me recordaron cómo la usaba con Neculai, siempre con aquella deferencia empalagosa, siempre en agradecimiento por algún obsequio, invitación o banquete. A veces en agradecimiento por mí.

Por fin, decidí afrontarlos.

Simon ya estaba viejo. En aquella época, ya era casi tan mayor como Neculai, y habían pasado siglos desde entonces. No obstante, era vampiro, no humano, y la edad se le notaba solo en algunos mechones de pelo blanco y en la frialdad atemporal y distante de sus ojos. Había sobrevivido a tiempos difíciles. A lo mejor estaba más enjuto que entonces, claro que nunca había sido su tamaño lo que lo hacía peligroso.

Llevaba el pelo más largo, por los hombros; la barba, como antes, al estilo de Neculai, aun después de tanto tiempo, pero se le veían algunas canas entre los pelos castaños. Se había hecho ropa nueva para la ocasión, al parecer. Iba bien vestido, igual que Leona, la mujer alta y esbelta, de pelo azabache, que llevaba tomada del brazo.

Aunque me había mentalizado, verlos tan cerca me produjo una reacción violenta, una sensación física que me agarrotó de pronto.

Hacía mucho que no sentía el miedo de ese modo tan primitivo. Me recompuse enseguida, pero quizá demasiado tarde: por un instante, tuve la maldita certeza de que me lo había olido.

Enterré aquel miedo en lo más hondo de mi ser y le eché por encima todo el odio. Pensé en Oraya y en la rabia con que escupía a la cara de cosas que para matarla solo tenían que chascar los dedos.

No podía engañarme e intentar convencerme de que tenía tanto valor como ella, pero podía fingir que era así.

Les dediqué a Simon y a Leona una sonrisa lenta de complacencia.

—Bienvenido, Simon. ¡Cuánto tiempo! Me alegra que finalmente hayas podido hacer el viaje.

Casi sentí la mirada asesina de Cairis en la nuca por aquel ataque, pero, qué demonios, a ver si picaba el anzuelo, si saltaba.

—Es un honor estar aquí esta noche —contestó.

Y luego me hicieron una reverencia los dos.

Fue una pequeña inclinación, una muy propia.

El salón entero pareció suspirar de alivio.

Lo miré con frialdad cuando levantó la cabeza.

En teoría, yo debía confiar en que Simon no me recordara bien. Y, a lo mejor, no me recordaba; a fin de cuentas, entonces yo no era más que un esclavo, un cuerpo irrelevante del que servirse. Por el bien de mi posición como rey, me convenía que aquellas personas poderosas no recordaran esa época tan bien como yo, que no me imaginaran de rodillas.

Sin embargo, en un momento de mezquindad, deseé en parte que él sí me recordara y que estuviera pensándolo justo en aquel instante, mientras se inclinaba ante mí.

—Disculpa que no hayamos venido a Sivrinaj antes, alteza —dijo—. Los ancianos tenemos nuestras costumbres.

Neculai lo habría matado sin dudarlo solo por desdeñar sus invitaciones, y a mí me fastidiaba soberanamente no disponer de esa opción.

—Tienes suerte de que esté dispuesto a perdonar —contesté en un tono grave y frío, réplica casi exacta del de Neculai.

Simon se mantuvo impasible, pero detecté un atisbo de desprecio en el rostro de Leona.

Cairis me tocó el hombro y me apartó de ellos.

—Mira... —me susurró.

Miré a la entrada, donde los criados hacían reverencias de cortesía.

La Casa de las Sombras.

Fue fácil reconocerlos enseguida, por la ropa oscura, pesada y ajustada, y las volutas de sombras que acompañaban sus movimientos.

Aquella era la prueba de fuego. Me erguí, abandoné a Simon y a Leona sin mediar palabra, y crucé el salón para recibir al príncipe de los Nacidos de las Sombras.

Nos saludamos con una reverencia mutua, la suya más pronunciada que la mía.

El príncipe era mayor que yo, pero de aspecto muy juvenil. Tenía el pelo castaño y algo rizado, abultado de una forma que parecía indicar que se le había resistido a múltiples intentos de peinarlo o, quizá, que había invertido mucho tiempo en acomodárselo así.

Procuré no pensar en nada, siempre consciente de la habilidad de los Nacidos de las Sombras para leer la mente.

—Has organizado una fiesta increíble —dijo, mientras se erguía—. Mi padre lamentará no haber podido hacer el viaje.

—No he querido escatimar en gastos para la boda de mi general.

—Debo reconocer que me esperaba... Bueno, no quiero ser morboso —dijo riendo y negando con la cabeza—, pero me esperaba algo más lúgubre. Se cuentan cosas.

Los Nacidos de las Sombras eran conocidos por su frialdad y su antipatía, pero no sabía muy bien cómo tomarme la descarada familiaridad de aquel hombre, aunque su séquito parecía encajar mucho mejor que él en el estereotipo.

Procuré que mi sonrisa fuera agradable, arrogante y un poquito cruel.

—Hemos tenido problemitas —contesté—. Nada que no

pudiera resolverse. Seguro que ustedes también tuvieron los suyos en su momento.

—Por supuesto —contestó con desenfado—, solo que nunca necesitamos la ayuda de los Nacidos de la Sangre para resolverlos.

Estuve a punto de poner cara de asombro, pero logré contenerme a tiempo.

—Como digo —repuse bajando la voz—, tenemos nuestros problemitas. Los Nacidos de la Sangre nos han sido de ayuda, pero...

Detecté movimiento por encima del hombro del príncipe, en la entrada, y me dejé distraer. ¿Cómo no iba a hacerlo, maldición?

Y habría jurado que no era el único, que el salón entero se quedó casi mudo.

O quizá fueran imaginaciones mías.

A lo mejor solo imaginé que el mundo entero se detenía cuando mi mujer entró en el salón de baile.

37

ORAYA

Me sorprendió lo poco asustada que estaba.

Había superado el baile del templo con tan poca ropa como aquel, sí, pero pensé que sería distinto entrar en aquella fiesta concreta, en aquel palacio, en una fiesta tan parecida a esas a las que nunca se me había permitido asistir, recordándome siempre que no serían más que una trampa para mí.

Sin embargo, entré en el salón de baile con el cuello al descubierto, y no me dio miedo. Los vampiros me miraban, y no me dio miedo. Enseñaba la marca que debía esconder, y no me dio miedo.

Quizá porque esa vez me miraban de otro modo, no como si fuera otra proveedora de sangre o una exquisitez prohibida y curiosa, sino como a una verdadera amenaza, y eso me gustaba.

Vi enseguida a Raihn, aun en medio de aquella inmensa muchedumbre, como si, de algún modo, hubiera sabido ya dónde estaría.

Me observaba fijamente, con una intensidad que me hizo trastabillar un poco. Iba vestido más o menos como el día en que había tenido que recibir a los nobles, o sea, peripuesto e incómodo. Nuestros atuendos se complementaban, como era de esperarse, y su saco de color azul oscuro con ribetes de plata iba, sin duda, a juego con mi vestido. Su imagen encajaba a la perfección con la del poderoso rey de los Nacidos de la Noche: rezumaba falsedad.

Su mirada, en cambio, no. Esa resultaba del todo reveladora. No tendría que estar mirando así allí, con toda aquella gente delante.

Reconocí enseguida a los que estaban con él: los nobles de la Casa de las Sombras. No tenía intención de interrumpirlos. Le di la espalda. Curioso que no me importaran nada las miradas de toda aquella gente. Pero la de Raihn... Me llevé la mano al pecho, al corazón desbocado.

—¡Por los dioses! —Mische llegó a mi lado en un aluvión de oro y perfume de lavanda—. ¡Te ves increíble!

Llevaba una copa de sangre en una mano enguantada y una especie de empanada de carne con sangre en la otra. Parecía la encarnación misma de la luz del sol, tan deslumbrante que me aturdía de verdad.

Me examinó de arriba abajo con los ojos como platos.

—¿Esto es... es cosa de Cairis?

—¿El vestido? Sí.

—Pero lo de la... —dijo, clavando los ojos en mi pecho, en mi marca.

—La capa me resultaba incómoda y he decidido no ponérmela —le contesté.

Se dibujó en sus labios una sonrisa pícara.

—¡Qué huevos tienes! Me encanta.

Me fijé mejor en el vestido de Mische, cuyos brillos dorados oscilaban a la luz de las lámparas de Fuego de la Noche. Era muy poco... vampírico. Descaradamente suyo. No se me ocurría nadie más que pudiera usar algo así.

—Tú tampoco vas mal —le dije, y me quedé corta.

Desvié de nuevo la vista hasta el otro extremo del salón, por encima del hombro de Mische, hasta donde estaba Raihn, hablando con el príncipe de los Nacidos de las Sombras. El príncipe no paraba de pasear la mirada por el salón y posarla en Mische.

Pobre Raihn. Una conversación tan importante y ni siquiera era capaz de mantener la atención de su interlocutor. Claro que tampoco se le podía reprochar.

—Parece que tu vestido está causando sensación. —Señalé con la cabeza al príncipe, al otro lado de la estancia, y Mische se giró para ver adónde miraba... y se quedó inmóvil.

Se le esfumó la sonrisa. Sus mejillas, por lo general sonrosadas, se tornaron pálidas bajo las motitas doradas.

El cambio fue tan brusco y notable que me sobresaltó.

—¿Qué pasa? —No contestó. Ni se inmutó. Le toqué un hombro, como para sacarla físicamente del trance—. Mische... —dije—, ¿qué pasa?

Soné más preocupada de lo que pretendía.

Ella volvió en sí de pronto.

—Nada. Nada. Me ha... empezado a doler la cabeza. Necesito un trago. —Dejó por ahí la copa casi llena y se giró hacia mí, como si no supiera muy bien en qué dirección ir. Parecía espantada y nerviosa—. No le digas a Raihn que... Dile que... que necesitaba comer algo más.

—Mis...

Pero se perdió entre la multitud antes de que me diera tiempo a llamarla siquiera. Me disponía a seguirla, aunque alguien me agarró del hombro. Me zafé bruscamente y me giré hacia quien fuera, dispuesta a soltarle un exabrupto.

Tenía delante de mí a Simon, el noble rishan problemático de Raihn.

Lo reconocí en el acto, aunque no nos hubiéramos visto antes. Se parecía mucho al hermano al que Raihn había asesinado en aquel primer encuentro nuestro. Pero lo que lo delataba de verdad era que todo su ser rezumaba arrogancia vampírica aristocrática. Conocía bien a los de su calaña.

Me ofreció la mano.

—¿Me concedes este baile? —preguntó.

Yo ya me había alejado un par de zancadas de él, cubriéndome las espaldas con la pared.

—No bailo con personas que me tocan sin permiso.

A lo mejor Raihn tenía que adular a aquel hombre, pero yo, ni de broma. Además, tenía un papel que interpretar: «Yo seré el rey tonto, y tú, de la esposa prisionera que lo odia».

La sonrisa de Simon, una curvatura críptica de sus labios que parecía insinuar toda clase de secretos sobreentendidos, no se alteró.

—Ha sido una grosería por mi parte hacer algo así sin presentarme primero. Soy...

—Sé quién eres.

—¿Tu marido te ha hablado de mí? —preguntó con una chispa de deleite en los ojos—. ¡Qué halagador! Él y yo hace muchísimo que nos conocemos.

Solté una especie de sonido de asentimiento y me dispuse a dar media vuelta, pero me agarró del brazo y me atrajo hacia sí.

Me solté de un jalón.

—No me toques —dije agresiva.

Pero si aquello lo desconcertó no se le notó en absoluto.

—Reconozco que, como todos, me preguntaba por qué te habría perdonado la vida, pero, ahora que te veo de cerca, creo que lo entiendo.

No me gustaba nada aquel hombre, ni que su sola presencia me hiciera sentir como hacía un año, como un trozo de carne que consumir, como un lujo que codiciar. Le dediqué una sonrisa que fue más bien una mueca de rabia contenida.

—Soy el premio exótico —dije, rezumando sarcasmo.

Simon rio.

—Así es. A los reyes rishan siempre les ha gustado coleccionar cosas curiosas y hermosas.

Miró entonces a Raihn, que seguía hablando al otro lado del salón, y me sorprendió que lo mirara exactamente de la misma forma en que aquellos nobles me habían mirado siempre a mí, con la misma voracidad, la misma arrogancia.

Raihn dirigió la vista hacia nosotros, como si lo hubiera notado tanto como yo.

La falsa sonrisa altiva que le estaba dedicando al príncipe de los Nacidos de las Sombras se le desmontó.

—No hace tanto tiempo —susurró Simon en tono conspirador—, Raihn era lo exótico. ¿Nunca te lo ha contado? Es poco probable.

Me había pasado la vida siendo un peón de mezquinos juegos de poder y sabía bien cuándo me encontraba en el centro del tablero. Simon me estaba usando para provocar a Raihn, para humillarlo, doscientos años después, como venganza por que Raihn hubiera tenido la audacia de convertirse en algo más poderoso que él.

Me resultaba despreciable.

Me acarició el hombro desnudo con la yema del dedo.

Lo agarré por la muñeca.

No fue precisamente lo que habría hecho una reina sumisa.

Tampoco me importaba en absoluto ya.

—Me ha contado todo lo que necesitaba saber —respondí, y me satisfizo un poco que la sonrisa le desapareciera un instante, que el «¿cómo te atreves?» flaqueara antes de llegar a sus labios.

Bien. ¿Cómo demonios me atrevía, en efecto?

De pronto una figura grande se interponía entre Simon y yo, y me noté una mano en el hombro.

La sonrisa que Raihn le dedicó a Simon no era más que la fachada de una amenaza, del ancho justo para dejar al descubierto las puntas afiladas de los colmillos.

—Es mía —dijo—. No la comparto.

Nunca lo había oído hablar así, con una voz que era como el rechinido de unos barrotes que contuvieran a duras penas algo mucho peor.

No le dio oportunidad a Simon de decir nada más. Me pasó el brazo por los hombros y me llevó al centro del salón de baile.

«Estamos posesivos, ¿eh?», me dieron ganas de decirle, pero, antes de que pudiera hacerlo, me gruñó:

—Ni te acerques a él, demonios. Si me quieres hacer daño, busca otra forma.

Era quizá la única vez que Raihn me había hablado así, como si fuera una orden. No obstante, aunque lo que quería era insultarlo por ello, hubo algo en la crudeza de su tono que me dio que pensar.

Dejé de caminar y lo miré, y él hizo lo mismo. Su expresión era como un muro de piedra. Luego algo cambió. Se ablandó. ¿Puso cara de disculpa o fueron imaginaciones mías?

Echó un vistazo alrededor, como si hubiera recordado de nuevo dónde estábamos. Se puso muy tieso y cambió de gesto.

—Baila conmigo —me dijo, ofreciéndome la mano.

—Bailo fatal.

Apretó los labios, divertido por el comentario.

—Pensaba que Cairis te había preparado para esto.

No tenía yo muy claro si lo de Cairis podía llamarse preparación. Había mandado a un instructor a mi alcoba para que me diera unas clases rápidas de baile, «¡Para que no nos dejes a todos en ridículo!», y yo lo había dejado que me gritara unas horas y después lo había echado de mis aposentos.

Se le escapó una risita contenida.

—Por la cara que estás poniendo, me imagino cómo estuvo el asunto.

—Bailo fatal —repetí fastidiada.

Se acercó y bajó la voz.

—Tal vez, pero te mueves de maravilla. Y conmigo te mueves aún mejor. Además, necesito justificar de algún modo la discusión que acabo de tener contigo en el centro del salón.

—Pensaba que querías que discutiéramos en público, que tenía que hacerme la cautiva hiaj enojada.

—En tal caso —masculló, tomándome la mano—, sigue con esa cara y listo.

Me tocaba con mucha suavidad, en contraste con la aspereza de sus manos. Cálidas, más de lo que parecía lógico en un vampiro. Claro que la piel de Raihn siempre me había parecido algo más caliente que la de la mayoría.

Aquel contacto hizo que todos mis instintos primitivos me gritaran «¡Peligro!».

Aun así, cuando empezó a moverse, me moví con él.

38

ORAYA

La orquesta, como era habitual en las fiestas de los Nacidos de la Noche, se había potenciado con magia, y la música formaba capas que se inflaban por todas las rendijas del inmenso salón. Eso hacía que sonara profunda y rica, y que me llenara desde dentro.

En ese instante, subió la música y entró en el ritmo del siguiente arreglo. Era un tema lento y dramático, con una cadencia semejante al latido de un corazón, todo cuerda seductora y notas de órgano anhelantes. Un baile pensado como excusa para que dos cuerpos se arrimaran.

Con una mano, Raihn tomó la mía y, con la otra, me agarró por la parte baja de la espalda. Me estremecí un poco al notar el contacto de sus dedos en la piel desnuda, pero lo disimulé enseguida.

Aquel baile era un desafío. La misma parte de mí que había desatado al principio de cada prueba del Kejari se alzó para hacerle frente.

Lo iba a hacer de lujo.

Raihn me guio en los primeros pasos, torpe al principio, aunque solo durante medio paso o dos. Pero me sorprendió lo rápido que le tomamos el ritmo, aun estando tan pegados. Los pasos que me habían resultado absurdos y antinaturales cuando el instructor de baile de Cairis me los había enseñado me parecían de pronto reacciones instintivas a cada uno de los movimientos de Raihn.

—¿Ves? —me susurró al oído—. Mírate, ¡eres una bailarina nata!

—Lo que soy es terca —repliqué—. No hay desafío que se me resista.

Rio en voz muy baja, apenas perceptible.

—Bien. Si vas a jugar a este juego, no te puedes rendir cuando empieza a ponerse interesante.

—No sé de qué me hablas —le dije con exceso de dulzura.

Raihn se apartó lo justo para mirarme con una ceja enarcada, y luego me hizo girar, me atrapó y me dejó caer de espaldas. Cuando arqueé la cintura, paseó los dedos por el contorno de mi marca, acariciándome apenas el pecho, y me recorrió un escalofrío.

—Ah, ¿no? Y, entonces, ¿esto qué es? —masculló.

Se irguió y me estrechó aún más en sus brazos. El calor y la envergadura de su cuerpo me envolvieron entera. El ritmo de la música se había ido acelerando poco a poco, imitando la avalancha de la seducción. Quizá fuera ese ritmo, y la cadencia de nuestros pasos, a juego con él, lo que redujo el resto del salón a poco más que una bruma insignificante, que nos ciñó a los dos como una vaina.

Quizá.

Ojalá Raihn hubiera elegido una canción distinta.

—La capa era muy incómoda —dije—. Por eso no me la he puesto.

Esbozó una sonrisa.

—Eres pésima para mentir, princesa.

Otra bajada de espaldas. Volví de aquella con saña, como si fuera un contraataque. Al final iba a resultar que sabíamos movernos juntos. Nuestros pasos se acompasaban como las espadas, reflejo de innumerables entrenamientos.

—Tal vez es que estoy harta de esconderme —contesté.

—En mi situación, otros reyes lo considerarían una amenaza.

El ritmo era cada vez más rápido. Lo que había empezado lento y seductor era ya como el corazón desbocado justo antes de un beso. Cuando me arrimó de nuevo a su cuerpo, mi torso entero se pegó al suyo, mientras cada uno se esforzaba por seguir el paso del otro.

Había estado físicamente cerca de Raihn desde la boda. Más de lo que yo habría querido: cada vez que entrenábamos, cada vez que volábamos... Y, sin embargo, era aquel baile, vestidos por completo, lo que me resultaba... sexual, como el tira y afloja de la noche que habíamos pasado juntos, cuando nuestra carne buscaba el dominio y encontraba un placer agónico en cada derrota o cada victoria.

Y su mirada de ahora me hizo sentir como entonces, como si nada en todos sus siglos de existencia le importara más que asegurarse de exprimir de mí hasta la última gota de placer.

Otro giro. Otro choque violento contra su cuerpo, demasiado rápido para detenerme, para evitar que casi nos rozáramos con la nariz. Noté el leve estremecimiento silencioso de su exhalación y me pregunté si sería del esfuerzo, pero al sentir la fricción de su miembro erecto en el bajo vientre supe que no lo era.

—¿Una amenaza? —repetí—. Habría jurado que te gustaba el vestido.

Otra caída de espaldas. Esa vez bajó conmigo y me obligó a arquear el cuerpo contra el suyo.

—No, sí me gusta —susurró—. Lo que llevas es un acto de guerra, pero siempre has estado tremendamente fantástica vestida de sangre.

Cuando nos enderezamos, me rozó la mandíbula con la boca. Mi cuerpo entero reaccionó a aquel brevísimo contacto, y mi consciencia se limitó a ese piel con piel.

—No se entra en combate sin armadura —dije—. Esto no es más que otra prueba, ¿verdad? Una lucha como el propio Kejari.

Rio, y le brillaron los ojos de color escarlata.

—¡En efecto! ¿Quién es el enemigo?

Solté una carcajada, corta y jadeante, por el esfuerzo, mientras iniciaba conmigo otra serie de pasos. Nuestro baile se había vuelto agresivo ya, rápido, como una batalla descontrolada.

—¿De qué te ríes? —preguntó.

Ladeé la cabeza para susurrarle al oído:

—Todo el mundo es el enemigo. Eso es lo divertido.

—Te he visto sobrevivir a peores probabilidades.

La fuerza del siguiente giro me estampó contra él; la velocidad de la música me obligaba a seguirle el paso. El ritmo era frenético, agotador, pero no estaba dispuesta a rendirme.

Me toqueteó la pequeña hendidura de la columna, justo donde la piel se encontraba con el tejido, como si quisiera deslizar los dedos por debajo de él, pero se estuviera conteniendo. Le notaba en los músculos una tensión que sabía bien que no era solo del esfuerzo; no, Raihn era fuerte. Moverse no le costaba nada.

Contenerse, en cambio... Eso era complicado.

Y lo peor de todo era que sabía que él me lo notaba a mí también. El mismo deseo que había hecho brotar en mi piel la noche que me había tocado las alas y la noche que yo había probado su sangre.

Y aquello, lo sabía, era lo que más lo descontrolaba, lo que le inundaba los ojos de deseo y le dilataba las fosas nasales.

—Entonces, ¿tendría que temerte? —me susurró, y desapareció su sonrisa—. ¿Me vas a matar, princesa?

Un eco del pasado. Una sombra del futuro.

Pensé en el ofrecimiento de Septimus.

Sería facilísimo, arrastrar a Raihn a un rincón oscuro de su salón de baile atestado, besarlo, llevarme su mano a la entrepierna, permitirle ver que lo deseaba. Podía sacarlo de allí, dejar que me quitara el vestido, que me empotrara contra la pared, que me embistiera mientras yo le clavaba los dientes en el cuello para ahogar mis gemidos.

Y así estaría distraído cuando le hundiera en el pecho, en el mismo sitio exacto que la otra vez, el puñal que llevaba sujeto al muslo.

Sería el momento perfecto para dar un paso, mientras estaba allí reunido lo más destacado de la nobleza rishan. Para masacrarlos.

La música alcanzó su crescendo. Me acerqué todo lo posible para que me oyera por encima del bullicio.

—Ya lo he hecho. No sé por qué sigues poniéndomelo tan fácil.

El ruido del salón era inmenso y él me habló muy bajito, y aun así yo solo oí sus palabras:

—Me pasaría la vida a merced de tu acero, y valdría la pena.

Parpadeé extrañada. Percibí en su voz algo que me sacó de la bruma de nuestro coqueteo. Me aparté lo justo para mirarlo, con el interrogante en los labios, aunque no fuera capaz de materializarlo.

Pero Raihn se limitó a sonreírme satisfecho.

—Gran final. ¿Preparada?

La música resultaba ya ensordecedora, retumbaba en todas las curvas de mi cuerpo, ahogándome las palabras y los pensamientos. Antes de que me diera tiempo a protestar, me lanzó a la culminación del baile, y yo estaba ya muy entregada para fallarle, aunque solo fuera por orgullo. El final fue frenético y salvaje, y le puse toda la furia de nuestras batallas, e, igual que la última noche del Kejari, él me siguió a cada paso, sin fallarme en ningún momento.

Y después me vi de nuevo en sus brazos, a unos centímetros de caer antes de que me sostuviera, con la espalda arqueada en una elegante caída.

Las últimas notas de la canción resonaron por todo el salón de baile. Me costaba respirar. Raihn tenía la mano plantada con firmeza entre mis omóplatos; yo, la mía alrededor de su cuello. Unos mechones sueltos de su pelo me hacían cosquillas en la mejilla.

Todo el mundo nos miraba.

Cuando remitió el ajetreo, empezó a ser evidente lo que parecíamos.

—Eso ha sido una estupidez —le dije—. Cairis se va a enojar con los dos.

Raihn sonrió, y su expresión me pareció tan tremendamente arrebatadora que no encajaba en absoluto en un lugar como aquel.

—¿Y qué? Que digan lo que quieran.

Me ayudó a erguirme, pero perdió un poco el equilibrio. Se tambaleó al incorporarse. Lo agarré del hombro para sujetarlo.

—¿Tanto te has cansado? —mascullé—. No estás en forma.

—Tal vez menos de lo que pensaba.

Pero yo seguía preocupada. No me atrevía a soltarle el brazo. Se mecía apenas, se lo notaba, aunque no fuera del todo visible. ¿Estaba borracho? Raihn era un tipo grande. Para eso hacía falta mucho alcohol, mucho más del que le había visto beber esa noche.

—¿Te encuentras bien? —le susurré.

Vaciló un instante y me sonrió de nuevo con naturalidad.

—Perfectamente.

Lo solté y me aparté un poco. Raihn hizo lo mismo, adoptando otra vez su papel de rey de los Nacidos de la Noche. La transición era tan suave y el disfraz tan absolutamente impecable que nadie más iba a darse cuenta de que se tambaleaba, ni de la pizca de confusión que le asaltó un momento el semblante.

Sin embargo, yo sí.

Me dispuse a seguirlo, pero Cairis apareció de pronto. Parecía enojado, y con razón.

—Perdóname, alteza. Tengo que hablar contigo.

Asió con firmeza a Raihn del hombro y se lo llevó. Me quedé con las ganas de protestar, aun sin saber por qué quería detenerlo ni qué era lo que me inquietaba tanto.

Solo que, aunque hubiera conseguido expresar mi desaprobación, habría dado igual, porque la multitud los engulló de inmediato, y Raihn no miró atrás.

39

RAIHN

A lo mejor Oraya tenía razón y yo estaba menos en forma de lo que pensaba, porque aquel baile me había agotado más de lo debido. Durante unos minutos el resto de la fiesta se había convertido en un borrón, y el tiempo, la música y el bullicio de la multitud se habían diluido. Pero ¿cómo iba a ser de otro modo cuando estaba tan exclusivamente concentrado en ella?

Sin embargo, cuando Cairis me había sacado de allí, la sensación no había remitido. Mis pensamientos eran confusos y lentos, iban medio paso por detrás. Cuando miré alrededor y caí en cuenta de que habíamos abandonado el salón de baile y deambulábamos por el exterior, al aire fresco de la noche, me sobresalté un poco. Ni siquiera recordaba haberme abierto paso entre los asistentes a la fiesta.

Cairis me estaba diciendo algo, pero yo había conseguido no enterarme.

—Espera, que no... —le pedí, levantando una mano para pellizcarme el puente de la nariz—. Perdona, repite. ¿De qué estamos hablando?

Soltó una risita.

—Un solo baile con ella y ya no eres capaz de pensar con claridad, ¿eh? —Bajó la voz—. Te dije que tuvieras cuidado con eso.

De pronto me martillaba la cabeza. No estaba precisamente de ánimo para reprimendas.

—Tengo derecho a bailar con mi esposa —dije sin más—. ¿De qué me querías hablar? No puedo entretenerme mucho.

Me imaginaba a Oraya en aquel salón, rodeada de imbéciles vampiros que acababan de encontrar una razón más para interesarse por ella. De repente recordé con una claridad irritante a Simon tomándola del brazo.

Cairis apretó los labios y miró con desaprobación hacia la fiesta; la luz brotaba de las puertas abiertas y las ventanas de cuarterones. La entrada estaba más lejos de lo que yo la recordaba: ¿cuándo habíamos caminado tanto?

Suspiró.

—Ese es el problema, Raihn: que crees que somos todos imbéciles.

Tardé algunos segundos en digerir aquellas palabras. Cuando me volteé hacia Cairis, confundido, me costó enfocarle la cara. Tampoco fui capaz de soltarle la réplica que tenía pensada.

—Seguramente sabes que a mí no me engañas —estaba diciéndome, con las manos metidas en los bolsillos, los ojos clavados en el suelo—. No paras de decir que es tu prisionera, pero no estoy ciego. Ni nadie. ¡Lo sabe todo el mundo! —Entonces me miró, con el ceño fruncido—. Es muy tierno, Raihn, pero tú no has sido el único que se ha sacrificado por esto.

Sonaba como si estuviera bajo el agua. El mundo se ladeó; las estrellas que tenía a su espalda se emborronaron en el cielo.

Abrí la boca para discutir, preparado para desatar la tormenta verbal propia de un rey de los Nacidos de la Noche al que se había faltado al respeto, pero un súbito mareo me tiró contra un muro de piedra, al que me agarré por nada.

—¿Te encuentras bien? —me preguntó, agarrándome por el hombro.

¡NO!

La verdad se materializó entre mis pensamientos lentos.

Aquello no era por el alcohol ni por el esfuerzo. Algo estaba muy mal.

Levanté como pude la cabeza para mirar a Cairis, esperando encontrar confusión o preocupación en su rostro. En cambio, solo vi pena, culpa.

—Lo siento —me dijo en voz baja—. No quiero que las cosas vuelvan a ser como antes, Raihn. No puedo quedarme contigo hasta que eso ocurra. Es que... no puedo. Necesito elegir a un ganador; entiéndelo.

De pronto caí en cuenta, en medio de aquella nebulosa de pensamiento narcotizado. Comprendí lo que Cairis me estaba confesando. ¿Cuántas bebidas le había dejado que me pasara esa noche?, ¿y cuántas había aceptado sin cuestionármelo?

Ni siquiera me había planteado que pudiera ser él.

El muy bastardo.

Quise desplegar las alas, volar, moverme lo bastante rápido como para estar preparado para el ataque que sabía que se me venía encima, pero el cuerpo me traicionó, igual que me había traicionado mi asesor.

Me resistí a las drogas hasta el último momento, aunque mi campo visual mermara, el estómago se me revolviera, la cabeza me martilleara... Me resistí aun no siendo siquiera capaz de contar la cantidad de soldados, ¡soldados rishan, de mi maldito ejército!, que salían de la oscuridad y me rodeaban, me apresaban. Conseguí golpear alguna cabeza, algún cuello, algún brazo.

Pero lo que fuera que me había dado Cairis me devoraba la consciencia, segundo a segundo.

Me resistí hasta que mi cuerpo no aguantó más.

Hasta que me encadenaron las muñecas.

Hice un esfuerzo por levantar la cabeza hacia aquella luz lejana del salón de baile, que ya era poco más que manchitas doradas en mi visión casi nula. Quise reptar hasta ella, pero, para entonces, el organismo ya no me respondía.

En otro mundo lejano, sonó el reloj en siniestra soledad, un estrepitoso GONG que retumbó en la noche sangrienta.

No volví a oírlo.

40

ORAYA

La música se había vuelto más ruidosa, más caótica. Con tanto alboroto, no me oía ni pensar. El alcohol había corrido con alegría. La sangre también. Habían llegado los proveedores de sangre, un puñado de humanos a los que habían elegido claramente por su aspecto tanto como por su sangre. Todos iban ataviados con prendas que ningún humano de Obitraes podía permitirse, vestidos por Cairis, seguro. Algunos eran, sin duda, profesionales; incluso reconocí a unos cuantos de las fiestas de Vincent; otros parecían nuevos. Una se sentó en el regazo del príncipe de los Nacidos de la Sangre, con las mejillas y el pecho sonrosados, y pestañeó cuando él le mordisqueó el cuello y le metió la mano por la entrepierna. El guardaespaldas de la humana, uno de los de Ketura, se quedó a su lado, haciendo un esfuerzo evidente por cumplir su cometido de vigilar sin establecer un contacto visual incómodo.

Esa era la diferencia entre aquella fiesta y las de Vincent: todos los proveedores de sangre tenían guardaespaldas. A esos los conocía: eran de lo mejorcito de Raihn, y aquella era la misión que les habían encomendado esa noche: no la de proteger al rey ni la de servir a los invitados de la Casa de las Sombras, sino la de vigilar a aquellos humanos, humanos que, bajo el mandato de mi padre, se habrían considerado desechables.

Eran órdenes de Raihn, y seguramente habían generado resistencia. A los vampiros no les gustaba tener espectadores mientras mordisqueaban a humanos guapos.

Bebí un trago de vino y me arrepentí enseguida. Lo escupí con disimulo en la copa. El vino vampírico era fuerte y yo tenía la sensación inquietante de que debía mantenerme bien alerta.

Recordé sin querer a Raihn, aquel pequeño tropezón y su gesto momentáneo de confusión. Eché una ojeada alrededor y no lo vi por ninguna parte. Tampoco atisbé a Mische, a pesar de que, con aquel vestido, no pasaba inadvertida. Vale y Lilith seguían sentados a la mesa, sin participar en el baile, Lilith intrigada y Vale con muchas ganas de irse a la cama.

Todos los demás se habían entregado al desenfreno.

Me noté nerviosa. Me llevé la mano a un lado y acaricié la empuñadura del arma que llevaba sujeta al muslo, solo para asegurarme de que seguía ahí.

—Qué fiesta, ¿no?

Levanté la vista. ¡Vaya!

—Creo que nunca te había visto sin fumar —dije.

Septimus sonrió. Lo hizo de la misma forma que la noche que lo había conocido, con una de esas sonrisas pensadas para aflojar labios y ropa interior.

—Me temo que se me han acabado —contestó—. Te ofrecería uno.

—Tampoco fumo mucho. Las adicciones son cosa de débiles.

Dio un trago a su vino.

—Uf, tiras a matar, ¿no?

Llevaba manchada de rojo la comisura del labio. Al parecer, había estado pasándosela en grande con los proveedores de sangre esa noche.

Miré al otro lado del salón de baile, a las puertas en arco que conducían al castillo. La mujer de Simon estaba muy entretenida con uno de los proveedores de sangre, hasta que él se le acercó y le susurró algo al oído. Ella se volteó y rio, y después le ofreció la muñeca del humano.

¡Madre Oscura, cómo los odiaba! Con verlos una vez me bastaba. Se mostraban demasiado felices. De forma casi desconcertante, de hecho, para ser dos nobles que acababan de verse obligados a inclinarse ante un antiguo esclavo.

—Debo reconocer —dijo Septimus— que, aunque sabía que eras mujer de muchos talentos, jamás pensé que fueras buena actriz.

No dije nada. Con el ceño fruncido, seguía observando a Simon, al otro lado de la estancia. Una sensación de inquietud me hormigueó en la nuca.

Algo no...

—¿Actriz? —contesté a Septimus, sin prestarle demasiada atención.

—Por lo del baile —dijo—. La verdad, no sé bien qué ganas haciendo creer a Raihn, a estas alturas, que lo deseas.

Eso me llamó la atención. Me volteé hacia él, y rio.

—¡Vaya, de verdad que eres buena actriz! —soltó—. Hasta has puesto cara de susto.

—No sé de qué me hablas.

—Conmigo no te hagas la tonta —añadió sin dejar de sonreír, pero entrecerró los ojos, que le brillaron como el acero recién afilado—. Sé que eres una mujer muy lista. Aunque... —Dejó la copa por ahí y se acercó, calentándome la mejilla con el aliento—. No, en el fondo, no creo que seas muy buena actriz.

Me agarró del antebrazo, tan fuerte que me clavó la uña afilada del pulgar, y yo me zafé bruscamente.

GONG.

Sonó el reloj.

Llevaba en aquel castillo toda la vida, pero jamás había oído la campana tan fuerte, como si el salón entero se inflara para absorber aquel sonido con sus pulmones, y el mármol, la piedra y el cristal vibraran con él. La música sonó aún más alta, envalentonada por aquello.

Al otro lado del salón, Simon y su esposa abandonaron al proveedor de sangre medio inerte y se acercaron a la puerta de salida.

¿Por qué diablos hacían eso solos? ¿Por qué iban a poder moverse libremente por el castillo?

De pronto me dio igual que me corriera la sangre por el brazo.

—Perdona —mascullé, y crucé la estancia antes de que a Septimus le diera tiempo de decirme algo.

Estaban todos borrachos. La pista de baile era poco más que una orgía de personas en su mayoría vestidas. Algunos de los invitados rishan estaban tirados por el suelo, riendo a carcajadas con chorros de sangre por la barbilla.

Simon y su esposa habían desaparecido por el pasillo.

GONG.

Los seguí. Hacía tanto calor en el salón de baile que, en cuanto salí de allí, me llegó una ráfaga de aire frío. El pasillo estaba en silencio. A lo lejos se oían unos pasos que se perdían. Vislumbré la falda de seda morada de Leona cuando esta doblaba la esquina.

—¡Qué noble de tu parte, ir tras el captor de tu amante, puñal en mano! —me dijo una voz aterciopelada—. ¡Qué tierno!

Ni siquiera me había dado cuenta de que había desenvainado el puñal.

Me di la vuelta. Septimus se encontraba en el umbral, con las manos en los bolsillos y aquella sonrisita perenne en los labios. A su espalda, la puerta en arco enmarcaba la escena de decadencia de la fiesta del otro lado.

No tenía intención de esperar a que me soltara cualquier estupidez, así que me puse en marcha. Pero, con idéntica rapidez, él se sacó la mano del bolsillo y levantó los dedos. Sentí una punzada de dolor. Mi cuerpo se contrajo. Me miré la cortada que Septimus me había hecho en el brazo hacía un momento.

No podía moverme. Una bruma roja fue espesándose despacio a mi alrededor; mi propia sangre se ponía en mi contra. No me lo esperaba. ¡Madre Oscura! Septimus era un mago poderoso, más que muchos con los que me había cruzado en el Kejari. Durante el torneo, al menos me había podido defender de algunos.

Pero ahora estaba petrificada, me ahogaba con el aire, mientras él se acercaba.

—Podrías haberlo tenido todo, encanto —murmuró, y por un instante lo noté profundamente decepcionado, demasiado confundido, quizá la única emoción genuina que le había visto jamás en el rostro.

«¿Qué haces?», quise decirle, pero solo conseguí soltar un incoherente «Qu...».

GONG.

El mundo se me fue apagando poco a poco, pero me dio tiempo de ver el caos sanguinario que se desataba en la fiesta cuando los soldados Nacidos de la Sangre se iban contra los hombres de Ketura. Se alzó por encima de la música una oleada de alaridos feroces, de golpes de espada, de mordiscos en el cuello.

Pero ninguno de ellos sonó tan fuerte como la voz de Septimus al sujetarme la cara.

—Ya te dije que yo solo hago apuestas ganadoras, Oraya —me susurró—. Siento no haber apostado por ti esta vez.

Chascó los dedos.

CRAC, se me retorció el cuerpo.

GONG.

Todo se volvió negro.

41

ORAYA

No lograba volver del todo en mí. Me aferraba con uñas y dientes a la consciencia, pero, aun así, solo conseguía recuperar pedacitos de ella.

El suelo se movía debajo de mí.

Tenía manos encima, por todo el cuerpo.

«¡No me toquen, maldición!»

Quise decirlo en voz alta, pero la garganta y la lengua se negaban a cooperar.

Alguien me jalaba la falda, me deslizaba la mano por el muslo. Me daban ganas de defenderme a patadas, pero contuve el impulso y permanecí inmóvil, ganando unos segundos hasta que recobrara el sentido.

Estaba... ¿dónde? Aún estaba en el castillo. Reconocía aquel olor rancio a rosas.

—Tendríamos que haberla matado ya.

—No, sabes que no podemos.

Un hombre. Una mujer. Los dos Nacidos de la Sangre, lo supe por el acento. Desdemona.

—Quítale eso —espetó ella.

—Lo estoy intentando —susurró furioso él.

No me estaba tocando los muslos con intenciones lascivas, sino para desarmarme.

Rápidamente, recompuse el recuerdo borroso de lo sucedido. Septimus. Simon. El golpe de Estado. Sangre por todas partes.

Raihn tambaleándose un poco cuando se alejaba de mí.

De pronto estaba despierta por completo, y se me heló la sangre.

¡Raihn! ¡Se había ido con Cairis!

Quizá ya estuviera muerto.

El Nacido de la Sangre consiguió desabrocharme la funda del puñal.

—Me lleva el...

Cuando me soltó para levantar el arma, la agarré por la empuñadura y se la clavé en el pecho.

Una sangre negruzca me roció la cara. Él salió disparado hacia atrás. No había sido una herida mortal; no había podido imprimir suficiente fuerza al movimiento.

Pero me bastó para ganar tiempo.

Desdemona se abalanzó sobre mí de inmediato. Debía darme prisa: nunca le había visto usar la magia de sangre, pero eso no significaba que no supiera hacerlo. Como no podía ser más fuerte que ella, debía ser más rápida. Pero hasta eso me costaba: mis movimientos seguían siendo demasiado lentos como consecuencia de la sedación de Septimus.

Ella se defendió, estampándome contra la pared. Le hundí el puñal en el costado, bien adentro.

Apenas se inmutó; no apartaba los ojos de mí.

¡Demonios!

Las dos sabíamos que estaba vencida. Sonrió mientras tomaba impulso con el arma. Pero luego titubeó. Su siguiente ataque no fue al cuello ni al corazón..., sino a la pierna.

Aquella pausa momentánea me concedió el tiempo necesario para esquivarle la mano, lo justo para que solo me rozara.

Entonces caí en cuenta de mi gran ventaja. Septimus podría haberme matado él mismo, fácilmente. Desdemona podría haberlo hecho en ese preciso instante. Ninguno de los dos lo hizo, y eso era intencionado.

A Septimus aún le interesaba, o al menos le interesaba mi sangre. No me iba a matar. Todavía no.

Me tendría encerrada como a una esclava. Me convertiría en otro instrumento que aprovechar.

¿Y por qué no? A fin de cuentas, era lo que había sido siempre: algo que usar a conveniencia de otros, o un peligro que mitigar.

No una fuerza de propio derecho.

Al demonio con ellos.

Me brotó en las manos el Fuego de la Noche, que se adhirió al borde del puñal. Desdemona no estaba preparada. Dio tumbos y se protegió enseguida, tapándose la cara con las manos.

Fui directa al corazón.

A lo mejor Raihn estaba en lo cierto. A lo mejor mi sangre de medio vampiro me hacía capaz de más cosas de las que me había atrevido a soñar nunca. Porque me pareció que ni siquiera tenía que empujar tanto: el puñal se le clavó como si aquel hubiera sido siempre su sitio.

No me entretuve en saborear mi victoria.

Liberé el puñal apartando a Desdemona de una patada, luego me giré. Habían empezado a arderme ya las venas, como de costumbre. Su compañero se había recuperado. Levantó la mano y unas gotitas de mi sangre flotaron a nuestro alrededor.

Nos abalanzamos el uno sobre el otro y nos enredamos en un amasijo de extremidades, colmillos y acero. La quemazón de su magia era cada vez mayor. Nunca había conseguido evitarla tanto tiempo. Dejé que se redujera a un simple zumbido de fondo en mi cabeza y me limité a atacar con más fuerza para compensar su efecto, a esforzarme más por romper la resistencia.

No pensaba en nada más.

Estaba enojada.

No, estaba por completo furiosa.

No pretendía que el Fuego de la Noche me consumiera; brotó por su cuenta.

Y, cuando lo hizo, las llamaradas de azul blanquecino me nublaron la vista, y solo quedaron el rostro espantado de mi rival sobre las baldosas del suelo, mis rodillas alrededor de su torso y su mano buscando a tientas la mesa mientras mi puñal se alzaba sobre su cabeza.

Se lo clavé.

Enmudeció. Innumerables gotas de mi sangre repiquetearon contra el suelo a modo de llovizna.

La respiración agitada me irritaba los pulmones. La adrenalina que me corría por las venas hacía que se me desbocara el corazón. El Fuego de la Noche continuaba ardiendo y ardiendo.

Me puse en pie. Temblaba un poco, pero apenas me di cuenta. Seguía tan iracunda que no podía ni hablar ni pensar.

Solo me venía una palabra a la cabeza, un nombre: ¡RAIHN!

Miré de reojo la mesa. El brazo del Nacido de la Sangre, echado hacia atrás, descansaba en ella, como si hubiera querido agarrar algo en sus últimos momentos. Más allá de su mano había un objeto alargado envuelto en seda blanca. Lo reconocí enseguida. Me lo habían quitado de mi alcoba.

La espada de Vincent: Arrebatacorazones.

Esa vez no vacilé. Me enfundé los puñales y destapé la espada. Cuando cerré la mano alrededor de la empuñadura, no me dolió en absoluto. ¡Madre Oscura!, ¿cómo podía haber llegado a pensar que dolía? Aquello no era dolor, sino poder.

«Esto es lo que estabas destinada a ser, culebrilla», me susurró Vincent al oído.

Me estremecí al oír su voz, muchísimo más real cada vez que tocaba su espada.

Pero tenía razón.

Aquello era lo que estaba destinada a ser. Y él me lo había ocultado. Me había asfixiado. Me había mentido. Me había transmitido su poder y después se había pasado veinte años haciéndome sentir pequeña y asustada, y recordándome lo débil que era.

Y, aun así, al blandir la espada se me hizo en la garganta un nudo de dolorosa tristeza.

Era todo lo que debía ser.

Hija de mi padre. Víctima y protegida. Amor máximo y perdición.

No sabía cómo conciliar todas esas cosas. De pronto me dio igual. No me importó lo que él esperara de mí.

Tenía su poder.

El Fuego de la Noche se propagó por el delicado filo como se propaga el resplandor del sol por el horizonte al caer la tarde.

Ni siquiera tuve que conjurar las alas de forma consciente. De pronto habían brotado, estaban extendidas, y el aire corría fuerte a mi alrededor mientras yo salía como una exhalación al pasillo, dejando que el viento me secara las lágrimas de los ojos.

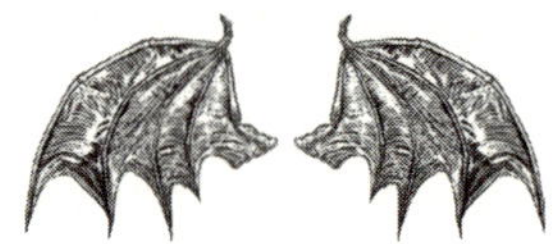

«¿DÓNDE ESTÁS?»

Me habían llevado al sótano del castillo. Me metí por los túneles que pocas personas conocían tan bien como yo, los mismos que Vincent había confiado en que algún día lo salvaran de un golpe de Estado como aquel. Resonaban por las paredes los sonidos de la masacre, como si el propio castillo gimiera y gritara en sus estertores finales. Por debajo de algunas puertas que iba dejando atrás salía sangre, oscura y resbaladiza en los rellanos de piedra.

Corrí y corrí sin parar, sin detenerme a pensar, sin detenerme a preguntarme por qué me jugaba el cuello por salvarlo. No lo sabía. Ni quería saberlo. Solo sabía que tenía ante mí la verdad de todo aquello, una acción inevitable.

«¿Dónde estás?»

El castillo tenía mazmorras, pero Raihn era rey. No solo rey, sino uno al que quería denigrar el hombre que pretendía usurparle la corona.

Sabía perfectamente lo que Simon pensaba de Raihn: convertido, esclavo, contaminado. Pensaba que Raihn solo valía para que lo usaran personas como él, y no al revés.

Simon necesitaba alardear de su poderío. Quería poner a Raihn en su lugar delante de todo el mundo. Igual que Vincent había forrado la ciudad, en otro momento, de cadáveres rishan clavados en estacas.

Los vampiros no mataban por cuestiones prácticas. Mataban por disfrute, venganza, espectáculo, miedo.

«¿Dónde estás?»

Subí corriendo las escaleras. Me ardían los muslos.

No dejaba de pensar en Vincent y en todas aquellas alas rishan clavadas a las murallas de Sivrinaj. En todas las ocasiones que había colgado a la entrada del castillo a algún pobre infeliz que lo había desafiado.

«¿Dónde estás?»

Seguí subiendo, subiendo, subiendo.

Porque sabía dónde estaba Raihn, o por lo menos tenía un presentimiento al que me aferraba con desesperación, y ojalá acertara.

Llegué a lo más alto de la escalera y abrí de golpe la puerta. Una bofetada de aire caliente y seco me echó el pelo hacia atrás.

La planta superior del castillo: un salón de baile, un ventanal y una terraza. Al otro lado de las ventanas, el cielo nocturno, rosado por el alba inminente, abierto ante mí, y el reflejo de la luna y las estrellas vertiéndose sobre el suelo de mármol negro, brillante como un espejo.

Por un instante, me pareció todo arrebatadoramente hermoso, la belleza intocable del momento previo a que el cristal se haga añicos.

Había unas cuantas personas en aquella estancia, de espaldas a mí. ¿Una decena?, ¿dos? Estaban amontonadas y el resplandor reducía las figuras a sombras; no era fácil saberlo. Claro que tampoco me iba a poner a contarlas.

Porque allí, al otro lado del cristal, recortada contra el cielo, con las alas extendidas a la fuerza, había una figura que reconocí de inmediato.

Los siguientes segundos pasaron despacio.

El Fuego de la Noche que me envolvía se infló y se elevó.

Los soldados rishan se giraron para mirarme.

Agarré fuerte a Arrebatacorazones. Me ardían las palmas, pero quería apoyarme en ella. Me alimentaba.

«Ahora lo entiendes».

La voz de Vincent sonó algo orgullosa, algo triste.

«El poder duele. Requiere sacrificio. ¿Quieres cambiar el mundo, culebrilla? Pues trepa por tu jaula hasta que estés tan alto que nadie pueda darte alcance».

«Ya te lo dije una vez».

«Lo sé porque yo lo hice, hija mía. Lo sé».

Mis ojos se instalaron en la figura de Raihn, sujeto por cadenas.

Cuando los soldados rishan se lanzaron por mí, estaba preparada.

42

ORAYA

Siempre había sido una buena luchadora, pero aquello... aquello era como respirar, algo innato que no me pedía esfuerzo. No tenía que pensar, ni que planificar, ni que compensar mis debilidades.

Era la heredera de la Casa de la Noche e hija de Vincent, el rey de los Nacidos de la Noche, y era tan poderosa como esas dos cosas indicaban.

Arrebatacorazones era un arma increíble. Despedazaba cuerpos y atravesaba cajas torácicas como si fueran de arena. De pronto entendía que Vincent hubiera estado dispuesto a sacrificar su alma por aquella clase de poder, que Septimus estuviera dispuesto a hacer trizas Obitraes por algo aún mayor.

Me embriagaba.

No recordaba haberlos matado; solo era vagamente consciente de los cadáveres que se amontonaban a mis pies. Mis alas suprimían la barrera entre el cielo y el suelo, y me permitían moverme más rápido, esquivar más deprisa y lanzarme justo donde necesitaba estar. La sangre me cubría el rostro, me goteaba en los ojos, teñía el mundo de un rojo negruzco.

Otra ráfaga de viento mientras me abría paso hasta las puertas abiertas de la terraza. Sivrinaj se extendía a mis pies, un mar de curvas marfileñas, con el río Lituro reptando por en medio de todo aquello como una serpiente de cristal.

Arrebatacorazones atravesó en cuestión de segundos al siguiente rishan que vino a mí.

¿Me había herido? No estaba segura. No lo notaba.

En cualquier caso, me daba igual.

Una sensación extraña en la espalda; no era dolor, no exactamente. Me giré. La espada del hombre estaba ensangrentada, chorreaba un líquido carmesí.

—¡Zorra mestiza! —me gruñó con desprecio, pero robé con la espada el resto de sus palabras.

«Bien —me dijo Vincent—. Se lo merecen».

El último hombre, el que manejaba las cadenas, se abalanzó sobre mí. Baja Arrebatacorazones y le asesté un tajo en la pierna que lo hizo aullar de dolor y tambalearse. No lo dejé caer al suelo. Lo levanté por los aires, aunque muy en el fondo aún notaba la quemazón de los músculos, y lo empotré contra la pared.

No quedaba nadie más allí. Era el único que me separaba de Raihn, pero no había terminado con aquello ni de cerca. Tenía ganas de más. ¡Estaba furiosa!

—Simon —bramé—. Septimus. ¿Dónde están?

El hombre me escupió e intentó asestarme un tajo con la espada. Le dio a algo, no estaba segura de a qué.

Genial. Si no quería hablar, no quería hablar. De todas formas, ese tipo tampoco era tan importante como para disponer de aquella información.

Lo atravesé con el acero y lo lancé desde la terraza.

Me giré bruscamente, preparada para el siguiente asaltante, solo que en vez de gritos de batalla, jadeos de dolor o clamor de acero solo oí mi propio corazón desbocado.

Y...

—Una entrada de primera, princesa.

La voz sonaba hueca y ronca.

Parpadeé para quitarme los manchones rojos de la vista. La

bruma de mi propia rabia sanguinaria remitió, y un súbito frío me envolvió al ver el panorama.

Raihn.

Raihn, atado con unas cadenas plateadas al muro del castillo. Tenía las alas desplegadas y atravesadas por clavos, y la sangre se amontonaba en las elegantes plumas. Tenía salpicaduras de sangre por la cara y manchas por la ropa, antes exquisita. Llevaba el pelo suelto, y los mechones se le pegaban a la piel.

Aun drogado, había peleado como un poseso. Me bastaba con mirarlo para saberlo.

Caí a tierra con una brusquedad impresionante. De pronto, al ver así a Raihn, dejé de sentirme poderosa, pese al rastro de cadáveres que había dejado a mi paso, a la espada que blandía y al Fuego de la Noche que aún llevaba en las yemas de los dedos. No me sentía nada poderosa.

Me dedicó una sonrisa desganada, de medio lado.

—¿Tan mal me veo?

Envainé el acero y crucé la terraza a grandes zancadas. De cerca tenía aún peor aspecto: parte de las cadenas estaban atornilladas a la piel.

Maldije en voz baja.

Lo iban a dejar allí para que se quemara, para que el alba lo matara, lentamente, delante de todo Sivrinaj. La forma más humillante de morir para un vampiro. A juicio de Simon, ni siquiera era digno de una ejecución de verdad. Las ejecuciones eran para las amenazas.

—Cairis —dijo con voz ronca—. Era Cairis. El traidor. ¿Lo puedes creer, maldición?

Luego se echó a reír como si aquello fuera gracioso.

—No hagas eso —le espeté.

Oí voces a lo lejos. Muchas.

Mierda.

Mi asalto no había sido precisamente sutil. Venían por mí, por Raihn.

También él lo oyó. Ladeó la cabeza hacia el ruido y después hacia mí.

—Esto te va a doler —mascullé, porque no tenía tiempo para andar con delicadezas.

Le arranqué la primera cadena de la muñeca de un jalón, y empezó a correrle un hilo de sangre por el brazo.

—Déjame aquí —dijo—. No pasa nada.

Reí, y me salió una risa muy fea.

—De ninguna manera, no pasa nada.

—Estás herida, Oraya. Van a ser muchos.

Ya no bromeaba, ni hacía comentarios jocosos.

Raihn tenía razón. Estaba herida, probablemente de gravedad. Ahora que el subidón de adrenalina había remitido, me dolía todo. Procuré no pensarlo mucho, pero me estaba mareando.

Se me hizo un nudo en la garganta.

—Ya que he llegado hasta aquí... —mascullé, y, moviéndome más rápido, agarré otra cadena y jalé de ella.

Una de las alas se le desplomó, y el peso extra que lo jalaba del otro lado le produjo una punzada de dolor que se le vio en la cara.

Las voces se oían cada vez más fuerte. Maldición.

Le arranqué la segunda cadena del brazo izquierdo y se lo liberé.

—Anda, ya tienes un brazo libre, ayúdame —le espeté, y me desplacé a la otra ala.

Me ayudó y, con cara de dolor, jaló del lado derecho.

Las voces se oían ya en aquel piso, o más cerca.

—¡Date prisa! —le dije.

—Oraya...

—Ni se te ocurra decirme que me largue —le solté—. No hay tiempo para eso.

Solo quedaban los tobillos. Las alas y los brazos estaban libres. Me hinqué de rodillas para soltarle un tobillo mientras él se quitaba las cadenas del otro.

¡Por la Diosa, nos quedaban segundos! ¡Menos aún!

—Oraya...

—¿Qué? —pregunté sin levantar la vista.

Clanc, el metal contra el suelo.

—¿Por qué has venido a buscarme?

Me detuve una décima de segundo que no nos sobraba.

Ni siquiera me planteé la pregunta. No quería analizar demasiado la respuesta; me notaba un nudo raro en el pecho.

—No hay tiempo para eso —dije, soltándole la cadena que quedaba con un último ruido metálico.

Me puse en pie y Raihn intentó dar un paso adelante, pero se desplomó encima de mí y estuvo a punto de sepultarme bajo su peso.

Por encima de su hombro, vi una riada de soldados rishan y Nacidos de la Sangre doblando la esquina. Más de los que podía derrotar en mi estado, ni siquiera con la ayuda de Arrebatacorazones.

Raihn los vio también y se dirigió dando tumbos al barandal.

Le miré las alas, rotas e inservibles. Le miré las heridas. Miré la distancia que nos separaba del suelo. Miré a los soldados.

Luego, por fin, lo miré a la cara.

Lo bañaba el oro rosado del sol que asomaba por el horizonte, que hacía que los ojos le brillaran como oscuros rubíes. En el lado derecho de la cara ya empezaban a salirle ampollas, por la intensidad del sol. Tenía el pelo rojísimo a la luz del amanecer, más rojo de lo que se lo había visto nunca, más parecido a la sangre de los humanos que a la de los vampiros.

Una flecha pasó rozándole la cabeza.

Cuando los primeros soldados cruzaron el umbral, agarré a Raihn y lo estreché contra mi cuerpo.

—Eres endemoniadamente guapa —me susurró al oído.

Y entonces desplegué las alas y nos lanzamos por la terraza.

Quinta parte

LUNA MENGUANTE

INTERLUDIO

La cruda realidad es que cuesta más sobrevivir cuando hay algo que te importa.

El esclavo y la reina tienen poco en común. Cuando hablan, suele ser del rey, largas conversaciones que los ayudan a hacer frente a la conducta y los cambios de humor del monarca, pero la mayoría de las veces ni siquiera hablan, sino que dedican el poco tiempo que pasan juntos a reemplazar el maltrato por caricias, el dolor por placer, como plantas sedientas.

No se puede subestimar el poder de algo así. Basta con crear una conexión que se asemeje engañosamente al amor.

¿Y quién dice que no lo es? Parece amor. Sabe a amor. A él lo consume como el amor.

Puede que esas dos personas no hubieran tenido motivos para estar juntas en cualquier otro mundo, pero, en ese, se han convertido en la razón de vivir el uno del otro.

El esclavo no ha tardado en descubrir que cuesta mucho más preocuparse por algo que no preocuparse por nada. Durante las primeras décadas de su encarcelamiento, cultivaba la apatía como si fuera un arte. Ahora, en cuestión de semanas, se le ha hecho pedazos. Cada golpe duele más por la forma en que ella reacciona al verlo. Cada degradación le resulta más vergonzosa porque ella la presencia. Cada acto de violencia contra ella lo acerca más a una línea de la que sabe que no podrá volver, por mucho que ella le suplique contención.

«¿Quién gana? —le pregunta ella, con lágrimas en los ojos—. ¿Quién gana si te mata?»

Así que pasan los años y el esclavo no pelea.

Pero esa clase de odio jamás se extingue. Solo se encona. Durante años, décadas. Le devora el corazón como un hongo, hasta que ya no es capaz de recordar una vida anterior a él.

El rey se vuelve más paranoico, más ansioso de poder, a medida que van forjándose a lo lejos los rumores de rebelión. Se acerca el Kejari, una puerta abierta a los mayores enemigos del rey. Cuanto más se le escapa de las manos el control del mundo de extramuros, más despiadado se vuelve su deseo de controlar el de intramuros. Requiere una distracción constante, recordatorios constantes de su propio poder.

Los hongos crecen.

La idea surge como un corpúsculo de podredumbre enterrado en lo más hondo de su ser. Se extiende tan rápido que el esclavo ni siquiera se percata de cuándo se convierte en algo más que una fantasía; solo sabe que un día deja de ser una posibilidad para convertirse en algo inevitable.

El esclavo empieza a prestar atención a los susurros de la ciudad. Se entera de la existencia de un guerrero hiaj prometedor, un hombre que no oculta su compromiso brutal con sus brutales intenciones.

A la primera prueba del Kejari, al esclavo lo dejan asistir junto con el rey.

Se sienta al lado de la reina y la ve acomodarse el pelo para esconder los moretones del cuello.

Ve el coliseo ensangrentado a sus pies. El vampiro rubio destroza a sus enemigos con la misma ferocidad con que luego destrozará el mundo y se apropiará de lo que quiera de él.

Ve al rey, y el miedo que este finge no tener.

Y el esclavo, por fin, ve una ocasión.
El reino ya está empapado de aceite.
Él está más que dispuesto a poner el cerillo.

43

ORAYA

No tenía ni idea de adónde íbamos.

Era imposible volar bien con el peso de Raihn jalándome hacia abajo, pese a que él intentaba ayudar, en vano. Aunque quizá fuera preferible. Perdimos altura enseguida y volamos escondidos entre los edificios de Sivrinaj mientras yo trataba con todas mis fuerzas de mantenernos en el aire. Conseguí llegar hasta el límite de los distritos humanos antes de que nos estrelláramos en las calles adoquinadas.

No sé cómo, Raihn, a pesar de sus heridas, logró levantarse rápido y avanzó cojeando, apoyándose en los muros de las casas de ladrillo semiderruidas. En cuanto me puse en pie, me encajé en el hueco de su axila para que pudiera descansar en mí.

Con los ojos entrecerrados, miré al cielo despejado y luminoso.

—Hay que buscar refugio —dije—. Rápido.

Eché un vistazo alrededor en busca de algún edificio vacío en el que pudiéramos guarecernos, pero Raihn seguía jalando hacia delante, apretando la mandíbula de dolor.

—Sé adónde vamos —dijo.

—¿A tu departamento? No llegamos. Habrá que buscar...

—Vamos allí —espetó.

Iba a discutírselo otra vez, pero me lanzó una mirada glacial, resuelta, que me cerró la boca.

En aquellos minutos de transición entre la noche y el alba, Sivrinaj estaba tranquila en ambos lados, el de los vampiros y el de los humanos, pero yo tenía claro que, en cuanto amaneciera, no tardaríamos en llamar la atención en los distritos humanos. No habíamos recorrido ni una cuadra y media cuando detecté el primer par de ojos que nos observaba desde la ventana de una alcoba y que se escondió precipitadamente en cuanto cruzamos miradas.

—Te va a ver la gente —mascullé—. Hay que encontrar un escondite antes.

—No —contestó entre dientes. Raihn iba ya más despacio, apoyándose muchísimo en las paredes y ocultándose, con escaso éxito, entre las sombras que proyectaban, pero seguía avanzando a duras penas—. Estamos cerca. Una cuadra más.

¡Por la Diosa! No tenía claro que fuéramos a llegar tan lejos.

Una eternidad después, vimos por fin el edificio, y noté que suspiraba de alivio. Para entonces, unas quemaduras oscuras le señalaban ya una mejilla y se le iban extendiendo por la cara.

Sus pasos eran muy muy lentos. Yo ya no podía con él. El sol estaba cada vez más alto.

—Ya casi hemos llegado —lo animé en voz baja—. Un poquito más.

Estábamos tan cerca...

Y entonces, ya cerca de la puerta, se derrumbó.

Me hinqué de rodillas a su lado y lo arrastré todo lo que pude a la sombra de los edificios. Cada centímetro me costaba: él pesaba y yo estaba herida.

—Levanta —le dije, procurando en vano disimular lo asustada que estaba—. Levanta, Raihn, ya casi lo logramos.

Gruñó y quiso ponerse en pie. No lo consiguió y se desplomó de nuevo contra la pared.

¿Qué iba a hacer yo? No podía llevarlo en brazos. El sol inundaba todo deprisa. Intenté ponerlo tan a la sombra como su cuerpo voluminoso me permitía.

Se abrió una puerta y volvió a cerrarse, y yo me llevé la mano a la espada.

Al levantar la cabeza, vi a un hombre grande y medio calvo plantado delante de nosotros.

Su cara me resultaba familiar, aunque al principio no lo reconocí. Entonces caí en cuenta: el tipo de la posada. El que siempre estaba dormido en recepción.

Abrí la boca, pero no supe qué decir, si bramarle que ni se acercara o suplicarle ayuda. No era día para disfraces. A la vista estaba que éramos vampiros y que necesitábamos ayuda.

Se me pasaron por la cabeza un millón de posibilidades de lo que un humano podía hacer al encontrarse con dos depredadores en una situación peligrosa.

El hombre se me adelantó.

—No soy un imbécil. Sé quiénes son. —Se acercó, y se detuvo al ver que yo me estremecía y me situaba entre Raihn y él. Su mirada era más... amable de lo que esperaba—. No tienen nada que temer, ninguno de los dos. —Se metió entre Raihn y yo, y lo agarró del brazo izquierdo—. Agárrale tú el derecho —me dijo.

Nos estaba ayudando.

¡Por la Diosa! ¡Nos estaba ayudando de verdad!

Hice lo que me pedía y sujeté a Raihn por el lado derecho. Entre los dos, y con el esfuerzo que hizo Raihn por sacar fuerzas de su debilidad, conseguimos meterlo al edificio. En cuanto entramos, el encargado cerró el portal de una patada y cerró las cortinas con la mano que le quedaba libre.

Raihn soltó un suspiro de alivio cuando desapareció el sol.

—Mejor —logró articular—. Mucho mejor.

—Shhh —le dije, porque no quería que malgastara energía con palabras cuando aún teníamos una escalera que subir.

Pero, sin el sol, recuperó fuerzas enseguida y casi fue capaz de subir la escalera él solo, aunque tuviera que apoyarse en nosotros. Al llegar al departamento, se desplomó de inmediato en la cama.

El humano se quedó en el umbral de la puerta, con los brazos cruzados.

Raihn lo miró.

—Gracias.

—Esta zona ha cambiado, y no crean que la gente de por aquí no sabe por qué. —Nos miró de manera alternativa—. No sé lo que ha pasado, pero... tampoco es asunto mío. Solo voy a decir que espero que las cosas sigan como estaban últimamente, y si ayudarte a levantarte contribuye a ello... —Se encogió de hombros y se alejó de la puerta—. Voy a estar fuera todo el día y cerraré con llave cuando me marche. Si alguien pregunta, no he visto nada.

Dicho eso, cerró la puerta y nos dejó solos.

Miré de reojo a Raihn. Tragaba saliva, pero enseguida se recompuso, se giró hacia mí y me examinó de arriba abajo. Yo me agarraba el abdomen. Las heridas que hasta entonces no había tenido tiempo de atender eran de pronto mucho más patentes, pero tampoco me iban a matar.

Raihn se puso en pie y cruzó la estancia cojeando.

Yo me levanté de un brinco.

—¿Adónde demonios vas?

—¡Por los senos de Ix, princesa! Solo voy al otro lado del cuarto. Estoy bien. Es que el sol me estaba matando.

No era cierto, pero, por lo menos, podía moverse. Algo era algo.

Abrió un cajón del escritorio y hurgó en él, observándome divertido.

—Siéntate y deja de mirarme con esa cara de enojo.

—¿Por qué?

Rio.

—¿Tanto te cuesta?

Dejé a Arrebatacorazones y me senté, a regañadientes, mientras él volvía y se sentaba a mi lado. Respiraba con dificultad y de manera algo entrecortada. La colcha ya estaba manchada de sangre, mía, suya...

Se desabrochó un botón más del saco, que llevaba ya desgarrado y sucio, el pelo alborotado por la cara, las mangas subidas hasta los codos... Mi vestido, antes exquisito, estaba destrozado y empapado de sangre.

Las heridas había acabado con todo el refinamiento de nuestro aspecto del principio de la velada.

—Gracias —dijo con ternura—. Gracias por venir a buscarme.

Se me hizo un nudo en la garganta. No me gustaba que me hablara así. Me recordaba demasiado a la forma en que me había dado las gracias cuando lo había dejado beber de mí. Demasiado auténtica.

—Simon me estaba hablando de ti como si... —Torcí el labio—. Como si no fueras nada. ¡Al demonio con él!

Asomó a sus labios una sonrisa, algo apenada, porque los dos sabíamos que mi antipatía por Simon no era la única razón por la que lo había salvado. Pero no me presionó.

—Tengo una cosa para ti —me dijo, y me enseñó un paquetito irrelevante, algo envuelto en una tela sencilla. No lo agarré—. No muerde —añadió—. Hace tiempo que te debo un regalo de bodas.

—¿Y te parece que este es momento para regalos?

Se acentuó la curvatura de sus labios.

—Me parece el momento perfecto.

Por alguna razón, no acababa de decidirme, como si aquella picardía de su voz me hiciera pensar que, fuera lo que fuera, me iba a doler.

Agarré el paquetito, me lo puse en el regazo y lo desenvolví.

Dentro había un cuaderno maltratado por el paso del tiempo y un montón de pergaminos sueltos. Con una mano algo temblorosa, agarré el primero y lo desdoblé, y vi un retrato a plumilla con la tinta descolorida, una mujer de pelo oscuro que miraba al horizonte, con el rostro algo ladeado en relación con el espectador. Era un retrato antiguo; la tinta estaba un tanto desvanecida y unas gotas de agua habían arruinado en parte la página. Me recordó otro dibujo a plumilla desvanecido, del perfil en ruinas de una ciudad, lejos de allí.

—¿Qué... qué es esto? —pregunté.

—Creo que esa es tu madre —contestó con voz suave.

En el fondo, ya lo sabía, pero aun así aquellas palabras me agrietaron el pecho y liberaron una avalancha de emociones para la que no estaba preparada.

Lo había dibujado Vincent. Era obra suya; reconocía su estilo.

¡Vincent la había dibujado!

Con cuidado, dejé a un lado el retrato. Debajo había una cadena de plata sucia, con un pequeño amuleto de piedra negra. Sostuve en alto la cadenita y me puse la piedra cerca de la mano, junto al anillo que llevaba en el meñique. Hacían juego.

Me dolía el pecho una barbaridad. Deposité el collar encima del retrato. El cuaderno seguía en mi regazo, sin abrir.

—¿Cómo...? —pregunté con un hilo de voz.

No fui capaz de mirarlo a la cara.

—Poco a poco. El castillo albergaba cientos de años de registros y anotaciones. Vincent escribía mucho, pero casi nada tenía sentido.

Eso lo creía. A Vincent siempre le había gustado escribir, pero también tenía sus paranoias en cuanto a compartir información. Las anotaciones que dejara por ahí serían intencionadamente vagas, difíciles de entender para cualquiera que no fuera él.

—He ido guardando todo lo de hace unos veinticuatro años —prosiguió Raihn—. Un poquito cada día. Yo solo. Nadie más lo sabe.

¡Por la Diosa, el tiempo que debía de haberle llevado hacer eso! Repasar esos cientos o miles de anotaciones él solo...

Se me empañaron los ojos.

Agarré otro papel. Era una carta, o un fragmento de una. No

era la letra de Vincent, que yo conocía a la perfección. Aquella era más descuidada y menos rotunda, con los trazos altos y muchas filigranas.

—¿Quién...? —La pregunta se me atragantó y tuve que empezar de cero—. ¿Quién era ella?

—También yo tengo más preguntas que respuestas. Creo que se llamaba...

—Alana —dije, repasando con los dedos el nombre escrito al final de la carta.

Y sentí en mis huesos la familiaridad de aquel nombre, de un tiempo anterior, como si recordara haberlo oído resonar en el interior de una casita de adobe, hacía décadas.

Entonces llevé la mano al encabezado de la carta. «Para Alya —rezaba—. Vartana. Distritos orientales».

¡Que la Diosa me asistiera! Un nombre. Un lugar. Vartana era una ciudad pequeña, al este de Sivrinaj. La carta en sí me decía poco, algo de conjuros y rituales de sanación de una magia que no entendía, pero... ¡había nombres!

—Por lo que he podido saber —dijo Raihn—, vivió un tiempo en el castillo. No sé cuánto. Un año por lo menos, teniendo en cuenta cuándo se escribió esto —añadió, señalando la fecha de la parte inferior de la carta maltratada y otra anterior en un documento que había debajo y que parecía un trozo de un diario de algún tipo, una lista de ingredientes..., plantas, algunas que me sonaban y otras que no—. Me parece que era maga, hechicera.

Lo miré extrañada.

—¿De qué dios?, ¿de Nyaxia?

En cuanto le hice la pregunta supe la respuesta. Mi madre era humana. Algunos humanos podían hacer magia de Nyaxia, pero ninguno lo hacía especialmente bien y, desde luego, nunca mejor que los vampiros.

Raihn apartó las páginas con cuidado hasta llegar al último pergamino. Aquel, a diferencia de los otros, no era una carta ni parte de un diario, sino una hoja arrancada de un libro, un diagrama de las fases de la luna. Abajo de todo había un símbolo: el contorno de una araña de diez patas.

—Ese símbolo es de Acaeja —dijo.

Acaeja, diosa de lo desconocido y Tejedora de Destinos.

Entonces lo entendí, al recordar lo que Septimus me había dicho de mi padre: que había estado buscando la sangre de aquel dios y que había solicitado la ayuda de videntes.

¡Que la diosa me llevara!

Miré de pronto a Raihn, que enarcó las cejas a modo de confirmación muda: él había pensado lo mismo.

—¿Qué hizo ella por él? —pregunté.

—No lo sé. Ojalá... ojalá lo supiera. Después de meses investigando, esto es lo único que tengo.

Lo noté frustrado, avergonzado de poder ofrecerme tan poco. En cambio, yo devoraba todo lo que me acababa de dar.

Tenía un nombre. ¡Y una cara, por la Diosa!

Y un millón de preguntas y un millón de posibilidades.

Agarré de nuevo el primer pergamino, el dibujo, y pasé las yemas de los dedos por los antiguos trazos de tinta.

Lo había dibujado él. ¡Mi padre la había dibujado!

«¿Por qué, Vincent? ¿La querías? ¿La secuestraste? ¿Ambas cosas?»

Nadie me habló por dentro. ¿Por qué iba a poder conjurar una versión falsa de él que no fuera reservada cuando él lo había sido conmigo toda la vida? O a lo mejor su voz me había abandonado porque sabía que yo ya no quería oír nada que tuviera que decirme.

Se me empañaron los ojos y se me hizo un nudo en la garganta. Acaricié el pergamino con el pulgar. La presencia de Raihn a mi lado se me hacía demasiado próxima y, a la vez, no lo bastante.

—Se parecen mucho —susurró.

Lo dijo de un modo que me dolió, con inmensa admiración, como si no hubiera mayor elogio.

Recorrí con el dedo la cascada de pelo moreno que le caía por el hombro, el ángulo recto de la nariz, la curva descendente, pensativa, de sus labios, que me resultaba tan estremecedoramente familiar.

—Ojalá pudiera darte más —me dijo con ternura—. Más que un nombre. Más que unos cuantos pergaminos.

—¿Por qué? —pregunté con la voz quebrada—. ¿Por qué has hecho esto?

Yo ya lo sabía. En el fondo, ya lo sabía.

Raihn inspiró hondo y soltó el aire despacio.

—Porque mereces muchísimo más de lo que este mundo te ha dado. Y sé... sé que yo he tenido la culpa en parte. Te impedí encontrar esas respuestas. Con esto no basta, lo sé, pero...

Se interrumpió, algo desesperanzado, como si buscara palabras que no encontraba. Tampoco yo encontraba ninguna, aparte de la dolorosa gratitud que me inundaba el pecho, que me encogía el corazón. Sí, Raihn tenía razón: me había privado de la posibilidad de mirar a Vincent a los ojos y exigirle explicaciones. Pero incluso aquello, meros fragmentos de un pasado, era más de lo que mi padre me había dado jamás. Significaba algo. Significaba más de lo que yo habría querido.

Noté que me miraba fijamente, a pesar de que yo no apartaba la vista de la colcha por miedo a que atisbara lo que llevaba dentro de mí.

—Hay algo más —me dijo.

Oí un roce cuando se llevó la mano al bolsillo. Me puso en el regazo una bolsita de terciopelo. Pesaba bastante para lo pequeña que era y, al dármela, su contenido tintineó un poco.

Dinero.

Lo miré a los ojos de repente. Craso error, porque la tristeza de su semblante era tan cruda, tan franca, que me sobresaltó.

—¿Qué...? —empecé.

—Oro —contestó—. El material importa más que la moneda. En las naciones humanas, cualquiera te lo aceptará. Tienes de sobra para lo que te queda de vida. Iba a mandarte más si lo necesitabas, pero...

Me levanté de golpe, y el retrato y la bolsita cayeron de mi regazo a la cama.

—No...

—Pero, ¡maldición, déjame hablar, Oraya! —Luego, más tranquilo, añadió—: Por favor... Déjame que te diga esto.

Me daban ganas de esquivarle la mirada, pero no fui capaz. Aquellos ojos de color rojo teja, que brillaban más de la cuenta a la luz de la lámpara, me tenían cautiva.

—En la desembocadura del Lituro, cerca de las afueras de los distritos humanos, te está esperando un hombre ahora mismo. Tiene una barca. Te llevará a las islas comerciales de la costa. Allí podrás abordar un barco a cualquier parte del mundo.

Me dejó pasmada.

Lo tenía todo previsto: un hombre que me esperaba, el dinero, aquel cuaderno..., todo bien preparadito y aguardándome.

Raihn nunca había tenido intención de hacer depender mi libertad del apoyo a la Casa de las Sombras.

Siempre había querido dejarme marchar.

—Yo...

No me salían las palabras, pero él se puso en pie, con una levísima mueca de dolor por las heridas, mirándome fijamente y sin pestañear.

—Vete —me susurró—. Vete muy lejos. Vete a las naciones humanas. Ve a aprender tu magia. Te diría que fueras a convertirte en algo increíble, Oraya, pero ya lo eres, y este lugar no te merece. Nunca te ha merecido. Y yo, menos aún.

Volví a abrir la boca, pero las palabras de Raihn llegaron más rápido esa vez, con más fuerza, como si las sacara de muy adentro.

—Nunca me he disculpado contigo como debería haberlo hecho. Porque todo lo que me has dicho era cierto. Porque tú siempre has visto la jodida verdad, hasta cuando a mí me avergonzaba. Lo que te hice fue... ¡fue imperdonable! —espetó aquella última palabra como asqueado de sí mismo. Se llevó los dedos al pecho, justo adonde, en otro momento, le había hendido la piel con mi espada. Porque yo sabía con exactitud dónde tenía esa cicatriz—. Así que no voy a suplicarte perdón. No te voy a decir lo mucho que lo siento. ¿De qué demonios te serviría eso? No quiero pedirte nada. Solo quiero darte lo que deberías haber tenido hace tiempo. Porque tú...

Sentí que faltaba el aire en el cuartito, que le faltaba a mi cuerpo, que el resuello me había abandonado y me había dejado allí plantada, petrificada, sin respirar, sin hablar, mientras él se acercaba, cada vez más. Levanté la cabeza para mantener el contacto visual. ¡Madre Oscura, aquellos ojos! Eran como fuego ya, brillantes, inundados por unas lágrimas que no terminaban de rebosar.

—Tú lo eres todo —me soltó con la voz rota—. Todo. Así que vete, Oraya. Vete.

Se me hizo un nudo en la garganta. Tragué saliva para disolverlo; apreté la mandíbula.

Solo se me ocurría una cosa: «Maldito imbécil».

Si hubiera contado con la alianza de la Casa de las Sombras, la cosa habría sido distinta, pero Raihn ya no tenía aliados, ni siquiera los Nacidos de la Sangre, ni los rishan. Necesitaba más que nunca el poder que yo fuera capaz de ofrecerle. Era su única forma de recuperar el trono y, desde luego, la única posibilidad de conservarlo.

Me necesitaba más que nunca.

—Solo me tienes a mí —le dije—. ¿Y me vas a dejar marchar?

—Solo te tengo a ti —susurró—. Por eso te dejo marchar.

Aquellas palabras me marearon, como si el mundo entero se hubiera desplazado en una dirección con la que mi cuerpo no supiera qué hacer. Lo tenía tan cerca que notaba el calor de su cuerpo, una sensación que ya me era tan familiar como mi propia piel. Además, vi que apretaba la mandíbula y tensaba los músculos, en una especie de esfuerzo conjunto por defenderse de aquella fuerza bruta que nos instaba a acercarnos del todo.

¿Cómo me costaba tan poco identificarlo?

¿Por qué me resultaba tan familiar?

Guardé silencio un buen rato.

Luego lo rodeé, agarré la bolsita de monedas de la cama y se la aventé al pecho, con fuerza de sobra para hacerle soltar un «¡Uf!» de sorpresa.

—No lo puedo creer, demonios —espeté furiosa. Desapareció su incipiente cara de sorpresa—. Ahora que la cosa se pone interesante, ¿tú crees que me voy a largar? ¿Ahora que tenemos una batalla que librar? ¿Ahora que ese pedazo de mierda se ha colocado mi corona? —Me acerqué, aun sabiendo que era peligroso, aunque eso nos aproximara tanto que nuestros cuerpos estuvieran casi alineados, con la cabeza bien alta para sostenerle la mirada, y cara de asco—. Vete al diablo, Raihn —le susurré—. ¡Vete al diablo!

Se me quedó mirando un rato largo, sin pestañear.

Y rompimos el silencio a la vez.

No sé cuál de los dos tomó la iniciativa. El beso fue como una tormenta de verano en el desierto, un súbito diluvio que arrasó con el calor, una de esas tormentas tan devastadoras de las que después solo recuerdas la lluvia.

Cuando me quise dar cuenta, tenía a Raihn por todas partes.

44

ORAYA

La bolsa de monedas cayó al suelo con un sonido distante cuando las manos de Raihn la abandonaron para tomar mi cuerpo.

Me besó con voracidad, de la misma forma que se había alimentado de mí en una cueva en aquella ocasión, hacía muchos meses, con desesperación, con pasión, con vehemencia, como si yo fuera el único lazo que lo ataba a él al mundo. Y, ¡Madre Oscura!, también yo me sentía así, igual que si buscara algo sólido a lo que asirme por primera vez en mucho tiempo.

Como si tuviera que llegar a casa.

Había querido convencerme de que ya no recordaba lo que era besar a Raihn.

Me mentía. El cuerpo no olvida algo así; lo llevaba grabado en la memoria de mis músculos, una parte de mí que había salido de su estado de latencia. No me besaba solo con la boca, sino con el cuerpo entero, igual que luchaba, con toda la musculatura entregada a la labor, centrada solo en mí.

El vestido era condenadamente delgado.

Aquella seda me permitía sentirlo todo. Sus manos, grandes y toscas, recorrían mi cuerpo como si quisieran memorizar hasta el último músculo, beberse hasta la última curva. Sentía tan cerca su calor que habría jurado que le notaba los latidos del corazón bajo la piel. El pene..., ¡por la Diosa...!, enorme y turgente ya entre los dos.

Sí, la seda me permitía sentirlo todo. Me dejaba claro lo mucho que Raihn había deseado aquello, durante tantísimo tiempo.

Me obligaba a reconocer lo mucho que yo había anhelado aquello también.

El deseo se me acumulaba en el bajo vientre; los pechos se me erguían contra el tejido ligerísimo del vestido y el tórax duro de Raihn; el vértice de los muslos se me tensaba. Mi cuerpo recordaba lo que era besarlo, sí, pero también recordaba otras cosas. Recordaba cómo era cogérmelo, como si una pieza perdida encajara de nuevo en su sitio.

Y eso era lo que quería. Me lo pedía a gritos. Cuando Raihn deslizó las manos por la curva de mi trasero, rozándome la piel sensible de la cara interna de los muslos, se me cortó la respiración. El sonido que profirió él, apenas audible, me recorrió entera como un trueno.

La oleada de deseo me mareó de pronto, un deseo, sin embargo, con cierto tinte oscuro, afilado y peligroso, forjado en la rabia que había contenido durante tanto tiempo.

Con un movimiento brusco, lo tiré a la cama. Cayó con rotundidad, y la base rechinó en protesta por el peso repentino de su cuerpo. Empecé a reptar por él, pero le vi el gesto momentáneo de dolor y titubeé, de nuevo consciente de la envergadura de sus heridas, brutal, aunque empezaran a cicatrizar ahora que ya no estaba expuesto al sol.

—Ni se te ocurra detenerte, princesa —dijo con voz ronca, leyéndome el pensamiento, y la mueca de dolor dio paso a una sonrisa torcida—. Por favor. Me importa un demonio que esto me mate.

Me colocó un mechón suelto de pelo oscuro por detrás de la oreja y las yemas callosas de sus dedos me acariciaron la mejilla.

—Lo único bueno de mi última muerte fue que tú fuiste lo último que vi.

Su voz seguía teniendo aquel tono melodioso, ligero y jocoso, pero la sonrisa se le había esfumado. Eso no tenía nada de ligero. Tampoco sus caricias. Todo ello estaba impregnado de una ternura angustiosa.

Tanto que me dolía el pecho, me ardían los ojos.

Me... me enfurecía.

No estaba preparada para aquello. Aún no. Los restos de ira seguían punzantes en mis venas; sus residuos me desgarraban las heridas que esa ira había abierto en los últimos meses.

Iba a incorporarse, a abrazarme, pero volví a tirarlo de un empujón.

—No —dije, y me miró confundido—. No te muevas —le ordené—. Esto no lo controlas tú.

La confusión se diluyó en entendimiento, y hasta eso, al principio, me pareció demasiado afectivo, demasiado tierno, hasta que lo reemplazó por una sonrisa pícara que fue curvándole despacio los labios.

Le presioné de nuevo el hombro, con firmeza, como ordenándole que se estuviera quieto. Luego me concentré en su ropa. Empecé con los botones del saco, deshaciéndole todos los nudos de cordón plateado del pecho. Con cada uno, la seda azul iba retirándose y dejando al descubierto la piel desnuda, un paisaje de montículos de músculo que subía y bajaba trabajosamente con su respiración, cubierto de heridas nuevas y cicatrices antiguas, y un vello oscuro suave cuyo recorrido iba estrechándose a medida que yo descendía hacia su abdomen.

Había odiado aquel disfraz desde el instante en que se lo vi puesto. Y justo eso era: un disfraz que pretendía convertir a Raihn en una de las personas que en otro tiempo lo habían subyugado.

Él no era eso.

De pronto lo encontraba tan asquerosamente evidente que me preguntaba cómo había podido cuestionarlo siquiera en algún momento. No, la versión de él que yo iba revelando con cada botón desabrochado, cada nueva porción de piel imperfecta, en su tiempo humana... Eso era él.

Terminé de desabrocharle el saco y él me ayudó levantando los hombros mientras yo se lo quitaba y lo tiraba al suelo. Me incliné sobre su pecho y le recorrí los músculos con la yema de los dedos, deteniéndome en el pezón, endurecido por mis caricias, para descender después por cada uno de los relieves de su abdomen, hasta el vientre y la senda oscura de vello que conducía a sus pantalones.

Y Raihn, siempre tan obediente, no se movió, aunque le veía la cara de voracidad. Ni siquiera cuando le llevé las manos a la cinturilla, le desabroché el pantalón y lo liberé.

La primera vez que le había visto el pene, me había sorprendido que algo así pudiera considerarse hermoso y, sin embargo, también en esa ocasión fue el único adjetivo que se me ocurrió: «hermoso».

Se le tensó el cuerpo entero cuando se lo agarré con la mano. Se contrajo un poco al contacto con mi piel, y los abdominales se le tensaron. Vi cómo se le humedecía la punta.

Me deseaba. Me deseaba tanto que ya ni respiraba, aferrado a la colcha con ambas manos. Y, ¡por la Diosa!, cada vez me costaba más ignorar la tensión pulsátil de mi entrepierna. Fácil: bastaba con que me instalara encima de él y lo dejara deslizarse dentro de mí.

Demasiado fácil.

El placer fácil no existía.

Quería que lo sufriera.

Me incliné y le rocé la punta con los labios, asomando la lengua al dulzor salado de su piel.

Raihn soltó un silbido ronco. Se le tensó el cuerpo entero, contenido, como si le estuviera costando la vida no abalanzarse sobre mí.

Aun así, no se movió.

Posé la boca tierna en él, esa vez con una lamida más larga, más lenta, aún suave, lo bastante como para tener la certeza de que era una tortura.

Aquella exhalación se tiñó de gemido.

—¡Qué mala eres! —me susurró.

Había levantado la cabeza lo justo para observarme, con aire depredador, como si prefiriera morir a pestañear.

Aquello me produjo una fuerte sensación de familiaridad: yo acostada sobre él, él observándome, y aquella cara de deseo apenas contenido.

«¿Debería hacerte suplicar?», le había preguntado entonces.

Le di otra pasada con la lengua, lenta, y soltó otro suspiro entrecortado.

—Una vez me dijiste que me lo suplicarías —le susurré. Otra caricia de mis labios—. Pues hazlo.

Le sostuve la mirada. La suya brilló de deleite vicioso.

—Déjame tocarte —me dijo con voz ronca. Y, por la Diosa, sí, me lo estaba suplicando, con desesperación en cada palabra—. Déjame sentirte. Aunque no te merezca. Por favor.

Repté por su cuerpo hasta alinear las caderas con las suyas. Llevaba el vestido levantado y la seda se me amontonaba en la parte superior de los muslos; sabiendo que los dos éramos angustiosamente conscientes de lo cerca que estábamos, deslicé las caderas lo justo para que su miembro me rozara. Contuve con esfuerzo mi propio gemido ante aquella caricia que casi era más sin serlo, aunque de forma mínima y momentánea.

No iba a dejar que viera lo mucho que deseaba aquello.

Descendí e hinqué los codos en la cama, y nos quedamos a escasos centímetros el uno del otro.

—¿Y...? —dije.

Le brillaban los ojos de placer, como los del gato que disfruta persiguiendo al ratón. Y, aun así, bajo aquel placer salvaje, yacía algo más profundo. Me acercó los dedos a la mejilla, sin llegar a rozarla, obediente.

—Deja que te convierta en la reina que eres, que proteja tu

cuerpo, tu alma, tu corazón. Déjame pasar a tu merced el resto de mi maldita y patética vida. Si tengo que morir, mátame tú. Por favor.

Sentí una punzada en el pecho, casi tan intensa como la del deseo.

Moví las caderas y noté que volvía a contraerse, con aquel movimiento minúsculo que me estremecía la respiración.

—¿Y...? —insistí.

Soltó una exhalación entrecortada y una sonrisita le curvó los labios.

—Y, vamos, no seas así, princesa, te lo suplico, deja que me arrodille ante ti.

Nos quedamos así, a punto de acoplarnos por completo, pero sin llegar a tocarnos.

Entonces respondí:

—Bieeen.

El hilo fino del autocontrol se rompió. Si las heridas limitaban a Raihn, no se le notó. Estampó su boca contra la mía, se puso de lado y me tiró a la cama, recorriéndome el cuerpo con la mano como si los últimos minutos sin contacto hubieran sido una tortura.

Y, de pronto, con idéntica rapidez, el peso de su cuerpo se esfumó. Se bajó de la cama, me agarró de las piernas y jaló de mí hacia la orilla.

Y, como me había prometido, se puso de rodillas.

No pude evitar mirarlo, hipnotizada, mientras me levantaba con delicadeza la seda del vestido hasta la cadera y me separaba las piernas. Ni en presencia de los dioses había sido tan reverente.

Alzó la cabeza despacio y me miró a los ojos.

—¿Esto te parece aceptable, princesa?

Arrugué un poco el ceño.

—¿Princesa?

Soltó una carcajada, grave y ronca.

—Reina.

Empezó por la cara interna del muslo, con unos besos tan suaves que casi me hacían cosquillas, y luego me levantó la pierna y se la subió al hombro.

—Mi reina —dijo, y las palabras se me pegaron a la piel con cada beso y ascendieron por la carne delicada de mi entrepierna.

¡Que la Madre Oscura me asistiera! Separé aún más las piernas para darle espacio, pensando únicamente en sus caricias, en sus besos.

Cuando llegó justo adonde quería tenerlo, fue cuidadoso al principio, apartó la delicada ropa interior de encaje y me plantó besos tiernos en la entrada de la vagina. Tan leves... Tan suaves... Y, sin embargo, la sacudida de placer me tensó entera y me hizo arquear la espalda.

Soltó un gemido de aprobación sin apartarse de mi piel y la vibración me resonó por todo el vientre.

—Mejor —murmuró—. Mejor de lo que recordaba. Mejor que tu sangre.

Otra caricia de su lengua, esta algo más firme, que terminó con un beso largo y lento.

Apreté la mandíbula para contener el suspiro de placer, aferrándome a la colcha. ¡Por la Diosa, no le iba a dar la satisfacción! Aún no. Aunque aquello acabara conmigo.

Otro toque, otro jadeo, otra sacudida de placer.

Controlar los gemidos empezaba a suponerme un esfuerzo titánico; apretaba tanto los dientes que en algún momento pensé que se me iban a romper.

«Más». Tenía la palabra en la punta de la lengua, pero no tenía intención de pedirle nada a Raihn en aquel momento.

—Déjame que te adore, Oraya —me susurró, y la vibración de mi nombre en sus labios, pegados a la zona más sensible de mi ser, me produjo un escalofrío. ¡Lo dijo con tal desesperación...! Yo le había pedido que me suplicara, y me estaba suplicando—. Y déjame que te saboree cuando te vengas. Por favor.

Su lengua me asaltó con mayor firmeza de pronto, en una

lamida larga por toda la zona, y trazó círculos, con un levísimo roce de los dientes.

¡Que la Diosa me asistiera! No... no podía...

Se me escapó un gemido estrangulado que logró zafarse de mis intentos de engullirlo.

Con la boca aún pegada a mí, Raihn recibió mi gemido con otro de idéntica potencia, como si aquel sonido fuera agua para un hombre muerto de sed.

—Otra vez —dijo—. Por favor.

Y por la Madre Oscura que no podía negárselo, aunque hubiera querido, porque aquel sonido acabó con los últimos vestigios del autocontrol de Raihn y, de repente, su proceder lento y lánguido se volvió fiero y desesperado.

Se esmeró como si su único propósito en la vida fuera extraer de mi cuerpo el máximo placer posible: su boca era ya firme e incansable; las lamidas, contundentes, de la entrada al clítoris y vuelta, besando, succionando. Yo frotaba las caderas contra él, persiguiendo sus movimientos. No podía evitarlo, ya no era capaz de controlar mis propios músculos.

—Bien —murmuró—. Así, así, déjame ayudarte.

«Sí —me dije yo, cegada—. Sí, sí, sí».

Y hasta que no lo oí gruñir de placer no caí en cuenta de que lo estaba diciendo en alto, una y otra vez, dándole la respuesta que me había estado pidiendo, dándole todo lo que quería mientras él me daba todo lo que necesitaba. Conseguí sujetarlo de la cabeza, enterrando las manos en aquella maraña de ondas de negro rojizo, sin saber bien si acercarlo o alejarlo.

Decidí acercarlo, mientras obraba su magia con la lengua en mi clítoris, me deslizaba los dedos adentro y el azote de placer me recorría la columna como un rayo.

Me encantaba su voz. No era capaz de negar lo mucho que me gustaba su voz.

Ese fue mi último pensamiento antes de que la oleada de placer me consumiera y arrasara con todo.

Superado el orgasmo, respiraba con dificultad, una capa fina de sudor me cubría la piel, tenía los músculos flojos y temblorosos y, aun así, cuando abrí los ojos y vi a Raihn, desnudo, subiéndose de nuevo a la cama, se me volvió a disparar el deseo.

Me pareció tremendamente hermoso, con la luz de la lámpara reflejándose en la superficie de su cuerpo, marcada por el tiempo, las heridas, las cicatrices y una vida bien vivida, y las llamas titilando en el rojo teja lujurioso de sus ojos, clavados en mí como si no existiera otra cosa.

Viendo, como siempre, más de lo que deseaba mostrarle.

Viendo, como siempre, mi verdadero yo.

De pronto me sentí terriblemente expuesta, a pesar de que él estaba desnudo y yo aún estaba vestida. La apariencia de mis jueguitos se había derrumbado. Las últimas llamas de mi rabia se habían apagado como una vela moribunda en plena noche.

Parpadeé y noté que me caía una lágrima por la mejilla.

Raihn se instaló a mi lado. Me limpió la lágrima con el pulgar.

—Te odio —le solté con un hilo de voz, pero aquellas palabras no eran un reproche; sonaban débiles, tristes, vacías.

No decían «Te odio porque mataste a mi padre».

Decían «Te odio porque he dejado que me hicieras daño».

«Te odio porque te he llorado».

«Te odio porque no te odio».

No vi dolor en sus ojos, ni rabia, solo una comprensión cariñosa y serena. Odiaba que me mirara de ese modo.

O quizá eso lo odiaba también de la misma forma que a él: nada en absoluto.

Me besó en la frente.

—Lo sé, princesa. Me consta.

Luego me besó el puente de la nariz. Cerré los ojos a sus labios, algo húmedos por mis lágrimas.

—Me has destrozado —murmuró—. Y también yo he odiado hasta el último segundo de eso.

La veracidad de aquellas palabras se me infló en el pecho

y me pesó muchísimo. Las pronunció con la misma voz que nuestros votos nupciales.

Al abrir los ojos, descubrí que me miraba fijamente. Los tonos de los suyos, de colores tan dispares que se unían para crear algo tremendamente hermoso, me dejaron pasmada.

—Déjame besarte —me susurró.

Suplicándome aún.

Y por fin contesté:

—Sí.

Me supo un poco a mi propio placer, pero sobre todo a él: extraño y familiar, agridulce. El beso no fue como nuestra batalla de hacía un momento. Aquello fue una disculpa, una súplica, un saludo, un adiós, un millón de palabras lanzadas en varios segundos interminables en los que el tiempo murió entre nosotros.

«Te odio —me dije, con cada ángulo nuevo, cada exploración de su lengua, cada tierna disculpa de sus labios—. Te odio. Te odio. Te odio».

Y con cada beso le infundí aquellas palabras, mientras lo acercaba más, mientras dejaba que su cuerpo cayera sobre el mío.

Su boca me recorrió la mandíbula, el cuello..., deteniéndose un instante sobre dos cicatrices para seguir descendiendo después hasta mi hombro. Solo entonces se alzó y enredó los dedos en el tirante de mi vestido.

—Déjame que te vea —dijo con voz ronca—. Por favor.

Asentí.

Me bajó los tirantes. Me besó cada nueva extensión de piel a medida que iba desprendiéndome de la prenda: el hombro, los pechos, los pezones erectos, la curva de la cintura, la cadera... Me quitó el puñal de un muslo y después el del otro, y los tiró al suelo con un ruido ahogado mientras me acariciaba con los labios la huella que las correas me habían dejado en la piel. Y por fin liberó la seda arrugada y la lanzó fuera de la cama, hipnotizado ya por mi cuerpo, desnudo y expuesto ante él.

No hacía frío, pero se me erizó la piel.

Soltó una carcajada.

—¿Qué? —pregunté.

—Es que... —Su boca volvió a mí, deteniéndose en los pechos turgentes de una forma que hizo que me temblara el aliento—. Es que no tengo palabras, maldición. —Siguió ascendiendo con los labios, que encontraron un camino serpentino hasta los míos—. No tengo palabras para describirte.

De todas formas, las palabras estaban sobrevaloradas. Me alegraba de que no las tuviera, porque las que me rondaban el pecho eran confusas y difíciles.

—Bien —respondí, y lo besé.

Acoplamos de nuevo su cuerpo y el mío. Al notar su erección en mi muslo, me abrí de piernas. Sus manos recorrieron mi cuerpo con frenesí, como si quisiera absorberlo todo de golpe.

¡Madre Oscura, cómo lo deseaba! Quería verlo tan expuesto y vulnerable como él me había dejado a mí.

Se me escapó un sonido gutural y los labios de Raihn esbozaron una sonrisa sobre los míos.

—¿Qué, princesa? ¿Qué quieres?

Un ofrecimiento sincero, como si no deseara nada más que darme lo que necesitaba.

¡Por la Diosa, la de cosas que podía responder a eso!

«Te quiero dentro de mí. Quiero que me cojas hasta que no recuerde cómo me llamo. Quiero verte perder el control como tú acabas de verme a mí. Te quiero A TI».

Pero lo que dije fue:

—Quiero tu sangre.

45

RAIHN

Al principio pensé que la había oído mal. Pero no. «Quiero tu sangre».

Aquellas palabras saliendo de esos labios perfectos, los mismos que me habían lamido la sangre del pulgar hacía semanas y con los que llevaba soñando desde entonces, pensando en ellos mientras, de día, me agarraba el pene con las cortinas cerradas.

Estaba aturdido. Buena parte de aquel último día había sido como un sueño. Pero, demonios, ¿tanto me importaba que aquello fuera una alucinación? Oraya a mi lado en la cama, desnuda, y la luz acariciando esa piel clara como el resplandor de la luna, impecable, de una forma que yo envidiaba.

Oraya en la cama, desnuda, pidiendo mi sangre.

Le olía la excitación, densa y dulzona. Le oía los latidos del corazón, fuertes y rápidos como los de un conejo.

Pero, aun percibiendo su necesidad, una necesidad que yo estaba dispuesto a satisfacer, me habría pasado una eternidad solo besándola, haciéndole el amor a aquella boca venenosa, perfecta, bonita y peligrosa.

No pensaba que fuera a volver a besar a Oraya. Ahora no me atrevía a ponerlo en duda. Solo quería aceptar lo que me ofreciera. Y, a cambio, darle lo que deseara, todo lo que deseara.

Asomó un leve rubor a sus mejillas. Me pregunté si sabría

que se ruborizaba, y que lo hacía con facilidad. No quería decírselo, porque no quería que dejara de hacerlo.

—Quieres mi sangre —repetí.

—Sí —contestó sin pestañear siquiera, a pesar de todo.

¡Que el sol me calcinara!

Sí, Oraya quería mi sangre, estaba claro. Hacía meses que la quería, y yo era de lo más afortunado al poder ofrecérsela en aquellas circunstancias.

Rodé hasta el borde de la cama y agarré uno de sus puñales, que habían quedado tirados en el suelo, debajo del vestido.

—Esta cosa no tiene veneno, ¿verdad? —pregunté.

Negó con la cabeza.

Bien, porque habría sido patético morir así.

Me pasé la punta por un lado del cuello, con la fuerza justa para abrirme la piel con una leve punzada de dolor. De inmediato, la sangre caliente borboteó a la superficie y formó un pequeño reguero en mi garganta.

Enfundé el puñal y volví a tirarlo al suelo; luego me giré de nuevo hacia Oraya.

—Pues aquí la tienes, princesa —dije—. Mi sangre. Toda la que quieras. A fin de cuentas, es tuya por derecho.

Porque ya se la había prometido, hacía meses.

«Te entrego mi cuerpo, mi sangre, mi alma, mi corazón».

Y en cuanto su lengua me tocó la piel aquella noche, en cuanto mis labios pronunciaron aquellas palabras, supe que las decía de verdad, que eran ciertas, aunque ella no lo quisiera, aunque no me correspondiera.

Yo era suyo.

Oraya me miraba con dureza, sin apartar la vista, y esos ojos brillantes como la luna me atravesaban, más afilados que ninguna espada. Tragó saliva, pendiente en todo momento de mi cuello, de los listones de sangre negra rojiza.

El aroma de su excitación y su hambre se espesaron en el aire. El pene me dio un respingo al notarlo.

—Incorpórate —me dijo.

La miré extrañado, pero hice lo que me pedía.

Pasó las piernas por encima de las mías y se sentó a horcajadas en mi regazo. Le puse las manos en las caderas. Su proximidad, su olor, su calor, muchísimo más intensos que los de un vampiro, me aturdieron por un segundo.

Enseguida supe lo que era aquello: una recreación de esa noche en la cueva.

Que la Diosa me asistiera.

Me había destrozado. Estaba perdido.

Me miró fijamente un instante y nos sostuvimos la mirada, sin pestañear. Se me encogió el corazón. Reconocí aquella expresión, de miedo mezclado con el hambre. Miedo de sí misma, de sus propios deseos.

Dibujé un círculo con el pulgar en la piel desnuda de su cadera.

—Estás a salvo, Oraya, ¿de acuerdo? —le susurré.

Entrecerró un poco los ojos, como diciéndome que no confiaba. Y, aunque no había pretendido mentirle, ni entonces ni en ninguna otra ocasión, lo comprendí. Porque nada de aquello era para estar a salvo. Oraya y yo, y aquella cosa terrible, hermosa y monstruosa que habíamos creado entre nosotros, no estábamos a salvo ni mucho menos.

Se inclinó hacia delante, apoyándome los pechos en el tórax y agarrándose a mis brazos, y llevó los labios a mi cuello.

Primero me lamió lo que había goteado, de la clavícula hacia arriba, y terminó con una leve punzada de dolor cuando presionó con la boca la herida abierta.

Y luego bebió.

Se me entrecortó la respiración; le hinqué los dedos tensos en la piel. Los músculos se me contrajeron.

Nadie se había alimentado de mí desde... desde Neculai, o Simon, o los otros nobles a los que me prestaba. Yo jamás lo había vuelto a permitir, ni siquiera con amantes consentidas mucho después. Mi piel no cicatrizaba tan fácilmente como la de Oraya. Aquellos colmillos no me dejaron marcas en el cuello, pero siglos después aún me los notaba. Nunca había permitido que volvieran a abrirme aquellas heridas.

Mi cuerpo, que recordaba aquello, se puso a la defensiva, pese a que mi cabeza sabía que era otra cosa. Pero, en cuanto su boca entró en contacto con mi piel, tuve claro que con ella era distinto. Pensaba que me haría recordar, aunque fuera momentáneamente, aquellas viejas heridas. En cambio, cada pincelada de su lengua las pintaba de algo nuevo. Aquello no era como lo de Neculai ni lo de Simon ni ningún otro de los innumerables asaltos no deseados a mi cuerpo.

Era ELLA. Oraya. Mi mujer.

Al principio me resultaba casi gracioso, el miedo con el que iba. Me lamía la herida de forma rara, como lame la leche un gatito, como si no supiera beber. Aun así, mi carne parecía abrirse para ella, igual que si estuviera hecho para darle aquello.

—No hace falta que seas tan delicada —le dije, y se notó que me hacía gracia, no pude evitarlo—. No me va a doler.

Bueno, igual el peso de su cuerpo sobre las heridas me dolía un poco, pero no me iba a quejar del contacto de sus pechos en el tórax.

Succionó más fuerte, tomándose mi consejo al pie de la letra. Tras inspirar hondo, me extrajo un buen sorbo de sangre y se lo tragó. Su exhalación fue un gemido contra mi piel.

Y yo lo reproduje.

No sabía si Oraya tenía veneno. Yo habría dicho que, sin colmillos, no, pero aquello... aquello tuvo un efecto extraño en mí, muy distinto del que había tenido el veneno de otros vampiros, que me había drogado de formas asquerosas.

No sabía si era veneno, o su lengua, o simplemente lo que me embriagaba tenerla sentada a horcajadas en el regazo. De pronto no me importaba otra cosa en el mundo que ella, y su boca, y el aroma de su deseo, que se hacía más denso con cada segundo que pasaba.

Volvió a pasarme la lengua por el cuello con un ruidito de placer que seguro no había advertido que hacía. Eché la cabeza hacia atrás para darle mejor acceso. Su cuerpo se había fundido con el mío, con la espalda arqueada y las piernas abiertas.

Tenía el pene tan duro que me dolía. La única otra cosa de la que era consciente, aparte de su boca y sus suspiros de placer, era que el pene tan cerca de su entrada que, maldición, me habría bastado con mover un poco la cadera para encajarme en ella.

Bebía tan rápido que se atragantó un poco, y tuvo que apartarse ligeramente y soltar unas tosecillas. Moví la cabeza lo justo para mirarla, y el deseo puro de su rostro, los ojos entornados, los labios inflamados y separados, un chorrito de negro rojizo en la comisura, me dejó algo mareado.

—¿Bien? —murmuré.

En lugar de contestarme, me besó.

Mi sangre me supo salada y muy metálica, distinta de la de ella, no tan buena, ni mucho menos, pero mejor porque la lamía de su lengua. El beso fue exigente, sin espacio para respirar, y me metió la lengua en la boca mientras me obligaba a echar la cabeza hacia atrás.

Bajó las caderas. Frotó su sexo contra el mío en una pasada larga que me hizo clavarle las uñas en la piel y soltar un gruñido grave.

—Y ahora que ya tienes mi sangre —le susurré—, ¿qué más quieres, princesa?

Respondió a mi pregunta con otro movimiento de caderas. Maldición. No había sabido lo que era necesitar a alguien hasta que la había conocido a ella. Siempre había pensado que esa clase de discurso era una bobada melodramática.

No. Necesitaba a Oraya. La ne-ce-si-ta-ba como cualquier otra función fisiológica.

Yo sabía lo que ella quería, y ella también, pero a la vez era consciente de que no era capaz de decirlo en voz alta. Los últimos vestigios de nuestro juego, con las compuertas temblorosas aún entre los dos.

Así que me lo susurró, con otro beso ebrio de deseo.

—Suplícamelo.

Era totalmente sencillo suplicarle.

Le jalé las caderas hacia abajo, lo justo para que la punta de mi miembro se instalara en el centro de su excitación, tan sensible que noté que se tensaba.

—Déjame entrar —dije con voz ronca—. Deja que me aloje dentro de ti, que sienta cómo te corres a mi alrededor. Déjame observarte. Por favor.

Soltó un suspiro estrangulado, ancló su boca a la mía y se encajó en mí.

Cuando desaparecí en su calor húmedo, todo lo demás se esfumó.

De inmediato, profirió un sonido desgarrador, un gemido roto, y por la Diosa que fue el sonido más increíble que yo había oído en mi vida. Pensaba que había conseguido olvidarlo, que me lo había quitado de la cabeza para siempre.

¡Qué estúpido había sido intentándolo siquiera! Y, demonios, ¿por qué iba a querer hacerlo? Quería ahogarme en ella, ahogarme en sus gemidos, en su respiración, en su cuerpo..., en su sangre.

Gimió de nuevo al alzarse y volver a descender, y otra vez, moviendo las caderas, ayudándome a llegar adonde ella quería. ¡Por la Diosa, me encantaba, me encantaba la forma en que me usaba! Aún me dolía el cuerpo, poco colaborativo, que no me permitía tomarla como yo quería, pero ella estaba más que dispuesta a llevarse lo que necesitaba.

Paseé las manos por su cuerpo, memorizando cada músculo, cada extensión de piel, desde la forma tersa de su cintura hasta la más tierna y contundente de su culo. La besé, fuerte, tragándome todos aquellos sonidos arrebatadores y ofreciéndole los míos.

Nuestro ritmo era frenético ya. Ninguno de los dos tenía paciencia para aquello. Yo quería todo y lo quería ya. Con cada vez que me llevaba a su interior, restregándose contra mí, permitiéndome llegar hasta lo más hondo de su ser, yo solo quería más.

Quería marcarla y que ella me marcara a mí.

El hambre que sentía por ella era de pronto insaciable, descontrolada por la sensación que me producía verme envuelto por su sexo, el aroma de su deseo, el sabor de mi sangre en sus labios y el olor tentador de la suya bajo aquella piel bañada en sudor.

Interrumpió el beso, jadeando una maldición en mis labios mientras yo la hacía bajar de golpe contra mi cuerpo en una embestida particularmente profunda que la hizo convulsionar y, carajo, casi es mi perdición.

—Raihn... —me susurró.

—Tómala —le solté con voz ronca, sabiendo, de algún modo, exactamente lo que ella quería—. Toda. Es tuya.

Soltó un sonido fracturado, entre gruñido y suspiro de alivio; luego volvió a posar su boca en mi cuello y bebió a grandes sorbos al tiempo que se mecía sobre mí.

Cuando se apartó otra vez, con los labios manchados de sangre, la perseguí, desesperado por saborearla de nuevo como pudiera, pero, en cambio, levantó la cabeza y dejó al descubierto la preciosa columna de su cuello.

Hice una pausa, y aquella súbita ausencia de movimiento hizo que se contrajera a mi alrededor a modo de protesta.

No me estaría ofreciendo... No me estaría pidiendo que...

—Tómala —me dijo, devolviéndome mis palabras.

Cerré la boca. Apreté la mandíbula. Con eso casi bastó, ¡casi!, para sacarme de aquella bruma de deseo.

Sabía lo que significaba para ella, y sabía también que la atracción química de mi sangre, y nuestro sexo y todo lo demás que había entre los dos probablemente la estuviera aturdiendo tanto como a mí.

No quería ser algo más que ella lamentara.

—¿Estás segura?

Me costó incluso verbalizar aquello.

Agachó la cabeza lo justo para mirarme a los ojos. Lo que vi en los suyos me dejó completamente indefenso, mucho más que el deseo.

—Sí —me susurró.

Sin vacilación.

Después de eso, no me quedaron ni palabras que decirle, solo aquel bramido animal incoherente que me brotó de dentro al acercármela. Sus caderas retomaron el ritmo y nos ahogaron a los dos en un mar de placer que nada podía igualar, salvo... salvo cuando le llevé la boca al cuello.

La piel de esa zona era delicada, lisa, excepto por las pequeñas cicatrices, dos antiguas y dos nuevas. Como había hecho en otra ocasión, se las besé las dos, con ternura, ofreciéndole algo de dulzura antes de que mis colmillos afilados se instalaran sobre su vena. Casi podía saborear el pulso de su sangre debajo, caliente y dulce.

La mordida fue rápida, firme, y perforó la piel de una sola acometida indolora antes de la succión.

Ella hizo un leve aspaviento, se aferró a mis hombros y las paredes de su interior se tensaron alrededor de mi miembro.

Su sangre me inundó la boca, densa y rica. Nada me había sabido nunca así, como ella en su esencia más cruda, con todos sus matices y sus contradicciones. Desde el primer momento en que la había probado, había sabido que me cambiaría para siempre. Mejor que cualquier vino, que cualquier droga. Un placer que perseguiría el resto de mi vida.

Quizá fuera la sobrecarga sensorial del sexo o que el veneno me hizo efecto con especial rapidez, porque olfateé que el pico repentino de la excitación de Oraya alcanzaba un crescendo insoportable. Un gemido le resonó por todo el cuerpo, y saboreé aquel sonido con mi siguiente trago, con cada uno de los lengüetazos que le daba en la piel.

Su ritmo se volvió más rápido, más contundente. Le clavé las uñas, aprovechando las pocas fuerzas que me quedaban para ayudarla a superar cada embestida.

—No pares —me suplicó con la respiración entrecortada.

Y, por la Diosa, menos mal que me lo dijo, porque no iba a poder parar, iba a venirme ya, maldición.

Era demasiado. Todo culminaba. Se me fue acumulando la presión en la base de la columna. Noté que también ella se acercaba, que sus músculos se contraían, sus movimientos se hacían frenéticos y sus uñas se me clavaban fuerte en la espalda y en los hombros.

Necesitaba notar que se venía incluso más de lo que necesitaba venirme yo.

Quería dárselo todo.

Me aparté bruscamente de su cuello, con el sabor intenso de su sangre aún en la lengua. Durante un instante que se me hizo eterno, sus ojos se encontraron con los míos, y nos transmitimos mucha franqueza, los dos expuestos, con nuestra carne, nuestros deseos y nuestros impulsos primarios al desnudo.

—Tuyo —gruñí—. Es tuyo.

Mi sangre. Mi cuerpo. Mi alma.

Eso se lo había entregado hacía tiempo. Incluso le había entregado mi vida.

Y volvería a hacerlo todo.

La insté a bajar la cabeza mientras nuestros cuerpos se retorcían el uno alrededor del otro, apresurándose al final. Ella aceptó encantada y, posando su boca en mi cuello, me succionó un buen trago de sangre.

Noté cómo se la tragaba, y luego, un instante después, llegó al orgasmo. Un grito desesperado, que ni siquiera se molestó en reprimir, resonó en mi piel, largo, quejumbroso, salpicado de fragmentos de maldiciones y súplicas desgarradas.

—Raihn... —dijo entre jadeos, como si se precipitara a la nada y ansiara que alguien la amarrara.

Lo supe porque yo me sentía igual.

«Lo sé», me dieron ganas de contestarle, pero mi propio orgasmo me robó las palabras, enterrado en su interior y con los músculos de ella contrayéndose. Temblaba, gemía, mientras su cuerpo se tensaba con una réplica tras otra.

La abracé y la llené, alojando la cara en la curva de su cuello al tiempo que nos abandonábamos los dos.

Durante unos segundos increíbles, todo se diluyó en la bruma suave de ella.

Cuando el mundo regresó, todo era... distinto.

Había tenido mucho sexo antes, bueno, malo, casi todo desafortunado, pero aquello no parecía sexo, sino más bien una experiencia religiosa, como descubrir la fe.

Oraya se había derrumbado encima de mí. Me sobrevino de pronto el agotamiento y, con él, la consciencia renovada del dolor de mis heridas, que había forzado en exceso con tanta actividad. Claro que tampoco me importaba demasiado.

Ella respiraba hondo y fuerte. Le llevé la mano a la espalda y la acaricié con suavidad.

Por fin se incorporó. Me lamió el cuello con un lengüetazo, para limpiar el resto de la sangre. Yo le levanté la cabeza e hice lo mismo, saboreando los restos. Cuando movió las caderas, me recordó que aún estaba dentro de ella. Otro beso, otro minuto, y podría haberla tenido otra vez.

Pero aquel cansancio de la borrachera de sangre y sexo se había apoderado de mí, y vi que también Oraya estaba combatiéndolo.

Me dejé caer en la cama, me puse de lado y, con delicadeza, la bajé a las mantas mientras salía de su interior.

Oraya se hizo un ovillo y yo me plegué a su alrededor, y nuestros cuerpos quedaron perfectamente encajados.

Noté enseguida que las pulsaciones le bajaban, que la respiración se le serenaba.

A mí se me empezaron a cerrar los ojos de inmediato.

Le besé el hombro, la mejilla, me instalé en el nido de su pelo. Su aroma me envolvió. Oraya siempre había olido a pura vida, no a incienso y a flores marchitas, como tantísimos vampiros, sino a primavera.

Sentí la necesidad imperiosa de decirle algo, aunque no sabía bien qué, pero ella me tomó la mano, y aquella caricia, de algún modo, significó mucho más que todas las palabras juntas.

Mejor así, porque el sueño me alcanzó tan deprisa que las palabras se me escaparon entre los dedos como granos de arena.

46

ORAYA

Me despertaron unos besos tiernos en la mejilla, en la oreja, en el cuello...

En los últimos meses, despertar estaba siendo una batalla, como si me devolvieran a rastras al mundo de los vivos, forcejeando y gritando.

Aquello, en cambio, no fue una batalla, sino una llamada tierna, delicada y cariñosa.

Por primera vez en muchísimo tiempo, me sentí a salvo.

A salvo por primera vez desde... desde la última vez que había despertado así, en brazos de Raihn.

Tardé unos segundos en recobrar la consciencia. Estaba desnuda, en la cama, con Raihn abrazándome. Estaba dolorida de la batalla que había librado para salvarle la vida y de lo que habíamos cogido luego cuando me había negado a abandonarlo.

Sus besos me llegaron al cuello y sentí una minúscula punzada de dolor cuando me rozaron las heridas de la zona por donde había estado bebiendo de mí.

¡Madre Oscura! Aún me notaba el sabor de su sangre en la lengua.

Cada detalle de lo sucedido me parecía más disparatado que el anterior. Hacía un mes, ¡qué demonios, y hasta unas semanas!, me habría horrorizado de mí misma.

Abrí los ojos y me di la vuelta. Raihn se alzó sobre un codo, observándome, con una de sus sonrisitas de satisfacción adherida a los labios.

—Buenas noches, princesa.

Curioso, lo íntimas que sonaban aquellas tres palabras. A lo mejor por cómo las pronunciaba, seductor, cariñoso y un poquito tímido.

—Hola —murmuré.

¿Qué otra cosa iba a decir?

La sonrisita de suficiencia se suavizó.

—Hola —contestó.

Paseé la mirada por su cuerpo desnudo, reparando en aquella extensión de músculos y cicatrices, deteniéndome un momento en su sexo, medio erecto, para volver después a la maraña de heridas del abdomen y los costados. Puse en duda mi cordura mientras las examinaba. Tenían mucho mejor aspecto que el día anterior, en que Raihn apenas podía moverse.

Al verme observarlo, dijo:

—La sangre ha ayudado. Mucho. —Me acercó los labios a la frente—. Gracias.

Me estremeció un poco la forma en que lo dijo, tan sincera.

—Por supuesto —mascullé, como si aquello fuera lo que tenía previsto desde el principio.

Pensándolo bien, tenía todo el sentido que Raihn bebiera de mí: ya había comprobado antes lo mucho que lo ayudaba a curarse, y en aquella ocasión lo necesitaba desesperadamente.

Pero ¿para qué engañarme? Yo no le había ofrecido mi sangre por cuestiones prácticas, sino como consecuencia de un deseo ciego y enloquecedor, el de llevar dentro más de él y que él llevara más de mí en su interior.

Y por la Diosa que había sido... había sido...

Me aclaré la garganta para no perderme en aquella cascada concreta de pensamientos perturbadores.

Me contraje cuando sus dedos me acariciaron el abdomen, haciéndome cosquillas en el ombligo.

—Por lo visto, a ti tampoco te ha caído mal —dijo.

Me miré sorprendida, extrañada. Las cortadas seguían ahí, sí, y aún me dolían, pero ya no sangraban. Parecía que llevaran semanas cicatrizando, no doce horas. Aquello rivalizaba con los efectos de una pócima sanadora.

—¿Eso es... normal? —pregunté.

—No tengo claro que nada de lo nuestro sea normal —contestó, y era cierto—. Imagino que es por la sangre del heredero —prosiguió—. A lo mejor por la mezcla con tu linaje medio humano. No sé, pero tampoco me lo voy a preguntar.

Me pasó el dedo por encima de una de las heridas más superficiales, una cicatriz rosada en forma de rayo. Se le ensombreció el semblante una décima de segundo, y luego se giró hacia mí.

—Oraya... —dijo en voz baja—, yo...

No estaba preparada para aquello, para sus palabras sentidas. No me arrepentía de lo que había pasado entre nosotros, pero no podía abrirme de nuevo a él. Una cosa era tocarnos, pero hablarlo... hablarlo era complicado.

—Hay que volver al castillo —interrumpí.

Fui brusca y seria, como lo había sido en otro tiempo con él cuando preparábamos juntos la estrategia para el Kejari.

Raihn cerró la boca. Lo entendió enseguida. Iba medio paso por detrás de mí, pero no tardó en meterse en el papel.

—Sí... —dijo.

Sin más. Sin preguntas ni vacilaciones. Cualquier otra persona se habría reído en mi cara por decirlo, pero me produjo cierta satisfacción comprobar que él había pensado lo mismo.

Quizá fuera una sentencia de muerte regresar allí. Lo racional habría sido huir de Sivrinaj y no regresar hasta que tuviéramos un ejército que nos acompañara. Sé lo que me habría dicho Vincent: «No te metas en la boca del lobo, culebrilla. Reconoce tus propias debilidades».

Pero Raihn tenía claro que debíamos volver, y lo aceptó de inmediato como una realidad ineludible, porque su círculo de asesores seguía en aquel castillo, ¡Mische seguía en aquel castillo! No la iba a dejar allí, y menos aún en las garras de Simon.

Yo tampoco. Ni siquiera se me había pasado por la cabeza.

Supe, aunque no me lo dijera, que estaba pensando en Mische, porque lo vi torcer el gesto, en parte de rabia y en parte de angustia.

Le tomé el brazo, con firmeza, para reconfortarlo.

—La vamos a sacar de allí —le dije—. Y, entretanto, sabes bien que se va a defender con uñas y dientes.

Un atisbo de sonrisa, que se esfumó enseguida.

—Eso es lo que temo —contestó.

Raihn odiaba a Simon, pero yo había llegado a la conclusión de que también le tenía miedo. Miedo de verdad, el mismo que yo había sentido toda la vida. Me pregunté si mi miedo le parecería tan disparatado a Raihn como a mí el suyo, tan poco meritorio de su tiempo.

Le apreté el brazo.

—Tú eres mejor que él —le dije, con más rabia de la que pretendía—. ¡Al diablo con él! Lo vamos a destrozar, por mucho ejército de Nacidos de la Sangre que lleve.

Y aquel «vamos» se me escapó de los labios como si nada.

Raihn esbozó una sonrisa.

—¡Esa es mi chica!

Se incorporó y endureció el gesto; puso una cara que le había visto muchas veces, la misma que ponía durante las pruebas del Kejari, como de concentración sanguinaria, como si tuviera delante un rompecabezas complicadísimo.

—Entonces, princesa, ya solo queda decidir cómo volvemos a un castillo del que escapamos vivos por nada, ahora que ha quedado claro que estamos locos.

Nosotros dos y un castillo repleto de soldados rishan y Nacidos de la Sangre, la mayoría de los cuales seguramente andaban buscándonos con desesperación. Septimus, era de esperar, continuaría queriendo capturarme por mi sangre. Simon debía asesinar a Raihn, y rápido, si quería conseguir su propia Marca del Heredero. Los nobles lo apoyarían solo por sus antecedentes, si no por mera antipatía hacia Raihn, pero esa buena voluntad no duraría mucho si no lograba apropiarse de la marca.

—Mal pronóstico —dije, pero me sorprendí reprimiendo una sonrisa.

—Uy, sí, te veo muy abatida —replicó con sorna.

Me encogí de hombros.

—Me recuerda los viejos tiempos. Hacía mucho que no me subestimaban.

—Ya sabemos que te gusta eso de enfrentarte a misiones imposibles.

Sonreí, muy a mi pesar.

—A ti también te encanta.

—Lo reconozco.

Se dejó caer en la cama otra vez, con las manos en la nuca.

—Si no recuerdo mal, ahora es cuando se nos ocurre algún plan brillante y retorcido.

Así era. Y yo estaba en blanco.

Me acosté a su lado y contemplé las vigas de madera torcidas. Una araña se columpiaba de una viga a otra, tejiendo una tela sedosa de color plata. Era un amasijo de hilos casi invisibles entrelazados de forma arbitraria en las sombras, funcional pero nada bonito. Como el destino mismo, supuse.

Nos quedamos pensando un buen rato.

—Entonces, ¿qué tenemos? —preguntó Raihn. Y se respondió él solo—: De momento, solo a nosotros.

—Una humana y un rey derrocado —dije con desánimo.

—No, dos herederos que ganaron el maldito Kejari.

En eso tenía razón. Raihn y yo habíamos conseguido superar individualmente batallas dificilísimas en el Kejari, y habíamos alcanzado juntos logros todavía mayores. Más aún, nuestro poder había crecido de manera exponencial desde que habíamos recibido nuestras Marcas del Heredero. Todavía me costaba controlar la mía, desde luego, pero la había usado para matar a no sé cuantísimos soldados para salvar a Raihn.

Aquello, en cambio, me había parecido más... fácil, siendo presa de semejante sed de sangre. Vincent me había censurado toda la vida mi impulsividad, y me había enseñado que el estoicismo y la concentración eran las únicas formas de dominar mi magia. Sin embargo, jamás me había sentido más poderosa que en aquellos momentos, después de perder por completo el control de mí misma.

Pero no debía darle muchas vueltas a eso ahora, a la facilidad con que el hecho de que Raihn estuviera en peligro había desbloqueado algo muy primitivo en mi interior.

Confiaba en que la situación de peligro de Mische desatara la misma brutalidad.

—Es una maravilla que tengas tanta fe en nosotros, princesa, y después de todo este tiempo.

Se levantó de la cama y cruzó la estancia. Le miré el culo, no pude evitarlo, cuando se inclinó sobre el escritorio para hurgar en él. Luego se dio la vuelta y vi que le brillaba en las manos algo afilado y resplandeciente, alojado en seda.

Lo reconocí, sorprendida, antes de que volviera a la cama: el cuenco espejado de Vincent.

—Lo tienes —le dije en voz baja.

—Lo saqué del castillo en cuanto pude. ¿Creías que iba a permitir que se lo quedara Septimus? ¿O que lo iba a dejar por ahí tirado para que tú lo encontraras y me trajeras otra ronda de soldados hiaj a la puerta?

Casi me ofendió. Casi. Su preocupación era de lo más razonable.

En cualquier caso, se lo agradecía enormemente.

Toqué con la yema de los dedos el borde de uno de los cristales, en el que vi reflejado un trozo de mi persona.

—Con esto tenemos también a Jesmine —dije.

Raihn me miró de reojo.

—¿Confías en ella?

Una pregunta lógica, después del golpe de Estado. Raihn no confiaba ni en sus nobles. Y, qué diablos, yo tampoco creía en muchos de los míos, pero, para bien o para mal, la lealtad de Jesmine siempre había sido incuestionable. Hasta hacía poco, jamás había tenido que acatar las órdenes de la hija humana de su rey, a la que, de todos modos, nunca había tenido mucha simpatía, y aun con todo, lo había hecho sin dudar. Eso ya era algo.

—Sí —respondí.

Pero los soldados hiaj que me pudieran quedar estaban muy lejos de Sivrinaj, y no disponíamos de tiempo para reunir un ejército antes de movernos.

Miré al otro lado de la estancia, al reguero de pertenencias que habíamos ido desperdigando por el suelo. Bajé las piernas de la cama y me levanté, más que consciente de que Raihn estudiaba mi cuerpo desnudo. Y me producía una extraña satisfacción, debía reconocerlo. Y una extraña forma de placer, eso también.

Aparté el montón de seda ensangrentada y dejé a Arrebatacorazones al descubierto. La tomé. Aun enfundada, notaba cómo bullía su magia bajo mi piel. No hacía mucho, eso me había inquietado, casi dolido, como si mi carne fuera demasiado débil para ello, pero de pronto percibía poder en esa inquietud, y era un poder embriagador y algo perturbador, como el vino de los vampiros.

También sentía en ella la presencia de mi padre, como si lo tuviera pegado a mí, a mi espalda, criticando en silencio la forma en que la empuñaba.

—Y tenemos esto —dije.

Un arma que Vincent había usado para matar a centenares, a miles incluso, de guerreros a lo largo de los años. Un arma lo bastante poderosa como para defender un trono durante dos siglos, como para destruir una de las últimas ciudades rishan verdaderamente espléndidas.

Se me revolvió el estómago al pensarlo. Posé los ojos en los de Raihn. Su mirada ya no era risueña, ni siquiera de deseo. No, su semblante era serio, con la boca apretada. Me pregunté si estaría pensando en lo mismo que yo: en las cenizas de Salinae y en el papel que aquella arma podía haber desempeñado a la hora de generarlas.

—No hagas bromas con eso —me dijo en voz baja.

El orgullo que pudiera haber sentido al ser capaz de blandir aquella arma se me agrió un poco.

Sí, mejor hacer pocas bromas con eso. Había matado a una veintena de hombres de Simon con aquella cosa, y eso yo sola. ¿Con Raihn a mi lado? Maldición, casi podíamos asaltar el castillo y acabar con todos los dos solos.

Casi.

Como si me leyera el pensamiento, dijo:

—Si los tomáramos por sorpresa, podríamos hacerlo por la fuerza bruta. Pero no ahora, que somos las personas más buscadas de la Casa de la Noche.

Me instalé en el borde de la cama. Raihn y yo guardamos silencio, pensativos.

Tenía razón: la fuerza bruta no iba a funcionar. Pero yo tampoco había ganado el Kejari por ser la más fuerte. Lo había ganado porque me había pasado la vida aprendiendo a sobrevivir en Obitraes, al margen de lo que fuera o no, aprendiendo trucos que me sirvieran para llegar más lejos con menos.

Trucos como...

Asomó a mis labios una sonrisa.

Incluso antes de levantar la vista, le noté la suya a Raihn en la voz.

—Creo que sé lo que significa esa cara.

—Tenemos algo más —dije—. A mí.

47

ORAYA

Vincent me había enseñado a seguir con vida. Eso significaba saber luchar, sí, pero también saber huir.

Mi padre se había hecho un castillo perfecto para un hombre consciente de que, algún día, las mayores amenazas le llegarían de dentro de casa. Los túneles eran extensos, confusos e inconexos. Septimus conocía algunos, de eso ya me había encargado yo, tonta de mí, pero era imposible que los conociera todos, y menos aún que los custodiara.

Lo difícil sería llegar hasta allí.

Yo sabía bien que Vincent había creado muchas vías de entrada y salida del castillo. Por desgracia, no me las había confiado a mí y, al verlo con perspectiva, entendía que no hubiera querido facilitarme la huida. Aun así, me había dado instrucciones sobre una forma de escapar, una tan desagradable que confiaba en que yo no la usaría a menos que mi vida estuviera en peligro inminente.

A lo largo de los años, se había escrito mucho sobre el río Lituro. Los visitantes habían generado mucha poesía sobre el modo en que serpenteaba entre las dunas como un reguero de pintura plateada a la luz de la luna. Algunos aseguraban que representaba el fluido vital de la mismísima Nyaxia.

Yo suponía que quizá en el desierto resultaba algo de espléndida belleza, desde luego.

No obstante, en el corazón de Sivrinaj, el río llevaba tanta agua como orina.

Las aguas residuales debían ir a parar a algún lado. En la ciudad, la mayoría se figuraba que lo más fácil era que fueran directas al río. Qué diablos, muchos ni siquiera pasaban por el baño y hacían sus necesidades directamente allí.

Muchos muchos muchos.

Me quedó claro cuando el agua, por llamarla de alguna forma, me engulló.

Sumergida no oía gran cosa, pero distinguí sin problema la maldición horrorizada que borbotó de los labios de Raihn cuando aquellas aguas urinarias nos rodearon.

Me obligué a abrir los ojos y me arrepentí de inmediato. De todas formas, no veía nada allí debajo.

Salimos a la superficie a la vez. Raihn se sacudió el pelo como un perro y me salpicó toda la cara de aquel líquido nauseabundo.

Arrugué la nariz.

—Puaj. Ten cuidado.

—¿Qué pasa?, ¿es demasiada pis para ti? —me dijo—. No va a ser ese el problema, princesa —añadió, mirando enfáticamente alrededor.

Le salpiqué agua con la mano y, aunque intentó esquivarla, le dio de lleno en la mejilla, y me alegré. Me lanzó una mirada asesina, pero no protestó porque sabía que se lo había merecido.

Señalé con la cabeza río abajo, donde estaba la parte posterior del castillo, que se alzaba sobre nosotros envuelto en sombras. Habíamos elegido una zona apartada del río, al borde de los distritos humanos, para zambullirnos sin que nos vieran, pero la actividad que había más adelante se advertía incluso de lejos: un montón de antorchas y Fuego de la Noche, y el murmullo de voces distantes. Hasta el castillo estaba inusualmente bien iluminado, y por las ventanas titilaba la luz del fuego, que revelaba detalles de las figuras lejanas alojadas en su interior.

Me recordaba al aspecto de la ciudad la noche de la final del Kejari, la noche que Raihn había tomado el poder.

—No voy a poder ver bajo el agua —dije—. Es todo recto y luego a la izquierda cuando nos acerquemos al castillo. Una de las rejillas lleva al interior y conecta con los túneles. No te apartes de mí.

—¿«Una» de las rejillas? —repitió, y entendí por qué lo decía: el castillo era enorme y tenía decenas de rejillas de alcantarillado solo en el ala oeste.

Yo era muy pequeña cuando Vincent me enseñó aquello, y había sido desde dentro, no desde fuera. No recordaba exactamente cuál era. Había que confiar en que la suerte estuviera de nuestro lado.

—Habrá que... probar unas cuantas —reconocí con una mueca.

—Claro: si es demasiado fácil, no tiene gracia —contestó con una risa suave. Visto así...—. ¿Preparada?

Bajé la vista a aquella mugre repugnante.

No, no lo estaba.

Me alegré de que Raihn hubiera tomado varios juegos de pieles para mi gran escapada, porque aquellas iba a tener que quemarlas.

—Por supuesto —dije en cambio.

Nos sumergimos juntos en el agua.

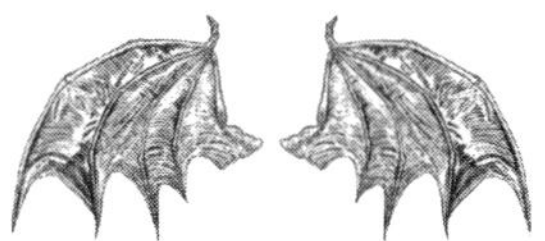

Nadar no era lo mío. Raihn iba rápido, pero tenía que parar varias veces para que le diera alcance. Peor aún, yo no veía nada: ni siquiera en los escasos segundos en que conseguí abrir los ojos pude ver otra cosa que una oscuridad turbia. Asomábamos la cabeza para tomar aire con sigilo a intervalos lo más largos posible, sobre todo cuando ya estábamos cerca del castillo. Había guardias por todas partes, tanto rishan como Nacidos de la Sangre, aunque se los veía muy desorganizados. La mayoría corrían por ahí gritándose unos a otros en vez de vigilar.

Intentaban, dedujimos, encontrar a Raihn, y estaban convencidos de que lo iban a atrapar saliendo de la ciudad cuando tratara de huir, no a las puertas del castillo, queriendo entrar de nuevo.

Una suposición lógica. Aquello no era precisamente lo que haría un ser racional, y menos aún nadando por el lodo.

Porque, sin duda, ya era lodo cuando llegamos al castillo, un líquido demasiado denso para llamarlo agua, que se me pegaba a la piel y al pelo cada vez que emergíamos para tomar una valiosísima bocanada de aire. El hedor a podrido era tan intenso que ni siquiera aquellos segundos en la superficie compensaban ya, al margen de que respirara por la nariz o por la boca. Me «sabía» igual.

Hubo un momento en que descubrí a Raihn observándome con una sonrisa contenida, como si se esforzara por no reír a carcajadas. Le lancé una mirada asesina y él meneó la cabeza. Aun en silencio, le oí las palabras: «Esa miradita».

Aun así, agradecía las aguas residuales: al menos disimulaban nuestro olor, sobre todo el mío. Incluso nadando a escasos centímetros de los soldados que patrullaban las calles, pasamos inadvertidos.

Cuando por fin llegamos al recodo donde el río cruzaba los desagües del castillo, di gracias a la Diosa en voz baja. Para poder subir a la fortaleza tuvimos que enfrentarnos a una corriente fortísima, porque los canales se habían construido con una ligera pendiente para garantizar el flujo constante de residuos al exterior. Aferrada a un lado y resguardada tras el muro de piedra, asomé la cabeza por encima del agua para examinar las rejillas que tenía delante.

No recordaba ni remotamente cuál llevaba a los túneles.

Volví a sumergirme y me arrojé contra los primeros barrotes. Raihn, que buceaba a mi lado, me ayudó a jalar el metal. No era la primera rejilla, ni la segunda. Cuando subimos a tomar otra rápida bocanada, las voces de los soldados estaban aún más cerca.

Mierda. Cuanto más tiempo nos quedáramos en un lugar, mayor era el riesgo de que nos vieran. No sabía si podíamos estar allí mucho más sin que nadie se nos acercara demasiado.

«Por favor, Vincent, más vale que esta sea la buena».

Nos sumergimos una vez más y nos abalanzamos sobre la siguiente rejilla.

Y a lo mejor la Diosa o mi padre muerto cuidaban de nosotros, después de todo, porque aquella se movió enseguida.

La compuerta era rara: estaba pensada para empujarse hacia fuera desde dentro y no para cruzarla desde fuera. Raihn me la sujetó para que entrara serpenteando, y luego yo hice lo mismo para que él pasara entre las varas de metal. No fue tarea fácil contracorriente, sobre todo tan cerca de las cloacas del castillo, donde era más fuerte que nunca.

Cuando estuvimos dentro, Raihn tuvo que agarrarme del brazo y servirse de su masa corporal para evitar que la corriente me llevara. Cuando el túnel empezó a ascender, prácticamente estábamos arrastrándonos por las paredes salpicadas de cieno. Me dolían los músculos una barbaridad. Me ardían los pulmones, que necesitaban aire con desesperación. Agarré fuerte la correa que llevaba cruzada al pecho, temiendo de pronto que la corriente me arrancara a Arrebatacorazones de la espalda.

Cuando el suelo por fin se elevó y pudimos andar en pie, solté:

—¡Gracias a la Madre!

—¡Qué maldito suplicio! —masculló Raihn.

Se limpió el lodo de la cara mientras yo salía del agua de un salto y subía arrastrándome por una rampa pronunciada en el lateral del túnel. Allí el aire era caliente y llevaba tiempo estancado, con lo que apestaba a mierda pura, aunque olía a rosas en comparación con el sitio del que veníamos.

Raihn me siguió y nos subimos los dos a un caminito elevado que corría paralelo al borde de la cloaca. Aquello estaba muy oscuro. Conjuré una pequeña bola de Fuego de la Noche en la palma de la mano y una luz azulada bañó el rostro de Raihn.

Reí en voz baja.

—¿Qué? —preguntó.

Allí estaba, el rey de los Nacidos de la Noche, empapado, vestido con pieles baratas que no eran de su talla y con la cara completamente cubierta de mierda salvo por el par de cercos que se había limpiado alrededor de los ojos.

Me lo vio en el semblante y suspiró.

—Y tú vas como si nada, princesa. ¡Por los senos de Ix, vámonos de aquí! ¿Dónde está ese túnel?

Sí... Buena pregunta. Avancé despacio a lo largo del muro, con la mano pegada al ladrillo tosco, viejo y pegajoso, más o menos el tacto que cabía esperar de una piedra que llevaba siglos marinando en excrementos húmedos.

—Estaba por aquí —mascullé, palpando los ladrillos—, debajo de uno de estos arcos... —Se me engancharon los dedos en algo y pensé que los ladrillos estaban agrietados, pero una segunda pasada y un vistazo de cerca con el Fuego de la Noche revelaron lo contrario: no, era un contorno—. Aquí —dije.

—Lo tengo —espetó Raihn, y se abalanzó sobre la puerta. La apretó fuerte unos segundos, con cara de esfuerzo, y luego se rindió y se recostó en la pared—. ¿Seguro que se abre en esta dirección?

Demonios, esperaba que sí. Si no, estábamos jodidos.

Vincent era muy meticuloso. Me extrañaría muchísimo que

se hubiera tomado la molestia de idear una forma tan sofisticada de salir sin haber previsto también la posibilidad de usarla como entrada de emergencia en caso necesario.

Pero... solo en caso necesario.

—Debió de asegurarse de que solo él podía usarla —dije—. A lo mejor yo...

Llevada por una corazonada, agarré una de mis armas y me pasé la punta por la palma de la mano, creando un levísimo riachuelo rojo. Acto seguido pegué la mano sangrante a la puerta, encogiéndome un poco por el escozor que la superficie pegajosa me produjo en la cortada.

Lo primero que pensé fue: «Seguro que se me pega una infección con esto».

Lo segundo fue: «No va a funcionar».

Pero apenas se me habían pasado aquellas palabras por la cabeza cuando la puerta se abrió ante nosotros con un rechinido de piedra contra piedra, dejando a la vista un túnel oscuro y estrecho iluminado por lámparas de Fuego de la Noche.

¡Qué rapidez! Y más fácil de lo que había pensado que sería, más de lo que me había resultado nunca usar mi sangre para ejecutar la magia de Vincent.

Me miré la mano ensangrentada. Noté que Raihn la observaba también, seguramente pensando lo mismo que yo.

—Pues parece que la puerta no era solo para él —dijo.

Tragué saliva con fuerza.

«¿De verdad pensabas que no iba a funcionar contigo también, culebrilla?», susurró Vincent para mis adentros.

Me estremecí. Hubo un tiempo en que anhelaba su voz con desesperación, pero de pronto me provocaba una avalancha de sentimientos complicados.

No tenía sentido: me había ocultado aquellos pasadizos, junto con la fuerza de mi magia, mi sangre y mi pasado, y aun así también me había querido lo bastante como para ofrecerme aquel salvoconducto que había ideado para sí.

O sea, ¿confiaba en mí o no? ¿O es que ni siquiera lo sabía?

—Yo qué sé —contesté con sequedad—. A lo mejor la puerta solo ha reconocido que llevo sangre suya. Vamos, es por aquí.

Desenvainé la espada de mi padre, que llevaba a la espalda, intentando en vano ignorar la abrumadora sensación de su presencia que me asaltó al asir la empuñadura, y eché a andar antes de que Raihn pudiera decir nada más.

Claro que tampoco me pareció que fuera a hacerlo.

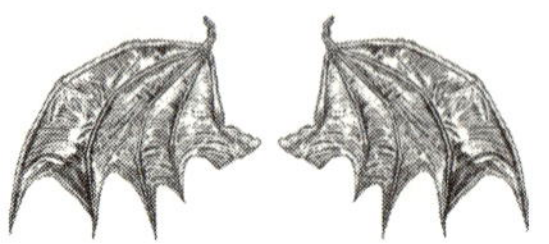

Los túneles estaban muy descuidados, y eran estrechos y serpentinos, consecuencia lógica de que los hubiera construido un equipo muy reducido de peones, con absoluto secretismo y alrededor de la infraestructura ya existente del castillo, y no se hubieran revisado nunca después porque Vincent no quería arriesgarse a que una sola persona supiera de ellos. Después de un centenar de años o así, empezaban a mostrar su deterioro. A pesar de que Raihn y yo ya estábamos bajo el castillo, tuvimos que caminar un buen rato hasta que aquellos túneles comenzaron a parecerse un poco más a los pasadizos que yo conocía mejor.

No tardamos en subir montones de tramos de escaleras retorcidas que nos condujeron al edificio propiamente dicho. A través de las paredes se oían voces ahogadas, agitadas, todas ellas frenéticas, aunque no pudiéramos distinguir lo que decían.

—Parece que la están pasando en grande —masculló Raihn, mientras las voces ininteligibles de guerreros que se gritaban unos a otros se extinguían a nuestra espalda.

—No sé si estás en posición de criticar un golpe de Estado ajeno —dije—, teniendo en cuenta lo bien que ha ido el tuyo hasta la fecha.

Rio un poco.

—Pues también es verdad.

Al llegar a lo alto de aquel tramo de escaleras, el túnel se bifurcaba. Hablé en voz baja, consciente de lo finas que podían llegar a ser las paredes en algunas zonas de aquel edificio antiquísimo.

—Ahora mismo estamos detrás de la biblioteca del segundo piso. Tú vete por ahí —le dije, señalando el camino de la izquierda—. Llegarás a las mazmorras. Bajas y luego a la derecha.

Raihn miró el otro camino.

—¿Y tú te vas por ahí?

Asentí. Aquel pasadizo me llevaría a los pisos superiores del castillo, a mis aposentos, donde había escondido el collar de Vincent.

Solo yo conocía el enrevesado camino hasta el nivel superior del castillo. Solo yo podía recuperar los objetos vinculados a la sangre de Vincent. Así que tenía que ser yo quien subiera por él, porque, lógicamente, no podíamos dejarlo en manos de Simon ni de Septimus. Aunque no supiéramos lo que era, teníamos claro que era demasiado importante para perderlo. Por lo que Raihn iba a tener que bajar a las mazmorras a rescatar a Mische él solo, al menos de momento, hasta que yo le diera alcance.

Ya lo habíamos hablado con tranquilidad. No podíamos ir los dos a los dos lugares, porque llamaríamos la atención enseguida. La única forma de lograr ambos objetivos era dividirnos, aunque solo fuera de manera temporal.

Aun así, llegado el momento de separarnos, no pude evitar la vacilación, mirando fijamente el cuerpo de Raihn, bajo cuyas pieles sabía que se ocultaban las pruebas de unas heridas todavía sin curar.

Muy a mi pesar, empezaba a albergar dudas de si aquello era buena idea.

—¿Seguro que puedes tú solo? —pregunté.

Me miró extrañado.

—¿Estás preocupada por mí?

—Estoy siendo pragmática.

—Me las arreglaré. Puedo con unos cuantos guardias de Simon. Soy el rey de los Nacidos de la Noche, ¿recuerdas?

—Recuerdo haber tenido que salvarte el culo de «unos cuantos guardias de Simon» hace unas treinta y seis horas.

Le flaqueó la sonrisa, como si hubiera metido el dedo en la llaga. Aunque Raihn se las diera de rey imperturbable, yo sabía que en el fondo, muy en el fondo, no le gustaba perder.

—Jugaron sucio —dijo—. Me drogaron. Y me sorprendieron. Espero impaciente la revancha. —No me convencía del todo—. Además, si lo hago tan mal, me basta con aguantar vivo unos minutos hasta que puedas venir a salvarme otra vez, incluso te prometo que te voy a dejar regodearte todo lo que quieras.

La propuesta tenía su pequeño atractivo. Pequeño. No obstante, me costaba deshacerme del nudo de inquietud que se me había hecho en la boca del estómago.

Es posible que Raihn se sintiera también un poco como yo cuando contempló, por encima de mi hombro, el camino de la derecha, el de los escalones que se perdían en las sombras.

—Date prisa —me dijo—. Entrar y salir. Simon no merece el honor de matarte.

Solté un bufido, como si aquella idea fuera un disparate. Sin embargo, mi falsa valentía resultaba algo menos convincente que la de Raihn. Sí, yo había matado a un montón de guardias para rescatarlo y, sí, había ganado el Kejari, pero aún llevaba dentro una vida entera de miedo a los vampiros, y eso costaba dejarlo atrás.

—Deja de perder el tiempo —le susurré, y me dispuse a dar media vuelta, pero Raihn me agarró del brazo.

Cuando me giré hacia él, la provocación se había esfumado de su rostro. También la falsa seguridad. Me acarició con la mano el contorno de la barbilla, tan brevemente que ni siquiera me dio tiempo a reaccionar a la caricia.

—Ten cuidado, princesa —murmuró—. ¿De acuerdo?

Le sostuve la mirada un segundo más de lo que pretendía.

—Y tú —le dije—. Ten cuidado.

Y, dicho eso, desaparecimos, cada uno por su pasadizo.

48

ORAYA

Los pasillos más próximos a mi alcoba eran los más peligrosos. Evité el camino que había seguido el día que me había escapado al estudio de Vincent, pero tenía presente en todo momento que Septimus conocía aquellos túneles. Aunque el camino por el que iba no conectaba directamente con el que había tomado entonces, no estaba segura de cuánto más había descubierto él. Cuando llegué al nivel superior del castillo, me movía muy despacio, sin respirar apenas, aguzando el oído por si se acercaba algún guardia y siendo, a la vez, sigilosa como un fantasma.

Al contrario que en los pisos inferiores, no detecté mucha actividad por allí. Lo único que había en aquella ala eran mis aposentos y los de Raihn, y ni los unos ni los otros estaban concebidos para que en ellos se alojara el rey. Simon y Septimus habían logrado dar su golpe de Estado tomando a Raihn desprevenido, pero eso no significaba que tuvieran más soldados de los que tenía él. No podrían escatimar fuerzas; tendrían que enviar a sus hombres adonde hicieran falta. Confiaba en que ni Simon ni Septimus pensaran que era necesario mandarlos allí arriba.

Aguardé unos segundos interminables en el pasadizo que conducía al pasillo, con la oreja pegada a la puerta, antes de moverme. Como no se oía nada, entré, espada desempuñada, y dejé enseguida el pasadizo al otro lado.

El vestíbulo estaba vacío. Aprisa y en silencio, avancé pegada a la pared, bordeando un rincón detrás de otro hasta llegar a nuestro pasillo.

Que no hubiera habido nadie allí habría sido demasiado fácil.

Dos guardias me esperaban.

Por suerte, los dos eran rishan, no Nacidos de la Sangre, por lo que no iba a tener que enfrentarme a su magia. Me reconocieron de inmediato, pero ataqué sin darles tiempo a reaccionar.

Dos. En otro tiempo, aquello me habría intimidado, pero de pronto me parecía un alivio. ¿Solo dos? Con dos podía.

Como revivida por la promesa de un inminente derramamiento de sangre, Arrebatacorazones se me calentó en las manos y la hoja emitió un resplandor rojo.

Cuando los dos hombres vinieron hacia mí, pensé en Mische. Pensé en cómo el amo y señor al que ambos habían elegido había abusado de Raihn, y en las cicatrices que le había dejado mucho después de que se extinguieran las de su cuerpo. Y entonces ya no me costó tanto invocar mi magia, y el blanco gélido del Fuego de la Noche se mezcló con el brote ardiente de la espada de Vincent.

La última vez que la había usado apenas había tenido tiempo de apreciar el arma tan increíble que era. En esta ocasión, en cambio, cuando la hoja le atravesó el pecho al primer soldado sin encontrar apenas resistencia, mientras el blanco abrasador se propagaba por su tórax, tuve que admirarla.

Matar nunca había sido tan inmensamente fácil.

El segundo hombre retrocedió tambaleándose, espantado, al ver lo rápido que había caído su compañero, pero por suerte no se acobardó. Tras vacilar un instante, vino por mí de nuevo, blandiendo su espada.

Sin embargo, aquella pausa suya de medio segundo... Con eso me bastó.

Me hice a un lado y me serví de su propia inercia para estamparlo contra la pared. Se me hizo raro usar una sola espada estando tan acostumbrada a mis dos hojas. Me tuve que obligar a luchar de una forma completamente distinta, imitando los pasos de Vincent en lugar de recurrir a los míos. Aprovechando mi desconcierto momentáneo, me hizo una herida en la mejilla, que me dejó resoplando de dolor.

Imaginé sin problema cómo habría contraatacado Vincent. Se lo había visto hacer muchas veces.

Mi ejecución no fue perfecta, pero sirvió igual.

Cuando me aparté, con la respiración agitada, el rishan se desplomó contra la pared, con el pecho atravesado por Arrebatacorazones.

Extraje la espada y ni me molesté en limpiarla. Tampoco hizo falta: el arma, tan sedienta de sangre como yo, parecía absorberla. Mi Fuego de la Noche remitió. Enseguida me sorprendí pensando en dónde estaría Raihn, imaginando con excesiva viveza que lo sorprendían en las mazmorras, lo rodeaban los soldados y volvían a colgarlo como el día del baile...

Me acerqué a la puerta de mi alcoba e intenté abrir.

Cerrada con llave, maldición.

Arrodillándome, examiné las cerraduras. Hacía falta llave para las cuatro.

¿Podría... derretirlas, como había hecho el día que había escapado? O...

Miré la espada, cubierta de gotas de sangre medio coagulada. Me pareció un disparate intentar botar una cerradura de un espadazo. Claro que si se podía hacer con un arma cualquiera...

Posé los ojos de nuevo en la sangre de la hoja, y luego en los cadáveres de los soldados a los que pertenecía. Me dirigí al que estaba más cerca. En el cinto llevaba una anilla con llaves plateadas.

Mira que pensar en abrir la puerta de un espadazo antes de buscar las llaves... Que la Diosa me asistiera. Menos mal que no estaba allí Raihn para verlo.

Tras forcejear un poco, abrí las tres primeras cerraduras

y, al llegar a la última, se me ocurrió preguntarme por qué estaba custodiada mi alcoba. ¿Y para qué la habían cerrado con llave?

Ese último pensamiento me vino a la mente justo cuando abría la puerta de un empujón, momento en que tuve que esquivar una silla de tocador con la que querían golpearme.

—¡Maldición! —espeté, cayendo al suelo de la forma perfecta para que me dolieran las peores heridas.

—¡POR LOS DIOSES!

ZAS, quien sujetaba la silla convertida en arma la dejó caer al suelo.

Me puse de lado, estremecida de dolor, y vi a Mische plantada delante de mí, espantada y tapándose la boca con las manos. Aún iba vestida como en la fiesta, solo que con el traje hecho bolas y el maquillaje corrido.

—¡Cómo me alegro de que sigas viva! —exclamó. Se hincó de rodillas y me pareció que se me iba a abrazar al cuello, pero entonces se puso muy seria y arrugó el gesto—. ¿Qué diablos haces tú aquí? ¿Y por qué hueles así? —En cuanto empezó a preguntar, ya no paró—. ¿Dónde está Raihn? —me dijo mientras me ayudaba a levantarme—. ¿Cómo has entrado aquí? ¿Has visto lo que está pasando fuera? ¿Viene un ejército? —Y otra vez, como si no hubiera bastado con la primera—: ¿Dónde está Raihn?

—Te cuento mientras nos movemos —contesté—. No tenemos mucho tiempo.

Aunque, ¡por la Diosa, cómo me alegraba de verla!

Me agaché a levantar la espada, que se me había caído durante el ataque brutal de Mische con la silla, y cuando la vio, se le salieron los ojos de las órbitas.

—¿Eso es...?

—Sí.

—¡Por los dioses, Oraya! ¿Has conseguido blandirla?

Por alguna razón, de pronto la incredulidad de Mische me

hizo consciente de la mía, algo que había venido reprimiendo durante los últimos dos días.

Habían sido dos días... rarísimos.

—Sí, sí... —No se me ocurría qué más decir, así que carraspeé—. Tenemos que darnos prisa. Puede que vengan más guardias o...

—Solo había esos dos.

Mische se recobró de la conmoción y puso cara seria.

¡El dije!

Bien. Me acerqué a mi tocador y abrí el cajón de arriba.

—¿Qué haces tú aquí? —le pregunté a Mische—. ¿Cómo es que no estás en las mazmorras?

Se hizo el silencio.

—Vámonos, anda —me dijo, digiriéndose a la puerta, de espaldas a mí—. ¿No dices que no tenemos tiempo?

Me quedé pensativa. Había algo raro en su voz.

Pero tenía razón: no había tiempo que perder. Hurgué en un cajón del tocador, luego en otro, y se me aceleró el pulso.

Antes estaba allí.

¡El dije estaba allí!

Estaba convencida. Lo había guardado con sumo cuidado. Todas las noches comprobaba que seguía allí. Pero en el cajón no había más que un montón de maldita seda inútil.

No había dije.

Ni siquiera un atisbo de su magia.

—¡Por la Madre y todos sus malditos vástagos! —mascullé.

—¿Qué pasa? —preguntó Mische.

—¿Ha entrado alguien aquí?

Abrí desesperada otro cajón, por si me había confundido de lugar, aun sabiendo que no era así.

—¿En mi presencia? Solo llevo aquí un día. Tardaron unas horas en...

Cerré de golpe el cajón, soltando improperios en voz baja.

Entonces, lo habían encontrado. Habían registrado mi alcoba, claro. Septimus era un maldito, pero no era idiota.

Se lo habían llevado. Si hubiera estado en la habitación, yo lo habría notado.

No tenía tiempo para pensar en las consecuencias, sobre todo si, entretanto, a Raihn le estaban dando una paliza en las mazmorras.

Volví con Mische, que me observaba fijamente con el ceño fruncido. Tenía preguntas, estaba claro, pero, como yo, sabía que no era el momento de hacerlas. Se acercó a uno de los cadáveres rishan y le arrebató la espada de la mano, todavía rígida.

Yo ya había luchado al lado de Mische en varias ocasiones, pero aún se me hacía algo raro verla con un arma, más que nada porque era muy competente con ellas y eso no encajaba en una personalidad como la suya.

Enfilamos el pasillo con sigilo, avanzando rápido y en silencio, pegadas a la pared. Debíamos regresar al túnel y bajar con Raihn antes de que...

¡Qué mala suerte!

¡Qué suerte más espantosa e irrisoriamente terrible!

Una figura llegó a lo alto de las escaleras en el preciso instante en que doblábamos la esquina. No nos dio tiempo de oír sus pasos y retroceder.

Cruzamos miradas. Lo miramos. Nos miró.

«Mal-di-ción», pensé.

Mische se quedó tan quieta que fue como si hubiera dejado de respirar.

Teníamos delante al príncipe de los Nacidos de las Sombras.

49

ORAYA

Tardé un momento en reconocerlo. Solo lo había visto en la boda, de lejos, y estaba distraída. Todos los vampiros de alta cuna se parecían: pómulos prominentes, piel tersa, mirada penetrante y aquel encanto peligroso destinado a atraer a su presa. El príncipe de los Nacidos de las Sombras tenía todo aquello en abundancia. Una persona guapa y peligrosa que encajaba perfectamente entre todas las demás personas guapas y peligrosas.

Hasta que reparé en la diadema que llevaba sobre la densa mata de pelo y en el estilo de su vestimenta, de brocados exquisitos y bien ceñidos, no caí en la cuenta.

Se dibujó en sus labios una sonrisa que revelaba que también él nos había reconocido, aunque en mí solo posó los ojos un segundo, y luego miró fijamente a Mische, a mi espalda.

¿Qué demonios hacía allí?

Si hubiera pensado dos segundos en lo que había hecho el príncipe de los Nacidos de las Sombras cuando había estallado el golpe de Estado, habría dado por supuesta su huida a la ciudad. ¿Qué interés podía tener un Nacido de las Sombras en ver a los Nacidos de la Noche hacerse pedazos entre sí?

Claro que, pensándolo bien, ¿por qué no iba a querer verlo? A los vampiros, astutos y sanguinarios, les entretenía mucho la violencia, y les fascinaba ver arrodillarse a sus enemigos. ¿Y por qué no iba a querer Simon que lo viera todo si eso le permitía ganarse el respeto de un poderoso líder de Obitraes?

Muy inteligente por su parte, porque el príncipe era valioso.

De haber sido más diplomática, también yo habría aprovechado la ocasión. Me imaginaba a Raihn haciendo uso de su pericia, poniéndose la máscara perfecta para mostrarle al príncipe lo que quería ver.

Pero yo no era Raihn. Ni Vincent. Al mirar a aquel príncipe no veía más que una amenaza, y todas las fibras de mi ser me pedían que lo matara.

Hacerlo habría sido una torpeza, una pesadilla política, pero...

El príncipe se acercó, con las cejas arqueadas.

—Vaya, qué...

Un borrón de bronce y oro pasó por mi lado como una exhalación, y el roce de un cuerpo me hizo perder momentáneamente el equilibrio.

Cuando quise darme cuenta, Mische ya se había abalanzado sobre el príncipe y había sangre por todas partes.

Nunca la había visto luchar así, ni siquiera en el Kejari. Fue algo animal, no sus típicos movimientos rápidos y ligeros, sino violentos y brutales. Rodaban los dos por el suelo, en medio de una maraña de brazos y piernas, y con volutas de magia de las sombras que impedían distinguir lo que estaba pasando.

Fui detrás de ella un segundo después, pero, para entonces, la pelea ya era un revoltijo de vísceras. Primero Mische estaba encima de él, apuñalándolo con vehemencia mientras la sangre negra rojiza le salpicaba la cara, y luego a mí cuando me precipité sobre ella. Después, cuando ya estaba a una distancia desde la que podía atacar, él tiró de golpe a Mische en el suelo y la amenazaba, como una mala bestia, con el puñal a escasos centímetros de la cara.

Se esfumaron mis pensamientos sobre diplomacia, alianzas o guerra inminente.

Me abalancé sobre él y lo separé de ella por la fuerza. Muy

pronto se recuperó y contraatacó, volteándose hacia mí. Yo tenía la espada lista para atravesarle el pecho...

Pero Mische se me adelantó y saltó encima del príncipe.

Fue un ataque asombroso hasta para los estándares de velocidad y fuerza de un vampiro. Un ataque certero, rápido y potente.

Ni siquiera vaciló en clavarle el acero en el esternón. Fue algo tan hermoso y elegante que el espantoso choque del cuerpo del príncipe contra la pared me sobresaltó.

Lo había atravesado de lado a lado con la espada y seguía empujando, apretando la espada contra la pared y acercándose cada vez más a ella. Su rostro era irreconocible, todo furia, y los restos del maquillaje dorado formaban manchones de rabia pura.

El príncipe de los Nacidos de las Sombras murió sin pestañear siquiera. Y, al fallecer, sus ojos se quedaron clavados en los de ella.

Mische continuaba empujando, pese a que la espada estaba ya enterrada en la pared. El vestido dorado, en su momento deslumbrante, estaba ahora empapado de negro.

El silencio se hizo de pronto ensordecedor, salvo por la respiración agitada y entrecortada de Mische, que temblaba con violencia.

La agarré del hombro.

Inhaló una bocanada de aire y retrocedió, tambaleándose y tapándose la boca con las manos. La espada seguía clavada en la pared, con el cuerpo del príncipe ensartado en ella.

—¡Por los dioses! —susurró—. ¡Por los dioses!, ¿qué he hecho...?

Acababa de asesinar a un príncipe de la Casa de las Sombras.

Un miedo gélido se apoderó de mí.

Lo enterré en mi interior, muy por debajo de asuntos más apremiantes.

—Ahora no podemos preocuparnos por eso...

Pero Mische se volteó bruscamente hacia mí y detecté en su

semblante algo que me dio que pensar. Me sonaba aquel gesto, que iba más allá de la histeria de una muerte inesperada. Quizá también yo había puesto esa misma cara la noche que había corrido, entre lágrimas, a la alcoba de Vincent, después de que mi amante me violara.

Cerré la boca.

Recordé la expresión de Mische al ver al príncipe en la boda y lo supe; no me hizo falta preguntar.

—Es... —dijo angustiada—. Él es el que...

El que había abusado de ella cuando era una chiquilla, la había convertido en contra de su voluntad y la había abandonado a su suerte cuando había enfermado.

Entonces entendí por qué a Mische la habían subido allí, a aquellos aposentos, un sitio cómodo y agradable, en lugar de llevarla a las asquerosas mazmorras. Era un obsequio devuelto a su hacedor, un detalle para conservar el favor del príncipe extranjero.

Miré el cadáver del príncipe, que iba deslizándose despacio por el acero que lo tenía clavado a la pared, y resistí la tentación imperiosa de escupirle.

Al demonio la diplomacia.

Agarré la empuñadura de la espada y, de un jalón, la extraje de la pared. El cadáver resbaló hasta el suelo con un ruido sordo. Le ofrecí el arma a Mische.

—Raihn nos necesita.

Bastó con eso.

Mische parpadeó y se limpió las lágrimas incipientes; apretó la mandíbula, asintió y tomó la espada, que chorreaba sangre del príncipe al suelo de baldosas.

—Vamos —dijo.

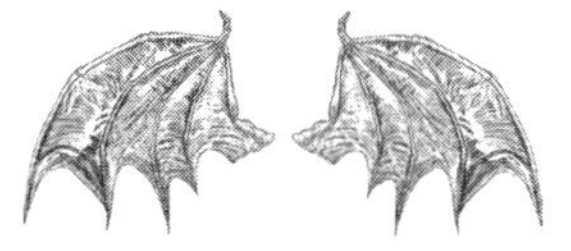

Avanzamos aprisa por los túneles. Recé para que Raihn estuviera en el punto de encuentro acordado, en la intersección de los dos caminos, donde nos habíamos separado, pero, al bajar a toda velocidad el último tramo de escaleras, no vi nada allí más que dos pasillos a oscuras.

El pánico me contrajo el estómago, aunque no vacilé.

—Por ahí —le dije a Mische, y enfilamos las dos el otro camino, el que llevaba a las mazmorras.

Supe dónde nos metíamos antes de llegar a la puerta. Mische, con su capacidad auditiva superior, lo oyó antes, pero el sonido fue creciendo rápido, un estruendo lejano de golpes y gruñidos al otro lado de las paredes.

Yo sabía bien cómo sonaba la violencia.

Echamos a correr enseguida, abandonando el sigilo por la velocidad. Al llegar a la puerta, nos quedó poca duda de lo que estaba ocurriendo al otro lado. Me costó una barbaridad aminorar la marcha cuando entramos hasta un túnel que nos condujo a un vestíbulo, justo al otro lado de las mazmorras. El choque de los aceros y el sonido de los tajos resonaban en las paredes de piedra.

En tres zancadas, doblé la esquina.

Movimiento. Guardias. Acero.

Cadáveres.

Sangre.

Raihn.

Sin detenerme apenas a observar todo aquello, me sumé a la lucha.

Le clavé la espada a un guardia por detrás, directa al corazón. El acero atravesó la carne con suma facilidad, sin apenas resistencia. Raihn se quitó el cadáver de encima y me miró a los ojos una milésima de segundo antes de dirigir su atención a otro soldado que lo atacaba. Aquel instante, sin embargo, bastó para transmitirme muchísimas cosas, un millón de matices de alivio.

Raihn, pese a seguir herido, había resistido a duras penas el asalto de media docena de guardias, más, quizá, antes de que llegáramos allí, aún con la ayuda de su Asteris.

Pero eso ya había cambiado.

Casi no me acordaba de lo mucho que me gustaba luchar a su lado, de lo bien que nos entendíamos, de cómo estaba al tanto de mi cuerpo, sin mirarme siquiera, y anticipaba cada movimiento para complementarlo. Era como volver a ponerse una prenda cómoda.

Un ataque llevó a otro y me evadí por completo, pensando solo en el siguiente movimiento, en el siguiente rival. Mi espada llameaba Fuego de la Noche, y de la de Raihn, su Asteris; la luz y la oscuridad de nuestros aceros se entrelazaban.

Él solo no habría podido con todos, pero juntos éramos de una eficacia devastadora.

Minutos después cayó el último cadáver.

Extraje la espada del guardia, que aún se retorcía, y me volteé hacia Raihn.

Me tomó en brazos antes de que me diera tiempo a abrir siquiera la boca y me enterró la cara en el hueco del cuello. Y luego, con idéntica rapidez, me soltó y me dejó tambaleándome.

—¿A qué ha venido eso? —pregunté.

—Eres todo encanto —contestó.

A continuación vio a Mische y se quedó pasmado, con los ojos como platos por el vestido empapado en sangre.

—¿Dónde estabas? —le dijo.

Pero ella se limitó a sonreír y menear la cabeza, como deshaciéndose de la cara de pasmo de hacía unos segundos.

—Luego te cuento. Yo también me alegro de verte.

Y tenía razón. No había tiempo que perder. Por suerte, Simon había repartido a sus soldados en múltiples direcciones, pero era cuestión de minutos que la masacre de arriba o la de abajo atrajeran su atención.

Las celdas estaban empotradas en las paredes y cerradas con

puertas metálicas macizas, con apenas una rendijita para asomarse dentro. Raihn ya estaba registrando los cadáveres, buscando a tientas unas llaves, y cuando las encontró, las lanzó al aire satisfecho.

Acto seguido se dirigió a la primera puerta y, al abrirla de golpe, vio dentro a Vale, tremendamente contrariado. Aún vestía sus galas nupciales, pero, al parecer, se había defendido con uñas y dientes, porque la seda estaba desgarrada y salpicada de sangre.

—Lilith —espetó, desesperado, como si hubiera estado reprimiendo el nombre durante horas.

Raihn estaba muy convencido de que sería Vale quien lo traicionara, pero, viéndolo entonces, la posibilidad parecía del todo incomprensible. Se puso serio, como si también él hubiera pensado lo mismo. Se acercó a otra puerta y la abrió, y liberó a Lilith, igual de desaliñada que su esposo. Vale se abalanzó sobre ella de inmediato y, tomándola con cariño de la cabeza, la inspeccionó para ver si estaba herida mientras ella mascullaba en voz baja:

—Estoy bien, estoy bien.

Entretanto, Raihn abrió la tercera puerta y dejó salir a Ketura, que estaba simplemente enojada.

—Ese hijo de la gran... —fue lo primero que salió por su boca.

No me quedó claro si se refería a Simon, a Septimus o a Cairis, pero coincidía con ella en cualquier caso.

—Así es —masculló Raihn—, pero deja eso para luego, que ahora hay que salir de aquí de inmediato.

Vale y Ketura se armaron con las espadas de los guardias y yo los llevé a todos por el vestíbulo hasta los túneles. Cruzamos la puerta y la cerramos con sigilo después. Los hombres de Simon no tardarían en descubrir quiénes eran los responsables, por las quemaduras del Fuego de la Noche y el rastro de Asteris en los cadáveres que habíamos dejado atrás.

Había que salir de Sivrinaj, y rápido.

Recorrimos aprisa los túneles y, cuando nos acercábamos de nuevo a las cloacas, oímos un alboroto creciente en el interior del castillo, el retumbar de pasos en la piedra con renovada urgencia y un vocear de órdenes.

—¿Eso es por nosotros? —masculló Raihn.

—Probablemente —contesté.

Abrí de golpe el acceso a las cloacas y dejé que pasaran los otros; luego lo sellé. Saltar a aquella porquería no fue menos asqueroso la segunda vez, pero, como huíamos de un peligro inminente, nos resultó algo más tolerable. Aun así, no me sorprendió que Mische maldijera entre arcadas al meterse en aquella agua.

Mientras los traidores del castillo reparaban en nuestra presencia y se preparaban para peinar la ciudad en nuestra búsqueda, nosotros nadábamos.

Nadábamos para poner el culo a salvo.

50

ORAYA

No estaba acostumbrada a vuelos así de largos. Me dolían las alas. Más que dolerme, ¡me ardían! Estaba agotada. Siendo la única humana del grupo —bueno, de acuerdo, medio humana—, no tenía el aguante de los vampiros, y una semana de viaje sin pausas estaba acabando conmigo, sobre todo porque nunca había volado tantísimo de un jalón.

Menos mal que no tuve que cargar con nadie en brazos. Raihn llevó a Mische, y Vale, a Lilith durante el último tramo del viaje. Como Lilith era una convertida de los Nacidos de la Noche, tenía alas, de un ámbar moteado precioso, a juego con su pelo, pero aún no volaba muy bien y, pese a que hizo lo imposible por hacer sola casi todo el trayecto, al final fue más rápido que la llevara él.

Vi que Raihn me observaba con atención, como buscando indicios de que yo necesitara lo mismo, pero yo era la heredera de los hiaj. No iba a dejar que nadie me llevara a ningún lugar si podía evitarlo. Podía soportar un poco de dolor, aunque maldijera para mis adentros cada vez que aterrizábamos y despegábamos.

Cuando divisé la muralla de arenisca en la oscuridad, y aquel mosaico de estructuras cavernosas iluminado por la luna, estuve a punto de llorar de alivio.

—¿Ya llegamos? —pregunté—. Ya llegamos, ¿no?

Que la Madre me asistiera, por favor, que llegáramos ya.

—Ya llegamos —confirmó Raihn, tan aliviado como yo.

Cuando aterrizamos, me temblaban las piernas y casi me derrumbé en la arena suave. ¡Por la Diosa, si hasta me atraía la idea de desplomarme en ella! Solo habíamos descansado durante las horas más intensas de luz solar directa e incluso habíamos viajado, aunque despacio, cuando el sol pegaba tan poco que los vampiros podían protegerse con varias capas de ropa. Estaba exhausta.

Pero saqué fuerzas de mi debilidad y me erguí. Nunca había visto los acantilados y me parecieron alucinantes: roca de color blanquecino que surgía de la arena del desierto, salpicada de boquetes y aberturas que conducían a un complejo sistema de cuevas. Eran más altos de lo que imaginaba; se alzaban hacia el cielo como si quisieran alcanzar la luna. Curiosamente parecían huesos, un plano vertical de cráneos y cuencas oculares de marfil.

Casi nadie se acercaba por allí. El calor y la humedad eran brutales, y los acantilados, el hábitat perfecto para cerberos y demonios. Además, estaban aisladísimos en el territorio hiaj, a más de ciento cincuenta kilómetros de la ciudad más próxima.

¿Qué motivo podía tener cualquiera para estar allí?

Salvo que fueras un fugitivo, claro.

—Me parece que vas a tener que intervenir, princesa —dijo Raihn, con los brazos en la cintura—. Acércate y saluda a gritos, y nosotros matamos a cualquier cosa que salga corriendo a atacarte.

Me acerqué a la abertura más próxima y forcé la vista en la penumbra. Hice brotar Fuego de la Noche en la palma de la mano, pero apenas conseguí iluminar con la llama blanca aquella oscuridad infinita, una oscuridad de esas que se tragan la luz misma. Me recordó las alas de Vincent, y las mías, supuse.

—No sé —terció Mische desde atrás—. Lo veo... siniestro.

—Yo no iría por ahí —se oyó decir a una voz suave que venía de arriba y que la brisa del desierto hacía parecer lejana.

Al levantar la vista, descubrí una figura esbelta plantada en la boca de un túnel superior y recostada en la pared. Llevaba unas pieles negras ajustadas, de los Nacidos de la Noche, y el pelo, de un castaño ceniciento, recogido en una sola trenza larga que el viento sacudía.

—Hay demonios por todas partes —dijo Jesmine—. Sube por aquí mejor, alteza.

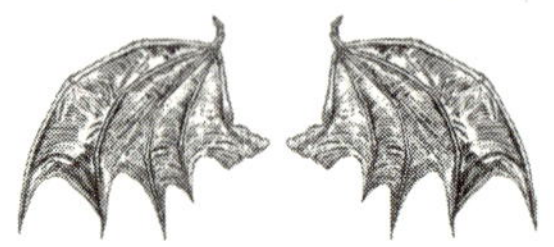

No tenía del todo claro que Jesmine y Raihn no fueran a matarse de una puñalada el uno al otro en cuanto los dejáramos solos. Después de ver las heridas que Raihn tenía en la espalda, la verdad, tampoco se lo habría reprochado. Pero, mientras Jesmine nos llevaba por los túneles hacia el asentamiento que había montado allí con lo que quedaba del ejército hiaj, se mostró asombrosamente respetuosa con él, pese a unas cuantas miradas recelosas.

En los túneles hacía calor y estaban oscuros. Supuse que un horno de arcilla debía de ser un poco como aquello. Pero también estaban escondidos y eran un refugio. No era de extrañar que me hubiera costado tanto comunicarme con Jesmine, incluso a través del espejo de Vincent. Aparte de que a aquel cacharro nunca le había gustado del todo mi sangre, Jesmine se encontraba en un lugar tan lejano que seguramente estábamos forzando el ámbito de alcance de aquella magia.

Alejado, en aquel caso, estaba bien. Era justo lo que necesitábamos.

Me inquietaba ver lo que había sido del ejército hiaj en los últimos meses. Lo que yo siempre había conocido como un regimiento de guerreros todopoderosos había quedado reducido a varios centenares de hombres y mujeres refugiados en cuevas. Tras la batalla de la armería, otros, según me contó Jesmine, se habían dispersado por el reino y buscado cobijo en otras partes, mientras que los más fieles se habían quedado allí, escondidos, aguardando.

La luz de las cuevas era escasa para el ojo humano, pero contaban con algunas lámparas de Fuego de la Noche. Los guerreros habían armado tiendas de campaña en los túneles secundarios, buscando algo de privacidad, mientras que, en los caminos principales, se habían delimitado las zonas comunes. Allí dentro apestaba; el calor pudría los cadáveres de las presas de los vampiros: zorros, lobos, uno que otro ciervo e incluso uno o dos demonios, aunque no era capaz de imaginarme lo asqueroso que debía de haber sido aquello. Seguramente fruto de una absoluta desesperación. Me había pasado la vida entera aprendiendo a distinguir a los vampiros hambrientos, y aquellos estaban hambrientos de verdad: me seguían con la mirada mientras Jesmine nos llevaba por los campamentos.

No obstante, la forma en que me miraban, aun muertos de hambre, ya no era la misma. Detectaban mi sangre humana, la olían, eso era biológico, pero ya no me consideraban presa. A lo mejor la marca roja de mi pecho tenía algo que ver en eso.

Jesmine nos condujo a sus aposentos privados: una colección de objetos almacenados en una cueva sin salida tapada con una cortina antidemonios. Había apilado unos cuantos cajones de madera a modo de asientos y unos cuantos más formando una especie de escritorio sobre el que había extendido una serie de documentos, la mayoría cubiertos de garabatos manchados de sangre. Me recordó al estudio de Vincent en sus últimos días: un caos. Aquel era el aspecto, supuse, de una guerra perdida.

Se apoyó en la mesa, con las largas piernas cruzadas. Más de cerca y con más luz, vi que sus pieles, en otro tiempo exquisitos, se hallaban en un estado lamentable, desgarrados y llenos de parches. Llevaba varios botones desabrochados y la cicatriz larga del espacio entre sus pechos al descubierto.

Debía reconocerlo: cuando Vincent había ascendido a Jesmine, yo no tenía muy buena opinión de ella; veía poco más que una voz sensual, unos vestidos escotados y una belleza delicada y bien atendida. Sin embargo, al verla así, la imagen que había tenido de ella me resultó irrisoriamente bidimensional. No tenía claro si me caía bien, pero no podía negar que me inspiraba respeto.

Nos miró de arriba abajo uno por uno: a mí, a Raihn, a Mische, a Ketura, a Vale, a Lilith.

—Parecen salidos de una cloaca —dijo entonces.

—Una observación muy acertada —gruñó Vale.

¡Madre Oscura, estaba deseando quitarme aquella ropa! Ya me había acostumbrado a mi propio hedor, pero no me cabía duda de que olía a podrido, probablemente como alguien que se había sumergido en mierda y luego se había paseado sin parar por el desierto durante una semana en medio de un calor asfixiante.

Jesmine esbozó una sonrisa.

—Estoy al tanto de la existencia de los túneles —comentó—. Muy astuto por su parte haber usado el más desagradable.

No me apetecía confesarle que la verdadera razón por la que habíamos ido por «el más desagradable» era que Vincent no había confiado lo suficiente en mí como para enseñarme los otros.

—Hemos llegado aquí enteros, algo es algo —tercié.

—Lo es todo, diría yo. —Se inclinó hacia delante y sus ojos violeta brillaron como Acero de la Noche en la oscuridad. Su rostro era una máscara tan perfecta de belleza letal que me sorprendió—. Y ahora, alteza, dime, por favor, que estamos a punto de recuperar el maldito reino.

Me sorprendí sonriendo con picardía.

—¿Para qué íbamos a venir hasta aquí, si no?

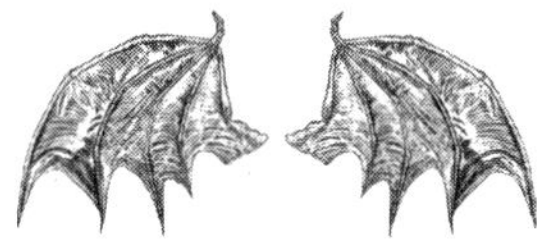

Ya le había contado a Jesmine parte de lo sucedido cuando me había puesto en contacto con ella antes del rescate, y su propio ejército, aún amplio y muy efectivo a pesar de las circunstancias, le había contado más, por lo visto, pero la informé de todo en cualquier caso. Escuchó en silencio, con el rostro cada vez más torcido y el odio cada vez más agudizado. Al final del relato, su rabia era palpable.

—Y ahora se sientan al trono de la Casa de la Noche un príncipe de los Nacidos de la Sangre y un impostor rishan —espetó—. A Vincent le horrorizaría.

A Vincent también le horrorizaría verme allí plantada al lado del heredero rishan. De hecho, buena parte de mi comportamiento de las últimas semanas horrorizaría a Vincent, pero procuré no pensar en ello en aquel preciso instante.

—No por mucho tiempo —dije—. ¿Cuántos soldados tienes aquí? ¿Y a cuántos más podrías reunir?

Ella apretó los labios. Tardó un momento en contestar, como si le doliera reconocerlo.

—Hemos sufrido muchas bajas. No cuento con los suficientes como para recuperar Sivrinaj directamente, y menos aún si los Nacidos de la Sangre siguen allí. —Miró entonces a Vale—. Aunque, si lo que quieren es que me deshaga de los rishan, eso es otra cosa.

Vale profirió un gruñido animal de repulsión, arrugando la nariz, y Jesmine rio un poco.

—Vale Atruro —murmuró—, ¡qué honor conocer a una leyenda! ¿Qué eras...?, ¿el tercer mejor general de Neculai...?

—Ahora el primero —respondió él con sequedad—. Los otros han muerto.

—¡Qué pena! —mascullό ella.

No tenía claro por cuál de los dos iba a apostar si se enredaban.

—Vas a agradecer tenerlo entre tus hombres, te lo aseguro —le dijo Raihn con una sonrisa astuta, de esas pensadas para enseñar los colmillos—. ¿Cuántos rishan podrías conseguir, Vale? Leales, me refiero. Simon no los tiene a todos.

—Los suficientes para acabar con los pocos hiaj que queden —respondió Vale, dedicándole a Jesmine una sonrisa gélida.

La otra casi siseó iracunda, y Raihn soltó un suspiro.

—Ya sabes a lo que me refiero —le dijo.

Vale volvió a mirar a Raihn y se quedó pensativo.

—Un millar, tal vez más —respondió al cabo de un momento.

Raihn se giró hacia Jesmine con las cejas enarcadas.

—¿Ves? Un millar por aquí, un millar por allá... A mí me parece un ejército. Puede que incluso lo bastante bueno como para recuperar Sivrinaj.

A Ketura, por lo visto, le asqueó la idea.

—¿Un ejército de hiaj y rishan?

—Un ejército de quien carajos esté dispuesto a ayudarnos a sacar de este reino a los Nacidos de la Sangre y a arrebatarle la corona de las manos a Simon —replicó Raihn—. ¿Alguien se opone a eso?

Se hizo un silencio largo. Aunque nadie lo verbalizó, todos notamos la abundancia de objeciones en el aire.

—Claro que también está el plan B —dije yo—, que es dejar que se queden con la corona y esperar a que vengan, inevitablemente, a echarnos de aquí por la fuerza. Si a alguien le atrae más esa opción...

—¿A que vengan? —repitió Jesmine, y miró con desagrado a Raihn—. Y él, ¿qué? Lo que estás describiendo es justo lo que hemos vivido estos últimos meses. ¿Por qué iba yo a poner en juego la vida de mis soldados por el trono de este?

—Yo nunca he considerado a los hiaj mis enemigos —contestó él, y ella resopló.

—Nos considerabas enemigos antes incluso de asesinar a nuestro rey. Destruiste el Palacio de la Luna. Me pides ayuda para luchar contra los usurpadores, pero tú mismo eres uno.

Raihn apretó la mandíbula.

—Ya te he dicho muchas veces, Jesmine, que yo no tuve nada que ver con el asalto al Palacio de la Luna. Además, con lo bien que torturas, ¿cómo iba a mentir?

La cosa no iba bien.

—Bueno ya —intervine yo—. Y es una orden, Jesmine. El trono que reivindicamos no es solo de Raihn. También es mío, y no quiero cerca ni a Simon ni a los Nacidos de la Sangre.

Jesmine nos miró a Raihn y a mí de manera alternativa.

—O sea, que esto es una alianza formal...

Se me hizo un poco raro oír a Jesmine, precisamente, expresarlo en aquellos términos.

—Una alianza bilateral —contesté—. Nosotros lo ayudamos y él nos ayuda. Recuperamos el trono y los hiaj vuelven a ser libres. Se acabó lo de esconderse y pelearse. —En voz alta sonaba a quimera empalagosa. Jesmine me escudriñó como si yo fuera una niña que defendiera la belleza del arcoíris—. Yo soy tan reina como él es rey —añadí—. Y, cuando recuperemos el reino, pienso gobernar a su lado como tal.

Noté que Raihn me miraba como diciendo: «¿En serio, princesa? ¿Por fin vas a aceptar mi ofrecimiento?».

Genial. Por lo visto, eso era lo que estaba haciendo. Y, qué diablos, ¿por qué no? Si me iba a aliar con él para sacar a Septimus del reino, bien podía plantar el culo en el trono también.

El silencio se me hizo asfixiante. Jesmine no mostraba su asombro como casi todo el mundo. Se limitaba a mirarme como si pretendiera hacer encajar piezas de un rompecabezas que eran incompatibles. Se lo notaba a los otros también, con respecto a mí, a Raihn. Me pregunté si también era la primera vez que oían hablar de aquel acuerdo.

—Entendido, alteza —contestó por fin Jesmine.

En la vida me iba a incomodar menos oírla llamarme así, pero procuré tomármelo con filosofía, como lo habría hecho Vincent, como dando por hecho que, lógicamente, una general debía obedecer a su reina.

—Trabajarás con Vale y Ketura —le dije—. Planearán una estrategia para reunir a nuestro ejército conjunto y usarlo para recuperar Sivrinaj. Cuanto antes, mejor.

Me sentía una auténtica impostora.

Pero ella inclinó la cabeza, obediente.

—A la orden, alteza. Va a ser complicado, pero no imposible.

—Lo complicado nunca nos ha asustado.

Me sorprendí mirando a Raihn, porque, claro, ese «nos» éramos nosotros. Yo jamás había luchado al lado de Jesmine, jamás se me habría permitido, y ella nunca se habría dignado rebajarse a eso. En cambio, Raihn y yo..., nosotros habíamos conseguido lo imposible juntos muchas veces.

Su sonrisita me dijo «¡Esa es mi chica!».

Luego eché un vistazo al resto de nuestro deplorable grupo, todos con sus galas de la boda sucias y manchadas, de hacía ya más de una semana. Tampoco Raihn y yo teníamos mejor aspecto, con aquellas pieles mugrientas que no eran de nuestra talla. Un espectáculo lamentable.

—Pero eso puede esperar un par de horas —añadí—. ¿Hay algún lugar donde podamos... quitarnos la mierda de encima? —pregunté, porque no había otra forma de decirlo.

—Sin ánimo de ofender, sería un alivio para todos —contestó Jesmine, arrugando un poco la nariz. No me ofendió—. Hay unas termas en los niveles inferiores de las cuevas. Alliah, mi teniente, puede llevarlos. Y ella misma les buscará algo de ropa también. Algo menos... marinado.

¡Gracias a la Madre!

No fui la única que lo pensó: Mische soltó un gruñido audible al oír hablar de las termas.

—Pero, alteza, ¿podría robarte unos minutos? —dijo Jesmine cuando los otros ya habían empezado a salir en fila de allí.

Asentí y dejé que se marcharan todos. Solo Raihn titubeó, hasta que le hice una seña discreta con la cabeza y se fue con los demás.

Jesmine esperó a que los pasos se perdieran a lo lejos, y luego se puso en pie, con los brazos cruzados.

—Entonces, ¿va en serio? —preguntó.

Sabía bien lo que me estaba preguntando, y también por qué. En su posición, yo misma lo habría hecho.

—Sí, va en serio —contesté.

—Complicado —me dijo—. Ya te lo advertí en una ocasión.

Sí, bueno, lo de Raihn era complicado, desde luego, ni siquiera en la situación presente me veía capaz de negarlo, pero a lo mejor era la clase de complicación que yo necesitaba. En aquel momento, era también la que necesitaba mi pueblo.

Debería haber tenido una respuesta diplomática y regia que darle, pero me limité a contestar:

—A veces no viene mal un poco de complicación para sacar las cosas adelante.

Rio un poco.

—Puede. —La sonrisa se le extinguió, y se puso muy seria—. Cuentas con mi lealtad y mi respeto absolutos, alteza. Aunque tus decisiones no me convenzan. A la luz de los acontecimientos recientes, quiero que eso quede claro.

Después de ver cómo se habían rebelado contra Raihn los suyos, agradecí tantísimo aquello que le habría dado un abrazo. Sí, sabía que su lealtad no se basaba en otra cosa que mi parentesco con Vincent, por complejo que fuera, pero la lealtad, viniera de donde viniera, valía más que el oro.

—Yo también quería hablar contigo... de algo en lo que ha estado trabajando Septimus —le dije.

Me escuchó con atención mientras le contaba que, según Septimus, en la Casa de la Noche se escondía la sangre de un dios, y además aseguraba que Vincent lo sabía y quizá incluso había hecho uso de ella. Le hablé del dije que había rescatado de Lahor y le comenté que, por desgracia, seguramente en esos momentos se encontraba en manos de Septimus. Con cada frase mía, ella enarcaba aún más las cejas, lo único que cambiaba de su expresión.

—¿Crees que será cierto? —pregunté—. ¿Vincent te dijo algo?

Porque, de haberle hablado a alguien de una arma secreta y poderosa, habría sido a Jesmine, su ministra de Guerra, ¿no es así?

Pero Jesmine guardó silencio, y una expresión de remordimiento le cruzó el semblante, fugaz como un reflejo lejano en un cristal.

—Tu padre era un hombre muy reservado —contestó por fin.

Me sorprendió el tono, triste y algo vulnerable.

—Pero él confiaba en ti, ¿no? —le dije.

Rio un segundo, sin ganas.

—Confiaba en mí, sí, puede, tanto como en cualquiera.

Aquello me confundió, porque, en vida de Vincent, yo había envidiado a Jesmine y a sus otros asesores más cercanos porque les profesaba un respeto que yo no me veía capaz de alcanzar, al menos hasta que ganara el Kejari y me uniera a él, igualando su fuerza con un vínculo Coriatis.

Debió de verme la confusión en la cara, porque frunció un poco el ceño.

—Te sorprende.

—Es que... siempre he pensado que entre ustedes dos había...

No sabía bien cómo expresarlo.

—Creías que porque yo era su ministra de Guerra y cogíamos me contaba las cosas.

Yo no lo iba a decir así precisamente, pero...

—Pues sí —respondí.

Un gesto de tristeza que le duró menos de un segundo.

—Yo también —dijo—. Un tiempo.

El tono de su voz me resultaba desagradablemente familiar. Siempre había dado por supuesto que ella tenía una parte de él que yo jamás tendría, no el sexo, claro, sino la confianza. Nunca se me habría pasado por la cabeza que también ella lo persiguiera. Maldición, ni siquiera se me había ocurrido que a ella le importara tanto como para buscar esa clase de intimidad con él.

—¿Lo querías, Jesmine? —le pregunté casi sin darme cuenta.

Casi esperaba que se riera de mí por preguntarlo. Era una pregunta demasiado personal. Sin embargo, lo pensó.

—Lo quería como rey —contestó por fin—. Y podría haberlo querido como hombre también. En cierto modo, lo hice. Quizá habría querido que así fuera en más de un sentido, pero él no habría sido capaz de quererme.

«¿Por qué?», me dieron ganas de preguntar. Jesmine parecía el paradigma de todo lo que un hombre como Vincent debería amar: hermosa, brillante, letal, poderosa... Si alguna vez hubiera querido casarse, yo no habría imaginado mejor pareja para él.

Esbozó una sonrisa tensa.

—Querer a otra persona es peligroso —me dijo—. Hasta para los vampiros. Y más aún para un rey. Vincent lo sabía. Él jamás se iba a exponer a nuevas debilidades. Y ya se había expuesto bastante con el amor que sentía por ti.

Aquello me impactó, y no me lo esperaba. Apreté la mandíbula. Se desató en mi pecho un violento monzón de sentimientos, todos ellos contradictorios.

Ansiaba con desesperación oír decir que Vincent me quería y, a la vez, me daba muchísima rabia. Sí, quizá me hubiera querido, pero también me había mentido, me había aislado, me había hecho daño.

A lo mejor me había querido. A lo mejor yo tenía lo que

Jesmine anhelaba y nunca había podido tener. ¿Debía sentirme agradecida solo por eso? ¿Y si no podía?

Me limité a responder:

—Bueno, tú lo has dicho: era un hombre muy reservado.

Jesmine asintió despacio, como diciendo, avergonzada, que lo entendía. Luego se aclaró la garganta y añadió:

—Así que no, nunca me habló de la... sangre de ese dios, pero eso no significa que no la tuviera. Al contrario, me parece precisamente algo muy propio de él. Si existía, seguro que la encontró.

—Si eso es cierto —dije yo—, sospechó que la conservó bien escondida, en algún sitio donde ni Septimus ni Simon pudieran hallarla. Aunque el dije...

Me estremecí, como me pasaba cada vez que pensaba en el maldito dije, y me maldije por haberlo perdido de vista.

Jesmine apretó los labios, sin duda imaginando los mismos escenarios terribles que yo.

Derrotar a Septimus y a Simon ya sería un desafío. Si además nos tuvieran reservada alguna sorpresa, lo teníamos claro.

—Vincent era muy cauto —dijo—, sobre todo en lo relativo a las armas. Si la tenía, jamás habría permitido que fuera accesible con una sola llave, por muy bien escondida que estuviera esa llave. Y, aun así, seguro que tiene un montón de sistemas de seguridad. Por ejemplo, puede que la repartiera por muchos lugares.

¡Por la Diosa, eso esperaba! Llegados a ese punto, ni siquiera pretendía encontrar yo la sangre de ese dios, si es que existía; me conformaba con asegurarme de que no la encontrara Septimus.

—Solo espero que la escondiera bien —mascullé, y Jesmine rio amargamente.

—Los hombres y sus secretos —dijo ella—. Nos pasamos la vida intentando desvelarlos y, aun muertos, nos siguen teniendo a su merced. Sí, más vale que Vincent la escondiera bien.

¡Lo mismo digo, maldición!

51

RAIHN

Demonios, me moría de ganas de darme un baño. Resultaba complicado representar el papel de rey rishan seguro de sí mismo ante un puñado de mis mayores enemigos embadurnado en mierda con dos semanas de reposo.

La teniente de Jesmine, una mujer muy tiesa y circunspecta que parecía estar considerando si apuñalarnos a todos a cada paso, nos llevó hasta las termas. Era increíble que algo así pudiera existir en pleno desierto; debía reconocer que la Casa de la Noche, a pesar de sus defectos, albergaba grandes maravillas naturales. Las termas se encontraban en lo más profundo de los túneles, donde el aire seco se volvía húmedo y sofocante. El agua era de un azul turquesa perfecto y la iluminaban fogonazos de luz intensa que subían por las paredes de las cuevas, demasiado bonitos para deberse solo a minerales y algas luminiscentes. Allí abajo las cuevas se dividían en un montón de ramificaciones. Ideal para disfrutar de un poco de intimidad, algo que, a mi juicio, todos agradecíamos después de viajar juntos tantos días.

—Oye, ¡esto es una maravilla! —dijo Mische, con un suspiro, en cuanto se fue nuestra guía, y estiró los brazos como si se imaginara ya lanzándose de cabeza.

La observé con disimulo. La conocía y sabía que le pasaba

algo desde que habíamos salido de Sivrinaj. Maldición, ya se lo había notado en las mazmorras, donde la había visto con esos ojos inmensos a reventar de lágrimas. Ni rastro de ellas, por supuesto, durante el viaje. Era fácil tomar por franqueza sentimental el carácter extrovertido de Mische. Por muy parlanchina que fuera, escondía de maravilla lo importante.

Oraya me había contado lo del príncipe de los Nacidos de las Sombras, que había sido Mische quien lo había matado. Me iba a dar muchos dolores de cabeza en materia diplomática, pero era algo de lo que podía encargarme más adelante. Me preocupaba más lo que Oraya no me había contado. Y sabía que había algo. Su rígido «Habla con Mische cuando puedas» lo decía todo.

Pero Mische ya se encargaba de que no se me presentara la ocasión. Habíamos avanzado tan rápido que no habíamos pasado ni un momento tranquilos y a solas desde nuestra huida, y cada vez que intentaba hablar con ella, en los escasos descansos, se me escabullía agobiada con cualquier excusa peregrina.

—Mische, antes de que te vayas... —la abordé entonces.

—Luego —me interrumpió sin mirarme apenas—. Ahora, a bañarse.

Y se metió en una de las cuevas sin darme tiempo a discutírselo.

Ojalá pudiera decir que me sorprendí.

Ketura y Lilith se excusaron enseguida también, visiblemente ansiosas por asearse. En cambio, Vale se quedó un rato largo e incómodo mientras yo tomaba la ropa que nos había llevado la guía.

Me giré un poco.

—Si lo que te propones es incomodarme todo lo posible, lo estás consiguiendo —le dije.

Vale apretó la mandíbula, pero tampoco dijo nada, ni se movió.

Alucinante. Su mujer estaba desnuda por ahí en unas aguas

termales después de una semana de viaje y cero intimidad, y el tipo seguía ahí plantado. Me atreví a suponer lo que ocurría.

—¿Qué pasa, Vale?

—Quería... —Miró a otro lado y se puso a examinar un montón de rocas, por lo visto de lo más interesantes—. Te agradezco el rescate.

Así que así era como daban las gracias los nobles...

—Me resultas más útil aquí que allí —contesté con la esperanza de poner fin a la conversación.

Pero no se iba. Me miró de nuevo.

—No soy imbécil. Sé que te lo habrás preguntado, pero, si necesitas que te confirme mi lealtad, confío en que te valga con haber visto a mi mujer encerrada en esa mazmorra.

Ah, ya lo entendía. Me erguí y me giré hacia él. Vale levantó un poco la cabeza y se esfumó todo rastro de su anterior vacilación. Aun cubierto de mierda, continuaba siendo el típico noble Nacido de la Noche.

A veces, la eterna juventud de los vampiros parecía una broma cruel. Habían pasado doscientos años desde mi época de sumisión a Neculai y, sin embargo, seguía teniendo el mismo aspecto, y Vale también. Cada vez que lo miraba, lo veía como era entonces, observando cómo sucedía todo. A lo mejor, si hubiera tenido arrugas en la cara, canas o los ojos envejecidos, me habría resultado más fácil olvidar que se trataba de la misma persona.

Pero allí estaba. Vale. Uno de los nobles de Neculai.

Y, sin embargo, sabía que me decía la verdad. Lo había sabido desde el momento en que había abierto la celda de Lilith y lo había visto correr a los brazos de su esposa. Si Vale había permanecido fiel a pesar de las amenazas contra ella, solo podía ser porque su alianza era auténtica.

Le dediqué una sonrisa triste de medio lado.

—Entenderás que uno tenga sus dudas.

Frunció los labios.

—Sí, claro. Lo que dijiste antes de la boda era cierto.

Me sorprendió su respuesta, pero lo disimulé bien. Ni siquiera cuando era rey pensaba que fuera a oír a Vale decir algo parecido a «tienes razón».

—Las cosas... —Echó un vistazo al camino por el que se había ido Lilith y luego se centró de nuevo en mí—. Las cosas son distintas ahora. En aquella época, yo estaba más comprometido con la Casa de la Noche que con ninguna otra cosa. Era el único amor que conocía. Dejaba que me definiera, y eso significaba dejarme definir por Neculai. No cuestionaba sus decisiones ni el modo en que trataba a sus súbditos. Lo que mi rey decía era cierto. Y, cuando trataba a sus esclavos convertidos como si fueran posesiones, eso tampoco lo cuestionaba, aunque no estuviera de acuerdo con él. —Oír aquello me costó más de lo que quería. Nunca abordaba esa época de forma directa, y menos aún con Vale, precisamente—. Y que quede claro que yo no estaba de acuerdo con él. Ni lo estaba entonces ni lo estoy ahora. Pero tenías razón: no bastaba con no estar de acuerdo. Yo era complaciente. Y si se hubiera tratado de Lilith...

—Eso nunca va a pasar —tercié yo.

Agachó la cabeza.

—Ya sé que, mientras seas rey, no ocurrirá.

«Mientras seas rey».

Los dos sabíamos que no se podía decir lo mismo de Simon ni de Septimus.

Jamás habría imaginado que Vale fuera un romántico. En la corte de Neculai, era como los demás, quizá algo menos abusivo, pero igual de ambicioso. Aun cuando le había pedido que luchara a mi lado, supuse que solo volvía por orgullo y ambición. Doscientos años atrás, sus deseos para el futuro de la Casa de la Noche eran tan simplistas como todas las aspiraciones de los vampiros: ser más grande, ser más fuerte y, sobre todo, ser más poderoso.

Quizá en el presente buscara algo más. Tal vez ya lo hubiera encontrado.

No por eso olvidaba yo quién había sido en otro tiempo, pero sí respetaba un poco más a la persona en la que se había convertido.

Y a lo mejor por eso me sorprendí diciéndole algo un tanto peligroso, algo que minaba la imagen que presentaba ante mis asesores «de confianza».

—Si se diera la circunstancia, Lilith también estaría a salvo en cualquier reino gobernado por Oraya —dije con cautela.

Vale se agarrotó y me pregunté por un momento si había cometido un error diciéndole aquello. Centenares de años habían consolidado su odio por los hiaj.

Claro que tal vez la gente sí cambiaba, porque, ¡que la Diosa me asistiera!, el semblante de Vale se ablandó y reveló una especie de aceptación reticente.

—Si se diera la circunstancia —insistí.

El mensaje quedó claro: «Si yo muero y quieres que este reino sea lo que has soñado que podría ser, apóyala».

Vale asintió.

—Entiendo —dijo.

Y me hizo una reverencia. No una pequeña inclinación de cortesía, como muchas de las que me había ofrecido desde su llegada, sino una reverencia como tal, de varios segundos, ofreciéndome una lealtad genuina. No para quedar bien delante de nadie. Solo entre nosotros.

Al verlo, me sobrevino una extraña sensación, como un peso en los hombros, fuerte y agotador.

Se irguió. Nos miramos durante unos segundos incómodos, como si estuviéramos adaptándonos los dos a aquella nueva dinámica de poder recién establecida.

Ser rey era una cosa muy rara.

—Si eso es todo —dije—, me gustaría ir a quitarme la peste de encima.

Vale estuvo a punto de sonreír. A punto.

—Lo mismo digo.

Encontré un rinconcito apartado en las cuevas y me desnudé. La ropa casi crujió cuando me la quité, y cayeron al suelo de piedra húmedo escamas de vete a saber qué seco. Aquellas pieles eran un repuesto que tenía en mi departamento de los distritos humanos y me quedaban fatal: me quedaban demasiado ajustadas en los hombros y me rozaban las alas cuando volaba. Al librarme de ellas, solté un gemido de placer casi sexual.

Pero el que solté al meterme en aquella alberca no se quedó en el casi. ¡Por los senos de Ix! El paraíso existía y estaba allí. El agua estaba quieta, caliente, cristalina. Ni siquiera olía, ni un poco.

Alucinante.

Desplegué las alas y las extendí en el agua; luego me sumergí para hundirlas por completo, tensando los músculos agotados. Después metí la cabeza bajo el agua y me quedé allí, en una bendita y cálida oscuridad, hasta que empezaron a dolerme los pulmones.

Cuando emergí de nuevo, reparé en ella de inmediato.

Aquel olor, a acero y a Fuego de la Noche, y una pizca de primavera.

No hizo falta que me diera la vuelta.

—¿Disfrutando de las vistas, princesa?

52

ORAYA

Lo reconocía: lo había estado observando.

Costaba no hacerlo. Aquel hombre era como un maldito retrato, allí plantado, con aquella agua de increíble color turquesa rodeándole la cintura y el resplandor de las algas azules instalándose en cada línea de su cuerpo y añadiendo un tono más a la complejidad ya infinita de sus alas. Y luego, claro, estaba la Marca del Heredero, cuyo rojo refulgía en la oscuridad y cuyas volutas de trazos imprecisos se propagaban por la extensión musculada de su espalda, descendiendo por la columna hasta el agua.

No le había mirado detenidamente la Marca del Heredero desde la noche de la prueba final. La encontraba casi tan impresionante ahora como entonces, aunque de una forma muy distinta.

Se giró hacia mí con una ceja enarcada.

—El agua está fantástica.

—Date la vuelta —me limité a contestar.

Tardó unos segundos en obedecer.

—Si buscas intimidad, hay otras cuevas —me dijo.

Y lo hizo con respeto. Entendía que el hecho de que me hubiera visto desnuda antes no le daba derecho a repetir. Pero me despojé de aquellas pieles asquerosas y las dejé en un montón, al lado de los suyos. Hacía un calorcito muy agradable allí abajo, lo justo para que mi piel se cubriera de una capa fina de sudor, sin dejar por ello de ser un sitio fresco, limpio y cómodo. Y el agua... ¡Por la Diosa! Cuando me metí, prácticamente gemí de gusto.

Raihn rio.

—A mí me ha pasado lo mismo.

Seguía de espaldas a mí.

Me sumergí en el agua, di unas brazadas buceando y salí de nuevo a la superficie, cerca de Raihn. El agua le llegaba por la cintura, pero a mí por la caja torácica. El pelo le colgaba en caracolillos mojados por la nuca y el agua le perlaba la piel bronceada. Me sorprendió su olor. Siempre había tenido un olor distintivo, pero últimamente, aun bajo el repugnante hedor de la porquería, se me hacía abrumador, una consciencia constante y perdurable de su presencia siempre que lo tenía cerca. Yo lo achacaba a que era probable que todos oliéramos a rayos durante el viaje, solo que yo nunca había percibido el aroma de nadie más que de Raihn. Sin embargo, hasta después de que el agua se llevara el sudor y el hedor de la cloaca, continuaba siendo potente, a cielo y a desierto, aun sumergido en el agua.

¿Era así como se sentían los vampiros todo el tiempo? ¿Así de conscientes de todo?

Posé los ojos en su Marca del Heredero. Las líneas rojas latían al ritmo lento y uniforme de su corazón, y unas finas volutas de humo rojo emanaban de cada trazo. El relieve de la cicatriz de debajo era tosco, aunque el contorno de la marca fuera liso y claro. Una vez exigido a Nyaxia su poder, ya nada podría haber mantenido oculta aquella marca. No podía ni imaginarme lo mucho que tenía que haberse quemado hacía años para esconderla.

La marca se le extendía por la espalda, todas las fases de la luna reproducidas con delicadas pinceladas y enmarcadas por espirales de humo. La lanza le recorría de arriba abajo la columna, perfectamente encajada entre las alas, hasta el hoyuelo de la zona lumbar. Hasta entonces, no había caído en cuenta de lo mucho que se parecía su marca a la mía. La disposición era distinta, pero en ambas había humo, lunas y los mismos trazos exquisitos de rojo. Qué curioso que aquellas marcas, que nos convertían en enemigos innatos, fueran tan semejantes la una a la otra.

Recorrí con la yema de los dedos el contorno, siguiéndolo por la nuca, alrededor de las alas, por la columna. No pude evitar estremecerme un poco al notar la textura áspera de la cicatriz de debajo. ¡Por la Diosa, aquello debía de haber sido terrible!

Se le agarrotaron los hombros un instante con mis caricias.

—¿Qué te parece? —preguntó—. ¿Se me ve bien? No me la veo muy a menudo.

Lo dijo con frivolidad, pero yo percibí lo que subyacía a aquello, y no había nada de frívolo en los sentimientos que le inspiraba su marca.

—Es preciosa.

Resopló un poco.

—A ti no te gusta —le dije, y no era pregunta, era cierto.

Volvió a girarse levemente hacia mí, dejándome vislumbrar su perfil, y luego miró otra vez al frente.

—Eres demasiado perspicaz para alguien a quien no le agrada la gente. —Y, después de una pausa, agregó—: Me recuerda demasiado a él. A veces no me parece justo que me marcara de forma tan permanente. No quiero llevar nada suyo encima.

—No es suyo, ¡es tuyo!

Le acaricié de nuevo la espalda, ahora siguiendo de manera ascendente las volutas de rojo. Yo no había conocido a Neculai y nunca le había visto la marca, pero no me imaginaba aquella en otro cuerpo que no fuera el de Raihn. Hasta el menor detalle parecía ideado para complementar su cuerpo, el flujo de sus músculos, la forma de su figura, e incluso se plegaba y se adaptaba a sus cicatrices.

—Tu piel —murmuré, apartándole los mechones de pelo mojado para seguir los trazos más próximos al cuello—. Tu cuerpo, tu marca.

Guardó silencio un rato. Yo era de sobra consciente de que mis caricias le estaban erizando la piel.

—¿Me puedo dar la vuelta ya, princesa? —preguntó.

Lo dijo como bromeando, pero la pregunta era real.

Esbocé una sonrisa.

—Reina, ¿recuerdas?

—Por supuesto, mi reina —contestó, y le noté la sonrisa en la voz.

El posesivo hizo que sonara aún más jocoso.

—Te lo permito —dije.

Y se dio la vuelta.

Se me embebió despacio con la mirada, empezando por el pelo y continuando por los ojos, la cara y luego los hombros, deteniéndose en mis pechos mojados al borde del agua que me rodeaba la caja torácica.

Pero entonces alzó la vista a mi marca, que me cubría parte del cuello, los hombros y el tórax. Alargó la mano para tocarla y recorrió con el dedo el contorno como había hecho yo con la suya. Quise disimular el modo en que me erizaba la piel, en que me agitaba un poco la respiración.

Tenía los ojos entornados y no pestañeaba. Con el reflejo azul del agua y de las algas, se le veían casi morados.

—Dudo mucho que a Vincent se le viera tan bien —masculló.

Me pregunté si estaría viendo en mi marca lo mismo que yo acababa de ver en la suya: todas las formas en que se amoldaba a las particularidades de mi cuerpo. No había reparado en ello antes. Igual que Raihn, había visto la marca como algo que pertenecía a otro y yo llevaba sobreimpreso en mi piel. Solo entonces, al verla con la perspectiva de la de Raihn, había considerado las diferencias: que las alas que me ocupaban el pecho eran algo más pequeñas y delicadas que las de Vincent y seguían el contorno de mi clavícula, o que las volutas de humo se me metían entre los pechos y seguían las líneas de mi cuerpo y solo del mío.

—Nunca he pensado que se me viera bien —reconocí.

Como si fuera un disfraz, algo que no deberían haberme dado.

—Pues yo creo que te queda perfecta —dijo mientras paseaba el dedo entre mis pechos, acariciándome muy suavemente la piel sensible de esa zona—. Tú misma lo has dicho: tu título, reina. Esa marca te pertenece. —Esbozó una sonrisa—. Tu piel, tu cuerpo, tu marca.

Por alguna razón, no sonaba a tópico cuando lo decía Raihn, sino a verdad.

Alzó la vista y me miró a los ojos, atravesándome con aquel rojo intenso. Cesaron sus caricias, y sus dedos se detuvieron en mi pecho.

—¿Era en serio? —preguntó—. Lo que le has dicho a Jesmine...

No hizo falta que concretara a qué se refería.

«Y, cuando recuperemos el reino, pienso gobernar a su lado como tal».

De pronto me sentí mucho más desnuda que hacía treinta segundos.

—No voy a arriesgar mi vida ni la de los soldados que me queden para que vuelvas a plantar el culo en ese trono si no gano yo algo también —contesté.

Vi que notaba que mi tono despectivo era algo forzado.

Soltó una carcajada ronca.

—Bien —dijo—. No esperaba menos de ti.

—No tiene nada que ver contigo —repuse, sin poder contenerme.

Y él mantuvo aquella sonrisa terca e irritante.

—Sí, sí. Claro, claro...

—No estoy segura de que no me vayas a engañar —mascullé, solo porque me pareció que era lo que debía decir, aunque la realidad fuera evidente, hasta para mí.

Pero él, apoyándome con delicadeza el pulgar en la barbilla, me giró la cara hacia sí. Su mirada era firme, inquietantemente directa.

—No te voy a engañar —dijo con rotundidad, como si expusiera un hecho y nada más.

Esa era la impresión que daba cuando lo decía así, y lo cierto era que yo lo creía, pero, como no quería darle esa satisfacción, me fingí indignada.

—Otra vez, querrás decir. ¡Que no me vas a engañar otra vez!

Sonrió con picardía.

—Esa miradita. ¡Esa es mi chica!

Luego se le esfumó la sonrisa y quedó algo mucho más serio, algo de lo que yo quería escapar como fuera. Aunque no lo hice: lo miré a los ojos y dejé que siguiera agarrándome de la barbilla.

Aterraba otorgarle a alguien tu confianza. Y aún más hacerlo por segunda vez después de que la hubiera traicionado la primera.

—Una sola cosa sincera —susurré.

Y no titubeó cuando me dijo en voz baja:

—Nunca, Oraya. Nunca más. Y no solo porque no tenga una maldita oportunidad de recuperar Sivrinaj sin ti, sino porque, de todas formas, no querría hacerlo.

Pensé en lo que tenía por delante: dos ejércitos que se odiaban y que, de pronto, se veían obligados a luchar juntos contra un mal mayor. Por un instante, no pude evitar pensar en qué diría mi yo de hacía un año ante un panorama semejante.

Se moriría de risa.

No, se negaría rotundamente a creerlo. Aquella Oraya sería absolutamente incapaz de entender nada de aquello. Ni la muerte de Vincent ni sus mentiras. Ni la Marca del Heredero que llevaba en la piel, ni el deseo que le había pedido a la Diosa, ni la idea de aliarse con el heredero rishan. Y, desde luego, aquella Oraya jamás entendería que la actual estuviera de pronto allí plantada, desnuda, delante de Raihn, que no solo era vampiro, y rishan, sino también su mayor enemigo, sin tener ni una pizca de miedo.

O, al menos, sin temer por su integridad física.

Otro miedo, en cambio, se me instalaba en lo más hondo de mi ser.

—¿En serio crees que podemos conseguirlo? —murmuré.

Lo pensó.

—Sí —contestó por fin—. Sí, lo creo. —Me acarició de nuevo la marca, con el ceño fruncido de concentración—. Como poco, estoy muy convencido de que tú sí.

Me dieron ganas de reírme.

De llorar.

Porque sabía que lo decía en serio.

Le acaricié el pecho, la piel húmeda, áspera a causa de varias cicatrices pequeñas, y la suave textura del vello oscuro, justo encima del corazón, por donde lo había atravesado mi acero aquella noche.

—Es curioso cómo cambian las cosas.

Me levantó la barbilla y no me dio tiempo a moverme ni a reaccionar antes de que me besara, despacio, apasionadamente, rondando con su lengua la mía cuando abrí los labios para él como las flores se abren al sol.

Fue uno de esos besos que disipan dudas, de los que hacen que te olvides de las circunstancias difíciles, aunque me recordara una más aterradora aún que todavía no había aceptado.

No nos habíamos apartado del todo cuando susurró:

—Llevo toda la semana queriendo hacer esto todo el tiempo.

¡Por la Diosa, y yo! No estaba segura de qué había cambiado la noche que habíamos pasado juntos, pero era como si mi cuerpo hubiera despertado a un mundo nuevo de sensaciones. Me daba hasta un poco de vergüenza lo mucho que lo anhelaba.

Era consciente en todo instante de su proximidad, de su aroma, de su mirada. Lo notaba cuando me miraba, aunque no lo mirara yo. Y cada vez que nos habíamos acostado el uno al lado del otro, en los escasos momentos de descanso, nada íntimos, había tenido que controlarme para no arrimarme más a él.

Resultaba embriagador, aterrador, adictivo.

Lo odiaba. Lo detestaba.

Pero... a lo mejor también me gustaba, un poquito, que él sintiera lo mismo. Prácticamente le notaba el pulso, lento pero acelerándose, potente bajo la piel. Y notaba a la perfección su entrepierna, que se endurecía entre los dos y se abultaba contra mi cadera.

Me producía cierta complacencia que su deseo fuera mucho más obvio en el plano físico que el mío. Yo podía fingir que tenía los pezones erectos como consecuencia del agua y el fresco, que se me había acelerado el corazón de pensar en lo que estábamos a punto de hacer.

Sin embargo, su respiración entrecortada en mis labios me dijo que él también sabía la verdad.

Me acerqué un poco más y le rocé el vello del pecho con los pezones erectos.

—En realidad, no era eso lo que estabas pensando.

Esbozó una sonrisa. Saboreé aquella sonrisa cuando volvió a besarme, esa vez más suave, y me mordisqueó el labio.

—Era una de las cosas —reconoció—. No todas. —Me llevó la mano al pecho y trazó círculos con el pulgar alrededor del pezón, que se tensó de inmediato con sus caricias y me hizo contener el aliento—. Me parece que no soy el único —susurró.

Otro beso.

—Vaya que eres arrogante —le dije, mientras volvía a perseguir sus labios, a perseguir aquel beso como una adicta, casi restregándome contra él.

Lamentable.

Pero no me avergonzaba.

—Un poco —contestó.

Me sujetó la cara con las manos y me besó de nuevo, esa vez más fuerte, con mayor vehemencia, algo mucho más parecido a las tormentas de nuestros otros oleajes torrenciales. Y yo me dejé arrollar: cuando me estrechó en sus brazos, me colgué de su cuello, pegándome del todo a él, y permití que el deseo me devorara el orgullo.

Aquel anhelo persistente que había conseguido ignorar durante la última semana se tornó de pronto ineludible, absolutamente devastador.

Y me daba igual. Prefería perderme en aquello que en todos nuestros agobios.

Deslizó las manos por mi piel mojada como si estuviera ansioso por volver a familiarizarse con mi cuerpo. Separé las piernas, y el agua tibia me excitó aún más; luego se las enrosqué en la cintura. Me abrazó y me levantó, para que me resultara más fácil colgarme de él. Estiró el cuello y me dejó controlar los besos, fervientes e ininterrumpidos.

Me penetró y solté un pequeño gemido ahogado contra sus labios.

—¡Mal-di-ción, Oraya! —susurró a trompicones mientras me estampaba la espalda contra la piedra.

Lo necesitaba. ¡Por la Diosa, lo necesitaba ya! Sin esperas.

Pero hizo una pausa, se apartó un poco y me miró a los ojos.

—¿Te parece bien? —preguntó entre jadeos.

Al principio, ni siquiera tenía claro lo que me estaba preguntando.

Entonces me di cuenta: me tenía inmovilizada, entre su cuerpo y las rocas. Las otras veces que habíamos estado juntos había procurado no atraparme, que tuviera siempre libertad para largarme si quería.

No hacía mucho, la sola idea de hacerlo de nuevo con alguien en una postura que no me permitiera zafarme de inmediato me parecía inconcebible. Y, sin embargo, allí estaba, sin darme cuenta siquiera de que me había acorralado y con el corazón alborotado por algo que no tenía nada que ver con el miedo.

Le llevé las manos a la espalda y paseé por ella las uñas, deteniéndome en la carne delicada y las plumas suaves de donde se le insertaban las alas en la piel.

Me aventuré a suponer que las terminaciones nerviosas de esa zona serían tan sensibles como las mías, y acerté, porque todo su cuerpo reaccionó a aquel contacto. Se le agitó la respiración. Las alas, esas alas majestuosas, se estremecieron, se desplegaron un poco, lo bastante grandes para envolvernos a los dos en una manta de rojo negruzco. Dio un respingo y pegó un tanto las caderas a las mías en un movimiento que me pareció del todo involuntario.

Le dediqué una sonrisita.

—Sé que sigo al mando.

Enarcó una ceja.

—No me opongo —murmuró, y me besó de nuevo.

Y entonces ladeé las caderas, me abrí de piernas y se sumergió en mi interior.

¡Que la Diosa me asistiera!

Me llegó tan adentro en aquel ángulo que la primera embestida me encendió el cuerpo como si fuera un cerillo.

No me di cuenta de que había soltado un gemido hasta que me tapó la boca con la suya y me susurró:

—Cuidado, que hay más gente por aquí.

Uy, la provocación de su voz, diciéndome aquello precisamente mientras giraba las caderas y se frotaba contra mi clítoris.

Contuve un gemido y le dije en tono ahogado:

—Pues vas a tener que ser muy sigiloso, ¿no?

Volví a recorrerle la espalda con los dedos y lo puse en el mismo aprieto que él a mí, para saborear después el leve gruñido que le brotó de lo más hondo de la garganta.

No me replicó. Lo había desatado, que era justo lo que yo quería, lo que necesitaba.

Toda la tensión acumulada, de la batalla, del viaje, de una semana de angustiosa proximidad sin contacto, reventó.

Me besó fuerte, con vehemencia, mientras sus embestidas se apoderaban de mí, aprovechando al máximo la ventaja que tenía en aquella postura, implacables, aceleradas, profundas.

No íbamos a durar mucho, ni yo ni él. Genial, los dos éramos demasiado impacientes. A saber cuánto tiempo de vida nos quedaba por delante. Íbamos a arder fuerte y rápido.

Y, ¡por la Diosa!, me encantaba.

Tenía la piel tan caliente y el placer era tan intenso que pensé que iba a morir allí dentro. Y, ¡por la Diosa, qué forma más extraordinaria de morir! Me brotaron de la garganta gemidos, chillidos, súplicas y maldiciones que, con cada asalto, me costaba más reprimir.

Necesitaba más, necesitaba alivio. Ladeé las caderas para instarlo a que entrara más adentro, aunque no me quedaba otra que acogerlo, y eso hice, encantada, abiertamente, colgada de él y aferrándome a su espalda.

Apartó la boca de la mía y la llevó a mi oreja.

—En esto... —me dijo con voz ronca y el aliento caliente y entrecortado—. En esto estaba pensando, Oraya. Te extrañaba.

«Te echaba de menos».

Curioso, lo mucho que me llegaban aquellas palabras, lo bien que las entendía, aunque no fuera capaz de pronunciarlas yo.

«Te echaba de menos».

Una semana sin tocarlo y lo extrañaba. Meses sin su amistad y lo extrañaba.

No era porque hubiera sido una semana, ni siquiera era por el sexo, sino por todo lo de antes. Por reparar la brecha que se había abierto en nuestra relación. Por descubrir, de forma aterradora, lo mucho que habíamos llorado lo que se había perdido en aquella brecha.

Yo también lo había echado de menos.

Pero no era capaz de verbalizarlo, y agradecí que, aun así, no me diera ocasión de hacerlo, porque sus embates no me daban tregua y el placer entraba en un crescendo que era, ¡por la Diosa si lo era!, tan brutal que casi dolía y...

Apreté las piernas alrededor de su cintura y lo estreché contra mi cuerpo, obligándolo a incendiarse conmigo. Al llegar al clímax, enterré la cara en su hombro y ahogué un alarido en su piel, porque ya no era capaz de reprimirlo más. Entonces percibí, vagamente, junto con la cúspide del placer, una leve punzada de dolor: el de sus colmillos hincándose en el hueco de mi hombro, sin llegar a succionar, conteniéndose también mientras su gemido, en cambio, me resonaba estremecido en la carne.

Después me sentí débil y mareada, pero en una paz absoluta.

El agua estaba calentita. Esa fue la primera sensación que recuperé. Todo aquel calorcito tan agradable. El del agua, el del cuerpo de Raihn a mi alrededor... Calorcito por todas partes.

Me besó la marca que me había dejado en el hombro.

—Perdona.

—Creo que yo te he arañado la espalda.

Una carcajada entrecortada.

—Bien.

Eso pensaba yo: bien. Dejarnos huella el uno al otro.

Se apartó lo justo para mirarme, para recorrerme el rostro. Tenía en las pestañas gotitas de agua, que le brillaron cuando entrecerró los ojos en una especie de sonrisa.

Caí de pronto en cuenta de que quizá aquella fuera la única vez que podríamos estar solos antes de embarcarnos en una misión en la que probablemente uno de los dos, o los dos, perdería la vida. La idea me hizo en la garganta un nudo de palabras no expresadas.

Lo besé, en cambio, lo bastante fuerte como para que las palabras sobraran.

Noté que se le ponía de nuevo duro dentro de mí y apreté los muslos alrededor de su cintura.

—Puede que no volvamos a tener intimidad.

Porque, en cuanto saliéramos de aquel baño, volveríamos a ser líderes, dispuestos a reconquistar un reino perdido. Tendríamos que pensar en el futuro. No habría tiempo para el presente.

No quería irme.

Sonrió con ternura.

—Mmm... Probablemente no.

Moví las caderas, restregándome contra él, y su erección me hizo jadear.

¡Que la Diosa me asistiera! ¿Cómo lo hacía?

—Pues vamos a aprovechar —susurré.

—¡Qué pragmática! —me dijo, y se tragó las palabras con el siguiente beso, y ya no hablamos más.

53

RAIHN

Menos mal que Oraya y yo habíamos aprovechado al máximo nuestro rato a solas, porque no íbamos a tener más. Todos sabíamos que el tiempo era clave: cuanto antes atacáramos, más fácil nos resultaría recuperar Sivrinaj mientras Simon consolidaba su posición. Jesmine y Vale se odiaban, no cabía duda, pero, como aliados, eran sorprendentemente eficaces. Los dos sabían lo que era ser el desvalido, y conocían la mentalidad de la clase alta. Tenían clarísimo que había llegado el momento de probar algo arriesgado y ladino, de hacer una demostración de fuerza contundente. Insistían en que ese era el único idioma que Simon y sus secuaces iban a entender.

A mí me fastidiaba tener que actuar así, pero tampoco me preocupaba tanto nuestra superioridad moral como para no rebajarme a su nivel. De nada servía pensar en nuestras posibilidades. Oraya y yo habíamos superado pronósticos peores, siete veces, de hecho, en siete pruebas. ¿Cuánto peor podía ser aquello?

La respuesta resultó ser «mucho peor».

Yo luchaba bien, pero, hasta aquellos últimos meses, apenas había tenido experiencia en batallas, ni en librarlas ni, desde luego, en liderarlas. Jesmine y Vale, en cambio, eran unos ases de la estrategia implacable de la guerra. En cuanto Oraya y yo les dimos las órdenes, entraron en acción. De inmediato nos vimos sumidos en un torbellino de preparativos: planes, mapas, estrategias, armas, inventarios, listas de soldados y diagramas de ejércitos leales. Se enviaron cartas, se trazaron mapas, se urdieron tácticas.

Íbamos a dedicar una semana a prepararnos, y luego emprenderíamos la marcha; los soldados a los que Jesmine y Vale habían convocado se nos unirían por el camino. Avanzaríamos rápido, para no dar tiempo a que el ejército de Simon se nos adelantara. Nos venía bien no disponer tampoco nosotros de tiempo para titubear.

¡Oraya y yo llevábamos casi un año enfrentándonos a situaciones imposibles! ¿Por qué iba a ser distinto esa vez? Además, en cierto sentido, resultaba curiosamente estimulante volver a hacer algo que parecía correcto y merecido, y hacerlo al lado de Oraya. Facilitaba mucho las cosas.

Los dos agradecíamos la distracción del trabajo, a lo mejor porque no queríamos pensar demasiado en lo que podría pasar después de la batalla, en cómo se iban a tomar los rishan, los hiaj y los otros reinos, ¡y hasta la propia Nyaxia!, la perspectiva de que los herederos de los rishan y los hiaj gobernaran juntos. Sonaba a disparate, y seguro que así lo veía todo el mundo. Paradójicamente, solo Vale parecía tomarse la alianza como decreto. Todos los demás se andaban con cautela y, aunque la aceptaban, no ocultaban su escepticismo. Incluso Ketura me llevó a un aparte y me preguntó, con su descaro habitual: «¿En serio piensas que ella no te va a dar una puñalada por la espalda en cuanto se suba al trono?».

Quizá estuviera siendo un ingenuo, pero no, no lo creía posible. Oraya había dejado escapar muchas ocasiones de asesinarme. Si hubiera querido hacerlo, ya lo habría hecho.

Y si al final lo hacía... carajo, igual me lo tenía merecido.

Pero ese sería un problema del Raihn del futuro; el del presente tenía otras preocupaciones. Todo el mundo quería hablar con nosotros. Todo el mundo necesitaba algo. Sin embargo, la única persona a la que me apetecía agarrar por sorpresa de verdad era esa a la que mejor se le daba evitarme. Lo conseguí un día al alba, cuando se retiraba a su tiendita. Le di un golpe entre los rizos de color bronce.

—Ven a dar un paseo conmigo.

Mische se volteó, sobresaltada, con los ojos muy abiertos, y luego se encogió, como si me tuviera miedo. Se encogió al verme. ¡Se encogió!

—Tengo que...

—No me vengas con historias, Mische. Vamos —dije, señalando el sendero que teníamos delante—, ven conmigo. Ya.

—¿Es una orden?

—¿Te estás volviendo arrogante? Pasas demasiado tiempo con Oraya.

No le arranqué una sonrisa. No me replicó con otra broma. Guardó silencio.

La preocupación me revolvió el estómago.

Le ofrecí una mano.

—Vamos —le dije.

—¿No tienes cosas que hacer?

—Pueden esperar —contesté.

No retiré la mano. Me limité a mirarla fijamente.

Mische y yo éramos amigos desde hacía muchísimo tiempo, y ella sabía bien cuándo no valía la pena discutir conmigo.

Soltó un suspiro y me aceptó la mano.

—Jesmine dice que hay demonios por aquí —terció Mische—. No deberíamos ir demasiado lejos.

Deambulamos por los caminos más recogidos de los acantilados, por zonas donde no se nos oiría desde el campamento. Aquello estaba oscuro, pero no tanto como para que nuestra vista de vampiros no nos permitiera distinguir lo necesario. Mejor aún, era una zona tranquila, y yo extrañaba la tranquilidad.

Mische parecía tan incómoda que iba todo el tiempo intentando acelerar.

—¡Como si temieras a los demonios! —bufé.

—¿Y por qué no iba a temer a los demonios?

—No sé, Mish, tal vez porque te apuntaste al Kejari como el que se apunta a una fiesta.

Lo dije con mayor amargura de la que pretendía. Pensé que estaba en un momento en el que podía bromear con las decisiones de Mische. Pero tal vez no.

Puede que a ella tampoco se lo pareciera, porque, en lugar de soltarme alguna réplica ingeniosa de las suyas, hundió las manos en los bolsillos y continuó caminando.

—Eso era distinto —masculló.

Tardé un poco en entender a qué se refería. Me mantuve a su lado, siguiéndole el ritmo y mirando de reojo las cicatrices que la manga subida dejaba al descubierto.

Apreté los labios. Sentí una inquietud pasajera, acompañada de frustración.

—Mische —le dije, al tiempo que me detenía y la tomaba del brazo.

Ella se paró también, pero me pareció que no quería mirarme.

—¿Qué?

—¿Cómo que «qué»? Llevo décadas aguantándote todos los días, maldición. Y bueno ya.

—Y bueno ya, ¿qué?

—Que me estás evitando desde...

—No te estoy evitando.

—Oraya me ha contado lo del príncipe.

Mische se quedó boquiabierta un segundo y murieron en sus labios las palabras que iba a pronunciar; luego cerró la boca.

—Pues muy bien.

«Pues muy bien».

¡Que la Madre me asistiera!

—¿Qué? —dijo—. Estás enojado, lo sé. Te he puesto en un aprieto político y...

Resoplé. Resoplé de verdad, porque ¿qué demonios iba a decir?

—No estoy enojado por lo del príncipe.

—Estás enojado, eso es obvio, así que ¿por qué diablos te has enojado, entonces?

—Te pasa algo y no me lo quieres contar.

Fui más directo de lo que debería haber sido. A lo mejor estaba cansado de los meses que llevaba intentando ayudar a personas que no se dejaban ayudar. Entre Mische y Oraya, me tenían agotado.

Nos miramos los dos, en silencio, Mische con sus ojos grandes y obstinados. La mayor parte del tiempo eran preciosos, como de cervatillo. Todo el mundo decía que lo más bonito de Mische eran sus ojos, pero porque nunca la habían visto enojada, momento en el que resultaban verdaderamente aterradores. Aún no había llegado a ese punto, pero lo rondaba, y con eso bastaba. Yo no me merecía aquella mirada, cuando no había hecho más que seguirla y aguantar sus exabruptos por preocuparme por ella.

Y me preocupaba de verdad.

—Ya basta de tonterías —le dije, pero me salió simple, tan simple como pretendía, supongo—. Cuéntame qué ha pasado.

—¿No te lo había dicho ya Oraya?

«Oraya no me ha dicho por qué llevas una semana evitándome —me dieron ganas de soltarle—. Ni por qué te encerraron en ese departamento en lugar de en las mazmorras. Ni por qué pareces tan rota por dentro».

—Oraya me contó lo del príncipe muerto —repliqué—. Y me importa un carajo. Te estoy preguntando por ti, ¡por ti!

Mische se detuvo y se volteó hacia mí. La rabia que le emanaba del semblante la hacía parecer una niña confundida, y me recordó tanto a la Mische que había visto por primera vez que me dolió el pecho y todo.

—¿No te lo ha dicho ella?

—¿Es que ahora le tengo que preguntar a Oraya qué se cuece en esa cabecita tuya?

No contestó. Se apoyó en la pared, se escurrió por ella y se encaramó a un montón de rocas, sujetándose la cabeza con ambas manos.

Me sentí culpable de inmediato.

Me senté a su lado, pese a que las rocas eran tan bajas que tuve que plegarme de forma absurda sobre mí mismo. Me asomé a su rostro entre mechones de pelo color miel.

—Mish —susurré—, eh...

—Fue él. —Pronunció aquellas dos palabras con un solo golpe de voz, tan rápido que se fundieron en una y me costó separarlas.

—Él —repetí, y ella levantó la cabeza y me miró con aquellos ojos grandes llenos de rabia y de lágrimas, y lo tuve claro. Se desvaneció hasta el último vestigio de mi frustración. Emociones, pensamientos, sensaciones..., desapareció todo, salvo aquella rabia absoluta y devoradora—. ¡¿Él?! —dije de nuevo.

Asintió.

La imagen del príncipe de los Nacidos de las Sombras se desplegó en mi mente. El mismo al que yo había invitado a mi castillo, con el que había hablado, con el que me había reído y al que había ofrecido mis jodidas exquisiteces culinarias. Y luego a esa imagen la reemplazó otra: la de Mische como me la había encontrado hacía un montón de años, pálida, escuálida y abrasada por el sol, con una costra de vómito en los labios, tirada en el suelo como si fuera un juguete roto. En pleno estado febril, no paraba de decir una y otra vez: «¿Qué está pasando? ¿Qué está pasando?».

Era muy joven, casi una niña. Y estaba muy asustada.

Eso había sucedido hacía mucho tiempo. Pero a mí no se me había olvidado, en absoluto. En ocasiones aún veía aquella versión de Mische, pese a que a ella lo habría odiado, de haberlo sabido. La vi la noche del asalto al Palacio de la Luna, cuando la había recogido del suelo en medio de todo aquel Fuego de la Noche. La veía cada vez que vislumbraba las cicatrices de quemaduras que tenía en los brazos. Y la vi en aquel momento.

Y ese hombre, ¡ese monstruo!, era el culpable.

¡Yo le había sonreído a aquel bastardo!

—No tendría que haberlo matado —dijo Mische, pero yo estaba tan furioso que apenas la oí—. Fue una insensatez...

—¿A qué demonios te refieres con que no tendrías que haberlo matado? —Apretaba tanto los puños que me temblaban. Seguramente tenía un aspecto ridículo, allí encogido en aquella maldita piedrecita y estremecido como un poseso—. Tendría que haberlo matado yo, pero me alegro de que hayas tenido ocasión de hacerlo tú.

Desvió la mirada y la posó en el suelo.

—Es que... perdí la cabeza.

—¿Por qué no me lo contaste? En cuanto entró por la puerta, Mische, yo...

—No lo sabía —contestó ella con un hilo de voz—. No sabía quién era. Hasta que le vi la cara. —Se estremeció—. Antes pensaba mucho en cómo sería volver a verlo, pero temía no acordarme. Mi recuerdo era muy difuso. Estaba muy enferma.

Eso sí lo recordaba bien. Aquel primer año, después de que Mische se recuperara, sufría un miedo intenso y paranoide a que cualquier hombre con el que se topaba pudiera ser el que la había convertido. No recordaba el rostro ni el nombre de su hacedor, con lo que, por un giro cruel del destino, aquel individuo podía estar en cualquier parte, podía ser cualquier desconocido que se cruzara por la calle.

—Y bueno... —añadió, riendo sin ganas—, lo supe, lo supe de inmediato.

Guardé silencio. Me dolía, me dolía de verdad pensar que Mische no hubiera podido librarse de aquello. Yo odiaba a Neculai y, sobre todo, esa conexión consustancial que tenía con él por ser mi conversor. Se convirtió en el centro de todo mi universo, y no solo porque mi supervivencia dependiera exclusivamente de su persona, sino porque yo era obra suya, en sentido literal. En esa relación con un vampiro, existía aquel vínculo intrínseco, no, aquel yugo, que te hacía sentir un ser pequeño, sucio y avergonzado.

Me fastidiaba que Mische conociera esa sensación.

—Él también me reconoció, creo —dijo—. Bueno, tal vez no, porque dudo que me recordara, pero reparó en mí... A lo mejor olió algo de sí mismo en mí.

Y la habían subido a aquel departamento, seguramente Simon o Septimus, porque habían detectado el interés del príncipe en ella y querían sobornarlo para que no se marchara y fuera testigo de su gran ascenso al poder, y quizá granjearse así un aliado.

No me apetecía ni preguntar, no quería obligarla a revivir aquello, pero tuve que hacerlo.

—Mish, ¿te...?

—No —contestó enseguida—. No. Quizá... quizá lo habría hecho, pero...

Pero terminó con la espada de Mische clavada en el corazón. ¡Bien!

Y, aun así, no me consolaba del todo. Aquel hombre había abusado de ella en muchos otros sentidos.

—Tendrías que habérmelo contado —insistí—. En cuanto lo supiste.

Me miró con escepticismo, como compadeciéndose de mí.

—Necesitabas a ese tipo, Raihn.

—¿Y qué más da?

—¡Claro que importa! ¡Sabes que sí!

—Pongamos que hubiera conseguido que se aliara con nosotros. ¿Qué habrías hecho entonces? ¿Qué plan tenías? ¿Quedarte en el castillo con él solo la Diosa sabe cuánto y aguantar ese suplicio?

Mische suspiró. De pronto la vi exhausta.

—Puede —contestó—. ¡Yo qué sé! Es... era una pieza importante, Raihn. No soy una niña. Estás intentando hacer algo grande y, aunque no me molestes con el asunto, sé que yo te he metido en esto. —Se llevó la mano al pecho y soltó una carcajada socarrona—. ¿Y ahora voy a ser yo quien se interponga en tu camino? ¿Yo? Te has sacrificado, has renunciado a Oraya, y sé... sé bien lo que eso te ha dolido. ¡Has abandonado tu vida! No te lo iba a poner aún más difícil.

«Has renunciado a Oraya».

Esas cuatro palabras se me clavaron en el alma como flechas, una tras otra, tan rápido que no pude ni recobrar el aliento.

La había cagado.

Porque Mische tenía razón: me había sacrificado a cambio de poder. Pensaba que mis sacrificios eran propios, pero eso no era cierto. A Oraya le habían caído como losas, y a Mische también. Y de pronto ella pensaba, lo creía de verdad, que era menos importante que aquella causa.

—¿Y qué más da? —insistí en voz baja—. Dan igual las alianzas, la guerra, la política... Dan igual, ¿no?

—No me...

—Déjame hablar —le solté—. ¡No te atrevas a lamentarlo ni un segundo, Mish! ¿Que la Casa de las Sombras quiere venir por nosotros? ¡Pues que vengan! La van a tener difícil.

Lo dije en serio, claro que prefería no pensar en las consecuencias. Menos mal que aún disponíamos de tiempo antes de enfrentarnos a eso. Que la Casa de las Sombras supiera, su príncipe había muerto mientras se hallaba al cuidado de Simon Vasarus, no mío. La idea era recuperar el trono rápido. Los conflictos diplomáticos que pudiera ocasionar... nos los podíamos guardar para la siguiente guerra.

Un dolor de cabeza futuro, no presente.

Y ni siquiera en el futuro me iba a dar pena.

—Además —dije—, tal vez para entonces ya estemos todos muertos y nos dé igual.

Esbozó una sonrisa.

—¿Has visto este ejército? Apunta menos a un «tal vez» que a un «es probable».

Resoplé.

—Y eso lo dice la optimista.

Rio. Sin ganas, pero rio. Me bastaba con eso.

—Perdona, estoy cansada.

Cansada. Eternamente cansada. Entendí enseguida lo que quería decir.

La vi mirar a la oscuridad de los túneles. Si prestaba atención, aún oía el barullo del campamento a lo lejos, resonando por el pasadizo, recordatorio constante, aun allí fuera, de lo que se nos venía encima.

Le estudié el perfil, tan inusualmente lúgubre.

—Lo siento, Mische —le dije en voz baja. Ella empezó a negar con la cabeza, pero yo insistí—. Lo lamento todo.

«Siento que te ocurriera a ti. Siento no haber podido impedirlo. Siento que hayas tenido que enfrentarte a todo esto tú sola. Siento no haber podido ayudarte a matar a ese bastardo. Siento que tuvieras la impresión de que no podías contármelo. Siento haberte hecho sentir que no me iba a importar si me lo contabas».

Ablandó el gesto.

—No pasa nada.

—Sí, sí pasa, pero todo se va a arreglar. —Hice una pausa y añadí—: Seguramente. Con un poco de suerte.

Rio en voz baja y apoyó la cabeza en mi hombro.

—Creo que tenemos suerte —murmuró.

Yo no lo tenía tan claro, pero, demonios, ojalá.

Tenía un millón de cosas que hacer, aunque no quería irme. Nos quedamos allí, en silencio, unos minutos más.

54

ORAYA

Los días dieron paso a las noches en una nebulosa caótica de preparativos. Trabajamos, y dormimos, y comimos, y trabajamos. Las cuevas empezaron a llenarse de gente a medida que Vale y Jesmine iban reuniendo a los soldados que tenían disponibles en el norte. Casi milagrosamente, solo hubo cuatro muertos como consecuencia de altercados entre los hiaj y los rishan. Me sorprendió que el número de bajas fuera tan reducido, aunque, por lo visto, también hubo varios casos de ojos arrancados de cuajo y orejas cercenadas. Aun así, comparado con el baño de sangre que esperábamos, aquel era un ejército bastante bien avenido.

Salimos enseguida, porque, si bien Raihn y yo habíamos viajado al norte muy rápido, nos iba a costar mover a tantísima gente. Jesmine y Vale habían montado, además, un punto de encuentro a las afueras de Sivrinaj, de forma que las tropas de los lugares más recónditos de la Casa de la Noche a las que habíamos convocado pudieran ir directos a la ciudad. Vale contaba también con algunos amigos rishan que disponían de flotas considerables en sus tierras de las orillas occidentales de la Casa de la Noche y que rodearían el Mar de Marfil para flanquearnos desde el mar.

¿Bastaría con eso?

Esa era la pregunta que nos hacíamos todos, para nuestros adentros, mientras reuníamos a las tropas y nos disponíamos a cruzar los desiertos. Avanzamos a una velocidad asombrosa para lo inmenso que era el grupo. Las alas ayudaron, pero lo más útil fue la sensación de urgencia que flotaba en el aire.

Los hiaj estaban decididos a recuperar por fin el trono, aunque tuviera que ser al lado de los rishan, y estos estaban igual de resueltos a expulsar de su reino a los Nacidos de la Sangre.

Aquello les importaba de verdad.

No caí en cuenta hasta que habíamos cruzado ya medio desierto. Estaba a punto de amanecer. Pronto habría que parar. Jesmine ya nos lo había dicho mientras volábamos hacia la cabecera del grupo, y Vale había comentado: «Están dispuesto a hacer lo necesario».

Eché un vistazo a los guerreros que nos seguían, volando aprisa, en perfecta formación, los rishan a un lado y los hiaj a otro. A pesar de las horas de viaje que llevábamos encima y de que el cielo empezaba a teñirse del rosa del amanecer, Vale tenía razón: aquellos soldados no estaban dispuestos a parar. Solo con mirarlos, pude verlo en sus caras: una sólida determinación.

Tanto que me sobresaltó.

No había esperado de ellos más que una lealtad resignada. Jamás pensé que pudieran ofrecerme a mí, que era medio humana, más que eso, y menos aún habiéndoles pedido que lucharan al lado de un enemigo al que habían combatido durante miles de años.

Y en cambio...

Miré un instante a Raihn y vi en su rostro el mismo asombro, la misma incredulidad.

—Está nublado —dijo—. Podemos seguir un poco más. Si no quieren parar aún, no voy a ser yo quien se queje.

Luego descendió un poquito más cerca, lo justo para darme

con la punta del ala en la mía y producirme una especie de cosquilleo con las plumas, como diciendo: «¿Has visto eso?».

A esa mañana le sacamos otra media hora de viaje. Nada relevante. Sin embargo, cuando por fin nos instalamos en los refugios, no pude evitar maravillarme de lo lejos que habíamos llegado.

Seguía sin tener claro si sería suficiente, pero, ¡por la Diosa!, algo era algo, ¿no?

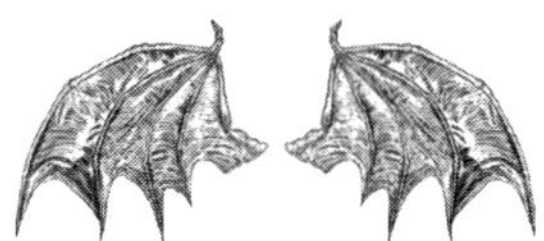

Nunca había visto el perfil de Sivrinaj desde tan lejos. Con los años, había memorizado aquel horizonte desde la ventana de mi alcoba, cada aguja y cada cúpula, cada senda que el sol tomaba por el cielo que la cubría. Lo llevaba grabado a fuego en el alma. Podría haberlo dibujado de memoria.

Pero la perspectiva cambiaba las cosas.

Desde los desiertos, las suaves ondulaciones plateadas de las dunas se veían en primer plano y no a lo lejos. Las crudas cuadras de los suburbios enmarcaban la ciudad en cuadrados de un gris polvoriento y descolorido. El Palacio de la Luna se alzaba imponente al este, sobre el perfil de la urbe, engañosamente tranquilo para haber sido un lugar que, no hacía mucho, se había cobrado tantísima sangre. Y luego el castillo, mi hogar, mi prisión, mi objetivo, a lo lejos, reducido a la mínima expresión por la distancia.

El castillo no era el edificio más alto de Sivrinaj, pero a mí siempre me lo había parecido, mayor que ninguna otra cosa de la vida. Desde las dunas, en cambio, era tan solo otro edificio.

Esa noche entraríamos en la ciudad.

Estábamos preparados. Las tropas de Vale y de Jesmine se habían unido ya a nosotros. Nuestro ejército se había triplicado desde que habíamos partido de los acantilados. Aquella franja del desierto se había transformado en un mar de tiendas de campaña y refugios improvisados con los que protegernos de las peores horas de sol.

Estábamos preparados, me dije.

Teníamos que estarlo.

—Deberías descansar un poco —me sugirió a mi espalda una voz que conocía bien—. Dicen que va a ser una gran noche.

Al girarme, vi a Raihn asomado por la puerta de la tienda.

Me llevé un dedo a los labios y le contesté:

—Vas a despertar a Mische.

Nadie tenía tienda propia. Preferíamos invertir nuestra energía en cargar con armas que con equipaje. O sea, que los guerreros, incluidos nosotros, nos hacinábamos en las tiendas en grupos de tres o cuatro durante las horas en que nos veíamos obligados a descansar. Raihn y yo pasábamos esos ratos amontonados junto a Mische y a Ketura, intentando dormir a la vez que nos defendíamos de los movimientos bruscos de Mische.

Raihn salió con sigilo de la tienda y cerró la puerta. Al verme enarcar las cejas, levantó las manos a la defensiva.

—Tranquila —me dijo—, que estoy a la sombra.

Y así era. Más o menos. La tienda le tapaba bastante la luz, y era un día brumoso. Las sombras ya eran alargadas; el sol no tardaría en ponerse.

Aun con todo, me parecía un riesgo innecesario. Claro que también sabía que era inútil empeñarse en decirle a Raihn que evitara el sol.

Me eché un poco hacia atrás para sentarme a su altura. Raihn miró al horizonte, guiñando los ojos, y contempló la misma vista de Sivrinaj que había estado admirando yo hacía un momento.

—Se ve pequeña desde aquí —susurró, y yo asentí—. La primera vez que vi Sivrinaj fue cuando salía arrastrándome del mar. Pensé que había cruzado a otro mundo. Ninguna de las grandes ciudades en las que había estado se parecía a aquella. Me dije: «¡Gracias a los dioses! Estoy a salvo».

Me estremecí un poco, porque Raihn, claro, no estaba a salvo: se había metido en la boca del lobo.

Me costaba imaginar a aquel Raihn, al marinero de tierras desconocidas que nunca había visto nada tan espléndido como el castillo de Sivrinaj. Un humano aterrado y roto que no estaba dispuesto a morir.

Recordaba perfectamente cómo se le había quebrado la voz cuando me había contado aquello.

«Me preguntó si quería vivir. ¡Qué pregunta tan tonta! Pues claro que quería vivir, maldición».

—¿Te arrepientes de haber dicho que sí? —le susurré.

Ni siquiera hizo falta que especificara a qué me refería.

Tardó un rato en responder.

—Durante mucho mucho tiempo, me maldije por haberlo hecho —contestó por fin—. La muerte habría sido preferible a los siguientes setenta años. Pero... lo he compensado en los años posteriores. —Me miró un instante, y en los ojos le brilló una especie de sonrisa—. Puede que incluso en los venideros. —Torcí la boca. Se le esfumó el gesto risueño—. ¿A qué viene esa cara?

—A nada. Es que... me parece muy optimista por tu parte.

—¡Carajo! —exclamó levantando las manos—, si no podemos ser ni un poquito optimistas, no sé para qué estamos haciendo todo esto.

Y en eso tenía razón, debía reconocérselo.

—Entonces, tú crees que lo vamos a conseguir —dije, volviendo a contemplar la ciudad—. Mañana.

No fue optimismo que se diga lo que me transmitió su largo silencio.

—Más nos vale —contestó.

—Es que está todo muy tranquilo. Resulta...

—Inquietante.

Sí, estaba inusualmente tranquilo, hasta para aquella hora del día. Lo lógico habría sido ver más actividad en Sivrinaj, más barricadas, tal vez, o más tropas apostadas al otro lado de las fronteras, pero, incluso a nuestra llegada, al alba, todo era quietud.

«Se están preparando para recibirnos —había dicho Jesmine—. No tienen soldados suficientes. Van a recurrir a lo que puedan para mantener a salvo la ciudad interior, en lugar de salir corriendo a nuestro encuentro y dejar expuestos los otros flancos».

Tenía sentido, y Vale había coincidido con ella. No obstante, había algo en todo aquello que me erizaba los vellos de la nuca.

—No te me acobardes, princesa. —Raihn me empujó el hombro—. ¿Qué pasa?, ¿tienes miedo? ¿Tú?, ¿la reina imperturbable de los hiaj? —Le lancé una mirada asesina y soltó una carcajada—. Eso está mejor.

—No tengo miedo, solo que... —Eché otro vistazo a la ciudad, luego a él, después a la ciudad. Bueno, quizá sí lo tenía—. Me siento como antes de la última prueba del Kejari —terminé diciendo.

No era miedo exactamente. No temía por mí, al menos. No temía que una espada me atravesara las entrañas, sino más bien permitir que cayera mi reino. Temía todo lo que podía perder.

Volví a mirar a Raihn, que, de pronto serio, escudriñaba el contorno de la ciudad, mientras la luz rosada de la puesta de sol le dibujaba el perfil, y de pronto aquel temor se hizo aún más agudo.

Nuestros ojos se encontraron un segundo y vi aquel temor reflejado en ellos, como si fueran un espejo de los míos. Aquello me hizo en el estómago un nudo de sentimientos encontrados, de palabras que no sabía cómo desenmarañar.

Me pasó un mechón de pelo suelto por detrás de la oreja.

—Siempre he admirado eso de ti —me dijo—: que lucharas aun teniendo miedo. Ni se te ocurra parar ahora, pase lo que pase.

Le sonreí socarrona.

—También me lo dijiste entonces.

«Ni se te ocurra dejar de luchar, princesa, por todos los demonios, porque me partirías el corazón».

—Me acuerdo. Y, en efecto, me partiste el corazón cuando te rendiste.

No supe qué responder a eso, así que me conformé con:

—Bueno, al menos esta vez vamos a luchar.

Rio un poco.

—¡Estoy de acuerdo!

—Con eso bastará —añadí, confiando en que no pareciera que intentaba convencerme a mí misma, aunque así fuera—. Una exhibición de poder. Es lo único a lo que reaccionan.

Sin quererlo, me toqué la marca.

«Nunca te van a respetar si no te temen, culebrilla —me susurró Vincent al oído—. Demuéstrales que tienen algo que temer».

Ya hacía tiempo que no oía su voz, ni siquiera en mi cabeza, y aquello me dejó un tanto aturdida.

Como si lo hubiera notado —porque, claro, lo había notado—, Raihn me colocó la mano en la parte baja de la espalda, a modo de apoyo.

—Tienen todas las de perder —me dijo.

Pero tampoco él parecía muy convencido, ¿o serían imaginaciones mías?

Me giré un poco con la intención de mirarlo a la cara, y aquel movimiento me pegó más a su brazo, con lo que terminé apoyada en su hombro, recostando la cabeza en él.

Me resultó muy agradable disfrutar de aquellos últimos minutos de complicidad. No era como el sexo, ni siquiera como dormir a su lado. Era algo aún más íntimo.

Plegó el brazo alrededor de mi cuerpo, ladeando la cabeza y, cuando habló, sentí su aliento en la frente.

—Solo quiero que sepas, Oraya, que tú has sido lo mejor, lo mejor de todo esto.

Se me encogió bruscamente el corazón, de forma tan súbita y violenta que fue como si acabara de recibir un golpe. Lo dijo tan serio que me abrió en canal.

Pero lo peor de todo fue lo mucho que sonaba a despedida.

—¿Me acusas a mí de ablandarme y vienes y me sueltas esas cursilerías...? —le respondí, más seca de lo que pretendía.

Rio, y yo lo miré furiosa, pero seguí sin moverme, y hasta me acurruqué un poco más contra su cuerpo. Y, cuando deslizó una mano hasta la mía, entrelacé los dedos con los suyos como si fuera la cosa más natural del mundo.

Nos quedamos así un tiempo indefinido, viendo pasar los minutos hasta el fin de todo aquello.

55

ORAYA

En cuanto se puso el sol, Jesmine despertó a los guerreros. La excitación sanguinaria de la noche anterior se había esfumado. Los soldados parecían concentrados, eficientes, un mecanismo bien engrasado que se ponía en marcha con un solo propósito. En silencio, tomaron las armas y se enfundaron las armaduras, y, una vez listos, aguardaron. No había mucho tiempo para atacar. Cada segundo contaba.

Los invocadores habían estado preparando los sellos durante todo el viaje, convocando a los demonios Nacidos de la Noche en cuanto el sol se ocultó tras el horizonte. Entonces entendí cómo había usado Jesmine tantísimos demonios en su asalto al arsenal hacía una eternidad, o así me lo parecía: con buen criterio, había reclutado para su ejército a montones de invocadores. Buena estrategia, porque los demonios eran mucho más prescindibles que las personas, sobre todo en un ejército tan tremendamente reducido. Por asquerosas que fueran aquellas bestias, agradecía su presencia. Necesitábamos soldados y, aunque los demonios no fueran tan inteligentes como los vampiros, eran igual de despiadados.

No nos molestamos en desmontar las tiendas; las abandonamos en la arena, dejando a nuestro paso un espeluznante océano de desechos, con lo que parecía que un millar de individuos hubiera desaparecido sin más en el desierto.

Sabíamos que no íbamos a volver, tanto si resultábamos vencedores como vencidos.

Nuestra ofensiva sería un ataque cuádruple. Las flotas de los aliados de Vale rodearían Sivrinaj por el mar y dividirían la atención de los soldados de Simon y Septimus. Raihn encabezaría el asalto aéreo junto con Vale, llevando a centenares de guerreros hiaj y rishan directos a la ciudad interior. Los demonios y un pelotón de soldados se acercarían por tierra, derribarían las barricadas y se abrirían paso hasta el castillo, dirigidos por Ketura. Por último, Jesmine y yo, que conocíamos mejor que nadie los pasadizos secretos de Vincent, guiaríamos a un batallón por los túneles y lo conduciríamos directamente al interior del castillo.

Con el anochecer, Sivrinaj se había convertido en un perfil plateado y fantasmal, iluminado de forma siniestra por el resplandor blanco del Fuego de la Noche. Sivrinaj no solía ser tan luminosa, ni siquiera en las noches festivas. Sabían que íbamos y estaban preparándose para recibirnos.

Genial, me dije. Adelante.

Los guerreros formaron filas y se prepararon para marchar. Raihn y yo ocupamos nuestros puestos al frente del batallón, con Jesmine y Vale a nuestro lado.

—Creo que estamos listos, alteza —dijo Jesmine en voz baja, y luego retrocedió.

El mundo parecía contener la respiración, aguardando expectante. Aguardando a que diera, a que diéramos la voz de mando.

¡Madre Oscura, qué experiencia más surrealista! Me abrumó de pronto.

Miré de reojo a Raihn y le vi en la cara aquel mismo pensamiento. Me sonrió sin ganas, arrugando un poco el ceño.

—Supongo que ha llegado nuestro turno, ¿no?

—Tal vez deberíamos soltar una arenga —mascullé.

—Tal vez sí. ¿Has preparado algo? —Resoplé—. Una lástima: se te dan bien las palabras. —Fruncí el ceño y le hizo gracia—. No cambies la cara, que así estás mejor.

Fijé la vista en el perfil de Sivrinaj, la ciudad que me había tenido presa toda la vida y que, de pronto, era presa también. Mi reino, a punto de ser liberado.

Desenvainé la espada de Vincent. Como siempre, al blandirla me inundó una especie de fuerza gélida que me recordaba dolorosamente la presencia de mi padre y cuyo poder me surcó las venas de repente.

La acogí.

El Fuego de la Noche recorrió el acero y mi magia se fundió con la de él.

«También tú tienes colmillos, culebrilla —me susurró al oído, y, por la Diosa, lo sentí más cerca que nunca—. Enséñales tu mordida».

Allí, en aquella ciudad, nos esperaban los hombres que creían que Raihn y yo no merecíamos la corona. Se habían apoderado de aquel reino por la fuerza, ya que no sabían hacerlo de otro modo.

Estaba harta de permitir que gente así me dijera lo que podía ser o lo que la Casa de la Noche podía ser.

Alcé la espada y la veta de Fuego de la Noche me pareció cegadora en contraste con el cielo nocturno.

—¡Recuperemos nuestro maldito reino! —bramé furiosa.

Raihn rio.

—¿No decías que no habías preparado arenga?

Desplegó aquellas alas suyas impresionantes y levantó la cabeza al cielo, pero, antes de que despegara, lo agarré del brazo.

—Ten cuidado —le espeté—. No merece matarte.

Sus ojos continuaban entrecerrados por aquella sonrisa fácil, pero no me soltaba la mano, que me acariciaba con el pulgar.

—Ve con todo, princesa —me dijo—. Hasta luego.

«Hasta luego». ¡Qué expresión tan desenfadada, pero qué gran promesa albergaba!

Nos soltamos y, cuando se lanzó al aire, una súbita ráfaga de viento me voló el pelo hacia atrás.

Volví a posar los ojos en la ciudad que tenía delante, nuestro objetivo.

A mi espalda fue creciendo un rugido, como un trueno lejano, cuando cientos de guerreros alados se adentraron en la noche detrás de Raihn. Noté que Jesmine me miraba expectante.

Alcé a Arrebatacorazones y me dispuse a atacar.

56

RAIHN

El viento bramaba a mi alrededor, echándome el pelo hacia atrás. Vale se puso a mi altura y nuestros guerreros nos siguieron, con las alas desplegadas, surcando el aire. Volábamos rápido, directos al castillo, robándoles tanto terreno como podíamos antes de que Simon enviara a sus hombres por nosotros.

Desde allí arriba, veíamos la flota a lo lejos, las velas moradas teñidas de azul bajo la luz de la luna, bordeando la costa de Sivrinaj. Unos destellos distantes brillaban en la oscuridad: los explosivos y la magia arrojados sobre el castillo. Nada con lo que se pudiera someter la ciudad, pero sí suficiente para generar una distracción y dividir la atención y los recursos tan valiosos de Simon y Septimus.

A nuestros pies, Ketura y sus hombres se vieron reducidos a una sola oleada de destrucción. Las explosiones de Fuego de la Noche iluminaban la noche con estallidos cegadores que inundaban de blanco Sivrinaj, al tiempo que los demonios arrasaban las barricadas de piedra y madera para abrir brechas hacia la ciudadela. Era, en cierto sentido, tristemente hermoso, como si una mano se abriera paso por la arena.

Pero era cuestión de tiempo que las tropas de los Nacidos de la Noche invadieran las calles y salieran a su encuentro. Con los rishan ocupando el cielo, Ketura se llevaría sin duda la peor parte del ataque de los hombres de Septimus. Estaba preparada. El estrépito del caos desenfrenado de tierra dio paso al fragor de la batalla, alaridos lejanos y estruendo de acero mezclado con explosiones y gruñidos de demonios.

La igualaban en número.

Pero no la superaban. Aún no.

Recé a la Madre para que siguiera siendo así.

Vale se me acercó.

—Alteza... —me dijo con voz grave y seria, y por su tono supe, sin necesidad de girar la cabeza, qué había visto exactamente.

Nos habíamos dirigido a toda velocidad hacia el castillo, ocupando tanto cielo como nos había sido posible antes de que los rishan de Simon nos salieran al encuentro. Habíamos llegado lejos; sobrevolábamos ya las agujas altas de la ciudadela. Más lejos, la verdad, de lo que esperaba.

Pero lo fácil se había terminado.

Una oleada de soldados rishan se alzó desde los jardines del castillo como una densa columna de humo, una masa móvil de alas y acero que difuminaba las estrellas.

Se me cayó el alma a los pies al ver aquella marea de soldados. Pese a que todos confiábamos en que se equivocara, Vale había acertado del todo con el número de guerreros rishan que Simon podía reunir. Habíamos confiado en que se basara más en la bravuconería y las apariencias que en los números.

La imagen echó por tierra todas nuestras esperanzas. Aquello era un ejército de verdad.

No obstante, atacando por el aire solo tendríamos que lidiar con las limitadas tropas rishan de Simon, y para eso estábamos preparados.

Exploré las filas con la vista en busca de mi objetivo, el único hombre al que debía matar para acabar con aquello de una vez por todas, pero no vi a Simon por ninguna parte en medio de aquel mar de rostros.

Me sorprendió. Estaba convencido de que lo encontraría al frente del batallón, dispuesto a demostrar su poderío. ¡Pensaba que querría asegurarse de ser él mismo quien acababa conmigo!

Levanté la vista más allá de la avalancha de soldados que se nos echaban encima, hacia las agujas plateadas del castillo de los Nacidos de la Noche, que se alzaba por encima de aquella masacre.

Quizá se ocultara, acobardado, en su torre, esperando a que fuera a buscarlo.

También podíamos hacerlo así.

Los soldados de Simon cobraron velocidad, azotando el aire como flechas. Nosotros tampoco redujimos la nuestra, preparados para enfrentarlos.

Si querían pelea, la iban a tener.

—¡Prepárense! —bramó Vale, batiendo sus alas plateadas bajo la luz de la luna, con el arma empuñada.

Un manto de acero se alzó cuando el enemigo se lanzó contra nosotros; nadie redujo la velocidad, nadie titubeó.

Yo estaba más que preparado.

Alcé la espada y nos zambullimos en aquel muro de muerte.

57

ORAYA

No tenía ni idea de que los túneles se extendieran más allá de los límites del castillo. Sabía que Vincent no me lo había confiado todo, pero a veces aún me sorprendía la cantidad de cosas que me había ocultado. Siempre me decía que los pasadizos solo recorrían las tierras del castillo, pero Jesmine nos hizo entrar en una cabaña a las afueras de la ciudad y nos llevó hasta los túneles haciéndonos pasar por una trampa de la alcoba, sucia y completamente amueblada.

Ni siquiera tenía tiempo para preocuparme por aquello en esos momentos. Pues claro que Vincent no me había informado de la existencia de otros túneles: quería tenerme quietecita, a salvo entre los muros de su castillo.

¿Por qué me sorprendía?

Avanzamos rápido, aunque los túneles, con lo estrechos que eran, resultaban ineficaces para semejante número de personas. Nos habíamos preparado para una posible confrontación allí abajo, porque ignorábamos cuánto había descubierto Septimus del sistema de pasadizos, pero no nos topamos con un alma. Un golpe de suerte: una batalla en aquellos pasajes tan angostos habría sido un desastre.

Pese a que los pasillos estaban demasiado oscuros para mis ojos humanos, el Fuego de la Noche de mi espada iluminaba el camino. No era mi intención echar a correr, pero fui apretando el paso a medida que nos acercábamos al corazón de Sivrinaj.

En cuanto entramos en la ciudadela, comenzamos a oír el ruido de arriba. Al principio era un sonido ahogado y sordo, el retumbo de la madera rota y la piedra destrozada, el estallido esporádico de explosivos. Eran las tropas de Ketura, que recorrían las calles por encima de nosotros, derrumbando, con la ayuda de los demonios y las bombas de Fuego de la Noche, las barreras que nos separaban del castillo.

El estruendo me puso la carne de gallina, de emoción, no de miedo. Aquello era lo que debíamos oír. Al menos indicaba progreso.

Los ecos no tardaron en hacerse más fuertes a medida que se ensanchaban los túneles, ya mejor iluminados. Estábamos llegando a la ciudadela, avanzando ininterrumpidamente hacia nuestro destino final.

Fue entonces cuando la cosa empezó a cambiar.

El estrépito de arriba era de pronto lo bastante fuerte como para hacer vibrar las paredes y que del techo de las partes peor conservadas se desprendiera una cascada de tierra cuyo impacto hizo titilar el Fuego de la Noche. Se me hizo un nudo de angustia en el estómago, a pesar de que no dejaba de recordarme que ya sabíamos que todo se iba a complicar a medida que avanzáramos, y ya estábamos preparados para eso. Sin embargo, cuando un BUM especialmente fuerte sacudió el mismísimo suelo y nos lanzó a Jesmine y a mí contra las paredes, nos miramos recelosas.

Jesmine apretó el paso, gritando órdenes urgentes a todos los que nos seguían, pero yo titubeé. No fue por el estruendo exactamente, sino por algo más profundo, algo que estaba en el aire y no conseguía identificar. Se me metió por dentro, más persistente que la angustia de la batalla. Una fuerza pulsátil que desafiaba mi magia. Un humo tóxico que se me adhería al interior de los pulmones.

Era sigiloso, invisible, y estaba por todas partes.

Hacía cinco años, un volcán de una de las islas de los Nacidos de la Sangre había hecho erupción y se había llevado por delante a todo ser viviente, salvo a los pájaros, que habían desaparecido seis horas antes; habían huido en una sola bandada que oscurecía el cielo.

¿Sería aquello lo que habían sentido las aves ese día?

Redoblé el paso, di alcance a Jesmine y luego la adelanté. Me miró de una forma que me hizo pensar si habría tenido la misma sensación que yo. Jamás le había visto demostrar nada siquiera parecido al miedo. Claro que aquello no era miedo, no del todo, pero se le parecía lo suficiente para resultar casi igual de inquietante.

—¿Has...? —empezó, pero la interrumpí.

—Hay que subir —le solté, sin ser consciente aún de lo cierto que era—. Hay que subir YA.

58

RAIHN

Había perdido la cuenta del número de hombres a los que había matado. Era como volver al Kejari y a la violencia infinita, indiscriminada y desaforada.

En el fondo, quizá tampoco era mejor que Neculai, Vincent o Simon. Tal vez no era más que otro rey maldito. Porque me encantaba, demonios.

Apenas me notaba el bramido de los músculos o el mordisco de las heridas. Algo más primitivo se apoderaba de mí. El raciocinio desaparecía. La magia me corría por las venas, agradeciendo la oportunidad de liberarse al fin, de desatarse por completo, y aquello era lo que quería hacer. ¡Matar! ¡Recuperar! ¡Poseer!

Ya no me guiaba por la vista, porque tampoco habría podido aunque quisiera. Con las manchas de sangre negra que llevaba en los ojos, mi campo visual no era otra cosa que unos destellos fragmentados de alas, armas y acero enterrado en carne. El blanco negruzco cegador de mi Asteris acompañaba todos mis ataques. Los enemigos derrotados se desplomaban como si fueran muñecos de trapo sin vida y caían sobre los tejados de los edificios.

El tiempo, lo físico, el espacio dejaron de existir. Yo no pensaba más que en el siguiente asalto, la siguiente muerte, los siguientes centímetros que podía ganar en mi avance hacia el castillo, ¡mi castillo!

Donde estaba ÉL.

El cambio fue inmediato, tan intenso que logró sacarme de mi trance sanguinario y paralizarme los músculos en el momento más inoportuno, interrumpiendo mi defensa del soldado rishan que me atacaba y que me asestó un tajo muy feo en el hombro.

Agarré al soldado, lo atravesé con la espada y lo dejé caer al suelo, pero ya no lo miraba a él, sino que alzaba la vista... al castillo.

Simon estaba allí, plantado en el mismo balcón en el que había intentado matarme. Aun en medio de aquella carnicería, de aquella abundancia de cadáveres, sabía que estaba allí. Lo notaba del mismo modo que notas la ondulación del agua en una charca cuando algo terrible te ronda bajo la superficie.

Y aquello era, sin duda, algo terrible.

Nunca había notado nada semejante, pero aquello, desde luego, se me ancló a los huesos de inmediato. Había despertado en mi interior algo primitivo y, de pronto, esa bestia identificaba una amenaza, una que no encajaba, ni allí ni en ninguna parte.

¿Qué era?

Yo iba demasiado acelerado como para tener miedo. Había dedicado más tiempo de la cuenta a temer a Simon y a otros como él, aunque me costara reconocerlo, para mis adentros o delante de los demás.

Me abrí paso entre los guerreros antes de que a Vale le diera tiempo de llamarme. Lancé tajos a cuerpos, alas, armas..., cualquier cosa que se interpusiera entre Simon y yo.

Estaba resuelto a matar a ese bastardo.

Me aguardaba en el balcón, con las alas de color ámbar desplegadas, la espada desenvainada, el pelo muy peinado hacia atrás, de una forma que resaltaba los rasgos angulosos y crueles de su rostro.

Volé hacia él sin detenerme, batiendo fuerte las alas, a tal velocidad que no vi más que su sonrisa lenta de depredador una décima de segundo antes de que chocaran nuestros aceros, con un estrépito ensordecedor y un estallido de Asteris que nos bañó de una luz negruzca. Nuestros cuerpos entraron en colisión. Su espada se encontró con la mía y se produjo un rechinido de metal contra metal.

Contraatacó de inmediato. Seguía siendo un guerrero fuerte. A pesar de su edad, me paró todos los golpes, igualó mis movimientos. Ni siquiera mi magia logró detenerlo, aunque, espoleada por el odio, brotaba de cada uno de los tajos de mi espada, salpicando cada asalto.

Estaba herido, cansado, pero a mi cuerpo le daba igual.

¡Lo iba a matar!

Entre el rojo de mi rabia y el negro de mi Asteris, el rostro de Simon se parecía muchísimo al de su primo. Era mi antiguo amo quien me sonreía lascivo en los segundos que separaban los ataques y las defensas, provocándome, instándome a continuar.

¿Cuántas veces, por aquel entonces, había imaginado cómo sería matar a Neculai? Montones. Setenta años. Veinticinco mil días para acostarme en la cama, cerrar los ojos y pensar en cómo sonaría cuando la sangre le inundara los pulmones, en cómo sería desollarlo centímetro a centímetro, en si se mearía encima en el último momento.

Lo había pensado tantísimas veces...

No había sido yo quien se había dado el gustazo al final, sino otro rey cruel, y yo me había dicho que me daba igual, que se destrozaran entre ellos.

Me engañaba.

Habría querido hacerlo yo.

Y, de pronto, se me presentaba una ocasión casi igual de satisfactoria.

La primera vez que conseguí acertar en carne, abriéndole un río de un negro rojizo en el brazo, me eché a reír, ¡a carcajadas!

Aquella gota de sangre despertó algo en mí. Mi siguiente tajo fue más fuerte, más rápido; mi espada buscaba su cuerpo como un animal muerto de hambre. Cuando logró devolverme el ataque, apenas lo noté; al contrario, aproveché la fuerza del impacto para defenderme.

Estaba tan absorto en mi propio frenesí que tardé demasiado en caer en cuenta de qué era exactamente lo que no encajaba, en reparar en que a Simon parecía no preocuparlo en absoluto que lo hubiera herido. Ni siquiera cuando le solté otro espadazo que lo hizo retroceder tambaleándose.

Lo estampé contra la pared; por mi espada rodaban lenguas de noche y el olor de su sangre me impregnó las fosas nasales.

Aquel era el final.

Quería mirarlo a los ojos cuando muriera, darme esa satisfacción.

Quería verle el miedo en la cara cuando entendiera que el esclavo del que había abusado hacía doscientos años iba a ser quien le quitara la vida.

Pero, al mirarlo a los ojos, no vi miedo. No vi gran cosa, de hecho. Estaban ausentes e inyectados en sangre, vidriosos, como si, más que mirarme a mí, me atravesara con ellos para contemplar algo a un millón de kilómetros del horizonte.

Un zumbido amargo resonó en el aire, perturbando mi magia, enterrándose en lo más hondo de mis venas.

Titubeé. Y, por fin, oí una voz en mi interior, una que me insistía: «Esto no está bien».

Alcé la vista un instante y advertí movimiento por el cristal de la ventana que había sobre el hombro musculoso y cubierto de armadura de Simon. Septimus estaba plantado en el centro del salón de baile vacío, disfrutando de la escena a través de aquellos ventanales, muy sereno. Me sonrió y brotó entre sus dientes una voluta perezosa de humo del puro.

«Esto no está bien».

Simon ni se inmutaba, a pesar de que lo tenía inmovilizado.

El latido del aire se volvió más denso, más fuerte. Las ondulaciones antinaturales que controlaban mi magia parecían que jalaban con más fuerza, como pulmones que se inflaran con una inhalación, atrayéndome cada vez más.

Reparé en el aspecto de Simon por primera vez desde que lo había visto; me despejé de pronto. Llevaba unas pieles de batalla rishan clásicas, antiguas, un material exquisito, pero curiosamente se había dejado desabotonada la pechera y se le veía un triángulo de piel, una piel marcada con unas venas negras y pulsátiles. Y todas aquellas venas conducían a un trozo de plata y marfil, enterrado en la carne de su tórax.

Resultaba tan grotesco, tan inquietantemente raro que, al principio, no le encontraba sentido a lo que estaba viendo.

Y entonces lo reconocí: la plata era el dije de Vincent, aplastado, fundido, envuelto y salpicado de la sangre de Simon. Y el marfil eran... ¡dientes! Dientes incrustados en el metal.

El recuerdo de la voz de Septimus me inundó la memoria: «He encontrado algunos. En la Casa de la Sangre. Dientes». «¿Y qué demonios se puede hacer con los dientes del dios de la muerte?», le había replicado Oraya.

Y, en un súbito instante de lucidez, caí en cuenta: ¡aquello!, aquello era lo que se podía hacer con los dientes de un dios.

Habían creado un maldito monstruo.

La idea me cruzó el pensamiento de manera fugaz, mientras al rostro de Simon asomaba por fin una sonrisa heladora, ribeteada de sangre, y soltaba un estallido de magia que reorganizaba el universo entero, y que la Diosa me asistiera.

59

ORAYA

Corría.

Corría por aquellos túneles, aun habiendo dejado atrás a Jesmine, aun sin saber siquiera adónde me dirigía, solo que subía y salía, ¡lo más rápido posible!

Estábamos, por suerte, cerca del final. Casi lloré de alegría al ver las escaleras delante de mí. Trepé aprisa por ellas, abrí de golpe la puerta que había en el otro extremo y dediqué apenas unos segundos a calcular mi posición, al pie del castillo. ¡Madre Oscura, todo era caos allí fuera!, un caos que me arrojó a un mar de sangre, acero y muerte, de Nacidos de la Sangre, rishan, hiaj y demonios, todos ellos despedazándose unos a otros.

Apenas le presté atención.

En cambio, alcé la mirada a lo alto del castillo, al balcón en el que le había salvado la vida a Raihn no hacía mucho. No veía nada desde aquel ángulo, pero lo presentía, el epicentro de aquella sensación nociva.

Desplegué las alas y salí volando antes de cuestionármelo siquiera.

Nunca había volado tan rápido, más de lo que me creía capaz.

Subí al balcón y, de inmediato, me tiró un...

¿QUÉ ERA ESO?

Como Asteris, pero más fuerte, rojo, no negro. Algo que parecía rasgar el aire mismo y reorganizarlo. Duró apenas un segundo, o eso me pareció a mí, pero, cuando recobré la consciencia, las alas no me funcionaban y estaba cayendo.

Espantada, me enderecé y batí las alas justo a tiempo para no estamparme contra una columna. Volví a ascender enseguida al balcón.

Raihn. Raihn estaba enfrentado en batalla con... ¡Por la Diosa!, ¿aquel era Simon? Se veía tan distinto..., no solo por la armadura, muy diferente de las galas que le había visto en otras ocasiones, ni siquiera por las volutas de magia roja que lo rodeaban, sino porque daba una sensación rara, como si lo hubieran empujado más allá de un umbral que ningún mortal habría de cruzar, como si una parte de él ya no existiera.

Hasta la última pizca de mi consciencia se resistía a su presencia, y aquel instinto reaccionó con violencia al verlo inclinarse sobre Raihn, con la espada en alto y una bruma roja siniestra adherida al acero.

No recuerdo haber aterrizado, haber salido corriendo ni haber atacado, solo el agradable chorro de sangre que me roció la cara cuando Arrebatacorazones dio en el blanco y atravesó a Simon por la espalda, justo entre las alas: un tajo mortal para cualquiera, humano o vampiro.

Pero Simon, enseguida lo vi, no era únicamente vampiro en esos momentos.

Profirió un alarido furioso y, soltando a Raihn, se giró con brusquedad hacia mí, mientras yo extraía de golpe la espada de su cuerpo y retrocedía de un salto. Cuando sus ojos inyectados en sangre, ausentes y maliciosos, se posaron en mí, me sentí como si estuviera mirando a la propia muerte.

Y entonces lo vi: aquella... cosa incrustada en el pecho, fundida con su piel. Metal y... ¿hueso?

Mi magia reaccionó a su proximidad. De repente la presencia de Vincent se me hizo muchísimo más palpable..., pero retorcida, encolerizada. Retorcida como se había retorcido el dije, hecho pedazos, fundido con... ¿dientes?

¡Los dientes de un dios!, caí de pronto en cuenta.

Maldito Septimus.

Parecía un disparate, absurdo. El horror de aquello me asaltó de pronto. No me dio tiempo de digerirlo. Levantó la espada, pero, antes de que pudiera atacar, me abalancé sobre él. Reaccionó de inmediato y se encontraron nuestros aceros, cada choque más violento que el anterior.

Mi cuerpo se resentía con sus golpes y por la fuerza necesaria para detenerlos. Tuve que concentrarme muchísimo, pero no dejé de ser consciente en ningún momento de la presencia de Raihn, al que veía con el rabillo del ojo, tirado en el suelo. Cuando se puso en pie despacio, suspiré aliviada.

Tan solo una décima de segundo, hasta que Simon me atacó de nuevo.

Me dolían los músculos una barbaridad. Su magia rivalizaba con la mía, aunque el Fuego de la Noche brotara de mi piel y nos envolviera. Las quemaduras no parecían afectarlo, ni siquiera cuando las llamas empezaron a devorarle la carne delicada del contorno de los labios y de los ojos. Me miraba a través de ellas y sonreía.

Una sonrisa vacía, muerta.

¿Dónde me acertó primero uno de sus tajos? En el costado, quizá, y me hizo tambalearme lo justo para que me costara evitar el siguiente ataque. Cuando, al volver a levantar la vista, vi su espada en alto, me dije: «Es todo. Se acabó».

En el preciso instante en que un destello de rojo negruzco aparecía de pronto por su costado izquierdo, espada empuñada.

Raihn se arrojó sobre Simon, y ambos se enredaron en una danza de destrucción.

Yo no había podido oír nada con tanta violencia, y mi propia respiración y mis latidos resonándome en los oídos, pero, cuando me tranquilicé, eché una ojeada abajo, a la ciudad de Sivrinaj...

Era una masacre.

Nuestro enemigo había aguantado bien, y de pronto el ejército de los Nacidos de la Sangre al completo manaba de las tierras del castillo e iba entrando por las calles de la ciudad como una oleada de fuego. Los soldados de Ketura se habían visto obligados a retroceder; los gritos de los vampiros moribundos ahogaban los chillidos de los demonios derrotados. Las tropas de Jesmine habían salido de los túneles y se habían topado con un ejército temible que las aguardaba y las superaba en número considerablemente.

Y eso que Simon, y aquella magia terrible y retorcida que tenía, fuera lo que fuera, aún no habían bajado allí.

Estábamos arruinados.

Estábamos arruinados por completo.

Había que iniciar la retirada. Ya.

Raihn había visto lo mismo que yo, o quizá mi cara de pánico le había dicho todo lo que necesitaba saber.

Cuando me abalancé de nuevo sobre Simon, me gritó con voz ronca:

—¡Vete!

La única palabra que fue capaz de pronunciar.

Yo sabía que significaba: «Vuelve con nuestro ejército y llévatelos de aquí».

No le hice ni caso.

Solo teníamos una oportunidad de salvar aquello, y era matando a Simon allí mismo y en ese momento. No iba a salir corriendo. No iba a dejar que aquel individuo se quedara con mi trono y con ese poder retorcido que había obtenido de la magia de mi padre.

Ya estaba harta. Me había pasado la vida aguantando que esa gente creyera que podía arrebatármelo todo, y la mera idea de cederle un solo segundo más me encolerizaba.

El pulso me retumbaba en los oídos y hacía que me hirviera la piel.

«Este es mi reino —me susurró Vincent, y sus palabras me resonaron en la piel, en las venas, en el corazón—. Este es mi castillo. No dejes que nadie me lo quite».

«Mío», replicó mi latido.

Era mío.

No iba a permitir que nadie me lo arrebatara, y ni de broma iba a permitir que mataran a Raihn para conseguirlo.

Raihn se giró bruscamente al ver que otro pelotón de soldados rishan salía corriendo hacia él por las puertas del castillo, distrayéndolo en aquel momento crítico.

A mí no, apenas reparé en ellos.

Dejé que la rabia me cegara, me impulsara, me ahogara mientras me abalanzaba sobre Simon. Me centré en la agradable sensación de abrirle la carne con mi espada, de dejarme inundar y poseer por el Fuego de la Noche, de notar cómo florecía mi magia en lo más hondo de aquella ira descontrolada.

Simon se estremeció y reculó.

Alguien rio y tardé unos segundos en darme cuenta de que era yo. Esbocé una sonrisa al verlo erguirse y enfrentarme, concentrando todo ese poder terrible en un solo punto.

No me daba miedo.

Atacamos al mismo tiempo; nuestras armas volvieron a encontrarse, cada golpe implacable. Al principio, me perdí en la bruma embriagadora de la venganza, y me encantaba; cada herida era como un trago de alcohol, un subidón antinatural.

Pero Simon no me daba tregua.

Raihn, rodeado de soldados rishan, no iba a venir a ayudarme.

Y Simon no dejaba de atacarme, una y otra vez.

La primera pizca persistente de miedo me asaltó con un tajo de Simon tan fuerte que me pareció que algo se me resquebrajaba al detener su espada. El dolor me recorrió como un calambre y me robó el aliento.

No tuve tiempo de recuperarme ni de contraatacar.

Porque la embestida continuaba, y tras aquel golpe devastador vino otro, y otro. Pronto solo pude limitarme a esquivarlos, pararlos, retroceder tambaleándome para recuperarme...

Pero me había hecho perder el equilibrio, y no tenía tiempo para recobrarlo.

Caí en cuenta, despacio pero con certeza, de que estaba perdiendo.

Me hizo un tajo en el hombro, en el brazo, en la cadera. Todos llegaron con una punzada de dolor arrebatadora, de muy adentro. Su magia, aquel nocivo humo rojo, nos rodeaba a los dos. El engendro de su pecho latía de forma antinatural.

Sentía la rabia gélida de Vincent, su necesidad de dominar, revolviéndose en mi interior, pero sin poder salir. La magia de Arrebatacorazones era poderosa, pero no tanto como lo que fuera que Simon se había hecho a sí mismo.

Retrocedí de un salto para esquivarlo y me vi de pronto pegada al barandal del balcón. ¡Mal-di-ción! No tenía escapatoria.

Sopló una ráfaga de aire caliente que me echó el pelo hacia atrás y le soltó a Simon unos mechones de la cola de caballo, lo cual hizo que pareciera aún más monstruoso, alzándose imponente sobre mí, con una sonrisa sangrienta, cada vez más ancha, en los labios.

A su espalda, Raihn me miró a los ojos, mientras repartía tajos entre los soldados rishan...

No iba a ser lo bastante rápido.

¡Por la Diosa, me esperaba una muerte segura!

«Pero ¡qué muerte!»

Me pregunté si aquello me lo decía Vincent o yo misma.

Simon alargó la mano, me agarró la cara y me obligó a mirarlo, como intrigado.

Se le oscureció la sonrisa.

—Solo una humana —dijo—. Nada más.

«La muerte de una luchadora», me prometí, mientras Simon levantaba su espada y yo la mía.

Su ataque fue devastador.

Un estallido de magia me cegó. Un chasquido ensordecedor hizo que me zumbaran los oídos. Algo afilado salió disparado hacia mí y me abrió cortecitos en las mejillas, en los brazos. Apenas los sentía, porque el dolor estaba por todas partes.

Simon había retrocedido dando tumbos, doblado de dolor, pero ya era tarde.

También yo caía, por el barandal, como ralentizada. Lo último que vi fue a Raihn, espantado, aterrado, extrayendo la espada de un cuerpo y saliendo a toda prisa detrás de mí...

Parecía muerto de miedo.

Le extendí la mano, pero ya estaba cayendo.

En medio de aquella ingravidez, varios mundos se fundieron: uno en el que no oía nada con los alaridos, las explosiones y las órdenes desesperadas, y otro en el que no oía otra cosa que la voz de mi padre, de un recuerdo antiguo, en que no notaba más que su mano agarrándome, tan fuerte que me dolía, claro que así era el cariño de Vincent, oculto en las aristas y siempre igual de doloroso.

«Te he dicho que no subas tan alto —me dijo aquella voz áspera—. ¿Cuántas veces te he dicho que no hagas eso?»

«Sí... —me dieron ganas de contestar—. Lo siento. Tenías razón».

—¡Oraya!

El grito de Raihn surcó el aire, a pesar del bullicio de la caída del reino. Me obligué a abrir los ojos y vi manchas de color.

Se lanzaba en picada detrás de mí, con las alas desplegadas, cubierto de sangre, ofreciéndome una mano.

Algo en aquella imagen me resultaba muy familiar, y de pronto caí en cuenta: el cuadro del rishan que se precipitaba al vacío con una mano extendida. Siempre había pensado que se la ofrecía a los dioses.

Pero intentaba alcanzarme a mí.

Todo se volvió negro.

60

RAIHN

¡Retirada!

Sobrevolé el campo de batalla, una inmensa carnicería, con el cuerpo inerte de Oraya en mis brazos. Iba tan cubierta de sangre que ni siquiera sabía si estaba herida, solo que lo que fuera que le había hecho Simon la había destrozado.

No estaba muerta.

No podía estar muerta.

Le sentía el pulso, lento y débil. Me negaba a aceptar que pudiera detenerse. No cabía esa posibilidad.

No estaba muerta.

Sabía que Simon venía tras de mí, que se había arrojado a la lucha, y sabía, lo supe en cuanto lo vi aterrizar, que aquello era el fin de todos nosotros.

¡Retirada!

Vi a Vale en medio de la masacre, haciendo pedazos a un rebelde rishan que le había caído del cielo. No reconocí mi voz cuando lo llamé a gritos. Se giró y nos vio a Oraya y a mí en menos de un segundo, y su rostro se contrajo de inmediato en una mueca de pánico sombrío. Luego alzó la vista por encima de mi hombro y abrió mucho los ojos.

Simon.

—¡Retirada! —le grité como pude—. ¡Ya! Llévate a todos los que puedas.

Y no dejé de volar.

Necesitaba un sitio seguro, cerrado, secreto, uno donde a nadie se le ocurriera buscarla, donde pudieran atenderla ya, ¡enseguida!, porque no iba a dejarla morir en mis brazos después de todo lo que habíamos pasado juntos.

No podía volver al campamento: allí nadie podría ayudarla, al menos lo bastante rápido. Tampoco iba a llegar a tiempo al punto de encuentro. No podía ir a ningún sitio de Sivrinaj, donde Simon y Septimus la estarían buscando.

Mis pensamientos eran disparatados. Elegí nuestro destino sin saber bien cómo ni por qué. No fue una decisión consciente, solo el recuerdo de un nombre y un lugar garabateados en una carta de hacía veinticinco años, y una esperanza ciega, y la más absoluta desesperación.

Alguna parte recóndita de mi mente tomó la determinación sin consultarme, porque yo no podía pensar en otra cosa que en Oraya en mis brazos, en su cuerpo inerte y en sus latidos, uniformes y cada vez más lentos y débiles.

Vartana no estaba lejos de Sivrinaj, solo unas cuantas ciudades más allá. Era una localidad pequeña, que apenas se veía desde arriba, uno de esos lugares a los que uno solo iba si tenía motivo. Casi me sorprendió aterrizar, torpemente, en la tierra de las calles de los distritos humanos.

Tenían que ayudarla. Debían hacerlo.

Me encontraba en la plaza del pueblo. Aquel era un sitio tranquilo después de medianoche. Apenas miré a mi alrededor: los edificios de ladrillo, las calles de tierra compactada, la fuente del centro de la plaza... En el borde había una pareja sentada cuya aventura nocturna había interrumpido sin dudas, y que me miraba espantada.

Yo solo era vagamente consciente del aspecto que debía de tener, aterrizando delante de ellos, aferrado al cuerpo ensangrentado de Oraya, con los ojos desorbitados, inmenso, cubierto de sangre.

El hombre se colocó delante de la mujer, protegiéndola ligeramente con su cuerpo, y retrocedieron los dos, asustados.

—Ayuda —dije con un hilo de voz—. Necesito ayuda. —El nombre... Maldición, ¿cómo se llamaba?—. Alya —espeté—. Alya. ¿Hay alguien aquí que se llame así? Una sanadora... O la había...

No conseguía enhebrar una maldita frase.

¿Qué estaba haciendo? ¿Qué clase de disparatada suposición era aquella? Veinte años eran mucho tiempo. Quién sabe si seguía siquiera...

La respiración de Oraya se entrecortó, se ralentizó, y el pánico se apoderó de mí.

—¡Contesten! —espeté, acercándome un paso.

La mujer estuvo a punto de lanzarse a la fuente por huir de mí; el hombre la agarró del brazo y se plantó delante de ella, cubriéndola por completo.

Estaban aterrados, y no me extrañaba. O no me habría extrañado si hubiera sido capaz de pensar siquiera. No podía ni respirar, ni pensar en nada salvo...

—Yo soy Alya —se oyó una voz a mi espalda.

Al girarme bruscamente, vi a una mujer de mediana edad en la puerta de una casa, observándome con recelo. Llevaba el pelo canoso por la cintura y tenía el rostro lleno de arrugas.

Inspiré con dificultad y solté el aire.

—Necesito... Soy...

—Sé quién eres. —Miró entonces a Oraya y suavizó el gesto—. Y también quién es ella.

Mi suspiro de alivio fue casi un sollozo.

—¿Podrías...?

—Entra —me dijo, haciéndose a un lado—. Rápido. Y deja de gritar, que vas a alertar a medio distrito.

Sexta parte

LUNA LLENA

INTERLUDIO

No es complicado derrocar un reino.

Ya es propenso al derrumbe. Y un esclavo es la persona perfecta para derribar esos últimos pilares que lo sostienen: está al corriente de los mayores secretos del castillo y, sin embargo, es completamente invisible. Al esclavo le maravilla que ni siquiera se le haya ocurrido hacer eso antes. Con lo fácil que es. Y lo merecido. Muchísimo más elegante que la espada clavada en el pecho de su amo con la que había soñado siempre.

Le pasa información a ese prometedor participante hiaj durante los cuatro meses del Kejari. Lo pone al tanto de las guardias, de la disposición de las estancias del castillo, de los puntos débiles de la fortificación... Observa las medidas que toma su amo para protegerse a medida que pasan los días y aumenta su paranoia, y luego también se las transmite al hiaj.

Es cuidadoso. Jamás revela su rostro ni su nombre. No le cuenta ni una palabra a nadie, ni siquiera a la reina en sus encuentros matinales secretos. La puñalada traicionera que le da a su captor es tan lenta y silenciosa que este ni siquiera la nota.

Pasan semanas, meses. El participante hiaj resulta victorioso una y otra vez, como todo el mundo esperaba. El rey se vuelve más cruel; el miedo lo hace más malicioso. El odio del esclavo se convierte en una obsesión muda.

Y por fin llega el momento.

La noche de la final del Kejari. La noche en la que tanto el futuro rey como el esclavo le asestarán el golpe definitivo y devastador: el del participante hiaj llegará en forma de victoria sangrienta y deseo concedido por una diosa; el del esclavo, en forma de carta repleta de secretos a cambio de la seguridad garantizada de todos los que le son más próximos.

La quietud resulta espeluznante en los minutos previos al cambio del mundo. La puesta de sol está inmóvil y estancada. El esclavo ha dado su último paso. Ya solo queda esperar.

Y, en esos instantes de tranquilidad, por fin se lo revela a la reina. Han pasado la noche juntos, ella con la cabeza en su pecho, él acariciándole el hombro con la mano mientras ella mira desvelada el techo, pensando en todo lo que va a cambiar dentro de poco.

Él la despierta con delicadeza cuando el sol desaparece en el horizonte, cuando solo queda una hora para que el reino se desmorone.

Las palabras le brotan de los labios. A él le parece que le está ofreciendo un obsequio muy valioso que ha guardado mucho tiempo. Y luego, por fin, entrelaza sus dedos con los de ella.

—Tendremos que marcharnos esta noche —le dice él—. En cuanto termine el Kejari. Estará distraído, si es que sigue vivo. Podemos escapar de Sivrinaj antes de que empiece lo peor.

Él espera alegría, pero ella se muestra horrorizada y niega con la cabeza.

—Arréglalo —le dice—. Eso no puede ocurrir.

El esclavo pasa unos segundos sin saber qué decir.

—Ya está hecho —contesta—. No hay vuelta atrás.

Ella arruga el gesto como si esperara aquella respuesta, pero la verdad le duele igual.

—No puedo —dice—. No puedo irme contigo. Tengo que quedarme aquí.

A él se le cae el alma a los pies.

Pasa esos últimos minutos de su antigua vida suplicándole, ¡rogándole!, que se marche con él. Y ella se niega hasta el final, hasta el momento en que se zafa de él.

No les queda tiempo. La prueba final está a punto de comenzar. Y, por fin, ella lo sujeta de la cara y lo besa con vehemencia.

—Vete tú —le susurra—. Yo no puedo abandonarlo. Ahora no.

El esclavo recordará aquel instante durante siglos. ¿Por qué? ¿Por qué iba a preferir ella morir enjaulada a buscar la libertad?

Se resiste a dejarla, pero ha dedicado mucho tiempo a todo aquello. Sentado detrás de su amo en las gradas del coliseo para la prueba final, mira fijamente la nuca de la reina y se imagina llevándosela al hombro cuando se vaya.

No presta atención a la batalla, pero se da cuenta de que ha terminado por los gritos de los espectadores, sanguinarios, ensordecedores. El cielo se transforma, y fragmentos de luz antinatural dan vueltas por él. El aire contiene la respiración, anticipando la llegada inminente de una diosa.

El rey se pone en pie, con los ojos clavados en el cielo.

Pero, mientras todo el mundo contempla el firmamento, la reina voltea hacia el esclavo y le dice solo con los labios: «¡Vete!».

Y él se va.

Viaja primero a pie, priorizando el sigilo a la velocidad. No tiene posesiones y apenas cuenta con dinero. No tiene adónde ir, salvo «a cualquier sitio menos aquí».

Cuando el vencedor hiaj obtiene su premio, el esclavo oye el clamor en el aire. Los gritos y los vítores desgarran el momento, como si la Casa de la Noche fuera una bestia moribunda que suelta su último estertor.

«No mires atrás —se dice él—. Da igual».

Pero, sin saber por qué, mira.

Para entonces ya está a las afueras de la ciudad, con las alas desplegadas, a punto de lanzarse al cielo y escapar. El impulso es súbito e irresistible, como si un par de manos espectrales jalara de él hacia atrás.

Se gira.

El coliseo está encendido, brillante y palpitante como una herida infectada, a punto de estallar.

Lo mira fijamente, pero luego alza la vista, a las estrellas, donde perdura la extraña luz resplandeciente de los dioses, y de pronto no puede moverse.

Nyaxia está lejos, suspendida en el cielo, como si observara las divertidas consecuencias de su último obsequio.

Pero uno siempre nota cuándo lo observa un dios, y esa noche Nyaxia mira directamente al esclavo, que interpreta esa mirada fija como una bendición, una maldición, una estaca de hierro que lo clava a un destino que no quiere.

Y ella sonríe, una imagen cruel, hermosa, devastadora.

Él intenta convencerse de que no nota lo que cambia en ese momento; de que imagina ese estallido de poder, perturbador y desorientador, que le corre de pronto por las venas; de que la súbita punzada de dolor que le sube por la columna es fruto de la angustia.

Pero la verdad es la que es: en ese momento, el esclavo se convierte en rey.

Da la espalda a la Diosa y, volando, se pierde en la noche. Más tarde, refugiado y a salvo en un pueblecito donde nadie reparará en él, se examinará espantado la marca roja de la espalda. Le dará a un mendigo muerto de hambre y sin lengua todo el dinero que lleva para que se la queme, de forma tan brutal que casi muere por ello, hasta que las cicatrices son tan horribles que se comen la marca.

Él no es rey, se dice, ni heredero. No es más que un hombre libre, por primera vez en casi un siglo. Pero que uno se diga las cosas no significa que sean ciertas.

Esta no es más que la primera de miles de noches que el rey convertido pasará mintiéndose.

Tardará doscientos años en aceptar la verdad.

61

ORAYA

Abrí los ojos.

Muy en el fondo, esperaba ver el azul cerúleo del techo de mi alcoba del castillo, oler el aroma familiar a rosas e incienso.

Pero no. El techo era viejo, de vigas de madera irregulares. La estancia olía a lavanda y a leña quemada en una chimenea. De lo más inusual y, en cambio, reconocible de una forma que no alcanzaba a comprender, como si aquel olor apelara a una versión de mí misma que había olvidado hacía tiempo.

Giré la cabeza y me encontré con una oleada de dolor verdaderamente angustioso.

Pero... estaba viva.

¡Viva!

Iba recordando fragmentos de la batalla, como el rostro monstruoso de Simon abalanzándose sobre mí, y aquello me pareció un maldito milagro.

Logré enfocar. Estaba en una alcoba minúscula, acostada en una cama vieja y maltrecha, tapada con una colcha sin duda hecha a mano. Delante tenía una puerta de madera algo torcida y cerrada, y una sillita de madera al lado.

Y en la silla, aquella silla diminuta y desvencijada, estaba Raihn, rebosándola de forma cómica. Roncaba un poco, con la cabeza hacia atrás, apoyada en la pared, y el cuello en un ángulo que dolía solo de verlo. Tenía los brazos cruzados sobre el pecho. Llevaba ropa corriente de algodón que parecía a punto de reventar por las costuras. Unas manchas de sangre seca y oscura mancillaban el tejido de color crema, y unas vendas le apretaban los antebrazos.

Se me empañaron los ojos. Lo miré fijamente y su imagen se me fue desvaneciendo. Sentí una fuerte opresión en el pecho, y seguro que no era por mis heridas.

Me sorbí los mocos, y el sueño de Raihn era tan ligero que eso bastó para que despertara de pronto con una vivacidad que se me antojó cómica y estuvo a punto de caerse de la silla al alargar la mano para agarrar una espada que no tenía allí.

Reí, no pude evitarlo. Mi risa sonó horrible, como una especie de rugido.

Raihn consiguió enderezarse, a duras penas. Luego me miró.

Se quedó muy quieto.

Y entonces, con un solo movimiento rápido, se arrodilló junto a la cama y me sujetó la cara con ambas manos como si quisiera asegurarse de que era de verdad.

«Estás vivo», me dieron ganas de decirle, pero solo logré soltar:

—¿Te he asustado?

Sonreía, reía un poco, pero mi risa sonaba casi como un sollozo. Y enseguida rio él también, y me besó la cara: la frente, las cejas, la nariz y, por último, la boca, y me dejó el sabor de sus lágrimas en los labios.

—No se te ocurra volver a hacerme algo así —me espetó—. En tu maldita vida.

Se abrió la puerta y apareció una mujer con un mortero y su mazo en una mano, como si hubiera salido corriendo tan deprisa que no le hubiera dado tiempo de dejar lo que estaba haciendo.

—He oído...

Pero entonces me miró a los ojos y olvidó lo que iba a decir.

Yo tampoco podía hablar, ni dejar de mirarla, porque, ¡por la Diosa!, me resultaba muy familiar, tanto que todo lo demás se desvaneció. Aquellos ojos verdes me recordaban muchísimo a alguien a quien había conocido en otro tiempo.

Soltó un suspiro hondo.

—Estás despierta —dijo.

—Yo te conozco —dije a la vez, y una sonrisa triste frunció aquellos ojos.

—No pensé que fueras a recordarme.

No sabía si la recordaba precisamente; más bien me resultaba muy familiar.

—Yo... Eres...

Me interrumpí. No sabía bien qué pretendía decir ni cómo llamar a lo que sentía.

Entró en la alcoba y cerró la puerta.

—Soy Alya —se presentó—, tu tía.

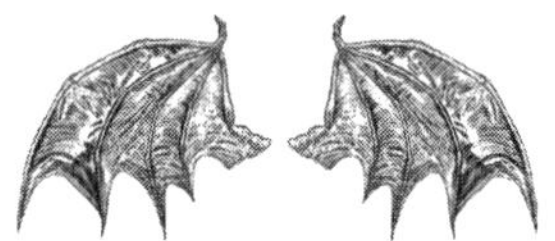

Alya, muy seria y formal, se empeñó en examinarme antes de que siguiéramos hablando, así que, mientras me revisaba el pulso y me cambiaba los vendajes, Raihn me contestó a todas las preguntas que ya sabía que le iba a hacer.

No llevábamos mucho tiempo allí, me contó, solo un día. Los demás se habían retirado al punto de encuentro, cerca de Sivrinaj, en una de las ciudades que los hiaj habían logrado mantener bajo control, pero era cuestión de tiempo que Simon fuera por ellos. Andaban lamiéndose las heridas también y se adentrarían aún más en los acantilados cuando se lo ordenaran.

En resumen, la batalla había sido un maldito desastre. Sí, habíamos conseguido destruir casi todas las medidas defensivas que rodeaban Sivrinaj y, al menos, habíamos logrado matar a un buen número de soldados de Simon, pero también él había matado a muchos de los nuestros.

Y lo que Septimus le había hecho a Simon..., lo del dije, ¡los dientes!... ¡Madre Oscura!, ¿me lo había imaginado? Era como un sueño, una maldita pesadilla.

¿Y qué demonios íbamos a hacer ahora?

—Hay que volver —dije.

—No hasta que puedas viajar —contestó.

—Estoy...

«Bien».

Por extraño que pareciera, en realidad, era cierto que estaba bien. Mareada, sí. Débil. Pero... milagrosamente recuperada, a pesar de todo. Alya se encontraba detrás de mí, me aplicaba un ungüento en una herida de la espalda. Me dolió y me hizo inspirar entre dientes.

Pero el dolor era soportable.

Tener dolor no era lo mismo que morir.

Me examiné los brazos, donde sabía que me habían asestado unos buenos tajos. Solo quedaban unas leves señales rojas, con una costra de color rojo oscuro.

Raihn me siguió la mirada y asomó a sus labios una sonrisa discreta.

—Resulta que tu tía es una sanadora de primera.

—Él me ha ayudado —terció ella—. Con su sangre.

Hablaban como si todo aquello fuera de lo más normal, pero la normalidad de la situación era lo que más me confundía.

«Mi tía». ¡Que la Diosa me asistiera! No sabía ni por dónde empezar.

—¿Cómo has sabido que podías traerme aquí? —le pregunté a Raihn.

Se le borró la sonrisa, como si le volviera de pronto el mal recuerdo.

—¿La verdad? —contestó—. No tengo idea. Conocía su nombre y el de la localidad en la que vivía por las cartas de tu madre, y estaba claro que la persona que las había escrito sabía de medicina. Y, bueno, estaba desesperado. No sabía adónde ir. No tengo claro por qué terminé aquí.

A mi espalda, Alya soltó una risita.

—El destino —dijo—. Va más allá del entendimiento de los mortales.

No me quedó claro si bromeaba o no. Tenía una forma de hablar que igual podía parecer seriedad absoluta que mordacidad. En cualquier caso, no podía sino coincidir con ella.

Me levantó el brazo izquierdo para revisarme el vendaje que llevaba alrededor del hombro.

—Tienes suerte de que se le ocurriera traerte aquí —añadió—. La magia de Nyaxia no habría sido tan eficaz.

—¿Qué magia es esta? —pregunté.

—La de Acaeja. Solo con la magia de los vampiros no te habrías salvado.

Alya me soltó el brazo, se puso en pie y se situó a los pies de la cama para que pudiera contemplarla. Su mirada era firme y penetrante. No me gustaba. Me daba la impresión de que me calaba por completo. Fue apartando la vista, como si también a ella le incomodara.

—Eso sí, jamás pensé que unas cartas de mi hermana de hace veinticinco años nos fueran a llevar a esta situación.

Las mentiras de Vincent habían hecho añicos mi fe en el destino, pero que Raihn hubiera encontrado aquellas cartas, aquel nombre, aquel lugar, que se le hubiera ocurrido llevarme precisamente allí en pleno ataque de pánico... se le parecía mucho.

Lo vi algo pálido y me pregunté si estaría pensando lo mismo que yo, en la suerte y en lo distinta que podría haber sido la nuestra. Le toqué la mano sin darme cuenta y le acaricié la piel áspera. Él giró la palma hacia arriba y envolvió suavemente mis dedos con los suyos.

Observé entonces la colcha y las manos huesudas y ajadas de

Alya, apoyadas en ella. Aquella imagen tan familiar volvió a marearme.

Esas manos.

Recordé haber tomado esas manos, hacía mucho tiempo.

«Tú las tienes mucho más arrugadas que mamá».

«Eso no es de buena educación, Oraya».

—Yo vivía contigo —le espeté.

Alya frunció el ceño, algo extrañada.

—Pensaba que no te acordarías. Eras muy muy pequeña. Naciste aquí, de hecho, en este cuarto —dijo, mirando alrededor—. Fue un día... complicado. No tenía claro que fueran a sobrevivir, ninguna de las dos. Yo estaba haciendo todo lo posible por sanarlas, pero... —Parpadeó, como para deshacerse de las imágenes del pasado—. Hacía mucho que no me sentía así. Hasta que ayer aparecieron. Me trae... muchos recuerdos.

¡Por la Diosa!, jamás pensé que alguien me miraría como ella lo hacía en ese momento, con el cariño nostálgico de un pasado común.

Tenía montones de preguntas.

—¿Cómo...? ¿Por qué...? —Y por último—: Mi madre...

Me interrumpí, porque ni siquiera tenía claro qué quería saber primero.

Todo. Cualquier cosa.

Una sonrisa ablandó los rasgos afilados de Alya.

—Era maravillosa. Y odiosa.

—También era acólita de Acaeja...

Por alguna razón, sentí la necesidad imperiosa de soltar aquello, como para demostrar que sabía algo de ella.

—Sí, de hecho fue idea suya. Las dos éramos jóvenes, criadas aquí, en los distritos humanos de Vartana. Y la vida es dura para los humanos en Obitraes. Vartana no está tan mal como Sivrinaj o Salinae, pero lo que una humana puede hacer con su vida en este reino tiene sus límites. Solo que Alana nunca lo aceptó. Era ambiciosa, una cualidad peligrosa para alguien de su posición. Había sido bendecida con un don para la magia y, en lugar de estudiar las artes de Nyaxia, consciente de que nunca sería más que pasable, prefirió tomar un rumbo distinto.

—Acaeja —dije, y Alya asintió.

—Sí, la única otra de los dioses que iba a permitir que alguien de Obitraes usara sus dones, aunque fuera humana. Pero, para Alana, era mucho más que eso. Le gustaba que Acaeja fuera la diosa de las cosas perdidas. A ella le parecía que estábamos todos perdidos, que necesitábamos que alguien nos reorientara. Al final, me convenció y empecé a estudiar con ella.

Sin darme cuenta, había comenzado a inclinarme hacia delante en la cama, como para acercarme lo suficiente para que aquellas palabras me calaran la piel. Con cada una, coloreaba aquel antiguo retrato a tinta de mi madre.

—Entonces, ¿mi madre era... sanadora? —pregunté.

—No, la sanadora buena siempre fui yo. Ella no tenía paciencia. Además, creo que era poco para ella, que buscaba algo grande, algo espléndido. Experimentó con la hechicería, la videncia. —Alya rio un poco—. Siempre andaba reprendiéndola por concentrarse en las artes menos útiles, y ella me decía que tuviera paciencia, que algún día nos servirían. —Se le congeló la sonrisa—. Supongo que al final acertó, cuando se corrió la voz de que Vincent necesitaba videntes.

Pronunció el nombre de Vincent como si fuera una maldición, algo sucio que expulsar.

Mi entusiasmo se apagó como una vela y me dejó solo miedo.

Había tantas cosas que necesitaba saber...

Tantas que no quería oír...

—Nadie pudo impedírselo —continuó Alya—. Ella quería algo más que esta ciudad, que esta vida, así que se fue a Sivrinaj y se ofreció a él. Nos dijo que aquella era su oportunidad de convertirse en algo importante. Dinero. Seguridad. No solo para ella, sino para todos nosotros. —Meneó la cabeza—. Le supliqué que no se fuera —murmuró—, pero no hubo forma de razonar con ella.

Me tomé las manos y apreté fuerte. Se me había puesto rígido el cuerpo, como si esperara un golpe. Quizá Raihn lo notara, porque me puso la mano en la espalda y, ¡Madre Oscura!, le agradecí muchísimo aquel gesto tranquilizador.

Yo había maldecido a Vincent para mis adentros muchísimas veces; le había gritado a la almohada, iracunda y dolida, por las cosas que me había hecho, por las mentiras que me había contado. Y, aun con todo, era mi padre y lo quería, lo extrañaba. Atesoraba los pedacitos de bondad que quedaban en mis recuerdos de él. No quería sacrificarlos por lo que Alya estuviera a punto de contarme.

Pero la verdad me interesaba mucho más.

—¿Qué pasó? —le susurré.

Alya rio sin ganas.

—¿Que qué pasó? Pues que se enamoró, eso fue lo que pasó. Ella era una joven guapa y soñadora que había crecido en la pobreza, y él, un rey vampiro guapo que la hacía sentir... —Titubeó, en busca de la palabra adecuada—. Él le dio algo que ella no había tenido nunca: un objetivo. Claro que se enamoró de él. ¿Cómo no se iba a enamorar?

Solté un suspiro entrecortado.

—¿Y para qué la quería? —pregunté—. ¿Qué proyecto tenían juntos?

—Yo entonces no lo sabía. Solo me enteraba de cosas sueltas, a veces, cuando me escribía para pedirme consejo. Deduje que intentaba restaurar algo que se había perdido o a lo mejor crear algo nuevo, algo muy poderoso, pero era tremendamente reservada. —Alya miró a Raihn—. En cambio, ahora que sé de los supuestos experimentos de Vincent, sospecho que estaba ayudándolo a apropiarse de la sangre de ese dios.

La miré extrañada y luego me volteé hacia Raihn, que se encogió de hombros.

—Hemos estado hablando —me dijo él—. Mientras estabas inconsciente.

—No curioseé mucho sobre el asunto por entonces —continuó Alya—. Me daban igual las aspiraciones de un rey vampiro. Quien me preocupaba era mi hermana. Vivió años con él y, al principio, parecía feliz. Eso era lo único que me importaba. Una vez lo trajo aquí.

Enarqué las cejas.

Jamás se me habría ocurrido en la vida. ¿Vincent, allí? ¿En una choza del distrito humano de una pequeña localidad que ni salía en los mapas?

Alya rio con amargura.

—Esa misma cara puse yo cuando se plantó en nuestra puerta. Y fue... ¡Por la Tejedora que fue una visita rara!

—¿Cómo era él en aquella época? —pregunté sin poder resistirme.

Alya lo pensó un poco antes de contestar.

—Yo ya hacía tiempo que sospechaba lo que había entre ellos, pero esa noche lo confirmé. Ella lo miraba como si fuera el sol, y él a ella, como si fuera la luna.

Se me encogió el corazón al oírlo, al pensar que a lo mejor se habían querido de verdad.

¿Por qué me hacía tan feliz creer eso?

En cambio, a Alya se le oscureció el gesto.

—Solo que él nos miraba como si no fuéramos nada. Nuestra vida le parecía repulsiva. Y entonces lo supe. Puede que él la quisiera a su manera, pero jamás la querría por lo que era en realidad. Amarlo todo de ella menos su humanidad era como no amarla en absoluto, aunque a él le pareciera que sí, aunque lo deseara con toda el alma.

Sus palabras se me colaron por los resquicios de la coraza que llevaba desde hacía meses, qué diablos, años.

Alya me vio la tristeza en el semblante.

—Vincent era un hombre complicado —murmuró—. Estaba

muy solo. Creo que a lo mejor, en el fondo, deseaba quererla de verdad, pero había vivido muchos años ya en un mundo muy cruel y, para sobrevivir en él, se había convertido en un ser incapaz de semejante amor.

—¿Qué cambió, entonces? —conseguí decir—. ¿Cómo se marchó ella?

—Se marchó por ti —contestó en voz baja. Una sospecha que me dolió oírle confirmar de viva voz—. Hacía ya un par de años que sabíamos cada vez menos de ella. Yo pensaba que estaba distraída con su vida nueva y excitante. Pero un buen día se plantó en mi casa y me contó que estaba embarazada. Me dijo que había dejado a Vincent y no pensaba volver. —Alya suspiró compungida—. Yo estaba aterrada. Me dije: «Que la Tejedora nos asista, ese vampiro furibundo va a venir aquí y nos va a matar a todos», pero ella me aseguró que él no vendría, y no vino.

—¿No vino? —pregunté extrañada.

Ni en mis mejores recuerdos mi padre había sido jamás de los que dejaban escapar algo que consideraban suyo.

—Pasaron meses, y años, y no dio señales de vida.

Aquello me dejó perpleja.

—¿Por qué?

—No tengo ni idea. Como ya he dicho, a lo mejor él quería amarla, e hizo todo lo posible... un tiempo.

«Un tiempo».

Aquellas palabras quedaron suspendidas en el aire varios segundos interminables. Alya se quedó mirando la pared de mi espalda, como si lo siguiente fuera a dolerme demasiado para decírmelo a la cara.

—Cuando ella conoció a Alcolm y se casaron..., entonces empezó a tener miedo. Por nosotras. Por ti. Por Alcolm. Él tenía familia en Salinae. A ella le pareció que estaríamos más seguros allí, en territorio rishan, más lejos del alcance de Vincent y de su vigilancia.

Alcolm. También recordaba aquel nombre, vagamente, recordaba haberlo oído, pronunciado con cariño, en el cuarto de al lado, en una casita demasiado pequeña. Recordaba unas manos grandes y toscas, y un abrazo que olía a leña recién cortada.

—Yo pensaba que él era mi padre —confesé.

—Pensabas que era tu padre porque se convirtió en tu padre. Te trataba igual que a Jona y a Leesan. Los tres eran hijos suyos. —Asomó a sus labios una sonrisa triste—. Era un buen hombre.

Era.

Porque todas aquellas personas ya estaban muertas. Asesinadas, en una explosión que había reventado la casa.

—Cuando recibí aquella carta fue la peor noche de mi vida —susurró Alya.

Recordaba las alas que tapaban el cielo, a mi madre intentando apartarme de las ventanas...

Pensaba que aquella era la noche en que me habían salvado, la noche en que el destino, y solo el destino, me había llevado a los brazos de Vincent.

—¿Fue allí a buscarme? —pregunté.

No quería saber la respuesta.

Alya guardó silencio un rato.

—Solo puedo hacer conjeturas. Creo que fue a Salinae a destruir a sus enemigos, pero que fue a aquella casa, esa noche, por ti. Puede que pasara un tiempo procurando olvidarse de ella, pero, cuando empezaron las guerras y sus enemigos se le echaron al cuello, se impuso su verdadera naturaleza. No podía dejarse las espaldas al descubierto.

Me costaba respirar.

«¿Los mataste por mí, Vincent?»

Vincent, claro, no me contestó. Nunca contestaba las preguntas difíciles.

—¿Por qué me perdonó la vida? —susurré.

Ni siquiera pretendía decirlo en voz alta, pero aquella pregunta me carcomía por dentro, molesta como un hilo suelto.

Si fue por mí aquella noche, ¿por qué no me mató?

Habría sido lo lógico. Yo era el peligro que debía suprimir, la herida que cauterizar. Tenía enemigos, un poder que proteger..., un poder que nadie amenazaba tantísimo como yo.

¿Fue allí esa noche con la intención de identificar un cadáver o para asegurarse de rematarme si seguía viva?

Si fue así, ¿qué lo hizo cambiar de opinión?

—No puedo contestarte, Oraya —me dijo Alya en voz baja—. Y me temo que nadie va a poder hacerlo. —La verdad, por angustiosa que resultara—. Te di por muerta mucho tiempo —prosiguió—. Te tuvo bien escondida los primeros años, pero luego, cuando fuiste haciéndote mayor, la gente empezó a hablar de ti, de la hija humana del rey. Sabía que eras tú. Desde entonces, te he venido siguiendo. Durante el Kejari, unos amigos de Sivrinaj me mantenían al tanto de las pruebas, y después, estos últimos meses... —Soltó un suspiro largo y lento, y me tomó la mano con la suya—. No pensé que fuera a volver a verte —añadió con un hilo de voz, y el sentimiento de aquella sola frase se me hizo abrumadora, como si brotara toda de golpe.

«Yo tampoco», me dieron ganas de contestarle, pero no fui capaz ni de articular las palabras.

—Tu madre te quería —continuó—. Espero que eso nunca lo hayas dudado, pese a lo que él te dijera. Y también te queríamos los demás: tus hermanos, tu padrastro... Te queríamos, y aún te queremos, muchísimo. Siempre he albergado la esperanza de que lo percibieras, estuvieras donde estuvieras, aunque no pudiéramos decírtelo directamente.

Y aquello... aquello era lo que más me enfurecía, porque no, ¡no lo sabía! Sabía que me quería Vincent, y solo él. Pero él había borrado a todos los demás, me había dejado creer que estaba sola en este mundo.

Nunca me privó de comida, ni de cobijo, ni de seguridad, pero me privó de eso, y me parecía igual de horrible.

Guardamos silencio un buen rato, y luego Alya se puso en pie y una serenidad estoica reemplazó aquel arrebato de sentimientos. Se acercó a la cómoda, abrió el cajón de arriba y hurgó en él. Después se giró hacia mí con las manos en cuenco.

—Ella habría querido que tuvieras esto —me dijo, y me dejó en la mano extendida una pequeña maraña brillante, una cadenita de plata con piedrecitas dispersas a lo largo—. Ya te he visto el anillo —me señaló el meñique—, pero nunca había visto el collar. No sabía que era un juego.

Y lo era, sin duda, un juego de tres piezas: mi collar, mi anillo y ahora la pulsera, con las piedras de ónix idénticas unas a otras.

Me ardían los ojos. Cerré la mano, fuerte, disfrutando de la presión de las piedras en la palma, como si aún pudiera sentir el tacto de mi madre en ellas si me esforzaba lo suficiente.

—Gracias —murmuré.

Alya agachó la cabeza a modo de asentimiento, con las manos cruzadas delante, algo violenta. Parecía una de esas personas a las que les incomodan los sentimientos, y quizá fuera algo de familia, porque experimenté un extraño alivio cuando dijo:

—Voy a ver cómo va la cena.

Y nos dejó solos.

Raihn no dijo nada, y yo se lo agradecí, porque no quería hablar. En cambio, se sentó en el borde de la cama y me pasó el brazo por detrás, ofreciéndome un abrazo si lo quería.

¡Y por la Diosa que lo quería! Me acurruqué en sus brazos con una ausencia de vacilación que, hacía solo un mes, me habría hecho avergonzarme de mí misma. Pero, ¡Madre Oscura!, lo bien que se sentía aquel contacto, estable, seguro y sólido. Seguridad, aunque nada de aquel mundo, pasado o futuro, fuera seguro en aquellos momentos.

Descansé la cabeza en su hombro. Dejé que se me cerraran

poco a poco los ojos mientras inhalaba hondo el aroma de Raihn, a sudor, a cielo y a desierto, lo primero quizá algo más que lo último.

—No te has bañado desde que llegaste aquí, ¿verdad? —le dije, pegada a su piel.

Él soltó una carcajada.

—¡Por los senos de Ix, princesa! ¡Tú siempre derrochando encanto!

—Estoy a la altura de tu axila. No puedo ignorarlo.

—Tenía preocupaciones mayores que la de darme un baño. Además, ¿no dicen que algunas mujeres encuentran atractivo ese almizcle natural? Intenta ser una de esas.

No iba a confesárselo, pero yo también lo encontraba cierto atractivo. O, por lo menos, era extrañamente reconfortante.

—¿Estás bien? —me preguntó con ternura.

«Bien». ¿Qué significaba eso? Lo mirara como lo mirara, me parecía que la respuesta debía ser que no. Había estado a punto de morir. Había abandonado a quienes me seguían en medio de una masacre. Había perdido mi reino por segunda vez.

Me aparté lo justo para mirar a Raihn con cara de «¿Qué clase de pregunta es esa?».

Suspiró.

—Genial. Me lo merezco.

Volví a apoyar la cabeza en su hombro.

—Has hablado con los demás.

—He cruzado unas cartas con Vale, poca cosa. Pero el espejo ha sobrevivido al ataque, así que...

Así que, gracias a la Diosa, podía hablar con Jesmine. Me alegraba de no haber soltado aquel artilugio.

Solo que a aquel súbito alivio lo siguieron las náuseas.

¿Qué le iba a decir a Jesmine? Necesitaban órdenes. Aguardaban en el punto de encuentro, contando los minutos que les quedaban para que Simon fuera por ellos.

—¿Cuántas bajas ha habido? —pregunté.

La leve vacilación de Raihn me dijo más que su respuesta.

—La última vez que supe de ellos aún no habían terminado el recuento.

Muchas.

Mal-di-ción.

Prosiguió:

—Podríamos plantearnos la rendición, pero...

¿Rendirnos? ¿A un bastardo de la nobleza rishan y a una víbora Nacida de la Sangre? No. Jamás.

Solté un bufido.

—Ni de broma. Prefiero morir luchando.

No, ya estaba harta. Me había pasado la vida doblegándome por mi supuesto estatus de humana débil. De ninguna manera iba a morir así también.

Raihn rio un poco.

—Me alegra que tú también lo veas de ese modo.

—Hay que volver.

Volver con Jesmine y Vale, con los ejércitos que confiaban en nosotros, y enseguida.

—Te diría que descanses un poco más, pero mejor me callo —añadió, acariciándome el hombro con el pulgar.

—¿Tú te quedarías de brazos cruzados si fueras quien está atrapado aquí? Esta también es mi lucha.

—Lo es —contestó, y me pregunté si se sentía orgulloso de mí o eran solo imaginaciones mías.

—Además, no sé cuánto tiempo nos queda antes de que Simon y Septimus vayan a buscarlos para rematar la faena. Hay que hacer algo para impedirlo.

La mención de Simon me trajo a la memoria una imagen muy viva: la de su monstruosa figura alzándose imponente sobre Raihn, sobre mí, con aquella amalgama disparatada de acero y dientes incrustada en el pecho.

¡Madre Oscura, aquellos ojos...!

Yo sabía mejor que nadie que los vampiros podían ser

criaturas monstruosas, porque los había visto poseídos por aquella sed de sangre que los convertía en poco más que bestias, pero Simon se había convertido en algo que nada tenía que ver con la típica brutalidad vampírica. Se había transformado en algo que no debía existir en absoluto. O, mejor dicho, sospechaba que Septimus lo había transformado en aquella cosa. Además, tenía la horrible sensación de que lo que Raihn y yo habíamos visto, un poder que dejaba nuestra magia de herederos en ridículo, no era más que una muestra diminuta de todo lo que era capaz de hacer.

En el silencio que vino después, me quedó claro que Raihn y yo estábamos pensando lo mismo.

—Trae, déjame que te ponga eso —me dijo por fin.

Me quitó la pulsera de la mano aún abierta y me la puso en la muñeca de la mano derecha, la misma en la que aún llevaba el anillo antiguo de mi madre. Cuando terminó, volví la mano y contemplé las dos joyas juntas.

—Encajan perfectamente —comentó Raihn—. Ya tienes el juego completo.

Se veían bien juntas, pero, sobre todo, era agradable tener otra conexión con el pasado de la que se me había privado hasta entonces.

—Gracias...

Me asaltó una convulsión repentina. Hice un aspaviento y me incorporé de golpe, llevándome la mano al pecho.

La mano..., el pecho...

—¿Qué pasa? —Raihn ya se había medio levantado, con una mano en mi brazo, dispuesto a llamar a Alya—. ¿Qué tienes?

No sabía ni cómo responder a aquella pregunta. Me sentía... rara. La última vez que me había sentido así había sido al verme por primera vez la Marca del Heredero. Mi respiración era agitada. La mano, el cuello... Decir que me ardían era quedarme corta, pero...

Hice un esfuerzo por apartarme la mano del cuello, extendiendo los dedos, procurando evitar los temblores.

Raihn y yo la miramos.

—Demonios... —exclamó en un susurro.

En efecto, de-mo-nios.

Tatuado en el dorso de la mano, en un triángulo formado por el anillo y la pulsera, tenía un mapa.

62

ORAYA

Con el tiempo que llevaba intentando desesperadamente descifrar el pasado y los secretos de mi padre, encontrar el poder que necesitaba para recuperar mi reino, qué propio que al final hubiera sido mi madre la que me proporcionara la respuesta.

Raihn y yo preparamos a toda prisa el espejo y echamos en él unas gotas de mi sangre para convocar a Jesmine, que se alivió a visiblemente. Vale, Mische y Ketura se le sumaron, y llamamos también a Alya para que viera el mapa de mi piel.

Superada la conmoción, Alya se mostró triste y orgullosa a partes iguales cuando comprendió qué era lo que estaba viendo: un hechizo, forjado en la orfebrería de las joyas y pensado para activarse cuando el portador a quien estaban destinadas se pusiera las tres piezas a la vez.

—La magia de mi hermana —dijo en voz baja—. La reconocería en cualquier parte. —Acarició la pulsera con cariño—. Era más lista de lo que le convenía —mascullό—. Siempre lo fue.

—¿Y Vincent no estaría al tanto del hechizo del anillo? —pregunté—. Él también sabía mucho de magia.

—De la de Nyaxia, sí, pero seguro que no tenía experiencia suficiente con la de Acaeja para saber qué buscar.

Se me hizo un nudo en la garganta, y acaricié con el pulgar

el pequeño anillo negro. El único recuerdo que me había dejado conservar de mi vida anterior. Ni se lo imaginaba.

El mapa del dorso de mi mano representaba la Casa de la Noche, o al menos una parte pequeña de ella: Vartana en la esquina inferior izquierda, Sivrinaj en la superior derecha y una estrellita en el centro de la parte superior, justo por encima del nudillo. Allí no había ningún pueblo ni ciudad. Estaba en pleno desierto, todo ruinas, unas ruinas que, aun así, estaban incómoda y peligrosamente cerca de Sivrinaj.

—¿Tienes idea de qué podría ser esto? —le pregunté a Alya.

Sabía lo que yo habría querido que fuera, pero no quería hacerme ilusiones. Me parecía excesivo anhelarlo siquiera.

Alya ladeó la cabeza, pensativa.

—Al final estaba asustada —dijo— de lo que fuera que estaba ayudando a hacer. Eso lo recuerdo. Nunca me contó los detalles, pero sé cómo era mi hermana. Creo... creo que cada vez le daba más miedo lo que un poder así pudiera desencadenar en manos de alguien tan poco confiable, sobre todo si solo lo controlaba él. Tal vez quiso proporcionarte a ti también una forma de acceder a ese poder, por si acaso, a sabiendas de que tu sangre te permitiría manejarlo. —Sonrió a medias, orgullosa y triste al mismo tiempo—. No tengo garantías, pero debió de ser algo así.

Solté un suspiro de alivio entrecortado y, con él, un súbito afecto por aquella madre a la que apenas había conocido.

Nos había salvado. ¡Por la Diosa, mi madre nos había salvado!

—Eso si Septimus no ha conseguido averiguar ya de qué se trata —señaló Jesmine—. El poder que le ha otorgado a Simon no es de este mundo, eso lo tengo muy claro.

Pero Alya negó rotundamente con la cabeza.

—Por lo que me han contado, lo que vieron no es obra de mi hermana. Parece una amalgama de magias. Un activador manipulado para hacerlo funcionar con algo para lo que no estaba pensado.

—Un activador —repitió Raihn—. El dije.

Mische se veía orgullosa de sí misma, porque aquella había sido siempre su sospecha.

—Por lo que me han contado, sí, parece eso —contestó Alya—. Supongo que Vincent crearía varios activadores con la ayuda de Alana, y que cualquiera de ellos, empleado con la magia adecuada, podría manipularse y alterarse de forma que funcionara con un poder lo bastante parecido a la finalidad para la que estaba pensado. Solo que el resultado sería espantoso, y peligroso, y era probable que terminara acabando con la vida de quien lo usara.

Recordé los ojos vidriosos e inyectados en sangre de Simon y me estremecí.

Sí, espantoso era, desde luego. Daba la impresión de estar ya prácticamente muerto.

—O sea, que con el dije Septimus ha conseguido en parte lo que quería —dijo Raihn—. De momento, no le ha salido del todo mal. Aunque dudo que sea eso lo que andaba buscando.

—Lo que significa que la sangre de ese dios, si es que existe, quizá aún siga por ahí —añadí.

Doblé los dedos y me miré la mano, haciéndola girar al resplandor del fuego. Los trazos de rojo vibraban con suavidad, como la luz de la luna entre las hojas agitadas por el viento.

—Todo esto me parece mucha conjetura —terció Vale.

—Porque lo es —replicó Raihn—, pero no tenemos otra cosa.

—Admito que a veces haya que actuar basándose en lo que no se sabe —dijo Vale—, pero lo que sí sé es que Simon y sus ejércitos van a venir por nosotros en cualquier momento, y que, si lo hicieran ahora, nos aplastarían. Sé que los están buscando a los dos y que ese mapa los lleva muy cerca de Sivrinaj. Y sé que, si van allí, lo sabrán y los atacarán con unas tropas muy superiores a las que pueden combatir los dos solos. Así que, si nos la vamos a jugar, mejor lo hacemos a lo grande.

Una sonrisa socarrona se dibujó en los labios de Raihn.

—¿Qué tan grande exactamente?

Vale guardó silencio. Casi pude verlo cuestionarse todas las decisiones tomadas a lo largo de su vida que lo habían llevado a aquel instante.

—Convergeremos todos allí —dijo por fin—. Todos los soldados que nos queden y que estén dispuestos a enfrentarse a ellos una vez más. Los retenemos mientras Oraya hace... lo que sea que tenga que hacer, y rezamos a la Madre para que lo que encuentre allí sea lo bastante poderoso como para conseguir la victoria.

Sentí náuseas.

Raihn soltó una carcajada.

—Así de fácil, ¿no? —dijo.

—Ya he dicho que era jugársela a lo grande —respondió Vale molesto.

—¿Y qué otra cosa podemos hacer? —preguntó Mische, que agarró el espejo y lo ladeó hacia sí—. Si Raihn y Oraya van solos, morirán. Si esperamos a que Simon venga por nosotros, moriremos todos —añadió levantando los brazos con desesperación—. Me parece que es la única opción con la que tenemos una minúscula probabilidad de, con un poco de suerte, no morir.

—Aparte de rendirnos —señaló Jesmine, y todos los que participábamos en la conversación la miramos con cara de asco.

—Si nos rendimos, nos van a matar de todos modos —dije yo—. Y yo no quiero terminar así.

Al menos, del otro modo moriría haciendo algo.

Nadie disintió.

Estuvimos todos callados un buen rato.

Era una locura. Era peligroso. Era tan arriesgado que resultaba una soberana estupidez. Pero no teníamos otra cosa.

Miré a Raihn y él ya estaba mirándome a mí, resuelto y decidido. Yo ya conocía esa mirada, la misma que nos dedicábamos el uno al otro antes de otra prueba imposible del Kejari.

—Decidido, entonces —dijo—. Caeremos luchando en nombre de una maldita esperanza ciega.

Ninguno de nosotros pudo discutírselo.

Al menos, si hacíamos el ridículo, lo hacíamos todos juntos. Algo era algo, supuse.

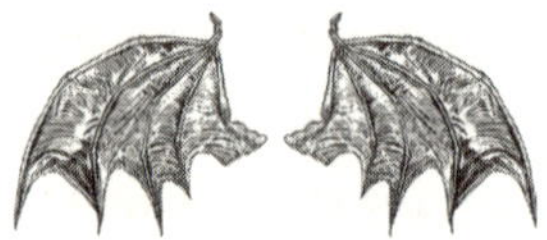

El engranaje estaba, una vez más, en marcha. Alya se fue poco después, a hacer unos pendientes, dijo, y nos dejó a Raihn y a mí solos, sentados a su maltrecha mesa de cocina. Pasamos el resto del día allí, planeando una estrategia y comunicándonos frecuentemente con Jesmine y Vale. Las horas pasaron volando.

Cuando volvió Alya, al cabo de un rato, no iba sola.

Yo estaba tan concentrada, y tan agotada, que ni siquiera oí que se abría la puerta hasta que, al alzar la vista de mis mapas, vi que Raihn se erguía en el asiento, y observaba la puerta como si no estuviera seguro de si salir corriendo o atacar.

Alya cerró la puerta en cuanto entró con sus dos acompañantes: un hombre con bigote, de pelo canoso y casi rapado, y una mujer algo más joven, de pelo oscuro rizado, que llevaba sujeto en una cola de caballo baja y apretada. Ambos portaban armas colgadas a la altura de la cadera y bien visibles: la mujer, una espada; y el hombre, un hacha.

Me agarroté. Por un segundo, la posibilidad de que Alya nos hubiera traicionado me hizo pedazos.

—Son amigos —dijo enseguida, levantando las manos a la defensiva al ver nuestra reacción—. Oraya, Raihn, él es mi marido, Jace, y ella es mi amiga Tamyra.

Raihn no se relajó, y yo tampoco. No me gustaba nada cómo nos examinaban de arriba abajo, sobre todo la mujer, Tamyra, que parecía estar analizando si nos liquidaba ya.

Alya nos miró a todos por turnos, soltó un suspiro de exasperación y dijo:

—¡Que la Madre nos asista, no hay tiempo para eso! Tamyra, no es necesario.

El hombre se acercó primero, muy despacio, con los ojos clavados en mí. Me puse en pie, solo porque me pareció que debía hacerlo. Y hasta que no lo tuve a un paso no le vi el brillo en los ojos, unos ojos casi empañados por las lágrimas.

—Eres idéntica a ella —dijo, con voz grave y ronca—. Jamás pensé que volveríamos a verte. Alya y yo...

Cerró la boca de golpe, como desistiendo de las palabras.

Y entonces se puso de rodillas.

Tuve que hacer un esfuerzo por no apartarme de un brinco, porque el gesto me sobresaltó. Y me sobresaltó aún más que, a su espalda, Tamyra se aproximara y se arrodillase también, inclinando la cabeza ante mí.

—Alteza, es un honor conocerte —dijo.

¡Madre Oscura, qué situación más rara!

Me aclaré la garganta.

—Se... pueden levantar.

Mi voz sonó mucho más débil de lo que había sonado jamás la de Vincent cuando daba esa orden.

Jace y Tamyra se incorporaron, y ella se me acercó. A la luz de la lámpara que le iluminaba la cara, pude ver que estaba llena de cicatrices: una cortada de un rosa vivo en una mejilla y hasta lo que parecían marcas de colmillos en el cuello, apenas visibles bajo el tejido manchado de grasa del cuello de la camisa.

—Sé que están muy ocupados y no quiero robarles mucho tiempo —dijo con una voz grave y brusca, de esas a las que es imposible no prestar atención—. Mi rey, mi reina, me considero protectora de esta localidad. Durante casi veinte años, mis soldados y yo nos hemos encargado de la seguridad de los habitantes de este distrito. Seguro que saben que, en la Casa de la Noche, eso no siempre es tarea fácil. —Me miró fijamente—.

He oído decir que ustedes llevan unos años desempeñando una labor muy similar a la mía.

Hubo un tiempo, no hacía mucho, en que me habría avergonzado exponer con tanto descaro mis actividades nocturnas. Pero ya no. No me avergonzaba de lo que había hecho.

—No somos muchos, pero sí suficientes —continuó—. Estamos por toda la Casa de la Noche, en distintas ciudades. Aún no estamos en todas partes, pero no dejamos de expandirnos; nos organizamos, enseñamos a los humanos a protegerse... El caso es que nuestro trabajo ha resultado mucho más fácil estos últimos meses. —Se giró entonces hacia Raihn, llena de involuntaria admiración, aunque obviamente más recelosa de él que de mí—. He venido a darles las gracias por priorizar la seguridad de los ciudadanos humanos —dijo.

Raihn mantuvo una expresión neutra, pero quizá yo fuera la única que detectaba el signo que lo delataba: aquel pequeño movimiento de la nuez.

—Yo también he sido humano —contestó—. En el fondo, siempre lo voy a ser. Me parecía lo más justo.

—Otros reyes anteriores no pensaban lo mismo.

—No coincido en mucho con reyes anteriores.

Tamyra esbozó una sonrisa, como si le gustara oír aquello. Se volteó hacia mí.

—He venido a hacerles una propuesta, rey Raihn, reina Oraya, entre humanos. —«Reina Oraya». Dos palabras que, juntas, me mareaban un poco. Lo disimulé—. Si ustedes están en condiciones de garantizarnos que seguirán protegiendo a la población humana durante su reinado, yo les garantizo que pondremos a su disposición las tropas de que dispongamos para que les ayuden a conservar el reino. —Sorprendida, enarqué las cejas casi sin darme cuenta—. Como he dicho, no contamos con muchos soldados —prosiguió—, un centenar entre las ciudades que están lo bastante cerca como para ofrecerles tropas antes de que partan. Seguramente mis soldados no son tan fuertes como los guerreros vampiros a los que están acostumbrados, pero estamos bien entrenados, somos leales de verdad y sabemos luchar. Se alegrarán de tenernos de su lado.

Entonces nos miró, expectante.

Noté que Raihn me miraba a mí como diciendo: «Adelante, princesa, esto es cosa tuya».

—Gracias —dije—. Será un honor que luchen en nuestro bando.

Sin florituras. Sin poses. Solo la verdad.

Le ofrecí la mano. Tamyra la observó un momento, parpadeando confundida, lo que me hizo caer en cuenta de que posiblemente las reinas no iban por ahí aceptando juramentos de lealtad con un apretón de manos. Pero luego me agarró la mano con fuerza y se dibujó en sus labios una sonrisa lenta.

—Siendo así, no hay tiempo que perder —dijo—. Voy a reunir a mis soldados y a avisar a los otros. Avanzaremos a sus órdenes.

Le solté la mano; ella volvió a hacerme una reverencia y se fue. En cuanto se marchó, se acercó Jace con un saco de arpillera.

—Supongo que necesitarás un arma, pero me temo que no he logrado salvar esta —dijo.

Soltó el saco en la mesa con gran estrépito y a mí se me encogió el pecho.

Arrebatacorazones.

Estaba hecha pedazos. Habían destrozado la espada de mi padre, la habían reducido a poco más que unos pedazos rojos ligeramente refulgentes. Hasta el guardamano estaba hecho trizas.

—Jace y yo, juntos, podemos hacer armas mágicas —terció Alya, acercándose a la mesa—. Habríamos podido repararla si hubiera quedado algún trozo más grande, pero...

No hizo falta que dijera más. Si lo único que quedaba era lo que había en la mesa, se había perdido más de la mitad de la espada.

Tomé uno de los trozos y me lo dejé en la palma de la mano. La magia me vibró en la piel, apelando a mi sangre, y sentí cerca la presencia de Vincent, como si su fantasma se alzara sobre el cadáver de su preciada arma.

Otro pedazo de él, desaparecido.

Yo habría querido conservar aquella arma, ser digna de blandirla, y, cuando por fin lo había conseguido, me había parecido que había logrado algo que él siempre había intentado impedir. Aunque para ello había tenido que esperar a su muerte.

Sí, la espada era poderosa, pero ¿por eso había significado tanto para mí? ¿O no era más que otra forma de buscar desesperadamente la aprobación de un hombre muerto que ya no me la podía otorgar?

Ni siquiera me gustaban las espadas roperas. Nunca me habían gustado.

—La magia que posee es poderosa —dijo Alya—. Sería una lástima desaprovecharla. No podría recrearla de cero, pero quizá podamos usar algún trozo...

—¿Podrían forjar otra cosa con ella? —pregunté.

Se miraron.

—Sería complicado, pero he hecho cosas peores —contestó Jace.

Abrí la mano y solté el pedazo en la mesa, con un tintineo metálico. El fantasma de Vincent se ocultó de nuevo entre las sombras.

—¿Podrían hacer con ella dos puñales gemelos?

Me volteé un segundo hacia Raihn, y su cara de orgullo me tomó por sorpresa. Una sonrisa cómplice prácticamente imperceptible le entrecerró los ojos. Y por la Diosa que casi lo oí decir: «¡Esa es mi chica!».

63

ORAYA

Raihn y yo nos fuimos al día siguiente.

Se habían dado las órdenes. Se había convocado a los ejércitos. Se habían tenido presentes las contingencias. Parecía absurdo pensar que poco más podíamos hacer para prepararnos, pero lo cierto era que no valía la pena perder el tiempo planificando resultados que no podíamos garantizar.

Raihn y yo volamos por nuestra cuenta. Habíamos establecido puntos de encuentro con los otros ejércitos, que partirían poco después que nosotros. Iríamos por delante, lo que nos permitiría, o eso esperábamos, pasar inadvertidos mientras Simon y Septimus se distraían con el avance de nuestras tropas. Con suerte, si cada grupo se movía de manera independiente, habría muchas menos posibilidades de que nos interceptaran.

Salimos con los suministros justos, yo con las nuevas armas que Jace y Alya habían forjado para mí a las caderas. Cuando me obsequiaron con ellas, antes de que nos fuéramos, me quedé sin habla; las abracé tanto rato que se miraron incómodos el uno al otro.

—Si no te gustan... —había empezado a decir Alya.

—No, no, son preciosas.

«Preciosas» se quedaba corto, en realidad. En otro tiempo, el trabajo de artesanía de las espadas de los Nacidos de la Noche que Vincent me había regalado me había parecido paradigma de absoluta elegancia, pero aquellas armas... Jamás había visto nada semejante. En una mezcla de arte humano y vampírico, se fundían un acero recién pulido y los pedazos rojos de lo que en su día había sido Arrebatacorazones. Yo le había hecho a Jace un dibujo de mi antiguo par de espadas cortas y él había conseguido una réplica increíble, amoldada a mis preferencias de estilo y peso, con la hoja algo curva, muy ligera.

Cuando así aquellas empuñaduras, me sentí como en casa. Aún percibía el eco de la presencia de Vincent al tocarlas, pero era solo eso, un eco, una parte, no el todo.

Aquellas las sentía propias, mías.

Raihn y yo volamos un buen rato sin hablar mucho, alerta por si había espías rishan patrullando el aire. Me alegré de que nos fuéramos de la casa de Alya enseguida, porque tanto Jesmine como Vale sospechaban que, si Simon no sabía ya dónde estábamos, no tardaría en averiguarlo, dada la cantidad de recursos que Septimus y él habían desplegado para dar con nosotros. En varias ocasiones tuvimos que desviarnos para evitar a los guardias de los cielos y ocultarnos entre las nubes.

No estábamos lejos de nuestro destino. El mapa de mi mano avanzaba con nosotros: cambiaba de escala y de ángulo para mostrarnos nuestra posición con respecto a nuestro objetivo. Nos encontrábamos a apenas un día de viaje, aun con los complejos desvíos.

Cuando se acercaba el alba, nos detuvimos en el desierto y montamos una tienda de campaña, oculta en una zona agreste, de piedra y matorrales, para evitar que nos vieran desde arriba. Habíamos apurado todo lo posible en un día tan despejado como aquel; el sol ya asomaba por el horizonte cuando nos metimos dentro. La tienda, en la que apenas cabíamos los dos, estaba pensada como refugio temporal y portátil.

Raihn soltó un gruñido cuando se tiró al suelo escarpado y desigual. No nos habíamos molestado en llevar jergones porque habíamos supuesto que un solo día podíamos pasarlo donde fuera y así no cargábamos con más peso.

—Justo esto era lo que me esperaba cuando me convertí en rey —dijo.

—Seguro que mañana lo extrañas.

—Probablemente.

Aunque seguía sonriendo, ya no sonaba tan risueño.

Me acosté a su lado, con las manos cruzadas sobre el vientre, contemplando el techo de lona. El tejido cubría bastante el sol, pero se intuía su contorno a través de la tela de color crema, como si fuera un ojo que todo lo ve.

Pensé en los centenares de soldados vampiros que estarían durmiendo en tiendas como la nuestra, mirando al cielo y preguntándose si morirían esa noche.

—Ya estarán en camino —murmuré.

«Estarán». Los rishan. Los hiaj. Los humanos. Simon y Septimus. Todos.

—Mmm... Seguramente.

Se puso de lado. Hice lo mismo y nos quedamos el uno frente al otro. Estábamos tan cerca que le veía hasta la última brizna del color de los ojos, apenas iluminados por la luz que se colaba por la lona. Había tonos muy dispares: café, morado, azul, rojo, casi negro... Me pregunté si ya los tendría así cuando era humano.

Me sorprendí intentando memorizarlos, aquellos ojos, como si fueran monedas que quisiera guardarme en el bolsillo.

Cuando estaba con él, me sentía más segura que en ningún otro lugar y, sin embargo, al mirarlo, a veces se apoderaba de mí un miedo paralizador, mucho más agudo que el que sentía por mí misma.

En esos momentos, me venía a la memoria el recuerdo de su cuerpo sin vida en la arena del coliseo y me costaba respirar.

Frunció el ceño y me acarició con el pulgar la mejilla y la comisura de los labios.

—¿A qué viene esa cara, princesa?

No sabía qué responderle: «Tengo miedo» se quedaba corto y, al mismo tiempo, era demasiado. En lugar de contestar, me incliné hacia delante y lo besé.

El beso fue más de lo que pretendía: más intenso, más tierno, más lento. Me lo devolvió con idéntico fervor: sus labios se fundieron con los míos y su lengua se paseó por mi boca con movimientos suaves. Con soltura, le llevé las manos a la cara y me lo acerqué mientras él me acariciaba los costados. Me acostó bocarriba y se instaló encima de mí con la naturalidad con que el mar se vierte sobre la playa, sin que dejáramos de besarnos en ningún momento.

Nunca habíamos estado así. Quería sentirlo desde todos los ángulos antes de morir.

Le acaricié el torso desnudo con las yemas de los dedos, recorriendo los relieves y los llanos de sus músculos y sus cicatrices con una especie de reverencia. Sus manos se enredaron en el largo de mi camisola y yo gemí de aprobación en sus labios. Creció el calor entre nosotros, en la pequeña franja de piel donde mi vientre entró en contacto con el suyo. Pero no era aquel fuego vivo y descontrolado de nuestros encuentros anteriores, sino el calor de la chimenea en un hogar confortable, cálido y familiar.

Y, aun así, peligroso. Peligroso dentro de su seguridad.

Me acomodé debajo de su cuerpo, separé las piernas y las apoyé en sus caderas hasta situar su erección en mi entrada.

Él se apartó lo justo para interrumpir nuestro beso, acariciándome aún la nariz con la suya. El pelo le caía por la cara y me cosquilleaba las mejillas. Aquellos ojos extraordinarios buscaron los míos. Los vi tristes y llenos, llenos de palabras que igualaban a las que yo no me veía capaz de decir.

—Oraya... —murmuró.

—Shhh —susurré yo—. No hace falta.

Y volvió a besarme.

Y otra vez.

Noté que todo su cuerpo se fundía cuando se rindió. Descargó su peso sobre mí. Me jalé la camisola y él me aflojó los pantalones. Entre besos, nos quitamos el resto de la ropa, y luego se instaló de nuevo sobre mí, piel con piel.

Nunca lo había tenido así.

Nunca había tenido a nadie así desde la noche en que había perdido la virginidad, y casi la vida en consecuencia. Aun en mis fantasías, la idea de verme tan atrapada se me había hecho inconcebible. Y, pese a todo, de pronto ansiaba inmensamente aquello mismo que me había parecido repugnante durante tanto tiempo: quería que me rodeara, notarme encima el peso de su cuerpo, todo el contacto con su piel que pudiera ofrecerle.

Los besos, tiernos y penetrantes, no cesaron en ningún instante. Me llevé la mano a la entrepierna y me lo encajé en la entrada.

Con un solo empujón, lo tenía por todas partes.

Le gemí en la boca y atrapé con la mía su gruñido. Le enrosqué las piernas en la cintura, abriéndome más para que llegara hasta el fondo. Su primera embestida fue lenta y profunda, como si quisiera saborear lo que sentía antes de retirarse.

—Oraya... —murmuró de nuevo.

—Shhh —volví a susurrarle en la boca, y lo besé otra vez, lánguidamente, explorando cada ángulo.

Y ese fue el ritmo que mantuvo él también, con acometidas pacientes, profundas y exhaustivas, como si quisiera grabárselo todo a fuego en la memoria: mi piel, mi cuerpo y la sensación de estar dentro de mí.

¿Cómo sabía que era eso lo que estaba haciendo? Porque yo estaba haciendo lo mismo: memorizarlo, asegurarme de que cada movimiento, cada respiración, cada ruidito que hacía se me quedaba marcado en el alma. Quería recogerlo como agua de lluvia, saborearlo como la sangre; quería que me abriera y tocara todo lo que llevaba dentro, escondido del resto del mundo.

¿Cómo podía producir tanto placer la vulnerabilidad? ¿Cómo podía producir tanto placer el miedo?

Moví las caderas a su ritmo, exprimiendo ese placer lento de cada roce de su cuerpo, sumergiéndome en la forma en que jadeaba entre besos con cada movimiento, con cada contracción de mis músculos.

Aquel fuego lento iba creciendo y creciendo, y convirtiéndose en algo abrumador que nos consumía a los dos, pero nunca descontrolado, nunca aterrador.

Mis exhalaciones se transformaron en gemidos, parejos a los suyos, engullidos por el aliento del otro. No quise dejarlo escapar, ni siquiera cuando aceleramos el ritmo, ni cuando la respiración entre besos se volvió torpe y desesperada.

Quería sentirlo en todo mi cuerpo cuando se viniera, notar cómo se le tensaban los músculos, estrecharlo contra mi cuerpo en aquellos últimos momentos.

De pronto me embistió con fuerza, hasta el fondo. ¡Por la Diosa, quería más! Necesitaba más. Y, sin embargo, no quería que ese instante se acabara nunca.

Me subió a la garganta la necesidad de decirle algo, de decírselo todo. ¡Madre Oscura!, ni siquiera sabía qué, solo que era inmenso, muy importante, incontenible.

Pero fui incapaz de verbalizar lo que sentía.

Así que le solté «Raihn», en los labios, una pregunta, una respuesta, una súplica.

Porque ese nombre era todas aquellas cosas, ¿no? Raihn. Mi perdición y mi apoyo más valioso. Mi debilidad y mi fortaleza. Mi peor enemigo y el mayor amor que había conocido en la vida.

Todo eso en un solo nombre, en una sola persona, en una sola alma que conocía tan bien como la mía, igual de confundida, igual de imperfecta.

El placer creció, alcanzó su máxima expresión en el punto por el que estábamos conectados.

Quería sentir a Raihn por todas partes, dárselo todo.

—Raihn... —volví a gimotear sin saber lo que le pedía.

—Ya lo sé, princesa —me susurró—. Lo sé.

Y entonces, justo en el momento en que supe que nos precipitábamos los dos al vacío, interrumpió el beso y se apartó.

Solté un ruidito de protesta y empecé a perseguirlo, porque necesitaba saborearlo durante el clímax.

—Déjame que te mire —murmuró con voz ronca—. Por favor. Una última vez.

Y, ¡Madre Oscura!, lo dijo como si fuera lo último que quisiera de la vida antes de perderla. No habría podido negárselo aunque hubiera querido, porque entonces me llevó la mano abajo y me separó aún más las piernas, preparándome para una última embestida con la que iba a llegar a lo más hondo de mi ser.

Arqueé la espalda, pegándome a su pecho. No pretendía gritar, pero se me escapó un alarido, incontrolable. Le clavé las uñas en el hombro, aferrándome a su cuerpo durante la oleada de placer, para poder sentir cómo se tensaba él también mientras me llevaba hasta el final.

Pero no cerramos los ojos, ni siquiera mientras nos perdíamos los dos. Nos miramos, fijamente, desnudos y expuestos en el momento más vulnerable de nuestro placer.

Raihn era tan hermoso... Estaba con los labios separados, la mirada penetrante, completamente concentrado en mí. Hasta el último ángulo de su rostro, hasta la última cicatriz, hasta el último defecto.

Perfecto.

El placer fue remitiendo y, con él, la tensión de nuestros músculos. Se retiró de encima de mí y yo me instalé con naturalidad en el hueco de su brazo, envuelta por la cadencia de su respiración.

No hablamos. No había más que decir. Le besé la cicatriz de la frente y la uve invertida de la mejilla y, por fin, los labios; luego volví a acurrucarme contra él y nos relajamos los dos.

64

RAIHN

Oraya y yo nos quedamos acostados un buen rato, con los ojos cerrados, pero sin dormirnos. Me pregunté si sería consciente de que yo siempre sabía si estaba despierta; lo sabía cuando la tenía en el cuarto de al lado y, claro, también en aquel momento, en que, con su cuerpo desnudo pegado al mío y los brazos a su alrededor, notaba en el pecho la cadencia de su respiración.

A otros podría haberles parecido una pérdida de tiempo que estuviéramos así acostados en las que quizá fueran nuestras últimas horas de vida. Carajo, la última vez que me había enfrentado a la muerte con Oraya había querido pasar cada segundo de mi vigilia dentro de ella, repasando uno por uno una retahíla de placeres.

Pero aquello... aquello era distinto.

No necesitaba más gemidos carnales. Quería todo lo demás: su forma de respirar, su olor, la disposición exacta de aquellas pestañas oscuras sobre sus mejillas.

La sensación de estar, sin más, a su lado.

A lo mejor por eso, a pesar de todo lo que nos esperaba cuando cayera la noche, me alegraba de no haberme dormido, ni siquiera cuando Oraya, por fin, ¡por fin!, se dejó atrapar por un sueño ligero e intermitente.

Yo, en cambio, me dediqué a observarla.

Hacía doscientos años, antes de que terminara el Kejari, había yacido al lado de Nessanyn toda una mañana de insomnio no muy distinta a aquella. Aún faltaban horas para que Vincent resultara vencedor de la última prueba, matara a Neculai y sembrara el caos en mi vida y en la Casa de la Noche. Horas antes, yo le había suplicado a Nessanyn que se fugara conmigo, y ella se había negado.

Ese día la observé mientras dormía, convencido por completo de que la amaba. De hecho, en realidad, aquella era mi única certeza.

Estaba desesperado por tener a quien amar, de quien cuidar cuando mi propia vida me importaba bien poco.

Pero no era por ella. Nunca me asustó quererla. Era un mecanismo de supervivencia.

Amar a Oraya me aterraba.

Me obligaba a ver cosas que no quería ver, a enfrentarme a cosas a las que no quería enfrentarme, a permitir que otro ser fuera testigo de esas partes de mí que ni siquiera me apetecía reconocer.

De pronto me sentí como un imbécil por no haberlo visto nunca así, por no haberlo asociado a esa palabra hasta aquel instante.

Claro que era amor.

¿Qué otra cosa podía ser que alguien te calara de ese modo?, ¿que viera tanta belleza en lo que tú odiabas de ti mismo?

Casi habría preferido no darme cuenta, porque hacía que lo que se nos avecinaba resultara mucho más devastador. Era más fácil no tener nada que perder.

Yo nos había metido a todos en aquel caos. Si tenía que morir para acabar con ello, que así fuera. Pero que Oraya muriera por mis errores...

Eso sería una tragedia. El mundo jamás se recuperaría.

Yo mismo, lo supe en aquel instante, jamás me recuperaría.

Pero, de momento, ella estaba a salvo. Aún nos quedaban unas horas valiosísimas hasta que todo cambiara, para bien o para mal. No iba a desperdiciar ni una sola de ellas durmiendo.

Me las pasé contándole las pecas de las mejillas, memorizando el patrón de sus respiraciones, observando el aleteo de sus pestañas...

Y, cuando se puso el sol y Oraya despertó, me miró adormilada con aquellos ojos luminosos como la luna y me preguntó: «¿Has dormido bien?», le di un beso en la frente y contesté:

—De maravilla.

Y no me arrepentí en absoluto.

65

ORAYA

No suele hablarse de la forma tan cotidiana en que comienzan esos días que hacen historia, esos que cambian el curso de civilizaciones enteras. Raihn y yo nos levantamos y nos pusimos las pieles como si fuera una noche cualquiera. Comimos algo, aunque yo tenía el estómago tan revuelto que no conseguí retenerlo. Repasamos rápidamente las armas. Desmontamos la tienda de campaña.

Todo de lo más normal y rutinario. No perdíamos el tiempo. El cielo aún estaba algo morado, de los restos de la puesta de sol. Para cuando el alba lo tiñera de rosa, todo sería distinto.

Raihn y yo no hablamos. Después de lo del día anterior, yo no tenía nada que decir, o al menos me convencí de que así era, cuando, en el fondo, lo que pasaba era que no sabía cómo hacerlo.

El mapa de mi mano ya era más detallado; seguía cambiando de escala a medida que nos acercábamos a nuestro destino. Estábamos a un vuelo corto de la estrella, situada en el centro del dorso, entre dibujitos de rocas y montañas que variaban según como ladeara la mano.

Dejamos allí la tienda de campaña. Pasara lo que pasara, al alba ya no íbamos a necesitarla.

Nos lanzamos al cielo y todo lo demás desapareció a nuestros pies. Era una noche muy despejada, y el firmamento que teníamos por delante brillaba en una oscuridad aterciopelada de estrellas plateadas, con algunos nubarrones incipientes al oeste que oscurecían el perfil lejano de Sivrinaj.

Volamos varias horas y los desiertos fueron transformándose poco a poco en colinas rocosas. El contorno distante de Sivrinaj se fue acercando, aunque seguía siendo poco más que unos manchones de luz en medio de un montón de nubes. Detestaba que aquellas nubes nos restaran visibilidad.

—Mira —susurró Raihn cuando nos acercábamos a nuestro objetivo, arrimándose a mí y señalando al norte, donde las nubes habían empezado a abrirse.

Se me dibujó una sonrisa en la cara sin que pudiera impedirlo, una sonrisa grande y tonta. Porque allí, en el cielo, el panorama era inconfundible: una maraña de alas, con plumas y sin ellas, emborronaba las estrellas. Aunque estaban lejos, si entrecerraba los ojos, distinguía las figuras que iban a la cabeza: Jesmine, Vale y Ketura, con Mische en brazos.

Y luego, más abajo, al oeste, otra imagen tranquilizadora: coronando a pie las cimas de las colinas, una avalancha de tropas vestidas con armaduras improvisadas con piezas dispares, blandiendo armas recicladas, pero luciéndolo todo con la cabeza bien alta.

Los humanos.

Teníamos un maldito ejército, uno improvisado e inverosímil, sí, pero un ejército a fin de cuentas.

Solté un suspiro brusco de alivio, casi un sollozo ahogado. No había querido pensar mucho en los innumerables derroteros por los que podía discurrir aquella noche, pero albergaba el temor de que Simon hubiera destruido al resto de nuestro ejército antes de que le diera tiempo siquiera a llegar hasta nosotros.

La esperanza que me inundó al verlos hizo que la noche oscura se tornara algo más luminosa.

Los saludamos con la mano, aunque posiblemente estuvieran demasiado lejos para vernos, y luego descendimos en picada y aterrizamos entre las colinas.

Desde arriba, aquella zona no parecía otra cosa que un desierto rocoso, oculto entre las sombras y la luz moteada de la luna, pero, desde tierra, su envergadura era impresionante. Unos pedruscos dentados se alzaban imponentes sobre nosotros. Lo que visto desde arriba parecían solo texturas de la tierra resultaron ser pedazos de edificios, vigas de piedra y columnas partidas que sobresalían de la arena, vestigios hacía tiempo enterrados de alguna versión de esa sociedad caída en tiempos pasados, erosionada por los años.

Me ardía la piel por donde me rozaban el dije, el anillo y la pulsera, y el triángulo que revelaba el mapa me hormigueaba. Una súbita punzada de dolor me hizo inspirar entre dientes cuando aterrizamos. Raihn me lanzó una mirada inquisitiva y preocupada, y yo negué con la cabeza.

—No pasa nada —dije, y me tomé la mano para escudriñar el mapa.

Estábamos tan cerca que el mapa se reorientaba con cada paso. Observando alternativamente mi mano y el paisaje que teníamos delante, avancé con cautela por los pedruscos, serpenteando entre las ruinas. A medida que nos acercábamos al objetivo, me impacienté y empecé casi a correr a trompicones por los escombros irregulares. Pasé por debajo de un arco de piedra semienterrado y tropecé; estuve a punto de caer de rodillas.

—¡Eeeh! —exclamó Raihn, agarrándome del brazo—. Tranquila. ¿Qué pasa?

¡Por la Diosa, lo que me dolía la mano! Me daba vueltas la cabeza. Parecía que el suelo se ladeaba, literalmente, tanto que casi me dieron ganas de soltarle a Raihn: «¿En serio?, ¿acaso no lo notas?».

Volví a mirarme la mano.

Las piedras negras del anillo y la pulsera brillaban de pronto, con una luz azabache, formando volutas de sombra que se transformaban en resplandecientes anillos de luz de luna. Pero lo que fuera que estaba sintiendo procedía de algo más hondo que las joyas que llevaba pegadas a la piel, como si mi propia sangre convocara... convocara...

Raihn me llamó a gritos cuando me zafé de él y continué avanzando a tumbos por el camino.

Tenía la vista fija en un solo punto, al frente.

La puerta se integraba tan bien en el entorno, sumergida en parte en la arena, oculta en las sombras de las columnas inclinadas y las piedras destrozadas que, en otras circunstancias, probablemente habría pasado por allí sin reparar en lo que tenía bajo mis pies.

Pero esa vez todo mi ser me llevaba a aquel punto, aunque me doliera cada paso como si un poder invisible me descuartizara para llegar a lo que fuera que se escondía bajo mi piel.

—Está aquí —dije.

Raihn se detuvo a mi lado. No me cuestionó. Tocó la piedra y apartó de inmediato los dedos.

—¡Por los senos de Ix! —susurró furioso, agarrándose la mano: ya empezaban a salirle ampollas en los dedos.

Desenvainé una de mis armas y me hice un corte superficial en la palma de la mano; luego me dispuse a abrir la puerta.

—Espera... —me dijo él.

Pero yo no vacilé.

Hice un aspaviento cuando mi piel tocó la losa. Por un instante, perdí el contacto con la realidad.

«Soy el rey de los Nacidos de la Noche, y tengo en mi poder algo que ningún ser vivo debería poseer jamás. Pensaba que tener algo así me haría sentir poderoso, pero, en cambio, me siento más pequeño que nunca.

»A mi lado, ella se acerca. Tiene los ojos blancos, lechosos; su magia de diosa la recorre entera. Cuando hace eso, parece sobrenatural, hermosa de una forma que me aterra.

»Roza la puerta...».

Retiré enseguida la mano.

Cuando abrí los ojos, la puerta de piedra ya no estaba. En su lugar, había un túnel de oscuridad. Se me puso la carne de gallina, reaccionando ya a la magia de lo que fuera que se escondía en el interior.

—Hasta el último centímetro de mi ser me grita que no te deje entrar ahí —me dijo Raihn.

Y hasta el último del mío me instaba a que me acercara.

—Es esto —respondí.

Había dudado de la existencia de aquella sangre de dios de la que hablaba Septimus, y puede que lo que mis padres habían ocultado en aquella cueva no fuera sangre, pero de pronto me costaba creer que no estuviera tocado por los dioses. Nadie que sintiera aquello podía negarlo.

No era algo de nuestro mundo.

Raihn alargó un brazo hacia la puerta, pero yo le di un manotazo para impedírselo.

—¡No seas imbécil! —le espeté—. Tú no puedes entrar ahí.

Con cara de dolor, se miró las yemas de los dedos abrasadas y reconoció la verdad, aunque le fastidiara.

—Y, entonces, ¿qué?, ¿vas a bajar tú sola?

—Siempre hemos sabido que eso podía pasar...

Miré fijamente al abismo. Un miedo gélido y lento me envolvió el corazón.

«El miedo es un conjunto de reacciones físicas», me dije, pese a que la oscuridad que tenía delante me aterraba muchísimo más que unos simples colmillos.

Por un instante, me dejó pasmada que aquel hubiera sido mi mayor problema hacía un año.

Raihn no se iba a dejar convencer así como así, ya conocía yo aquella cara, pero, cuando estaba a punto de abrir la boca, alzó de pronto la vista al cielo.

—Demonios —murmuró.

Le vi en la cara lo que estaba a punto de encontrarme con

exactitud en cuanto me diera la vuelta y, aun así, la oleada de guerreros rishan y Nacidos de la Sangre que emergió de las nubes y sobre el terreno en una tromba en apariencia interminable me dejó sin respiración.

Eran MUCHÍSIMOS.

El ejército que tanto me había aliviado ver hacía un rato parecía de pronto tristemente minúsculo. ¡Con lo que nos habíamos esforzado por conseguir formar un ejército con los restos de las tropas leales que bastara..., por la Diosa, que debería haber bastado!

Yo necesitaba creer que iba a bastar.

Me volteé con brusquedad hacia Raihn, que apretaba la mandíbula y cuyos ojos, a la sombra de un ceño fruncido, se veían más rojizos que nunca.

Supe lo que iba a decir antes de que abriera la boca.

—Vete, yo retengo a los otros.

Entonces entendí cómo debía de haberse sentido cuando le dije que iba a entrar en el túnel sola, porque mi cuerpo entero se rebelaba ante aquella frase suya. El impulso de detenerlo, de rogarle que no se enfrentara al hombre que había estado a punto de matarlo, me abrumó por un instante.

Pero no lo hice.

De todas formas, Raihn no podía venir conmigo adonde yo iba, y yo sabía que él quería detenerme a mí tanto como yo a él.

Ninguno de los dos cedió.

No me quedaba otra que entrar en aquel túnel, sola, y a Raihn no le quedaba otra que comandar a los soldados que lo habían seguido a las puertas de la muerte y ser él quien quizá, ¡quizá!, lograra retener a Simon lo suficiente para que a mí me diera tiempo de apropiarme aquella arma.

Ninguno de los dos había elegido su papel, pero, de todos modos, formaba parte de nosotros mismos, lo llevábamos grabado a fuego en el alma, tan claro como las marcas rojas de nuestra piel.

Es difícil describir el sonido de un millar de alas: una especie de bramido grave y siniestro, como un trueno en lento crescendo. Yo era una niña la última vez que lo había oído y, por la ventana, había visto las alas borrar la luna. Ese día había perdido a todos mis seres queridos.

Se acercaban rápido. Cuando volví a hablar, tuve que levantar la voz por encima de aquel alboroto.

—¡Dales con todo!, ¿de acuerdo? —le dije—. Ni se te ocurra dejarlo ganar.

—No tenía pensado hacerlo —contestó, esbozando una sonrisa.

Yo ya me iba, porque la opresión que sentía en el pecho era demasiado y las palabras que no era capaz de pronunciar me pesaban en exceso, pero él me agarró de la muñeca, jaló de mí y me arrimó a su cuerpo un instante, abrazándome fuerte.

—Te quiero —me dijo con urgencia, con un solo golpe de voz—. Solo... solo quería que lo supieras. Te quiero, Oraya.

Y luego me besó una vez, con brusquedad, con torpeza, y se fue antes de que me diera tiempo a decir nada más.

Me dejó allí plantada, tambaleándome, con aquellas dos palabras, «Te quiero», suspendidas en el aire demasiado tiempo. Quizá fueran ellas y no la magia lo que me mareó y me produjo debilidad en las piernas, opresión en el pecho e irritación en los ojos.

Vi la figura de Raihn alzarse al cielo, directo a aquel muro de oscuridad.

Un puntito contra una avalancha.

De pronto me sentí diminuta, como la humana que Vincent siempre me había dicho que era, débil y desvalida, en un mundo que siempre me despreciaría. ¿Cómo había llegado allí, a estar a los pies del legado de mi padre, luchando por gobernar el reino en el que él mismo me había dicho que yo no podía existir siquiera?

Me giré hacia la entrada del túnel.

Aquella oscuridad era antinatural, agotadora.

«No quieres ver lo que hay ahí dentro», me susurró Vincent al oído, extrañamente triste, avergonzado.

«No —me dije—, eres tú quien no quiere que lo vea».

Durante casi veinte años, solo había visto lo que Vincent quería que viera. Me había convertido solo en lo que él quería que fuera. Me había forjado a su gusto, constreñida por el molde en el que él me había vertido y nada más.

Eso me había resultado cómodo.

Pero ahora dependían demasiadas cosas de mí para que no me aventurara a sobrepasar los límites que él me había impuesto.

Me adentré en la oscuridad.

66

RAIHN

Lo lógico sería pensar que, después de haber sido vampiro durante casi trescientos años, habría dejado de sentirme humano, y que, después de doscientos años de libertad, habría dejado de creer las cosas que Neculai me había dicho en otro tiempo.

La división siempre era clarísima: ellos frente a nosotros. Los convertidos siempre llevaríamos algún vestigio de nuestra debilidad humana, de nuestros defectos humanos. Me había pasado la maldita vida cercenando todo resto de esa debilidad en mi persona. Físicamente era más fuerte que nunca, más, quizá, de lo que había sido el propio Neculai.

Pero, cuando me alcé al cielo nocturno, un cielo sobrenatural, de un negro infame por las alas de los guerreros rishan, me sentí absolutamente aterrado.

De joven, pensaba que la valentía era la ausencia de miedo. No. Desde entonces había aprendido que la ausencia de miedo no era más que temeridad.

Me permití sentirlo durante treinta segundos, mientras mis ojos registraban aquella oleada de guerreros que no paraba de avanzar y avanzar y avanzar, y luego me lo tragué.

Viré a la izquierda y ascendí a toda velocidad hacia Vale. Nuestro ejército se había dividido: las tropas de Ketura se dirigían de pronto al suelo en una avalancha de plumas que aleteaban, como lluvia que cayera sobre el desierto, para sumarse a los soldados humanos y enfrentarse con ellos a los Nacidos de la Sangre.

Todos se movían rápido, demasiado rápido. En cuestión de minutos, aquellas tropas imparables chocarían.

Aún no estaba del todo acostumbrado a que Vale se sintiera aliviado de verme.

—Alteza... —dijo, alzando la voz por encima del viento y el murmullo rítmico y constante de las alas.

—No los dejen ir más allá de las ruinas —ordené.

Observó las piedras que teníamos a nuestros pies. Advertí que ataba cabos, que deducía lo que debía de haber allí abajo.

—Entendido. —Me miró de pronto, con el interrogante visible en los ojos—. Entonces, ¿han...?

—Oraya está buscando.

Esa respuesta hizo que pareciera algo de lo más normal, y no que acababa de dejar que se metiera sola en aquel siniestro pozo mágico.

Me acerqué un poco más, todo lo que pude sin que chocáramos.

—Deténganlos como sea, Vale, pase lo que pase, ¿entendido?

Lo entendió; se lo vi en la cara. Sabía que el nerviosismo de mi voz no era solo por el artilugio, por poderoso que fuera.

—Los retendremos —contestó con firmeza—. Te doy mi palabra.

Al levantar la cabeza, me encontré de frente la avalancha de soldados que venían a toda velocidad hacia nosotros, en un bloque uniforme e implacable. Vale desenvainó la espada, muy serio, apretando la mandíbula.

—¡Empujen las armas! —bramó, y su voz resonó en el aire y el eco se propagó por los ejércitos a medida que los capitanes pasaban la orden.

El ejército de Simon estaba ya lo bastante cerca como para que les viera las caras. Y vi la suya mejor que la de nadie, con el rostro ensangrentado, iracundo. Prácticamente rezumaba poder sobrenatural: un humo fino teñido de escarlata se acumulaba en el contorno de sus alas, y el resplandor de su pecho brillaba en la oscuridad de la noche como carbones encendidos.

Con solo mirarlo una vez, supe que podría destrozar a los pobres desgraciados que se abalanzaran sobre él. Quizá el poder del heredero bastara para retenerlo. Quizá.

—A él ni te acerques —le dije a Vale—. Déjamelo a mí.

Lo cierto era que no lo hacía por altruismo: buscaba la revancha.

Desenvainé la espada.

67

ORAYA

No veía un carajo. Maldije mis ojos humanos mientras avanzaba dando tumbos por la oscuridad, una oscuridad tan absoluta que, al cabo de unos pasos, se tragó incluso los restos de luz de luna que se colaban por la puerta abierta. Con una mano fui palpando a ciegas el camino al tiempo que me adentraba en las sombras densas; con la otra sostenía una esfera de Fuego de la Noche que apenas alcanzaba a penetrar la negrura.

¿Qué buscaba?, ¿una caja fuerte?, ¿un cofre? ¿Dónde habría escondido Vincent algo tan poderoso? ¿Lo habría convertido en arma? ¿Tenía que caminar palpando aquellas paredes hasta encontrar...?, ¿qué?, ¿otra espada mágica esperándome? ¿O...?

Al dar el siguiente paso, no hallé el suelo donde lo esperaba.

Me caí de nalgas, fuerte, y resbalé por un tramo de escaleras. Me aferré como pude a las paredes para frenarme; el Fuego de la Noche chisporroteaba.

Con un torpe CATAPLOF, me detuve.

—Demoniooos —susurré furiosa.

Me dolía el coxis. Había perdido la cuenta de la cantidad de escalones con los que me había dado en el descenso, pero, por suerte, no parecía que me hubiera roto nada. Habría sido de lo más patético que, con todo lo que me había pasado ya, de pronto acabara conmigo una caída por las malditas escaleras.

Me levanté con una mueca de dolor: mis músculos doloridos protestaban.

Volví a conjurar el Fuego de la Noche en la palma de la mano y lo sostuve en alto delante de mí.

La persistencia sobrenatural de la oscuridad, por lo visto, se había quebrado, porque de repente la luz fría refulgió entre las sombras.

Solté un suspiro tembloroso al ver lo que tenía delante.

Me encontraba en una sala circular labrada enteramente en piedra, justo en el umbral de una entrada arqueada. En el centro de la estancia se alzaba una columna inmensa que llegaba hasta el techo. La rodeaban dos barreras circulares que me llegaban como a la cintura, concéntricas, la segunda más grande que la primera. La piedra era negra y pulida, sin duda obra de un gran artesano. Forraban las paredes unas lámparas sin encender, seis por todo el círculo.

Hasta el último centímetro de aquel lugar —las paredes, las barreras, la columna misma— estaba cubierto de inscripciones labradas. En la vida había visto nada semejante. No parecían un idioma exactamente; no estaban dispuestas en las líneas ordenadas típicas de cualquier escritura. La mayoría de los símbolos formaban círculos, aunque algunos flotaban por su cuenta o estaban insertados a modo de cuña entre otros conjuntos de inscripciones.

¿Glifos, quizá? ¿Sellos?

Los adeptos de Nyaxia apenas los usaban, salvo en invocaciones, pero había oído decir que algunos hechiceros que recurrían a los dioses del Panteón Blanco sí. Algunas de aquellas marcas, más de cerca, me recordaban a símbolos que había visto en las anotaciones de mi madre.

Me aparté con cautela del último tramo de escalera, algo encogida, casi esperando que desapareciera el suelo que pisaba o que se incendiara de pronto. Al ver que no pasaba nada semejante, solté un suspiro de alivio y recorrí el perímetro de la estancia, encendiendo todas las lámparas con Fuego de la Noche.

Había algo raro en aquel sitio. Me picaba la piel; el aire era demasiado denso, como si la propia atmósfera estuviera sobrecargada de magia. Era una sensación desagradable, similar a la que había tenido al blandir a Arrebatacorazones por primera vez, solo que muchísimo más intensa.

La magia de aquel sitio, lo tenía claro, no estaba pensada para mí. A causa de mi sangre, lo bastante próxima, me había permitido el acceso, pero recelaba de mi persona. Solo la Diosa sabía qué clase de muerte horrible me procuraría si decidía deshacerse de mí como de un molesto virus.

Con las lámparas encendidas, la sala no resultaba menos estremecedora. En todo caso, el titilar de la luz azul la hacía más inquietante. Di otra vuelta siguiendo el muro más cercano, paseando los dedos por él en busca de algo, lo que fuera, que me orientara.

Posé los ojos en el centro de la estancia, en la columna, que, de pronto, me parecía importante. La «sentí» importante, como si me llamara.

Intenté saltar el primer muro, pero algo me hizo caer de espaldas al instante, como si acabara de arrojarme contra una barrera invisible.

¡Por la Diosa y todos sus malditos vástagos!

Me zumbaban los oídos, aunque no tenía claro si por el golpe o por la magia, que de repente me parecía abrumadoramente densa.

Me puse en pie. Me temblaban un poco las rodillas, pero dudaba que tuviera algo que ver con la caída.

De acuerdo, no podía saltarlo.

Rechiné los dientes, nerviosa. El silencio allí abajo resultaba sobrenatural. No se oía ni el menor eco del mundo exterior. Pero yo sabía que los ejércitos de Simon y Septimus debían de habernos atacado ya.

Raihn probablemente estaba luchando con intensidad con el hombre que había estado a punto de matarlo.

No tenía tiempo para eso.

«Piensa, maldición».

Apoyé las manos en el muro divisorio, lo bastante fuerte como para clavarme las inscripciones en la piel. Cerré los ojos. Me rendí a las sensaciones que me había empeñado en evitar, a la magia que horadaba mis vulnerabilidades más vergonzosas.

Una magia tan poderosa precisaba una ofrenda de quienes la usaran, y Vincent había querido proteger aquel lugar de cualquiera que no fuera él. Con cada una de las cosas suyas que había usado había tenido que dar algo a cambio.

Lo único que había sido siempre mi mayor debilidad.

Desenvainé el arma y me hice un corte más grande en la palma de la mano. Un nuevo reguero de color carmesí corrió por la piel clara y frágil.

Después apoyé la mano en la piedra.

El rojo de mi sangre fluyó por las inscripciones de negro liso, rellenando los sellos. Hice un aspaviento al ver que se la bebían de inmediato, como vampiros con sed de sangre.

Y el aspaviento se transformó en un grito ahogado cuando la magia creció de repente y me llevó por delante.

68

RAIHN

Simon miraba justo aquellas ruinas.

Parecía que lo supiera. Pero ¿cómo? A lo mejor integrar pedazos del cadáver de un dios en tu propio ser te permitía detectar, de forma inexplicable, otra magia terrible. O tal vez aquello que Simon había convertido en parte de sí mismo atraía de pronto, en silencio, a su igual.

No era capaz de explicarlo, ni lo pretendía, pero, cuando me acerqué lo suficiente como para captar eso, el pequeño giro de la cabeza, el destello voraz de interés en su mirada, todo lo demás se esfumó.

Fue como en la boda, cuando vi a Simon hablando con Oraya y, de repente, el resto me dio absolutamente igual. Interponerme entre él y la entrada a aquel túnel era mi único propósito.

Descendí en picada sobre él y no me detuve ni siquiera cuando nos estampamos el uno contra el otro como estrellas que chocan en el cielo nocturno.

Yo iba espada empuñada, con la magia desatada, listo para atacar con todo lo que tenía y, cuando Simon se volteó hacia mí en el último instante, con el acero en alto para detener el mío, su magia también in crescendo, casi quedamos igualados.

El estallido de poder, luz y oscuridad, rojo y negro, estrellas y noche, arrasó con los dos.

Me reventaron los oídos. Todo me llegaba apagado y lejano, como si estuviera dentro del agua. Mis ojos, completamente abiertos en todo momento, abrumados por aquella intensidad, redujeron el mundo a siluetas moteadas cuando la magia fue extinguiéndose.

Salimos los dos disparados, desviados por la fuerza pasmosa que acabábamos de desatar. Al fondo, varios guerreros que habían tenido la mala suerte de sufrir la onda expansiva de nuestro ataque cayeron a tierra, flácidos y con las alas rotas.

No tuve tiempo de contar cuántos eran de los míos y cuántos de los suyos.

No podía pensar en otra cosa que no fuera Simon.

Cuando me sonrió en medio de la avalancha de acero y magia, me recordó a Neculai, a la versión de él que había visto en la prueba de la Medialuna, en la oscuridad previa a la batalla. La misma que aún veía en mis pesadillas, después de tantísimos años.

Nunca más.

Me movía ya por instinto, gestionando tajos y evasiones, saboreando cada vez que mi espada tocaba carne. Con los años, había aprendido a comunicarme mediante mis estrategias de lucha, a convertir cada combate en una actuación. Esa noche no.

Esa noche luchaba para matar.

Retorcí el cuerpo cuando Simon esquivó uno de mis ataques; aproveché su inercia para devolvérselo y le atravesé un ala.

No era la primera vez que le acertaba, pero sí la primera que lo sorprendía.

Dio un tumbo y yo sonreí al verle la cara de espanto, como si no acabara de creer que le había acertado, hasta que empezó a caer lateralmente.

No perdí un segundo.

El siguiente tajo se lo asesté en el costado, expuesto en su empeño por enderezarse, con el brazo levantado y dejando al descubierto el punto más vulnerable de su armadura, justo debajo de la axila.

Lo que sentí cuando la hoja le atravesó la carne me produjo la mayor satisfacción de toda la noche, solo eclipsada, quizá, por el gruñido de dolor que profirió a continuación.

Valió del todo la pena lo que vino después.

Mientras yo le extraía de un jalón la espada del costado y un chorro de sangre negra me rociaba la cara, me agarró muy fuerte por el cuello de la armadura. El mundo pasó a toda velocidad a nuestro alrededor; el cielo que él tenía a la espalda se convirtió en un manchón de cuerpos ensangrentados y estrellas lejanas difuminadas.

Me arrimó a su cuerpo, tanto que me salpicó saliva al hablar.

—Este reino no se hizo para gente como tú —gruñó—. ¿Quién te has creído que eres? ¿Acaso piensas que puedes convertirte en él? ¿TÚ?

Fue realmente increíble cómo encajó todo de pronto y quedó meridianamente claro.

Mi peor temor de tantísimo tiempo: que Neculai me mirara a los ojos y me dijera que mi corona me condenaba a ser como él o que la perdería porque no podía serlo.

Simon estaba en lo cierto: él era todo lo que un sucesor de Neculai debería haber sido.

Y eso sería precisamente lo que lo destruyera.

Le sonreí. Me arrimé, lo agarré del hombro y acerqué la cabeza a su oído. Hasta olía a Neculai, a aquella mezcla repugnante de sangre y rosas marchitas que me perseguía en mis noches más oscuras.

—Tienes razón —le dije—: yo no soy más que un esclavo convertido. Y nunca seré otra cosa.

Y justo cuando Simon se giró para mirarme, confundido, metí mi mano libre por un hueco de la armadura, agarré el borde dentado y retorcido del metal engastado en su piel y jalé.

Profirió un alarido de dolor.

El mundo se volvió blanco.

Todo desapareció durante unos cuantos segundos horribles. Perdí el control de mis sentidos.

Cuando lo recuperé, Simon y yo nos precipitábamos a tierra.

69

ORAYA

En cuanto mi sangre tocó la piedra, dejé de estar allí. Dejé de ser Oraya. Me vi de pronto en algún pasado lejano, absorbida por un alma ajena.

Supe quién era de inmediato, igual que la noche en que arranqué el dije de las alas de su padre. Lo habría reconocido en cualquier parte, aun desde el interior de sus propios recuerdos.

Vincent.

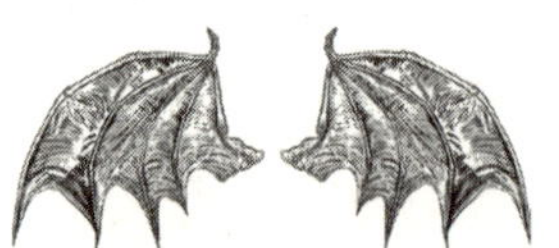

La veo observar este sitio. Lo mira con absoluto asombro, pese a que es poco más que una cueva. Siempre ha sabido ver el potencial a las cosas. A lo mejor fue eso lo que me atrajo de ella: que me recuerda que fui un soñador en su día.

Claro que no voy a negar que también yo estoy algo asombrado. Nos ha costado muchísimo, muchísimas noches y días en vela, llegar hasta aquí. Ella tomó los artilugios sin refinar que descubrí hace tiempo y los ha convertido en algo increíble. Y ahora este lugar sirve de monumento físico a todo lo que hemos logrado juntos.

Ya está hecha la primera capa de nuestra cámara sellada: la piedra lisa y pulida que tocan mis manos. Ella lleva las mejillas tiznadas, de las horas que ha pasado labrando en esta piedra círculos de conjuros perfectamente entrelazados.

—Tienes que ponerle algo de ti mismo —me dice.

Acaricia la piedra como a un amante. La veo pasear los dedos de un lado a otro por el suave ónix.

—Sangre —respondo sin más.

—Va a hacer falta algo más que sangre, igual que para eso has necesitado algo más que sangre. —Me señala la espada que llevo a la cadera—. A eso le pusiste un pedazo de tu alma, y esto otro servirá para custodiar un arma mucho más poderosa.

—Pues alma —contesto, fingiéndome hastiado, en parte porque sé que le va a fastidiar, y así es, y al fruncir la nariz se le estira el tizne.

—Búrlate todo lo que quieras, mi rey, pero piensa en algo poderoso cuando derrames tu sangre sobre esto. Cuanto más intensa sea la emoción, mejor. No puedes elegir lo que esta magia se va a llevar de ti, pero sí ofrecerle opciones potentes. —Vuelve a mirarme con esos ojos grandes y oscuros, y esboza una sonrisa de medio lado—. Piensa..., yo qué sé, en tu deseo voraz de poder y todo eso. En el último enemigo al que aniquilaste, por ejemplo. Cosas así...

Resoplo.

—¿Esa es la clase de persona que crees que soy?

La sonrisa de medio lado se transforma en una sonrisa completa. La veo florecer en sus labios, y la distracción me frustra.

—¿No es eso lo que quieres ser? ¿No es ese el motivo por el que estamos haciendo esto?

Tiene razón. Sin embargo, la conclusión me ofende más que la sonrisa. Tomo el puñal y me paso la punta por la palma de la mano; después pego la mano a la piedra y dejo que mi sangre impregne las inscripciones a las que ella ha dedicado tanto tiempo.

Procuro pensar en poder y grandeza, en la sensación que me produjo atravesarle el corazón con mi arma a Neculai Vasarus, en el cuerpo sin vida del padre al que odiaba y en la satisfacción que me produjo escupir en su tumba. Algo poderoso, me ha dicho ella. Esos son mis momentos más poderosos.

Pero no consigo apartarle la mirada de la boca, ni de las manchitas de tizne de la nariz, ni de esa pequeña cicatriz de la ceja.

—Ven aquí —le digo sin poderme contener.

Nadie me desobedece cuando doy una orden, ni siquiera ella. Se esfuma su sonrisa. Le brilla en los ojos una incertidumbre momentánea.

Se acerca.

Huele de maravilla, a humana: dulce, sabrosa, compleja; a flores, a tierra, a canela. Echa la cabeza un poco hacia atrás.

—¿Sí? —murmura.

Se le ha acelerado el pulso.

Curiosamente, a mí también.

El deseo es agotador. Ya no recuerdo cuándo fue, en qué momento, su presencia empezó a resultarme enloquecedora. Lo detesto. Me cuesta pensar cuando la tengo cerca.

Ante eso no tengo poder.

Aún tengo la mano derecha pegada a la piedra y mi sangre chorrea por el borde del muro, pero le llevo la izquierda a la cara e intento quitarle el tizne con el pulgar, solo que le dejo una raya negra.

Su piel es increíblemente cálida.

La boca aún más.

Retrocedí tambaleándome, agarrándome la mano, cubierta ya de sangre. Los recuerdos de Vincent se entremezclaban con los míos, con la imagen del rostro de mi madre, ¡por la Diosa, mi madre!, tan grabada a fuego en mi mente que casi podía ver su silueta al cerrar los ojos.

Estaba tan desorientada que ni noté que temblaba el suelo, hasta que oí crujir la piedra. Parpadeé para deshacerme de aquellos recuerdos de Vincent y vi que el muro que tenía delante descendía, poco a poco, hasta ponerse a ras de suelo. Las inscripciones que había a mis pies y las del borde del muro encajaron a la perfección, latiendo todas con una suave luz roja, aún manchadas de los restos de mi sangre.

De pronto entendí la visión.

¡Aquello era una cámara sellada!

Cada muro era una capa, una fase, como las clavijas de un candado. Y la columna del centro era la pieza final, el giro de la llave.

Inhalé aire nerviosa y lo solté entrecortadamente. Di varios pasos cautelosos hacia el segundo anillo de piedra. La magia de aquella sala parecía hacerse cada vez más densa, más nociva que unos minutos antes. Me martillaba la cabeza. Tenía el estómago revuelto. Me temblaban las extremidades.

Pero lo que más me angustiaba de todo era pensar que Raihn estaba arriba, luchando por su vida.

No tenía tiempo para miedos.

Avancé con determinación, medio tambaleándome, hasta el siguiente muro.

En esa ocasión no titubeé. Volví a hacerme el corte en la palma y, cuando empezó a salir sangre, pegué la mano a la piedra.

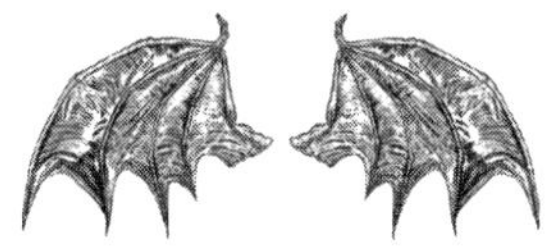

La mano ya me sangra.

Rabia. Rabia absoluta. Afuera llueve, era una de esas lluvias torrenciales tan poco frecuentes que de vez en cuando asolan los desiertos. Me chorrea la lluvia del pelo a las inscripciones. No hace mucho que ella las terminó y en las ranuras aún queda polvo, que, al mezclarse con mi sangre, forma un barrillo negro que se vierte a las hendiduras.

Las odio.

La odio.

No tendría que haber venido aquí en este estado. No es esta la impronta que quiero dejar en algo tan relevante. Se supone que esto tenía que hacerme poderoso y, en cambio, está convirtiéndose en un monumento a mis flaquezas. Pero debía venir aquí esta noche, asegurarme de que ella no me había traicionado con el último desaire, de que contaba con poder suficiente para terminar lo que habíamos empezado juntos.

¿En serio pensaba que la cosa se acababa ahí?

¿De verdad creía que su marcha me iba a detener?

Me llamaba ambicioso; yo a ella, débil. ¿Cómo se atrevía a hablarme así? Había salido de la nada. Yo la había convertido en lo que era.

Iba a ofrecerle la eternidad.

Iba a dárselo todo, y ella me miraba a los ojos y me escupía a la cara.

¿Acaso no sabía cuántas mujeres habrían muerto por una oportunidad así?, ¿cuántos vampiros matarían por formar parte de la aristocracia vampírica?

¿Creía que yo no podía oler a mi propia criatura en su vientre?

Al pensarlo, el miedo me perfora el pecho. Me cuesta respirar.

Mi hijo.

Una amenaza, y no una cualquiera, sino la peor de todas. ¿Cuántos reyes mueren a manos de sus hijos?

Si se hubiera quedado... Si me hubiera hecho caso...

Habríamos podido arreglarlo.

Pero ahora se ha ido y yo voy a tener un hijo por ahí, en algún lugar del mundo, y... y...

Me hinco de rodillas, con la frente pegada al borde afilado del muro. Me duele muchísimo el pecho. Me debato entre dos sentimientos, ninguno de ellos agradable, y la odio por hacerme sentir de ese modo.

Me avergüenzo de mí mismo.

Pienso en cada palabra que le he dicho, en cada gesto de dolor que le he visto en el rostro.

Yo nunca quise esto. Fue ella la que vino a mí, la que no paraba de encontrar excusas para quedarse.

Pienso de pronto en la alcoba vacía del castillo vacío y me resulta más doloroso que cualquier herida de guerra que haya sufrido en mi vida.

Debería ir tras ella, perseguirla, cortar el hilo suelto de mi tapiz, arreglarme la brecha de la armadura. Es lo que habría hecho mi padre, lo que habrían hecho todos los reyes anteriores de la Casa de la Noche.

Pero ella me ha mirado a los ojos y me ha preguntado si podía marcharse tranquila, si años de amor y compañía le habían otorgado ese derecho.

Y yo le he dicho:

—Te puedes ir cuando quieras. Es muy soberbio por tu parte suponer que me importas lo suficiente como para perseguirte.

Casi toda esa conversación se ha convertido en una nebulosa, de crueldades sumadas a más crueldades. En cambio, recuerdo hasta la última palabra de su respuesta.

Aquí, en presencia de la magia que ella ha creado para mí, ya no puedo mentir. Y, desde luego, era mentira. Una mentira pueril.

Aquí no puedo mentirme a mí mismo.

Se ha ido. No va a volver.

Además, aunque la encontrara, no sería capaz de matarla.

La flaqueza de esta confesión que me hago me deja atónito, me abochorna. Me odio por ello.

Y, aun así, sé que me odiaría más plantado ante su cuerpo

sin vida. Pienso en otra mujer de ojos oscuros, una antigua reina que fue amable conmigo cuando no lo merecía, y a quien no perdoné la vida, y me noto una punzada de remordimiento.

Lo que sentía por Alana era, ¡es!, mucho mayor que lo que en su día sentí por una enemiga afable a la que apenas conocía. Experimento un rechazo físico al pensar en lo que debió de dolerle la herida que la mató.

Me obligo a ponerme de nuevo en pie. Tengo tantos cortes en las manos que la sangre rebosa las inscripciones. Hasta me he manchado la cara con ella y me escuecen los ojos.

Alzo la mirada a la belleza que tengo delante, esta fortaleza destinada a albergar un poder mayor que el que ningún rey, ni de la Casa de la Noche ni de ninguna otra, haya esgrimido jamás ante mí.

¿Y me preocupo por una humana?

Me obligo a esconder mi vergüenza y mi dolor en un rincón oscuro de mi mente del que nunca volverán a salir.

Déjala marchar, me digo.

No vale nada, me digo.

Aparto la mano.

Sentí náuseas. Esa vez ni siquiera recuperé la consciencia hasta que el muro bajó del todo y caí al suelo con él. Me encontré de pronto a cuatro patas sobre la piedra, vomitando. Había comido muy poco ese día. No me vinieron a la boca más que unos cuantos escupitajos de líquido pútrido.

Me limpié con el dorso de la mano y levanté la cabeza.

Ya solo tenía delante la columna; no, ese nombre no le hacía justicia. El obelisco. Las inscripciones de este eran, ya podía verlas, algo distintas de las del resto de la cueva, aunque no sabía bien de qué modo: los trazos eran algo más enrevesados; los círculos, un poco menos perfectos... El Fuego de la Noche se había ido apagando, ¿o me parecía a mí que la sala estaba un poco más oscura? El resplandor rojo intenso de las inscripciones parecía más agresivo con cada uno de mis latidos e igualaba su cadencia.

Los recuerdos de mi padre —pena, rabia, miedo— me ardían en las venas. La aterradora arma de doble filo del amor y la aversión que le inspiraba mi madre. Odiaba sentirme así.

¡Lo odiaba a él por haberse sentido así!

Contemplé el obelisco. Pestañeé y me cayó una lágrima por la mejilla.

No era mi intención.

Los recuerdos, las emociones, no habían hecho más que intensificarse a medida que me acercaba al centro de la sala. Estaba perdiendo el control. Aquello, temía, me iba a hacer polvo. Peor aún: por frágil que fuera, podía acabar con la imagen que aún tenía del padre al que había querido y que me había querido a mí.

¿Qué clase de cobarde de mierda era que, después de todo, aún atesoraba aquello?

Pero yo había ido allí por un motivo. No me quedaba otra que continuar, que pasar a la siguiente fase de la cámara sellada.

Me puse en pie, tambaleándome, y pisé el último círculo.

No me hizo falta otro corte en la mano; ya la llevaba cubierta de sangre.

La apoyé en la piedra.

70

RAIHN

Las alas no me funcionaban. No pude frenarme, detenerme antes de llegar al suelo y estamparme contra él.

Dolor. Intenté moverme. Oí un chasquido. No lograba abrir los ojos. Cuando lo intenté, vi inclinado sobre mí un rostro que hacía muchísimo que no veía.

Frunció el ceño, extrañado.

¿¿Nessanyn??

Tenía exactamente el mismo aspecto que hacía doscientos años, y el pelo oscuro rizado le caía por la cara al inclinarse a mi lado. Sus ojos pardos, de infinita profundidad, me miraron sin parpadear, empañados de lágrimas.

«¿Quién gana? —me preguntó con la voz quebrada—. ¿Quién gana si te mata?»

Me lo había repetido muchas veces por entonces, apartándome de la línea en incontables ocasiones cuando estaba a punto de cruzarla.

Siempre había pensado que Nessanyn era mucho más fuerte que yo.

En cambio, aquella versión de ella estaba sin duda aterrada. Era una mujer solitaria y maltratada, prisionera de su matrimonio.

No luchaba porque tenía demasiado miedo, porque hacía

falta una valentía disparatada para seguir luchando cuando sabías que lo tenías absolutamente todo en contra.

Alargué la mano y le toqué la barbilla. Ella me sostuvo los dedos y los retuvo allí, mientras le rodaba una lágrima por la mejilla.

«¿Quién gana?», repitió.

«A lo mejor yo no —le contesté—. Pero vale la pena intentarlo, ¿no?»

Quiso retenerme la mano, pero yo me zafé de ella.

Abrí los ojos.

Por encima de mí, se desataba una carnicería en los cielos. La sangre de los guerreros enzarzados en la batalla centenares de metros arriba chorreaba sobre las rocas como lluvia negra. Una gota me cayó en la cara.

Era una pesadilla. Una de esas imágenes que, lo supe enseguida, iba a hacer que me despertara con sudores fríos dentro de diez años..., si tenía la suerte de salir vivo de allí.

Intenté levantarme. Un dolor fortísimo me robó el aliento.

¡Por los senos de Ix! Estaba roto, roto del todo. Me había excedido mucho en las últimas semanas, y lo que fuera que acababa de hacerme Simon había sido la gota que colmaba el vaso.

Ya había muerto antes. Sabía lo que era estar en la antesala del fin de tus días.

Aún no.

Levanté la cabeza. Me cayó en la frente otra gota de sangre de arriba, que me rodó hasta un ojo y me tiñó el mundo de un rojo negruzco. Por él estudié las ruinas que me rodeaban. Había aterrizado en una piedra que me había hecho trizas el costado derecho. Todavía tenía las alas desplegadas, aunque enseguida vi que la derecha estaba inutilizada. El brazo también se negó a cooperar cuando quise recuperar la espada. Agarré la empuñadura con la izquierda y todos mis músculos se quejaron del peso del arma.

Alcé de nuevo la cabeza.

Allí, entre las ruinas, Simon se puso en pie con dificultad. Llevaba la pechera de las pieles impregnada de sangre. Tenía una de las alas completamente retorcida, y una sangre negra y pegajosa le manchaba las plumas. La... cosa aquella del pecho le latía muy brillante, lo bastante como para surcar la noche e iluminar su rostro anguloso desde abajo.

Se tambaleó, agarrándose la cabeza, y soltó un bramido espeluznante que sonó como el aullido de un animal.

Luego se irguió y posó los ojos en mí.

Clavé la espada en el suelo y la usé para enderezarme.

¡Que el maldito sol se me llevara!

Las piernas apenas me sostenían. Apenas.

Lo disimulé. Me limité a sonreír. No caí en cuenta de toda la sangre que tenía en la boca hasta que la expresión hizo que me chorreara por la barbilla.

No olvidaba en ningún momento la puerta que tenía a mi espalda, la misma en la que Simon clavó los ojos para luego volver a mirarme.

No, no iba a permitir que llegara a ella.

Había pasado demasiado tiempo dejando que se metiera en mis pensamientos, en mis miedos. Ya le había dado demasiado.

Allí se acababa el asunto, costara lo que costara.

Levanté la espada y me obligué a juntar la mano derecha, que me temblaba una barbaridad, con la izquierda.

«Vamos —le dije a mi cuerpo, que casi lloraba de dolor—. Una pelea más. Tú puedes, viejo amigo».

Era asombroso lo que uno podía conseguir mentalizándose.

Porque, cuando Simon se abalanzó sobre mí, con los labios deformados por un gruñido y una magia sobrenatural refulgiendo a su alrededor como el fuego alrededor de un cerillo, yo estaba preparado.

71

ORAYA

Tenía a mi padre plantado delante de mí.

La sala se había vuelto oscura y brumosa, como sumida en una densa niebla. Todo parecía irreal, salvo aquella nada grisácea y neblinosa.

La nada grisácea y neblinosa, y ÉL.

Había soñado con Vincent montones de veces, pero aquella versión de él parecía mucho más real que hasta el más vívido de mis sueños. El detalle de sus rasgos faciales fue para mí como una puñalada en el pecho: todas aquellas cosas que no era consciente de haber olvidado, como la nariz algo torcida o que llevara el pelo peinado hacia la izquierda. La imagen que yo guardaba de él era genérica, erosionada por meses de ausencia, por mucho que el dolor de la pérdida me hiciera aferrarme a ella.

—No eres real —dije, más que nada para recordármelo a mí misma.

Nada de aquello era real.

Vincent me sonrió con tristeza.

—Ah, ¿no? —¡Por la Diosa, la VOZ!—. Soy real para todo lo que importa —añadió.

—Eres un sueño, una alucinación. He perdido mucha sangre y...

—Dejé en esta sala tantísimo de mí... —Alzó la mirada,

como explorando el sitio más allá de la oscuridad que lo envolvía—. Más de lo que había pretendido jamás. Y todo eso permanece, aunque yo ya no esté. ¿No es eso real, culebrilla?

Lo parecía, mucho.

—Te estoy inventando —susurré—, porque eres lo que quiero ver.

Levantó un hombro con delicadeza, solo uno, un gesto tan familiar que me estremeció.

—Tal vez —dijo él—. ¿Eso importa?

En aquel momento, no me lo parecía.

Se acercó, y yo retrocedí. Se detuvo en seco, dolido por un segundo.

—¿Tanto han enturbiado tu opinión sobre mí las cosas que has visto aquí? Mi intención era dotar este lugar de mis mayores logros, de mis mayores ambiciones. En cambio, se ha convertido en un monumento a mis mayores errores.

«Demasiados al final. Pero tú nunca».

Las últimas palabras de Vincent me pasaron un instante por la cabeza. Él se encogió, como si las hubiera oído también.

—Demasiados errores al final —masculló—. Nunca quise que vieras esta parte de mí.

—Yo tampoco quise nunca verte así.

Y, por la Diosa, lo decía en serio. A veces envidiaba a mi yo de hacía un año, que tenía clarísimo que su padre la quería. Sí, era lo único en lo que podía creer, pero al menos aquello era sólido e inamovible.

Perder la confianza en Vincent era más que perderla en una persona determinada. Me había roto por dentro, había acabado con mi capacidad de confiar en nadie más.

La tristeza le recorrió fugaz el semblante; la vi y dejé de verla tan rápido que pensé que quizá fuera un efecto óptico. Me asaltó de nuevo la posibilidad de que aquella versión de él fuera fruto de mi imaginación. Si se trataba de una alucinación, era tan perfecta que bien podía ser real.

Y, con él plantado delante de mí, la rabia que llevaba meses reprimiendo brotó de golpe.

—Me mentiste —le solté—. Toda la vida me hiciste creer que el mundo era una jaula, pero eras tú quien me había metido en ella. Me manipulaste desde que...

—Te salvé —replicó, acercándose más.

Hizo una mueca de dolor, como si tuviera que controlar la ira, contenerla.

—¡¡Me secuestraste!! —conseguí decir—. Mataste a mi madre y...

—Yo no la maté.

—¡Claro que sí! —Mi voz resonó por toda la sala, retumbando en los techos de piedra—. Fuiste a Salinae esa noche sabiendo que vivía allí. ¡Lo destruiste sabiendo que...!

—Yo... —me interrumpió.

No. Ya estaba harta.

—¡Basta de mentiras! Llevo casi veinte años aguantándolas. No puedo más. ¡Se acabó!

Vincent cerró la boca de golpe. Le vibró un músculo de la mejilla, como si lo tensara en el esfuerzo por retener las palabras.

La niebla pareció levantarse y la sala se vio algo más nítida. Vincent se giró hacia la columna y apoyó la mano en ella. Inspiró hondo, elevando los hombros, y después los bajó al espirar.

—Esta magia es un ser vivo —dijo, más sereno—. Y esto es el centro, la pieza más exigente de todas. He tenido que ir volviendo cada cierto tiempo, alimentarla con más de mí mismo para que los conjuros siguieran siendo potentes. Es la parte más importante y, sin embargo, la más débil, porque tuve que buscarme otra hechicera para que me ayudara a terminarla, después de que...

«De que ella se fuera». No lo dijo. No hizo falta.

Miró un segundo a su espalda. La ira había desaparecido, solo quedaba tristeza. De pronto lo vi tremendamente mayor.

No mayor de piel arrugada y pelo cano, sino de puro agotamiento, del alma misma.

—¿Quieres ver, culebrilla, qué recuerdo me arrebató? —murmuró.

«No», estuve a punto de contestar.

No quería verlo.

Pero había llegado demasiado lejos para recular ahora; me había tragado demasiadas mentiras para dar ahora la espalda a la verdad.

Despacio, me reuní con él junto al obelisco. Levanté la mano y la posé sobre la suya.

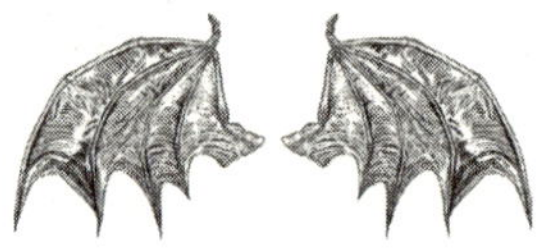

Hace una noche fría y solo el fuego que devora la ciudad de Salinae desprende calor.

Yo no noto ni lo uno ni lo otro. Mientras sobrevuelo la ciudad, sombra de lo que fue en su día, no siento otra cosa que satisfacción. Ha sido un año complicado. Y hace casi dos siglos que llevo esta corona. Pocos reyes de la Casa de la Noche, pocos reyes de Obitraes, de la casa que sea, consiguen aguantar tanto en el trono. Hace tiempo que lo sé, pero últimamente mis enemigos han estado agitándose entre las sombras. Noto que me rodean en todas las fiestas, en todas las reuniones. Me noto sus ojos encima cuando estoy solo en mi alcoba y cuando me presento ante mi pueblo.

El poder es un asunto de lo más sangriento.

Me he ablandado estos últimos años.

Pero lo de ablandarme se va a acabar. Tengo que arrancarme de cuajo las flaquezas, igual que si fueran carne podrida, y hay una necrosis en particular que he dejado que me infestara demasiado tiempo, por debilidad: la de no saber renunciar a mis fantasías sobre cierta mujer, una humana que me despreció, y el extraño consuelo que me producía la idea de que seguía viva en alguna parte, y la vergonzosa necesidad de cumplir una promesa que le hice en otro tiempo.

Últimamente he tenido sueños. He soñado con ella. He soñado conmigo mismo, hundiéndole la espada en el pecho a mi padre. He soñado con un chiquillo de ojos plateados que me atravesaba con su acero el corazón.

No he venido a Salinae a matarla.

Me lo repito, aunque no sé bien por qué. Ningún rey anterior de la Casa de la Noche dudaría en acabar con un peligro semejante.

«Eres demasiado blando», me susurra mi padre, y sé que tiene razón.

No hace falta matarla a ella, me digo, solo a su criatura. La criatura es el peligro. Ella es irrelevante.

Pero, cuando sobrevuelo los distritos humanos de Salinae, envueltos en el incendio sin tregua del Fuego de la Noche, y aterrizo delante del montón de escombros que antes eran una casa, me asalta una emoción que no me esperaba.

Contemplo la casa, o lo que queda de ella, un buen rato.

No huelo vida. No oigo latidos. Hubo un tiempo en que podía percibirla desde el otro extremo de la habitación, desde el otro extremo del castillo, como si su cuerpo me llamara y me alertara constantemente de su presencia.

Su ausencia es aún más abrumadora, un agujero enorme abierto en mi alma.

El remordimiento, intenso e implacable, me destroza.

Tres de mis hombres rodean los restos de la casa, pero aún no me han visto. Se me pasa por la cabeza salir volando. El cuerpo entero me pide que me aparte de estas ruinas y las encierre en algún sitio donde no tenga que volver a pensar en ellas.

Pero la ausencia del latido que venía buscando me ha hecho pasar por alto el que queda. Los tres hiaj que tengo abajo rodean algo; el hambre ha despertado su curiosidad.

Al menos voy a poder cumplir la misión que me ha traído aquí.

Aterrizo. Uno de los soldados maldice y se masajea la mano ensangrentada.

—¿Corderito? —masculla—. Víbora, más bien.

Entonces los guerreros reparan en mí y se apresuran a hacerme una reverencia. No les hago ni caso.

Porque, para entonces, ya te he visto.

Eres un destello de luz solitario en medio de un montón de muerte, lo único vivo entre tantos escombros.

En mis sueños, mi criatura es un reflejo de mí mismo. Es mi propio rostro el que veo cuando pienso en morir a manos de mi heredero.

Pero tú, culebrilla, te pareces muchísimo a tu madre.

Me arrodillo ante ti. Eres diminuta. Seguramente menuda para tu edad, aunque no tengo del todo claro qué edad es esa. El tiempo es complicado para los vampiros. Tu madre ha permanecido en mí tantísimo tiempo que a veces no recuerdo cuánto hace que se marchó.

Tienes un pelo negro, liso y largo que te tapa la cara, y muchas pecas por la nariz, que se mezclan con las manchas de sangre y hollín, y se fruncen cuando me miras con desdén. Me hacen pensar en otro tiempo, hace mucho.

Pero esos ojos...

Tienes mis ojos, plateados como la luna, redondos y llenos de rabia infinita. La rabia también es mía. Y el arrojo.

Alargo la mano para tocarte y, aunque sé por los latidos de tu corazón que estás asustada, no dudas en atacarme, hincándome con ganas los dientecillos en el dedo.

No te voy a engañar, culebrilla: pensaba matarte esta noche, pero lo que no me esperaba era quererte tantísimo. El sentimiento me asalta de forma tan repentina, tan abrumadora, que ni siquiera me da tiempo a defenderme de él.

Tú me miras furiosa, como si estuvieras dispuesta a enfrentarte incluso al hombre más poderoso del mundo, y yo sonrío un poco, muy a mi pesar.

Tardo un minuto en identificar la sensación que me inunda el pecho: es orgullo.

Pienso en mi padre y en que se pasó la vida constriñéndome por miedo a aquello en lo que pudiera convertirme en el futuro; en la noche en que arrojó por la ventana a los demonios, como si nada, a mi hermano pequeño, recién nacido, y se me hace imposible que mi padre alguna vez sintiera por mí lo que yo siento en este momento.

Seguramente nadie lo ha sentido antes.

Me veo incapaz de describir la intensidad de esta emoción, o la del terror que la acompaña y que se une a ella de forma tan inextricable. Yo había venido a extirparme mi mayor flaqueza y, en cambio, le entrego mi corazón.

A partir de ese momento, culebrilla, soy incapaz de pensar en matarte.

Voy a hacer lo mejor que se me ocurre en estas circunstancias: criarte. Me protegeré de ti protegiéndote de un mundo que te enseñaría a acabar conmigo.

Puede ser distinto a lo mío con mi padre, me digo, y distinto a lo mío con ella.

Te tomo en brazos. Eres tan pequeña y tan frágil que, aunque te aterro, te me agarras al cuello como si, en el fondo, supieras quién soy.

Yo tengo ya más miedo del que he tenido en toda mi vida, miedo de ti y de lo que puedas hacerme, de ese mundo que podría aniquilarte fácilmente, de mí mismo, que, de pronto, tengo en mis manos otro corazón delicado que sé que no voy a saber conservar.

Pero, ay, culebrilla, es el más maravilloso de los miedos. Como lo es cada minuto que estoy contigo, aunque lamente ya todos los errores que sé que voy a cometer.

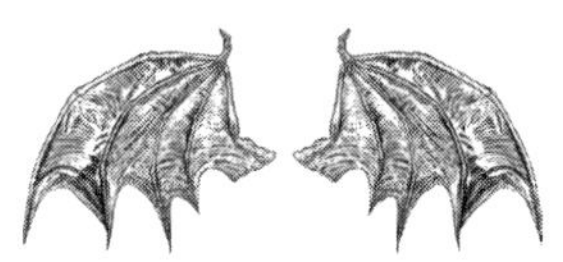

Inspiré fuerte. Me dolía el pecho. El aire me quemaba.

Estaba de rodillas.

Me obligué a abrir los ojos en medio de aquel humo nocivo. No, no era humo, sino magia de algún tipo, densa y roja, que borbotaba en un millón de colores a la vez.

A lo mejor por eso me caían lágrimas por las mejillas.

A lo mejor no.

Vincent estaba arrodillado a mi lado. Me agarraba el hombro con la mano, pero yo no lo notaba y, por un instante, eso me destrozó. Por muy real que lo sintiera, por muy real que pareciera, se había esfumado.

Me sonrió con tristeza.

—Lo intenté, Oraya —murmuró—. Lo intenté.

Entendí la importancia de lo que estaba reconociendo con aquellas dos palabras. Siglos de brutalidad arraigada en él, venerada por encima de todo. Generaciones y generaciones de finales sangrientos y nuevos comienzos igual de sangrientos.

Jamás había visto a Vincent aceptar sus flaquezas, y aquellas palabras eran una forma de reconocer muchísimos errores.

Y, aun así, seguía estando muy enojada con él.

—No fue suficiente —conseguí replicarle con la voz quebrada, casi llorando.

Tragó saliva angustiado.

—Lo sé, culebrilla —susurró—. Lo sé.

Quiso acariciarme el pelo, pero no sentí nada.

Porque Vincent estaba muerto.

De pronto todo me pareció cierto: que me había salvado, que me había constreñido, su egoísmo y su altruismo...

Que lo había intentado.

Que no lo había conseguido.

Y que, de todas formas, me había querido.

Y yo cargaría con todo aquello siempre, el resto de mi vida.

Y él seguiría estando muerto.

Me obligué a levantarme y me volteé hacia Vincent. Su imagen, antes tan nítida, empezaba a desvanecerse.

—Creo que esto es lo que has venido a buscar —dijo, en dirección al pilar.

Seguí su mirada. La piedra se había abierto y había dejado al descubierto un hueco de ondulante luz carmesí.

Y allí, en el centro, había un frasquito, flotando, suelto, en el aire. El líquido del interior contenía infinidad de colores, que variaban y cambiaban a cada segundo: morado, azul, rojo, dorado, verde, todos a la vez, como la gama de tonos de una galaxia.

—La sangre de Alarus —susurré.

—Tu madre y yo renunciamos a muchas cosas por destilar esto —dijo, volviendo a mirarme a los ojos—, pero también obtuvimos mucho a cambio.

—¿Y qué hago con ella?, ¿me la bebo o... tengo que usarla o...?

—Puedes beberla, pero solo un trago pequeño. O impregnar tus armas. Encontrará un modo de otorgarte su poder, la uses como la uses. Tu sangre es el catalizador.

—¿Qué me va a hacer?

Pensé en Simon y en sus ojos vacíos e inyectados en sangre, en aquellos dientes que le habían arrebatado más de lo que le habían dado.

—Te hará poderosa —contestó Vincent.

—¿Y qué más?

—No sé decirte...

Había una razón, eso lo tenía claro, por la que él nunca había utilizado aquella sangre. Su poder era tan grande que solo podía emplearse como ultimísimo recurso.

Metí la mano en el hueco y agarré el frasquito.

Tardé un momento en caer en cuenta de que el alarido que cortó el aire era mío. Durante varios segundos interminables, desapareció todo menos el dolor. Chorreaba sudor cuando, poco a poco, logré extraerlo del obelisco.

La figura de Vincent se desdibujaba. La luz que teñía las inscripciones titiló y se volvió intermitente.

—¡Vete, no te queda mucho tiempo! —me dijo con una sonrisa tierna, y su voz me sonó muy lejana—. No te olvides de esos dientes que tienes, culebrilla.

Y, por la Diosa, a pesar de todo, vacilé. A pesar de todo, no estaba preparada para apartarme de él. Nunca iba a estarlo.

—Te quiero —le solté, porque era cierto.

Después de todo, aún era cierto.

No esperé a que me contestara. Me limpié las lágrimas de las mejillas y di media vuelta.

La imagen de Vincent se desvaneció en la oscuridad.

No miré atrás.

72

RAIHN

Simon no me daba tregua, y yo a él tampoco.

Nos enzarzamos los dos en un combate sin pausas, chocando espadas y magia en medio de una melodía estridente y difusa. La sangre procedente de la batalla de los cielos, sobre nosotros, nos llovía encima ya de forma incesante, empapándonos de negro, cubriéndonos tanto que era imposible saber qué parte era nuestra. Yo ya ni sentía los golpes. El dolor era tan constante que lo dejé de fondo, otra distracción que ignorar.

No entendía cómo no estaba muerto aún. Me parecía que tendría que haberlo estado. Mi cuerpo amenazaba con ceder en cada movimiento. No paraba de decirme: «Un tajo más. Uno más».

No esperaba salir de aquella vivo, pero ni de broma iba a permitir que Simon sobreviviera tampoco.

Siempre que podía robarle a la lucha unos valiosos instantes, miraba a mi espalda, hacia la entrada lejana de las ruinas, un abismo de negro sin rastro alguno de Oraya.

Con cada segundo que pasaba, se me encogía más el corazón.

«Vamos, princesa. ¿Dónde te has metido?»

Agradecía que retener a Simon me tuviera tan ocupado, porque, si no, habría dado mil vueltas a todas las posibilidades horripilantes que se me pasaban por la cabeza: que a Oraya la hubiera destrozado alguna trampa, la hubieran aplastado unos pedruscos o la hubiera achicharrado una magia que no era capaz de controlar.

ZAS.

Un ataque particularmente devastador de Simon me estampó contra una roca. Me noté el impacto en los huesos. Bajé la cabeza. Empecé a ver todo de un blanco brumoso. Cuando recobré la consciencia, apenas unos segundos después, lo primero que vi fue el rostro furibundo de Simon acercándose a toda velocidad a mí.

Por nada, conseguí escapar de él rodando.

Contraataqué con torpeza.

Más sangre caliente me roció la cara. Me di con algo, no estaba seguro de con qué. Ya no llevaba la cuenta de todos los golpes que había recibido.

Bramó y me devolvió el ataque.

Otra salpicadura de sangre negra rojiza en su mejilla, otra punzada lejana de dolor, otra herida. De esas tampoco llevaba la cuenta ya.

Quise lanzarle otro tajo con la espada y me percaté de que el brazo izquierdo había dejado de responderme. ¡CARAJO! Cambié de mano enseguida y retrocedí... demasiado despacio.

Me estampé contra los restos de una columna cuyo borde dentado se me clavó en la espalda en el ángulo perfecto para dejarme sin respiración. Me desplomé sobre ella y deseé con todas mis fuerzas quedarme así ya.

«Ni se te ocurra —le dije a mi cuerpo—. Levanta de una maldita vez».

Simon vino hacia mí. También a él daba pena verlo, cojeando, con la cara llena de manchas de sangre. Le faltaba un ojo, o eso parecía, bajo el amasijo de carne destrozada.

Pero aquella maldita magia seguía latiéndole en el pecho, aferrándose a él con obsesión a pesar del golpe que yo le había asestado, manteniéndolo activo mucho después de que su cuerpo mortal se hubiera agotado, haciéndolo más fuerte de lo que yo podría ser jamás.

—No tendrías por qué darme tanto trabajo —gruñó.

Vi movimiento con el rabillo del ojo.

Y cometí el error de mirar.

Oraya.

Por un instante, me pareció que estaba alucinando. Salió dando tumbos de la oscuridad. La sangre le empapaba las manos y le manchaba el rostro. Corría, aunque a trompicones, mirando desesperada alrededor.

E iba rodeada de magia.

Yo ya la había visto usar el Fuego de la Noche, pero aquello... aquello era espléndido. La envolvía por completo, y las lenguas de impresionante azul blanquecino surcaban la noche, brotando de ella como las alas de los mismísimos dioses.

Sin embargo, la magia que le latía alrededor del puño izquierdo, que llevaba bien apretado, era distinta del Fuego de la Noche. Yo la notaba incluso desde donde estaba, ¡la sentía en el aire! Las nubecillas de humo que envolvían aquel puño cerrado eran rojas y oscuras, y de una sobrenaturalidad que me erizaba el vello, aun de lejos. Se adhería a ella como si formara parte de su ser, formándole volutas en la piel y en las armas que llevaba a las caderas.

Tuve claro lo que estaba viendo.

Lo había conseguido. ¡Claro que lo había conseguido!

Durante unos segundos interminables, me debatí entre el alivio y el orgullo, sin lograr decidirme por uno de los dos.

Pero entonces vi que Simon giraba la cabeza. Su rabia sanguinaria se esfumó y la reemplazó algo aún más aterrador: un deseo lujurioso.

Él lo sabía. También lo notaba.

Me soltó y se dispuso a dar media vuelta.

Oraya me miró a los ojos desde el otro lado de las ruinas, un contacto visual efímero que se me hizo una eternidad y que albergaba un millón de palabras mudas, tambaleándose al borde de los labios.

Ojalá hubiera podido decirle todo lo que quería en aquel instante. Había tantísimas cosas que tendría que haberle dicho...

Confié en que ella lo supiera de todas formas.

Porque ataqué sin pensármelo.

Fue como si mi cuerpo supiera lo que ocurría y considerara oportuno un último esfuerzo al límite de mis capacidades. Invertí en aquella embestida hasta la última pizca de fortaleza que me quedaba, física y mágica. Me brotó Asteris a la superficie de la piel, se me adhirió a la espada, a las manos. Mis brazos lograron soportar el peso del arma una vez más.

Me abalancé sobre Simon, desplegando las alas para propulsarme en aquel último ataque, y lo atravesé de una estocada por la espalda, vertiendo en ella toda la magia de que disponía, despedazando de dentro afuera.

Una luz negra me cegó.

Simon soltó un alarido salvaje y se giró con brusquedad. El único trozo del mundo al que logré aferrarme fue la empuñadura de mi espada. Todo lo demás se desvaneció.

Acababa de desatar algo en él y sus ataques eran pura rabia animal. Ya no quedaba ni un vestigio del guerrero calculador. Prácticamente venía por mí con garras y colmillos.

Me lanzó contra el muro y me plantó la mano en la garganta, reteniéndome contra la piedra.

Yo no veía, no sentía nada más que la empuñadura a la que me aferraba.

Tampoco necesitaba más.

Porque, mientras sus dedos me apretaban la garganta, mientras su acero me atravesaba la carne una y otra vez, así aquella empuñadura con todas mis fuerzas y EMPUJÉ.

Y empujé y empujé.

La hoja penetró las pieles, los músculos, los órganos.

Simon estaba tan ido que la herida tardó una eternidad en darle alcance. Poco a poco, sus ojos, de loco e inyectados en sangre, fueron apagándose.

Al menos, me dije, he vivido para verlo.

El brazo le falló en pleno tajo. Yo me quedé sin fuerzas. La mano, salpicada de sangre, me resbaló de la espada, firmemente alojada ya en su torso.

No pude volver a agarrarla.

Noté un suave alivio de la presión cuando alguien agarró a Simon y lo apartó sin miramientos de mí. La cara de Oraya reemplazó la imagen borrosa del rostro desencajado de Simon, un cambio que agradecí. Quise decírselo, pero no podía hablar.

Tenía los ojos muy abiertos y luminosos, como dos monedas de plata. Me dijo algo que no oí con el alboroto de mis propios latidos en los oídos. Temblaba.

«No pongas esa cara de susto, princesa», iba a decirle, pero, cuando hice ademán de erguirme, caí de rodillas.

Y todo se oscureció.

73

ORAYA

—¡Raihn!

No pretendía llamarlo a gritos. Su nombre se me escapó al verlo caer. Más que oírlo, lo sentí, una avalancha de sentimiento demasiado poderosa para contenerla.

Al salir corriendo de aquellos túneles me había adentrado en las entrañas de un maldito infierno.

La escena me había espantado, horrorizado. La maraña de guerreros enzarzados en combate ennegrecía el cielo y el suelo arenoso de las ruinas estaba cubierto de salpicaduras de la sangre que llovía de los cuerpos. A lo lejos, más allá de las piedras, nuestras tropas de infantería se enfrentaban a los Nacidos de la Sangre: humanos, hiaj, rishan, Nacidos de la Sangre..., destrozándose entre ellos.

No había historia de terror que pudiera igualar aquello, ni pesadilla que se le asemejara. Ni siquiera la cárcel de los dioses podía ser peor.

Y, aun así, no había nada más aterrador que ver a Raihn tendido en el suelo, hecho un montón de tejido roto y carne destrozada.

De pronto me vi de nuevo en la fosa del coliseo, en la prueba final del Kejari. De pronto estaba volviendo a perderlo.

—¡Raihn...! —Lo agarré por las pieles hechas jirones de la

armadura y lo zarandeé, fuerte—. ¡Despierta! ¡Despierta de una jodida vez!

Agachó la cabeza. Esperaba que abriera un poco los ojos, que me dedicara una sonrisa de medio lado, un «No me jodas, princesa».

Pero nada.

Le llevé la mano al pecho, o al menos lo intenté, pese a que eso me suponía hacer lo imposible: encontrar un trozo de piel que no fuera una herida abierta.

Subía y bajaba, pero muy muy débilmente.

Estaba vivo, aunque yo sabía que eso no iba a durar. Me había pasado buena parte de mi existencia acechada por la muerte y conocía la sensación que producía su proximidad.

Con el rabillo del ojo vi que Simon se movía. Era ya un monstruo, una marioneta grotesca de carne y sangre. Pero aquella magia, aquella magia nociva y terrible, lo mantenía activo.

Zarandeé una vez más a Raihn.

—¡RAIHN! ¡Te prohíbo que te me mueras! ¿Me oyes? ¡Despierta de una maldita vez! Me lo juraste, me juraste que...

«Nunca más», me había prometido en las termas. Me había jurado que jamás volvería a traicionarme. Y aquello, perderlo de ese modo, me parecía la peor de las traiciones.

No, no, me negaba a tolerarlo.

Agarré mi arma, me hice otro corte en la mano y dejé caer la sangre en los labios separados de Raihn. Se le amontonó y le chorreó por las comisuras de forma lamentable. No sirvió de nada.

Aun así, ni se inmutó.

Se me cerró el pensamiento a todo lo demás. El dolor me reventó dentro y me inundó, incontrolable.

A mi espalda, Simon se retorció de nuevo; su cuerpo destrozado profería gorgoteos.

Me llovía sangre de los cielos.

A mi alrededor, caían mis soldados, a manos del acero de mis enemigos.

Delante de mí, moría mi esposo.

Y mi mano, mi puño apretado y achicharrado, contenía un poder lo bastante fuerte como para acabar con todo aquello.

Toda mi vida había querido ser algo temible. Era el sueño de mi padre, y que yo había hecho mío desde el instante en que había comprendido cómo reunir la fuerza que él esperaba de mí y aniquilar las flaquezas que él desaprobaba.

Si me servía de la sangre de un dios, sin duda me convertiría en algo temible. Sería más aterradora que Simon. Podría destruirlo. Y a Septimus. Y a los Nacidos de la Sangre. Podía acabar con todos mis enemigos y asegurarme de que nadie volviera a cuestionarnos a mí ni a mi pueblo nunca más.

Escribirían leyendas sobre mí.

Pero ese poder sería el de la destrucción.

No podría salvar a Raihn.

Abrí la mano. La piel me crepitó y sangró, abrasada por el poder del frasquito que llevaba pegado a ella. Sin embargo, aquella fealdad no hizo más que resaltar la incandescencia de lo que albergaba en su interior, la sangre de una galaxia de colores en medio de las sombras más oscuras de la noche.

Era asombrosamente hermoso.

Parpadeé y me rodó una lágrima por la mejilla.

No iba a perder ni una sola cosa más, ni a una sola persona más. No podía.

Aquella sangre podía usarse como arma de destrucción, sí, pero ¿de qué otro modo podía emplearse?

En otro tiempo había atesorado las copas de vino sucias de mi padre muerto, me había envuelto con sus ropas viejas... Si alguien me hubiera ofrecido un mechón de su pelo, habría llorado por conseguirlo.

Aquella sangre era más que un arma. Era un fragmento de alguien a quien habían amado. Era una moneda de cambio, demasiado valiosa para el ser que yo sabía que la ansiaba por encima de todo.

Mientras Simon, entre gruñidos, se ponía a cuatro patas, alcé la vista al cielo. Más allá de los cuerpos alados, los nubarrones de tormenta formaban espirales sobrenaturales, como peces dando vueltas por un estanque, con fragmentos de relámpagos interrumpidos danzando entre ellos.

Yo solo había visto un cielo así en una ocasión, cuando tuvimos la atención de los dioses.

Levanté el frasquito por encima de mi cabeza, como ofreciéndoselo a los cielos.

—¡Madre de la Oscuridad Voraz! —grité—. ¡Yo te invoco, Vientre de la Noche, de las Sombras, de la Sangre! Te ofrezco la sangre de tu esposo, Alarus. ¡Escúchame, mi Diosa, Nyaxia!

74

ORAYA

Durante unos segundos terribles e insufribles, no ocurrió nada.

La batalla prosiguió. Simon continuó poniéndose de rodillas poco a poco. Raihn siguió muriéndose.

Se me inundaron los ojos de lágrimas.

No. Tenía que funcionar. ¡Debía hacerlo!

Me temblaba el brazo con el que alzaba el frasquito al cielo, sosteniéndolo todo lo alto que podía, mirando sin pestañear a la noche tocada por los dioses.

«Por favor —supliqué en silencio—. Por favor, Nyaxia. Sé que nunca he sido tuya, no de verdad, pero te ruego que me escuches».

Y entonces, como si hubiera oído mi oración muda, allí estaba.

El tiempo pareció estirarse y las figuras de arriba se movieron muy despacio. El aire que me azotaba el pelo se hizo más frío y los mechones quedaron suspendidos en el aire. Se me puso la carne de gallina, como cuando está a punto de caer un rayo.

Igual que la vez anterior, la presentí antes de verla, una sensación abrumadora de adoración y pequeñez desbordantes.

—¿Qué está pasando aquí? —inquirió una voz grave y melodiosa, letal como un acero desnudo.

En ese instante reparé en que solo había una cosa más aterradora que la presencia de un dios: su ira.

Agaché la cabeza despacio.

Nyaxia quedó suspendida delante de mí.

Era tan hermosa, y tan terrible, como la recordaba. La suya era una belleza que te hacía querer postrarte ante ella. Su pelo flotaba en mechones de noche negrísima. Sus pies apuntaban con delicadeza al suelo, ligeramente elevados sobre él. Su cuerpo, bañado en plata, brillaba y resplandecía como la luz de la luna en la oscuridad. Aquellos ojos, que revelaban todos los tonos del cielo nocturno, eran oscuros y albergaban una furia absoluta.

El mundo mismo sentía esa furia, se sometía a ella, como si el aire estuviera desesperado por complacerla, las estrellas se desplazaran para aplacarla y la luna estuviera a punto de inclinarse ante ella.

Quizá la lucha cesara cuando Nyaxia se manifestó, con los soldados de ambos bandos conmocionados por lo que estaban presenciando, o quizá solo lo pareciera, porque todo lo demás dejó de existir con su llegada.

Respiraba agitadamente, subiendo y bajando los hombros. Sus labios ensangrentados se retorcieron en un gruñido.

—¿Qué clase de atrocidad es esta? —bramó.

Lo dijo furiosa y, entonces, un estallido de poder sacudió la tierra. Me encogí de miedo y plegué el cuerpo sobre el de Raihn cuando empezaron a caer en cascada piedras y arena de las ruinas. Rodeaban su cuerpo unas volutas de sombras tormentosas, que se dispersaban en el aire con la siniestra oscuridad de la tragedia.

Simon, que había conseguido ponerse de rodillas, se giró hacia ella, le hizo una reverencia y, vomitando sangre, habló:

—Mi Diosa...

Ni siquiera vi a Nyaxia moverse. La tenía delante y, de pronto, estaba con Simon, levantándolo con una mano y arrancándole el colgante del pecho con la otra.

Fue tan repentino, tan brutal, que solté un gritito ahogado y cubrí aún más con mi cuerpo el de Raihn.

Nyaxia dejó caer al suelo el cadáver de Simon, inerte y ensangrentado, sin mirarlo dos veces. En cambio, sostuvo con ambas manos aquel engendro de acero y dientes y lo estudió con detenimiento.

Se mostró inexpresiva, pero el cielo se oscureció y el aire se volvió gélido. Yo temblaba, de frío o de miedo, o quizá de ambas cosas, no lo tenía claro. Seguía inclinada sobre Raihn y no era capaz de dejarlo, por inútil que resultara.

No podía protegerlo de la ira de una diosa.

Acarició con los dedos el dije, los dientes rotos fundidos en él.

—¿Quién ha hecho esto? —No me esperaba que sonara tan... dolida—. Mi amor —susurró—, mira en lo que te has convertido.

La pena de su voz me resultó crudísima, muy familiar.

No, la tristeza nunca nos abandonaba del todo, ni siquiera a los dioses. Después de dos mil años, la de Nyaxia continuaba igual de viva que siempre.

Entonces, con un movimiento espeluznantemente brusco, levantó de golpe la cabeza y posó sus ojos en mí. Se me quedó la mente en blanco. La fuerza bruta de la atención de Nyaxia era devastadora.

Desapareció de sus manos el dije y, de repente, la vi ante mí.

—¿Cómo ha ocurrido esto? —gruñó furibunda—, ¿que mis propios hijos usen fragmentos del cuerpo de mi difunto esposo para sus patéticos propósitos? ¡Qué increíble falta de respeto!

«Habla, Oraya —me recordó con urgencia una voz—. Explícate. Di algo».

Tuve que hacer un gran esfuerzo.

—Estoy de acuerdo —dije—. Te devuelvo lo que te pertenece por derecho, Madre: la sangre de tu esposo.

Abrí la mano y le ofrecí el frasquito que tenía sobre la palma temblorosa.

Nyaxia ablandó el gesto. Le vi un destello de pesar, de tristeza.

Alargó la mano para agarrarlo, pero yo lo alejé. Me di cuenta de que había sido una tontería en cuanto lo hice, en cuanto vi en su cara que la rabia reemplazaba a la tristeza.

—Te propongo un trato —añadí enseguida—: Si me haces un favor, es tuyo.

Se oscureció su semblante.

—Ya es mío.

Y tenía razón. Me la estaba jugando con algo con lo que no podía negociar, con una ventaja que resultaba irrisoria frente a una diosa. Me moría de miedo. Menos mal que estaba arrodillada, porque, si no, me habrían fallado las piernas con toda seguridad.

Me aferré a la sensación de las pulsaciones cada vez más débiles de Raihn bajo mi mano y a mi propia desesperación, cada vez mayor.

—Apelo a tu corazón, Madre Oscura —conseguí decir—, de amante que conoce el dolor. Por favor. Tienes razón: la sangre de tu esposo es tuya. Sé que no puedo privarte de ella, ni querría hacerlo, pero te... te pido un favor a cambio.

Tragué saliva con dificultad; las siguientes palabras me pesaban en la lengua. De no haber tenido la cabeza en otro sitio, hasta me habría parecido divertido. Toda la vida había soñado con pedirle a Nyaxia aquel mismo obsequio, pero jamás pensé que lo haría en semejantes circunstancias.

—Madre Oscura —le dije—, te pido un vínculo Coriatis, por favor.

Se me quebró la voz al verbalizar mi ruego.

Un vínculo Coriatis. El don divino que en otro tiempo había pensado que me otorgaría el poder que necesitaba para ser la verdadera hija de Vincent. De pronto renunciaba a la mayor arma de mi padre para unirme al hombre que un día había creído mi peor enemigo, para salvarle la vida.

El amor, por encima del poder.

Nyaxia bajó la vista y, por primera vez desde que había llegado, pareció advertir a Raihn, aunque no despertó en ella gran interés.

—Ah —dijo—, ya entiendo. Han cambiado mucho las cosas, supongo, desde la última vez que me suplicaste por su vida.

En la ocasión anterior, Nyaxia se había reído cuando le rogué que le salvara la vida a Raihn, divertida por las ocurrencias de sus acólitos mortales, pero esa vez no había diversión en sus ojos. Habría querido ser capaz de interpretar sus expresiones, saber qué decirle.

—Por favor —insistí angustiada, y otra lágrima me rodó por la mejilla.

Se inclinó hacia delante. Me acarició el rostro con las yemas de los dedos y me levantó la cabeza para que la mirara. La tenía tan cerca que podría haberme besado, tanto que yo podía contarle las estrellas y las galaxias de los ojos.

—Ya te lo dije en una ocasión, pequeña humana —murmuró—: un amante muerto no puede partirte el corazón. No me hiciste caso entonces. —En efecto, Raihn me había partido el corazón aquella noche, eso no podía negarlo—. Tendrías que haber dejado que la flor de tu amor siguiera congelada, como estaba, para siempre —añadió—. Hermosísima en su máximo esplendor, mucho menos dolorosa.

Pero no había amor sin miedo, ni sin vulnerabilidad, ni sin riesgo.

—No tan hermosa como una viva —susurré.

Detecté en el rostro de Nyaxia un destello de algo que no fui capaz de descifrar. Quiso tomar el frasquito que yo llevaba en la mano, y se lo permití. Lo tocó con ternura, con la suavidad con la que se acaricia a un amante.

Soltó una risa floja, amarga.

—Lo dice alguien demasiado joven para ver la fealdad de su deterioro.

¿Era eso lo que se decía a sí misma? ¿Era así como ahogaba el dolor por la muerte de su esposo? ¿Se convencía de que era preferible de ese modo?

La última vez que había visto a Nyaxia me había parecido una fuerza mayor de lo que cualquier mortal podía comprender. De pronto la veía tan... trágicamente imperfecta..., falible de las mismas formas que nosotros.

—Habría florecido —contesté en voz baja—. Si hubiera vivido. Su amor, el que se profesaban Alarus y tú, no se habría marchitado.

Nyaxia me miró de golpe, como si la hubiera sobresaltado al hablar, como si se hubiera ido muy lejos y se hubiera olvidado de que yo estaba allí.

Su hermoso rostro se deshizo en tristeza unos segundos; luego lo ocultó tras un muro de hielo, y sus rasgos inmaculados permanecieron inmóviles. Me arrebató el frasquito de la mano y se irguió por completo.

—Siento tu dolor, hija mía —dijo—, pero no puedo concederte un vínculo Coriatis.

Aquellas palabras me destrozaron.

La piel se me volvió insensible. Me zumbaban los oídos. No oía nada con el ruido de mi corazón haciéndose pedazos a los pies de mi diosa.

—¡¡Por favor...!! —supliqué.

—Soy una romántica —dijo—, y no me produce placer alguno negarte el favor, pero él y tú..., se les creó, hace miles de años, como enemigos. Esos papeles los llevan grabados en la piel. Hiaj. Rishan.

Me ardió el pecho y me latió la Marca del Heredero, como alertada por la mención.

—Papeles que nos asignaste TÚ —dije, aun sabiendo que era absurdo discutir con ella.

—Que les asignaron sus antepasados —me corrigió—. ¿Sabes por qué creé los linajes hiaj y rishan? Porque sus pueblos ya se enfrentaban entre sí incluso antes de que Obitraes fuera la tierra de los vampiros. Una lucha de poder perpetua que jamás terminaría. Es lo que se supone que deben ser. Si te concediera un vínculo Coriatis, sus corazones se fundirían en uno; sus linajes se entrelazarían. Borraría para siempre los legados hiaj y rishan.

—Acabarías con dos mil años de disturbios.

Y hasta que Nyaxia cabeceó despacio, sosteniéndome la mirada un buen rato, no caí en cuenta de que... estábamos diciendo lo mismo.

Nyaxia no tenía ningún interés en acabar con dos mil años de malestar. Le gustaba que sus hijos riñeran, que compitieran constantemente por su afecto y su favor. No me iba a conceder un vínculo Coriatis con Raihn, no me iba a permitir salvarle la vida, solo por una tontería.

Abrí la boca, pero no salió nada. La rabia se tragó mis palabras.

De todas formas, ella lo presintió, y la desaprobación se manifestó momentáneamente en sus rasgos. Volvió a acercarse.

—Te otorgo la victoria por segunda vez, hija mía. A lo mejor deberías limitarte a aceptarla. ¿No sueñan todas las niñas con ser reinas?

«¿Lo soñabas tú? —me dieron ganas de preguntarle—. ¿Soñabas con convertirte en esto?»

—Pues dime cómo salvarlo —espeté en cambio.

Apretó aquellos labios perfectos y otra gota de sangre le rodó por la barbilla al apretar los músculos. Entornó los ojos mientras contemplaba el cuerpo destrozado de Raihn.

—Ya casi está muerto —dijo.

—Algo se podrá hacer...

Otro sentimiento indescifrable en su semblante, de auténtica pena, quizá.

Me limpió una lágrima de la mejilla.

—Un vínculo Coriatis lo salvaría —dijo—, pero no puedo ser yo quien te lo conceda. —Se irguió y dio media vuelta. Yo no levanté la vista de los rasgos magullados de Raihn, que las lágrimas sin derramar me difuminaban—. Oraya de los Nacidos de la Sangre... —Alcé la cabeza. Nyaxia estaba junto al cuerpo roto de Simon, empujándolo con la punta del pie—. Guarda bien esa flor —añadió—. Nadie podrá volver a hacerte daño nunca.

Y se fue.

«Nadie podrá volver a hacerte daño nunca».

Sus palabras me resonaron en la cabeza y solté el sollozo que había estado reprimiendo. Me incliné sobre Raihn y apoyé la frente en la suya. Su aliento, casi extinto, apenas acariciaba mis labios.

Me daba igual que Simon estuviera muerto.

Me daba igual que los rishan se retiraran.

Me daba igual haber ganado la guerra.

Raihn se moría en mis brazos.

Una rabia lenta fue inundándome el pecho.

«Guarda bien esa flor».

«A lo mejor deberías limitarte a aceptarla».

«Lo dice alguien demasiado joven para ver la fealdad de su deterioro».

Con cada recuerdo de la voz de Nyaxia, la rabia iba en aumento.

No.

No, me negaba a aceptarlo. ¡Con lo lejos que había llegado, carajo! ¡Con todo lo que había sacrificado! Me negaba a sacrificar aquello también.

Me negaba a sacrificarlo a ÉL.

«Un vínculo Coriatis —me había dicho Nyaxia—, pero no puedo ser yo quien te lo conceda».

La solución estaba ahí mismo.

Un vínculo Coriatis solo podía forjarlo un dios, y, sí, Nyaxia me lo había negado, pero no era la única diosa a la que invocaba mi sangre. Era la diosa de mi padre. Y la de mi madre era igual de poderosa.

Una esperanza enloquecida se apoderó de mí. Alcé la vista al cielo, aún brillante por el remolino de la barrera, cada vez más difusa, entre aquel mundo y el otro. Y a lo mejor fueron imaginaciones mías, a lo mejor era una ingenua por pensarlo, pero habría jurado que los ojos de los dioses estaban puestos en mí.

—Mi Diosa Acaeja —grité con la voz quebrada—, te invoco en nombre de mi madre, Alana de Obitraes, en mis momentos más difíciles. ¡Escúchame, Acaeja, te lo ruego!

Y quizá no estuviera loca después de todo, porque, al invocarla, una diosa respondió.

75

ORAYA

La belleza de Acaeja no era la de Nyaxia, que era hermosa como muchas mujeres esperaban serlo, solo que un millón de veces más, una fuerza mayor de lo que una mente mortal era capaz de comprender siquiera; la de Acaeja, en cambio, era una belleza aterradora.

Cuando aterrizó delante de mí, empecé a temblar.

Era alta, aún más alta que Nyaxia, y tenía un rostro anguloso y regio, pero más que su estatura imponían sus alas, seis, superpuestas, tres a cada lado. Cada una era una ventana a un mundo distinto, a un destino diferente: un campo de flores bajo un despejado cielo estival, una bulliciosa ciudad humana bajo una tormenta eléctrica, un bosque devorado por las llamas... Llevaba una túnica blanca que se le arremolinaba alrededor de los pies descalzos. Unos rayos de luz, los hilos del destino, le colgaban de los diez dedos de cada mano.

Ladeó la cabeza hacia mí y sus ojos blancos y brumosos se clavaron en los míos.

Reprimí un grito y desvié la vista.

Con un solo segundo de aquella mirada, vi mi pasado, mi presente y mi futuro pasar como una nebulosa por delante de mí, demasiado rápido para entenderlo. Lógico: eso era lo que veías si mirabas a los ojos a la Tejedora de Destinos.

—No tengas miedo, hija mía.

Su voz era una amalgama de tonos muy distintos: de niña, de doncella, de anciana...

«El miedo no es más que un conjunto de reacciones físicas», me dije, y me obligué a volver a mirar a los ojos a Acaeja.

Se arrodilló a mi lado y nos observó a Raihn y a mí con un frío interés.

—Me has invocado —dijo sin más.

«Y tú has acudido», estuve a punto de contestar, porque todavía me sorprendía que lo hubiera hecho. Busqué torpemente las palabras, pero no encontré ninguna. Entonces ella me agarró de la barbilla, con firme delicadeza, y me miró a los ojos como si estuviera leyendo las páginas de un libro. Acto seguido se volteó de nuevo hacia Raihn.

—Ah —dijo—, ya entiendo.

—Un vínculo Coriatis —conseguí decir—. Te pido, Excelsa Diosa, un vínculo Coriatis. Mi madre te consagró su vida, y yo... yo te ofrecería lo que fuera si...

Acaeja levantó una mano.

—Calla, niña. Ya comprendo lo que buscas. Tu madre era, sin duda, una de mis seguidoras más devotas. Siempre protejo a los que caminan de mi mano por lo desconocido. —Exploró la carnicería que nos rodeaba y apretó los labios un instante en señal de desaprobación—. Aunque a veces lo hagan hasta límites cuestionables, jugando con fuerzas a las que no deberían perturbar.

Contuve la súbita vergüenza que sentí por mi madre.

—Por favor... —le susurré—. Si nos concedes un vínculo Coriatis, si me ayudas a salvarlo, te juro que...

Acaeja volvió a levantar la mano.

—¿Eres consciente de la trascendencia de lo que me pides?

Aquella no era una pregunta retórica, lo tenía claro.

—Sí, lo soy —contesté.

—¿Eres consciente de que me estás pidiendo algo que no he concedido nunca?

Se me empañaron los ojos. Otra lágrima me rodó por la mejilla.

—Sí.

Solo Nyaxia había concedido vínculos Coriatis. Nunca uno solo de los dioses del Panteón Blanco.

Pero yo estaba dispuesta a intentar cualquier cosa, lo que fuera.

—En innumerables ocasiones, mis seguidores me han rogado que salvara de la muerte a sus seres queridos. La muerte no es el enemigo, sino una continuación natural de la vida, parte intrínseca del destino. —Las visiones de sus alas cambiaron, como para demostrármelo, revelando destellos de cielos oscuros, huesos y flores que crecían con el abono de la carne podrida—. ¿Qué te hace distinta?

Nada, me dije al principio. No era más que otra amante llorosa, al borde del precipicio de otra pérdida insoportable.

—Él podría hacer cosas extraordinarias por este reino —contesté con la voz rota—. Podríamos los dos, juntos. Podríamos mejorar mucho las cosas para las personas que viven aquí. Personas... —continué con mayor determinación—. Personas como mi madre, que te consagró su vida, aun teniendo que sobrevivir a múltiples penurias en esta tierra.

Acaeja ladeó la cabeza, como si encontrara interesante la respuesta. Comparada con la descarada emotividad de Nyaxia, resultaba distante, calculadora. No lograba descifrarla.

Sabía que Nyaxia, a pesar de su cruel negativa, sentía mi dolor. Acaeja, me temía, solo lo analizaba.

—Mi prima te ha dicho la verdad: conceder un vínculo Coriatis entre dos herederos alteraría el destino de la Casa de la Noche para siempre.

—Acabaría con milenios de guerra.

—Sí, pero también supondría muchos desafíos.

Le tomé a Raihn los dedos inertes y ensangrentados.

—Lo sé, pero les haríamos frente.

Casi me sorprendió la facilidad con que me vino a la boca aquella respuesta. No era un tópico; era la verdad.

Acaeja se me quedó mirando un buen rato. Me recorrió la espalda un escalofrío. Tuve la incómoda sensación de que estaba repasando mi pasado y mi futuro como el que repasa las páginas de un registro. Luego soltó una risita.

—Humanos —comentó en voz baja—. ¡Qué ilusos!

Aguardé, conteniendo la respiración.

—Si te concedo este deseo —dijo—, ¿me lo juras? ¿Me juras que los dos emplearán el poder que les otorgo en luchar por lo que conviene a este mundo, por mucho que se los dificulten?

Me dio un brinco el corazón.

—Sí —contesté—. Sí, lo juro.

—Estarás bajo mi protección como descendiente de mi acólita, y esa protección se extenderá a él, por estar vinculados sus corazones. Pero debes saber que a mi prima no le va a hacer gracia esto. No se rebelará contra ti ni hoy ni mañana, pero no tardará en llegar un día, Oraya de los Nacidos de la Noche, en que Nyaxia quiera ajustar cuentas, y, cuando llegue ese día, tendrás que estar preparada para hacer frente a su descontento.

Que la Diosa nos asistiera.

Y a lo mejor fui una temeraria, pero, aun así, no dudé.

—Sí, lo entiendo —dije.

—Veo su verdad. Veo la posibilidad en el futuro de los dos. Veo que aún queda mucho por venir. Y, por esa razón, te concedo el vínculo Coriatis.

Sus palabras me parecieron tan increíbles que, al principio, hasta me costó procesarlas.

—Gracias —quise decirle, pero un sollozo me lo impidió.

—Rápido, que él se desvanece —me dijo Acaeja.

Bajé los ojos al rostro de Raihn, inmóvil, destrozado, cubierto de sangre, de tan roto casi irreconocible. Y, en cambio, por alguna razón, me vino a la cabeza la imagen de ese mismo rostro en nuestra noche de bodas, la noche en que se había entregado a mí y yo no había sido capaz de corresponderle.

—Esto te va a doler —me advirtió Acaeja, y me puso la mano en el pecho, justo encima del corazón.

«Doler» se quedaba corto. La punzada agudísima, como si alguien me estuviera atravesando de lado a lado con una lanza, enganchándome el corazón y llevándomelo hasta el fondo de la caja torácica, me robó el aliento.

Aun así, no me estremecí ni cerré los ojos. Me limité a mirar a Raihn a la cara. En medio de aquella bruma de dolor, oía nuestros votos nupciales.

«Te entrego mi cuerpo, mi sangre, mi alma...».

Acaeja retiró la mano de mi pecho, despacio, como si jalara algo muy pesado, y luego se la llevó al pecho a Raihn. Una luz blanca cegadora nos engulló.

El dolor se hizo más intenso.

«Desde esta noche hasta el fin de las noches».

Me doblé hacia delante y apoyé la frente en la de Raihn.

«Desde el alba hasta que se rompan nuestros días».

Acaeja apartó las manos, con un hilo de luz tendido entre ambas.

—Vinculo estos corazones —dijo, y su voz ondeó por el aire como el agua—. Sus almas son una. Su poder es uno. A partir de este momento, hasta que sus hilos abandonen este plano mortal.

Extendió las manos; veinte largos dedos tejieron nuestro destino, y a continuación, con un solo movimiento brusco, tensó los hilos.

Temblé, incapaz de moverme, de respirar. Cerré fuerte los ojos. Se me quedó la mente en blanco, salvo por dos palabras: «Mi corazón». Las mismas que no quise, no pude, decirle a Raihn aquella noche. El voto que no pude hacer.

Susurré las palabras una y otra vez, aferrándome a ellas, al tiempo que mi alma misma se hacía pedazos y tomaba nueva forma.

—Te entrego mi corazón —murmuré contra su piel—. Te entrego mi corazón. Te entrego mi corazón.

La luz se extinguió. Remitió el dolor.

Acaeja sonaba muy lejos; su voz era como una ola que se apartaba de la orilla cuando dijo:

—Está hecho.

Aquellas palabras se diluyeron en la nada.

Y también yo.

Séptima parte

ALBA

76

ORAYA

No soñé con Vincent.

No soñé con nada.

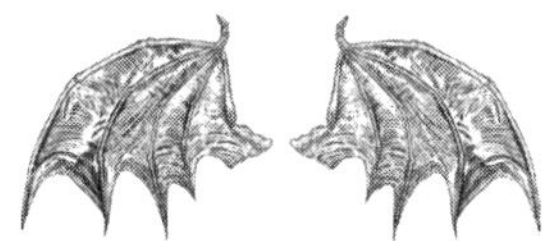

Abrí los ojos a un techo azul cerúleo, el mismo al que había despertado todos los días durante casi veinte años, pero esa vez, desde el primer instante, todo me pareció distinto, como si mi yo más íntimo se hubiera redistribuido.

Me notaba... más fuerte; tenía la sensación de que la sangre me corría por las venas con más potencia.

Y...

Me llevé la mano al pecho, al corazón.

Y... más débil, como si una parte de mi alma, la más vulnerable, se encontrara de pronto fuera de mi cuerpo.

Recopilé mentalmente los acontecimientos de la batalla, no del todo en orden, y entonces me incorporé de golpe.

Todos los pensamientos se desintegraron, salvo su nombre.

«¡Raihn!»

No había nadie en mi alcoba. Junto a la cama vi una silla

desocupada, y tazas y platos en la mesita de noche, como si hubiera habido alguien allí que acabara de marcharse.

«Raihn».

Me destapé de golpe y me levanté de la cama, solo para tirarme de nuevo en ella enseguida de un mareo que me revolvió el estómago. Una extraña certeza me desorientó: me pareció atisbar, con el rabillo del ojo, algo que no estaba ahí, o tener una visión de aquella estancia desde otro ángulo.

¡Madre Oscura, debía de haberme dado un buen golpe en la cabeza!

Me puse en pie otra vez, salí al salón y abrí la puerta de mis estancias.

«Raihn».

De algún modo sabía exactamente dónde estaba él y, sin pensarlo, me vi dirigiéndome a sus aposentos y...

La puerta se abrió de golpe en cuanto mis dedos rozaron la manija.

Estaba vivo.

¡¡Estaba vivo!!

No me fijé en nada más de él, solo en que estaba allí y estaba vivo y parado justo delante de mí y vivo y sonriente, ¡¡y vivo!!

Y, de pronto, sus brazos me rodeaban y los míos lo rodeaban a él, y nos abrazamos los dos durante un minuto y una eternidad, como dos mitades reunidas. Pegué la cara a la piel desnuda de su pecho y cerré los ojos con fuerza para no llorar.

Nos quedamos un buen rato así.

Y luego, por fin, me susurró como si nada:

—O sea, que me has extrañado...

«Imbécil arrogante», pensé.

Pero, en alto, dije:

—Te quiero.

Noté que lo sorprendían aquellas palabras; de hecho, lo noté en mí misma, como si me hubiera pasado a mí. Y, al instante, la oleada de felicidad que siguió a ese asombro, que fue como si me diera el sol en la cara.

Me abrazó más fuerte.

—Mejor, porque ahora sí no te vas a librar de mí en la vida.

Resoplé, pero el sonido quedó ahogado por su piel y pareció más débil de lo que pretendía.

Con los labios pegados a mi coronilla, me susurró:

—Yo también te quiero, Oraya. ¡Que la Diosa me asista, cuánto te quiero!

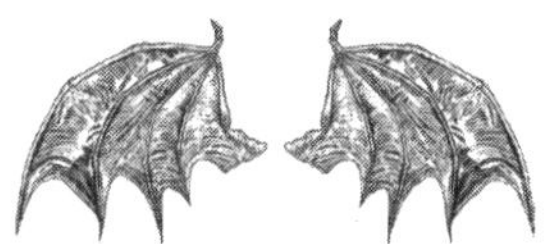

Me metió en sus aposentos, aunque fue más bien una entrada dando tumbos, porque ninguno de los dos estaba dispuesto a separarse del otro lo suficiente como para cruzar el umbral, y menos aún a caminar. Aquella necesidad de proximidad física con él me tenía aturdida, como si nuestra esencia misma se hubiera fundido y nos hubiera dejado una especie de urgencia natural de estar lo más cerca posible el uno del otro. No era nada sexual, al menos no en ese momento, sino algo más profundo, más íntimo.

Al cabo de unos instantes, noté que los latidos de nuestros corazones se habían alineado: el suyo se aceleraba un poco y el mío se ralentizaba. Y lo supe porque percibía tanto el suyo como el mío.

Él se dio cuenta igual que yo.

—Qué raro, ¿no? —murmuró.

«Raro» era quedarse corto, pero, aun así, esa me pareció una palabra muy... negativa. Porque no sonaba mal. No resultaba antinatural. Ni siquiera aterrador, algo que me sorprendió, porque habría sido lógico pensar que tener el alma vinculada a la de otra persona iba a ser de lo más espeluznante.

Vinculada. Enlazada.

¡Por la Diosa, lo habíamos hecho de verdad! Teníamos un vínculo Coriatis.

Lo vi tan claro de pronto que me aparté bruscamente de Raihn y empecé a dar tumbos hasta que él me detuvo.

—Calma.

Me detuve en seco. Lo miré extrañada.

Luego lo agarré fuerte de los hombros, pero no para mantener yo el equilibrio, sino para sostenerlo a él.

Me había aliviado tanto verlo que ni me había parado a mirarlo detenidamente. Iba sin camisa, con unos pantalones de algodón de tiro corto, y el torso cubierto de restos difusos de sus heridas y de los vendajes con los que se las habían curado.

Pero yo le miré el pecho..., el cuello...

Y la Marca del Heredero que los cubría ahora.

—¡Por los senos de Ix! —susurré.

Extrañado, se examinó el torso, pero yo lo acerqué al espejo.

Al verse, se le salieron los ojos de las órbitas.

—¡Por los senos de Ix! —coincidió.

La marca era casi idéntica a la mía, aunque algo alterada para acomodarse a su cuerpo. Yo llevaba una camisola holgada que me dejaba al descubierto el cuello y los hombros, con lo que podían verse nuestras marcas una al lado de la otra. El parecido era asombroso. Él tenía las mismas fases de la luna superpuestas en el cuello y la representación difusa de las alas en la clavícula y los hombros, solo que las suyas eran las alas emplumadas de los rishan.

Nos miramos el uno al otro en el espejo y luego tuvimos la misma idea a la vez. Raihn me dio la vuelta y me bajó los tirantes de la camisola, que se me amontonó en la cintura y me dejó el torso desnudo. Me colocó de espaldas al espejo y giré un poco la cabeza para verme.

¡Que el maldito sol me llevara!

Sin moverse de mi lado, Raihn se dio la vuelta e igualó mi pose.

La Marca del Heredero de su espalda era casi idéntica a la mía: las fases de la luna extendidas por la parte superior, con volutas de humo por toda la columna.

Tanto Nyaxia como Acaeja nos habían advertido de que un vínculo Coriatis acabaría con los linajes hiaj y rishan, combinándolos en uno.

Habíamos alterado el destino de la Casa de la Noche para siempre.

Me mareé un poco, y no fue por las heridas.

Se formaron unas líneas entre las cejas de Raihn y en sus labios se dibujó un amago de sonrisita.

—¿Remordimientos, princesa?

¿Remordimientos?

La respuesta fue fácil e inmediata:

—¡Ni de broma!

La sonrisita se convirtió en una sonrisa abierta y, de haber tenido remordimientos, aquel gesto habría acabado con ellos.

—Bien —dijo—. De todas formas, te queda mejor que a mí.

Eché un vistazo a la espalda musculosa de Raihn y no tuve claro si pensaba como él.

Di un respingo cuando la puerta se abrió de golpe.

—¡Por los dioses!

Al levantar la cabeza vi a Mische girándose deprisa, a punto de tirar la bandeja que llevaba en su empeño por taparse los ojos enseguida.

—Los dejo a los dos solos, ¡inconscientes!, ¡cinco minutos!, ¿y ya se están arrancando la ropa el uno al otro? ¡Al menos pongan el maldito seguro!

77

RAIHN

Pensé que iba a necesitar más adaptación, pero resultó que el vínculo Coriatis era la parte fácil. Sí, costaba un poco habituarse. No era que pudiera leerle el pensamiento a Oraya, ni comunicarme con ella sin palabras, ni sentir todo lo que ella sentía... Además, demonios, ¿qué gracia habría tenido quitar todo el misterio a las cosas? Era más bien que, de pronto, era automáticamente consciente de su ser, una especie de sintonía biológica con su presencia, su estado, sus emociones.

En aquel preciso instante, sin embargo, no me hacía falta ningún vínculo mágico divino para saber que Oraya estaba enojada. Había puesto aquella cara suya de «me está meando un gato en la pierna y ese gato eres tú», mi favorita de la amplia colección de caras de Oraya. Se había cruzado de brazos y daba toquecitos, impaciente, con la punta del pie. Estábamos en la sala de juntas, yo acomodándome en mi silla y Oraya tiesa como una vara en la suya. Ketura, Vale, Lilith, Jesmine y Mische también estaban sentados, desperdigados por la mesa. Mische estaba medio derrumbada sobre ella; Lilith, meditabunda como de costumbre; Ketura y Vale, más claramente enfadados; y Jesmine era la reina de hielo de siempre.

—En algún lugar debe estar —dijo Oraya.

—Seguro que sí —Jesmine frunció los labios—, como la

víbora que es, pero ese «algún lugar» no está en la Casa de la Noche.

—¿Han revisado en...?

—Hemos revisado en todas partes —interrumpió Ketura, lanzando a la mesa sus anotaciones—. En todas partes.

La frustración de Ketura, yo lo sabía, no era por Oraya, sino por sí misma. Era una mala perdedora.

—Debió de retirarse con el resto de las tropas de los Nacidos de la Sangre —dijo Jesmine—. Y, por lo visto, lo hizo rápido.

Nada de aquello me sorprendía.

Yo tenía tantas ganas como cualquiera de apresar a Septimus, pero no me hacía ilusiones de que se dejara atrapar fácilmente. Era demasiado listo para eso, aunque me fastidiara reconocerlo.

Las últimas semanas habían pasado volando, estableciendo los frágiles cimientos de nuestro nuevo reino y aniquilando a los parásitos que quedaban del anterior. Al menos había sido fácil deshacerse de los Nacidos de la Sangre: al parecer, en cuanto la diosa había hecho acto de presencia habían decidido que de allí no iba a salir nada bueno y habían iniciado la retirada. Cuando la lucha cesó y Jesmine y Vale nos recogieron a Oraya y a mí, casi todas las tropas de los Nacidos de la Sangre estaban ya abandonando el reino.

Nadie se opuso a su partida. Que se fueran de inmediato. Nosotros solo queríamos a Septimus.

Pero, por lo visto, él había sido el primero en largarse y, aunque Jesmine y Vale habían dado orden de que se le detuviera de inmediato, antes de que Oraya y yo recuperáramos la consciencia siquiera, había desaparecido sin más. Y las últimas semanas de búsqueda habían sido infructuosas, aun cuando nuestros guardias estaban peinando todas las posibles fortalezas y registrando las flotas en desbandada de soldados Nacidos de la Sangre.

Septimus se había ido ya hacía mucho.

Vale soltó un suspiro y se masajeó las sienes.

—Pues que se vaya con el rabo entre las piernas. Si así es como quiere lidiar con su derrota, allá él. Aún nos quedan muchos otros traidores a los que juzgar, y al menos esos no desatarán una guerra —dijo, dando unos golpecitos con el dedo en el pergamino que tenía delante, plagado de decenas, ¡de centenares!, de nombres.

—Otra guerra —corrigió Jesmine, y Vale suspiró de nuevo.

—Sí, hay que evitar esa guerra a toda costa, sobre todo si es con otra casa.

Mische se movió incómoda en el asiento. Yo sabía que estaba pensando en la Casa de las Sombras. De momento habíamos tenido suerte: no habían dicho una palabra de su príncipe. Si eso cambiaba, nuestra estrategia sería cargarle el muerto a Simon, hacerles creer que ya se había hecho justicia. Era arriesgado, pero también nuestra mejor ventaja. Mische pensaba más en esa posibilidad de lo que dejaba ver; para mí estaba claro.

—Hay alguien a quien sí hemos encontrado —dijo Ketura, con lo que me devolvió a la reunión—. En las últimas redadas.

Me volteé hacia ella intrigado.

—¿Alguien importante?

Ella torció el gesto, como si acabara de oler algo muy desagradable.

—Alguien con quien creo que podría interesarte hablar.

Cairis tenía un aspecto horrible. Claro que lo contrario habría resultado algo decepcionante, después de horas de interrogatorio a manos de los soldados de Ketura y Vale.

Levantó la cabeza entre los barrotes, y un rayo de luna le iluminó el rostro mientras me miraba medio ciego, con un ojo hinchado.

—¡Vaya! —Trató de esbozar una sonrisa socarrona, patético remedo de la suya de siempre—. Hola. Me temo que no voy a serte de gran utilidad. Ya se lo he contado todo a ellos.

—Me lo suponía...

Me senté en la silla que había delante de los barrotes, con los codos apoyados en las rodillas. A mi espalda, Oraya entró en la estancia también y se quedó pegada a la pared, oculta entre las sombras. Me satisfizo ver cómo se esfumaba aquella sonrisa de puro miedo al verla. A ella también le satisfizo; percibí su complacencia a la par que la mía.

—¿Y qué? —respondió—. ¿Has venido a ejecutarme tú mismo?

Se levantó, como preparándose para recibir la muerte de pie.

—No —contesté—. Mi tiempo es demasiado valioso para eso.

Cairis me miró confundido.

—¿Entonces...?

—Ketura y Vale querían ejecutarte; tu reina también. —Señalé con la cabeza a Oraya, haciendo hincapié en la palabra «reina». Porque era una sanguinaria, mi niña—. Pero he conseguido disuadirlos.

Frunció el ceño, extrañado.

—Tú...

—Quería asegurarme de verte la cara cuando el hombre al que traicionaste te salvara la vida —le expliqué—. Y de que te quedara claro que no es por compasión. De hecho, era la reina quien probablemente quería acabar contigo por compasión.

Me puse en pie yo también y mi figura hizo sombra a la de Cairis. Me alcé imponente sobre él. No era un hombre bajito, pero entonces lo parecía.

Supuse que siempre había sido así.

Pero ¿cómo iba a ser otra cosa?

Se había pasado la vida atemorizado. Había aprendido a sobrevivir doblando el espinazo para entrar en sus jaulas. Por un tiempo, había conseguido ser algo más.

Por un tiempo.

Sin embargo, cuando se había sorprendido contemplando la posibilidad de volver a ser un esclavo, ya no hubo vuelta atrás. No había valores lo bastante sólidos para suplantar aquel temor.

Yo lo entendía perfectamente, aunque no tenía claro si para bien o para mal.

Agachó la mirada. Había vergüenza, vergüenza de verdad, en sus ojos.

—Merezco que me ejecuten —dijo.

—Así es. Por eso no lo vamos a hacer. Por eso y porque... —Ladeé la cabeza y le sonreí, lo bastante como para enseñarle los colmillos—. Porque creo que podrías resultarnos útil algún día. Te vamos a encerrar en Tazrak y vas a pasar allí una década, o cuatro, hasta que decida si me haces falta. Los que tienen algo que demostrar suelen ser los más útiles. —Levantó la cabeza para mirarme otra vez, con los ojos muy redondos y la boca muy abierta, aunque sin decir nada—. Si no tienes claro si debes darme las gracias —añadí—, será porque no.

Cerró la boca, pero, aun así, poco después dijo:

—Gracias. —Reí, y ya me disponía a marcharme cuando añadió—: ¿En serio piensas que vas a conseguir que esto funcione?

Me detuve. Oraya y yo nos miramos. Me giré hacia él.

—¿«Esto»? —le pregunté.

Le noté en la cara en qué momento le vio en la espalda a Oraya la Marca del Heredero, que le asomaba por encima de la blusa escotada, antes de que también ella se volteara.

Puso cara de espanto.

Yo reí un poco y me desabroché dos botones del saco para enseñarle la mía también.

—Son nuevas —le dije—. ¿Te gustan?

—Lo han conseguido —comentó con un hilo de voz.

Su cara de sorpresa era de una autenticidad muy satisfactoria. O había estado viviendo completamente aislado dondequiera que se hubiera escondido o había oído los rumores y los había dado por falsos. Me divertía cualquiera de las dos opciones.

—Así es —contestó Oraya.

Cairis palideció.

—¿Qué? —pregunté—. ¿Te das cuenta ahora de que estabas en el bando equivocado?

Solo bromeaba a medias, porque Cairis ciertamente parecía estar cuestionándose todo lo que había considerado verdad. Había seguido las reglas de juego de Neculai, hasta el mismísimo final, convencido de que era la única estrategia ganadora.

Y allí estábamos nosotros, coronados después de haber hecho saltar por los aires el tablero.

—Pues sí —respondió en voz baja.

—Tienes suerte —le dije—. Simon ya te habría desollado vivo.

Di media vuelta otra vez, pero me llamó de nuevo.

—Espera...

Ya estaba poniéndome nervioso. Me giré con las cejas enarcadas, expectante.

—Septimus no se va a rendir —espetó antes de levantar las manos, como a la defensiva—. Ya le he contado a Ketura todo lo que sé. No tengo más datos, solo es... un presentimiento. Lo sé. Está preparando algo grande, Raihn. Ignoro qué, pero no bajes la guardia.

Mi sonrisita se esfumó. Oraya y yo nos miramos una vez más. Ella arqueó las cejas como diciéndome: «¿Ves? ¡Te lo advertí!». Y yo le respondí con cara de «Sí, me lo advertiste».

—Bueno, cuando decida hacer acto de presencia, lo estaremos esperando —contesté.

Y era la verdad. ¿Qué otra cosa podíamos ofrecer?

Cerramos la puerta al salir y dejamos a Cairis solo en la oscuridad.

78

ORAYA

Estaba nerviosa.

Me pasé parada delante del espejo una cantidad de tiempo casi vergonzosa.

Reconocía que tenía buen aspecto. Un pequeño ejército de criados se había encargado de eso, pintándome la cara, alisándome el pelo, pellizcándome y apretándome el cuerpo de forma que los bultos sobresalieran y los huecos se hundieran donde les correspondía. Aun así, no era mérito mío que aquel vestido me quedara bien. Era prácticamente una obra de arte, aún más espléndido, por difícil que pareciera, que el que había llevado en la boda de Vale y Lilith.

Era de color morado oscuro, casi negro, y ceñido, escandalosamente indecente, con un escotazo que me dejaba al descubierto los hoyuelos de la zona lumbar y que se descolgaba por delante, con el corpiño hundiéndoseme por entre los pechos. Estaba pensado para resaltar mis dos marcas, y lo conseguía, porque el corte complementaba cada curva y cada punto de los tatuajes. El corpiño llevaba ballenas de color rojo oscuro que hacían juego con las marcas, y en las caderas aquellas ballenas daban paso a unos lunares plateados que parecían estrellas y que eran cada vez más grandes cuanto más próximos a la falda.

La labor de costura rivalizaba con la del forjado de todas las armas que había tenido en mi vida.

Y yo parecía toda una reina, como debía ser.

Las primeras semanas de nuestro reinado conjunto habían sido tensas, inciertas, pero, durante el último mes, Raihn y yo habíamos hecho un esfuerzo por consolidar nuestro gobierno de la Casa de la Noche. Se había condenado a los traidores, expulsado a los Nacidos de la Sangre, depuesto a los nobles rebeldes...

Nadie había venido en busca de nuestras cabezas.

De momento.

Sin embargo, esa noche tenía lugar la primera celebración importante desde que había terminado la guerra. Raihn y yo nos presentaríamos ante lo más granado de la sociedad vampírica y haríamos nuestra ofrenda a Nyaxia por el nuevo año lunar. Tendríamos que parecer... regios.

REGIOS a más no poder, cuando el año anterior yo había pasado ese día encerrada en mi alcoba porque Vincent me había prohibido asistir a los festejos. Había sido solo unas semanas antes del comienzo del Kejari.

Por entonces yo aún ignoraba lo pronto que iba a cambiar todo.

Supe que Raihn se acercaba antes de oír siquiera sus pasos, algo que ahora me pasaba con frecuencia. Lo vi a mi espalda en el espejo, asomado por la puerta abierta. Soltó un silbido en voz baja.

—¿Sí? —le dije, girándome para examinarme el vestido por detrás—. ¿Tú crees?

—¿Qué demonios iba a pensar, si no?

Se aproximó y lo vi por el espejo. ¡Por la Diosa!, los sastres eran unos verdaderos artistas. Su atuendo complementaba el mío, cortado de la misma tela de color morado oscuro, con los puños y el cuello adornados con idénticos motivos de estrellitas.

También le sentaba de maravilla. El saco se le ceñía de forma impecable al cuerpo. La botonadura empezaba muy abajo y la parte superior quedaba abierta con toda intención para que se vieran destellos de su marca, además de aquella musculatura decididamente ineludible.

—Eres consciente de que ahora no me cuesta nada saber cuándo estás haciendo eso, ¿verdad? —dijo Raihn.

—¿Qué? —pregunté como si nada.

¡Mira quién hablaba! ¡Como si no notara sus ojos en el pecho!

Me giré hacia él. Le acaricié el cuello, recorriendo con las yemas de los dedos los trazos de su marca hasta el vello suave del pecho. Me acordé de la noche del baile de la Medialuna, cuando se abrió el saco y prácticamente me ofreció su corazón.

«¿Me vas a matar, princesa?»

Al final resultó que sí.

Me levantó la cabeza por la barbilla.

—Te noto demasiado nerviosa para lo guapa te ves.

—Es que siempre que voy así de guapa ocurre algo terrible, por lo visto.

Contuvo una carcajada.

—Pues igual tienes razón. Yo ya he sobrevivido a unos cuantos golpes de Estado y tú ibas espectacular al menos en dos de ellos.

Las masacres y los vestidos de noche sin duda eran inseparables. Pero no quería bromear sobre eso. El recuerdo de la boda aún era muy reciente. También aquello había sido un acto espléndido destinado a exhibir el poder de un nuevo régimen ante sus súbditos más destacados. ¡Y mira cómo había terminado!

—¿A qué viene esa cara? —me dijo Raihn, pasándome el pulgar por la arruga del entrecejo.

Me quedé mirándolo impasible, porque él sabía de sobra a qué venía aquella cara.

—No hay motivo para que estés nerviosa —añadió. Luego agachó las cejas, porque a mí que no me viniera con estupideces, que yo sabía que él también estaba nervioso. Suspiró—. De acuerdo, me has descubierto. Pero ya estoy mejor, porque, si entras ahí con esa cara, cualquier duda que haya sobre nuestro poder brutal y aterrador se esfumará. —Reí a carcajadas, no pude evitarlo—. Eso está mejor.

Sonrió y, aunque seguía notándolo inquieto, aquella expresión me llegó a lo más hondo del pecho. Había una felicidad genuina en esa sonrisa, un desenfado que no había cuando nos conocimos.

Recordé la primera vez que había oído reír a Raihn, y que me impactó, porque no tenía ni idea de que se pudiera reír con tanta... desenvoltura. Sonreía igual, de una forma muy poco vampírica.

No pude evitar sonreírle yo también.

Tocaron la puerta. Ketura asomó la cabeza.

—Está saliendo la luna —dijo—. Todos los esperan.

Raihn me miró y enarcó las cejas, como diciendo «Bueno, pues es hora».

Lo tomé del brazo y, con disimulo, me limpié el sudor de las manos en su manga.

—Genial —me susurró él al oído mientras salíamos por la puerta detrás de Ketura.

Nos llevaron a la terraza del castillo, donde no hacía mucho a Raihn lo habían colgado para dejarlo morir al sol. En esa ocasión, en cambio, desde allí nos dirigiríamos a nuestro pueblo.

Aquella celebración era siempre una de las más fabulosas de Sivrinaj, y ese año sería especialmente fabulosa. A la luz de nuestras particulares circunstancias presentes, habíamos decidido abrirla más de lo habitual, permitiendo a los ciudadanos de Sivrinaj el acceso a la periferia de los jardines del palacio. Dentro de la muralla más cercana al edificio se congregaban los nobles y los funcionarios, los que habían jurado lealtad a los nuevos reyes, claro. Una multitud de hiaj, rishan y humanos por igual.

Hacía un año, ¡maldición, unos meses!, algo así habría sido impensable.

Hacía un año, la sola idea de estar entre todas aquellas personas, con el cuello al descubierto, me habría paralizado.

Una sensación de terror parecida a aquella me recorrió momentáneamente cuando Raihn y yo nos acercamos a la puerta y vi el mar de rostros que teníamos ante nosotros, centenares, miles, quizá. Mareada, me detuve bajo el arco plateado. Raihn me llevó la mano a la zona lumbar y dibujó con el pulgar un reconfortante círculo en mi piel desnuda.

Se inclinó sobre mí, rozándome la oreja con los labios.

—Estás a salvo —murmuró.

Parecía alguna clase de magia que siempre consiguiera que lo creyera.

Me erguí, entrelacé los dedos con los suyos y salí con él a saludar a mi pueblo.

Allí abajo, en algún lugar, unas voces perfectamente sincronizadas corearon:

—¡Anunciamos, en esta noche bendita, la llegada de los reyes de la Casa de la Noche!

Aquellas palabras vibraron por el aire, suspendidas en él como el humo. Serpentearon por mi piel. Noté que Raihn se estremecía también al oírlas, como si su significado lo impactara de pronto de un modo que no esperaba.

Se produjo una repentina oleada de movimiento, cuando aquella barbaridad de ojos se volteó hacia nosotros.

Dejé de respirar.

Y aún no respiraba, porque era incapaz de hacerlo, cuando todos aquellos rishan, hiaj y humanos se inclinaron ante nosotros como una ola que inundara la orilla.

¡Que la Diosa me asistiera!

¡Vaya visión!

Solté el aire entrecortadamente. Menos mal que Raihn me tenía agarrada de la mano y me la apretaba con tanta fuerza que me temblaba.

Me miró de reojo y una sonrisa de alivio le frunció los rabillos.

—Y ni siquiera has tenido que arrancarle la cabeza a nadie —le susurré, muy bajito para que solo lo oyera él.

Raihn contuvo una carcajada.

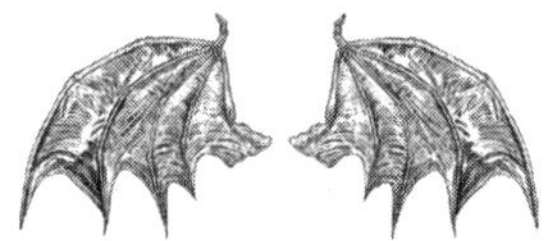

La ceremonia en sí fue breve: ningún vampiro quería perder el tiempo viendo un puñado de ritos religiosos cuando podía estar comiendo, bebiendo y cogiendo. Los festejos se hacían para conmemorar el fin de un año lunar y el comienzo del nuevo. Yo solo había visto a Vincent celebrar aquel ritual en una ocasión, y había tenido que escaparme de mi alcoba, contemplarlo desde la azotea de un edificio cercano y volver con sigilo a mi cuarto antes de que nadie pudiera olerme.

Todo era muy distinto, como es lógico, cuando eras el centro de la celebración.

Raihn y yo teníamos que hacer tres ofrendas a Nyaxia.

Primero, vino, para agradecerle la abundancia del año y pedirle lo mismo para el siguiente. Sostuvimos la copa juntos, alzándola al cielo, y nuestra magia hizo que el líquido se levantara en una espiral serpentina de rojo intenso y llegara hasta las estrellas.

Luego, el hueso de un enemigo, como agradecimiento por

su protección y para solicitar una fortaleza continuada. Ese año había de donde elegir, pero nos pareció oportuno ofrecerle uno de los de Simon, de un dedo. Alzamos al cielo el pulido fragmento marfileño y, con un destello de luz negra, el Asteris de Raihn lo convirtió en un polvillo que se llevó el viento.

Por último, le ofreceríamos nuestra sangre. Aquella era la más importante de las tres ofrendas, la que demostraba nuestra lealtad y devoción eternas. Nyaxia había convertido nuestra sangre en lo que era, según las escrituras, y por eso se la ofrecíamos como muestra de fidelidad.

Esa noche aquello resultaba algo innecesario, teniendo en cuenta toda la que habíamos derramado por ella en los últimos meses, pero ninguno de los dos pondría reparos a un poco más.

Raihn y yo le hicimos aquella ofrenda juntos, porque compartíamos sangre. Usamos una de mis armas, que, claro, yo continuaba llevando conmigo a todas partes, para hacernos un corte en la palma de la mano. Acto seguido juntamos las manos y las pusimos en forma de cuenco. Cuando las levantamos al cielo nocturno, le brindamos a Nyaxia un charquito mezcla de carmesí y negro.

Tradicionalmente, la propia Nyaxia recibía aquella ofrenda y enviaba la sangre a las estrellas. Pero esa noche no ocurrió nada.

Pasaron los segundos. Raihn y yo empezamos a ponernos nerviosos, los dos en silencio.

Si Nyaxia no aceptaba la ofrenda, causaríamos una impresión espantosa en una noche tan importante. Yo estaba dispuesta a fingir si era necesario. A fin de cuentas, no era más que un numerito. Con nuestra magia, éramos más que capaces de hacer girar un poco de sangre por el aire de forma convincente.

Pero, por fin, después de una espera que se nos hizo eterna, aunque solo fueran unos segundos, la sangre se elevó. Danzó sobre el fondo negro aterciopelado del cielo una espiral de humo líquido que la oscuridad terminó consumiendo.

Raihn y yo suspiramos a la vez, aliviados.

Los espectadores, ajenos a lo ocurrido, empezaron a aplaudir, la mayoría contentos de poder irse ya a comer y beber. Nos giramos hacia ellos y levantamos las manos a modo de celebración y de agradecimiento, dando la imagen perfecta de realeza que debíamos dar.

Pero yo alcé los ojos al cielo, donde aún había un torbellino de extrañas nubes refulgentes, como fragmentos amontonados de luz de luna.

Y, por alguna razón, resonó en mi cabeza la advertencia de Acaeja.

«Llegará un día en que Nyaxia quiera ajustar cuentas».

«No será ni hoy ni mañana, pero llegará».

Entonces parpadeé y aquellas nubes raras desaparecieron como si no hubieran existido jamás, como si fueran solo fruto de mi imaginación.

79

RAIHN

El banquete fue digno de figurar en los anales de la ciudad. Algún día los historiadores escribirían sobre aquella fiesta, aunque tuvieran que inventarse cosas, porque, si estaban allí, seguramente habrían bebido demasiado para acordarse. Casi me daba pena que Cairis no pudiera apreciarlo en persona. Le habría impresionado.

Después de la ceremonia, Oraya y yo nos vimos atrapados en un compromiso detrás de otro, arrastrados por Vale y Lilith de un grupo de nobles a otro, manteniendo conversaciones de lo más diplomáticas y asegurándonos de que todas las personas importantes se enteraban de lo aterradores y poderosos que éramos.

Yo prefería el Kejari. Me sentía mucho más cómodo peleando con espadas que con palabras. Aun así, resultó que tanto Oraya como yo lo hacíamos mejor de lo que pensábamos. Pasaron las horas y el acto fue, a decir de todos, un éxito.

Cuando por fin conseguí escapar de mis obligaciones, ya era bien entrada la madrugada. Oraya y yo nos habíamos separado hacía un rato; Vale me había llevado a mí para un lado y Jesmine a ella para otro, pero una de las múltiples ventajas del vínculo Coriatis era que yo ya siempre sabía cuándo Oraya estaba a salvo y cuándo no. No percibí indicios de angustia, con lo que, en vez de abrirme paso por la multitud en busca de ella y arriesgarme a que otro noble rishan me llevara aparte, decidí localizar a una persona con la que de verdad quería hablar.

Nunca era difícil encontrar a Mische en aquel tipo de eventos. Solía estar cerca de la comida o de las flores. Esa vez la encontré cerca de las flores. Se había apartado de la gente y paseaba entre los arbustos en flor del jardín. Cuando di con ella, miraba fijamente una pared de enredaderas floridas, y su silueta estaba recortada sobre ella.

Me detuve un instante y perdí la sonrisa.

Había algo muy... triste en aquella imagen.

—Cuidado con dónde te metes sin avisar por estos lugares —le dije, acercándome a ella—. Hay por lo menos una decena de parejas cogiendo en este laberinto.

Se volteó hacia mí, con una risita. Parte de mi preocupación se esfumó al ver que llevaba en la mano un plato rebosante de comida. Si hubiera ido sin nada, habría sabido que algo pasaba.

—Lo que me sorprende es que tú no seas uno de ellos —contestó.

—Todavía.

Aquel pensamiento me distrajo momentáneamente. Lo había dicho en broma, pero, en el fondo, no era mala idea.

Resopló y dio un mordisco a una empanada.

—Estuvo bien —dijo con la boca llena—. La ceremonia. La fiesta también. Aún no he visto morir a nadie.

No me quedó claro si esa era la forma de medir el éxito o el fracaso de una fiesta de la aristocracia vampírica. Pero aquello se me fue de la cabeza mientras la observaba. De pronto empezó a esquivarme la mirada con disimulo, demasiado interesada en las flores.

—Pensaba que ya no ibas a tener secretos conmigo, Mish —dije.

Dejó de masticar y se volteó hacia mí consternada, con los ojos muy abiertos.

—¡Ella me prometió que no iba a contártelo!

¿Ella?

Entrecerré los ojos, intrigado.

—¿Ella?

Mische abrió más los suyos.

—Maldición... —susurró furiosa.

—Sí. Maldición. ¿De quién hablas? ¿De Oraya?

—Tengo que ir a echar un vistazo a...

Se marchaba ya, pero la agarré del codo.

—Mische, ¿qué carajos pasa?

Soltó un suspiro largo y se giró hacia mí.

—Es que... no quería hablar de eso aquí...

—¿De qué?

Me fastidiaba que se confirmaran mis sospechas. Mische llevaba rara varias semanas. No había sido la misma desde lo del príncipe. Bueno, ¿a quién quería engañar? No había vuelto a ser la misma desde lo del Palacio de la Luna. Le miré los brazos, y los guantes con los que se tapaba las quemaduras que no dejaba ver a nadie, ni siquiera a mí.

—¿Qué pasa, Mische? —le pregunté con mayor delicadeza.

Paseó la comida por el plato con el tenedor.

—He... he decidido que me voy a ir un tiempo.

Se me cayó el alma a los pies.

—¿Que te vas? ¿Adónde?

Se encogió de hombros.

—No sé. A todas partes, a cualquier lado.

—Eso ya lo hicimos, tú y yo. Ya vimos todo lo que había que ver.

—No llegamos a ir a las islas Lotus.

—Yo he ido. No son para tanto. —Seguía sin mirarme—. Mische, si esto es por la Casa de las Sombras... —empecé.

—No es eso —contestó demasiado rápido—. Es que... Argh. —Se estremeció y cerró los ojos muy fuerte; dejó el plato en un muro de piedra.

—Hagan lo que hagan los de la Casa de las Sombras, lidiaremos con ello —le prometí en voz bajo. Y, demonios, lo decía en serio—. Te protegeremos. Yo nunca, ¡jamás!, les permitiría...

—Lo sé —me interrumpió—. Lo sé, de verdad. No es eso.

—No te creo.

—Pues... vas a tener que hacerlo —contestó, encogiéndose de hombros y separando las manos—. Yo no estoy hecha para quedarme mucho tiempo en un lugar, Raihn, ya lo sabes. Tampoco... antes.

Curioso que, incluso cientos de años después, aún le costara aludir a su conversión. Pero tenía razón, yo ya lo sabía. Por eso ella y yo habíamos sido tan buenos compañeros tanto tiempo: huíamos de muchas cosas juntos, contentos con pasar la eternidad moviéndonos al capricho del viento.

—También lo he pensado —dije—, pero...

Me interrumpí, porque nunca me lo había planteado así. De pronto sentía que tenía un hogar, al lado de Oraya. Ya no tenía que volver a huir de nada. Con todas las veces que había tranquilizado a Oraya respecto a su seguridad, yo nunca me había sentido seguro. Hasta entonces, de pronto lo veía.

—Esto podría salir bien, Mische —le dije—. Aquí tienes un hogar.

Sonrió sin ganas.

—Lo tienes tú. Este no es mi hogar.

«Pero yo creía que tu hogar estaba siempre conmigo», me dieron ganas de decirle. Solo que nada de aquello tenía que ver conmigo.

Durante mucho tiempo, Mische había sido como mi hermana pequeña. La había tratado como a algo frágil que había que proteger. Pero ya no era una niña, sino una mujer adulta y perfectamente capaz.

—¿Cuándo? —pregunté.

—Aún no. Ya le he dicho a Oraya que a lo mejor dentro de unas semanas...

Oraya. Ya se me había olvidado esa parte interesante.

—A propósito de Oraya —dije—, ¿por qué razón tengo que hablar ahora con mi mujer para entender lo que se cuece en tu cabeza?

Mische se encogió de hombros y contestó:

—Tal vez es que ella me cae mejor que tú.

Me llevé la mano al pecho y puse una cara exagerada de dolor. Qué disparo tan espontáneo, y tan certero.

Rio, y yo lo agradecí tanto que me dio igual el insulto. Carajo, me encantaba que se sintiera cómoda hablando con Oraya si ya no estaba cómoda hablando conmigo.

Pero cesó la risa.

—Me resultaba... más fácil —reconoció—. Es que... lo nuestro, ya sabes... —Lo sabía. Lo entendía de sobra. A veces ella y yo estábamos tan unidos que, en el fondo, no nos veíamos ni nos comprendíamos—. Aparte de que no quería verte poner esa cara —añadió—. Esa cara de tristeza.

¿Cara de tristeza?

—¿He puesto cara de tristeza? —pregunté.

—Sí, y me parte el alma.

No supe bien cómo reaccionar a eso.

—Escucha, Mische... Yo siempre voy a apoyar que vayas adonde quieras y hagas lo que quieras con tu vida. Y, sí, te voy a extrañar muchísimo. —Por los senos de Ix, la iba a extrañar una barbaridad—. Pero, si esto es lo que quieres de verdad, ¿quién soy yo para cuestionarlo? Dices que este no es tu hogar, pero podría serlo. Un hogar es ese lugar al que siempre vuelves, y, si de verdad te parece que te tienes que ir, por mí, bien, pero siempre podrás volver aquí, aquí, con nosotros.

Sus ojos, grandes y redondos, brillaron a la luz de la luna. El labio le tembló un poco.

Aquella cara de tristeza... ¡Por la Diosa!

—Y dejémonos de estupideces —gruñí—, has dicho que no te vas hasta dentro de unas semanas. Ya hablaremos de eso entonces.

Pero antes de que terminara de hablar se me echó encima y me abrazó. Protesté, pero la abracé yo también, de todas formas, y la estrujé fuerte.

Unas semanas, me recordé.

¡Y vaya si las agradecía!

Despedirme de Mische sería como despedirme de toda una versión de mí mismo, y no tenía claro que fuera a poder hacerlo esa noche.

—Gracias —susurró.

«Por todo».

Sabía bien a qué se refería.

Lo sabía porque yo sentía lo mismo.

—No es nada —contesté, aunque los dos teníamos claro que no era cierto.

Aquello fue una cursilería incómoda de sobra para Mische y para mí. Ya habíamos dicho todo lo que había que decir, así que ella se fue, muchísimo más animada, a buscar más comida, y me dejó solo, deambulando por los jardines. Aproveché aquellos minutos de soledad para recomponerme.

No había tenido muchos ratos tranquilos en los últimos tiempos, y me vino bien, aunque de vez en cuando salpicaran aquel silencio los gemidos sonoros de una u otra pareja oculta entre los arbustos.

Al final decidí ir a buscar a Oraya. Me pregunté si aún estaría platicando con algún noble o habría conseguido escabullirse también.

Andaba justo pensando en eso cuando, al volver la esquina, la vi subida a una tapia del jardín, contemplando los festejos de abajo.

Me detuve en seco.

No pude evitarlo. Necesitaba dedicar un minuto a mirarla. Tenía las alas desplegadas y el rojo resultaba asombrosamente intenso aun a la luz de la luna. El vestido producía destellos como los del propio cielo nocturno. Y la pose... era la de una auténtica reina.

A veces me costaba entender que Oraya se hubiera creído indefensa en algún momento, porque era la persona más poderosa que había conocido jamás.

Me acerqué a ella. Se giró antes de que llegara a su lado, y la sonrisita que me dedicó terminó de aliviar la opresión que sentía en el pecho.

—Te has escapado —le dije.

—Igual que tú.

—Un poco, sí. He estado con Mische.

Quizá fuera el vínculo lo que le indicó a Oraya a qué me refería, o quizá fuera mi rostro, o ambos, porque se encogió un tanto.

—Vaya...

—Ajá.

—¿Estás bien?

Me encogí de hombros.

—Ella es dueña de sí misma. Si eso es lo que necesita, eso es lo que necesita.

Oraya me miró muy fijamente, de una forma que me dejó claro que sabía que el asunto no me era tan indiferente como quería hacerle ver. Suspiré.

—Unas semanas son unas semanas. Ya hablaremos de eso cuando llegue el momento.

Le di un sorbo a mi vino y luego lo observé con cara de asco, lamentando que no fuera otra cosa más satisfactoria.

Oraya me siguió la mirada.

—Me parece que esta fiesta ya va sola —comentó, echando un vistazo a la multitud, y después me dedicó un gesto cómplice y travieso—. ¿Nos vamos a otro lugar más divertido?

Ni lo dudé.

—¡Por favor!

80

ORAYA

Lo reconocía: me encantaba ya el sabor de aquella orina que vendían por cerveza. Raihn y yo nos sentamos en una azotea de los distritos humanos, arrastrando nuestras ropas de gala por todo el tejado sucio de adobe, y contemplamos el cielo que cubría los edificios convencionales, con la fiesta reducida a una mancha de luz centelleante a lo lejos.

Raihn dio un buen trago a su cerveza.

—Esto está mucho mejor —dijo.

Coincidí.

Hasta valía la pena la pequeña conmoción que habíamos causado para conseguir la cerveza, con las coronas puestas y todo. Al menos en los últimos tiempos, la reacción de la gente por aquella zona era más de enmudecer de asombro y admiración que de mearse de miedo. Luego habíamos podido escapar rápidamente, escabullirnos a una azotea tranquila y escondida de un edificio casi abandonado.

Bebí un trago yo también. Me quemó un poco la garganta. Es probable que me ocasionara algún daño irreversible.

—Tengo que decir que cada vez me desagrada menos —comenté.

—Es por el vínculo Coriatis, que te hace tener buen gusto.

Reí. Lo observé mientras bebía otro trago, hipnotizada por la felicidad absoluta que de pronto inundaba su rostro.

¡Por la Diosa, me encantaba mirarlo!

La última vez que él y yo habíamos subido allí con nuestras mejores galas, escapando de una fiesta atestada para ir a beber a una azotea de los suburbios, yo estaba decidida a matarlo. El instante en que caí en la cuenta de que no podía fue uno de los más aterradores de mi vida. Y el instante presente, mientras entendía de pronto lo muchísimo que Raihn significaba para mí, no se quedaba atrás.

Posó los ojos en mí.

—¿Y esa cara, princesa?

Bajé la vista a la cerveza y observé el reflejo de las estrellas en aquella oscuridad espumosa.

No contesté enseguida.

—¿Alguna vez tienes miedo?

Iba en contra de lustros de entrenamiento que hiciera siquiera aquella pregunta, que ponía de manifiesto las flaquezas que ocultaba. Aun entonces. Aun a Raihn, mi esposo, mi Coriatae, cuyo corazón estaba literalmente unido al mío.

¿Qué me pasaba?

No le habría reprochado a Raihn que se riera de mí. Pero no lo hizo. Me miró muy serio y contenido.

—Todos tenemos miedo.

—Es como... —Me costaba encontrar la palabra adecuada.

Había perdido a todos mis seres queridos, y hasta ese cariño había estado sembrado de muchísimo dolor y muchísimas complicaciones: el que le tenía a Vincent, enredado en sus mentiras y en su desaprobación controladora; el que le tenía a Ilana, oculto en sombras y en palabras afiladas; y el que le tenía a mi madre, arrebatado por completo.

El amor que sentía ahora, por Raihn, era tan fácil que... me daba pánico.

Temía que surgiera algo que me privara de él.

Temía destruirlo yo misma, por no saber cómo sentir algo tan perfecto.

—Es como una trampa —susurré—, la...

—La felicidad —completó él la frase.

No lo confirmé, aunque fuera eso. Me parecía absurdo reconocerlo.

—Te has pasado la vida luchando, Oraya —murmuró—. Es normal. A mí también me pasa.

Levanté la vista de golpe.

—Ah, ¿sí?

Soltó un resoplido.

—¿Crees que no me entra el pánico cada vez que te miro? —Me acarició la cara, recorriendo con los dedos el relieve de mi mejilla hasta el mentón, y suavizando la sonrisa—. ¡Pues claro que sí, maldición! Tienes secuestrado mi corazón.

«Y tú el mío».

Me sobrevino aquella certeza, porque era así en muchísimos aspectos. Raihn tenía secuestrado mi corazón, por más que me hubiera empeñado en negarlo. Había sido así en todos los sentidos de la palabra desde mucho antes de que una diosa lo vinculara al suyo. Además, el vínculo Coriatis, con todo su poder, no era menos aterrador que el amor que yo sentía por Raihn. Demonios, tal vez hasta el amor me asustaba aún más. Darle a alguien tanto de ti misma, otorgarle el poder de destruirte...

Podía entender que Vincent nunca hubiera aprendido a hacerlo, que le resultara más fácil no sentir jamás esa clase de vulnerabilidad.

Y aun así...

Apreté la mano de Raihn contra mi cara y cedí a sus caricias.

Y, aun así, aquella vulnerabilidad también me hacía sentir segura. Toda una paradoja.

Pero eso tenía sentido en nuestro caso, ¿no? Raihn y yo éramos una paradoja: humanos a la vez que hiaj y rishan; esclavos a la par que realeza...

—Sé que todavía tendremos que luchar —dijo—, pero ya no volveremos a hacerlo solos. Algo es algo.

Lo era todo.

Sonreí con su mano pegada a la cara.

—Como aliado, no estás mal.

Rio, a carcajadas sonoras, ¡y por la Diosa que en la vida iba a volver a oír nada tan hermoso!

Me aparté y miré de nuevo al horizonte. El cielo empezaba a clarear.

—No tardará en amanecer —dije—. Deberíamos protegernos.

Pero Raihn negó con la cabeza.

—Aún no.

Lo observé con escepticismo y él se encogió de hombros.

—No me va a matar, te lo prometo. Además, mira, estoy en la sombra —dijo, señalando el alero metálico medio torcido que tenía encima y haciendo ademán de pegarse por completo a la pared.

No me convenció.

—¡Qué estupidez!

—Por favor, princesa, solo unos minutos. Tú sal ahí a sentir el amanecer, que igual yo lo siento también, por lo del vínculo y eso. Yo me quedo en la sombra y luego podemos ir al departamento, aquí al lado, para que te haga el amor apasionadamente durante las próximas siete horas.

Entrecerré los ojos. Me dedicó una sonrisa pícara.

—Sé que la idea te seduce —añadió—. Lo noto.

¡Por la Diosa!

Entonces se le iluminó la cara.

—Mira...

Al darme la vuelta, vi que el sol empezaba a abrasar el horizonte. El cielo se convirtió en un intenso fuego de rojos, rosas y morados a medida que la esfera de luz brillante iba alzándose de la arena de las dunas.

Se me hizo un nudo en la garganta.

Me levanté y salí de debajo del alero a la luz de un naranja rojizo del sol recién nacido. El calor me impregnó la piel y me bañó entera.

Nunca había disfrutado especialmente del sol. Lo había evitado casi toda la vida. Otro recordatorio de lo distinta que era, inferior, de hecho, de los seres que me rodeaban.

De pronto aquello me parecía un disparate.

Extendí los brazos y cerré los ojos, dejando que el sol me calara la piel.

—Es tremendo, ¿verdad? —dije.

—Sí —contestó Raihn en voz baja—, es tremendo.

Pero, cuando me giré hacia él, vi que no estaba contemplando el sol en absoluto. Se me encogió el corazón, desbordado.

—¿Y...? —dije—. ¿Lo notas?

—No estoy seguro. Ven aquí —me pidió, extendiéndome la mano.

Obedecí y volví a refugiarme bajo el alero. Y, en cuanto me tuvo al alcance, comenzó a acariciarme, y me besó los hombros, los brazos, el cuello, el pecho...

—Sí —susurró—, creo que ahora sí lo noto.

Cerré despacio los ojos. Me dejé envolver por él, que pasara el amanecer besándome. Mi esposo. Mi aliado. Mi amor.

Afrontando un nuevo día a mi lado.

Y, mientras aquel sol dorado se alzaba en el horizonte, mientras los labios de Raihn buscaban los míos, la respuesta me asomó a la piel como la luna asoma al cielo nocturno. Y no dudé en lo más mínimo cuando le susurré a los labios:

—Yo también lo noto.

LAS CENIZAS Y EL REY MALDITO

Capítulo extra

—Mirando pensativa por la ventana, justo así es como esperaba verte pasar una vida regia.

Solté un leve resoplido al oír la voz de Raihn a mi espalda, pero no dejé de contemplar el perfil de Sivrinaj. El sol casi se había puesto, y pintaba de rojo, naranja y dorado un conjunto de agujas de cristal y mármol blanco, para caer después sobre las dunas lejanas en pinceladas suaves.

Su voz no me sobresaltó. Ya no podía acercarse a mí con sigilo porque lo sentía en cuanto se despertaba, como si nuestras almas fueran peces del mismo estanque y compartiera conmigo para siempre los jalones que sus movimientos forjaban en el agua.

Seguro que también él había notado que yo me despertaba y me levantaba de la cama, pero no había venido a pasar conmigo aquellas últimas horas, porque me conocía hasta un punto que iba más allá del vínculo Coriatis. Sabía que agradecía pasar a solas aquel rato.

—Hay que hacer tiempo para las cosas importantes —contesté.

Estaba encaramada al alféizar de la ventana, como había hecho en innumerables ocasiones en una vida muy distinta. Casi me reconfortaba mantener aquella constante, con todo lo que había cambiado lo demás. La ciudad de Sivrinaj estaba evolucionando, despacio, igual que la Casa de la Noche. Habían pasado seis meses, un suspiro en la vida de un vampiro. También yo percibía ahora de otra forma el tiempo, que se me adhería a las entrañas como miel. Más lento y más rápido.

Otro de los múltiples dones del vínculo Coriatis: compartir la esperanza de vida vampírica de Raihn. No esperaba que ese cambio fuera a arraigar en mí tan rápido ni tan profundamente. Un minuto valía muchísimo menos en una vida larga.

Yo seguía notando el paso del tiempo, de todos modos; mi esqueleto humano siempre lo acusaría.

Al darme la vuelta, vi a Raihn entrar en el salón y dejarse caer en uno de los sillones tapizados de terciopelo. Miró entonces a la puerta del otro lado de la estancia y a la bandeja de correo que había allí al lado. Nadie te avisa de eso, de que ser monarca conlleva recibir una barbaridad de cartas. Se amontonaban en una colección maltrecha de sobres rasgados y pergaminos marchitos, a duras penas ordenadas en torres cuya importancia oscilaba entre «se supone que esto nos tiene que interesar» y «un desperdicio de tiempo y papel».

Muchísimas cartas, pero no la que Raihn esperaba. Lo sabía porque yo misma lo había revisado ya.

Mische escribía a menudo al principio, pero el intervalo entre unas cartas y otras se había ido espaciando y llevábamos ya semanas sin saber de ella. Raihn se quejaba de que era típico de ella olvidarse de escribir, pero, por muy desdeñoso que quisiera sonar, yo sabía que le preocupaba.

A mí también.

Volvió a mirarme y, como para distraerse, alargó la mano por la mesita de centro lo justo para meter los dedos en el riachuelo de luz dorada del atardecer que cruzaba la madera. Una sonrisa mínima le curvó la comisura de los labios.

Otro agradable efecto secundario del vínculo Coriatis. Aún estábamos experimentando con lo que significaba, y el propio vínculo parecía evolucionar también, ajustándose a nosotros como un par de botas nuevas que todavía estábamos domando. La tolerancia cada vez mayor de Raihn a la luz del sol, pese a ser levísima y estar muy lejos de la inmunidad, lo hacía inmensamente feliz. Eso o, quizá, la comida. También eso era sutil: ahora decía que la comida humana «casi» le sabía a algo. Aun así, me dio un poco de envidia la cara de orgasmo que puso cuando probó un entrecot por primera vez después del vínculo.

Mis gustos, en cambio, se habían vuelto más... primitivos. Raihn y yo habíamos pasado muchísimas horas en la cama, saboreándonos sin prisa en todos los sentidos, buscando formas perversas de placer que habrían resultado casi embarazosas de no haber sido tan tremendamente buenas. A veces empezábamos la jornada agotados y borrachos de sangre, sorprendidos por la luz de la luna y sin saber si era de día o de noche.

En algunos aspectos, mi nuevo estado, que tenía algo de vampiro, algo de humana y algo de ninguno de los dos, seguía aterrándome y confundiéndome. Pero, a pesar de esa incertidumbre, no podía negar que, en general, me parecía... bien.

Aunque algunas cosas no.

Como los sueños que me atormentaban a diario, aun al abrigo de los brazos de Raihn, sobre la advertencia de Acaeja respecto a la ira de Nyaxia. No eran las pesadillas traumáticas con las que había batallado tras la muerte de Vincent; eran la sombra siniestra del futuro, más que la herida latente del pasado.

Resultaban más aterradores.

—Casi se ha puesto el sol —dije—. Acabemos con esto de una vez.

Ni me molestaba en disimular ya la angustia que me producía. Raihn lo habría notado de todas formas.

Se puso serio. Podría haberme ofrecido un montón de excusas inútiles: «No hace falta que hagamos esto», «Puedo ir solo», «Ya encontraremos otra forma», «Podemos hacerlo en otro momento»..., pero me conocía lo bastante bien para no soltarme esas estupideces condescendientes.

—Cuando quieras nos vamos, princesa —me dijo sin más, ¡y por la Diosa que se lo agradecí!

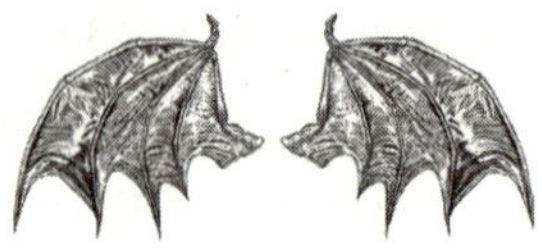

La arena olía a sangre. El olor me ahogó los sentidos recién aguzados en cuanto aterrizamos. No podía ni imaginarme lo intenso que debía de haber sido para el olfato de un vampiro la última vez que habíamos estado allí, hacía meses, cuando la muerte cubría aquella tierra.

—Lo veo distinto —observó Raihn, estudiando el paisaje.

—No es igual sin cadáveres. —Escudriñé un pedacito de tela roja y hueso blanco encajado entre dos piedras rotas y lo empujé con la punta de la bota—. Bueno, sin tantos cadáveres, al menos.

La noche de nuestra batalla contra las tropas de Septimus y Simon aquello parecía el fin del mundo: el cielo emborronado por las alas, el aire plagado de gritos y alaridos, la arena embarrada con la sangre que llovía de las batallas aéreas... Miles de hiaj, rishan, humanos y Nacidos de la Sangre habían muerto allí.

El propio Raihn casi había muerto allí.

Ahora estaba tan tranquilo que se me hacía raro, muy silencioso para encontrarse tan cerca de la ciudad. El aire estaba quieto. No había pájaros. No había lobos ni demonios que aullaran en las dunas lejanas.

Era como si el tiempo se hubiera detenido en aquel lugar.

Me di la vuelta hacia Raihn y reparé en que estaba parado en el punto exacto en el que había caído por el ataque de Simon. Justo donde yo, abrazada a su cuerpo, había suplicado a una diosa, ¡a dos!, que no lo dejara morir.

Y allí, justo a su espalda, estaba el acceso a los túneles.

Me acerqué. Con todo lo ocurrido, seguía pareciendo una entrada normal, un simple arco de piedra en la arena.

Sin mediar palabra, desenvainé el acero, me hice un corte en la palma de la mano y llené de sangre la piedra. La puerta se abrió con un rechinido y dejó a la vista un pozo de negrura al frente. Una ráfaga de aire frío nos alborotó el pelo.

Me adentré unos pasos y luego me volteé hacia Raihn, que se había detenido a la entrada y estudiaba las sombras que yo tenía delante.

Soltó un suspiro estremecido.

—¿Qué pasa? —pregunté—. ¿Te...?

—No, no me duele. No es como la primera vez. —Meneó la cabeza, resoplando—. Solo es que me incomoda... la forma en que me llama.

Según la teoría de Alya, Raihn, por ser mi Coriatae, podría entrar. No disponíamos de mucho conocimiento de fondo en el que basar nuestro nuevo vínculo; a fin de cuentas, los vínculos Coriatis solo se habían concedido un número ínfimo de veces en toda la historia. Pero a Alya le parecía que la sangre de Raihn funcionaría como la mía y le daría acceso a la cámara sellada de Vincent. Lilith, que por lo visto había sido una académica de prestigio en Dhera, se había tomado la molestia de analizar nuestra sangre para detectar las similitudes, visiblemente entusiasmada por la oportunidad de estudiar un fenómeno único.

Pese a todo, me sorprendí conteniendo la respiración mientras Raihn cruzaba la puerta, preparada para sacarlo de allí enseguida si hacía falta.

Entretanto, él fue entrando, claro, con la indiferencia de un gato.

Cuando se giró hacia mí, se echó a reír.

—¡Dios mío, qué cara! Si alguna vez dudo de que quieres tenerme cerca...

—Tampoco te creas tanto —mascullé, dándole un codazo en las costillas mientras bajábamos las escaleras y la oscuridad iba haciéndose más densa a medida que nos alejábamos de la entrada.

Notaba la presencia de Vincent, de mi madre, envolviéndonos como una niebla fina. Aun así, nada era tan poderoso como aquella noche. La magia que en otro tiempo había impregnado aquel lugar había ido apagándose, su poder había ido debilitándose tras haber perdido lo que en su momento se había guardado allí.

Llegamos al final de la escalera. La estancia era más pequeña de lo que la recordaba, de una oscuridad sobrenatural, con el aire plagado de magia, aunque más débil de lo que había sido. Las inscripciones de la piedra negra aún vibraban, pero más despacio, como agotadas.

Raihn soltó un suspiro.

—No esperaba que fuera tan hermoso.

Yo no había podido apreciar su belleza aquella noche, pero Raihn tenía razón. Ya podía admirarla como merecía. Mis padres habían creado algo increíble. Lo notaba hasta en el aire, que estábamos en presencia de una creación monumental. La envergadura del logro conjunto de mis progenitores me caló hasta los huesos.

Los muros todavía estaban medio bajados, de cuando yo había estado allí. El sello de aquella tumba se había abierto a la fuerza y no había vuelto a su ser. Habíamos ido a la cueva a arreglar eso. Un poder tan extraordinario no podía abandonarse a su suerte; no podíamos permitir que eso ocurriera, con todas las amenazas que acechaban nuestro reino.

Trepamos por encima de los muros medio bajados, anillo a anillo, hasta llegar al obelisco central. La hornacina del centro estaba vacía y se veía sosa sin la sangre que en otro tiempo había alojado.

Metí la mano en el morral que llevaba a la cadera y saqué

una bolsita de seda. Luego derramé su contenido sobre la placa de piedra negra. Esquirlas de plata, restos del dije de Vincent, rotos y retorcidos. Fragmentos diminutos que habían quedado en el cadáver de Simon después de que Nyaxia le arrancara del pecho aquel engendro de acero y dientes.

Nos había llevado un tiempo extraer con mucho cuidado los trocitos minúsculos de metal incrustados aún en el cuerpo de Simon. Buena parte de la labor de mi padre se había perdido. Habíamos pasado meses estudiando lo que quedaba, salvaguardando lo que podíamos de la magia que mis padres habían usado para crearla. Alya se aprendió tantos conjuros de mi madre como le fue posible. Lilith también dedicó semanas a los restos, poniendo a buen recaudo muestras diminutas de sangre y metal que estudiar y preservar.

A fin de cuentas, un poder así no desaparecía sin más. Y ahora nos disponíamos a encerrarlo allí, para ponerlo a salvo, listo para la próxima vez que se necesitara.

Miré de reojo a Raihn.

—¿Preparado?

Alya nos había dicho lo que iba a hacer falta para restaurar el poder del mausoleo: «Tendrán que ofrecerle algo. Un sentimiento poderoso, lo bastante para que la magia lo jale». Al escucharlo, sentados a la mesa desvencijada de su cocina, nos había parecido absurdo, y Raihn y yo, el uno frente al otro, nos habíamos mirado con escepticismo. Pero ahora que veíamos la fuerza con que nos atraía la magia...

—Ya no me parece tan raro —masculló, deslizando la mano por la piedra como si estuviera pensando lo mismo que yo.

Cierto. Parecía que aquel sitio nos pedía una parte de nosotros.

Desenvainé mi acero y se lo ofrecí a Raihn, que se hizo en la mano un corte como el que me había hecho yo. Planté la palma en la piedra lisa y él cubrió mi mano con la suya.

Recordé lo que había visto de mis padres, en los fragmentos

de sus propios recuerdos, dejados allí hacía más de veinte años, cuando habían estado en el mismo sitio que nosotros.

—A Vincent le fastidió tener que hacer esto —mascullé—. Se empeñaba en controlar lo que la magia le arrebataba. Quería que fuera solo poder, pero...

En cambio, los recuerdos que había dejado allí habían sido de sus momentos de mayor flaqueza.

Miré a Raihn. Ya no bromeaba; estaba muy serio.

—Pero al final no fue así —contestó.

Negué con la cabeza.

—Tienes que escoger un recuerdo potente —le indiqué, recordando lo que mi madre le había dicho en otro tiempo a Vincent—. Cuanto más sentido, mejor.

Raihn asintió despacio, pensativo.

Había tenido una vida larga e intensa. Imaginé todas las opciones que se le podían presentar: cuando había conseguido escapar del yugo de Neculai, quizá; el momento en que había aceptado el poder de su papel; tal vez incluso la noche en que lo habían coronado...

Guardó silencio un buen rato.

—Creo que ya lo tengo —dijo por fin.

Esparcimos juntos nuestra sangre por la piedra. Luego él apoyó la mano en la mía, sumergiéndose en la fuente de magia que ahora compartíamos, y me mostró su ofrenda.

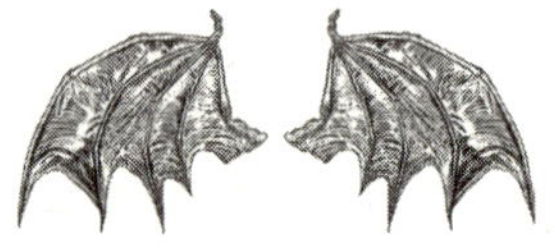

Estoy rodeado de muerte, pero no la noto.

Reparto tajos a diestra y siniestra, la carne se funde con la carne..., de vampiro, de cerbero, de demonio. Los alaridos del público del coliseo ahogan los sonidos del metal y del hueso, y mis pasos en la arena empapada en sangre. Es la prueba de la

Medialuna, y los asistentes engullen el espectáculo con un júbilo clamoroso.

Claro que tampoco es que yo me entere de mucho.

Porque lo único que oigo, que siento, lo llevo por dentro, a través del vínculo mental que tenemos Oraya y yo. Noto todos los golpes que recibe, todos los mordiscos frenéticos que le perforan la piel. El dolor es insufrible.

Y, aun así, el miedo lo supera.

Oigo, siento, la conclusión a la que llega Oraya: «Voy a morir».

Está convencida y, por un momento, también yo lo estoy, y esa certeza me arrolla de tal manera que ni siquiera me detengo a pensar en lo mucho que me sorprende que la sola idea me destroce.

Su nombre me cala muy dentro, me concentro completamente en ella.

Voy corriendo hacia ese muro sin saber siquiera lo que hago.

La puerta dorada, el final de la prueba, ya no existe para mí.

«Voy por ti, Oraya», le digo.

Y procuro convencerla, convencerme, de que voy a llegar adonde está. Pero me siento todas las heridas, el dolor se agudiza, los destellos de su visión no son ya más que una nebulosa de colmillos y garras.

No voy a conseguirlo.

No soy lo bastante rápido.

«Usa la magia —le digo—. Aún estás a tiempo. Úsala ya».

Subo corriendo por el camino que conduce a la cima, resbalando en las piedras irregulares, soltando tajos arbitrarios a todo lo que se me pone por delante.

Ya no distingo el miedo de Oraya del mío. Está tan asustada que no puede pensar, no puede moverse.

La oigo empezar a repetirse ese mantra absurdo: «El miedo es un conjunto...».

«¡El miedo es la maldita CLAVE, Oraya! —le espeto—. ÚSALO. Imagínate que me estás lanzando por el maldito ventanal.

Imagina que estás sacando a Mische de aquel departamento en llamas».

No tengo claro si es una demanda o una súplica.

Tengo que ir más rápido.

Por un instante, un segundo que se me hace eterno, el miedo de Oraya nos consume a los dos. ¡Por la Diosa, está muerta de miedo! ¿Siempre ha sido así ser ella?, ¿siempre está tan aterrada?

Y entonces, justo en ese momento, caigo en la cuenta.

Se siente sola. Eso es peor que el miedo, peor incluso que su insufrible recelo. Estando los dos al borde de la muerte, ella deja que se abra de par en par la ventana de ese vínculo que hay entre nosotros.

Es como mirarse en un espejo, como si la luna iluminara todos los secretos íntimos y oscuros que he escondido en rincones de mi alma durante los últimos doscientos años.

Ya no pienso en el Kejari. Ya no pienso en esa puerta a la que me acerco corriendo con cada paso.

«Estoy contigo, Oraya —le digo—. Ya mismo. No tienes tiempo. Vamos juntos, ¿de acuerdo? Estoy contigo».

Y otra vez esas dos palabras, porque, con el pensamiento conectado, ya no podría volver a mentirle aunque quisiera: «Estoy contigo».

Y por la Diosa que lo digo en serio.

Noto el momento exacto en que ella lo entiende, en que cae tan hondo en la negrura de su miedo que encuentra en ella lo que forjó en su interior.

A lo mejor también yo encuentro algo en la mía.

El súbito incremento de su poder hace pedazos el vínculo que había entre nosotros del mismo modo que el rayo hace pedazos el cielo. Asciendo por el camino hacia las puertas que señalan el final de la prueba de la Medialuna, pero no corro hacia la victoria, sino hacia ella.

Coronamos el muro los dos a la vez. Yo la veo antes que ella a mí.

Luce espléndida.

Unas llamas blancas y azules la envuelven como si su cuerpo ardiera; a la luz cegadora, le brilla la piel, cubierta de sudor y de sangre. Unos mechones de pelo negro se elevan alrededor de su cabeza y danzan bajo el Fuego de la Noche. Tiene la armadura rota; la respiración, agitada.

Caigo de rodillas al suelo, abrumado por una oleada de alivio, de asombro reverencial, que me arrebata toda la energía del cuerpo.

Ya estuve en presencia de una diosa en otra ocasión.

Nada que ver con esta.

Ella me mira. Siempre me ha parecido que tenía unos ojos preciosos; ahora que el Fuego de la Noche ilumina esa plata, me parecen capaces de rasgar el cielo.

Y aun así, no es su poder, por hermoso que sea, lo que me deja atónito.

Es la lágrima solitaria que le corre por la mejilla y se va abriendo paso entre el polvo y la sangre. Adiós a los muros, a las palabras duras, a las mentiras. Percibo los restos agotados de su miedo, su rabia, su alivio, a través del vínculo que nos une.

Lo siento en el corazón.

Me pongo en pie sin pensármelo, recorro la distancia que nos separa y la estrecho en mis brazos. Es la primera vez que nos abrazamos, o siquiera algo parecido, y, sin embargo, me resulta de lo más natural.

Huele a acero y a primavera, a poder y a vida. Ya había olvidado lo cálida que es la piel humana.

Ese puñado de segundos cambia el curso de trescientos años de vida, me desbarata el camino que creía que tenía por delante.

Le he mentido a Oraya desde que nos conocimos, pero este abrazo, este instante, me libra de toda esa insinceridad como la herida termina librándose del vendaje.

Me hace tambalearme. Me aterra. Entierro la cara en su pelo para disimularlo, aferrándome a esos últimos vestigios de sinceridad.

—Por un momento, me has preocupado —le digo, y tengo que hacer un esfuerzo supremo para hablar siquiera—. Tendría que haber supuesto que te las arreglarías.

Sé, en este preciso instante, que todo va a cambiar.

Me obligo a soltarla. Juntos volvemos a la cruda realidad del coliseo y de la prueba del Kejari para cantar victoria. Nos enfrentamos a un público enfervorizado y a una puerta dorada, y regresamos a un torneo que va a acabar con uno de los dos, o con los dos. Me vuelvo a colocar las mentiras a modo de coraza.

Pero sé, aun ahora, que una parte de mí se quedará aquí, en ese abrazo, en esos diez segundos en que todo parecía perfecto y ya no podía seguir mintiéndome.

Ese es el momento que lo cambia todo.

El momento en el que me enamoro.

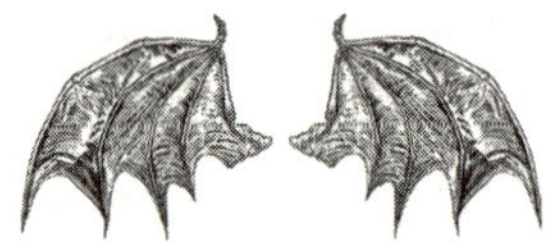

Parpadeé para deshacerme del recuerdo de Raihn. Antes no teníamos los dedos entrelazados, pero de pronto mi mano se aferraba a la suya. La intensidad abrumadora de aquella emoción tardó unos segundos en desvanecerse.

Tragué saliva; tenía la garganta seca.

—¿En serio? —dije—. ¿Eso es lo que has elegido?

—¿Qué creías que iba a elegir?

—No sé... El día en que por fin fuiste libre...

Esbozó una sonrisa.

—Ese fue el día en que por fin fui libre.

¡Que la Diosa lo ampare! Lo había dicho sin dudarlo, además. ¿Qué podía objetar yo a eso?

—¡Vaya que eres bobo! —protesté.

Esperaba que bromeara, pero se le borró la sonrisa y, circunspecto, me dijo:

—Fue un momento de sinceridad. Solos tú y yo. Sin mentiras, ni secretos, ni negaciones. Como si...

Se interrumpió, pero yo terminé la frase.

—Como si nos viéramos el uno al otro —dije.

—Como si nos viéramos el uno al otro —confirmó—. Y eso... lo cambió todo. Sentir aquello. Aunque luego todo se complicara tantísimo.

Entendí lo que quería decir, porque, por un instante, todo fue perfecto. Una pequeña muestra fugaz del futuro que podíamos tener.

Vincent se había esforzado por construir aquella magia sobre la base de sus momentos de poder: violencia y victorias, y en cambio, al final, los recuerdos que la alimentaban eran fragmentos retorcidos y aterradores de su amor, un amor que sentía, sí, pero contra el que se había rebelado con todo su ser.

Sin embargo, Raihn y yo habíamos sentido paz en aquel único abrazo, aunque solo fuera durante unos segundos, sin la carga de la vergüenza ni el miedo.

Sí, eso era mucho más valioso que cualquier victoria en el campo de batalla.

—Eso es lo que quiero ofrecerle a este sitio —dijo—: un recordatorio de la razón por la que luchamos.

Miré la piedra que teníamos bajo las manos, cuyo siniestro latido mágico me vibraba en la piel. Estábamos manipulando poderes que no estaban pensados para manos mortales, con la esperanza de que valiera la pena defender nuestro hogar. En años venideros, iríamos allí en nuestras noches más oscuras, en nuestros días más difíciles, cuando nos enfrentáramos a nuestros peores adversarios. Apenas llevábamos un año en el poder y yo ya me notaba en la nuca el aliento gélido de nuestros enemigos, la punta de una espada presionándome entre los omóplatos. La Casa de las Sombras, desairada por el asesinato de su príncipe. La Casa de la Sangre y las maquinaciones de Septimus. Y, lo peor de todo, que hasta la mismísima Nyaxia quizá estuviera a un capricho de castigarnos por afrentarla.

No iba a mentir: me aterraba.

—De niña, siempre pensé que, si podía hacerme más poderosa, como Vincent, estaría a salvo. Nadie me haría daño. Y creo que él también lo pensaba cuando era joven.

La imagen que tenía de mi padre había cambiado mucho en los últimos meses y, aun así, todavía se me hacía raro imaginarlo de joven, con los mismos sueños que yo, ansiando la seguridad en los brazos del poder.

Resoplé un poco.

—¡Vaya broma de mal gusto! Solo consiguió tener más miedo que nunca, hasta de quienes más lo querían.

Sobre todo de quienes más lo querían.

Me pregunté si algún día dejaría de sentir aquella punzada de dolor. Probablemente no. Pero al menos ahora venía con cierto entendimiento y con ganas de afrontar mi propio futuro.

Negué con la cabeza.

—Yo no quiero ser esa clase de gobernante. Tenemos la oportunidad de hacer algo increíble. Y puede que sea un sueño, pero vale la pena.

Miré a Raihn a los ojos, pero él contemplaba, pálido, el obelisco y las esquirlas amontonadas en su interior.

—¿Crees que podremos aferrarnos a eso? —preguntó en voz baja—. ¿Dentro de siglos?

No me miraba a mí, pero yo sabía que estaba pensando en Neculai, en Vincent y en todos los reyes que los habían precedido, reyes que quizá hubieran empezado con buenas intenciones, pero que habían terminado siendo presa de sus peores impulsos.

¿Cómo me había llamado Raihn? ¿Suspicaz e ingenua? Maldición, tal vez tenía razón. Porque la respuesta me salió sin más. Con la mano libre, lo sujeté de la barbilla para girarle la cara hacia mí, y me miró a los ojos.

—Sí, lo creo —contesté.

Sería cierto, decidí. Aunque tuviéramos que luchar por ello con cada uno de nuestros años robados. Aunque tuviéramos que salir a rastras del abismo cuando nos enfrentáramos a desafíos que aún no éramos capaces ni de imaginar.

No sería fácil.

Pero nada de aquello lo había sido.

Raihn posó la mano libre sobre la mía y, ladeando la cara, me besó la palma antes de que las dejáramos caer, las dos, entrelazadas, junto al cuerpo.

—Y tú, ¿qué, princesa? —me preguntó—. ¿Qué vas a ofrecer tú?

Deslicé por la piedra la mano ensangrentada y dejé por ella un charco rojo que fue metiéndose por las hendiduras de las inscripciones.

¿Qué no iba a ofrecer yo por mi reino? ¿Por mi esposo?

Cerré los ojos, le apreté fuerte la mano e hice mi ofrenda.

NOTA DE LA AUTORA

¡Gracias por leer *Las cenizas y el rey maldito*! Esta novela me ha supuesto un gran desafío porque era muy importante para mí darle a la historia (principal) de Oraya y Raihn un cierre emotivo y satisfactorio. Aunque *La serpiente y las alas de la noche* encajaba perfectamente en el marco de las pruebas del Kejari, dejaba puertas abiertas de par en par para esta novela. Era esencial para mí hacer justicia a Raihn y a Oraya mientras lidiaban con las consecuencias del primer libro. Los dos se enfrentaban a sentimientos muy complejos y no quería pasar por alto ninguna de las complicaciones de su largo y difícil camino hacia el reencuentro. Sabía que eso significaría que la historia sería muy distinta a la de *La serpiente y las alas de la noche*, y espero que a los lectores les haya gustado también. Reconozco que me producía mucha inseguridad.

Sin embargo, al final, a pesar de lo mucho que me ha costado escribir esta novela, me alegro de haber podido ofrecer ese cierre a dos personajes con los que me he encariñado muchísimo. La suya es una historia de traición, acción y magia vampírica, claro, pero también de sanar, perdonar y aprender a amar a otros descubriendo primero cómo amar lo que más detestas de ti mismo.

Espero de verdad, con toda mi alma, que te haya gustado

tanto como a mí escribirla. Yo he conectado muy profundamente con la historia y confío en que tú también.

Aunque la bilogía de los Nacidos de la Noche, que narra sobre todo lo que les sucede a Oraya y a Raihn, ya está completa, la serie Reinos de Nyaxia se compone de seis novelas en total. Aún queda mucho por ver, y Raihn y Oraya, desde luego, seguirán apareciendo. La tercera novela nos llevará a la Casa de las Sombras, y tal vez ya seas fan de nuestra protagonista femenina, una maga alegre e inteligente que oculta algunos traumas importantes...

Si has disfrutado de este libro, te agradecería mucho que publicaras una reseña en Amazon o en GoodReads. Nunca me cansaré de decir lo importantes que son las reseñas para los autores.

Y si quieres enterarte antes que nadie de los nuevos lanzamientos, imágenes, *merchandising* y otras cosas increíbles, suscríbete a mi boletín informativo en carissabroadbentbooks.com, súmate a mi grupo de Facebook (Carissa Broadbent's Lost Hearts) o accede a mi servidor de Discord (las invitaciones, en linktr.ee/carissanasyra).

¡Me encantaría que estuviéramos en contacto!

GLOSARIO

ACAEJA: Diosa del destino, los hechizos, el misterio y las cosas perdidas. Miembro del Panteón Blanco. Única diosa que se lleva más o menos bien con Nyaxia, aunque, al parecer, eso ha cambiado últimamente.

ALARUS: Dios de la muerte y esposo de Nyaxia. Exiliado por el Panteón Blanco como castigo por su relación prohibida con Nyaxia. Considerado muerto.

ARREBATACORAZONES: Arma legendaria de Vincent, una espada ropera vinculada a su alma.

ASTERIS: Forma de energía mágica, derivada de las estrellas, que ejercen los vampiros Nacidos de la Noche. Es infrecuente y difícil de usar: requiere unas aptitudes y una energía considerables.

ATROXUS: Dios del sol y líder del Panteón Blanco.

CASA DE LA NOCHE: Uno de los tres reinos de vampiros de Obitraes. Los vampiros de este reino son conocidos por sus grandes dotes para la batalla, su naturaleza violenta y su magia, obtenida del cielo nocturno. Hay dos clanes de vampiros Nacidos de la

Noche, los hiaj y los rishan, que se han disputado el poder durante miles de años. Los miembros de esta casa son los Nacidos de la Noche.

Casa de la Sangre: Uno de los tres reinos de vampiros de Obitraes. Hace dos mil años, cuando Nyaxia creó a los vampiros, la Casa de la Sangre era su favorita. Tardó mucho en decidir con qué obsequiarlos, y entretanto, los Nacidos de la Sangre veían a sus hermanos del oeste y del norte alardear de sus poderes. Al final se rebelaron contra Nyaxia, convencidos de que los había abandonado. Como castigo, ella los maldijo. Ahora las otras dos casas los miran con desprecio. Los miembros de esta casa son los Nacidos de la Sangre.

Casa de las Sombras: Uno de los tres reinos de vampiros de Obitraes. Los vampiros de este reino son conocidos por su compromiso con el conocimiento, por su magia mental, por la magia de las sombras y por la necromancia. Los miembros de esta casa son los Nacidos de las Sombras.

Celeba: Continente de las tierras humanas, situado al este de Obitraes.

Conversión: Proceso por el que un humano se transforma en vampiro. Para ello el vampiro debe beber sangre del humano y viceversa. Los vampiros que han pasado por este proceso se conocen como CONVERTIDOS. Los convertidos entran a formar parte de la casa a la que pertenezca el vampiro que los convierte; por ejemplo, un humano convertido por un vampiro de la Casa de las Sombras será también Nacido de las Sombras.

Coriatis: Vínculo inusual y poderoso que solo puede forjar un dios y por el que dos personas comparten todas las vertientes de su poder, con lo que quedan vinculadas su vida y su alma. Que se sepa, Nyaxia es la única diosa que otorga esos vínculos, aunque todos los dioses pueden hacerlo. Cada vinculado se conoce como el CORIATAE del otro. Los Coriatae comparten todos los aspectos del poder del otro y eso suele hacerlos más fuertes. No pueden enfrentarse entre sí ni vivir el uno sin el otro.

DEMONIOS: Término usado para describir a una gran variedad de bestias corrientes en Obitraes. Algunos son de nacimiento y andan sueltos por Obitraes; otros son menos habituales y los invocan los magos, por lo general para usarlos como armas de guerra. Hay muchos tipos distintos de demonios, que van de los más comunes a los rarísimos, y su aspecto, su comportamiento, su inteligencia, etcétera, varían una barbaridad.

DHERA: Nación de las tierras humanas.

FUEGO DE LA NOCHE: Como Asteris, forma de magia derivada de las estrellas y utilizada por los vampiros de la Casa de la Noche. Mientras que Asteris es oscuro y frío, el Fuego de la Noche es luminoso y caliente. Suele emplearse en la Casa de la Noche, pero es complicado manejarlo con maestría.

HIAJ: Uno de los dos clanes de vampiros Nacidos de la Noche. Sus alas no tienen plumas y se parecen a las de los murciélagos.

IX: Diosa del sexo, la fertilidad, el parto y la procreación. Miembro del Panteón Blanco.

KEJARI: Legendario torneo a muerte celebrado una vez cada cien años en honor de Nyaxia. El vencedor recibe un obsequio de manos de la propia diosa. El Kejari está abierto a todos los habitantes de Obitraes, pero lo organiza la Casa de la Noche porque los vampiros de esta casa son los que tienen un mayor dominio del arte de la batalla.

Lahor: Ciudad del extremo oriental de Obitraes, en otro tiempo extraordinaria, pero ahora poco más que ruinas. Es la ciudad natal de Vincent.

Lituro: Río que atraviesa el centro de Sivrinaj.

Marca del Heredero: Marca permanente que aparece en el heredero de los clanes hiaj y rishan cuando fallece el heredero anterior, y que simboliza su posición y su poder.

Nacidos de la Noche: Vampiros de la Casa de la Noche.

Nacidos de la Sangre: Vampiros de la Casa de la Sangre.

Nacidos de las Sombras: Vampiros de la Casa de las Sombras.

Nacimiento: Los vampiros de nacimiento son los engendrados mediante procreación biológica, la forma más corriente de crear vampiros.

Neculai Vasarus: Antiguo rey rishan de la Casa de la Noche, que convirtió y luego esclavizó a Raihn, y al que Vincent asesinó doscientos años antes de los acontecimientos relatados en esta novela, con el fin de arrebatarle el poder.

Nyaxia: Diosa exiliada, madre de vampiros y viuda del dios de la muerte. Nyaxia controla los dominios de la noche, las sombras y la sangre, además del de la muerte, heredado de su difunto esposo. Nyaxia, que era una diosa menor, se enamoró de Alarus y se casó con él pese a la naturaleza prohibida de su relación. Cuando el Panteón Blanco asesinó a Alarus como castigo por contraer matrimonio con ella, Nyaxia abandonó el panteón en un arranque de ira y ofreció a quienes la apoyaban el don de la inmortalidad en forma de vampirismo, fundando así Obitraes y los reinos de vampiros.

(También se le conoce como la Madre, la Diosa, Madre de la Oscuridad Voraz, Madre de la Noche, de las Sombras y de la Sangre.)

Obitraes: Tierra de Nyaxia, gobernada por vampiros y formada por tres reinos: la Casa de la Noche, la Casa de las Sombras y la Casa de la Sangre.

Pachnai: Nación humana al este de Obitraes.

Palacio de la Luna: Palacio de Sivrinaj, la capital de la Casa de la Noche, destinado especialmente a albergar a los participantes en el Kejari, el torneo celebrado una vez al siglo en honor a Nyaxia. Se dice que está encantado y sometido a la voluntad de la mismísima Nyaxia.

Panteón Blanco: Lo forman los doce dioses del canon principal, incluido Alarus, supuestamente fallecido. El Panteón Blanco es objeto de culto de todos los humanos, y en algunas regiones tienen especial devoción por determinados dioses. Nyaxia no forma parte del panteón y se opone activamente a sus miembros. El Panteón Blanco encarceló y después ejecutó a Alarus, dios de la muerte, como castigo por su matrimonio ilícito con Nyaxia, por entonces una diosa menor.

Rishan: Uno de los dos clanes de vampiros Nacidos de la Noche. Sus alas tienen plumas. Los hiaj les usurparon el poder hace doscientos años.

Salinae: Importante ciudad de la Casa de la Noche, ubicada en territorio rishan. Cuando los rishan estaban en el poder, Salinae era una población con muchísima actividad que funcionaba como segunda capital. Oraya pasó allí los primeros años de su vida, antes de que Vincent la encontrara.

Sivrinaj: Capital de la Casa de la Noche. Sede del castillo de los Nacidos de la Noche, del Palacio de la Luna y del torneo Kejari, una vez cada cien años.

Tazrak: Célebre prisión de la Casa de la Noche.

AGRADECIMIENTOS

Siempre lo digo, pero es verdad: ¡me cuesta creer que esté escribiendo otro de estos! Ahora mismo tecleo estas líneas embarazada de siete meses y después de una época de agobio de varios meses preparando ¡tres novelas! para su publicación con apenas un mes de separación entre una y otra. Estoy agotada, y tengo que dar las gracias a muchas personas por ayudarme a llegar viva hasta aquí y contribuir a que esta novela sea lo mejor posible.

Nathan, tú siempre vas a estar el primero en los agradecimientos. Gracias por ser la mejor pareja del mundo y la musa de todas las historias de amor equilibradas que he escrito en mi vida. Gracias por ser mi mejor amigo, mi compañero de *brainstorming*, mi director artístico, mi enciclopedia y tantísimo más. ¡Te quiero!

Clare, muchísimas gracias por ser una amiga tan increíble, mi mayor apoyo y mi autora «colaboradora». Sin tu ayuda, ¡jamás sobreviviría a este caos de escribir! Gracias por mantenerme cuerda durante la producción de esta novela y por tu respaldo constante, tus grandes ideas, tus propuestas y, en general, por soportar todos los inconvenientes.

Gracias a Monique Patterson y al asombroso equipo de Bramble por creer en la historia de Oraya y Raihn, y llevársela a tantísimos lectores nuevos. ¡Ha sido un honor!

K. D. Ritchie, de Story Wrappers, gracias por esa portada increíble y por su apoyo en general. Me encanta trabajar con ustedes.

Noah, gracias por tu asombrosa labor de edición y por aguantar meses, literalmente, con plazos de entrega de lo más estrambóticos. Mejoras muchísimo mis novelas, en todas las fases de creación. ¡Gracias!

Rachel y Anthony, gracias por ser unos correctores tan fabulosos y por encontrar todas las erratas. Rachel, te agradezco aún más todas esas notas de reacciones de los lectores. ¡Me encantan!

Ariella, gracias por ser mi primera lectora y, en general, mantenerme enfocada y asegurarte de que no pierdo el rumbo mientras termino esta novela. ¡Eres alucinante!

Deanna, Alex, Gabriella, gracias por sus valiosos comentarios, por su apoyo y por ser unas primeras lectoras increíbles. ¡Son las mejores!

Gracias a mi agente, Bibi, por ser la mejor, en general, y por proporcionarme consejos profesionales muy valiosos y conseguir que la serie de Nyaxia alcance metas que yo, sinceramente, jamás habría imaginado hace un año.

Gracias a mi equipo de Swords & Corsets, JD Evans, Krustle Matar y Angela Boord, por mantenerme cuerda y aguantar los cuentos que les digo. Gracias en especial a Krystle por hacer conmigo el esprint durante todo el proceso de creación y edición de esta novela.

Y, por último, muchísimas gracias a ti que me lees. Estos últimos meses han sido completamente surrealistas y sé que, en cuanto la novela salga a la venta, me va a caer todo de golpe. No exagero cuando digo que, de verdad, jamás imaginé nada de esto hace un año, ni siquiera hace seis meses. Gracias por las ilustraciones, los mensajes, los correos, los *collages* artísticos, las reseñas, las publicaciones en TikTok, Instagram y Goodreads y, en general, el apoyo y el entusiasmo inmenso que reciben estos personajes. ¡Lo agradezco todos los días! ¡Espero que te encante lo que viene!